THE PRINCE OF NOTHING

乌有王子 卷三

千回之念

The Thousandfold Thought

[加拿大] R.斯科特·巴克/著

王阁炜/译

重庆出版集团 重庆出版社

The Thousandfold Thought
Copyright ©2006 by R.Scott Bakker
This edition arranged with The Lotts Agency Ltd.
through Andrew Nurnberg Associates International Limited
Simplified Chinese Translation Copyright ©2018 by Chongqing Publishing House Co.,Ltd.
All rights reserved.
版贸核渝字（2018）第239号

图书在版编目(CIP)数据

乌有王子. 卷三，千回之念 / (加) R. 斯科特·巴克著；王阁炜译.
—重庆：重庆出版社，2018.10
书名原文：The Thousandfold Thought
ISBN 978-7-229-13606-2

Ⅰ. ①乌… Ⅱ. ①R… ②王… Ⅲ. ①长篇小说-加拿大-现代 Ⅳ. ①I711.45

中国版本图书馆CIP数据核字(2018)第223600号

乌有王子（卷三）：千回之念
WUYOU WANGZI(JUAN SAN)：QIANHUI ZHI NIAN

[加拿大]R.斯科特·巴克 著　王阁炜 译

联合统筹：重庆史诗图书信息咨询有限公司
责任编辑：邹禾　许宁　方媛
装帧设计：谢颖设计工作室
封面图案设计：SEYO
责任校对：刘小燕

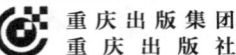 重庆出版集团 出版
重庆出版社

重庆市南岸区南滨路162号1幢　邮政编码：400061　http://www.cqph.com
重庆出版社艺术设计有限公司 制版
重庆市国丰印务有限责任公司 印刷
重庆出版集团图书发行有限责任公司 发行
E-mail:fxchu@cqph.com　邮购电话：023-61520646
重庆出版社天猫旗舰店
cqcbs.tmall.com
全国新华书店经销

开本：880mm×1230mm　1/32　印张：21　字数：540千
2018年10月第1版　2018年10月第1次印刷
ISBN：978-7-229-13606-2

定价：88.80元

如有印装问题，请向本集团图书发行有限公司调换：023-61520678

版权所有　侵权必究

献给蒂娜及基恩

———∞∞∞———

爱你们

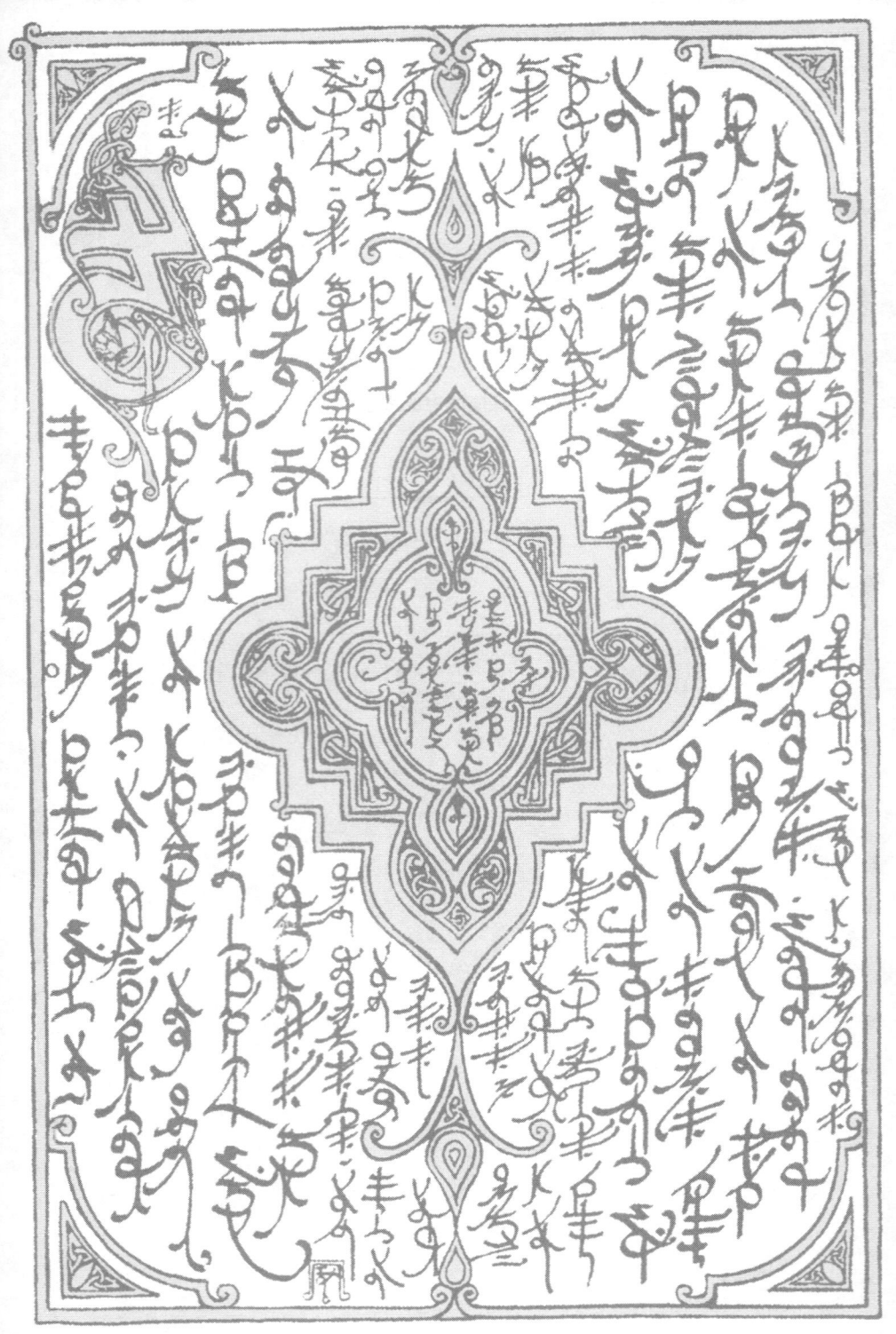

目录

前事 ································· 1

终卷　最后的进军 ····················· 27

第一章　卡拉斯坎 ··················· 28
　　　　卡拉斯坎 ··················· 57
　　　　卡拉斯坎 ··················· 77
　　　　安那斯潘尼亚 ··············· 105
　　　　约克萨 ····················· 129
第六章　谢拉什 ····················· 157
第七章　约克萨 ····················· 183
第八章　谢拉什 ····················· 203
第九章　约克萨 ····················· 222
第十章　谢拉什 ····················· 241
第十一章　圣安摩图 ················· 265
第十二章　圣安摩图 ················· 287
第十三章　希摩 ····················· 311

第十四章　希摩 ·· 334
第十五章　希摩 ·· 356
第十六章　希摩 ·· 399
第十七章　希摩 ·· 457

附录 ·· 471

世界设定与名词大百科 ···································· 472
一、历史与传说 ·· 474
二、国家与地理 ·· 513
三、神灵与信仰 ·· 549
四、巫术与魔法 ·· 569
五、"乌有王子"三部曲中的人物、事件与俗语等 ········ 584
六、伊尔瓦大陆各主要种族的语言及方言 ··············· 646

地图 ·· 653

前事

第一次末世之劫摧毁了北方伟大的诺斯莱诸国。在非神莫格-法鲁及其手下的将军与法师组成的"非神会"的屠杀中，只有南方三海之间的克泰人国家幸存下来。时间流逝，遗忘不可避免，多年之后，三海诸国的人类忘记了祖辈的恐惧。

一个个帝国崛起又衰亡：凯兰尼亚、什拉迪、塞内安。后先知因里·瑟金斯重新诠释了长牙——人类最神圣的文物，之后几个世纪，因里教在三海诸国兴盛起来。因里教由千庙教会组织与管理，以"沙里亚"为精神领袖。与此同时，拥有识别和使用巫术能力的异民为应对因里教的迫害，组成了几大巫术学派：赤塔、皇家萨伊克、弥逊塞等。因里教拥有古代遗物丘莱尔，可以让携带它们的人不受魔法影响。借助其力量，因里教发动一场场战争攻击巫术学派，试图净化三海诸国，但始终没能成功。之后，独一神的先知费恩将三海西南部的沙漠民族基安人团结起来，经过数个世纪的多次圣战，费恩教徒和他们那些没有眼睛的巫术祭司西斯林将三海西部大部分地区并入版图，包括因里·瑟金斯的出生地——圣城希摩。只有垂死的纳述尔帝国仍在对抗他们。

战乱与纷争成为南方的主旋律。因里教与费恩教两大信仰势同水火，然而在商业利益驱使下，双方都对贸易与朝圣保持着宽容态度。贵族与贵族、国家与国家之间争夺军事与商业上的支配地位，大大小小巫术学派的明争暗斗也从不停息，尤其针对一夜之间兴起的西斯林——西斯林的巫术"水魂"，连巫师都无法将之从诸神创造的世界中分辨出来。而在一任任腐败无能的沙里亚领导下，千庙教会也追逐起了世俗野心。

乌有王子 ∗ 千回之念

第一次末世之劫几乎成了传说，非神莫格－法鲁死后存留下来的非神会也消退为神话，变成老妇人讲给小孩子听的故事。时隔两千年，只有天命派学士还记得末世之劫。每天夜里，他们都要通过古时学派创始人谢斯瓦萨的眼睛重历末世之劫，回忆那时的恐怖及非神即将回归的预言。虽然有权力、有见识的人们都觉得他们迂腐不堪，但他们毕竟拥有远古北方诸国传承下来的强大巫术"真知魔法"，这为他们赢得了尊重，也带来了嫉妒。在梦境的驱使下，他们游走于权力迷宫中，在三海诸国搜寻古老而神秘的敌人——非神会。

但他们什么也没找到。

第一卷·前度的黑暗

圣战开始了。

千庙教会的新领袖玛伊萨内召集了一支大军，宣称要通过圣战将希摩从基安的费恩异教徒手中解放出来。玛伊萨内的谕令传遍三海，信徒们从各个因里教国家——加里奥斯、森耶里、瑟－泰丹、康里亚、上艾诺恩及它们的附庸国——聚拢到纳述尔帝国首都摩门，成为长牙之民。

但圣战从一开始就陷入到政治斗争的泥沼中。首先，玛伊萨内不知如何说服了三海诸国中最强大的巫术学派赤塔参战。在因里教徒眼中，巫师都是被真神诅咒的，长牙之民自然无比厌恶赤塔，但他们也知道，圣战军需要赤塔来对抗西斯林——费恩教的巫术祭司。若无强大的巫术学派协助，圣战军注定覆灭。问题在于，赤塔为何会同意充满风险的协议？大多数人不知道，赤塔大宗师以利亚萨拉斯早已开始了与西斯林的秘密战争。十年前，西斯林不知何故刺杀了前任大宗师萨什卡。

纳述尔皇帝伊库雷·瑟留斯三世也策划着复杂的阴谋——扭曲圣

战为帝国服务。基安异教徒占领的大部分土地都曾是纳述尔帝国的领土，而收回帝国失陷的省份是瑟留斯最强烈的渴望。既然圣战军要在纳述尔帝国集结，没有皇帝提供的补给将令他们寸步难行，皇帝便宣称：除非圣战军的每一位首领都以书面形式发誓交出征服的土地，否则他将拒绝为圣战提供军粮。

自然，最初到达的贵族们都断然拒绝《条约》。局面僵持不下，圣战军人数很快增加到数十万之多，但这支军队名义上的首领们却变得越来越不安。这是一场以真神的名义发动的战争，他们认为自己不可战胜，因此不想与那些尚未前来的贵族分享荣誉。一位名叫涅尔塞·卡摩缪尼斯的康里亚贵族率先与皇帝妥协，并说服了同伴们签订《条约》。虽然他们的上级及圣战的主力军尚未抵达，但得到补给后，大批长牙之民还是进发了。由于这支军队主要由无人领导的乌合之众组成，人们称之为"乡民圣战军"。

玛伊萨内试图阻止这支临时拼凑的军队，但它固执地继续南下，最终踏上了异教徒的土地。在那里，正如皇帝计划的一样，费恩教摧毁了他们——彻底地摧毁。

瑟留斯知道，从军事角度上讲，失去乡民圣战军不算什么惨重损失，那些乌合之众在战场上更多是负担，别无他用；然而从政治角度上看，乡民圣战军的覆没却有无可估量的价值——这向玛伊萨内和长牙之民证明，他们的敌人非常强大。纳述尔人早已知道，费恩教并非是能轻易战胜的对手，哪怕有真神的眷顾。瑟留斯声称，只有优秀的大将才能确保圣战的胜利，而他的侄子伊库雷·孔法斯正是这样的人选。孔法斯近来在基育斯河之战中，面对可怕的塞尔文迪人大获全胜，被视作这个时代最伟大的军事家。圣战军首领们只需要签署《条约》，孔法斯那绝无仅有的军事才华和天分便可为他们所用。

玛伊萨内似乎陷入了两难。作为沙里亚，他可以强迫皇帝为圣战提供补给，但无法强迫皇帝把唯一的继承人伊库雷·孔法斯送上战场。

乌有王子 * 千回之念

双方争执不下时,最有权势的因里教大贵族们纷纷来到:康里亚的王子涅尔塞·普罗雅斯、加里奥斯的王子柯伊苏斯·梭本、瑟-泰丹的伯爵霍加·戈泰克及上艾诺恩的摄政王切菲拉姆尼。圣战军力量倍增,但事实上它仍是抵押品,由于粮食匮乏被持续困在摩门城下和皇帝的粮仓旁。各大贵族无一例外拒绝了瑟留斯的《条约》,要求皇帝提供补给。长牙之民开始袭击附近乡村,作为应对,皇帝征召了皇家军队,冲突摩擦不断。

为避免灾难发生,玛伊萨内召集了一场大小贵族共同参与的议事会,圣战军首领都来到位于安迪亚敏高地的皇宫,陈述各自的理由。在议事会上,涅尔塞·普罗雅斯让所有人目瞪口呆,他带来一位手臂满是疤痕的塞尔文迪酋长——一位曾与费恩教多次交战的老兵——称其可以代替著名的伊库雷·孔法斯。这个塞尔文迪人,奈育尔·厄·齐约萨,对皇帝及其侄子都毫不客气,给圣战军的首领们留下了深刻印象。然而沙里亚的使者还是举棋不定:不管怎么说,塞尔文迪人和费恩教徒同样被真神唾弃。最后决定局面的是亚特里索王子安那苏里博·凯胡斯睿智的建言。使者宣读了沙里亚的谕令,以沙里亚责罚令的名义,要求皇帝为长牙之民提供军粮。

圣战军即将出发。

杜萨斯·阿凯梅安是天命派巫师,被派去调查玛伊萨内及其圣战。虽然他已不再相信学派古老的使命,但还是前往千庙教会的根据地苏拿,希望深入了解神秘的沙里亚。天命派害怕沙里亚是非神会的密探,在刺探过程中,阿凯梅安与妓女艾斯梅娜旧情复燃,同时按捺着心头的忧虑,找到从前的学生埃因罗。埃因罗成了一名沙里亚祭司,阿凯梅安说服他向自己报告玛伊萨内的行动。这期间,他关于末世之劫的噩梦

前　事

变得更加强烈,特别是与所谓"塞摩玛斯预言"相关的部分——预言中安那苏里博·塞摩玛斯的后代将在第二次末世之劫来临前回归。

很快,埃因罗不明不白地死了。学生的死让阿凯梅安深感愧疚,而艾斯梅娜依然在接客的行为更令他心碎。于是阿凯梅安逃离苏拿,前往摩门,在皇帝贪婪的注视下,圣战军正在那里集结。天命派强大的对手、一个名为赤塔的学派加入了圣战,决意终结与希摩的西斯林之间漫长的战争。阿凯梅安的上级诺策拉命他监视赤塔和圣战军。到达圣战军营地后,他托庇于辛奈摩斯,那是他在康里亚时就认识的一位老朋友。

阿凯梅安继续调查埃因罗的死因,他要辛奈摩斯带他去见昔日的另一位学生,康里亚的王子涅尔塞·普罗雅斯。这位王子已与谜一般的沙里亚结为知己。普罗雅斯嘲笑他的疑心,斥他为渎神者,但阿凯梅安坚持要求王子给玛伊萨内写信,询问埃因罗的死因。被一口回绝后,阿凯梅安离开了学生的营帐,明白自己的无理要求没法实现。

他迎来了一位来自遥远北方的客人,那人自称是安那苏里博·凯胡斯。阿凯梅安饱受末世之劫的梦境的折磨,他发觉自己最恐惧的情况可能已经发生:第二次末世之劫。凯胡斯的到来是巧合吗?又或是预示着塞摩玛斯预言的实现?阿凯梅安盘问对方,却被凯胡斯的幽默、坦诚与智慧折服。他们谈论历史和哲学,直至深夜。离开前,凯胡斯请求阿凯梅安做他的老师,阿凯梅安被难以言喻的敬畏所打动,答应了他。

但很快他发觉自己陷入了困境。安那苏里博再现之事必须报告给天命派,这是最重要的线索之一,但他担心学士兄弟们可能会做出一些事情。他知道,这些人一生都在经历梦境带来的恐惧,这让他们变得残酷无情。而且由于埃因罗的死,他一直对学派心怀不满。

还没来得及解决困境,他就被皇帝的侄子伊库雷·孔法斯带往摩门的皇宫。皇帝希望他去判定一位地位崇高的宫廷顾问是否受巫术影响，那是一个叫斯科约斯的老人。伊库雷·瑟留斯三世亲自将他带到斯科约斯面前，询问他老人身上是否有巫术留下的亵渎痕迹。阿凯梅安没看出任何痕迹。

斯科约斯却在阿凯梅安身上看到了什么，他扭动起来，试图挣脱身上的铁链，口中说着阿凯梅安在古老的梦境中听到的语言。出乎所有人意料，老人最终挣脱铁链，杀害数人，随后被皇帝的巫师们烧死。阿凯梅安震惊之余，逼问着号叫不已的斯科约斯，却惊恐地发现对方的脸裂开了，犹如张开了烧焦的手臂……

他知道了，自己面前的孽物是一个非神会的密探，可以模仿并取代他人，而不会留下泄露身份的巫术印记。一个换皮密探。阿凯梅安没有警告皇帝及其廷臣，径自逃离了皇宫，他知道他们一定会把他的话当作无稽之谈。对他们而言，斯科约斯不过是异教西斯林的造物，因为那些人的巫术也不会留下印记。他失魂落魄地回到辛奈摩斯的营地，一路上沉浸在自己的恐惧中，对终于前来找到他的艾斯梅娜视若无睹，也没有聆听她的呼唤。

围绕玛伊萨内的不解之谜、安那苏里博·凯胡斯的到来、若干代以来发现的首个非神会密探……他还有什么可怀疑的？第二次末世之劫就要开始。

他待在自己小小的帐篷中哭泣，孤独、恐惧与懊悔压倒了他。

艾斯梅娜是苏拿的娼妓，一直在为自己的生活和失去的女儿哀叹。阿凯梅安来苏拿执行任务、调查玛伊萨内时，她很高兴地接纳了他。这期间，虽然明知会让阿凯梅安心痛，她还是继续接待其他客人。但她别无选择，她知道阿凯梅安迟早会被学派召唤离开。她深深爱上了这位绝望的巫师，一方面是因为他对自己的尊重，另一方面是因为阿凯梅安

前　事

工作的重要意义。她只能半裸着等在窗前,但窗外的世界一直让她心驰神往——各大派别的斗争,非神会的阴谋,这些东西令她的灵魂激动不已。

然而灾难降临了。阿凯梅安的线人埃因罗被杀,巫师遭受了沉重打击,只身前往摩门。艾斯梅娜请求他带走自己,他拒绝了,她发觉自己又一次被困在了往日的囹圄中。不久后,一个可怕的陌生人来到她的房间,逼问阿凯梅安的一切。陌生人鼓动起她的欲望,她被迷住了,不知不觉间回答了所有的问题。清晨时这人消失不见,和他的到来一样突然,只留下一摊黑色的种子。

惊恐之下,艾斯梅娜逃出苏拿,决意找到阿凯,说出发生的事。在内心深处,她知道陌生人一定与非神会有关联。前往摩门的路上,她在一个村子停下,想找人修凉鞋,但村民们认出了她手上代表妓女的文身,于是用石头砸她——这是长牙上所刻惩罚娼妓的方式。一位名叫萨瑟鲁斯的沙里亚骑士突然出现救下她,她得意地看到那些折磨她的人在骑士面前卑躬屈膝。萨瑟鲁斯带她继续前往摩门,她对骑士的财富和贵族气质产生了越来越深的依恋:骑士身上丝毫看不到阿凯梅安那种病态的忧愁与犹疑。

加入圣战军后,艾斯梅娜继续与萨瑟鲁斯住在一起,虽然明知阿凯梅安仅距几里之遥。沙里亚骑士不停提醒他,阿凯梅安身为学士是不允许娶妻的。骑士说,她跑去巫师那里,迟早会被再次抛弃。

几星期过去,她发觉自己对萨瑟鲁斯的崇拜逐渐消退,对阿凯梅安的想念却与日俱增。终于,在圣战军出征前夜,她出发去寻找胖巫师,决心告诉他发生的一切。经过一段痛苦的找寻,她终于找到辛奈摩斯的营地,却羞于自己的身份不敢在众人前露面。她藏在黑暗中,等待阿凯梅安出现,并带着惊奇打量火堆边聚拢的奇特男女。黎明到来时,仍然没有阿凯梅安的踪影,艾斯梅娜走过废弃的火堆,终于看到他慢慢朝自己走来。她伸出双臂迎接他,欢欣与悲痛的泪水一起流淌……

但他只从她身边走过,好像把她当成了陌生人。

她心如刀割地逃走了,决心独自加入圣战军。

奈育尔·厄·齐约萨是塞尔文迪人中乌特蒙部落的酋长,三海诸国对其部族在战场上的技巧与残忍恐惧不已。由于三十年前围绕父亲齐约萨之死的一系列事件,奈育尔被自己的人民唾弃,但无人敢挑战他惊人的力量与战斗上的机敏。消息传来,皇帝的侄子伊库雷·孔法斯大举入侵神圣大草原,奈育尔率领自己的部落,来到遥远的帝国边境,加入塞尔文迪部落联军。他清楚孔法斯的名声,感应到对方设下的陷阱,但被选为部族之王的森努瑞特酋长却不理会他的建议,奈育尔只能眼看着灾难发生。

从部落联军的覆灭逃脱后,奈育尔回到乌特蒙部落的牧场,过得比之前更痛苦。为躲避同胞们的流言与蔑视,他前往祖辈的墓丘,却在那里找到一个身负重伤之人,他坐在父亲的墓丘上,身边全是死去的斯兰克。他小心翼翼地走近那人,惊恐地发觉自己认识对方——或者说几乎认识。那人在各方面都与安那苏里博·莫恩古斯如此相似,只是太年轻了……

三十年前,奈育尔还是一个半大孩子,莫恩古斯被草原人抓获,送给奈育尔的父亲作奴隶。莫恩古斯自称是杜尼安僧侣,那是一个拥有超人智慧的族群。奈育尔与莫恩古斯长期接触,讨论塞尔文迪战士的禁忌,之后发生的一切——引诱、齐约萨之死及莫恩古斯的逃亡一直折磨着奈育尔。他爱过莫恩古斯,现在却陷入对后者的恨意中无法自拔。他相信只有杀死莫恩古斯,才能获得解脱。

机会出乎意料地来到面前,一条与三十年前类似的路。

奈育尔知道,陌生人或能助他复仇,便将之俘回部落中。陌生人自

前　事

称安那苏里博·凯胡斯，莫恩古斯之子，他说杜尼安僧侣派他去远方一座名叫希摩的城市刺杀他父亲。奈育尔虽然很愿意相信他的故事，但仍保持着警觉，并不停反思。多年来，奈育尔一直在心中琢磨莫恩古斯，甚至到沉迷的地步，他已知道，杜尼安僧侣具有超乎常人想象的技巧与智力，唯一目的就是统治世人——只不过其他人靠的是力量与恐惧，他们靠的是欺骗与爱。

奈育尔明白，凯胡斯告诉他的故事，正是一个希望逃走，并安全穿越大草原的杜尼安僧侣会告诉他的故事，但仍与之达成了协议，同意陪伴对方完成任务。于是两人穿越了草原，一路都在言谈与情感上针锋相对。奈育尔一次又一次地发觉自己被拖进凯胡斯暗中布下的罗网，在最后时刻才清醒过来——他只是靠着对杜尼安僧侣的了解，以及对莫恩古斯的恨意才保住自己。

在接近帝国边境之处，他们遇到一支充满敌意的塞尔文迪突袭小队。对方发动攻击，凯胡斯在战斗中展现出超人的技艺，让奈育尔既惊又怕。战斗结束后，他们在突袭小队抓获的奴隶中发现了一个名为西尔维的妾侍，奈育尔惊叹于她的美貌，将她当作战利品带在身边。通过她，奈育尔知道玛伊萨内发动圣战的目的地正是希摩——莫恩古斯藏身之处……这是巧合吗？

无论如何，圣战的爆发迫使奈育尔改变计划，现在只能穿越帝国——尽管帝国对塞尔文迪人几乎格杀勿论。统治希摩的费恩教一定也在备战，这意味着他们唯一可能到达圣城的方式，就是加入正在帝国首都摩门城集结的长牙之民，别无他法。

但在安全穿越大草原后，奈育尔认定凯胡斯一定会杀他：杜尼安僧侣不容忍任何负担。下山进入帝国的路上，奈育尔与凯胡斯发生了正面冲突。虽然凯胡斯声称奈育尔对他仍然有用，两人还是在山中断崖旁打了起来。西尔维惊恐地旁观。尽管奈育尔战斗力惊人，凯胡斯还是轻而易举将他打败，扼住咽喉，举到悬崖边上。为证明自己对协议的忠实,凯胡斯最后放过了奈育尔。凯胡斯声称,在世人中生活了这么多年后,莫恩古斯一定拥有惊人的力量,绝非他自己可以单独面对。他们需要一支大军,而奈育尔了解战争。

虽然心中仍有疑虑,奈育尔还是相信了他,继续前进。日子一天天过去,奈育尔眼看西尔维对凯胡斯的迷恋逐渐加深,他饱受困扰,又拒绝承认,不断提醒自己战士不该在意女人,尤其是战利品。白天的她属于凯胡斯有什么关系?反正到晚上她是自己的人。

躲过帝国军的一路追逐后,他们终于来到帝国的心脏地带,加入了摩门城下的圣战军。他们被带到圣战军的一位首领,康里亚王子涅尔塞·普罗雅斯面前。根据事先商定的计划,奈育尔自称是乌特蒙部落的最后一名成员,与他同行的安那苏里博·凯胡斯是亚特里索的王子,在遥远的地方梦到了圣战。普罗雅斯感兴趣的是奈育尔对费恩教徒及其战斗方式的了解,他们的话令康里亚王子印象深刻,于是为两人提供了庇护。不久后,普罗雅斯将两人带到圣战军首领与皇帝的会议上,圣战的命运将在那里决定。伊库雷·瑟留斯三世拒绝为长牙之民提供补给,除非他们发誓将自费恩教手中夺取的土地都交给帝国。沙里亚玛伊萨内可以强迫皇帝提供粮食,但没有领军人物的圣战军却无法征服费恩教。皇帝的天才侄子伊库雷·孔法斯在基育斯河畔与塞尔文迪人的战斗中取得了辉煌胜利,皇帝提出可由他统帅圣战军,但前提仍是要各位首领发誓交出将来征服的土地。普罗雅斯做出大胆的赌博,提出用奈育尔取代孔法斯,随之展开了一场唇枪舌剑之战。奈育尔最终战胜了少年老成的皇侄,沙里亚的代表命令皇帝为长牙之民提供补给,圣战军即将开拔。

几天之内,奈育尔就从逃犯变成了三海诸国历史上规模最大的军队的首领。然而一个塞尔文迪人与异国他乡的各大贵族、与他誓言消灭的人结盟意味着什么?为了复仇,他到底要放弃多少东西?

当晚,他亲眼看着西尔维将灵与肉都交给了凯胡斯,不禁惊恐于自

前 事

己为圣战带来了多大的恐怖。杜尼安僧侣安那苏里博·凯胡斯会怎样利用长牙之民？他说服自己，无论如何，圣战的目标是遥远的希摩城，莫恩古斯的所在地，他的大仇终将得报。

安那苏里博·凯胡斯是杜尼安僧侣，受组织派遣外出寻找父亲——安那苏里博·莫恩古斯。

两千年前的末世之劫中，杜尼安僧侣发现了库尼乌里至高王的藏身处，便在那里隐居起来，一代代地内部生育，培养反应与智力，训练控制肢体、思维和表情——一切都是为了侍奉理性，侍奉神圣的"道"。为成为"道"完美的工具，杜尼安僧侣倾尽全力学习掌握人类思想的非理性因素：历史、习俗及感情。他们相信，只有这样才能最终实现"完满"，成为真正自在自为的灵魂。

但他们引以为傲的隐居生活却意外地终结了。被他们放逐三十年的成员——安那苏里博·莫恩古斯出现在他们的梦中，要求僧侣将他儿子送去。凯胡斯只知道父亲住在一座名叫希摩的遥远城市，但还是承担起这项艰巨任务，踏上早已荒无人烟的土地。与猎户莱维斯一起过冬时，凯胡斯发觉自己能通过表情的细微变化读懂对方的心，他这才知道，俗世中的人与杜尼安僧侣相比，不过像个孩子。经过试验，他发现仅凭言语就能榨取出莱维斯的一切——无论爱还是牺牲。那他父亲呢？在这样的人当中生活了三十年会变成什么样？安那苏里博·莫恩古斯拥有何等惊人的力量？

一群残暴的斯兰克发现了莱维斯的猎场，二人被迫逃走。莱维斯受了伤，凯胡斯便将他留给斯兰克，头也不回地跑了。斯兰克最终追上了凯胡斯，他打发掉它们，旋即又遇上了它们的领袖，一个疯狂的奇族。交战中，凯胡斯险些被对手的巫术取走性命。他逃掉了，但心头一直萦绕着无法回答的问题：按照他之前学的课程，巫术不过是世人的迷信，难道杜尼安僧侣错了？除了巫术，还有什么被他们忽视或隐瞒的事？

最终他逃至古城亚特里索，在那里，他运用杜尼安僧侣的能力募集起一支远征队，以穿过斯兰克肆虐的苏斯卡拉高原。经过一段艰苦的旅程，他终于踏入草原人的边境，却被一个疯狂的塞尔文迪酋长抓住。那人名叫奈育尔·厄·齐约萨，不仅认识他父亲莫恩古斯，还对其怀恨在心。

奈育尔了解杜尼安僧侣的力量。凯胡斯没法直接控制奈育尔，但他很快发现，可以将此人的复仇渴望转为己用。他声称自己是被派去刺杀莫恩古斯的刺客，要塞尔文迪人同行。奈育尔无法遏制心中的仇恨，勉强同意凯胡斯的提议，一同穿越了君纳帝大草原。其间凯胡斯一次次试图赢得野蛮人的信任，却遭到对方不断的拒绝——奈育尔的仇恨与洞察力都太强大了。

临近帝国边境时，他们找到贵族的妾侍西尔维。她告诉他们，圣战军正在摩门城外集结，而他们的目的正是希摩。凯胡斯知道，父亲此时召唤他绝非巧合。但莫恩古斯到底有什么计划？

他们穿越山脉，进入帝国。奈育尔内心不断挣扎，认为自己的存在对杜尼安僧侣失去了意义，而凯胡斯将这一切看在眼底。终有一天，奈育尔觉得刺杀莫恩古斯已是无望，不如杀死凯胡斯，但他的攻击一败涂地。为证明自己仍然需要草原人的酋长，凯胡斯饶过了他。凯胡斯知道，自己必须掌握圣战，但自己对战争一无所知——战争中的变数实在太多。

奈育尔对莫恩古斯与杜尼安僧侣太过了解，这成了凯胡斯的负担；但草原人的战争知识却有无法估量的价值。为了利用这份知识，凯胡斯开始引诱西尔维，将她和她的美貌化为通向野蛮人那饱受折磨的心灵的另一条道路。

进入帝国后，他们遭遇一支帝国骑兵巡逻队，前往摩门的旅程很快

前　事

变成了亡命的奔逃。最终他们抵达圣战军营地，来到康里亚王太子涅尔塞·普罗雅斯面前。为获得长牙之民的尊敬，也为了将来能掌控圣战军，凯胡斯谎称自己是亚特里索的王子，在梦境中看到了圣战——言下之意自己是由真神派遣而来。普罗雅斯对奈育尔感兴趣，想利用野蛮人的战斗经验去与皇帝较量，因此没有详加调查便相信了凯胡斯的话。只有普罗雅斯身边的天命派学士杜萨斯·阿凯梅安为凯胡斯的出现感到困惑——尤其是他的名字。

当晚，凯胡斯邀请巫师一起用餐，用幽默解除了巫师的戒备，以数个问题迎合对方的思考。从巫师那里，他了解到末世之劫、非神会及其他许多怪事。虽然明知"安那苏里博"这名字会让巫师恐惧，他还是要求忧郁的巫师做自己的老师。凯胡斯已经明白，杜尼安僧侣对许多东西的理解是错的，包括巫术。想要面对自己的父亲，他需要知道的东西还很多……

最终圣战军的多位首领决定与皇帝召开一次大会以解决分歧：圣战军急于出征，皇帝却拒绝提供补给。在奈育尔的帮助下，凯胡斯揣测着到场众人的灵魂，算计如何将他们变作自己的奴隶。但在皇帝身边的顾问中，他发现了一个无法解读的表情——某个人有一张伪造的脸。趁伊库雷·孔法斯与因里教其他贵族争吵时，他仔细研究了那人，并通过与此人对话之人的唇形，得知此人名为斯科约斯。他会是父亲派来的使者吗？

凯胡斯还没来得及得出任何结论，皇帝就发觉他在打量斯科约斯，并逮捕后者。当晚，圣战军将士都在欢庆胜战，凯胡斯却感觉到前所未有的迷惑——他从未对某件事的研究如此深入。

深夜时分，他与西尔维的关系达到了完满，并继续操纵着奈育尔，等待借此操纵长牙之民。某处，一股隐匿的势力潜伏在伪造的面孔后；而在遥远的南方，安那苏里博·莫恩古斯在希摩城中等待风暴到来。

第二卷·战士先知

圣战军的领袖们挫败了皇帝的阴谋,但很快,他们彼此间就开始了争吵。在向异教徒的领土边境行军途中,圣战军中不同国籍的军团沿不同的路线行进,前后不一地聚集到帝国边境的亚斯吉罗奇要塞下。

加里奥斯军团的领袖梭本王子没有耐性再等下去了,在凯胡斯王子先知般的建议下,他带领泰丹人、森耶里人及沙里亚骑士率先前进。伊库雷·孔法斯率领的帝国军及普罗雅斯王子麾下的康里亚人仍留在亚斯吉罗奇,等待艾诺恩人和最为重要的赤塔的到来。

基安大军的领袖斯考拉斯在蒙格达平原伏击了梭本和他虔诚的同伴。正如凯胡斯王子预见到的,在那场艰苦的战役中,为保护圣战军不被西斯林的精英们歼灭,沙里亚骑士团遭受了惨痛的损失。白日将尽时,圣战军其他部队在丘陵间出现,费恩教徒遭遇了惨败。

杰迪亚行省随之落入圣战军手中,不过皇帝利用诡计夺取了行省的首府辛内雷斯。长牙之民继续南下。在蒙格达平原上被击败之后,基安人退到了森比斯河南岸,将施吉克北部拱手让给了因里入侵者。凯胡斯王子开始定期在施吉克著名的金字塔下布道,从这时起,圣战军中许多人称他为"战士先知"。

长牙之民推举奈育尔为将军,渡过了森比斯河三角洲,第二场大战在基安人的安乌拉特要塞下展开。虽然奈育尔临阵崩溃,斯考拉斯的计划也十分高明,但长牙之民仍获得了胜利。基安人的儿子们纷纷陨落。

各大贵族急于利用优势扩大战果,他们带领圣战军一路南行,进入海墨恩沿海的沙漠地区,依靠帝国舰队提供淡水补给。然而,帕迪拉贾在特兰提斯海湾伏击了帝国舰队,长牙之民失去了饮水,被困在沸腾的荒漠之中。成千上万人死去。幸而凯胡斯王子在沙丘下面发现水源,圣战军才免于全军覆没。

前　事

圣战军残部一路艰难跋涉,离开沙漠之后,立即向伟大的商业都市卡拉斯坎扑去。几次攻城未果后,长牙之民做好了长期围城的准备。冬雨落下,随之而来的是疫病。疫情最重时,每晚都有几百名因里教徒死去。但一个费恩教叛徒在卡拉斯坎坚固的防御上打开了一个缺口,让圣战军得以进入。

长牙之民没有表现出任何慈悲。

然而就在城市陷落的同时,卡萨曼德——基安人的帕迪拉贾,亲率一支更大的军队来到城下。突然间,围城者发觉自己被困在了这座已被洗劫一空的城市中。营养不良使很多人患上疾病,很快又发生了饥馑。与此同时,传统的因里教徒与那些宣称凯胡斯王子是先知的长牙之民——正统派与佐顿亚尼——之间开始出现暴力冲突的迹象。

在萨瑟鲁斯和伊库雷·孔法斯的挑唆下,圣战军的领主们开始向凯胡斯王子发难。凯胡斯被斥为伪先知,根据《圣典》的律条,他和他妻子西尔维的尸体——萨瑟鲁斯杀了她——一起被绑上圆环,吊在树上。但数以千计的人聚在树旁,为他守夜。

奈育尔揭示出萨瑟鲁斯换皮密探的真身后,长牙之民开始悔过,他们将战士先知从圆环上放下。在一股莫名狂热的驱使下,他们在卡拉斯坎的城门外集结起来。基安的大公们向着这支衣衫褴褛的军队发动冲锋,最终却遭遇惨败,帕迪拉贾本人也死于战士先知之手,不过他的儿子法纳亚带领剩余的异教徒部队逃往了东方。

通往圣地希摩的道路敞开在圣战军面前。

然而在遥远的北方,在恐怖的戈尔格特拉斯的阴影下,非神会又一次公开现身。他们用同样的问题拷问每一个人类:"杜尼安僧侣是什么人?"

乌有王子 * 千回之念

杜萨斯·阿凯梅安面临两难困境,这是他有生以来最大的迷局。他使用传声咒与天命派取得了联系,将自己在安迪亚敏高地下的恐怖发现告诉了其他人,却没有提到安那苏里博·凯胡斯,虽然单这个名字本身就足以说明塞摩玛斯的预言——一个安那苏里博会在世界末日的时候回来——已得到了验证。

心底的矛盾折磨着他,但行军途中他给凯胡斯讲的东西越多,就越是由衷地敬佩对方。只靠一根树枝在地上写写画画,凯胡斯便重写了整个古典逻辑,开发出崭新而微妙的几何学。他的洞察力堪比伊尔瓦大陆上最伟大的思想家,甚至用惊人的方式拓展了前人的思维;此外,他还有过目不忘的本领。

自埃因罗在苏拿殒命之后,阿凯梅安对自己的学派就没有了任何幻想。他知道他们会对安那苏里博·凯胡斯王子做出什么,所以他不断地说服自己,让自己相信还需要时间决定凯胡斯是否真的是末日使者。他决定背叛天命派,只为这一个人,为了这个不同寻常的人,他愿意用人类的未来去冒险。

圣战军驻扎在亚斯吉罗奇等待落后的队伍赶来。为平息心中的不安,他酗酒之后去寻欢,结果却在随军营妓中发现了艾斯梅娜。他们的再次相会激情四溢,却又带着尴尬。纵情之后,阿凯梅安将她当作妻子,带回了自己的帐篷。经历过大半生无果的徘徊,在幸福到来之际,他却感到恐惧:末日的阴影之前,怎会有人感到幸福?

圣战军继续向费恩教徒的领地进发,他也在继续教授凯胡斯。这段时间里,阿凯梅安和艾斯梅娜开始揣测凯胡斯的心思,他们对凯胡斯的非凡身份已是确定无疑了。经过不断反思,阿凯梅安承认,他担心凯胡斯是异民的一员,具有使用巫术的能力。不久后,凯胡斯自己也承认

前　事

了这点，而阿凯梅安坚持需要证明。他拿出自己从上艾诺恩得到的带有恶魔巫术的瓦希人偶，辛奈摩斯对这渎神的把戏愤恨不已，阿凯梅安发现自己和这位老友之间越来越疏远了。

圣战军进入施吉克后，凯胡斯终于开口要求阿凯梅安教授他真知巫术——这意味着彻底背叛天命派。阿凯梅安认为自己需要一点时间独处，于是他单独前往萨略特图书馆，但赤塔的巫师在那里伏击了他，将他绑架。

拷问持续了数周。审讯者的头目伊奥库斯抓到了辛奈摩斯，为了从阿凯梅安身上榨取更多情报，他刺瞎了元帅的双眼。赤塔似乎已经知道了安迪亚敏高地下面发生的事，知道了斯科约斯和换皮密探，也明白自身危在旦夕，因而以利亚萨拉斯急不可待地想从阿凯梅安身上榨取信息。

虽然巫术力量受到限制，阿凯梅安还是召唤了掩埋在萨略特图书馆废墟中的瓦希人偶。经过漫长的等待，人偶来到赤塔的关押地，打破了囚禁他的乌博里安之环。阿凯梅安终于向赤塔展示了他的真知巫术。伊奥库斯逃脱了，不过阿凯梅安和辛奈摩斯至少都得以重获自由。

身体恢复之后，两位老友踏上了与圣战军会合的旅程。失去双眼的辛奈摩斯心怀怨恨，这令二人的关系变得紧张。他们来到卡拉斯坎，发现长牙之民被围困在城中遭受饥馑的折磨，也听说了凯胡斯和西尔维被吊在圆环上的事。阿凯梅安得知艾斯梅娜在沙漠中生还，心中狂喜，立刻前去寻找她。

他发现她和佐顿亚尼在一起，而她告诉他自己怀上了凯胡斯的孩子。

阿凯梅斯怀着满心杀意，来到绑在圆环上的凯胡斯跟前，对方却告诉他非神会的换皮密探已经遍布圣战军之中，且只有凯胡斯本人能看穿它们。凯胡斯还告诉阿凯梅安，第二次末世之劫事实上已经开始了。

阿凯梅安奋力克制住悲痛与仇恨，动身去找普罗雅斯，声称必须拯救凯胡斯。普罗雅斯同意召集其他大贵族商议,阿凯梅安在会上将原委和盘托出,告诉众人如果没有安那苏里博·凯胡斯,世界注定会灭亡。但他却成了伊库雷·孔法斯的笑料。

他拼命劝说圣战军的领主们。

艾斯梅娜认为阿凯梅安抛弃了她,于是在圣战军中堕落,最终加入了营妓的行列。但在亚斯吉罗奇,她看到阿凯梅安喝得烂醉,跪倒在人群中,被人拳脚相加。她从没见过他如此绝望的样子,于是他们重归于好,但她不能把自己曾与萨瑟鲁斯有染的事告诉阿凯梅安。

他把斯科约斯和安迪亚敏高地之下发生的事,以及他没法对天命派提起凯胡斯的事告诉了她。她听着他的讲述,一边努力压下心头恐惧,一边宽慰他。他坚信第二次末世之劫即将到来,虽然这种事听起来太可怕、太抽象,不大可能成真,她还是相信了他。她来到他那简陋的帐篷,成为了他精神上的妻子,虽然没有经历仪式。

阿凯梅安把她介绍给凯胡斯、西尔维、辛奈摩斯以及他们营火周围的各色人等。起初她还对凯胡斯心有怀疑,但很快就和其他人一样,被这个男人身上无法抗拒的魅力征服了。

圣战军继续在杰迪亚行进,她目睹凯胡斯的威信与声望日渐增长,越来越相信他就是先知——虽然他自己坚称并非如此。与此同时,她与阿凯梅安之间的爱也越来越深了,虽然她对此惴惴不安。

然后,在施吉克,凯胡斯要阿凯梅安教他真知巫术,这意味着最终彻底背弃天命派。阿凯梅安离开了营地,单独前往萨略特图书馆冥想。出发前,他对艾斯梅娜恶言相向。第二天晚上,凯胡斯叫醒了她,告诉她一个残酷的消息:萨略特图书馆化为灰烬,阿凯梅安则失踪了。

她像多年前哀悼自己的女儿一样为他深感悲痛。长牙之民向南岸

前　事

　　进军时，她独自留在阿凯梅安的帐篷里，不顾辛奈摩斯的恳求，拒绝和圣战军会合。如果她走了，阿凯梅安该怎么找到她？安乌拉特之战以后，凯胡斯带着西尔维来找她，用理智和感情说服她和他们一起继续行军。

　　起初她觉得他们的陪伴令人尴尬，但凯胡斯却让她的忧郁变得有因可循，让她心头一直背负的、由悲伤沉积而成的沼泽变得清澈起来。他开始教她读书——她觉得是为了分散她的注意力。几周过去，圣战军开始了在沙漠中的灾难征程，她则放弃抵抗，接受了阿凯梅安已死这个现实。

　　同时她还发觉，自己正越来越受到凯胡斯的吸引。

　　无论她的羞耻还是决心，都无法阻止亲昵的感情在两人间增长。他的每一句话都恰恰切中她心底的裂隙，一步步走向她自己都无法接受的事实。她坦承了与萨瑟鲁斯之间的情事，还有对阿凯梅安的每一次小小的背叛。最后，羞愧与悲痛压倒了她，她说出了关于女儿的实情：弥玛拉并没有死，饥荒到来时，艾斯梅娜把她卖给了奴隶贩子。

　　第二天早上，她和凯胡斯做爱了。

　　沙漠中漫长的痛苦仿佛让他们的关系变得神圣，一切仿佛都在发生变化。她甚至丢掉了妓女的贝壳，那是许多妓女用来避孕的咒符，哪怕和阿凯梅安在一起时她也不曾想过要这样做。艾斯梅娜成了战士先知的第二个妻子，她感觉获得了人生中前所未有的救赎——自己变得纯洁了。

　　圣战军围困了卡拉斯坎，最后攻陷了这座城市。西尔维生下名为莫恩古斯的婴儿。随着佐顿亚尼规模的扩大，凯胡斯将越来越多的权柄交给艾斯梅娜，甚至将她提拔到了自己最亲信的门徒——纳森蒂——之上。她也怀孕了。

　　但突然间，一切似乎都崩溃了。帕迪拉贾将圣战军围困在卡拉斯坎城，街头上演了一出出惨剧与暴行。大贵族们处死了西尔维，宣判凯胡斯有罪,将他吊在圆环上。他们似乎失去了一切……

直到阿凯梅安回来。

奈育尔·厄·齐约萨的痛苦越来越深。虽然长牙之民对他来说没有任何意义,但在他们渐渐向凯胡斯屈服的过程中,他看到了曾经的自己的毁灭过程。只有他了解杜尼安僧侣的真面目,知道凯胡斯最终一定会为了不可告人的目的背叛自己,同时他也知道,凯胡斯一定会背叛圣战军。

圣战军一路向费恩教徒的领地深处进军,他也努力想把基安人践行的战争之道教授给普罗雅桓。王子委派他指挥一队康里亚游骑兵,于是他越来越少回到与凯胡斯、阿凯梅安等人共享的营火旁。他知道凯胡斯已占有了西尔维的身体与灵魂,回到营地后,他不由自主地把对凯胡斯的怒火发泄到西尔维身上——他爱她,至少他是这样告诉自己的。

在杰迪亚干燥的丘陵中,他下定决心不再忍受下去。他拒绝分享凯胡斯的营火,要求把西尔维作为战利品带走。凯胡斯拒绝了他。由于在草原人的观念中,关注女人是缺乏男子气概的表现,奈育尔被迫让出了西尔维,但她始终在他脑海里盘桓。他的疯狂更炽烈了,他甚至会在深夜里跑到乡间,无论遇到什么人都加以残杀或施暴。

圣战军占领森比斯河北岸之后,大贵族们把策划进军南施吉克的任务交给了奈育尔。草原人的洞察力与狡黠给他们留下了深刻印象,他们推选他为将军,派他指挥即将到来的战役。凯胡斯找到他,提出用西尔维来交换战争的秘密。奈育尔清楚,对于战争的知识是他在杜尼安僧侣面前拥有的最后一丝优势,也是凯胡斯唯一需要他的地方。但不知为何,西尔维在他心里变得比任何事都更重要。她是他的战利品,

前事

他的证明……

奈育尔同意了。虽然自责撕扯着他的心,他仍将战争的原理教授给了凯胡斯。

尽管他十分努力,可斯考拉斯在战场上的谋略还是胜出一筹,圣战军全凭无匹的决心与好运才免于溃败。奈育尔心中有什么东西破碎了,危急时刻,他抛下凯胡斯和其他人,放弃了指挥,跑去夺取自己的战利品。但找到西尔维时,另一个凯胡斯在殴打她、拷问她。他袭击了那个凯胡斯,刺伤了对手的肩膀。那个东西逃走了,但奈育尔看到了那个东西的脸伸展开的样子……

奈育尔抓住西尔维,把她拖向自己的营帐。她不顾一切地反抗,声称他之所以要打她,是因为她和凯胡斯同床共枕让他想起他同凯胡斯父亲的往事。她想用匕首割开自己的喉咙。

奈育尔完全失去了理智,漫无目的地在营地中游荡。当晚,长牙之民欢庆胜利时,凯胡斯在梅内亚诺海的海滩上找到了他,他正朝着浪涛大吼。奈育尔把他当成了莫恩古斯,乞求他结束自己悲惨的生命。杜尼安僧侣拒绝了。

从穿越沙漠的灾难之旅到卡拉斯坎的围城战,疯狂一直占据着奈育尔的心。直到城市陷落,他才略微恢复了一点从前的理智。出于对凯胡斯的忌惮,大贵族们找到他,希望他出面证明传言:凯胡斯并非真正的亚特里索王子。奈育尔与凯胡斯之间的失和并非秘密,他认定圣战军终将走向毁灭,于是决定尽可能弥补一切。他称凯胡斯为"子虚乌有的王子"。

直到西尔维被萨瑟鲁斯所杀,他才意识到自己的背叛带来了怎样的后果。"谎言铸成血肉,"凯胡斯在被抓之前对他说,"狩猎还没有结束。"奈育尔逃走了,疯狂又一次涌上心头,他用匕首在脖子上刻下斯瓦宗。

杜尼安僧侣的最后一句话在他心头萦绕不去。当天命派学士将非

乌有王子 * 千回之念

神会派出的换皮密探的头颅扔在圣战军首领们面前时,他终于明白了那句话的意思。他看到萨瑟鲁斯急匆匆赶往他的沙里亚骑士兄弟们看守凯胡斯的地方,便尾随其后。他知道,沙里亚骑士打算杀掉凯胡斯,奈育尔制止了对方,他们在战士先知的身边,在忍饥挨饿的群众面前决斗。换皮密探的速度实在太快,剑法也太强了,直到高提安——沙里亚骑士团的大宗师——吸引了萨瑟鲁斯的注意,要求他讲出自己武功的来历,浑身浴血、疲惫不堪的奈育尔才趁机砍下那个冒牌萨瑟鲁斯的头。

他将砍下的头颅举向天空,向圣战军展示战士先知的敌人的真面孔。追逐莫恩古斯的狩猎还没有结束。

为了与父亲在希摩会面,安那苏里博·凯胡斯需要准备三个条件:关于战争的知识,关于巫术的知识,还有全面掌握圣战军的权柄。

起初,他借着冒认的贵族种姓身份混入了普罗雅斯及其他大贵族的议事会。他谨慎耐心地玩弄手腕,为自己未来的统治做出规划。通过阅读因里教的经文,他得知长牙之民期待着先知般的人物,于是开始尽自己所能效法先知的作为。他很快成为了周遭灵魂的领路人,以精心雕琢的辞句、语调与表情塑造着自己的形象。几乎所有认识他的人都对他感到敬畏。整个圣战军都在窃窃私语:一位先知正与他们同行。

与此同时,他小心翼翼不断接近阿凯梅安,一边攫取有关三海诸国的知识,一边用巧妙的手法控制法师,将激情与信念一点点注入对方的思维,这一切最终会迫使其做出不可能的选择:把真知巫术——远古北方诸国最致命的巫术——教给凯胡斯。

然而在学习过程中,他发现掌握着圣战军权柄的人中,已有几十个被换皮密探替换。更重要的是,他意识到它们已经知道他能感知其存

前　事

在。其中一个名叫萨瑟鲁斯的高阶沙里亚骑士，甚至来到他身边，刺探细节。利用这个机会，凯胡斯让自己变得更加神秘，将自己打扮成高深的谜团，让非神会不愿在解开谜底之前将他杀死。凯胡斯知道，只要自己在非神会眼中仍是一股神秘力量，它们就不会对他下手。

他需要更多时间来巩固地位。在彻底拥有圣战军之前，他不能冒险引发公开冲突。

出于同样的原因，他也没对阿凯梅安透露任何事。他知道，天命派学士相信他就是第二次末世之劫的使者，而阿凯梅安没向天命派透露他的存在的唯一原因，是阿凯曾经的学生埃因罗正因学派的阴谋而死。但如果让阿凯得知凯胡斯能看到非神会在人类中间的存在，恐怕就很难保守秘密了。就像阿凯梅安本人承认的那样，天命派不会将凯胡斯当作平起平坐的存在，而会把他拘捕起来研究。

待到圣战军肃清施吉克省，凯胡斯开始越来越多地露面，他开始在大金字塔下布道。虽然已有很多人公开称他为战士先知，他仍然坚称自己只是和大家一样的普通人。凯胡斯知道阿凯梅安已经屈服，将他当作了世界唯一的希望，于是最终要求学士教他真知巫术。但当阿凯梅安去萨略特图书馆思考是否答应他的要求时，却被赤塔绑架了。

凯胡斯认定阿凯梅安已死，于是开始接近艾斯梅娜，这不是出于一时欲念，而是因为她有着超乎寻常的天生智慧，对他来说足以作为得力的副手和潜在的伴侣。杜尼安僧侣与凡俗人等的区别，让他的血脉显得尤为珍贵。他知道，不管他和谁生下的孩子，都将成为非常强大的工具，更不用说是像艾斯梅娜这么聪明的女人了。

于是他开始教她读书，借机引诱她。他揭示出被她埋藏在心底深处的真相，将她越来越深地引入自己的权力与影响力的圈子。她由于丧偶而造成的脆弱情感和对陪伴的渴求，最终都成为了凯胡斯的助力，而非阻碍。等圣战军进入沙漠时，她已自愿和西尔维一起在床上侍奉他了。

乌有王子 * 千回之念

　　虽然圣战军在穿越沙漠途中伤亡惨重,这段行程却给他提供了无数机会,让他展示那非人的能力。他用不屈的意志与勇气将长牙之民团结起来,并凭借着超乎寻常的感知力,在沙丘下寻得水源,挽救了众人。圣战军余部到达卡拉斯坎时,已有成千上万人在用"战士先知"这个头衔向他致敬,而他也终于接受了。

　　他将自己的追随者命名为佐顿亚尼——"真理部落"。

　　但现在,他也面临着更大的危险。随着佐顿亚尼人数的增长,各大贵族对他的成见也越来越深。对很多人来说,遵从一位活着的,而非几千年前的先知的指引,这本身就证明了太多事情。伊库雷·孔法斯成为了正统派——否认凯胡斯先知身份的长牙之民——事实上的领袖,甚至连普罗雅斯都觉得自己越来越难以抉择。

　　非神会同样在用惶恐的眼光关注凯胡斯。在卡拉斯坎陷落后的混乱中,萨瑟鲁斯带领许多换皮密探兄弟们出手刺杀凯胡斯,险些要了他的命。凯胡斯留下了一颗砍下的头颅,知道早晚有一天会派上用场。

　　这之后不久,凯胡斯终于和父亲的特使联系上了:那是一个正躲避赤塔追杀的西斯林,此人声称凯胡斯走过了捷径,很快就能领会"千回之念"了。凯胡斯心里还有无数问题,但为时已晚,赤塔的人赶到了。为不暴露身份,凯胡斯砍了那个西斯林的头。

　　随着帕迪拉贾大军压城,将圣战军封锁在卡拉斯坎,情况进一步恶化。孔法斯和正统派声称,这是真神对长牙之民的惩罚,因为他们正追随一名伪先知。为除去威胁,凯胡斯计划刺杀孔法斯和萨瑟鲁斯,但两次尝试都失败了,马特姆斯将军——孔法斯最亲密的顾问,也因之被杀。

　　凯胡斯面对的是几乎看不到出路的困局:圣战军正蒙受饥饿的折磨,佐顿亚尼和正统派之间的战争一触即发,帕迪拉贾则不停地攻打卡拉斯坎的城墙。凯胡斯第一次面临自己无法掌握的局面。

　　他知道,想让圣战军团结在自己旗下,只有一条路可走:他必须让

前 事

长牙之民惩罚他和西尔维,寄希望于奈育尔为给西尔维复仇,从而救下他的性命。那将是一场极具戏剧性的逆转,最终证明他的无罪——而只有这样才能及时赢得正统派的支持。

他必须闭上双眼,完成信仰之跃。

于是西尔维被处决了,长牙之民将她赤裸的尸体和凯胡斯绑在一起,捆在圆环上,吊在一株巨树上等死。非神的幻觉缠绕着他,死去的西尔维压在他身上。他不曾感受过如此的痛苦……

有生以来第一次,安那苏里博·凯胡斯哭了。

阿凯梅安带着失去艾斯梅娜的狂怒来到他面前,凯胡斯告诉了他换皮密探的事,也告诉了他末世之劫已然逼近。

这之后,犹如奇迹一般,他被人从圆环上放了下来。他知道,圣战军终于属于他了,这支军队终于拥有了战胜帕迪拉贾所必需的激情与信念。

站在欢腾的大军之前,他领悟了千回之念。

终卷
最后的进军

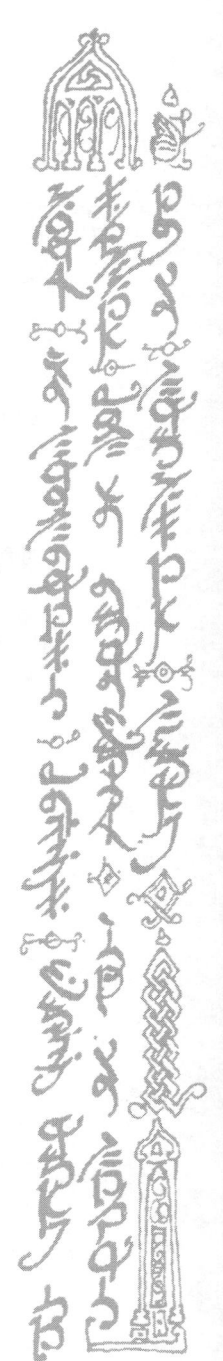

第一章　卡拉斯坎

> 我的心灵在颤抖，我的神智也在颤抖。
> 理性——我绝望地寻找理性，
> 有时我觉得我写下的每个字都代表着屈辱。
> ——杜萨斯·阿凯梅安，《第一次圣战简史》

长牙纪4112年，早春，安那斯潘尼亚

对阿凯梅安而言，曾有一段时间，未来变成了习惯，日子带着艰辛的节奏在父亲的阴影中反复循环。每天早上手指带着刺痛醒来，每天下午后背如同灼烧。鱼群在阳光下闪烁银光，明天变成今天，今天变成昨天，时间就像木桶里装着的鹅卵石不停滚动，永无休止地重复。他每天期待的都是自己一直在忍耐的东西，每天都准备将发生过的事再经历一遍。未来被过去奴役，变化的只是自己手掌的大小。

但现在……

阿凯梅安屏住呼吸，穿过普罗雅斯宅邸屋顶的花园。夜空清澈，群星在黑暗中闪耀：乌罗里斯星座从东方升起，连枷座在西边落下，酒碗座的圆环远远矗立，就像星星点点的火把勾勒出一只蓝色的碗。下方街道传来呵斥与叫喊，听上去既像感慨，又带着狂欢的迷醉。

出于完全无法解释的理由，长牙之民战胜了异教徒，卡拉斯坎又一次成为因里教的伟大城市。

阿凯梅安贴着一排杜松组成的篱笆走过，尖锐的枝杈划过罩衫。花园已近荒芜，土地散发出腐烂的气息，这里在饥荒最严重时被人翻了

终卷 最后的进军

个底朝天。他跨过一条布满灰尘的水沟,重重地跺了跺脚,踩平一片干枯的草地。

他跪下以平缓呼吸。

他早已看不到鱼群,每天早上握起拳头时手掌也不再流血,而未来……完全挣脱了束缚。

"我是,"他咬紧牙关低声说,"天命派学士。"

天命派。他上一次和他们说话是什么时候了?出行在外,保持通讯本是义务。这么久没能和学派联系,在他们看来必定是无法原谅的疏忽。他们会认定他疯了。他们会要他做不可能做到的事。要不然还是明天再……

永远是明天。

他闭上眼睛,念出第一串词句,再睁开眼时,他看到膝盖周围淡淡的光线画出了一个回环。草枝阴影交错,光影交界的地方,一只甲虫疯狂爬动,想要离开巫术笼罩的范围。他继续念诵,灵魂随声音扭曲,迎合着含义的抽象化,攀附上本不属于他的思维,与勾勒这个世界本原的意义相联结。毫无征兆地,地面似乎震动起来。突然间,他不再位于此处,而是无处不在。甲虫、草地,甚至连卡拉斯坎都消失了。

他尝到天命派宏伟的要塞阿提尔苏斯那阴冷潮湿的空气,透过另一个人的口唇……诺策拉。

盐水与腐土的恶臭让他险些吐了出来。浪头粉碎,黑色的潮水在阴暗的夜空下翻涌。燕鸥悬停在远方,仿佛违反了所有物理规则。

不……这不是阿提尔苏斯。

正因他太了解这个地方,才不至于恐惧到呕吐。气味激得他连连咳嗽,他忙盖住口鼻,转向要塞……他站在木质支架顶上,周围是一片片尸体,一直延伸到视野尽头。

达里亚什。

从城墙脚下到临海的城垛,每一寸空间都覆盖着被钉住的尸体,数

乌有王子 * 千回之念

不清有几千几万：这边是一个亚麻色头发的青年战士被刺穿脊柱，那边是一个婴儿被钉穿了嘴，像顶头冠一样悬在墙头。有的尸体以渔网裹住，可能是避免散架，阿凯梅安猜想。城墙脚下堆积着头骨和其他人体部位的碎块，也被渔网盖住。数不清的燕鸥、乌鸦，甚至几只塘鹅在这片死亡之地上空盘旋起降，每一只他仿佛都记得清清楚楚。

阿凯梅安梦到过这里许多回。死者之墙。谢斯瓦萨在特雷瑟陷落时被俘，非神会把他钉在这堵墙上，让他见证荣耀。

是的，诺策拉就悬挂在他面前，被钉子穿透了大腿与小臂。他除了脖子上的痛苦项圈外一丝不挂，似乎已失去了意识。

阿凯梅安紧握颤抖的双手，直到指头失去血色。达里亚什曾是一座宏伟的哨岗，监视着阿冈戈里亚的荒原，直至戈尔格特拉斯。铁石心肠的阿约西人守卫着她的箭塔。现在她只是世界边缘大废墟中的一处驿站而已，阿约西人灭亡了，那个民族已经消逝，库尼乌里人的伟大城市也化为腐烂的甲壳。奇族逃进山间的要塞，余下的上诺斯莱国家——伊莫尔和阿克瑟西亚——在为最后一线生机而战。

自非神出现已有三年，阿凯梅安能感觉到它的存在，那是盘踞在西边地平线上的阴影，末日的预兆。

风卷着冰冷的浪花打在他身上。

诺策拉……是我！是阿凯——

一阵痛苦的号叫让他不禁缩起身子。虽然明知不会受到真正的伤害，他还是蜷了起来，望向声音传来的方向，紧紧抓着脚下被血浸染的木头。

要塞下方另一个支架上，一只巴拉格朝一个抽搐的人影弯下腰去。它巨大的身躯上长着无数拳头大小的瘤子，每个上头都生有长长的黑毛，发育不全、宽阔野蛮的面孔正露出古怪的笑容。它突然站了起来——每条"腿"都是连在一起的三条腿，每只"胳膊"也是连在一起的三只胳膊——将一个苍白的人影举起，那原是一个被串在长矛般的铁

终卷　最后的进军

钉上的人。那人的脚在空中踢了两下，就像在浴盆里呛水的孩子。巴拉格将他按在尸堆上，挥舞一只巨大的铁锤，猛击铁钉尾部，钉进看不见的楔孔。阵阵惨叫传到高处，巴拉格磨着牙齿，露出欣喜的表情。

阿凯梅安无法动弹，眼看巴拉格举起另一根钉子，钉进那人的骨盆。号哭变成狂乱的尖叫，接着一片阴影落在巫师头上。"痛苦。"一个深沉的声音说，就像在他耳边低语。

他猛吸一口气，卡拉斯坎温润的空气完全不符合眼前的景象……

一瞬间，他的咒术动摇了，让他记起了世界原本的模样。阿凯梅安仿佛又瞥见了星空下的公牛高地，直到他看到那个人——墨克特里格——就站在自己身边，盯着诺策拉那具悬挂在一张张喘息的嘴、一条条微微蠕动的手臂之间的，仍在动弹的躯体。

"痛苦与侮辱，"那奇族续道，带着人类所没有的声调，"谢斯瓦萨，透过它们能寻得救赎吗？"

墨克特里格用奇族武者特有的姿态站在那里，双手紧扣后背。他的真银护胸甲上镂着一圈互相衔接的白鹤，胸甲下则是一件轻薄的黑色缎子长袍，真银链条沿袍子的褶边垂落地面。

"救赎……"诺策拉用谢斯瓦萨的声音喘息道。他抬起肿胀的眼睛，紧盯奇族王子。"已经到这步田地了吗，塞-因奇拉？你什么都不记得了吗？"

恐惧在奇族那完美的面庞上一闪而过，他的瞳仁缩得如一根羽毛。由于修习了千年的巫术，奎雅们身上的印记比任何学士都浓厚，两者的程度天差地别，像是颜料与清水的对比。尽管有着超乎自然的美，皮肤雪白如瓷器，但他们每个似乎都在发黑、枯萎，仿佛炽烈燃烧的炭火将要化为残渣。有人说，某些奇族身上的印记太过强烈，哪怕走近一枚丘莱尔，都会化作盐粒。

"记得？"墨克特里格做了个既庄严又忧伤的手势，"但我建起这样一堵高墙……"好像是强调他的话一样，阳光沿墙体闪烁了一下，给死者染上了红边。

"渎神!"诺策拉啐道。

裹着尸体的渔网猛地收紧了。阿凯梅安扭头看去,腐烂的手臂在城墙转弯的地方挥舞着,像是在朝看不见的航船道别。

"所有的纪念碑、所有的记忆都是如此。"墨克特里格回答,朝右肩点了点下巴,这是奇族表示赞同的姿势。"它们不正是用来弥补我们的缺陷和弱点的吗?我可以永生不死,但我的经历却会不断朽坏。谢斯瓦萨,你的痛苦,恰恰是我的救赎。"

"不,塞-因奇拉……"谢斯瓦萨的声音让阿凯梅安感到莫名的痛苦,让他眼里充满泪水。他的身体没有忘记这些梦境。"并不是一定要这样!我读过古代史籍,也见过塞摩玛斯下令将你的肖像毁掉之前,大白厅中那些雕刻!你曾是个伟人,是那些提携我们的奇族的一员,是你们让诺斯莱人成为人类各部落中最强大的一支!你当时不是这样的,我的王子!你从来不是这样的!"

奇族又做出侧面点头的诡异动作,一滴泪水从脸颊滚下。"正因如此,谢斯瓦萨,正因如此……"

爱抚总会消逝,留下的只是伤疤,这个简单的事实隐藏着奇族最悲剧,也最具灾难性的真相。墨克特里格的生命比人类长了一百倍,甚至更多!阿凯梅安总在想,如果一个人一生中每一点欣慰的回忆——无论爱人的触碰还是孩子温柔的哭泣——都被累积下来的痛苦、恐惧和仇恨淹没,会是什么感觉?哲人戈塔迦写过,要想理解奇族的灵魂,只需看看那些年迈又骄傲的奴隶的脊背就可以了。伤痕。一层盖一层的伤痕。这就是他们疯狂的原因。他们中的每一个都疯了。

"我是个残忆者,"墨克特里格说,"我所做的都是自己最痛恨的事。只有不断鞭笞自己的心,方能记住这一切!你明白吗?你们是我的孩子啊!"

"一定别有的办法。"诺策拉喘息着。

终卷　最后的进军

奇族低下光头，就像一个在父亲面前被懊悔压垮的孩子。"我是个残忆者……"他仰起头，泪流满面，"没有别的办法。"

诺策拉拼命扭动被钉子刺穿的手臂，痛苦地大喊："那么杀了我啊！杀了我，结束这一切！"

"但你知道那个，谢斯瓦萨。"

"什么？我知道什么？"

"苍鹭之矛的所在。"

诺策拉紧盯着他，在恐惧中瞪圆了眼睛，他痛苦地咬紧牙关："如果我知道，被钉在这里的就是你了！我会亲自对你施刑。"

墨克特里格狠狠地反手抽在他脸上，阿凯梅安不禁跳了起来。血滴溅在墙上，沿裂痕流下。

"我会把你从头到脚的皮都剥下来！"奇族用刺耳的声音说，"虽然我欣赏你，但我也会让你的灵魂不得安宁！我要让你从'人类'这个词的妄想中醒过来，引出你心中的野兽——无灵魂的野兽！它的嗥叫才是一切的真实……你会告诉我的！"

老人咳嗽着，嘴角流出鲜血。

"谢斯瓦萨，届时我……我会记住你！记住这一切！"

阿凯梅安看到了那个奇族的牙齿。墨克特里格的眼睛闪耀着太阳般的光芒，每根手指尖都出现了燃烧的橙色光晕，它们沸腾着，边缘复杂的形状不断变动。阿凯梅安马上明白了这是什么咒术：奎雅们使用的折磨术"萨瓦之绳"。墨克特里格用火山般的手掌抓住谢斯瓦萨的额头，犹如一柄锯刃锯过对方的身体与灵魂。

诺策拉用不属于自己的声音号叫起来。

"嘘……"墨克特里格低声说着，拍打老巫师的脸颊，用拇指拂去泪水，"小声些，孩子……"

诺策拉猛烈地咳嗽抽搐。

"求你了，"奇族道，"请不要哭……"

乌有王子 * 千回之念

阿凯梅安大喊：诺策拉！他实在看不下去了，经历过赤塔的拷打，他无法再目睹这一切。这只是你的梦境，诺策拉！你的梦境！

宏伟的达里亚什一片寂静，燕鸥与乌鸦在四周飞翔争斗，死者空洞的眼睛望向雷霆滚动的大海。

诺策拉的目光从墨克特里格的手掌转到阿凯梅安脸上，空气变得沉重而冰冷。"你已经死了。"他喘着气说。

不，阿凯梅安说，我活下来了。

木架与城墙统统消失，腐烂躯体的味道和食尸鸟的尖叫也不复存在。墨克特里格不见了，阿凯梅安站在虚空之中，这急剧的转变让他难以呼吸。

你怎么活下来的？诺策拉在他脑海中喊道，我们听说你被赤塔带走了！

我……

阿凯梅安？阿凯？你那边还好吗？

他为何感觉如此渺小？他有足够的理由去欺骗他们——理性！

我、我……

你在哪里？我们会派人去找你。我们会采取必要措施。这个仇非报不可！

他们在关心他？同情他？

不——不，诺策拉。不，你不知道——

他们虐待了我的兄弟！我还需要知道别的什么吗？

疯狂的瞬间，仿佛一切都失去了重量。

我骗了你们。

漫长而黑暗的沉默。完美的寂静中仿佛有什么听不到的东西在发出嘶哑的叫声。

骗了我们？你是说赤塔没抓到你吗？

不——我是说，他们确实抓住我了！但我逃了出来……

终卷　最后的进军

爱荷西亚的一幕幕疯狂景象在黑暗中闪过。伊奥库斯和他那心不在焉的刑罚。辛奈摩斯被刺瞎双眼。瓦希人偶。还有他如神祇般挥洒真知巫术时的样子。

他记得人们的尖叫。

很好！你做得很棒，阿凯梅安——我们应该把这事记下来！把它写进编年史，成为不朽的传说！但你刚刚说的骗了我们是怎么回事？

有——他在卡拉斯坎的身体蜷缩起来——有一件事……我没告诉你和其他人。

一件事？

一个安那苏里博回来了……

漫长的寂静，诡异的沉思。

你在说什么？

末日使者来了，诺策拉。世界末日就要到了。

※

世界末日就要到了。

只要重复次数够多，任何句子——连同这句话在内——都会失去原本的含义。阿凯梅安知道，正因如此，谢斯瓦萨才把他本人遍布伤痕的灵魂刻进梦境，成为其信徒世代相传的诅咒。但现在，对诺策拉忏悔时，他却感觉像是第一次说出这句话。

也许他之前确实没想过这句话会成真。至少不像现在这样。

震惊之下，诺策拉似乎忘记追究他的背叛行为，他的"传音"出现了令人不安的空白——这可不是好兆头。良久后阿凯梅安才明白，老人只是吓到了，就和阿凯梅安本人数月前的感受一样。诺策拉本以为自己太过渺小，不可能亲眼见到预言化为现实。

世界末日就要到了。

乌有王子 * 千回之念

　　阿凯梅安开始描述他与凯胡斯的首次会面。那天在摩门城外，普罗雅斯是要他去鉴别塞尔文迪人的。他描述起那个人的智慧——甚至举出凯胡斯用无与伦比的方式改进了阿金西斯的逻辑学作为证明。他讲述了凯胡斯如何以无法阻挡的势头在圣战军中崛起，有的是他亲眼所见，有的是他后来通过普罗雅斯知道的。诺策拉此前也听说长牙之民中有个自称先知的人地位在不断上升，显然是通过安插在皇宫中的线人。但安那苏里博这个名字传到阿提尔苏斯时已变成纳述尔的语言，对天命派来说，不过是又一场宗教的迷狂而已。

　　阿凯梅安接着讲述卡拉斯坎发生的一切：帕迪拉贾的到来、围城和饥馑、正统派与佐顿亚尼之间越发紧张的局势、凯胡斯被斥为伪先知……直到最后，在乌米亚齐阴暗的树影下，凯胡斯向阿凯梅安吐露了真相——也就是阿凯梅安现在吐露的这些。

　　他把一切都告诉了诺策拉，除了艾斯梅娜。

　　在他恢复自由之后，连最顽固的正统派也跪倒在他面前——他们还有选择吗？塞尔文迪人与库提亚斯·萨瑟鲁斯展开决斗——想想吧，诺策拉！连沙里亚骑士团的首席骑士队长都是换皮密探！塞尔文迪人的胜利证明，恶魔——**恶魔**！——试图杀死战士先知。正像阿金西斯说的那样，人类会用堕落来证明自身的纯洁。

　　他停了一下，心中一阵烦躁。他相信诺策拉肯定没读过阿金西斯的作品。

　　是的，是的。年迈的巫师口气里满是不耐烦。

　　他就像一场席卷人体的高烧，突然间，整个圣战军变得前所未有的狂热和团结。所有大贵族——当然，除了孔法斯——都跪在他面前，亲吻他的膝盖。高提安当众哭泣，将自己的胸膛袒露在那个安那苏里博的剑下。然后他们开始进军。那是怎样的场面啊，诺策拉！跟我们梦中那些情景一样宏伟，一样可怕。饥肠辘辘、病痛缠身的圣战军跌跌撞撞走出城门——就像一群死人走向战场……

终卷 最后的进军

破碎的景象在黑暗中闪过：骨瘦如柴的剑士穿着没了皮带的锁甲，骑士坐在肋骨清晰可见的马背上，粗糙的圆环旗飘扬在空中。

后来发生了什么？

最不可能发生的事。他们赢了。无人能挡！我到现在一闭眼还会看到那惊人的一幕……

帕迪拉贾呢？诺策拉问，卡萨曼德，他怎样了？

他被战士先知亲手杀死。现在，圣战军正准备向希摩进发，去讨伐西斯林。已经没有人可以阻挡他们的去路了。他们战无不胜！

但为什么？老巫师问，如果这个安那苏里博·凯胡斯真的知道非神会，也相信第二次末世之劫即将降临，他为何还要继续这场愚蠢的战争？也许他说那些话只是为了欺骗你。你考虑过这种可能性吗？

他能看穿它们。即使是现在，净化仍在继续。不……我相信他。

萨瑟鲁斯死后，军中有十几个军官凭空消失了，令他们的扈从震惊不已，也足以让最狂热的正统派转而投向战士先知的阵营。打败帕迪拉贾之后，卡拉斯坎城里和圣战军内部都展开了彻底的搜索，但就阿凯梅安所知，他们一共只找到两个那样的怪物，之后……祛除了它们。

这真是……真是太不寻常了，阿凯！你说的这些……很快三海诸国都会相信我们了！

否则就会被毁灭。

想到曾经充满嘲讽与怀疑的人们很快要开始接见天命派的使者，他心中涌起一丝无情的愉悦。数世纪以来，他们一直被当成笑柄，忍受各种嘲弄，甚至礼仪规范许可内最下等的侮辱。但现在……努力证明自己是最强大的麻醉剂，而它已在天命派巫师的血脉中潜游很长时间了。

是的！诺策拉喊道，这就是为什么我们必须牢记，何为最重要的事。非神会绝不会这么容易就被根除，他们一定会设法杀死那个安那苏里博——毫无疑问。

毫无疑问。阿凯梅安答道,不知为什么,他没考虑过会有人再度尝试刺杀凯胡斯。

也就是说,首先,最重要的事,诺策拉续道,你必须尽你的一切力量保护他,不能让任何东西伤害他!

战士先知不需要我的保护。

诺策拉停下来。你为何这样称呼他?

因为没有其他名字配得上他,甚至连安那苏里博都不行。但不知为何,也许出于心底的犹豫,他没把这话说出口。

阿凯梅安?你真觉得他是先知?

我不清楚我到底觉得什么……发生的事太多了。

没时间让你愚蠢地感伤了!

够了,诺策拉。你没亲眼见过那个人。

还没有……不过我会的。

你什么意思?学派的弟兄们也会到这里来?这想法让阿凯梅安有些困扰,想到让天命派其他成员见证他的……

耻辱。

诺策拉没理会他的问题。我们的远房表亲呢?赤塔有何打算?他的语调带有勉强的揶揄意味,甚至可以说是强迫自己问出的。

在议事会上,以利亚萨拉斯看上去就像个刚把孩子卖给奴隶贩子的人。他甚至不敢看我一眼,更不用说问我非神会的事了。他听说了我在爱荷西亚留下的废墟,我想他怕我。

他会来找你,阿凯,早晚会的。

让他来好了。

每天晚上账本都被打开,债务被反复清点。会有补偿的。

没有余暇给你复仇。你必须把他当作同辈,想心里好过点,就假装从没被绑架、拷问过吧……我理解你报复的渴望——但想想我们面对的是什么!大局为重,我们面临的风险比其他任何顾虑都更重要。你

终卷 最后的进军

明白吗？

明白就等于不再仇恨吗？

我非常明白，诺策拉。

还有那个安那苏里博——以利亚萨拉斯和其他人现在怎么看他？

他们**希望**他是个骗子，我只知道这么多。至于他们怎么看他，我就不知道了。

你必须让他们明白，那个安那苏里博是**我们的**，阿凯梅安。你必须让他们明白，如果想绑架他的话，比起将来的遭遇，爱荷西亚发生的一切不过是场杂耍而已。

他们绑架不了战士先知。他……远非他们对付得了的。阿凯梅安停了一下，努力让自己冷静。但他可能被收买。

收买？你是什么意思？

他想学习真知巫术，诺策拉。他是异民的一员。如果我拒绝他，恐怕他会转向赤塔。

异民？你什么时候知道的？

有一段时间了……

而你什么都没告诉我们！阿凯梅安……阿凯……我必须知道，在这件事上能不能信任你！

就像我在埃因罗的事情上信任你一样？

长久的沉默，充盈着罪恶感与责问。黑暗之中，阿凯梅安仿佛可以看到那个男孩用恐惧与担忧的眼神盯着老师。

那是场不幸，我向你保证。诺策拉说，后来发生的一切可以为证，不是吗？

我只是要再警告你一次，阿凯梅安说，你明白吗？

他怎么做得了这个？一边与世界为敌，一边与内心交战，他还能支撑多久？

我必须知道，还能不能信任你！

你想让我说什么呢？你还没见过那个人！不亲眼见到他，你是不会明白的！

明白什么？明白什么？

他是这个世界唯一的希望。相信我，诺策拉，他绝不仅是一个标志，也不仅是一个巫师——他远比这厉害得多！

控制你的感情！你必须把他当成工具——天命派的工具！——仅此而已，不多也不少。我们必须占有他！

如果真知巫术是"占有"的代价呢？

真知法术是我们的战锤。是我们的！如果交出——

赤塔呢？如果以利亚萨拉斯提议教授他类比法术呢？

犹豫，一半出于愤怒，一半出于恼火。

真是疯了！一个先知居然会为了学习巫术挑动学派之间的矛盾？他想当巫术先知吗？想当萨满吗？

说完这话，两人都沉默了，他们仔细考量着这场交易中每一枚筹码的意义，而整个世界沉重地压在肩头，仿佛在斥责他们的无能。诺策拉是对的，环境就这么疯狂，但他能理解阿凯梅安心头的挣扎吗？诺策拉要阿凯梅安用礼貌的辞令和谄媚的笑容去讨好那个折磨他的人，更过分的是，还要他去哄骗和赢得先知的心——那位刚刚偷走他唯一爱人的先知……阿凯梅安强压下心头的怒火。在卡拉斯坎，两颗泪珠从那双无法看到周遭事物的眼睛里流了下来。

那这样好了！诺策拉喊道，声音中带着令人窘迫的焦急。其他人要知道这个，准会剥我的皮……把那些低级咒术传授给他，诸如标记咒之类。让他认为这些浮光掠影就是我们最深刻的秘密。

你没明白我的话，对吗，诺策拉？战士先知是不可能被欺骗的。

所有人都能欺骗，阿凯梅安，所有人。

我说他是个"人"了吗？你没见过他！没有任何人和他一样，诺策拉，我不想再重复了！

终卷　最后的进军

"无论如何,你必须控制他。我们的战争有赖于此。一切都有赖于此。"

"你必须相信我,诺策拉。那个人绝非我们所能控制。他……"

艾斯梅娜的样子在他脑海中闪过,那样驯服,那样诱人。

他掌控了一切。

山丘间堆满敌人的尸体,长牙之民欢庆胜利,他们的饥饿无以伦比。他们把母牛宰掉摆上宴席,公牛则献祭给心如铁石的吉尔加里奥及其他百神。他们狼吞虎咽,直至撑得恶心,稍事歇息又继续大吃大嚼。他们狂喝滥饮,喝得人事不省。许多人情不自禁地跪倒在圆环旗之下——只要人群聚集的地方,佐顿亚尼的法官都会将这面旗帜高高举起。每个看到旗上图案的人都会放声大哭,仿佛不敢相信眼前的现实。当一队队纵酒狂欢的士兵在黑夜中相遇时,他们会高喊:"我们!我们是真神的怒火!"然后彼此拍打手臂,将对方视为兄弟,一同走向燃烧的篝火。

再没有了正统派,没有了佐顿亚尼。

他们重新成为了因里教徒。

康里亚人从基安人的缮写室里掠来墨水,在前臂绘上圆环内十字交叉的刺青。森耶里人和泰丹人以火烧热匕首,在肩膀刻下三道长牙形状的疤痕——每一道代表他们经历的一场大战——这很像是塞尔文迪人的斯瓦宗。加里奥斯人和艾诺恩人也在用自己的方式装饰身体,只有纳述尔人仍保持克制。

一队阿格蒙人在山间发现了帕迪拉贾的旗帜,马上交到梭本手中,梭本用三百枚基安阿卡尔奖励了他们。之后,在法玛宫临时举行的庆典上,凯胡斯王子撕下岑木旗杆上那面丝旗,扔在椅子前面,用穿凉鞋的脚踩住旗上的狮子——或是老虎——宣布:"把敌人所有的徽记、所有神圣的象征,都扔到我脚下吧!"

之后两天,费恩教俘虏排成长队,缓缓走过战场,将死去的亲族堆成卡拉斯坎城墙脚下的一座座小山。数不清的食尸鸟——野鸢、寒鸦、白鹳及体型硕大的沙漠秃鹫起起落落,有时甚至像蝗群一样遮天蔽日。虽然食物充足,它们仍似海鸥争鱼一样吵闹不休。

长牙之民的狂欢在继续,很多人因此染病,甚至有上百人死去——医祭说是长期挨饿之后暴饮暴食造成的。特尔塔平原之战结束四天后,他们令俘虏排成一条长龙,剥去每个人的衣服,肆意侮辱。费恩教俘虏被押着从长牙之民堆积如山的战利品前走过:成桶的黄金白银,祖姆的丝绸,南锡蓬的钢铁武器,辛古拉的药膏与香油。他们被鞋子和连枷驱赶走进号角之门,穿过城市前往卡鲁尔广场,圣战军主力集结在那里,用嘲弄与斥骂迎接他们。

俘虏二十人为一组,被带到黑色的巨树乌米亚齐之下,战士先知坐在一张简陋的条凳上,等待他们觐见。那些跪倒在地、诅咒费恩教信仰的人像狗一样被牵到久候在旁的奴隶贩子跟前;站立不屈的俘虏则被当场斩首。

当一切告终,绯红的太阳落至深色山丘的后面时,战士先知从凳子上站起来,跪在敌人的血泊之中。他要大家照他的样子做,然后用费恩教徒的鲜血在每个人的额头上绘出长牙的形状。

即使最雄魁的男人,在这样的奇迹前也会落泪。

艾斯梅娜是他的……

终卷　最后的进军

像所有令人恐惧的想法一样，这个念头一直在他心中盘桓。它如蛇一般在他的意念里爬来爬去，有时缩成一团，有时异常冰冷，虽然感觉上既长久也熟悉，却又有种急不可待的劲头，好像再不记起来就太晚了。它像是尖厉的战吼，又像是无能的忏悔——他不仅是失去了她，还将她输给了那个人。

他的灵魂好似只剩下几根手指，根本触摸不到，也应付不了该做的事。她的背叛大得让他无法领会。

老傻瓜！

他来到法玛宫时，几名佐顿亚尼官员一时有些失措。他们用敬重的态度迎接了他——毕竟他教导过他们的导师——但每个人都有些紧张甚至惶恐。如果他们表现出怀疑，阿凯梅安可以认为这是出于对他巫术的忌惮，毕竟他们都是虔诚的教徒；但他们似乎并非因他的到来而紧张，而是为自己的想法困惑。阿凯梅安明白，他们都认识他，就像每个人都认识自己私下里嘲弄的对象一样。而现在，他就站在他们面前，根据他们无条件遵从的经文，对待他这等身份的人应该带有敬意——于是他们开始为自己不敬的想法感到惶恐。

当然，他们也知道他是与先知的女人通奸的人。过了这么久，每一个在辛奈摩斯的营火前分享过面包，或是看到过他俩在一起的人，心里都编排好了一个扭曲的故事。故事中已没有了两情相悦的情节：巫师爱上妓女，而这个妓女是先知的伴侣，这样的故事无疑已在千万人中口耳相传，令他的屈辱成倍增长。

阿凯梅安一边等待信使和文书通过看不见的程序传递他的请求，一边信步走进旁边的庭院。院内景象很是让他吃惊。他意识到，就算没有非神会，没有第二次末世之劫的威胁，身边的一切也不一样了。凯胡斯会改变这个世界，不是以阿金西斯或崔亚姆斯的方式，而是以因里·瑟金斯的方式。

阿凯梅安明白，这是元年。人类新纪元的元年。

乌有王子 * 千回之念

他走出门廊下的阴影,踏入清新凉爽的晨光之中。大理石反射着白色与玫瑰色的光芒,让他一时睁不开眼,随后他的目光落在庭院中央的泥土花床上,惊讶地注意到那里的土地刚刚经过翻整,种下了白色的百合花和长枪般的龙舌兰——应是从城外挖来的野花,三个和他一样的请愿者在庭院另一边低声交谈。这么短的时间内,一切变得如此肃静——如此正常——他不禁深受触动。一周之前,卡拉斯坎还是个充满疫病与污秽的城市,而今就算告诉他这是在摩门或奥克尼苏斯等待觐见,也不会觉得有什么问题。

连那些旗帜,沿柱廊垂下的白色丝旗,也让人感到莫名熟悉,似乎一切不曾改变,战士先知一直都住在这里。阿凯梅安望向旗帜上按凯胡斯的身形绘出的人形,人形伸出的四肢将圆环完美地四等分。圆环旗。

清凉微风吹过庭院,旗帜表面现出涟漪,仿佛一条蛇在下面爬过。阿凯梅安心想,早在平原上的大战打响之前,就有人在准备这些东西了。

不管画这图案的人是谁,他们忘了西尔维。阿凯梅安眨眨眼,将凯胡斯和她一起绑在圆环上的景象从眼前赶开:乌米亚齐底下十分昏暗,但他还是能看到,她脸朝后仰,带着苦难与狂喜……

"我看到它了!跟你说的一样。"那晚,凯胡斯承认,"Tsurumah. 莫格-法鲁。"

"阿凯梅安大师。"

阿凯梅安愣了一下,转身看到一名穿绿底金纹礼服的军官站在阳光下。和所有长牙之民一样,他骨瘦如柴,但并不像法玛宫外经常看到的那些人一样脸色苍白。这人跪在阿凯梅安脚边,带着浓厚的加里奥斯口音朝地面说:"在下杜恩·赫尔萨,百柱团持盾卫士队长。"但他仰起头来时,蓝色的眼瞳中却看不到多少礼貌,只是充满热切的企盼。"他要在下带您过去。"

终卷　最后的进军

阿凯梅安咽口唾沫,点了点头。

他……

巫师跟着那军官,走进一道道带着香气的昏暗长廊。

他。战士先知。

他的皮肤感到轻微刺痛。在这个世界上,在这片无边土地上的无数人类之中,只有他,安那苏里博·凯胡斯,能与真神交谈——真神!还有什么其他解释呢?还有什么人能知道别人不知道的事,说出别人说不出的话?

谁能责怪阿凯梅安曾经的怀疑?这就像一把竖琴被举在风中,自行演奏出了一首完美的乐曲。这不止是信仰能解释的事……

这是奇迹。一位先知行走在他们之中。

和他说话时要记得呼吸。一定要记得。

两人继续前行,持盾卫士队长没再说一句话,只是笔直地盯着前方。和这座宫殿中的其他人一样,他仿佛也在遵循某种诡异的纪律。许多地方铺有花纹华丽的毯子,令脚步悄无声息。

虽然心中有些紧张,阿凯梅安还是很感谢对方的一言不发,他似乎从不曾感到过如此多的情感在心中交织冲突:恨,对一个不可能战胜的竞争者,对一个夺走了他作为男人最宝贵的财富——妻子——的骗子;爱,对一位老友,对一位一度成为他老师的学生,对一个可以用无数深刻的洞见让他灵魂激荡的声音;惧,为了未来,为了降临到每个人头上的疯狂;喜,为了敌人暂时被击退……

还有苦涩。还有希望。

以及敬畏……最终都归结于敬畏。

普通人的眼睛不过是些针孔——没有谁比天命派学士更清楚这一点了。所有的书籍、经卷,都不过是针孔,他们看不到无法被目击的事物,便理所当然地认为自己看到了一切,将针孔当作整个天穹。

但凯胡斯不一样。他是一扇门,一扇宏伟的大门。

他是来拯救我们的。我一定要记住,一定要坚持这一点!

持盾卫士队长引他走过一排面庞如石雕的卫兵,他们的绿色外袍上同样绣着百柱团的金色徽记:弯曲的长牙前面一排笔直的石柱。他们走过绘有浮雕的桃心木大门,踏入另一条走廊,面前是更为宽敞的院子,空气中带有浓郁花香。

阳光透过柱廊照进果园,光明与谧静笼罩四周。这里有许多果树——阿凯梅安猜想可能是从外地引进的某种奇异的苹果树——黑色的树干掩映在繁星般的花朵下,每片花瓣都如同在鲜血中浸染过那样鲜艳。园内还有不少巨大的石碑——应该是墓碑——未经雕琢的黑色石块矗立在树丛中,也许比凯兰尼亚甚至施吉克更古老,碑下有不少早前掉落的残枝。

阿凯梅安探询地看向赫尔萨队长,却瞥见绿叶与花朵间的树枝动了。他转过身——她就在那里,和凯胡斯一起,信步绕过树枝朝这边走来。

艾斯梅娜。

她在说话,但阿凯梅安听到的只是记忆中她的声音。她的眼睛垂下去,若有所思地看着纤柔的脚下那落满花瓣的地面。她微笑着,笑容中带有令人怜悯的忧伤,又是那么让人心碎,就像是在用带有爱意的许诺回答提议一样。

阿凯梅安猛然发现,这是他头一回看到这两个人在一起。她的神态是那么自信,气质是那么超凡,基安长袍上的绿松石腰带勾勒出她曼妙的身材——阿凯梅安毫不怀疑,这一定是死去的帕迪拉贾某个宠妾的衣服。她是如此优雅,黑色的眼睛、深色的面庞、黄金头饰下的长发像黑曜石一样闪烁。她就像是尼尔纳米什的皇后靠在库尼乌里至高王的怀抱中一样。一枚丘莱尔——一枚饰物!——挂在她脖子上。神之泪。比黑暗更黑暗的存在。

她是艾斯梅娜,但又不是艾斯梅娜。那个生性散漫的女人消失了,

终卷　最后的进军

现在这个她远比曾在他身边的那个人高贵得多,真可谓华丽夺目。

又或者,她只是寻回了这些。

是我让她变得黯淡,他明白过来,我是烟,而他……是镜子。

看到先知出现,赫尔萨队长马上跪倒,脸紧贴地面。阿凯梅安发现自己也跪在地上,仿佛双腿再也承担不起身躯的重量。

"下一次我死的时候你会怎样呢?"那个心碎的夜晚,他这样问过她,"住进安迪亚敏高地吗?"

他真是个蠢货!

他像个女人一样眨着眼睛,努力吞下唾沫,感觉喉咙里仿佛塞进了一捆荨麻。刹那间,世界仿佛变成了一本恶毒的账目,一边列下了他的付出——他付出了那么多!——另一边只有唯一一行。他为什么就是无法得到她?

因为是他自己毁掉的,就像他毁了其他曾拥有的东西一样。

"我怀了他的孩子。"

他们的眼神短暂交汇。她犹豫着抬起一只手,但马上又放下了,似乎突然想起自己现在应该对谁忠诚。她转身吻了凯胡斯的面颊,然后跑开,闭着眼睛,嘴唇抿成一道让人心寒的直线。

这是他头一回看到这两个人在一起。

"下一次我死的时候你会怎样呢?"

凯胡斯站在苹果树前,带着温柔的期待朝他看来,身上的白色丝质法衣绘有灰色的树木图案,那柄形状奇特的长剑一如既往被他背在左肩之后。和艾斯梅娜一样,他也戴着一枚饰物,不过至少知道礼貌地将它藏在衣服下面。

"你永远无需向我跪拜,"他招手示意阿凯梅安到他身边,"你是我的朋友,阿凯,永远都是。"

阿凯梅安耳中一片轰鸣。他站在那里,凝视着艾斯梅娜消失的那片阴影。

到底是怎么变成这样子的?

阿凯梅安第一次遇见凯胡斯时,对方和乞丐没什么分别,似乎只是塞尔文迪人身边一个神秘的跟班,普罗雅斯希望用来和皇帝一争高下的是那个草原人。但即便在那时,似乎也有什么在预示现在这个时刻的到来。他们当时反复猜想一个塞尔文迪人——甚至来自乌特蒙部落——会来参加因里教徒的圣战的原因。

"是因为我。"凯胡斯当时说。

当他说出自己的姓氏时,一切便开始运转了。安那苏里博。

阿凯梅安走过两人间的空地,莫名其妙地感觉受到凯胡斯的压迫。他一直都有这么高吗?凯胡斯微笑着,若无其事地领他走进树丛中一个缺口。一块墓碑挡住了太阳,蜂群的嗡嗡声在空中回响。"辛奈摩斯怎样了?"他问。

阿凯梅安抿紧嘴唇,咽了咽唾沫。不知为何,他仿佛一下子被这个问题解除了武装,险些流下泪来。

"我……我挺担心他的。"

"你一定要带他来见我,越快越好。我真怀念咱们在星空下一边吃肉一边争论的日子,我还记得当时篝火老是烤到我的脚。"

阿凯梅安也很轻松地找回了从前的感觉。"你的腿总是伸得太长。"

凯胡斯笑了,他身上的光辉似乎盖过了丘莱尔那深渊般的黑暗。"就像你脑子里总是想得太多一样。"

阿凯梅安咧咧嘴,但他不经意间看到凯胡斯手腕上的勒痕,刚刚想好的笑话便烟消云散了。他这才注意到,凯胡斯脸上也有瘀青和伤痕。

他们拷打他……还杀了西尔维。

"是的。"凯胡斯悲伤地伸出双手,似乎要拥抱他,"如果一切都能很快痊愈就好了。"

不知为什么,这句话点燃了阿凯梅安心中的怒火。

终卷　最后的进军

"你一直都能看到非神会的存在———一直都能！——但你却不曾对我说过……为什么？"

为什么是艾斯梅娜？

凯胡斯扬了扬眉毛,叹口气。"时机不对。这你是知道的。"

"我知道？"

凯胡斯抿嘴微微一笑,仿佛在痛苦的同时也感到放松。"现在你和你的学派必须出山了,放在以前你们多半只会简单地把我抓走。我一直瞒着你换皮密探的事,理由和你为什么一直不告诉天命派我的存在是一样的。"

这你是知道的。他的眼睛又重复了一遍。

阿凯梅安不知该怎么回答。

"你告诉他们了。"凯胡斯边说边转过身,继续走在茂密的林荫道上。

"是的。"

"他们接受你的解释了吗？"

"什么解释？"

"我不止是第二次末世之劫的预兆。"

远远不止。他不禁发抖,身体与灵魂同时在颤动。

"他们并不接受。"

"我可以想象,你给他们描述我的时候一定很困难……很难让他们明白。"

阿凯梅安无助地望向他,然后低头看自己的脚。

"那么,"凯胡斯续道,"他们对你的指示又是什么？"

"假装传授你真知巫术。我告诉他们,如果不这样做,你可能会投向赤塔。此外,我还要保护你不受任何——"阿凯梅安停下来,舔了舔嘴唇,"任何伤害。"

凯胡斯咧嘴在笑,同时又皱起眉头——就像辛奈摩斯失去双眼之前那样。

"这么说你现在是我的保镖了?"

"他们有足够的理由担心——你也应该担心。想想你带来的灾祸吧!几个世纪以来,非神会一直躲藏在三海诸国的膏腴之中,不受限制地为所欲为,我们却成了大家的笑柄。但现在,膏腴被烧尽了,为夺回失去的东西,他们能做出任何事。任何事!"

"他们会刺杀我。"

"那是以前……现在你冒的风险更大。这些换皮密探或许是独自行事,又或许是……受命而来。"

凯胡斯看了他一会儿。"你担心非神会直接插手……担心哪个老魔物的阴影会笼罩在圣战军之上。"

他点点头。"是的。"

凯胡斯没有立即回答,至少没用语言来回答。但他的一切——姿态、表情,甚至目光的游移——都变得锐利起来。"真知法术,"最后他说,"你会将它交给我吗,阿凯?"

他知道。他知道自己能控制的力量。灵魂最深处的某个地方,地面开始崩裂。

"如果你要求的话……但我……"阿凯梅安看看凯胡斯,不知为什么,他感觉对方已经知道了自己要说的话。那双闪亮的蓝眼睛仿佛走过了每一条道路,读懂了每一个暗示。没有什么能让他吃惊。

"是的,"凯胡斯带着一丝阴郁说,"一旦我开始学习真知法术,就放弃了丘莱尔所能提供的保护。"

"正是如此。"

事实上,凯胡斯最初只会得到巫师的弱点,而非获取巫术的力量。从巫术的角度讲,真知法术比类比法术更注重分析与归纳,哪怕掌握最基本的咒术也需要大量准备,而那些准备足以让学习者被深深诅咒。

"所以你必须保护我。"凯胡斯总结,"从现在起,你就是我的维齐

终卷　最后的进军

尔。你会住进这里,住在法玛宫,我给你安排。"他说出的每个字都带着沙里亚敕令式的权威,如此强大的力量灌注其中,仿佛是在描述理所当然、不证自明的事实,而阿凯梅安的服从也从上古起就已注定。

凯胡斯没等他回答——也不需要回答。

"你能保护我吧,阿凯?"

阿凯梅安眨眨眼睛,还在努力领会刚才发生的事。"你会住进这里……"

和她在一起。

"保、保护你不受老魔物攻击吗?"他尴尬地说,"我不确定。"

这种邪性的快感是哪里来的? 你要向她表现! 你要赢回她!

"不,"凯胡斯平静地说,"是让你自己安心。"

阿凯梅安愣住了,仿佛又看到诺策拉在墨克特里格的触碰下尖叫。"就算我做不到,"他用喘息一样的声音说,"谢斯瓦萨也可以。"

凯胡斯点点头,示意阿凯梅安跟上。他突然转了个弯,拨开几条交缠的树枝,从树丛中穿过。阿凯梅安加快脚步,跟在他身后,扬手挥开飞舞的蜜蜂和飘扬的花瓣。走过三排树之后,凯胡斯在两棵树之间的空地前停下脚步。

阿凯梅安惊恐地吸了口气。

凯胡斯面前的那棵苹果树被削去了所有小枝,只留下漆黑多瘤的树干及三根主枝,它们像舞者挥动的手臂一样弯曲下来,一个全身赤裸的换皮密探被绑在上头,带褐色锈斑的锁链将它紧紧绑住。它的姿势——一只手捆在背后,一只手被扯着向前——让阿凯梅安想起投标枪的武士。它的双肩被架了起来,脸上垂下的那些东西仿佛是女人纤长的手指,一直垂到胸前。阳光照在那些东西上,投下形状诡异的阴影。

"这棵树已经死了。"凯胡斯道,就像在给他解释。

"你……"阿凯梅安用细微的声音问,却见那生物突然绷紧身子,抬起不能称之为面孔的头部。那些手指样的肢体缓慢地在空气中张开,像是一只窒息的螃蟹,没有眼睑的双眼带着亘古永存的恐怖。

"你都发现了什么?"阿凯梅安鼓起勇气说完。

怪物没有嘴唇的牙齿咀嚼着。"啊!"它长吸了口气,开口道,"奇格拉……"

"我发现它们受到控制。"凯胡斯柔声说。

"厄运降临了,奇格拉,你找到我们时已经太晚了。"

"谁在控制它们?"阿凯梅安盯着它喊道,在身前握紧了双手,"你知道是谁吗?"

战士先知摇摇头。"它们被严格设计出来——背后有非常强大的力量。要问出个所以然,可能需要几个月的审问,也许更久。"

阿凯梅安点点头。他知道,只要有充足的时间,凯胡斯能将这怪物彻底掏空,就像控制其他人那样控制它。细致或精妙这些词远不足以形容,这怪物的强大恰恰展示出凯胡斯无法抗拒的能量——他居然能将一个生来就是为欺骗的造物据为己有……

他不会犯错。

在头晕目眩的一瞬间,阿凯梅安心中涌起一股狂怒。那么多年——好几百年!——非神会一直把他们当傻瓜戏耍。但现在——现在!他们已经知道了吗?他们已经感觉到这个人带来的危险了吗?又或和其他人一样,他们也低估了凯胡斯的力量?

就像艾斯梅娜。

阿凯梅安咽了口口水。"不管怎样,凯胡斯,你必须在身边严密布下带丘莱尔的弓手。你必须避免接近大型建筑,任何可能——"

"这东西,"凯胡斯打断他,"似乎让你很困扰。"

轻风拂过树丛,无数花瓣盘旋升空,仿佛正沿一条看不见的细线而行。阿凯梅安看到其中一瓣落在那个换皮密探的阳具上。

为什么将怪物绑在这里?在这里美妙安宁的景色之中,它就像是

终卷 最后的进军

少女肌肤上长出的毒瘤。这仿佛是完全不懂美为何物的人才会做出的事……完全不懂。

他转过脸去迎上凯胡斯的视线。"的确。"

"你对它的仇恨呢?"

那一瞬间,仿佛他——曾经的他和未来的他——注定会爱上这个神一样的男人。为什么不呢? 只要这人在场,一切都会显得那么平静祥和。但艾斯梅娜的影子紧紧攀附在他身上,仿佛能透过他看到她激情的样子……

"还在。"阿凯梅安回答。

怪物似乎被他的回答激怒了,开始扭动身躯,锁链骤然绷紧,发出刺耳的声音。暴晒过的皮肤下,平滑的肌肉拧结成圆球,令黑色的树枝吱嘎作响。阿凯梅安退开一步,回忆起安迪亚敏高地下审讯斯科约斯时的恐怖情景。那个晚上,孔法斯救了他。

凯胡斯没理会怪物:"所有人都会奉献,阿凯,虽然他们追求的都是统治。给予是人类的天性。问题从不在于他们会不会奉献,而是奉献给谁……"

"你的心,奇格拉……我要拿来当果子吃……"

"我、我不明白。"阿凯梅安的视线在凯胡斯的蓝眼睛和怪物之间游移。

"有些人,比如大多数长牙之民,只会把一切真心实意地奉献给真神。他们跪倒在从未发出过声音,也从未对他们现过身的真神前,这样做保留了他们的骄傲,不会让他们感到屈辱。"

"我要吃掉……"

阿凯梅安不安地举起一只手来遮住太阳,想看清战士先知的脸。

"真神只会给人考验,不会给人屈辱。"凯胡斯说。

"你说'有些人'是这样,"阿凯梅安努力控制自己的声音,"那其他人呢?"他用眼角余光瞥见那怪物的脸虬结起来,像是握在一起的两只拳头。

"其他人则像你一样,阿凯。他们不肯将自己交付给真神,而是给予了和自己一样的人:男人,女人。当他们对彼此奉献时,也就放弃了骄傲,一切限度都被打破,没有公式可以遵循。唯有对屈辱的恐惧不会消失,虽然没人愿意相信。爱人们会伤害彼此,在彼此面前失去尊严与地位,但他们从不互相考验——阿凯,如果是真爱的话就不会。"

气氛紧张起来,好像有隐形的拳头在空中挥舞。突然间,那些蜜蜂仿佛飞进他的头颅之中,不停地嗡嗡作响。

"你为什么要告诉我这些?"

"因为你心中还有一部分想要相信,她只是为了考验你……"在那疯狂的刹那,阿凯梅安感觉仿佛是埃因罗在看着他,或是儿时的普罗雅斯,眼睛瞪得大大的,充满求索。"但她没有。"

阿凯梅安吃惊地眨眨眼。"你到底想说什么?她在羞辱我?你在羞辱我?"

一连串轻微的呻吟,仿佛野兽交配一般,钢铁锁铐颤动着发出尖厉的声音。

"我想说她还爱着你。至于我,我只是接受了给予我的东西。"

"那就把它还给我!"阿凯梅安蛮横地喊道。他身体颤抖,呼吸哽在喉头。

"你忘了,阿凯。爱情就像睡觉,没人能强迫它发生,也没法控制它的到来。"

这是他自己说过的话,是与凯胡斯和西尔维在摩门相遇的第一个晚上,他在篝火旁说的。阿凯梅安急切地回忆起那个夜晚心中的惊叹与挫败感,像发现什么可怕又奇妙的事正不可避免地逼近。还有那双眼睛,如同流落到这个世界的宝石,隔着火焰望向他——现在望向他的也是那双眼睛……只是他们之间不再隔着火焰。

怪物嗥叫起来。

终卷　最后的进军

"我们都曾迷失，"凯胡斯续道，"迷失在爱情之中。"他的声音翻涌着，仿佛在与听不到的雷声共鸣。"我们都曾对自己说，'除了爱，其他一切都无意义，这个世界也无需存在……'"

阿凯梅安听到自己悄声说："只有她。"

她。艾斯梅娜。苏拿的妓女。

即使是现在，他眼神中仍然带着杀意。他每一次眨眼都能看到那两个人在一起的情景，看到她眼中充满欢悦，嘴唇翕张，而他的胸膛朝后仰去，她的汗水在他身上闪烁……阿凯梅安知道，他只要开口，一切就结束了。他只要出声吟唱，整个世界都会化为火海。

"阿凯，我没法消除你的痛苦，甚至连艾斯梅娜也做不到。现在羞辱你的是你自己。"

那双悲悯的眼睛！阿凯梅安心中有什么东西在退缩，恳求他抬起双臂挡住视线。不能看！

"你在说什么？"阿凯梅安喊道。

泪水模糊了双眼，凯胡斯化作阳光照耀下的一片阴影。他终于转过身去，面朝绑在树上的怪物，它的脸像手指一样伸向太阳与天空。

"而这个，阿凯……"他的话语似乎刻意留白，好像是递给阿凯梅安一张羊皮纸，任其书写，"这个就是你的考验。"

"我们要把你的肉割下来！"怪物嗥叫着，"割下来！"

"因为你，杜萨斯·阿凯梅安，乃是一位天命派学士。"

凯胡斯离开后，阿凯梅安跌跌撞撞走到巨大的石墓碑前，靠着它呕吐。污秽沾满了墓碑基座边的草地。随后他逃离了那片茂密的树丛，与柱廊间的卫兵擦身而过，一直冲进一座石柱支撑的空旷大厅。他不假思索地钻进墙壁与柱子之间的阴影中，抱着膝盖搂住双肩坐在那里，

却得不到一丝一毫的慰藉。

没有掩饰。没有隐藏。他们本来相信我死了!他们什么都不知道!

但他是先知……不是吗?

他怎么可能不知道?怎么可能——

阿凯梅安笑了笑,用白痴一样的眼神望着天花板上昏暗的几何形状。他用一只手抚着前额,手指穿过头发。那个换皮密探还在抽搐嚎叫。

"新纪元元年。"他低声道。

终卷　最后的进军

第二章 卡拉斯坎

我要告诉你们，罪恶感不在别处，只在控诉的眼神中。许多人明白这点，但不愿公开承认，因此他们把谋杀当作救赎的手段。

一件事是否可称为罪行，不在于受害者，却在于见证人。

——哈塔提安，《道德经》

长牙纪4112年，早春，卡拉斯坎

看到奈育尔抓着人质经过，仆人和官员们纷纷尖叫起来，警告声在宫殿里回响。他当然听得到这些人的叫嚷，但这帮蠢货都不知道自己在做什么——他救了他们宝贵的先知，这是不是让他也变得神圣了？若非自己的心早已变得如钢似铁，他真想大笑几声。他们知道什么！

他在几座大理石厅的交汇处停下，抓住女孩的喉咙。"在哪边？"他低吼。

她抽泣着，喘着粗气，惊恐的眼睛望向右边走廊。他专门抓来一个基安女奴，只有她们更在意自己受苦的皮肉，而非灵魂。那些佐顿亚尼都已经中毒很深了。

杜尼安僧侣的毒。

"那边的门！"她哭叫道，好像马上就要窒息，"那、那边！"

握着她脖子感觉真好，就像握着一只小猫，或是瘦弱的小狗。这让他想起他过另一种生活时的一次次礼拜，他会将强暴过的女人扼死。但现在他已经不需要她了，于是他放开手，看着她跌跌绊绊往后退去，裙衫歪斜地扫过黑色地板。

叫喊声从身后的回廊传来。

他朝女人指的那扇门冲去，一脚把它踢开。

婴儿床就在育婴室正中，黑色岩石般的雕花木栏和他的腰差不多高，绘有壁画的屋顶垂下一根钩子，挂住纱丝帷幕。赭石色墙壁反射着昏暗的灯光，房间里充满檀香木的味道，却没有一丝泥土气息。

他绕着华丽的婴儿床缓步行走，整个世界仿佛都安静下来，脚下绘着城市景观的厚地毯没发出一点声音。灯光闪了一下，但没有更多动静。婴儿床就在他身前，他向前探了探身，伸出右手分开帷幕。

莫恩古斯。

白皮肤，能够到自己脚趾的幼小身体，满是婴儿独有的清澈与空洞的眼瞳——那是大草原人特有的蓝白色。

我的儿子。

奈育尔伸出两根手指，不经意间看到沿自己小臂蔓延的一道道伤疤。婴儿摇晃着双手，逮住了奈育尔的指节，仿佛是父亲或挚友那样紧紧握住。然后毫无预兆地，孩子脸上涌起一片红晕，像在忍受什么苦痛一样皱了起来，放声大哭。

为什么，奈育尔不禁猜想，杜尼安僧侣为什么要留下这孩子？俯视婴儿时，他到底看到了什么？这孩子对他到底有什么用？

婴儿的灵魂与这个世界之间没有距离。没有语言。没有欺骗。婴儿哭只是因为饿。奈育尔知道，如果他放弃这孩子，这孩子将成为一个因里教徒，但如果他把孩子带走，偷偷骑马跑回大草原，他将变成塞尔文迪人！想到这里，他的头发根根竖立，这个念头像是魔法——充满诅咒的魔法。

随着哭泣不再只伴随饥饿，世界与灵魂之间的距离也会越来越大，心灵与表情之间的路径会越来越复杂，逐渐变得深不可测。唯一的需求演变成各种各样的渴求与希望，被千丝百结的恐惧与耻辱缠绕。这个孩子会在父亲扬起的手掌下哭泣，在母亲温柔的触碰下叹息。他会

终卷　最后的进军

变成环境所需要的人,不管最终是因里教徒还是塞尔文迪人……

这些都不重要。

突然之间,奈育尔仿佛洞悉了杜尼安僧侣眼中的世界:全世界的人都是婴儿,他们的哭泣化作词句,化作语言,最后演变成国家。凯胡斯可以看穿他们灵魂间的缝隙,可以同时跟随数千条路径的演化,而这就是他的魔法、他的巫术。他可以合拢那些缝隙,平息人们的哭泣……让所有灵魂的表情合而为一。

就像他父亲做过的那样。莫恩古斯。

奈育尔看着不停踢踏的小人儿,感受着那双小手拉扯手指的力道,不禁一阵恍惚。他明白,虽然这个孩子出自于他,某种意义上讲却可以说是他的父亲——婴儿代表他的起源,而他,奈育尔·厄·齐约萨,却不过是这个起源的千万种变化之一,在他身上,哭泣最终化作一连串痛苦的尖叫。

他忆起纳述尔帝国境内的别墅,大火熊熊燃烧,让周围的夜幕更显黑暗。环绕在他周围的是族人们的嘲笑,他用剑尖挑起婴儿……

他抽出手指,莫恩古斯时断时续的哭声停了下来。

"你不属于大地。"奈育尔沙哑地说,收回了布满疤痕的胳膊。

"塞尔文迪人!"身后响起声音,他转身看到巫师的妓女站在相邻屋子的门口。一瞬间,两个人只是盯住对方,难发一语。

"你不能!"她突然喊道,颤抖的声音充满愤怒。她往育婴房里走了一步,奈育尔情不自禁地从婴儿床边退开。他没有喘气,仿佛已不再需要呼吸。

"他是西尔维留下的一切,"她的声音带着警惕与安抚,"是她留下的一切……是她曾经存在的证明。你要把她最后的遗产也夺走吗?"

她的证明。

奈育尔惊恐地盯着艾斯梅娜,又看看那孩子,粉红色的身体在蓝丝被单中扭动。

"但他的名字！"他听到有人在喊。那声音是那么懦弱，像是女人。那不是他的声音。

我身上……我身上有什么不对的地方……

她眉头一皱，似乎想说什么，但就在这时，一队卫兵从奈育尔踢开的大门冲进房间，每个人都穿着绿底金纹的百柱团罩袍。

"收起你们的武器！"看到他们挤作一团冲进房间，她大喊。他们转身看着她，个个目瞪口呆。"收起来！"她重复了一遍。卫兵们纷纷收剑回鞘，但手仍按在剑柄上。一个军官想抗议，但艾斯梅娜用愤怒的眼神瞪了他一眼，那人马上沉默下来。"塞尔文迪人只是来跪拜的，"她那张涂了妆粉的脸转向奈育尔，"来为战士先知的头生子增添荣耀。"

奈育尔发觉自己跪在了婴儿床前，瞪大的双眼空洞而干燥。

仿佛他一直都跪在这里。

辛奈摩斯坐在阿凯梅安那张破旧的桌子前，直面墙壁。墙上的壁画早已剥落得不成样子，除了一只被长矛刺穿的豹子之外，只剩下七零八散的眼睛和肢体了。"你在做什么？"他问。

阿凯梅安故意忽略语调里令人担心的提示，他看着摊放在床上的粗陋行李，没转过头去。"我已经告诉你了，辛……我在整理行李，准备搬进法玛宫。"艾斯梅娜喜欢取笑他清点行李的方式，取笑他掰着手指把寥寥无几的东西数来数去。"别忘了把衣服掀起来清点，"她总是说，"最小的弟弟总是最容易忘的。"

发骚的妓女……她还能是什么？

"但普罗雅斯已经原谅你了。"

这一次他没法不注意元帅的语调，其中更多的是愤恨，不是关切。

终卷 最后的进军

这个人除了喝酒之外已经什么都不干了。"我还没原谅普罗雅斯。"

"那我呢?"辛奈摩斯最后道,"我怎么办?"

阿凯梅安头皮发麻,醉鬼们用第一人称说"我"的时候总让人心悸。他转向元帅,努力提醒自己这个人是朋友……是他唯一的朋友。

"你怎么办?"他回答,"普罗雅斯还需要你的忠告、你的智慧。这里有你的位置,但没有我的。"

"我不是这个意思,阿凯。"

"我为什么……"阿凯梅安没说完,他突然明白了朋友的意思:辛奈摩斯在责怪阿凯梅安抛弃自己。发生了这么多事之后,这个人居然还敢责怪他。阿凯梅安又转过身去,继续整理他那少得可怜的财产。

就像他的生活还不够疯狂似的。

"你为什么不和我一起去呢?"最后,他决定冒一冒险,但毫无诚意的口气连自己听了都觉得吃惊。"我们可以……可以谈一谈……和凯胡斯谈一谈。"

"凯胡斯要我还有什么用?"

"是你需要他,辛,你需要和他谈谈。你得——"

不知什么时候,辛奈摩斯悄无声息地从桌旁起了身,身影笼罩在阿凯梅安对面,头发散乱,表情骇人,这远不只是因为那双空洞的双眼。

"你去和他谈!"元帅大吼,摇晃着阿凯梅安的身子。巫师想挣脱他的胳膊,但那双胳膊硬得像是木头。"我求过你!还记得吗?我求过你,但你就那样看着他们把我的眼睛挖了出来!妈的,那是我的眼睛!我他妈的眼睛啊,阿凯!我的眼睛他妈的没了!"

阿凯梅安倒在坚硬的地板上,朝后爬开几步,脸上满是元帅温热的唾沫星子。

元帅魁梧的身形佝偻下来。"我看不见了——!"这似乎是低语,又像是哭号,"我……我没有……没有勇气……没有勇气……"他默默摇头,再没有动弹。再开口时,他的声音沉重了许多,却没有了片刻前那份撕心裂肺的痛苦。这是从前那个辛奈摩斯的声音,不禁让阿凯梅安觉得极为违和。

"你一定要找他谈谈我的事,阿凯,和凯胡斯……"

阿凯梅安不敢挪动,不敢心怀半点希望,他好像被自己的肠子绑在了地上。

"你想要我说什么?"

———— ❧ ————

眼睛在晨曦中第一次眨动,空气第一次涌入鼻腔,半睡半醒时脸颊与枕头的摩擦——这些,也只有这些,会让艾斯梅娜把自己和从前那个女人,那个妓女联系起来。

有时她会忘记,有时她醒来时还会有曾经那些感觉:焦虑充溢四肢,床铺上的臭汗,前夜的性事留下的痛感——她甚至还听到过附近街道上铜匠铺的叮当声。每到那种时候,她会猛地坐直身子,一任细棉布被单拂过皮肤。她会眨着眼睛,望向昏暗墙壁上那些描绘英雄传说的壁画,再看向自己的贴身女仆——三个年轻女孩跪倒在地,额头谦卑地触地,向她行晨间第一道问安。

今天也一如往常。艾斯梅娜带着一丝迷茫,被她们搀扶起来。她们用怪异而圆润的异国语言轻言细语,直到艾斯梅娜用好奇的眼神看着其中某个女孩——通常是法娜席拉——才慌忙用半生不熟的谢伊克语解释。她们用骨梳整理她的头发,细小的手掌快速地揉捏舒活她的四肢,再耐心等待她在不透明的屏风后如厕。然后,她们服侍她在偏房洗澡,用肥皂与香油擦洗她的皮肤。

一如往常,艾斯梅娜静静地任由她们服侍自己。她从不吝于赞扬这几个姑娘,也知道自己只要露出愉悦神色就会让她们高兴起来。艾斯梅娜认为,她们一定在奴隶们中间颇为走红——阶级和特权也会在

终卷 最后的进军

仆从间传承——作为皇后的奴隶,她们从某种意义上说也成了奴隶中的皇后,也许她们和她一样对现在的地位感到震惊。

她出浴时有些头晕,四肢乏力,这种昏沉感只有洗了热水澡才能体会。她们为她穿好衣服,再打理她的头发。艾斯梅娜轻松地听她们开玩笑,耶尔和布露兰都在揶揄法娜席拉——法娜席拉性格太过率真,总是口无遮拦,另外两个姑娘老拿她开玩笑,虽然没有恶意,却也从不留情。艾斯梅娜猜想她们的打趣和某个男孩有关。

打理好她的头发后,法娜席拉去了婴儿房,仍在低声谈笑的耶尔和布露兰把艾斯梅娜领到梳妆台前,那里放着整整一排化妆品。在苏拿时看到这些,也许会喜极而泣吧,想到这里,艾斯梅娜心里有些不是滋味。这些小刷子、油彩和脂粉让她惊奇,心底的占有欲又让她有些担心。这些是我应得的,她想道,泪水却不由自主溢出眼眶,让她不禁咒骂自己。

耶尔和布露兰没出声。

而且我……我不止如此。

看到自己在镜中的投影,艾斯梅娜心里也涌起一丝敬畏,这和女仆那充满赞叹的眼神里透出的敬畏是一样的。她很美,她的美貌并不亚于西尔维,只是皮肤颜色深了一些。看着眼前这个充满异国风情的陌生女人,她几乎要相信自己配得上这一切了。她几乎要相信这一切都是真的了。

对凯胡斯的爱突然紧紧抓住了她的心,就像猛地闯进脑海的回忆。耶尔摸了摸她的脸颊,她是三个女孩中最成熟的一个,每当艾斯梅娜苦恼时,她总是第一个发觉。"真美,"女孩低声说,眼睛直直地看着她,"就像女神一样……"

艾斯梅娜握住她的手,然后抚摸着自己依然平坦的小腹。这是真的。

梳妆结束前,法娜席拉就带着莫恩古斯回来了,同来的还有欧普萨拉,他那坏脾气的奶妈。一队膳房奴隶带着艾斯梅娜的早餐走了进来,她在阳光充足的回廊里边吃边就西尔维孩子的状况询问欧普萨拉。和她的贴身女奴不同,欧普萨拉对伺候新主人时做的每件事都斤斤计较:办事的每一个步骤,回答的每一个问题,擦洗的每一件家具。她有时会显得很不耐烦,幸好每次都克制住了情绪,不曾公然违抗。若非这女人无比宠爱莫恩古斯,艾斯梅娜早把她换掉了——她对待孩子就像战俘对待同伴,不惜一切保护他不受伤害。莫恩古斯吃奶时,她有时会给他唱歌,那歌声是如此美丽,仿佛不属于这个世界。

欧普萨拉毫不掩饰对耶尔、布露兰及法娜席拉的轻蔑,而姑娘们也总是害怕她,只有法娜席拉有胆量在她说话时嗤之以鼻。

吃完饭后,艾斯梅娜抱着莫恩古斯,回到盖着罩篷的床上。她先在床边坐了一会儿,把孩子抱在膝上,看着他那惊讶的眼睛。孩子用小手抓住自己小小的脚趾,她不禁笑了起来。

"我爱你,莫恩古斯,"她柔声说,"是的,我真的——真的——真的——真的爱你。"

一切仍像梦一样。

"你再也不会挨饿了,小宝贝,我保证……我保证——保证——保证!"

莫恩古斯被她挠得笑了起来。她则大声笑着,看到欧普萨拉那敢怒不敢言的样子,朝女奴们调皮地眨了眨眼。"很快你就会有个弟弟了,你知道吗?也许是妹妹……我会叫她西尔维,和你妈妈的名字一样。我会的——我会的——我会的!"

最后她起身把孩子还给欧普萨拉,表示自己要离开。她们都跪下向她行晨间第二道问安——女孩们也许把这当成了好玩的游戏,而欧普萨拉的动作就像四肢灌满了石子。

艾斯梅娜看着她们,不禁想起阿凯梅安,自两人在花园里匆匆一见后,这还是她第一次想起他来。

终卷　最后的进军

通往办公室的走廊上,她碰上了腋下夹着卷轴和石板的韦尔乔。随后她登上房间低矮的台子,他则忙于整理材料,她手下那些负责抄写的秘书在她脚边各就各位,跪坐在基安人惯用的齐膝高的书写台旁。韦尔乔左臂夹着几封报告,站在他们中间,正好处于猩红地毯上画的那棵树的正中央,金色枝杈在他的黑色拖鞋周围分叉散开。

"昨晚我们逮捕了两个男人,泰丹人,他们在因杜兰兵营的外墙上粉刷正统派的标语。"韦尔乔用期待的眼光看着她,秘书们急匆匆把手头的几行字写完,然后停下羽毛笔。

"他们的地位呢?"她问。

"仆役种姓。"

一如既往,这样的事件总让她心底泛起恐惧——不是害怕外面发生的事,而是害怕她将要作出的决定。为什么这些残留的叛党还要挑衅?

"也就是说他们并不识字。"

"显然他们只是照着别人给的羊皮纸片依葫芦画瓢。似乎有人付钱,虽然他们不知道付钱的是谁。"

纳述尔人,毫无疑问,这是伊库雷·孔法斯的报复。

"那好,"她说,"把他们剥皮示众。"

这话如此轻易地从她唇边滑落,让她感觉仿佛身处噩梦。她只是张张嘴,这些人,这些虔诚的蠢货就要被折磨致死。她张开的嘴本可以作任何表示:愉快的呻吟、惊讶的吸气、宽恕的话语……

她知道,这就是权力,是权力将话语转变为现实。她只需张张嘴,整个世界就会被重写。从前,她的声音只用来取悦顾客,让他们的呼吸变得凌乱,让他们更快地流出种子;从前,她的哭泣只代表即将到来的痛苦,抑或偶尔一点小小的慈悲。但现在,她的声音变成了慈悲或痛苦本身。

这样的想法让她眩晕。

她看着那些秘书将她的判决记录下来,她已经很快地学会了隐藏自己的讶异。她又一次紧紧握住带文身的左手,按在肚子上,仿佛它是象征真实的图腾。她身边的世界可能是虚假的,但肚内的孩子……这是女人所能知道的最确凿的真实,尽管这也仍然让她感到害怕。

有那么一瞬间,手掌下传来的热量让艾斯梅娜惊叹不已,她确实感到某种神圣的东西在触动自己。奢华的生活,无上的权力——这一切与另一种发生在她体内的转变相比根本不足一提。她的子宫曾收容过无数男人,现在成了一座神庙;她的智慧曾被无知与误解的黑夜笼罩,现在变作一座灯塔;她的心灵曾是肮脏的阴沟,现在是为他设置的祭坛……为战士先知。

为凯胡斯。

"戈泰克伯爵,"韦尔乔续道,"有人听到他咒骂我们的主,前后三次。"

她挥挥手,做出不愿再讨论的姿势。"下一件。"

"恕我直言,夫人,我认为这件事应当认真对待。"

"告诉我,"艾斯梅娜带着一丝火气说,"戈泰克有谁不骂?如果哪天他不再咒骂我们的主,我才担心呢。"凯胡斯警告过她要小心韦尔乔。此人对她心怀怨恨,既因她是个女人,也因他与生俱来的骄傲。但在她和韦尔乔彼此了解,并接受了他能力不如她的事实之后,两人的关系渐渐发生了变化,不再像以前那样剑拔弩张,更像彼此竞争又有所收敛的手足。两人之间没有任何秘密是安全的,没有任何东西可以隐匿,在这样的局面下共事颇为奇妙。相比之下,与外人的交流就显得极为套路,甚至可悲。他们之间从不担心对方有什么误会,因为凯胡斯一定会知道。

终卷 最后的进军

她用优雅的微笑向他致歉。"请继续吧。"

韦尔乔点点头,表情仍有些茫然。"艾诺恩人中间又发生了一起谋杀案,死者是阿斯帕·默库里,乌兰扬卡大人的扈从。"

"赤塔干的?"

"我们的线人坚信是这样。"

"我们的线人……你指奈伯雷恩斯。"

韦尔乔点点头表示认可,她接着道:"明天带他来见我……不要走漏消息。我们必须搞清楚他们在做什么。与此同时,我会向我们的主汇报此事。"

亚麻色头发的纳森蒂在蜡板上记了句什么,然后又道:"有人看到胡尔瓦嘉王子举行已被禁止的仪式。"

"这无关紧要,"她说,"我们的主不会斤斤计较他们的迷信,伟大的信仰不担心自己的信条,韦尔乔,更不用说那些信徒只是森耶里人了。"

他的尖笔又动了动,其他秘书也用同样的动作书写着。

韦尔乔开始汇报下一件事,这次他没有抬头。"战士先知的新任维齐尔,"他的声调不带任何色彩,"有人听到他在自己的房间里尖叫。"

艾斯梅娜屏住了呼吸。"他尖叫了些什么?"她小心地问。

"没人知道。"

想到阿凯梅安,她总隐隐有不祥的预感。

"我会亲自处理此事……明白吗?"

"明白,夫人。"

"还有事么?"

"只剩下清单了。"

凯胡斯要所有长牙之民留意观察自己的封臣、同辈,甚至上级,如果发现他们的言行举止与以往有明显不同之处,或是任何被换皮密探替代的兆头,都要汇报给他的门徒。所有汇报过的名字会列在清单上,而每天早上都有几十甚至数百名因里教徒被聚集起来，在战士先知那无所不知的目光下走过。

列入清单的数千个名字里，有一个杀了前去缉拿他的人，有两个在被捕前销声匿迹，有一个正被百柱团拷问，另有一个岑约萨总督手下的扈从男爵被故意放走，以顺藤摸瓜。这手段当然算不上巧妙，甚至可以说笨拙，但在敌暗我明的情况下也只能如此了。在凯胡斯从前认出的三十八个换皮密探中，至今被拿下或击杀的才十个左右。

他们能做的，似乎只有等待敌人再次从那一张张面孔背后浮现出来。

"和以前一样，让沙里亚骑士把他们集合起来。"

———⚯———

结束了简报会，艾斯梅娜去西边的露台散步，一来想晒晒太阳，二来也打算向宫殿下方的屋顶上那些崇拜者遥遥致意。那些人的关注既让她烦恼，同时又情不自禁地感到愉悦。她一方面怀疑着自己的价值，另一方面又在考虑该如何奖赏这些人毫无来由的热情。昨天，她让几个卫兵把面包和胡椒汤分给他们，而今天，借着摩玛斯神送来的徐徐海风，她把两匹绯红色轻纱朝他们抛去。轻纱像水中的鳗鱼一样迎风缠绕，看到他们手忙脚乱的样子，她不禁莞尔。

在那之后，她和三个纳森蒂一起旁观了下午的告解仪式。这仪式的最初目的在于听取那些曾煽动长牙之民与战士先知为敌的正统派的忏悔，令人始料未及的是，许多长牙之民去而复返，有的是一两次，有的连续数日。甚至连佐顿亚尼——包括那些最早秘密举行过浸没仪式的人——也来参加，承认自己在围城惨剧中曾被怀疑、忿恨或其他负面情绪感染。最后，前来告解的人越来越多，纳森蒂不得不将仪式地点转移到法玛宫门前的广场。

终卷　最后的进军

参与仪式的长牙之民面对法官们，脱去上衣，排成许多七歪八扭的长队。他们挺直上身，跪倒在地，西垂的太阳照耀着每个人光滑的脊背。纳森蒂背诵祷词，法官则有条不紊地从忏悔者中间走过，挥动着一根从乌米亚齐上剪下的树枝，在每个人背上抽打三下。每抽打一下，他们都会齐声高喊：

"因为我想要伤害治愈者！"
"因为我想要抓捕施予者！"
"因为我想要指控救赎者！"

看着黑色的枝条起起落落，艾斯梅娜还是会不自主地拧紧双手。虽然大多数人只留下浅浅的鞭痕，但渗出的血仍让她不安。他们的后背，以及突出的脊柱与肋骨，看上去是那么脆弱，而最让她困扰的是他们看待她的方式——仿佛她是一座碑石，标记着无法企及的远方。法官挥动枝条时，有些人甚至会拱起后背，脸上肌肉扯动，露出每个妓女都无比熟悉，但没有哪个女人真正理解的表情。

她发现普罗雅斯跪在最后一排，避开了她的视线。不知为何，他感觉上远比周围的人更赤裸。出于一直以来的敌意，她盯着他看了好一会儿，他却没迎上她的目光。法官离开之后，他将脸埋在双手中啜泣，身体不停摇晃。艾斯梅娜惊讶地发现，自己竟在猜测他到底在向谁忏悔，向凯胡斯还是向阿凯梅安。

她没参加当晚的浸没仪式，而是留在房间就餐。仆从告诉她，凯胡斯需要处理圣战军向谢拉什进军的事宜，脱不开身，于是她一边与贴身女奴嬉闹，一边吃完了晚饭。在就餐期间戏谑的争论中，她跟法娜席拉站在同一立场。也该让耶尔尝尝被人戏弄的味道了，她心想。

法娜席拉毫不掩饰自己的受宠若惊之情。

晚餐过后，艾斯梅娜又到育婴房去看了看莫恩古斯，然后穿过大厅,朝藏书室走去,她一直觉得那是属于她一人的地方……

但现在阿凯梅安住在那里。

法玛宫每个角落都透出奢华的建筑风格,华贵的大理石随处可见,从窗棂上的青铜浮雕到每道尖拱门上嵌进的珍珠母线条,都展示出基安人优雅的鉴赏力。而在宫殿外围,优雅表现为辐射状排列的庭院、围墙和长廊,沿山势一路走高,仿佛整座建筑是靠自己的力量爬至山顶。她和凯胡斯居住的套房在高地最顶端——她总是告诉自己,这是卡拉斯坎城的制高点——可以俯瞰布满古老石碑的苹果园。凯胡斯告诉她,这么一来他们也更容易遭到非常规手段的袭击,尤其是似乎并不受墙壁与高山影响的巫术——所以他们必须让阿凯梅安住得这么近,近到让她心中隐隐作痛。

她突然意识到,在这么近的距离,他甚至可以随风听到她夜间的呻吟。

阿凯……

她站在镶绘着图案的门前,突然醒悟到为避免想他,自己付出了多大努力。他回来的第一个夜晚就来找她,当时她并不觉得他是真实的,但在果园中瞥见的他已经足够真实,足够危险了。光是他的存在,似乎都是在威胁要剥夺圣战军离开施吉克后发生的一切。

为什么与旧相识的会面,会剥去眼前的时光?

我在做什么?

她担心这样下去会彻底丧失勇气,于是用左手在木门上拍了拍,紧盯着手背上残留的蛇形文身。开门的前一刻,她甚至觉得在门后等待她的不是阿凯梅安,而是苏拿城——她甚至可以感觉到窗台的砖冰冷地压在自己裸露的大腿上。她刻骨铭心地记得自己曾经的样子。

然后阿凯梅安的脸浮现在眼前,似乎比之前更苍白了些,但那张饱满的面孔仍然如她记忆中一样带有温暖人心的力量。他弯折胡须中的灰丝更多了:原来只有手指粗细的几绺,现在已有巴掌那么宽,而他的

终卷　最后的进军

眼睛……如此陌生。

两人都没开口。尴尬仿佛寒冰堵在她喉头。他还活着……他真的还活着。

艾斯梅娜有种想要触碰他的冲动,想要……让自己安心的冲动。她鼻孔间仿佛还萦绕着森比斯河的味道,还有施吉克炽热的夜风中黑柳树的气息。她仿佛看到他牵着那头郁郁寡欢的骡子,渐渐消失在远方,直至遥远的黑夜将他渐渐吞噬。是什么把你带回了我身边?

他的目光落在她的小腹上,停留了一会儿。她转开头,故作轻松地打量他身后立满书架的墙壁。"我来拿那本《人类的解析·第三卷》。"

阿凯梅安一言不发地朝房间南墙的书架走去,取下厚厚一本封面有裂痕的对开书,掂了掂分量。他嘴角扯出生硬的笑容,眼里却无笑意。"你可以进来。"他说。

她小心翼翼迈过门槛,往里走了四步。屋内有他的味道,淡淡的麝香味,她总是将这种味道与巫术联系在一起。一张床替换了她最喜欢的靠背长椅,那是她第一次读《圣典》的地方。

"居然都翻译成谢伊克语了。"他撇撇下唇,露出赞赏的神色,"给凯胡斯看的?"

"不……是给我看的。"

她本想用骄傲的语气说出这话,结果却带上怀恨的味道。"他教会了我读书,"她小心地解释,"只是为了度过沙漠里那段艰难的日子,仅此而已。"

阿凯梅安的脸色变得苍白。"你会读书了?"

"是的……想想吧,一个女人。"

他皱起眉头,不用说,是出于困惑。

"旧世界已经死去,阿凯,旧规则也死去了……这你当然是知道的。"

他眨着眼睛,仿佛吃了一惊,她突然意识到让他困惑的是她的语

71

调,而非她说的话。

阿凯梅安不曾因为她的性别对她有过偏见。

他看着封面上刻的字母,带着古怪的敬意伸出手指,在字母上拂过。"阿金西斯是我的老朋友,"他把书递还给艾斯梅娜,这次他的笑容更真诚,却也带上了一丝惧怕,"对他好一点。"

她接过那本书,小心避开他的手指,吞了口唾沫,仿佛喉间被什么沉重的东西堵着。

两人目光交错,她想低声说点什么——也许应该加以感谢,或开个愚蠢的玩笑,就像他们曾经一起度过的那么多无所事事的时光一样——但她却发觉自己朝门口走去,紧紧地将皮革典籍抱在胸前。他们之间有着太多舒适的回忆……太多由来已久的习惯,随时可能让她投入他的怀抱。

而这些他都知道。见鬼,他正在利用它们。

果然,他喊出她的名字,她在门口停下脚步,转身看到他脸上受伤的表情,马上又垂下目光。"我……"他说,"我曾是你的生命……我知道我是,艾斯梅。"

她咬着嘴唇,努力克制欺骗的本能。

"是的。"她紧盯着染成蓝色的脚趾,决定明天就让耶尔把它们染成别的颜色。

为什么还要在意他?他的心早已破碎——

"是的,"她重复了一遍,"你曾是我的生命。"她抬头时带着疲倦,而非预料之中的凶狠。"但现在他是我的世界。"

她看着他平坦的胸膛,视线沿小腹的沟纹一路滑向柔软的金色阴毛,破晓的晨光透过半掀开的床单,给他的下体染上情欲的色彩。不知

终卷　最后的进军

为什么,每当她把脸颊贴在他肩上时,他总显得那么魁梧。就像一个崭新的世界,充满诱惑与惊奇。

"今晚我看到他了。"

"我知道……你很生气。"

"不是因为他。"

"是的……是因为他。"

"但为什么?除了爱我之外,他还做错了什么?"

"我们背叛了他,艾斯梅,你背叛了他。"

"但你说过——"

"这是我们的罪,艾斯梅,这样的罪连真神都无法赦免,只有被伤害的那个人才可以。"

"你在说什么?"

"所以他才会让你生气。"

他一向如此,总在展示超乎人类极限的记忆力。就好像她——和其他所有男人、女人和孩子一样——每一刻都是刚刚从梦中醒来,被长眠带来的失忆所困扰,只有他能告诉她前度发生过什么。

"他是不会原谅的。"她低声说。

他目光中闪过一丝犹豫,这罕见的情景让她感到害怕。"他的确不会原谅。"

赤塔大宗师转过身,麻木的表情仿佛是失去了所有力量,又像是醉到无力言谈。"你还活着。"他说。

伊奥库斯站在门口,惊得目瞪口呆。以利亚萨拉斯看到那双红色瞳孔审视着打碎的酒碗和里面几乎凝结的酒,不由得哼了一声。哼声中既没有嘲弄意味,也并非表示厌恶,他随即又转回头,越过栏杆望向法玛宫。褐色的宫殿伫立山顶,充满神秘感。

"阿凯梅安回来了,"他慢吞吞地说,"所以我以为你死了。"他朝前倾了倾身,回头注视那个幽灵般的人。"甚至,"他边说边扬起一根手指,"我希望你死了。"他的目光又转回对面山顶的围墙与建筑上。

"发生什么了,以利?"

他抑制住笑意。"你看不到吗?帕迪拉贾丧命,圣战军准备向希摩进军——我们准备向希摩进军……我们的脚已踩在敌人的脖子上了。"

"我和萨罗内瑟谈过了,"伊奥库斯对此似乎不感兴趣,"还有因鲁米……"

带着酒臭的叹息。"那么你已经知道了。"

"必须承认,我难以置信。"

"相信吧,非神会确实存在。我们一直以来都在嘲笑天命派,到头来真正愚蠢的却是我们自己。"

长久的沉默,仿若控诉。伊奥库斯一直告诫他严肃对待天命派的主张,这完全正确……可惜他到现在才明白。已知的关于水魂术的一切情报都证明,那是一门粗犷直接的巫术,绝不像这些……这些恶魔的力量那么繁复精致。

切菲拉姆尼!萨瑟鲁斯!

他仿佛又看到那个塞尔文迪人,伟岸的身躯浑身浴血,将那颗没有面孔的头颅高高举起,给每个人看。周围的士兵发出震耳的咆哮。

"那么凯胡斯王子呢?"伊奥库斯问。

"他是先知。"以利亚萨拉斯柔声说。他盯着那个人——他真的看到了——在他们将那个人从圆环上解放出来之后……以利亚萨拉斯看到那个人的手伸向胸膛,将心抽了出来!

那是某种障眼法……一定是!

"以利,"伊奥库斯说,"这肯定——"

"我亲自和他谈过,"大宗师打断他,"谈了很多……他确实是真神

终卷 最后的进军

的先知,伊奥库斯……而你我……这么说吧,我们确实被诅咒了。"大宗师看向间谍总管的目光带着痛苦的欢欣。"这又是个小小的笑话,可惜这回我们站在被取笑的一边……"

"求你了!"间谍总管喊道,"你怎么——"

"哦,是的,他能看到很多事……很多只有真神才能看到的事。"他转身朝一个陶土酒罐走去,把它抓起来摇了摇,发现里面已经空了。"他让我看到了,"他把酒罐摔到墙上砸个粉碎,然后转头看向伊奥库斯,仿佛是重力牵扯着下唇才能把嘴张开,"他让我看到了我自己。你知道吗,人的灵魂里有那么多微小的念头,那么多一闪即逝、犹如寄生虫一般的东西,他却可以把它们全抓住,伊奥库斯。他可以抓住它们,捧起来,让它们发出尖叫。然后他会点出它们的名字,告诉你它们的含义。"他又一次转开头。"他能看到秘密。"

"什么秘密?你在说什么,以利?"

"噢,你不用担心。他不在意你是喜欢侵犯小男孩,还是喜欢拿扫帚捅屁眼,他看到的是你连自己都想瞒过的秘密,伊奥库斯。他看到的……"一阵剧痛猛地攫住了他的嗓子,他看着伊奥库斯,歇斯底里地笑了起来。滚烫的泪水流下脸颊,话音变得破碎。"他看到的是最让你心碎的东西。"

你毁灭了自己的学派。

"你喝醉了。"瘾君子的语调透着烦躁与反感。

以利亚萨拉斯抬起手,像女人一样挥舞。"你自己去和他谈谈吧。他能透过你的皮肤,看穿你的每块肉。你会明白的——"

他听到对方哼了一声,离开时踢走了一个金属酒碗。

赤塔大宗师靠回长凳,继续审视午后阳光下的法玛宫。墙壁、露台和费恩教样式的柱廊纵横交错,有些房间有淡淡的烟雾冒出来,应该是厨房。远处的方形大门前聚集着一群群前来告解的人。

就在那里……他就在那里的某处。

"噢,对了,伊奥库斯!"他突然喊道。

"什么?"对方在门边应道。

"如果我是你,我会留心那个天命派学士。"他心不在焉地敲打桌子,好像在要酒——或者其他什么东西,"我想他打算杀你。"

终卷　最后的进军

第三章 卡拉斯坎

如果烟尘弄脏了外袍，就把它染黑——是为复仇。

——伊克雅努斯一世，《四十四封书信集》

戈塔迦的假说认为大地乃是圆形，我替他找到了另一个证据——若非如此，为何每个人都觉得自己所处之地位比自己的手足更高呢？

——阿金西斯，《论战争》

长牙纪4112年，初春，卡拉斯坎

如今还是旱季。大草原的旱季有种种定规：夜空中，长枪座出现在北方地平线；牛奶会很快变酸；卡努——仲夏时节的季风——不见踪影。

而雨季来临时，塞尔文迪牧民会在草原上寻找砂质土地，那里的牧草生长得更快；雨量变小时，牧群则被赶往更坚实的土地，那里的牧草生长得慢些，但在很长时间里都会是绿色。最后，当云彩被热风追逐着消失在天际，他们开始逐草而居，追踪草药与剩下的牧草，设法让牧群产出更好的肉和鲜奶。

追踪过程总会出现这样那样的意外，尤其是那些过于贪心、不想杀掉牧群中任性牲畜的牧民。固执的头牛会领着牧群走得过远，去到已被过度放养的草场或是枯萎的荒地。每个季节，总会有几个傻瓜空手回到部落，一匹马和牛都没有带回来。

奈育尔知道，他现在也是这样的傻瓜。

我把圣战军交给了他。

在帕夏曾经的会议厅中，奈育尔坐在围绕议事长桌的、高处的座椅上，目不转睛地盯着杜尼安僧侣。他尽量不去注意挤在周围的因里教徒，但仍不断有人前来攀谈、向他道喜。一个蠢货，来自泰丹的男爵，甚至冒失地想亲吻他的膝盖——他的膝盖！他们又一次用崇敬的口气喊出"塞尔文迪人"这个词。

战士先知坐在临时搭建的讲台上，俯视议事桌旁的各大贵族。讲台两侧是黑底金线的圆环旗。他的胡须上过油，编成辫子，亚麻色长发披在肩上，及膝的硬挺法衣下还有一件白色丝绸长袍，袍上绣着分叉的银叶和灰色树枝。凯胡斯身边放着几个火盆，火光让他看上去如水中的倒影一般虚无——就像他自称的先知那样，不属于这个世界。他炯炯有神的眼睛在厅中扫视，无论扫到哪里都会让人发出喘息与低语。他的目光两度落在奈育尔身上，草原人每次都转开了头，随后又忍不住咒骂自己。

可悲！可鄙！

那个巫师，那个心软得像女人一样的小丑，那个人人都以为死了的人，如今坐在杜尼安僧侣讲台左前方的位置，一件长及脚踝的红袍套在白色亚麻罩袍外——至少他没像其他人一样打扮得像个奴隶主的姘头。但他的眼神奈育尔是见过的，那是无法相信幸运居然会降临自己的人才有的目光。奈育尔听到坐在前面的乌兰扬卡提及此人——杜萨斯·阿凯梅安——业已成为战士先知的维齐尔，即导师与守护者。

不管之前是何等模样，同如今瘦骨嶙峋的因里教贵族们相比，那巫师简直胖得在犯罪。也许杜尼安僧侣是准备在非神会或西斯林攻来时把这个大块头当盾牌吧，奈育尔心想。

大贵族们和往常一样在桌边就座，不过他们身上的傲慢已无影无踪了。他们曾是争斗不休的一方霸主，是圣战军的统帅，如今却不过是些顾问而已，他们对此也心知肚明。他们大多时候默然不言，只是偶会

终卷　最后的进军

有一两个人扭过头去,和身边的人贴耳低语。

短短时日,这些人所认知的世界便被连根拔起、彻底颠覆了。他们当然少不了错愕与迷茫——奈育尔对此再了解不过——但更重要的是再没有什么可以确信了。这些人生平第一次站在无路可寻的土地上,只好望向那个杜尼安僧侣,等着他为他们指引方向,如同当初奈育尔对莫恩古斯的期待。

最后一批小贵族坐进了对面的座椅,低沉的交谈渐渐变成充满期待的静默,拱顶下的空气似乎凝聚了众人的不安。奈育尔知道,对这些人来说,战士先知的出现摧毁了太多无形无质的东西,现在除了祈祷,他们还能发出什么声音?若不同意先知的言语,岂不就是亵渎?哪怕只提出建议,也代表着荒谬而放肆的妄自尊大。

之前没有人的祈祷应验过,每个人都觉得自己是虔诚的,而今他们就像一群自吹自擂的闲人,猛然发觉吹嘘已久的对象就坐在自己身边,而此人随口一句话,就足以将他们最珍视最自负的妄想扔上定罪的火刑堆。这帮自诩虔诚又以正义自居的人该如何应对?原本空洞缥缈的经文现在开口说话了,他们该如何自处?

想到这里,奈育尔差点笑出声来。他低下头,朝双腿中间啐了一口。他并不介意其他人是否注意到他的嘲弄。这里本无荣誉可言,只有利用——纯粹的、赤裸裸的利用。

不存在荣誉,但真相却是存在的。不是吗?

高提安站起来,开始吟诵真神之殿的祷词。这些让人无法忍受的仪式和典礼,在因里教徒看来却似乎是不可或缺的。骑士团的大宗师全身僵硬,就像个青春期的孩子,他那身法衣显然是新做的:白布上绣着驳杂的花纹,两只长牙在金环上交叉——这又是一种圆环徽记的样子。他话音颤抖,中途还停顿了一下,显然没控制好情绪。

奈育尔扫视大厅,惊讶地发现没有一个人露出嘲讽神色,相反大家都被感染了,低声抽泣起来。有生以来他第一次觉得,驱使这些人的疯狂决心变得有了形质,仿佛触手可及。

他亲眼见证过这样的决心。在卡拉斯坎城外的战场,这些人的疯狂与果决,甚至连他的乌特蒙部落也要相形见绌。他看到连呕吐都只能吐出煮熟草根的人踉跄着冲锋,他看到连路都要走不动的人奋不顾身地迎向异教徒的武器,只为了让对方没有武器可用!他看到那些人被基安战象踩在脚下时仍然面带笑容,甚至流出欢欣的泪水!

当时,他觉得这些人,这些因里教徒,才是真正的战争之民。

奈育尔看到了这一切,但他无法理解——至少不能完全理解。杜尼安僧侣塑造的一切是无法抹去的。即便圣战军失败,关于这一切的记载也会流传下来,笔墨会让这场疯狂之旅成为不朽。凯胡斯带给这些人的不止是姿态与许诺,不止是指引和洞见。他满足了他们的控制欲。他让他们能够超越怀疑,战胜最憎恶的宿敌。他让他们变得强大。

但为何谎言会有这样的效果?

这些人居住的世界包裹在热病般的梦呓之中,包裹在幻觉之中。但奈育尔知道,在他们看来,那个世界和他所处的世界同样真实,唯一的区别在于,他可以分毫不差地沿这些人的世界上溯回去,在自己的世界中寻得其发源地——这想法一直困扰着奈育尔,究其原因,这是因为他了解那个杜尼安僧侣。在这里聚集的所有人之中,只有那个杜尼安僧侣了解他们脚下的大地,这片反复无常的大地。

奈育尔眼前的一切突然化作两重叠影,仿佛他的双眼在交战。高提安念完真神之殿的祷词,杜尼安僧侣手下的几个高阶祭司——他的纳森蒂们——开始为之前因病无法参加浸没仪式的人举行仪式。燃烧着香油的火盆摆在战士先知面前,先知像人偶一样坐得纹丝不动。头一位信徒跪在三脚架边——从辫子看是个森耶里人——话音几不可闻地与主持仪式的祭司一起念诵。虽然瘟疫与战乱的痕迹并未从他脸上褪去,他的眼睛却如十岁幼童一样清澈,流露出毫不掩饰的希望与期待。祭司流畅将手伸进燃烧的火油,再点在森耶里人脸上,一次心跳的

终卷　最后的进军

时间里,那人似乎透过火焰看着祭司,直到另一名祭司用湿布裹住他的脸。厅内响起震耳欲聋的欢呼,那个男爵怀着难以抑制的激情,倒在同伴们欢欣的怀抱之中。

在因里教徒看来,此人刚刚跨越了一道无形的门槛,他们也见证了这场深刻的转变:一个普通的灵魂一跃进入受选者的行列。虽然曾遭污染,但现在他得到了净化。他们亲眼目睹了这一转变,谁还能质疑?

但在奈育尔看来,此人跨越的是愚蠢与无可救药的荒谬之间的界限。他看到的不是一场神圣的仪式,而是一件工具——一件机械的诞生。就像在纳述尔帝国里那些精巧的磨坊中看到的景象,杜尼安僧侣通过这个过程将这些人研磨成他能消化的食料,奈育尔亲眼见证的正是如此。

和因里教徒不同,他没有落入杜尼安僧侣的圈套。这些人身处于那个世界之中,他却在那个世界之外观察他们。他看到的更多。信仰有内外之别这件事本身就很奇妙——在信仰之内看是希望、真相或爱意的东西,从外面看很可能是镰刀与铁锤,并且握在他人手中。

工具。

奈育尔深吸一口气。这种种思考折磨着他,他觉得自己快要无法承受了。

他往前倾身,手肘压住膝盖,茫然地目视闹剧继续上演。

普罗雅斯告诉过他,因里教徒相信所有人的生命都是为了一个更伟大的目的,但这个目的也许太过深奥,令人难以理解。奈育尔明白,正是出于这样的信仰,凯胡斯方能成为先知。正像忆者所说的,这些人都是自愿的奴隶,一心要为至高无上的目的奉献。他们宣称自己所追寻的高尚目的——他们的道路——源自外域,这满足了他们的虚荣,让他们在作践自己的同时煽动起自负与骄傲。忆者说,世上最大的暴政,恰恰在奴隶对奴隶之间。

但现在,奴役他们的人就站在他们中间。凯胡斯在大草原上问过他：只要人类都在受骗，奴役他们又有什么打紧？这里没有荣誉，只有利用。若是信守荣誉，就得站到众生之中，与奴隶和愚人为伍。

仪式接近结束，梭本——卡拉斯坎名义上的国王——站起来接受战士先知的询问。

"我不会出兵。"加里奥斯王子用将死之人般的声音说，"卡拉斯坎是我的，我不会放弃它——哪怕被诅咒也不会。"

"但战士先知要求你出兵！"银发的高提安喊道。他说"战士先知"这个词的方式让奈育尔寒毛直竖——那份狂热仿佛不属于人类。萨瑟鲁斯被揭露前，沙里亚骑士团的大宗师曾是杜尼安僧侣最不可动摇的敌人，但自那之后却成了他最热诚的拥护者，这样剧烈的转变只能让奈育尔对他们更鄙视。

"我不会出兵。"梭本重复了一遍，就像在噩梦中自语。奈育尔发现，这位加里奥斯王子居然冒失地戴着铁王冠来参加议事会。虽然他个子很高，身强体壮，脸上还带着烈日晒下的红晕，但在战士先知面前，却仿佛是个稚气未脱的少年在扮演国王嬉闹。"我亲手夺下了这座城市，我也要亲手守住它。"

"瑟金斯啊！"戈泰克喊道，"你的手？应该还有其他几千双手吧！"

"是我打开了城门！"梭本激烈地反驳，"是我把这座城市带给了圣战军！"

"你带来的东西并不属于你。"岑约萨大人用讽刺的口吻说，他一直盯着铁王冠，面露嘲笑，像是想起了什么私下流传的笑话。

"头疼，"戈泰克握紧长满灰毛的拳头，"他带来的只有头疼……"

"我只要求得到属于我的东西！"梭本低吼，"普罗雅斯——你答应过支持我，普罗雅斯！"

康里亚王子不安地朝杜尼安僧侣看了一眼，然后直视这位卡拉斯坎之王。围城期间他一直坚持与手下士兵吃同等的口粮，如今面容憔悴，棱角分明的下巴跟手下一样被胡须覆盖，看上去老了很多。"不，我

终卷 最后的进军

不会违背诺言,梭本。"他英俊的面孔在犹豫中变得松弛了,"但现在……一切都变了。"

这场争论纯粹只是做做样子,只是将之前的分歧继续下去。普罗雅斯大声呼吁,但他决定不了什么:只有一个人的决定是最重要的。

所有人都抬起眼睛,望向战士先知。梭本虽然在袍泽们面前表现得无比凶猛,现在却像个任性的男孩——一个在自己王宫的穹顶下任人教训的孩子。

"前往神圣的希摩城的人,"战士先知的声音如钢刀落在座下众人的身上,"必须出于自愿……"

"不,"梭本沙哑地说,"求你了,不要。"

起初奈育尔并没领悟这回答的含义,但他马上想明白了:杜尼安僧侣是要逼梭本选择,要么出兵,要么诅咒自己。只有在需要他们为"选择"承担责任时,凯胡斯才会将选择权交给他们,其手段之巧妙令人发指!

战士先知摇了摇他那雄狮般威严的头。"没有什么是被强迫的。"

"把他拉下王座!"伊库雷·孔法斯突然说。"把他拖到街上,"他耸动着肩膀,像是忍耐已久,"把他的牙统统打掉!"

他的话让所有人都惊呆了。作为最强硬的正统派和萨瑟鲁斯的同谋,孔法斯在大贵族中一直处在被排挤的状态。在特尔塔平原之战前的议事会上,他几乎一言不发,偶尔发言时那尴尬的场面像是被迫用自己不熟悉的语言讲话一样。现在他的耐性似乎被彻底耗尽了。

大统领朝目瞪口呆的袍泽们看了看,哼了一声。他仍按纳述尔人的习惯,以蓝披风斜斜地盖住镀金胸甲,自安迪亚敏高地上那次决定性的会晤以来,所有活下来的人当中,只有他没留痕迹,没有改变。

他扭头对战士先知说:"这些都是你有能力做到的事,不是吗?"

"无礼!"戈泰克嘶声喝道,"你知不知道自己在说什么!"

"我向你保证,老傻瓜,我一直都知道自己在说什么。"

"那么,"战士先知说,"这次你要说的是什么呢?"

孔法斯努力露出轻蔑的微笑。"我要说的是,这些,这一切,都不过是虚张声势罢了。而你——"他又朝周围的面孔扫了一眼,"是个骗子。"

愤怒的低语声在厅中传播开来,但杜尼安僧侣只笑了笑:

"这不是你要说的话。"

直到这时,孔法斯仿佛才意识到杜尼安僧侣在周围这些人中的无上权威。战士先知绝不只是这些人的中心,不只是军队的统帅,他同时还是他们脚下的大地。这些人不仅在言辞举止上服从他,还把他当作激情与希望的来源——他们灵魂中每一个动作,如今都在响应战士先知。

"你们清醒清醒,"孔法斯以平板的语气说道,"怎能让又一个——"

"又一个?"战士先知说,"别把我和什么'又一个'弄混了,伊库雷·孔法斯。我就在这里,和你们在一起。"他朝前倾了倾身,奈育尔不禁屏住呼吸。"我就在这里,在你们中间。"

"好吧好吧,在我们中间。"大统领说。

奈育尔知道,他想做出不屑一顾的神情,声音中透出的却是恐惧。

"我知道,"杜尼安僧侣道,"你的忍耐到了尽头,你痛恨我为圣战军带来的改变;我知道,我给予长牙之民的力量威胁到了你的计划;我知道,你十分迷茫,不清楚接下来该如何行事,是假装向我效忠——就像你对待你叔叔那样——还是继续诋毁我的威信。你急切地拒绝我,不是为了向其他人证明我的欺骗,而是为了向你自己证明:你比我更强大。你的思想中包含着极为堕落的傲慢,伊库雷·孔法斯,你相信自己能评判所有人——这是你不惜一切代价也要维护的谎言。"

"这不是真的!"孔法斯从椅子上跳了起来。

"不是吗?那么告诉我,大统领,你有多少次觉得自己就是神?"

终卷　最后的进军

孔法斯抿紧嘴唇。"从没有过。"

战士先知若有所思地点点头。"你现在的立场很奇怪，对吧？为了维持在我面前的傲慢姿态，你必须忍受谎言带来的耻辱；你必须隐匿真正的自我，才能证明自己，甚至必须通过贬低自己来保住骄傲。此时此刻，你比人生中任何时候都更清楚这一点，但你却不愿放弃你那备受折磨的自尊。你用无穷无尽的痛苦来抗拒解脱自我的一时痛苦，你宁可在不属于自己的身份中狐假虎威，也不愿相信和承认真正的自我。"

"闭嘴！"孔法斯声嘶力竭地喊，"没有人能这样和我说话！没有人！"

"耻辱对你来说是陌生的，伊库雷·孔法斯。无法忍受的陌生。"

孔法斯灼热的眼神在周围的面孔上扫过。厅中响起了哭泣声，其他人也在战士先知的话语中看到了自己。奈育尔边看边听，皮肤被恐惧浸透，心仿佛跳到了喉咙口。放在以往，大统领受辱会让他深感满足——现在却完全不同。耻辱在众人头顶盘旋，仿佛怪兽吞噬着所有人的自信，冰冷地裹住了最炽烈的灵魂。

他是怎么做到的？

"解脱。"战士先知说，他的话仿佛是全世界唯一一扇敞开的大门，"我所能给予你的，伊库雷·孔法斯，是解脱。"

大统领踉跄着后退了一步，在那个疯狂的瞬间，他的膝盖似乎要弯下去了——皇佺想要跪下。但紧接着，他喉咙中发出一阵令人血液冰冷的诡异笑声，风度翩翩的仪容下隐藏的疯狂一显即没。

"按他说的做！"高提安用悲哀的声调说，"你不明白吗，凡人？他是先知！"

孔法斯迷惑地看看大宗师，英俊的脸上毫无表情。

"这里的人都是你的朋友，"普罗雅斯宣称，"都是你的兄弟。"

高提安和普罗雅斯。这里的人和他们的话语。这些重叠的声音仿佛解除了杜尼安僧侣加在孔法斯身上的魔咒——正如曾经解除加在奈

85

育尔身上的魔咒。

"兄弟?"他低吼道,"我不是奴隶的兄弟!你们认为他了解你们?认为他说出了每个人的心里话?他没有!相信我,我的'兄弟'们,对操弄语言和人心的手段,我们伊库雷家族了解得更多。他在戏弄你们,你们却一无所知。他把一个又一个'真相'扎进你们心里,为的是驾驭你们的心所驱动的热血!蠢材们!奴隶们!我还庆幸过与你们为伍,哈!"他转身背对大贵族们,在拥挤的厅中挤向入口。

"站住!"杜尼安僧侣如震雷般喝道。

所有人,包括奈育尔在内,都不禁缩了缩脖子。孔法斯身子一晃,像被什么击中了一样。许多人伸手抓住了他,扭过他的身子,把他推到战士先知面前。

"杀了他!"奈育尔右边有人喊。

"叛徒!"下面的椅子上有人高叫。

整个会场突然变得人声鼎沸,拳头在颤抖的空气中挥舞。孔法斯看了看周围,与其说被吓到,不如说是呆住了,就像一个男孩被自己敬爱的伯父抡了一巴掌。

"骄傲。"战士先知一挥手便让大家安静下来,仿佛木匠拂去工作台上的木屑,"骄傲是一种病……对很多人来说它就像感冒,是被别人的荣耀传染的;但对少数人而言,比如你,伊库雷·孔法斯,它是从子宫中带出来的缺陷。你一生都在疑惑周围的人到底为什么而活。做父亲的为何宁愿卖身为奴,也不肯扼死挨饿的孩子?青年人为何要加入长牙之民,以奢华享受交换一顶小小的军帐,抛却权柄甘为至圣的沙里亚的仆人?为何这么多人宁愿给予,却不愿轻松攫取?

"之所以会问出这些问题,是因为你不理解何谓真正的力量。真正的力量不正意味着有足够的决心去抵抗欲望,去为自己的兄弟而牺牲吗?但你,伊库雷·孔法斯,你只知道拥抱弱点。真正强大的人能够承认弱点,你却把自身无数的缺陷当成力量。由此,你背叛了你的兄弟,

终卷　最后的进军

你用谄媚的话语粉饰和涂抹自己的心。你，你这个比其他人更渺小的存在，却对自己说：'我是神。'"

大统领的声音像是耳语盘旋在厅内："不……"

耻辱，Wutrim。奈育尔本以为自己对杜尼安僧侣的恨无法匹量，甚至令一切黯然失色，但现在充溢厅内的羞愧、让人腹中翻腾的耻辱，却令他一时间忘却了自己的怨恨。那一瞬间，他看到的是令人敬畏的战士先知，而非杜尼安僧侣；那一瞬间，他也身不由己陷入了此人的谎言之中。

"你的军团，"凯胡斯续道，"将被解除武装。你把部队带到约克萨，等待运回纳述尔。你不再是长牙之民了，伊库雷·孔法斯。事实上，你从来都不是。"

大统领震惊地眨着眼睛，好像真正冒犯他的是这句话，而非此前那些。奈育尔意识到，这个人的灵魂确实是有缺陷的，正如杜尼安僧侣说的那样。

"为什么？"大统领问，努力想找回从前声音中的力度，"为什么我要接受这样的要求？"

凯胡斯站起来，朝他走去。"因为我知道，"先知走下讲台，不知为什么，离开照明用的火盆并未让他奇迹般的身影变得暗淡。他定是把这一刻的光线也考虑到了，"我知道皇帝曾与异教徒达成协议……我知道你打算在光复希摩之前背叛圣战军。"

孔法斯在他面前退缩了，一点点后退着，直至倒在信徒们怀中。奈育尔认出了信徒中的几个人——盖德奇、图索萨、桑佩尔——他们眼中射出了比仇恨更明亮的光芒，看上去仿佛阅尽了千年世事，又带着古老岁月留下的确信。

"因为，"凯胡斯续道，他的身影将孔法斯彻底笼罩，"如果你不服从，我会把你剥皮之后吊在城门上。"他的声音抑扬顿挫，说到"剥"字时，每个人仿佛都看到了一具没有皮肤的尸体。

孔法斯用绝望而痛苦的眼神仰视着凯胡斯。他下唇颤抖，表情渐渐扭曲成无声的哭泣，随后僵直片刻，接着又一次崩溃。奈育尔发觉自己正抓着胸口。我的心为何跳得这么快？

"放开他。"凯胡斯低声吩咐。大统领马上向门口冲去，一只手遮住脸，一只手在空中挥舞格挡，就像有人在拿石块砸他一样。

奈育尔又一次站在了杜尼安僧侣的阴谋之外。

他知道，揭发孔法斯的叛变是精心设计的戏码，仅此而已。与自古以来的敌人合谋，皇帝能得到什么？凯胡斯在众人面前所做的一切，在他看来都早有预谋。一切。每一个词，每一个眼神，每一句深邃的话语，都别有用意……但这次又为了什么？拿伊库雷·孔法斯杀鸡儆猴吗？为了除掉他？何不干脆割开他的喉咙？

不，不是这样。在所有大贵族之中，只有伊库雷·孔法斯——声名远播的基育斯河的雄狮——拥有足够的人格力量，足以让手下保持忠诚。凯胡斯不会忍受竞争者的出现，但也不愿冒险让剩下的圣战军再来一场两败俱伤的冲突。他必须保住大统领的性命。

凯胡斯离开了，长牙之民纷纷从座椅上起身，呼喊着、大笑着，朝他致敬。奈育尔发觉自己又在用双重视角看待他们了。他知道，这些因里教徒会认为自己正经历一次接一次的锤炼，在对纯粹的追求中变得愈发强大。但草原人知道得更多……

旱季还没有结束。也许永远都不会结束。

凯胡斯已将最任性的牲畜从牧群里剔除了出去。

普罗雅斯一边在拥挤的人群中尽力稳住身形，一边扫视四周，寻找塞尔文迪人的身影。战士先知刚刚在雷鸣般的欢呼声中离去，圣战军首领们兴奋地议论着，表达心中的欢欣与义愤。有太多东西可供讨论

终卷　最后的进军

了：伊库雷家族阴谋的败露，纳述尔各军团被从圣战军中逐出，大统领颜面扫地……

"我打赌，帝国的狮皮绝对要换颜色了！"盖德奇在附近一群康里亚贵族中高喊。笑声在拥挤的厅中轰响，尖刻却又真实——尽管普罗雅斯注意到，其中也不乏担忧的痕迹：胜利的表情、兴奋的声明和渴望的姿态，交谈中的每个人都在展示自己，但仍有其他东西存在，普罗雅斯感到它在房间角落徘徊，他的脸不由得阵阵刺痛……

是恐惧。

也许这是理所应当的。阿金西斯总爱说，"习惯"统治着人类的灵魂。只要过去仍掌控着现在，习惯就可以依赖，但如今过去被翻转了，长牙之民们无法信任自己的判断与假设。要想重生，就必须杀死从前的自己——普罗雅斯意识到，这个耳熟能详的比喻可以从两个方向解读。

但与他们获得的一切相比，这只是极小的代价——小到可笑。

找不到塞尔文迪人，普罗雅斯开始仔细端详眼前这些人的面孔，区分哪些是曾经谴责过凯胡斯的，哪些没有。很多人在喧闹的人群中默然不语，比如伊吉亚班，他们的眼神充满悔恨，嘴唇懊恼地抿着；但其他人，比如阿斯贾亚里，则明显是在炫耀，极力想要表现自己。看着这些人，普罗雅斯感到嫉妒的利爪划过身体，不由得强迫自己垂下眼睛，转开了头。他不曾像现在这样强烈地想要挽回，这种感觉即使在阿凯梅安的身上也没有过……

他当时在想什么？像他这样一心一意坚守信念的人，为何竟差点谋害了真神的声音？

这个想法仍让他头晕目眩，羞耻感如鲠在喉。

信念，无论内涵有多深，都不能证明其真实性。这是艰难的一课，最难的部分恰恰在于它是如此显而易见。虽然君王与将军们大声赞扬，虽然有无穷无尽的诗歌传颂，但至死不渝的信念本身是廉价的。不

乌有王子 * 千回之念

管怎样,那些以身躯对抗矛尖的费恩教徒的信念与因里教徒同样坚定。一定有人受骗了。有什么理由相信,受骗的肯定是敌人呢?人类的弱点是那么明显,历史进程便是一场场成功骗局的轮番上演,谁会蠢到宣称自己是受骗最少、掌握了绝对真理的人?

将自负的幻想作为定罪的基础……妄图谋杀真神的……

普罗雅斯的一生中,从没有像在战士先知脚下那样痛哭流涕过。他早已摒弃所有形式的贪欲,最终却被证明是最贪婪的人。除了真理他别无所求,但真理是那么地难以追寻,他只好求助于自身的信念。对于一个自降生起就被卑躬屈膝的仆从环绕的人,一个被周遭所有人给予了审判权柄的人而言,还能如何呢?

他确实是他们中的一员。

要想重生,就必须杀死从前的自己,但普罗雅斯和其他人一样,选择的杀戮对象是他人而非自己。

"嘘。"战士先知当时说,他才从乌米亚齐上被放下来几个小时,鲜血渗出手腕上一圈圈的绷带,仿佛是一道道黑色圆环。"你无需哭泣,普罗雅斯。"

"但我想杀你!"

如此美丽的笑容,与它对应的痛苦形成了强烈对比。"我们所有的行为都建立在自认为是的基础上,普罗雅斯,而我们自认为无所不知。行为和自我之间的联系是那么强烈、那么自然,一旦我们需要的'真相'受到威胁,我们不免会下意识地去捍卫它。我们会谴责无辜者,使他们变得有罪;我们会抬高邪恶者,让他们变得神圣——就像母亲会继续哺育在怀中死去的婴儿一样,我们会挣扎和抗拒。"

凯胡斯的停顿一如既往地令人窒息,仿佛在用其他人无法听到的话语继续同他交谈。他抬起手,做了个奇怪的姿势——好像要挡开过于伤人的话。普罗雅斯仍然记得,鲜血像墨迹一样沾在他的手掌上,而他伸出的手指间若有圣光,令血迹更显黑暗。

终卷　最后的进军

"普罗雅斯，毫无根据与理由的信念，那就成了盲信，而我们的行为也因它而导致偏差。我们的自信变成了我们的神，我们会奉上牺牲去取悦它们。"

就这样，他被赦免了，仿佛对他的理解就是原谅……

塞尔文迪人毫无预兆地出现在视野中，高大的身形笼罩在门口拥挤的人群头顶。他没穿衬衫，而是披着一件皮线编织的铁片环甲——也许是为了让伤口透气吧，普罗雅斯心想。他腰缠的仍是从草原上带来的那条铁腰带，下半身挂着黑色锦缎的短褶裙。他那双布满疤痕的手臂宛如雕塑，普罗雅斯注意到，有人一看到那双手臂就缩起身子，仿佛它所昭示的杀戮是种恶疾。长牙之民看见他，总是像狗看到狮虎般让开来。

普罗雅斯知道，塞尔文迪人身上一定发生了什么，足以让最铁石心肠的人窃窃私语。这并非出于他的蛮族身份，也不是来自他浑身上下流露的野蛮力量，甚至与那份让他的表情变得深邃的智慧无关。奈育尔·厄·齐约萨身上似乎出现了一处空白，原本约束他的东西不见了，这意味着他随时可能翻脸，无法预料。

草原上最强的男人，这是凯胡斯对他的评价，他也嘱咐普罗雅斯要小心……

"他已被疯狂占据。"

普罗雅斯又一次猜测着，野蛮人喉咙上那条已经发皱的伤疤是因何而来。

奈育尔注意到王子的目光，于是来到近前。狂乱的披肩黑发衬得他冰川般的瞳孔更加醒目，普罗雅斯要他跟着自己，奈育尔生硬地点点头。康里亚王子转过身去时，辛奈摩斯抓住了他的胳膊肘，三人一起朝帕夏宫殿中红色釉砖砌成的回廊走去。没人说话。

在庭院内长长的阴影中，他转身面对塞尔文迪人，努力克制自己试图从对方的攻击范围内逃离的情绪。

"那么……你怎么想?"

"孔法斯会带着自嘲入睡。"奈育尔轻蔑地唾了一口,"但你叫我来并不是为了听我的看法。"

"确实不是。"

"普罗雅斯?"辛奈摩斯问,似乎刚意识到自己不该出现在这里,"我不该打扰你们……"

他来这里是因为无处可去。

奈育尔哼了一声。

普罗雅斯知道,在塞尔文迪人眼里,残废没有任何价值。"不,辛,"他说,"你是我最信任的人。"

野蛮人仿佛突然意识到什么,皱起了眉头。刹那间,普罗雅斯看到他的眼神发生了变化,那是血亲相残时的怒火,仿佛在谴责自己忽略了致命的危险。

"是他派你来的。"奈育尔道。

"是的。"

"因为孔法斯。"

"是的……你要和孔法斯一起留在约克萨,圣战军则继续向希摩进发。"

很长一段时间,塞尔文迪人一声未吭,但他的脸色和姿势都诉说着滔天怒火。野蛮人甚至发起抖来。终于,他用令人紧张的冷静语调道:"他想让我看住那个人。"

普罗雅斯深吸了口气,皱眉看着几个人从他们身边走过。"你错了,"他一边镇定自己,一边放低声音回答,"但也没错……"

"什么意思?"

"你得杀了他。"

终卷　最后的进军

花朵的香味弥漫在黑暗中。

"在这儿等他。"那个仆从没多说一句，便沿来路退走，关门时传来铰链声。

伊奥库斯朝树丛中望去，但树下的阴影阻挡了视线。月华普照，用苍白的光芒模仿太阳，勾勒出花朵环绕的树冠。花丛由蓝色与黑色混合。

他并非独自一人。通过感知中的一处处空洞，伊奥库斯知道，至少有两打丘莱尔弓手埋伏在周围树丛中，自始至终拉紧弓弦盯着他。

考虑到最近发生的那些事，这样的谨慎可以理解。

对于今天所见所闻的一切，伊奥库斯实在难以置信。从施吉克过来的路上，他有过许多猜测，关于圣战军——尤其关于赤塔——的种种厄运的传闻让他有了大祸临头的预感。五天前，当领航员指引他的船进入约克萨的港口时，他已做好心理准备，去面对任何程度的灾难……

但绝不是现在这种状况。圣战军居然开始遵从一位活着的先知，非神会也变成了现实——非神会！

无论有没有受到参孚冷酷而奢靡的束缚，伊奥库斯都是个细致的人。他知道，世间万物都有其固有规律，他可能得花上几天时间，才能全面了解新环境中那些不同寻常的细节，而要真正掌握其含义，恐怕还需更久。在理解这一切之前，他不会像以利亚萨拉斯那样绝望，他不能被压垮。

实在可惜。以利曾是个伟人，一位天赋异禀的大宗师——曾是……他需要和赤塔其他的高级学士商议，选出新宗师……选一个更理性的人。不过首先，他必须去见见这个战士先知，此人有着跨越两千年历史的古老姓氏：安那苏里博。

乌有王子 * 千回之念

伊奥库斯这时才注意到，树丛后有一座座石头墓碑，它们矗立在月光下，一时间令他想起将它们竖立起来的人，那些早已死去的人。他心想，这样的遗迹是岁月的度量衡，是一段段现实的累积，诉说着卡拉斯坎城尚未出现、尚未将这些山岗纳入怀中的时代——在那个时代，他的祖先生活在卡雅苏斯大山外无边无际的平原上。看着这样的纪念碑，仔细审视它们，能体会到早已被遗忘的、令人生畏的历史维度。

伊奥库斯一直惋惜赤塔仅仅将过去当作一种资源，用以榨取知识与权势。对他的兄弟们而言，废墟不过是碎石场而已，他们渴望证明自己凌驾于天命派之上，甚至不惜宣称遗忘乃是美德。"可惜过去无法收买，"他们会这样说，"幸好未来无法埋葬。"

但他怀疑，这一切马上就要改变了。非神。第二次末世之劫……如果这些是真的呢？

想到这里，一幅幅图景不由得在伊奥库斯的灵魂之眼前闪过：尸体沿萨育特河漂下，凯里苏萨尔像《长诗》中耸人听闻的故事一样燃烧起来，巨龙从天而降，落在他们神圣的塔楼上……

先做该做的事，他提醒自己，思维要清晰，求知要耐心……

微风吹过树丛，擦过枝叶，将成千上万朵花瓣卷上空中。一瞬间，花瓣们绘出交错的空气紊流，像是水中浮萍描绘出波浪的形状。伊奥库斯正感叹这幅美景，随即察觉到巫术的印记……另一个巫师正沿黑暗的小径从苹果树丛中走来。

是谁？伊奥库斯想起周围有无数丘莱尔对着自己，只能强忍住用巫术照亮庭院的冲动。细看之下，他从阴暗的树影中辨认出一个缥缈的人影，紧接着，一道眉弓和半边有胡子的脸颊出现在白色月光之下。

是的，又一条流言化为现实：这位天命派学士如今是凯胡斯王子的维齐尔，他在教授王子真知法术。荒诞仿佛没有了尽头。

"阿凯梅安！"他扬声道。为那个如此错待他的王子效力，阿凯梅安不知要忍受多少痛苦。伊奥库斯曾告诉以利亚萨拉斯绑架这个人不

终卷 最后的进军

会有用。他们的学派屡屡失策！能保住现在的地位简直是奇迹了……

阿凯梅安看上去不像个人，而是道阴影。他在大约十五步外停下，透过低垂的树枝看向伊奥库斯，冷冷地说："我侵犯到你了吗，伊奥库斯？"

参孚成瘾的巫师感到恐惧涌上心头。这是怎么回事？以利亚萨拉斯充满醉意的警告回响在他耳边："留心那个天命派学士……"

"凯胡斯王子在哪里？"

人影纹丝不动。"他身体不适。"

"但我被告知……"

伊奥库斯不禁退了一步。呼吸变得冰冷，心跳变得沉重。他这才明白，以利亚萨拉斯早就知道，他把我出卖给了这些人……这就是为什么他——

"那是骗你的。"天命派学士说。

"你说什——"

"还记得在爱荷西亚那个夜晚吗？你一定听到了我在找你，你一定听到了其他人的尖叫，向你求助的呼喊。"

那是他的噩梦。

"这到底是怎么回事？"间谍总管问，"你想干什么？"

"他——战士先知——把你给了我，伊奥库斯。我向他要求复仇。我乞求他。"

阿凯梅安边说边默念着什么，他的眼睛和口中闪烁着炽烈的光芒。

"而他同意了。"

伊奥库斯嗤笑道："你乞求他？"

炭火般的眼睛稍稍一垂，似乎是略略点了点头。枝叶和花朵被映得一片血红，衬得周围愈发黑暗。

"是的。"

"我可不会乞求你。"伊奥库斯道。

在更强大的对手面前,巫师本有自己的行为准则,但伊奥库斯没有遵从。不利之处在于,这里毫无退路——周围的每一根弓弦都将他逼入了绝境。

一如阿凯梅安在萨略特图书馆。

一座由透明石头组成的塔楼突然出现在他身边:这是他的应急隔绝术。随后他开始吟唱,低沉的神秘歌声在空气中振动,这一连串旋律发自喉音,与阿凯梅安更为抑扬顿挫的歌声形成了鲜明对比。

天命派学士两侧的虚空中各自凭空涌现出一团蕴藏雷暴的漆黑云团,其中发出的每一道电光都指向了学士所在的位置——这是贺拉希双生风暴术。电光闪过,在阿凯梅安球状的隔绝术周围,蛛丝般的光束痉挛般舞动起来,庭院周围的廊柱投下的阴影则如一把把铁锤挥舞。一闪即逝的电光勾勒出廊柱间丘莱尔弓手的身影,位于抽象化的防御网后的阿凯梅安被描摹得白如盐柱,但他仍在吟唱。

伊奥库斯的吟唱更快了,他驾驭自己的绝望,驱使着意义从灵魂到声音。激情变成语义,语义变成真实。闪电分叉、闪耀,它们的怒火愈来愈盛,阿凯梅安看上去就像被日轮吞噬的鬼魂。巫师的双手迅速挥动,花瓣被卷上天空,像燃烧的飞蛾一样消失无踪,周围的树木也纷纷被火焰吞噬,化作闪耀的火柱。高耸的石碑从黑色渐渐变作橙色。

阿凯梅安迈步向前,穿过烧焦的树丛。

伊奥库斯惊恐地意识到,阿凯梅安在玩弄他。于是瘾君子放弃了贺拉希咒术,转而使用全学派最强大的武器:龙头术。

长满鳞片的脖颈倏然出现在他头顶,看不到的肠胃翻涌着,吐出瀑布般的金色火焰。伊奥库斯放声高唱,眼看对手的隔绝术被火光淹没。一串串火花倾泻而下复又消失,如同燃烧的火油泼上玻璃圆球一般。但圆球终究出现了裂缝,微弱的光线像血一般渗透出来。

龙息照亮了整个树丛,花瓣如蝗群一样纷纷飞上天空。可天命派学士仍在步步紧逼,踏过一圈圈盘旋的火焰,吟唱出疯狂且无人能懂的

终卷　最后的进军

歌谣。裂缝越来越多,越来越深……

　　伊奥库斯尖叫着念出词语,但比闪电更明亮的光芒一闪而过,那是纯粹的力量,无需任何外在的阐释或想象。

　　几何图形如巨镰划过空气,洁白刺目的抛物线延伸而出。完美的直线相互交错,同时击中他的隔绝术。幽灵般的石块颤抖着碎裂,就像脆弱的页岩在铁锤的打击下爆开……

　　光芒四射的大爆炸,然后——

　　乌特蒙部落的酋长骑马冲出号角之门,毫不在意昏暗的天色,径直冲向安那斯潘尼亚群山。他胯下的尤玛那纯种黑马是他趁帕迪拉贾的部队溃散时抢来的,如今变得一瘸一拐。他骑上可以俯瞰全城的山岬,生起篝火。肚腹中的空洞正朝胸口蔓延,最后凝结在此,抓挠不休——他发疯的老祖母总说自己胸口里住了一只乌鸦,应该就是这种感觉了。他静静地躺了一会儿,宽阔的后背紧贴被太阳晒热的岩石,双臂伸展开来,轻轻摇摆,指尖擦过颤抖的草叶。

　　他感受着周围的温暖,静静地呼吸。乌鸦终于不再拍打翅膀了。

　　这么多星星,他想。

　　他不再是草原人。他超越了这一身份。他可以思考任何想法、做出任何行为、亲吻任何嘴唇……没有任何禁忌。

　　望着无边的黑暗原野,他昏昏沉沉睡去。他梦到自己和西尔维捆在一起,吊在圆环上,紧贴着她,进入她体内……仿佛这是最深沉的交媾。"你疯了。"她轻声说,湿润的呼吸充满急迫。

　　"我是你的,"他也用诡异的声调低声回答,"你是世上仅存的道路。"

　　尸体咧开嘴唇,露出惨笑。"但我死了。"

这句话如石头击中了他,他当即醒转,半裸的身体蜷缩在布满砂砾与野草的地上。他挣扎起身,神志模糊,四肢麻木,像喝醉了酒一样拍掉身上的砂粒和草根。这算什么梦?什么样的人会——

这时他看到了她。

她就站在火堆对面,穿着朴素的亚麻窄裙,橙色皮肤光滑柔软,没有一丝瑕疵,仿佛从火焰中召唤的因里教女神。她眼中映出细小的火苗,长发遮住了脸颊与下颌,那是金色的……

西尔维。

奈育尔摇摇头,乱发拂过脸庞。他张开嘴,却没法呼吸,似乎连风也凝固了。

西尔维。

她微微一笑,转身跃入身后的黑暗。

他大吼着朝她冲去,尽管明知徒然。他在她刚刚站立的地方停下,踢开脚下的草,像要寻找掉落的钱币或武器。但看到她的脚印,他不由得跪倒在地。

"西尔维?"

他边喊边朝黑暗中张望,接着跌跌撞撞站起来。

"西尔维!"

他又看到了她,她从一块岩石跃到另一块,沿山坡俯冲而去,身体在月光下如银子般洁白。在他心中,整个世界仿佛突然倾斜了,山坡变得如同陡峭的悬崖。他看到她的身影在两块巨岩之间一闪而没,远处的卡拉斯坎城则如绿松石点缀的黑墨迷宫。他摇摇晃晃朝前冲去,在黑暗的山坡上奔跑起来,仿佛要跃入虚空。他踩过一束丝兰花,踢开形状诡异的枝叶,一群画眉尖叫着冲上天空。他跑啊跑,仿佛忘掉了呼吸与心跳,双脚如同被魔法控制,在黑暗的地面上找到了该走的道路。

"西尔维!"

他在岩石间停下脚步,审视月光照亮的大地。她就在那里!柳树

终卷 最后的进军

般纤细的身形像野兔一样沿山脚奔跑着。

初春的草叶划过小腿,他大踏步追赶,犹如饿狼冲过杀戮战场。他踩中石头,脚下一滑,重重地摔倒,来不及稳住身形,又继续朝远处的人影扑去。布满疤痕的手臂在体侧摆动,胸膛不停起伏,唾沫从嘴角流出,滑过脸颊。黑夜在咆哮,他却始终没法缩短与她的距离。她穿过休耕的原野,消失在山丘上的草场。

"你是我的!"他吼道。

在他面前,卡拉斯坎蛇一般蜿蜒的街道和数不胜数的屋顶一直蔓延到天边。但很快,高高耸立的崔亚姆斯之墙吞没了城市近处的街区,只能看到几个高地及上面的标志性建筑了。

他又瞥见了她的影子,但她转瞬间又隐没于橄榄树丛的暗影中。虽然四肢阵阵乏力,他仍追着她冲了过去,穿过树丛,发现对面竟是战场,而不远处是烧尽了的火葬堆。远处的她只是一缕白色线条,正朝费恩教徒们的尸首堆积而成的山丘前进。

一时间,他心底涌起绝望,头颅仿佛浮了起来,四肢由于用力过猛而火辣辣地痛。他难以呼吸,只是双腿仍踩着布满车辙的原野前行。月光从背后照来,他看着身前的影子,用麻木的肢体与之赛跑。他跃过死马,踏过泛着春色的苜蓿。她的身影已然消失在死尸中间,但不知为何,他认定她会停下来等他。

他难以呼吸,但沿草地前进时仍能闻到死亡的气息。恶臭很快盖过了一切,如此原始如此深切的酸腐味道,仿佛利爪伸进肚腹中翻搅,其中更掩藏着某种用舌根才能体会的味道。

就像礼拜。

他跪倒在地干呕,惊觉周围全是尸体——有些地方尸体只是刚刚盖住地面,横七竖八的肢体编织成地毯;其他地方则是层层叠叠堆积起来,几十、几百个一堆,尸堆底部被渗出的油脂一样的东西凝结在一起。月光照在裸露的皮肤上,死人的牙齿闪闪发亮,无数张开的嘴露出无底的黑洞。

她独自站在运尸车留下的清晰车辙中，背朝着他。他小心翼翼走近，为她噩梦般的美而倾心。在远方，树丛构成的黑暗屏障后面，卡拉斯坎的某座塔楼点亮了火光。

"西尔维。"他喘息着说。

她转过头，整张脸突然炸开，仿佛若干条蛇缠在头骨上。他不顾一切地朝她冲去，把她压在身下，甚至贴到了那张不可思议的脸上。她粉红潮湿的牙床一路向上，一直延伸到没有眼睑的眼角。他们在死人堆上翻滚，最后他终于放开了她，发出一串含混的咆哮，踉跄着后退……

没时间害怕了。

她凌空扭转身子，接着有什么在他下巴上炸裂，令他一头栽进尸堆。他抓住一只冰冷的手来支撑，却又撞在另一具肿胀的尸体上，陷入死人淤积成的污秽堆中。

换皮密探看着他，变化成另一个死人的样子。奈育尔眼睁睁看着金发从它头皮上脱落，被微风纷纷扬扬地吹开，这是他见过的最可怕的景象。

他站起身，舔了舔嘴边的汗迹，深深吸了口气。他没有武器。虽然打一开始就有个声音在心底呼喊告警，但现在他才如梦方醒：我死定了。

那东西却没攻击他，只是抬头望天，仿佛被空中翅膀的拍打声所吸引。

奈育尔沿它的视线看去，只见一只乌鸦从漆黑的天幕落下。那个换皮密探的右边有一具斜扔在尸堆上的尸体，尸体的手肘朝后弯扭，面朝奈育尔的方向，眼珠从深陷的眼眶中滚落，咧开的嘴唇露出了黑皮革般的牙床。那只鸟便落在那具尸体灰败的脸颊上，用一张不比苹果大的苍白人脸朝向奈育尔。

奈育尔咒骂着后退一步。这次又是什么新的耻辱？

终卷　最后的进军

"古老,"那张小脸发出薄如纸页的声音,"我们两族曾订下古老的契约。"

奈育尔惊恐地盯着它。"我没有族人。"他毫无感情地说。

令人眩晕的沉默。它用飞禽特有的狡诈眼神打量他,仿佛觉得有必要重新审视一些早已做出的假设。

"也许吧。"它说,"但有什么将你和他束缚在了一起。否则你不会救他,也不会杀我的孩子。"

奈育尔啐了一口。"没有东西能束缚我!"

它伸了伸脖子,那张小脸侧向一旁,流露出鸟一样的好奇心。

"'过去'束缚着所有生灵,塞尔文迪人——就像弓束缚着箭。所有生灵都被'过去'搭在弓上,然后举起来,射出去,余下的不过是看落在哪里……看能否射中目标。"

他没法呼吸,哪怕只是睁开眼也让他感到痛苦,像是被一百万颗牙齿噬咬。他的遭遇都是真的。为什么事情就不可以更简单更纯粹?为什么这个世界总把轻视、屈辱与污蔑压在他身上……为什么他一定要承受这些?

"我知道你狩猎的目标。"

"撒谎!"奈育尔语无伦次地大喊,"一层又一层谎言!"

"他来找过你,不是吗?战士先知的父亲。"怪物的小脸上闪过一丝愉悦,"那个杜尼安僧侣。"

乌特蒙部落的酋长凝视着怪物,无数冲突的感情在脑海中毫无意义地碰撞:困惑、愤怒、希望……最后,他回忆起剩下的唯一一条路——唯一真实的道路——他的心好像一直都知道。毕竟,那是他唯一能确定的东西。

仇恨。

他冷静下来。"狩猎结束了。"他说,"明天,圣战军会向谢拉什和安摩图出发,我则被留下。"

"你是一枚被动过的棋子,仅此而已。在本约卡棋中,每一步棋都意味着新规则的诞生。"小脸打量着他,光秃的头皮在白色的月光下闪耀,"我们就是新规则,塞尔文迪人。"

狭小的眼睛是那么古老。它蕴藏着力量,在血脉、心房和骨髓中滚动的力量。

"就连死人也无法从棋盘上逃脱。"

阿凯梅安在辛奈摩斯的房间找到他时,元帅已醉得不成样子。

辛奈摩斯咳嗽着——声音就像厚木板马车滚滚轧过卵石路面。"你做到了吗?"

"是的……"

"好、好!你受伤了吗?他有没有伤到你?"

"毫发无伤。"

"你把东西带来了吗?"

阿凯梅安顿了一下,不安地发觉辛奈摩斯听到第二个问题的答案时没说"好"。他是不是希望我吃些苦头?

"你带来了吗?"辛奈摩斯追问。

"是、是的。"

"好……太好了!"辛奈摩斯说着从椅子上一跃而起,但每个动作仍透着盲人独有的僵硬与茫然,"快给我!"

他冲阿凯梅安大喊大叫,好像把对方当成了亚特雷普斯的骑士。

"我……"阿凯梅安咽口唾沫,"我不明白……"

"把东西留下……然后就走!"

"辛……你得告诉我!"

"走!"

终卷　最后的进军

阿凯梅安被他强烈的语气吓得不敢动弹。

"好吧。"他低声说着朝门口走去，肚腹翻腾不已，像是待在甲板上一样。"好吧……"他推开门，同时心头一动，扶着门等了一个心跳的时间，然后将它重重关上，就像已经愤然离去了一样。他屏住呼吸站在原地，看着朋友转身大步走向西边的墙壁，左手在面前的空气中抓着什么，右手则紧握染血的布包。

"终于，"辛奈摩斯低声说，那声音比呼吸还低，也分不清是哭是笑，"终于——"

他把手掌和手指紧紧按在墙上，朝左边抹去，在蔚蓝的嵌砖上留下一道血印，接着又抹上了尼尔纳米什的田园画。摸到镜子时他停了下来，手指颤抖着抚过象牙镜框，直到整个人都正对镜子。他好一阵子一动不动站在那里——阿凯梅安觉得自己的呼吸声无比刺耳，几乎要被他听到。辛奈摩斯仿佛凝视着镜中自己的双眼，那双曾透露出无穷欢笑与怒火的眼睛只剩两个流脓的坑。他茫然的审视流露出熊熊的渴望。

阿凯梅安惊恐地看着眼前的一幕：元帅摸索着打开他带来的布包，再用双手捂住两边眼眶，抬起手来时，伊奥库斯那双悲哀的眼珠被歪歪斜斜嵌在其中，由发炎起皱的皮肤所包裹。

墙壁和天花板都开始旋转。

"睁开！"亚特雷普斯的镇守元帅大喊，用那双冒血的死人眼珠在房间中来回扫视，甚至在阿凯梅安身上停留了一瞬间，巫师觉得自己心跳都停止了。"睁开！"

他开始摔打房间中的一切。

阿凯梅安溜出门，逃走了。

黑暗中，以利亚萨拉斯抓住朋友前后摇晃。他知道自己怀中的人比周围的黑暗更黑暗。

"嘘……嘘嘘嘘……"

"以、以利,"间谍总管喘息着颤抖抽泣了一阵后,终于将痛苦平复下来。"以利!"

"嘘,伊奥库斯。你还记得事物的观感吗?"

瘾君子的身体突然一阵战栗,近乎透明的头颅醉酒般点了一下,鲜血从亚麻衣服中渗出,一道道黑色的线条出现在他惨白的面颊上。

"咒语,"以利亚萨拉斯嘶声道,"你还记得咒语吗?"

在他们的巫术中,一切都有赖于类比的纯粹性。瞎掉眼睛会有影响吗?

"是、是的。"

"那你就没事。"

终卷　最后的进军

第四章 安那斯潘尼亚

> 战争就像严厉的父亲,让每个人都感到羞耻,痛恨自己幼稚的游戏。
>
> ——普罗塔西斯,《百重天》

> 从那场战役归来之后,我成了一个完全不同的人,至少我的母亲一直是这样抱怨的:"现在,只有死人才能承受你的凝视了。"
>
> ——崔亚姆斯一世,《日记与对话》

长牙纪4112年,早春,摩门

也许,伊库雷·瑟留斯三世想道,今晚会是一个甜蜜的夜晚。

从安迪亚敏高地顶上的皇宫中看去,月光下的梅内亚诺海宛如一面闪亮圆盘。瑟留斯不记得上次看到大海这样平静是什么时候了,甚至觉得有些诡异。他本想把星象家亚里梅阿斯叫来,但最后还是作罢——不是出于仁慈,而是骄傲。那不过是个精于吹捧奉承的小人。所有人都是。就像母亲常说的,每个人归根到底都是间谍,代表着种种利益,每一张脸都由无数根手指组成……

就像斯科约斯那样。

他忍住头晕,倚着栏杆,凝望海面,双手紧紧抓住精心打理过的加里奥斯羊毛斗篷,抵抗丝丝寒意。和以往一样,他的眼睛不由自主地朝南方转去,望向海岸上那片空旷的黑暗。希摩就在那边——还有孔法斯。光是想到孔法斯在他看不到也无法知晓的地方密谋盘算、精心策划,他就不堪忍受,甚至心生恐惧。

他听到凉鞋的脚步声从背后传来。

"人中之神,"皇帝的新任近卫军司令斯卡拉用低沉的声音报告,"太后求见。"

瑟留斯长吁一口气,惊讶地发现自己一直屏着呼吸。他转过身,抬头面对高大的瑟帕罗人,对方的面孔在光影交织之下时而丑陋、时而俊朗,垂肩金发用银色的带子束成一根根发辫——应是某个勇猛部族的标志。斯卡拉的外貌并不令人愉悦,但在冈克尔提死后,他证明了自己是个有能力的接替者。

在那个天命派巫师引起的一夜疯狂之后。

"带她进来。"

他喝光碗中的安莱佩红酒,一时兴起,将酒碗朝南边地平线掷了过去,仿佛想要试试这段距离是不是他以为的那么遥远。为何要如此多疑?哲学家们不是说了么,世界只是烟雾。而他是烈火。

他看着那只金碗飞旋出去,落入下层宫殿的阴暗之中。渐渐低沉的叮当声让他的唇上浮现出一抹微笑。这些东西真是低贱。

"斯卡拉?"他叫住正要退下的司令。

"有何盼咐,人中之神?"

"会有奴隶把它偷走的……那只碗。"

"确实如此,人中之神。"

瑟留斯打了个嗝,仪态仍然端庄。"找到偷走它的人,处鞭刑。"

斯卡拉面无表情地点点头,转身朝金碧辉煌的皇家居室走去。瑟留斯跟在他后面,努力稳住身子。他打个手势,让两边的近卫军把折叠门关上,再拉上帷幕。外面没什么好看了,除了宁静的大海和无边的星辰。

终卷　最后的进军

他站在最近的三角火架旁,烤了烤手指。母后已沿台阶从下层套间中走来,他不由自主地把两只拇指抵在一起,想要厘清思绪。瑟留斯很久以前就明白,只有智慧能在伊库雷·伊斯特里雅面前保护他。

瑟留斯的视线扫过台阶和挂着壁毯的墙壁,瞥见了她的巨奴彼萨苏拉斯,那魁梧的身形让觐见室中的近卫军们相形见绌。他又一次猜测,母后有没有和这头浑身冒油的鲸鱼上过床。他本该集中精力思考她前来的动机,但她最近似乎是那么的……容易预料,而他的情绪又如此烦躁。如果她再晚一些来打扰自己,他肯定就会觉得……不情愿了。

她看上去还是那么美,至少对一个老巫婆来说:染过的头发间缀着一顶珍珠母雕成的飞翼头饰,细银链编成的网兜将将笼住她上了粉的额头,样式传统的长袍由金带子勾勒出她的体形——他猜想,也许那匹印花蓝丝绸就花掉了他一艘划桨战舰的钱吧。他眨眨眼,抹去惺忪酒意,现在看来,她并不瘦削,倒有几分纤柔……

她几时变得……

"人中之神。"她边说边踏上最后一级台阶,然后按礼仪规范的要求用完美的姿态颔首致意。

瑟留斯站在原地,一时不知该说什么。这样尊重的姿态完全不符合母亲的习惯。"吾母。"他小心翼翼地说。如果恶犬用鼻子蹭你的手,往往意味着它饿了——非常的饿。

"那个萨伊克巫师是来见你的。"

"塔西乌斯,是的……他出去时肯定碰上你了。"

"不是希默克提?"

瑟留斯哼了一声。"你想说什么,吾母?"

"你一定听说了什么!"她厉声说,"孔法斯送了信来。"

"呸!"他猛地张开嘴唇,发出不屑的声音,然后扭过头去。老婊子,总把爪子伸到自己的碗外面。

"是我养大了他,瑟留斯!他是我的养子——比你对他周全得多!

我有权知道发生了什么。我有权知道。"

瑟留斯没说话,只斜眼瞥了瞥她。真奇怪,他心想,同样的一句话有时会让他怒火中烧,有时听起来却像是美妙的和弦。然而到最后结果都是一样的,不是吗?他心念一动,回头看着她的脸,她的眼睛在灯笼照射下是那么明亮、那么年轻,真让人喜欢……

"他们知道了。"他说,"那个骗子,那个……战士先知,或者管他们叫他什么,他指控孔法斯——指控我!——密谋出卖圣战军。你能想象吗?"

不知为何,她看上去并不惊讶。瑟留斯突然觉得,她有可能就是出卖计划的那个人。为什么不会呢?她有非凡的天赋,将男性的智慧与女性的阴柔混同一身,她极度渴望证明自己,同时又极度缺乏安全感。在这些动力驱使下,其他人在她眼中要么鲁莽要么懦弱——尤其是她自己的儿子。

"接下来呢?"她问,由于关切,语调也变得颤抖。

噢是啊,她总忘不了自己的宝贝外甥。

"孔法斯被逐出圣战军。他和帝国军剩下的人马被留在约克萨,等待送回纳述尔。"

"很好,"她点点头,"这样你的疯狂行为也就可以结束了。"

瑟留斯笑了。"我的疯狂行为吗,吾母?"他的微笑显得无比真诚,"还是孔法斯的?"

太后露出轻蔑的笑容。"这又是什么意思呢,嗯?吾儿?"

岁月的掠夺——他看过这一幕在父亲的同辈们身上反复上演,看过他们的头脑逐渐变得如蛤壳一样空洞。到最后,和他们腐朽变质的灵魂相比,就连垂垂老矣的身体都显得强健阳刚。瑟留斯发觉自己在努力忍着不要发抖。文字与智识的游戏本是遗传自她的强项,而她何时落后过这么多步?

但是……

终卷　最后的进军

"吾母,这意味着孔法斯依然控制着战场。"他亲切地耸耸肩,"我并未召他回国。"

"你在说什么,瑟留斯?他们已经知道了……他们知道你想做什么!你真的疯了!"

他紧盯母亲,不由得心想:这么多年来,她是怎么保持这份容颜的?

"确实,我敢肯定大贵族们是这么想的。"

一个老太婆为何能显得如此……如此纯洁?

她合上眼睛,长长的睫毛交错在一起,又一次露出风情万种的笑容——这一瞬间,她看上去绝不是对少女的拙劣模仿。"我明白了。"她说着叹口气,就像厌倦了世间尘嚣的爱人。

尽管已过去了这么久,他仍然记得在她手底下度过的第一个夜晚,犹如寒冰掠过升腾的火焰。那最初的夜晚……

瑟金斯在上,他硬了——硬得能感觉到血管的跳动!

他放下酒碗,转身看着她,突然间伸手搂住她的背,朝遮罩大床走去。她没有像奴隶一样在他的怀抱中变得顺从,但也没有反抗。她身上散发着年轻的气息……今晚会是一个甜蜜的夜晚!

"求你了,吾母。"他听到自己喃喃道,"已经太久了,我是那么孤独……只有你,吾母,只有你能明白……"

他将她放在绣着黑色太阳的被子上。慌忙解开长袍时,他的手在颤抖。他的阴茎惬意地跳动,他甚至害怕自己会把种子撒在袍子上。

"你是爱我的,"他喘息着说,"你是爱……"

她那描画艳丽的眼睛变得蒙眬恍惚,平坦的胸脯在织料下起起伏伏。他毫无理由地觉得自己能看透她脸上的皱纹,直视她那毒蛇般诡丽而真实的美。他看到了那个用嫉妒将他的父亲逼疯的女人,那个教会儿子床笫间蕴含的神秘与狂喜的女人。

"吾儿,"她喘着粗气,"亲爱的吾儿……"

他的指掌触到温润的皮肤,他的心跳宛如雷鸣,他的手拂过她的小腿,那双腿和艾诺恩人一样刮得干干净净。他沿着腿向上摸去。这怎么可能?他抓到她的下阴,那里坚硬地挺立着——

惊讶之下,他甚至喊不出声。他跌倒在地,无声地动着嘴巴,而她站起来,抚平长袍。他慌乱地向后爬行,几经努力才终于喊出声:"卫兵!"

头一个冲进屋来的士兵愣了一下,什么都没来得及做就丢了性命:他的脸被捏得稀烂,喉咙被撕开,鲜血喷涌而出。一切都乱了套。彼萨苏拉斯——她的巨人宦仆——高喊着没人能听懂的话冲上来,想要抱住她,却被她轻而易举扭断了脖子,就像从藤蔓上扭下一个甜瓜。

她抽出宦仆的佩剑,闪电般行动起来,两条手臂仿佛变成了八条,如同一只巨大而优雅的蜘蛛。她舞蹈、旋转,士兵们惊呼着纷纷倒下,长靴在血泊中打滑,刺有蓝色文身的肢体接连落地。

瑟留斯转身朝门口爬去,心中并无恐惧——不能理解也就无所谓恐惧——唯有压倒一切的急迫、原始的冲动迫使他逃离这幅荒诞场景,这个曾属于他的私人卧室。

他从两个卫兵中间跑过,四肢仿佛飘了起来,接着他尖叫着奔过镶金的走廊。拖鞋!拖鞋!穿着该死的拖鞋谁还跑得动?

他匆匆跑过一排缭绕的香炉,但只闻到从自己肠子里涌出的恶臭。母后肯定会哈哈大笑!她的儿子居然把屎拉到了御袍里……

跑!快跑!

他听到斯卡拉在什么地方大声发号施令。他一头冲下台阶,结果摔得稀里哗啦,像被麻袋套起来的狗一样扭动着。他一边呻吟哽咽,一边重新站起来,东倒西歪地继续向前跑。到底发生了什么?他的近卫军呢?挂毯和镶金的镶嵌画在他身边飘浮,他手上也沾了屎!

就在这时,什么东西把他脸朝下推倒在大理石地砖上。阴影笼罩了他,那东西的喉咙中发出的声音仿佛是一群鬣狗在狞笑。

钢铁般的手指抓住他的脸,指甲划过面颊,肥硕的手指插进他的喉

终卷　最后的进军

咙。在那最后一刻,他瞥见了她——吾母——浑身浴血,头发凌乱。

她没有——

——◎◎◎——

长牙纪4112年,早春,苏拿

索尔仰着头,眨了眨眼睛,皱起眉毛。这才几点钟啊?

"来啊——来啊!"何塔塔在街口叫道,"玛伊萨内来了!他们说玛伊萨内要到石码头来了!"

何塔塔说话时,眼里闪动着什么,也许是希望,也许是过于强烈的热情——即便索尔只有十一岁也能看出,只是不知该用什么词才能描述准确。"但奴隶贩子……"

无论到哪里都得担心奴隶贩子,尤其是石码头,因为他们在那里做交易。对奴隶贩子来说,看到少年孤儿等于在街上捡到钱币。

"他们不敢——不敢!玛伊萨内来了他们肯定不敢!他们会被诅咒——诅咒!"

何塔塔总把一个词连说两遍,就算大家都拿这个寻开心他也改不了。人们管他叫何塔塔-塔塔,心眼坏些的则叫他回声虫。

何塔塔是个奇怪的孩子。

"是玛伊萨内啊,索尔!"他眼里闪着泪光,"他们说他要走了——要走了,他要坐船到海上——海上!"

"但风——"

"就在今天早上!他们已经来了,现在他正要扬帆出海——出海!"

干吗关心玛伊萨内?戴金指环的人不会给他们铜板,只会用棍子揍他们。为什么要关心玛伊萨内这种只会用棍子的人?去他妈的祭

111

司吧。

但何塔塔眼含泪水……索尔看得出,他不敢独自前去。

于是索尔呻吟着站起来,踢开破烂的铺盖,努力朝何塔塔容光焕发的脸露出讥讽的微笑。他以前也见过何塔塔这副样子,那家伙总在半夜里低声呼唤"妈妈",也总是会哭——因为没胆子偷东西,老没饭吃。这种人活不下去的,一个都活不下去。就像他弟弟……

但索尔不会!他的脚程跟兔子一样快。

离他们所在的巷子不远有一家大漂洗坊,他们停下来,冲工坊前面一排巨大的木盆撒尿。工坊门口总是很拥挤,尤其在早上,他们努力不去看那些长着"洗衣工脚"——因为在洗衣盆里踩踏太久早已腐烂——的乞丐,任凭他们怒骂连连、嘘声阵阵。残废也会鄙夷比自己更可怜的人。尿完之后,孩子们跑过饱含硫黄臭味的洗衣坊庭院,继续嘲笑在一排排水泥盆中不停踏脚的男人。空中回响着湿衣料拍打干燥石头的声音。他们从洗衣坊另一边的出口冲了出去,跑过一群赶着驴车来运衣服的人。

"那儿会有吃的吗?"索尔问何塔塔。

"花瓣,"小男孩向他保证,"沙里亚走过——走过的地方他们会撒花瓣。"

"我说的是吃的!"索尔不耐烦地说,虽然他清楚,真饿了花瓣他也会吃。

小男孩棕色的眼睛直盯脚尖。他不明白。"那可是他啊,索尔……是玛伊萨内啊……"

索尔厌恶地摇摇头。该死的何塔塔-塔塔。该死的回声虫。

他们来到更繁华的街区,带有柱廊的街道紧邻哈格纳。商人们已开张营业,和那些正从砖头烧制的门框上取下沉重木门板的奴隶们开着玩笑。奢华的屋宇间,两个男孩间或瞥见圣殿区那些高耸入云的纪念碑。每次看到居利尤玛的塔楼,他们都不禁指指点点,吹响惊喜的

终卷　最后的进军

口哨。

孤儿也有权心怀希望。

由于害怕沙里亚骑士，他们不敢进入哈格纳，只是沿周围的大街朝港口跑去。有一阵子，他们甚至走在了城墙边上，被它的宏伟惊得瞠目结舌。藤蔓把大部分城墙笼罩在繁茂的绿色之下，他们交替揣摩绿丛中偶尔露出的古老石头像什么：兔子、猫头鹰或是恶狗。在普兰帕斯市场，他们听到两个女人说起玛伊萨内的船就停泊在沙坦提安湾——那个六角形港口是很久、很久以前，由某位古代皇帝在苏拿的天然港湾之中开掘的。

他们一路跑到仓库区，惊讶地发现连磨坊街都挤满了同一方向行进的人。他们有时会停下脚步，陶醉于新鲜面包散发的香气，或是嘲笑路旁阴暗的屋子里拖着沉重脚步绕磨盘打转的骡子。空气中弥漫着狂欢气氛，回荡着嘈杂的欢笑和激烈的争辩，偶尔被孩子的尖叫或婴儿的啼哭打断。索尔发现自己对何塔塔那些荒谬言语皱眉的次数越来越少了，甚至还被对方的笑话逗乐了几次。

虽然不愿承认，但索尔很高兴自己听了何塔塔的话，被这些满心欢喜的人围在当中，和他们朝相同的方向前进，这让他感觉自己属于什么东西，就像在肮脏、冰冷、微不足道的生活中发生了某种难以言说的奇迹。

自从父亲被杀之后，多久没这样的感觉了？

一队乐师加入了这支自发的游行队伍，索尔和何塔塔一路手舞足蹈从仓库旁经过，每间仓库的入口都有坡道，窗户则非常狭小。他们在大谷仓的阴影中逗留了一会儿，因为何塔塔从没来过这里，索尔向他最亲密的朋友解释，这是皇帝伊库雷·瑟留斯三世用来贮藏谷物以备荒年的。何塔塔听了哈哈大笑。

周围人群越来越密集，他们决定迈步飞奔，赶在大家前面。索尔脚程更快，跑在前头，何塔塔边笑边追。他们从举家出游的人群中穿过，

乌有王子 * 千回之念

在狭窄通路中钻来钻去。索尔有两次故意放慢脚步,让何塔塔差一点抓到自己,听到对方尖声抱怨,不禁也哈哈大笑起来。直到最后,他故意让何塔塔扑到自己身上。

他们扭在一起玩闹了一会儿,学着大人的样子彼此骂脏话。轻易制伏了何塔塔后,索尔拉着他站起来。他们已来到港口附近,海鸥在头顶尖叫,空气中有水和长久浸水的木头的味道,他们的脚步突然变得紧张起来。行脚商人——大多是过去的码头工人——兜售着切开的橘子,可用来盖住码头上的臭气,孩子们很幸运地找到几片被丢弃的橘皮,急忙吞了下去,享受那酸涩的味道。

"我告诉过你,"何塔塔边嚼边说,"肯定有吃的——吃的。"

索尔闭上眼睛,微微一笑。没错,何塔塔说的是真的。

召集的号角毫无征兆地发出沉浑鸣奏,响彻全城。这声音既熟悉又隐藏着诡异的危险,就像正在围攻城市的敌人发出了攻击信号。

"来啊——来啊!"何塔塔边喊边扯索尔的手,拉他朝纷乱的人群深处挤去。索尔皱起眉头——只有婴儿才牵着手走路,只有拿棍子的人才把手捏得这么紧——但还是让那个男孩引他穿越腰身与手肘组成的迷宫。何塔塔偶尔会回头朝他看看,带着病态的狂热用眼神鼓励他,令他不禁开始琢磨:对方这突然涌现的勇气是怎么回事?每个人都知道何塔塔是个胆小鬼,但现在他却来到这里,朝肯定要挨揍的方向走去。为什么他要冒险?为了玛伊萨内吗?在索尔看来,没有任何事值得挨揍,更不要说被奴隶贩子抓住。看样子,今天是在劫难逃了。

但空气中仿佛有另一种东西,让索尔迷惑,前所未有的迷惑。有什么东西让他感到自己的渺小,不是像孤儿或乞丐或小孩的那种渺小,而是某种美好的渺小,渺小的是他的灵魂。

他记得父亲死的晚上母亲是如何祷告的——一边哭一边祷告。推动何塔塔的也是同样的情绪吗?索尔还记得母亲祷告的内容吗?

他们在无数胳膊和腿中间挤过,引起阵阵骂声,还挨了好几记老

终卷 最后的进军

拳,而后突然之间,他们来到了一位穿披盔甲的沙里亚骑士身侧。索尔从未离一位长牙骑士这么近过,不禁吓得直发抖。那人的外套如此洁白,外套上的金色刺绣又如此耀眼,他套着一件银链甲,链甲下的身躯十分伟岸,如同巨树无法撼动。跟认识的大多数男孩一样,索尔对这些战士又是害怕又是羡慕,但何塔塔似乎完全不感兴趣;他伸着脑袋,朝沙里亚骑士身后看去,仿佛把对方当成了一根石柱。

索尔鼓起勇气,照何塔塔的样子朝前倾身,向街上张望。几百名沙里亚骑士排成队伍将人群挡在外面,还有骑在马上的骑士沿封锁线来回走动,扫视人群,时时警惕不期而至的威胁。索尔本想问何塔塔有没有看到沙里亚驾临的迹象,就在这时,身边那位骑士无言而温柔地将他们朝后推了推,让他们又回到了其他观众中间。

何塔塔不停念叨着母亲告诉他的关于玛伊萨内的事,玛伊萨内如何净化千庙教会,如何派圣战军去惩罚异教徒,如何睡在长牙、长牙下面的垫子上,还有真神是如何祝福他说的每一句话、每一句话,他的每一个眼神、每一个眼神,他走的每一步路、每一步路。"只要他看我一眼,索尔!只要看我一眼——看我一眼!"

"然后呢?"

何塔塔没回答。

突然之间,所有人都欢呼雀跃起来,所有人都转向同一个方向,隐约可以听到远方的高喊:"玛伊萨内!"不知为什么,索尔确切地知道,他们是发自内心的呐喊。何塔塔上蹿下跳,但马上就被身后的人挤着撞到了沙里亚骑士身上,那位骑士已跟两侧的神圣兄弟们挽起手来。呐喊声越来越响,索尔忽然害怕自己的心会由于激动爆裂开来。沙里亚!沙里亚来了!他从未离外域如此接近。

呐喊声一浪接一浪,又慢慢用疲惫滤去了人们的激情。就在索尔觉得大家根本是在犯傻时——谁会为根本看不到的人欢呼呢?——他瞥见了一枚枚镶珠宝的戒指反射的阳光。

乌有王子 * 千回之念

沙里亚的仪仗队。

他的心在胸中狂跳,太阳仿佛在天空中旋转起来。虽然难以呼吸,他还是喊出了声,似乎他的心肺、他的嘴巴和他的嗓门都被无限增辐了。

从无比狭窄的视野中,索尔看见三位穿奢华衣饰的祭司走过,而"他"就跟在后面。"他"更年轻、更高大,也更白皙,脸上留满胡须,身上只穿朴素法衣,那纯粹的白色足以刺痛眼睛。上千双恳求的双手朝"他"伸去,想要迎接"他"、请求"他"、触摸"他"。何塔塔尖叫着,用尽浑身解数想吸引"他"神圣的关注。沙里亚走得很慢,动作看上去却那么迅捷,就像大地在拉着他向前。不知为何,索尔也举起双手,伸了出去,但不是为了触碰眼前光辉的人影,而是指向他的朋友——指向那个最需要"他"看顾的灵魂。

也许是因为街上的人群中只有索尔一个人指着别人,也许是因为玛伊萨内不知为何领悟了他的意思。不管怎样,那双明亮的眼睛朝他的方向眨了眨。"他"看到了。

这是他整个人生中第一个有价值的时刻。或许也是唯一的一个。

索尔看到,玛伊萨内顺着他的手指转向他身边大喊、跳跃着的何塔塔。千庙教会的沙里亚朝男孩露出微笑。

在这令人窒息的一瞬间,"他"和男孩遥相对望,直到沙里亚骑士挡住了神圣的身影。

"是的——是的!"何塔塔泪流满面地高喊,仿佛不敢相信这一切,"是的!"

索尔紧紧抓着他的手,大声笑着。他们不停地欢呼,拥抱在一起。

一个男人仿佛从虚空中显形一般,笼罩在他们头顶。他脸上长满胡须,修得很是方正,这说明他是个外国人。他身上散发出汗臭,更让索尔不安的是,还有海船的味道。他的右手拿着一只切开的橘子,左手抚着何塔塔后背脏兮兮的衣服。

终卷 最后的进军

"你们的父母呢?"他低沉的声音仿佛是食肉动物在努力装出善良的样子。

他们必须立即回答。就算是正经人家的孩子走丢了,大人们首先去找的也是奴隶贩子。奴隶贩子存在的意义就是偷走小孩,正如棍子存在的意义就是殴打他们这样的流浪儿。

"就在——就在——在那边。"何塔塔啜泣着,颤抖的手指抬了抬。

索尔闻到尿的味道。

"是吗?"那个男人笑起来,但索尔已经撒开双脚跑了,他从那群骑士中间穿过,钻进队列对面的人群中。

他是索尔。飞快的索尔。

在那之后,索尔躲在堆积的双耳土罐间低声哭泣,边哭边警惕地看着外面,确保没人发现他。他不停地吐口水,却无法吐净口中橘皮的味道。最后他开始祈祷,他的灵魂之眼看见了镶宝石的戒指折射的阳光。

没错。何塔塔说得对。

玛伊萨内要出海远航了。

⸻ ❦ ⸻

长牙纪4112年,初春,安那斯潘尼亚

他们的人数虽有减少——仅余四万人左右——但他们胸中跃动的却比之前更强烈。

各大家族的旗帜,以及长牙与圆环的旗帜在风中猎猎作响,圣战军离开雄伟的卡拉斯坎,留下几乎一座空城。梭本在议事会上声明不愿动身,这让大贵族们十分愤慨,他们向战士先知请愿,希望他至少要求梭本允其属下自愿跟随主力部队出征。实际上,许多人早已带领亲随加入南征队伍,包括脾气火暴的阿斯贾亚里。最后只有大约两千名加

乌有王子 * 千回之念

里奥斯人和他们的国王一起驻守空城。有人说,当战士先知策马奔出号角之门时,梭本失声痛哭。

另一批迥然不同的圣战军也来到安那斯潘尼亚。这些新来者仍穿着家乡传统的粗呢大衣与外套,显得与环境格格不入。听说圣战军被困卡拉斯坎后,数千名因里教徒受到激励,冒险渡过冬季的海洋,一路赶到约克萨。异教徒的围城被打破后不久,他们陆陆续续来到城门口,装模作样地吹嘘,就像那些站在城墙上看着他们的人曾在摩门与亚斯吉罗奇做过的那样。然而入城之后,看到一张张饱经风霜的脸用长久的凝视迎接他们,每个人都陷入了沉默。古老的风俗仍然照常——士兵们互相握手,同乡们彼此拥抱——但每个人都知道这不过是形式。

最初的长牙之民——那些活下来的人——已属于一个完全不同的民族,他们与新来者共有的血液早已在战场上挥洒殆尽。古老的忠诚与传统变成了远方国度的传说,像祖姆一样远在天边,无法求证。旧日的生活习惯、曾经关心的问题,都和身上的赘肉一起不复存在了。他们拥有的一切都经历过考验,他们的虚荣、妒忌、傲慢和有意无意的偏执都已被扼杀殆尽。他们的希望被烧成灰烬,他们的踌躇被熬煮蒸发——至少看上去是这样。

灾难过后,他们只留下最不可或缺的东西,其他一切都丢弃了。他们朴素的风度、警惕的言谈、对奢侈品视若无睹的态度,统统透露着危险。更危险的是他们的眼睛:每个人的眼神都透出空洞的疲惫,就像长久不曾安眠——那不是凝视,不是注视,而是审视,所有目光都那么直截了当,清晰无比地写着"大胆"与"粗鲁"。

他们并不在乎别人的回望,仿佛一切外物都是审查对象。

就连新来者当中衣饰华丽的贵族也无法(或不愿)与他们目光交汇。许多人想保持尊贵——扭头斜视他们,或是点头致意——但又不得不把目光一次次转回自己的靴子或凉鞋上。新来者渐渐明白,在承受这些目光的同时,自己也在被评判,不是评判作为人类所拥有的缺

终卷　最后的进军

陷，而是在评判经受过的苦难的多少与长度。

他们的每一个眼神都变成了审判，因为他们见证了太多。

在这些所谓的兄弟面前，每个人都变得紧张起来，只有少数人鼓起勇气，向他们打听圣战军的另一项重大变化：战士先知。那些有权有势的人，如多戈拉·泰若，泰丹人的苏玛加特伯爵，被战士先知亲自邀请加入真理部落。其他人与各自家乡的法官交上了朋友，后者教导他们参加布道会与浸没仪式。坚决的异见者被隔离开来，分配到信徒中间，而据说最恶劣的煽动者会被带到先知的伴侣面前，从此消失。

因里教徒发现敌人彻底抛弃了安那斯潘尼亚。戈泰克带领手下的泰丹人开进到海边，一路上见到上百座乡间别墅被焚后的废墟。虽然大多数传承了古老的施吉克血脉的安那斯人躲在村子里，但基安领主都不见了，地平线远处也看不到游弋的异教徒的巡逻兵。基安人毁掉了各种设施，当阿斯贾亚里和他手下的加恩里人来到安那斯潘尼亚群山的尽头时，守卫通往谢拉什道路的古老堡垒群冒着黑烟，却看不到敌人的身影。

异教徒的脊背被折断了——正如战士先知所言——除了一次凯旋的进军，已经没有什么阻挡在圣战军与希摩之间了。

圣战军的第一支分队沿山势冲入谢拉什，在海什尔平原扎营，并在那里举行隆重的庆典。谢拉什在《圣典》的叙述中占据重要地位，篇幅之多，乃至许多人声称他们已经踏上圣土。人们聚集起来，听识字的人朗读《商人之书》中的段落，那是关于后先知被流放至堕落的谢拉什人中生活的记叙。如今他们终于站在这片被《圣典》反复提到的土地上，这本身就是一件值得敬畏的事情。

但若干世纪过去，地名已然发生变化，为此人们就《圣典》的文义与地理发生了无穷无尽的争辩。班古镇不就是阿贝—高卡城吗？安摩图商人在这里将后先知藏匿起来，避开谢拉什国王的怒火；巡逻兵报告的皮达斯附近的大废墟，不正是艾巴利奥要塞的遗址吗？瑟金斯由于预言了千庙教会的诞生而被关押在那里。接下来几天,一支支队伍集合起来,离开圣战军主力,踏上即兴而起的朝圣之旅,前往不同的古迹。虽然每一片废墟都顽固地保持着沉默,让朝圣者们有些扫兴,但大多数人回来时眼中闪动着热切的光,因为他们正走在谢拉什的道路上。

战士先知爬上艾巴利奥要塞破碎的地基,向数千人宣讲。"我所站的地方,"他高喊,"正是我的兄弟站立过的!"

二十二个人死于那场疯狂的踩踏,而这不过是个开始。

在上古时代的千年岁月里,所谓的"中土"一直是北边的施吉克国王与南边的古尼尔纳米什国王垂涎的对象。大败施吉克人之后,来自因维什的尼尔纳米什国王,安苏玛拉帕塔二世,带领成千上万臣民在海什尔平原定居下来,希望这场强行迁徙能为自己的帝国提供屏障。这些黑肤人带来了他们懒惰的神祇和混乱的生活习俗,在平原正中央兴建起谢拉什最伟大的城市捷罗萨,然后在这片土地上辛勤劳作,就像他们在潮湿的尼尔纳米什做的那样。

到后先知的时代,谢拉什已摇身一变成为强大的古国,同时向安摩图和安那斯潘尼亚征收贡奉。安摩图人对谢拉什人尤为鄙视,认为他们生性淫乱,是大地的灾祸。在《圣典》的作者看来,这片土地的特征无过于妓院无数、国王兄弟相残以及肆意滋生的不伦之欲。虽然尼尔纳米什人的血统与风俗早在不断的同化过程中消失殆尽,但长牙之民口中的"谢拉什"一词仍与"鸡奸"或"兽交"同义。

如今,他们开始为几千年前的古人犯下的罪孽惩罚一路上遇到的谢拉什费恩教徒。在因里教徒根深蒂固的认识中,谢拉什是座古老的邪恶迷宫,居住在那里的人民需要被一次又一次清算。

屠杀报告层出不穷。在海岸边一座名为基延尼科的大要塞,伊恩加尔伯爵带领拿格人把守军从墙上扔进海中;甘布罗塔伯爵麾下的因加罗什人将拜特穆拉山脉脚下带有围墙的奈斯镇烧作白地;难民们沿英雄大道——通往希摩的道路——一路南逃,却被索特尔总督与他的

终卷　最后的进军

基什雅提骑士们纵马踏倒。

战士先知迅速做出反应。他发布数道敕令,禁止屠杀与掠夺,对暴行最为恶劣的军官进行斥责。他甚至派高提安当众鞭笞艾诺恩的摩瑟罗苏总督乌兰扬卡,只因此人命麾下弓手将一群麻风病人乱箭射死于萨博沙镇外。

但这些措施为时已晚。阿斯贾亚里很快骑马赶回,报称捷罗萨人烧光了田野与种植园。基安人虽然已经逃跑,但各地的谢拉什人都对圣战军关闭了大门。

※

虽然前途笼罩着种种不祥预示,虽然环境与往日天差地别,但去往谢拉什的旅程总让阿凯梅安想起在奥克尼苏斯教导普罗雅斯的日子。

至少一开始,他是这么告诉自己的。

艾斯梅娜的小马沿安那斯潘尼亚群山那陡峭的Z字形坡道下行时扭伤了,阿凯梅安亲眼目睹十几位骑士争相让给她坐骑——这等于是将自己的荣誉交到她手中,因为坐骑是他们在战场上最大的资本。阿凯梅安上一次见到类似场景,还是跟随普罗雅斯及其母后前往后者在安佩莱的别墅时。另一次,他们遇上一队泰丹步兵——后来才知道是伊恩加尔伯爵手下的拿各人——他们举起七八支长枪,枪尖上挑着一只刚捕猎到的野猪。这是用来表示效忠的古老仪式,阿凯梅安曾在普罗雅斯的父亲伊克纳斯二世的宫廷上见过。

纵然天天骑行在艾斯梅娜身边让他心绪难平,但还有一些更常见、更微小的琐事,让他回想起自己的青年时代:比如先知的扈从会以尊重而顺从的态度对待他,有时简直像在演滑稽剧,身为战士先知的老师,这样的地位很快让他拥有了更荒谬的头衔:圣导师;再比如,他已不再走路了。军旅之中,奴隶并非衡量贵族的标准,马匹才是,而阿凯梅安,

乌有王子 * 千回之念

曾经卑贱的杜萨斯·阿凯梅安,居然有了自己的军马——一匹毛色光滑的黑马,据说是从卡萨曼德本人的马厩中牵出来的。他将这匹马命名为"正午",只为纪念可怜的老骡子"黎明"。

事实上,他周身都是这些小小的奢侈品:绫绸外袍、棉布礼服、毛毡长衫——他拥有一整个衣橱,还有专门的贴身奴隶为他参加的仪式挑选合适的服装。他有按他的体形重新缝上皮子衬里的银色胸甲,还有一个象牙首饰盒,里面装着他觉得太蠢而不好意思戴上的戒指和耳环,其中两枚黑珍珠胸针被他偷偷送了人。此外的物品更是不胜枚举:祖姆的龙涎香,盐之平原的没药,甚至一张真正的床——行军途中的一张床!——让他能每天偷空睡上几个小时。

在康里亚宫廷任教期间,阿凯梅安会对这样的舒适嗤之以鼻,毕竟,他是真知学派的学士,而非"类比学派的婊子"。但现在,经历过无数艰难困苦之后……间谍的生活异常艰辛,这些是他赢得的,尽管它们无法让他感到欢喜,无法抚平他的心,无法治愈看不见的伤口。有时,当他抚过柔软的织物,或在戒指堆中挑选时,会被悲伤紧紧攫住,记起父亲是如何咒骂给孩子雕刻玩具的人。

当然,他也被迫卷入了政治,虽然大多情况下仅限于向先知的扈从群中不断进出的贵族们保持着礼仪规范规定的言行。任何政治手腕,不管运用了何等修饰,只要凯胡斯出现,都会溃败成彻底的恭顺,等他走后才恢复原状。有时,当发觉有什么矛盾正在酝酿时,凯胡斯会将最核心的信徒召集起来进行解释,每个人都会带着一成不变的惊奇,看着凯胡斯解释那些他根本不可能知道的事和人,仿佛每个人的心跳都已被墨水写在了脸上。

毫无疑问,这解释了为何政治斗争在先知扈从的核心成员之间几乎不存在。这些核心成员包括纳森蒂及其手下的佐顿亚尼官员;此外有"利艾森",即各大贵族派出的代表。在奥克尼苏斯,离普罗雅斯的父亲越近的人,亮出匕首的速度就越快——这种事无需阿金西斯的智

终卷 最后的进军

慧也很容易理解,毕竟政治归根到底就是在某个社群的范围内最大程度地攫取利益,社群的权力越多,利益也就越大;利益越大,攫取的动机也就越强。这是阿凯梅安在三海诸国的宫廷中反复见证的规律,却在先知扈从那里不攻自破了。在战士先知神圣的存在面前,所有匕首都被收进了鞘里。

在纳森蒂之中,阿凯梅安感受了此生前所未见的坦率的同志之情。虽然难免有些粗率,但每个人对待他人的方式都十分真挚:开放、风趣、乐于理解。在阿凯梅安看来,这些人是使徒更是战士,这让他感到非同寻常……也让他感到忧虑。

他们聚成一团或排成一队骑马行进时,总会说笑和争论,再或打些小赌,无穷无尽地打赌。更有些时候,他们会唱起凯胡斯教导的华丽的圣歌,每个人的眼睛都闪闪发光,每个人的嗓音都没有了平时的油腔滑调,变得清灵而响亮。阿凯梅安起初觉得有些尴尬,但很快就不由自主地加入了他们,惊讶于圣歌的遣词造句,沉浸于那些事后想来不可思议的愉悦——如此简单又如此深邃。然后他会瞥见艾斯梅娜在仆从簇拥下,骑在马上来回摇摆身体,或者看到周围草丛中沉默不语的尸体,随即回忆起这次旅程的真正目的。

他们正骑马奔向战场。奔向杀戮。奔向希摩。

想到这里,当前的环境与教导普罗雅斯时的区别就会赤裸裸暴露在他面前,一种微妙的怀旧让他预感到,最终一切都会变得艰难、冰冷而恐怖。回忆的结局,不也总是这样吗?

行军好几天后,当圣战军在安那斯潘尼亚乡间无穷无尽的峡谷中穿行时,一群举着长牙标志、留着长发的部落民——阿凯梅安后来知道是苏尔都人——被带到凯胡斯面前。他们自称若干世纪以来一直保持着因里教传统,现在来向解放者们致敬,并提议担任向导,带领大军经由无人知晓的密道穿越拜特穆拉山脉。由于观众太多,阿凯梅安没能目睹全程,只看到那位苏尔都酋长跪下去,捧着一把弯折成 V 形的

乌有王子 * 千回之念

铁剑。

出乎所有人意料,凯胡斯下令将部落民捉起来拷问,而他们很快供出是受到卡萨曼德的儿子法纳亚的派遣。显然,法纳亚继承了其父的头衔,目前正在希摩聚集残余势力。苏尔都人确实是因里教徒,但法纳亚绑架了他们的妻儿,逼迫他们将圣战军引上歧途。看上去,新的帕迪拉贾正在绝望地为自己争取时间。

凯胡斯命人剥了他们的皮——当着所有人的面。

那天余下的时间,酋长跪在地上、手捧一把弯折之剑的景象一直在阿凯梅安脑中挥之不去。他又一次确定,自己在见证某些曾经经历过的事件——但与康里亚的时光无关,不可能的……他记忆中那把剑是青铜铸的。

他突然明白过来。他一直以为的回忆,一直弥漫在身边的那种微妙的怀旧感,其实与在康里亚宫廷做普罗雅斯的导师完全无关,甚至与他本人无关。

他记得的是远古的库尼乌里,是谢斯瓦萨与另一个安那苏里博——至高王塞摩玛斯。

每当意识到脑海中那个人并非自己,总让阿凯梅安心头一震,而今他更觉恐惧:他正慢慢变成迥异的存在——不可能成为的存在。他正在变成谢斯瓦萨。

长久以来,梦境的宏伟让他拥有了某种免疫力,因为他梦到的事不可能发生——至少不可能发生在他这样的人身上。然而加入圣战军后,他的生命开启了通向传奇的大门,他的世界与谢斯瓦萨的世界越来越近,至少以他所见所感来看是这样。

但与梦境相比,阿凯梅安的日常生活依然过于平凡。"谢斯瓦萨不拉屎"——这是天命派的古老笑话——渺小的现实与宏大的梦境,就像石子掉进陶罐。

可作为圣导师,骑马走在战士先知左手边呢?

终卷　最后的进军

某种程度上,他已非常接近谢斯瓦萨——如果说尚未超越的话;某种程度上,他已不再需要拉屎。但知道这一点足以让他满心恐惧,足以让他认为梦境反倒可以忍受。泰温莱和达里亚什一次又一次成为梦境的中心,但他无法理解梦中人物为何会跟随这样那样的事件。他们就像天上的燕子,时而盘旋时而俯冲,遵循着全无规律的轨迹,描绘出一些极为接近,但又不成其为语言的痕迹。

每天醒来,他仍会叫喊、哭泣,但不知为何程度减轻了。起初他将此归因于艾斯梅娜,认为每个人能承受的苦难毕竟是有限的,犹如碗底残酒,挥之不去但也无法增加。问题在于,在过去,白日的痛苦不曾让夜晚变得稍许宁静。于是他不得不痛苦地承认,这只能是因为凯胡斯,就像在战士先知身边发生的其他所有事一样:由于凯胡斯的存在,现实不仅变得与梦境一样宏伟,甚至因为有了希望,而可以与之匹敌。

希望……真是个奇怪的词。

非神会知道他们引出了什么吗?戈尔格特拉斯能看到多远?

摩格瓦曾经写道,预言透露的是人类的恐惧,而非未来。但阿凯梅安怎能抵御预言的诱惑?他每天都要与第一次末世之劫共同入梦,就像一对苛刻的老情侣;他怎能不去幻想第二次末世之劫的到来,不去幻想运用安那苏里博·凯胡斯蕴含的恐怖力量推翻学派古老的敌人?这一次他们将收获荣耀,这一次的胜利将无需牺牲一切宝贵事物。

明-乌洛卡斯将会陷落,肖里亚塔斯、墨克特里格、奥拉格和奥朗斯将被一一消灭!非神的复活将被阻止,非神会的存在将被彻底封印,永远遗忘。

这样的想法含有鸦片般令人沉醉的力量,但也隐隐让人害怕。众神是任性的,尽管他们有时絮叨不休,祭司却难以理解诸神恶毒而肆意的主张。也许神们希望看到这个世界焚烧殆尽,只为惩罚一个人的傲慢。阿凯梅安早就知道,没有比无忧无虑引发的厌倦更危险的事了。

而凯胡斯那些隐晦的回答更增强了他的危机感。阿凯梅安反复质问,既然费恩教不过是个插曲,为何要继续向希摩进军,凯胡斯总是回答:"如果我要继承兄弟的遗志,必须先收回他的房子。"

"但真正的战争不在这里!"阿凯梅安曾经恼怒地喊道。

凯胡斯只微微一笑——这种交谈对他来说仿佛成了游戏,"不,它在。战争无处不在。"

阿凯梅安从未感觉如此疲惫。

"告诉我,"有天晚上,完成真知法术的教学之后,凯胡斯说,"为何未来让你如此担忧?"

"你是什么意思?"

"你的问题总是归结于会发生什么,而不是我之前做过什么。"

阿凯梅安耸耸肩,他太累了,除了赶紧睡觉没有其他念头。"我想是因为我每天夜里都会梦到未来吧,而且……还有一位在世的先知愿意听我说话。"

凯胡斯笑了。"所以这种事对你来说就像吃饭和女人一样。"他说,这是纳述尔人对无法抵抗的本能的形容,"然而在所有敢向我提问的人中,你是最特别的一个。"

"为什么?"

"大多数人只会询问自己的灵魂。"

阿凯梅安说不出话来,他的心脏仿佛只能勉强跳动,不足以驱动呼吸。

"因为我的存在,"凯胡斯续道,"长牙将被改写,阿凯。"漫长的、充满探寻的凝视。"你明白吗?还是你更愿意相信自己注定被诅咒了?"

虽然没法答复,但阿凯梅安心里清楚。

他更愿意相信后者。

这段时间,他至少使用了三次传声咒,但只成功地向诺策拉汇报过一次。老蠢货显然没法睡好觉,交流时他的态度时而专横,时而温顺,就像有时能意识到两人之间的势力平衡已发生变化,有时又不愿意承

终卷　最后的进军

认这一点。从形式上讲，身为仲裁团成员，诺策拉完全有权命令阿凯梅安——他甚至可以下令将阿凯梅安处死，如果他认为任务需要使用激烈手段的话。实际情况却恰好相反：非神会重新出现、安那苏里博归来、第二次末世之劫迫在眉睫——正是这些事赋予了学派存在的意义，学派名字中的天命指的正是这样的时刻。而此时此刻，他们中只有一名成员——这显然不够——能确保他们与这些事件间的联系。在急躁而激烈的争论中，阿凯梅安意识到，某种意义上，他已成为学派的大宗师。

这同样让他深感不安。

正如阿凯梅安预料的那样，天命派乱作一团，遍布三海诸国的间谍都得到通知，而仲裁团组织了一支远征队，只等欧加拉季风一起，就要马上向圣地进发。这些措施固然在阿凯梅安心中引起了惊惶，但其实他们也不清楚具体该做些什么。整整两千年的准备，似乎也不免让他们陷入猝不及防的境地。

诺策拉急躁的询问证明了这一点，其中有的问题愚不可及，有的又敏锐得令他不知所措：这个安那苏里博如何看穿换皮密探？他真的来自亚特里索吗？他为什么要继续向希摩进军？你为什么认定他具有神性？你是否还记得古老的仇恨？你到底在为谁效力？

对最后一个问题，阿凯梅安的答案是："谢斯瓦萨。"

我的兄弟。

他非常清楚诺策拉的言下之意：仲裁团担心他的神智，只是随着他声望的日渐显赫，他们为担忧镀上了一层金色的修饰。想想"红婊子"们对他做过什么！想想他经历过什么样的痛苦！阿凯梅安知道他们的打算，他们始终在制造理由，想将垂涎已久的任务从他身上揽包下来。人总在为自己的欲望辩解，远比追求单纯的真相更热衷，这被近古的逻辑学家们称为"钱包论"——正如辛罗恩人的名言，钱币叮当才是真。

于是，虽然带着不加掩饰的怀疑，诺策拉还是装作鼓舞他的样子。

乌有王子 * 千回之念

我们不会让你独自面对这一切,阿凯,你的学派会和你站在一起。接下来又动之以情:你完成了如此伟大的成就!你应该感到骄傲,兄弟!骄傲吧!

言下之意是:你做得够多了。

紧接着就是告诫,很快变成指控。"要小心赤塔"听起来就像"我们告诉过你不要去复仇!""留心你教给他的东西"变成了"很多人认为你背叛了学派!"

阿凯梅安终于无法忍受了,他说:战士先知托我带话给仲裁团,诺策拉……你想听吗?

一阵沉默,阿凯梅安知道对方肯定恨得咬牙切齿,因为他提醒了诺策拉:他们没有任何力量。说吧,年迈的巫师终于回答。

"你们是这场战争的参与者,仅此而已。平衡仍需维系。记住你们梦中发生的一切,记住古老的错误,不要让自负与无知主宰你们的行为。"

又一阵停顿。就是这样?

就是这——

什么?他难道是说这场战争为他所有吗?与我们知道的、梦到的一切相比,他又算什么?

每个人都是吝啬的,阿凯梅安想道,唯一的区别是在意的东西不同。

而他——诺策拉——在意的是战士先知。

终卷　最后的进军

第五章　约克萨

> 放任就是繁育，惩罚就是喂养，只有钢刀能制止疯狂。
> ——塞尔文迪谚语

> 其他人说话时，我听到的只是鹦鹉的吵闹，但我自己说话时，却像第一次有人开口一样。每个人都统治着其他人，不管多么疯狂或虚妄。
> ——哈塔提安，《道德经》

长牙纪4112年，早春，约克萨

这种感觉很奇怪，像是被管束的孩子，但不管伊库雷·孔法斯如何努力回忆，都无法想起自己的童年。童年的记忆仿佛是皮肤下的瘀痕，或是心头的伤处、灵魂深处的印记，陌生的脆弱感伴随着每个眼神、每一句话，让他难以自已。

"但对少数人而言……它是从子宫中带出来的缺陷……"

这话到底是什么意思？

他手下的官兵在卡拉斯坎城外一片休耕地中被解除了武装。没有意外发生，虽然全程旁观的孔法斯险些把牙咬断。那些即使睡着也能站成完美队形的军团突然无法执行最基本的命令了，各单位花去好多时间才得以整编缴械。完事之后，他的部队失去了盔甲和徽记，看上去就像一群饿得半死的乞丐，城墙上无数围观者哄笑连连。

涅尔塞·普罗雅斯骑行穿过队列前方，呼吁愿向战士先知效忠的人主动离开。"生养我们的国家，"他喊道，"不再能命令我们了！父辈的传统也不能再束缚我们！我们的血液不再听命于从前……命运，而非历史，才是我们真正的主人！"

经过一阵难熬的犹豫，第一批背叛者从正统派兄弟们中间挤了出来。背叛者站到普罗雅斯背后，个别人带着挑衅的表情，其他的一言不发。一时间，帝国军似乎就要土崩瓦解。孔法斯看着那些石头般的面孔，感觉有什么东西在胃中搅拌。但突然间，仿佛听到了无声的号角一般，背叛行为突然告终。孔法斯简直不敢相信自己的眼睛：帝国军的阵列没有崩坏，仅有不到五分之一的人离开岗位。不到五分之一！

普罗雅斯显然被激怒了，他踢动坐骑，沿方阵间的通道奔跑大喊："你们是长牙之民！"

"我们是基育斯河战役的英雄！"有人用沙场老兵的口气回答。

"我们只听命于雄狮！"另一个人大喊。

"雄狮！"

一个心跳的时间里，孔法斯几乎没法相信自己的耳朵，直至听到塞尔莱军团和纳述雷特军团久经考验的老兵们整齐划一的欢呼。欢呼声不断膨胀，在绝望与愤怒中一浪高过一浪。有人扔出石块，擦过普罗雅斯的头盔，王子怒骂着后退。

孔法斯抬起前臂，敬了一个标准的帝国军礼，士兵们整齐地回礼，发出雷鸣般的喊声。眼泪模糊了视线，自尊心受的伤开始消退，尤其当他听到普罗雅斯嘶声叫喊着宣读战士先知的谕令时。

孔法斯难掩喜悦。显然，赤塔通过凯里苏萨尔向驻摩门的代表传递了消息，随后又传达给了瑟留斯。这意味着他不必强行穿越海墨恩——那条路线不仅危险，还会严重影响他的时间安排——他和剩余的帝国军可以在约克萨修整，等待叔叔派来的运输船。

不管是谁投下的算筹，结果都在他掌握之中。

沿欧拉斯河向约克萨行军的一路上平淡无奇，他骑在马上沉思，思考桩桩事件背后的因由。军官们谨慎地和他保持距离，用诧异的眼神

终卷 最后的进军

注视他,除了被他直接询问外没人敢说话——每隔一段时间,孔法斯都会问他们问题:

"告诉我,什么样的人不向往成神?"

不出意料,军官们的答案高度一致。他们说,每个人都在效法诸神,但只有最勇敢、最诚挚者才能一展宏图。当然,这帮蠢货只是在说一些自以为他想听的话,放在以往,这样的回答会让孔法斯勃然大怒——一军之主不能容忍奉承——但这次,心底的踟蹰让他变得宽容了。毕竟,据那个战士先知所说,他的灵魂是有缺陷的,从子宫中带出来的缺陷。鼎鼎大名的伊库雷·孔法斯并非正常人。

奇怪的是,他非常明白那个人的话是什么意思。孔法斯早就知道,他与别人完全不同:他不曾因尴尬而张口结舌,不曾因与强者相处而面红耳赤,不曾因忧虑而啰里啰嗦。他身边的每个人都会被各种原因动摇,被各种力量拉扯:爱情,罪孽,责任……但这些东西于他毫无意义,尽管他非常清楚如何利用它们操纵别人。

更奇怪的是,他对此完全不介意。

听着军官们的恭维,孔法斯深刻地领悟到:他本人相信什么不重要,只要能达成目标。行事为何要以逻辑为准绳,以事实为基础?唯一值得关心的是信念和欲望之间的一致性。如果相信自己的神性能带来愉悦,这样想就是正当的;如果能拥有予取予求的能耐,无论行善还是作恶,那他为何不可以相信任何事?战士先知可以让大地直立,让一切都沿水平方向下落,但他孔法斯只需横身行走,便足以恢复原本的秩序。

也许那个巫师关于非神会和第二次末世之劫的故事是真的,也许亚特里索的王子正是救世主,也许他的灵魂确实有无数缺陷,但只要他不在意,这些都不重要。他告诉自己,他是他本人的见证,在他这样的灵魂诞生之前,世界已虚掷了太久的岁月,命运妓女渴望着他,只渴望他一人。

乌有王子 * 千回之念

"那个恶魔无法直接对您下手,"索帕斯将军壮着胆子说,"他不敢冒险引发流血冲突,无法承受更多损失。"贵族军官抬手遮阳,直视大统领。"所以他才会玷污您的名誉。他想踢起尘土掩盖您的火焰,好让自己成为贵族议事会唯一的光。"

虽然明白此人旨在恭维,孔法斯仍然决定表示同意。他告诉自己,这个亚特里索王子是他遇到的最高明的骗子——简直是阿乔里神的化身!他告诉自己,贵族议事会是个陷阱,是个经过精心编排与演练、专用来对付他的骗局。

他是这样告诉自己的,他也这样相信了。对孔法斯来说,客观与主观、制造与发现之间再没有了区别,诸神本身即是规则,而他是他们中的一员。

行军的第四天,当他看到约克萨坚实的塔楼时,心头的伤痕已完全消失,钢铁般的微笑再次占据了面孔。一切,孔法斯心想,都源自我的意愿。

透过稀疏的铁杉树丛,他懒洋洋地打量着自己的监狱。与长牙之民经过的大多数城市不同,约克萨的外墙并未依地势而建,这座小城只是简单占据了海岸线上若干港湾中最大的一个。面朝陆地的堡垒排成一条蜿蜒曲线,在阳光照耀下宛如灰白铁条,中间开了唯一一道城门——"巨齿之门",得名于外部装饰的白砖。

从欧拉斯河畔的高地看去,大部分城区几不可见,只有建在雾蒙蒙的高地上的唐荣宫,那是城主的要塞。城市周围的乡村虽然绿意盎然,但也显示出过去一个季节的混乱:没有任何一片地播过种,果园被砍成木桩,山丘黯然矗立,古老的梯田和废弃的庄园点缀其间。南边低矮的海岬上有一座早被抛弃的塞内安时代的堡垒,堡垒的石头饱经风霜,几乎从人造物变成自然物,只有尚且完整的窗洞还存留着昔日风采。

这个世界看上去那么枯萎,它本该如此。

他们忽然骑入一片稀疏的胡椒树丛,在扑面而来的香气中,孔法斯

终卷 最后的进军

陷入回忆。老斯考拉斯喜欢胡椒树,孔法斯在他家做质子时,他种了一大片胡椒林,而那里成了众所周知的幽会地点,尤其是和奴隶偷情。孔法斯知道自己必须紧紧抓住这些回忆,才能在接下来的几周里保持决心。俘虏一定得回想起自己曾经拥有的一切,以免让自己变成别人的财产。

这是祖母教给他的另一堂课。

道路偏离了树木繁茂的欧拉斯河畔,孔法斯带领这支凄惨的军队穿过光秃秃的休耕田,向巨齿之门挺进。两三百名康里亚骑士在黑暗的城门两边等待他们。他的狱卒。看到只有这些人,且个个脸露倦意,孔法斯不禁有些振奋,乃至欣喜。

但当他看到挂剑站在那里的塞尔文迪人,欣喜顿时灰飞烟灭。

那人除链甲之外几乎什么都没穿,只有一条厚重的塞尔文迪腰带。凌乱的黑发从链甲的头盔缝隙中冒了出来,马鞍上有无数剥下的基安人头皮。

为什么是他?

亚特里索的王子是个恶魔——精明、狡诈的恶魔!千真万确!

千真万确!

"大统领……"

孔法斯皱紧眉头,转过脸去:"怎么了,索帕斯?"

"他怎能……"将军气急败坏地说,眼睛似要喷火,"他怎能……"

"条款非常清楚。只要我留在约克萨城内,便能保有自由,还能保留身边的军官及为他们服务的奴隶。我是御袍的继承者,索帕斯,与我为敌就是与帝国为敌。所以只要他们认为我没有了威胁,就乐意按游戏规则行事,不会肆意进逼。"

"但……"

孔法斯皱了皱眉头。马特姆斯发问从不迟疑,他也不畏惧孔法斯。不会真正畏惧。这样看来,也许索帕斯才是更聪明的人。

"你觉得我们受到了羞辱?"

"这实在太无礼了,大统领!骇人听闻!"

是因为塞尔文迪人。孔法斯知道,解除武装已经很难接受了,但向一个塞尔文迪人屈服?他琢磨了一下,惊讶地发现自己考虑的只是这样做背后的意图,而非它带来的羞辱。过去几个月真的改变了他吗?

"你错了,将军,事实上战士先知反倒帮了我们的忙。"

"帮了我们的忙?怎么会……"索帕斯的声音低落下去,仿佛被自己激烈的态度吓到。这个人总忘记自己的位置,但又总能及时想起来,孔法斯觉得很有趣。

"当然,他把我最宝贵的财富还给了我。"

那个蠢货只能瞪大眼看着他。

"我的士兵。他把我的士兵还给了我,甚至还把不合格的挑拣了出去。"

"但我们被解除了武装!"

孔法斯回头看看身后乞丐一样的队伍,尘土中的他们就像阴暗而苍白的影子,仿佛一支幽灵军团,不成其为威胁,更不用说造成伤害了。

完美。

孔法斯瞥了将军最后一眼。"别担心,索帕斯……"他的眼睛转向塞尔文迪人,抬手行了个嘲讽的军礼。"你的这些沮丧,"他不以为然地低声说,"正好解除他们的疑心。"

我一定忘了什么。

露台十分宽敞,地面铺设的大理石有道道裂痕,若在冰天雪地的国度这本是正常现象,但在安那斯潘尼亚则有些出人意料。即便黑夜中,那些裂痕也清晰可见,形如地图上的河流。裂痕。原先的主人一定会让奴隶用毯子盖住这些有问题的石头,至少在迎接客人时会这么做。

终卷　最后的进军

没有哪个费恩教王子能容忍这样的缺陷,因里教领主也不会。

但乌特蒙部落的酋长无所谓。

奈育尔点点头,揉了揉眼睛,狠狠跺了两下脚,以驱走困意。他眨眼俯瞰栏杆后的城市与港口,只见鳞次栉比的屋顶沿地势起伏,又占满了码头与堤坝周围的宽阔盆地。杂乱的建筑之间,街道宛如一道道河谷,全向着海滨延伸。

约克萨……他闭上眼,就能想象出它燃烧的样子。

头顶上方,无数星辰散落在天穹之上,弯曲成完美的球形,如此宏大,如此空洞,仿佛可以朝它飘去。此情此景,让他回想起在基育斯河畔醒来,闻到身边躺着族人们的尸体。

我忘了……

倦意袭来,青铜酒碗从指间滑落,掉在布满裂痕的石地板上翻滚。昨夜种种涌入他的灵魂:孔法斯在城门口嘲弄他;孔法斯就拘留期间的条款不断争论;孔法斯被他的将军们劝住;孔法斯的胸甲在阳光下闪烁;孔法斯长长的睫毛……

我……

塞尔文迪人被突然而至的回忆刺激,但紧接着又摇了摇宽肩膀上的脑袋。

我是奈育尔……骏马与战士的粉碎者。

他笑了笑,倦意更浓,梦境来临……

他大步朝希摩走去,但那里与他儿时生活的乌特蒙部落没什么区别,不过是扎在一起的几千顶营帐。周围平原上都是牧群,但没有哪头牲畜敢靠近他。他走过第一顶帐篷,兽皮紧绷在木杆上,好比蒙住狗肋骨的皮肤。乌特蒙人聚在帐篷间的小路上,每个人的手脚都腐烂了,内脏一直垂到大腿边。他看到了所有人:叔叔班努特,他第二个妻子的长兄巴莱特,甚至有约萨卡和他那丑陋的妻子。他们都用死人独有的羊皮纸般的眼珠瞪着他。他来到第一头被宰杀的牲口前,那是一匹棕色

乌有王子 * 千回之念

马驹,身上烙有他的印记;后面是三头母牛,它们的喉咙被割开了;再下来是一头四岁大的公牛,头颅被棍棒敲碎。很快,他开始在堆积如山的牛马尸体上爬行,每一头身上都有他的印记。

不知为何,他并不惊讶。

最后,他来到白帐之前——这里是希摩的中心———杆长枪插在白帐入口旁,父亲的头就挂在枪上,苍白的皮肤仿佛被水泡过的亚麻。奈育尔强迫自己移开目光,掀开母鹿皮帐门。不知为何,他早已知道莫恩古斯占有了他的妻子们,所以并不震惊,也不愤怒。但帐中的血迹仍然让他紧张,只见西尔维躺在血泊里,嘴像死鱼般一张一合……安妮丝则在尖叫。

激情中的莫恩古斯抬头看到他,大咧开嘴,露出欢迎的微笑。伊库雷还活着,他问,你为什么没杀他?

"时机……时机……"

你喝醉了?

"忘忧解愁的办法……鸟儿给我的那些……"

噢……这么说是你希望忘记。

"不……不是忘记,只是想睡一会儿。"

你为什么没杀他?

"因为这是他希望我干的。"

那个杜尼安僧侣?你觉得这是陷阱?

"他的每个词都是欺骗,每个眼神都是长矛!"

那他的目的是什么呢?

"为了让我远离他的父亲。为了让我的仇恨无法得到满足。为了背叛——"

但你只需杀掉那个伊库雷。杀掉他,你就可以继续追随圣战军。

"嗬!一定有什么!有什么我忘记了……"

你是个傻瓜。

终卷　最后的进军

不知为何,奈育尔突然惊醒,抬头恍恍惚惚地看去,只见它就站在面前的栏杆上,头皮在星光下闪烁,羽毛似黑色丝绸,它身后的景色如滚动的烟雾。

"鸟儿!"他喊道,"恶魔!"

那张小脸不怀好意地瞥了他一眼,下垂的眼睑如同半睡半醒的恶魔。

"基育斯河,"它说,"那个伊库雷在那里羞辱了你和你的人民。快为基育斯河战役复仇!"

我一定忘了什么。

不存在的东西如何延续?如何存在?

每道斯瓦宗都代表一个死去的男人,每个夜晚都在一名死去的女人怀中……

一天天过去,奈育尔一边探测心中的空洞,一边对付孔法斯和纳述尔人。普罗雅斯把提尔奈摩斯和萨努尼斯两位男爵及他们手下的三百七十多名扈从骑士留在约克萨,外加奈育尔原本的队伍——从施吉克幸存至今的五十八名老兵。和所有长牙之民一样,他们都经历过战争的洗礼,无法掩饰被大部队抛下的沮丧。"要怨就怨纳述尔人,"奈育尔告诉他们,"要怨就怨孔法斯。"由于人数远逊于纳述尔人,奈育尔需要让他们尽可能保持攻击性。

萨努尼斯男爵对此表示不安时,奈育尔提醒他,对方是阴谋背叛圣战军的罪犯,并且无人知道皇帝的运输船何时抵达。"只要他们愿意,随时都能压倒我们,"他说,"所以必须剥夺他们的反抗意志。"

当然,这些话并非他真正的动机。这些人选择了伊库雷·孔法斯,而非杜尼安僧侣……想杀死主人,得先拴住他的狗。

乌有王子 * 千回之念

纳述尔军被勒令沿约克萨城墙扎下简陋的营帐，离欧拉斯河有一段距离，因此每天要花很多时间往返取水。奈育尔明白，帝国军的强大在于其有序的组织，于是将军中骨干——所谓"三期老兵"——和新兵隔开，军官则集中拘禁在另一个营地；又由于主要由贵族种姓组成的骑兵和主要由下等种姓组成的步兵之间普遍存在矛盾，奈育尔解散了齐德鲁希骑兵，将其人员分散到各军团之中。此外，他还让康里亚人不断散播谣言，说是有人听到孔法斯在房间里啜泣，又说军官团得知食物配额与士兵同等后发生了哗变。谣言会啃啮任何一支军队的心，虽然人们不会轻信，却足以动摇不坚定的灵魂，直至最后将真相溺死。

奈育尔禁止孔法斯及其最亲近的四十二名军官离城，为此引用了此前达成的拘留条款。当然，他也禁止大统领与任何士兵联络，但由于直接关押会激发暴动，只能给予皇侄在约克萨城内活动的自由——尽管他一直沉浸在杀死此人的幻想之中。

他明白凯胡斯为何想杀孔法斯，因为杜尼安僧侣不能容忍竞争对手存在；他也明白为什么凯胡斯选择他来执行，因为杀死雄狮的须得是野蛮人。他不是塞尔文迪人吗？他不是基育斯河的幸存者吗？

折磨他的是这些可以理解的意图背后的意图。如果杀死莫恩古斯是凯胡斯唯一的使命，那他首先应当考虑保存圣战军的力量。为何在将孔法斯排除出局之后，还非得要杀他？即便运用奈育尔作为掩护，但刺杀的后果——与帝国的公开战争——不是丝毫无助于即将到来的希摩征服战吗？

奈育尔明白了……没有别的解释：杜尼安僧侣的计划早已超出这场圣战——超出了希摩。这也意味着他的着眼点远不止莫恩古斯。

人们总会用假想，无穷无尽的假想，来包裹自己的行为。他们没法不这样做，毕竟每个人都渴望着意义。一开始，奈育尔以为这次旅程是一场狩猎，是两个仇敌为了对付更强大的敌人而联合在一起，仿佛一支射向黑暗中的箭。无论他有过多少不安，最后总能回到这个认知上。

终卷　最后的进军

但现在……现在他觉得这样的想法就像项圈,而莫恩古斯和凯胡斯这对父子牵着项圈两端,将他奈育尔·厄·齐约萨扯得弯下了脖子。这是奴隶的项圈。

是的……是的……

他发觉自己一有机会就会审视提尔奈摩斯和萨努尼斯。他很快发现,提尔奈摩斯男爵是个彻头彻尾的蠢货,脑子里唯一所想只是如何补上在卡拉斯坎丢掉的体重。萨努尼斯聪明得多,也沉默得多,他对自己肥胖的同伴显然有种常理无法解释的约束力——他是被派来监视的。

他们领受了秘密指令吗?这样的指令是否让萨努尼斯有权约束同伴?这可以解释为何提尔奈摩斯事事顺从,萨努尼斯却总在冷眼旁观了。

那么进一步说,杀死纳述尔皇帝的唯一继承人会面临怎样的惩罚?违背战士先知的庄严誓约下场又如何?

我被他派来与孔法斯同归于尽。意识到这点,奈育尔不禁失笑。怪不得普罗雅斯传达杜尼安僧侣那恶毒的指令时如此紧张。

普罗雅斯还派来一名学士,这更证实了他的怀疑。那学士名叫绍纳米,刚刚拜入赤塔门下,平时总爱咳嗽,仿佛患有什么慢性肺病。孔法斯来之后没几天,一位名叫因鲁米的正式巫师把他送来,检查过住所之后,没做任何解释就离开了。按年长巫师对奈育尔的说法,绍纳米就是奈育尔与圣战军的联系渠道。"那个孩子"——那傲慢的蠢货如此称呼——每天需要睡到中午,以保证他们能通过巫术梦境找到他。换句话说,绍纳米是杜尼安僧侣留在约克萨的眼线。

算计!无论他看向哪里,都是疯狂的、深不可测的算计!

由于绍纳米的到来,奈育尔命提尔奈摩斯将孔法斯及其亲信军官召往唐荣宫的请愿厅。奈育尔已将这座宫殿当成大本营。他让年轻的巫师在楼座里观察俘虏,等大统领等到齐,自己便大步迈向厅中,严厉扫视每个人的面孔。他惬意地发现人人脸色苍白。纳述尔人是非常容易预测的杂碎,当人数和武器都占优时表现勇猛,一旦脱离整齐的阵形,立马变得胆小如鼠。

他绕着孔法斯踱步,大统领全身戎装,站得笔挺。"你们在我的手臂上可以看到自己的兄弟,"他告诉他们,"自己的妻子……"他朝最近的人脚下啐了一口。"你们一定很愤怒——"

"你又有多少兄弟,"孔法斯大声道,"被我——"

奈育尔抬手一记老拳,打得大统领朝后倒飞出去,跌倒在地。身后传来凉鞋奔跑声,他回身揪住一只挥来的胳膊,顺势抓紧来袭者的胸甲,用额头撞碎了那人的脸。那个蠢货藏着的匕首叮叮当当掉在闪亮的地砖上。

痛打这些狗!打到他们服气为止!

长剑出鞘,提尔奈摩斯手下的康里亚人高举利刃出现在他身边,纳述尔人则纷纷后退,面如死灰。有几个人在朝他们的大统领呼喊,而孔法斯刚刚翻过身,咳出了血。

"别弄错了!"奈育尔的咆哮盖过他们的叫喊,"你们现在必须服从我!"他踩在那个躺在他脚边抽搐的人头上。不知好歹的家伙不再动弹了,就像四肢已被抚平,热血渗进砖块间的缝隙。

一阵畏缩的沉默。

"不要让我,"奈育尔抬起满是疤痕的粗壮手臂,"来惩罚你们的愚蠢!"

他几乎可以看到他们在发抖。突然间,这些人全变成了孩子,惊恐万状、躲在高耸柱子底下的孩子,这令他心满意足。奈育尔又啐了一口,仰起脸来看向楼座上的绍纳米,单薄的年轻人仿佛是被那身赤红色丝绸长袍捆住的一样,嘴边的胡须就像戏子的道具。"是哪一个?"他问。

咳嗽声中,绍纳米朝人群后方点点头,示意索帕斯将军身边那个人。"是他,"他说,"那个——"又一阵绵软的咳嗽,连痰都咳不出。

终卷 最后的进军

"那个胸甲上有银色饰带的。"

奈育尔咧嘴一笑,把手伸进腰带,握住父亲的丘莱尔。

索帕斯右边的瘦高个突然从光滑的地板上疾冲出去,刚跑出五步,就中了一箭,摔倒在地。他高喊着,尖声念起词句,一时间只见烟雾升腾,他的眼睛开始闪光,但奈育尔已赶到他身边……

炽烈的白光撕裂了大厅,每个人都举起手臂,大声尖叫。

奈育尔转身离开脚边那盐渍般的人形,朝眨着眼睛、喘着粗气的纳述尔诸人走去。他在人群中露齿而笑,啐了一口,又经过气急败坏、畏缩后退的孔法斯,一言不发地登上台阶。人是不会与被自己鞭打的狗说话的,这只是场仪式,奈育尔知道,所有一切说到底都不过是仪式。这是他从杜尼安僧侣那里学到的另一件事。

当天晚些时候,他在房间里不由自主地尖叫,而他知道这是为什么:若非赤塔学士到来,他根本没想过孔法斯身边会有巫师。但他为什么没想过……他总是忘记。

他到底出了什么问题?

敌人!他身边都是敌人!他们甚至就住在……

连普罗雅斯都是……他可以毫不犹豫地拧断普罗雅斯的脖子吗?

他派我来送死!

夜幕降临,奈育尔狂饮不停,四周无处不在的威胁仿佛终于减弱了,但恐惧又开始从地板裂缝中渗透出来。尽管燃着薰香,他仍然闻得到白帐内的味道:泥土、烟尘、腐烂的兽皮。他可以听到莫恩古斯在暗处低语……

更多谎言。更多混乱。

还有那只鸟儿——那只见鬼的鸟儿!它就像所有邪恶和污秽的集合。想到它,他的胸口就一阵发紧。它当然不可能是真的。不比西尔维更真实……

他把一切都告诉了她,每个夜晚,当她来他床上的时候。

我身上……我身上有什么不对的地方。

他能感知到这一点,是因为他开始用杜尼安僧侣的方式看待自己。他知道莫恩古斯将他带离了草原人的道路,而他用接下来的三十年在长草间寻觅,企图找到自己的足迹,找到回去的路。

被诅咒的三十年!但同时他也明白了太多。他发现塞尔文迪人总在向前看——事实上,除了杜尼安僧侣,所有民族都一样。只要是人,都会倾听故事,服从自己的内心,然后像狗一样朝陌生人吼叫。他们评判荣誉与耻辱跟判断远近一样明晰,借着与生俱来的自负,将自身看作完满的标准。可他们不明白,荣誉跟远近一样,这些概念完全取决于所站的位置。

换句话说,只是谎言罢了。

莫恩古斯诱使他来到完全不同的土地上。当他的声音从无法辨识的黑暗中传出时,族人们怎会不将他当作邪恶的化身?当大地都被践踏过之后,他又怎能找回原有的道路?他永远无法变回草原人了,莫恩古斯让这成为不可能。无论冥思苦想还是破口大骂,他都无法回到那野蛮的天真之中。这样的尝试本就愚不可及……无知是最坚定的确信,就像睡着的人看不到东西。没有了问题,答案才能变得完整——知识则永远无法做到这点!莫恩古斯教会他的是提出问题,只要提出问题……

"为什么要沿着这条道路,而不是另一条呢?"

"因为我内心的声音令我如此。"

"为什么要遵循这个声音,而不是其他声音呢?"

于是一切就被轻易推翻了,所有的习俗和信念都是那么脆弱,对它们的指责与非难才称得上是真正的基石……一切——人类的一切——都摇摇欲坠。

为什么?他每走一步都在呼喊。为什么?他的每一句话都在呼喊。为什么?他的每一次呼吸都在呼喊。

终卷 最后的进军

有什么原因……一定有什么原因。

但原因是什么？究竟为什么？

全世界都在谴责他！他不再属于大地，但浑身上下又带着大草原的印记；他不再是个草原人，却无法将父亲的血液洗净；他不在乎塞尔文迪人的生活方式——完全不在乎！——但那样的生活方式仍在他体内号叫，经久不散。他不是草原人了！但这份耻辱仍然让他窒息，仍然在啃噬他的内心。Wutrim！耻辱！

不存在的东西，它们如何延续？

每次剃胡子，他的拇指都会不由自主地按在喉头的斯瓦宗上，抚过那道浅黄色疤痕。有什么……我一定忘了什么……

奈育尔现在明白，过去分为两种：既有人们记忆里的过去，也有决定现在与未来的过去，这两种过去很少重合。所有人都是后一种过去的奴隶。

而知道这一点会让人发疯。

时机。伊库雷·孔法斯很少瞻前顾后，这次是个例外。

圣战军首领们觊觎这片土地，但钥匙仍操在纳述尔人手中。约克萨是帝国古老的财产，帝国也以古老的方式占有着它。纳述尔人很清楚被征服人民的危险性，所以早已逝去的设计者在数百座城镇中挖掘了数以百计的秘道——毕竟城墙可以失而复得，但人死不能复生。

然而，逃出城市的过程却比孔法斯预料的更紧张。虽然他不愿承认，但和塞尔文迪人在唐荣宫的交锋的确让他紧张不已，甚至比失去达拉丢斯——他身边的皇家萨伊克传声者——带来的不便还大。野蛮人居然打了他，像打女人和孩子一样把他轻易打倒。他没如众人期待的那般起身还击，而是无能为力地倒在地上，流露出惧意。奈育尔·厄·

齐约萨身形瘦削,神态饥渴又野蛮,让他的手下敬畏以至崇拜。他身上散发出大草原的味道,那具令人惊叹的身躯仿佛联系着大地……塞尔文迪人独有的大地。

孔法斯以为自己必死无疑——自然,这正是野蛮人的意图,加里奥斯人的谚语说得好,恐惧会让人更在乎自己的皮囊。但知道这一点并不会让情况变好。

逃出城市的路上,每过一个转角,都会有令人头脑麻木的恐惧袭来。他和索帕斯直等夜幕降临才穿过街道前往墓地,挖开隧道入口。直到越过欧拉斯河时,他的呼吸才变得顺畅——甚至这时也……

在几名齐德鲁希骑兵陪伴下,他们来到约定的地点等待。这是一片杂草丛生的石冢,位于约克萨城东北几里,伊伯扬的猎场中心。地点是孔法斯选的——他理当占据舞台中心,迎接即将上演的戏码。

阵阵狂风刮过地面,蓬乱的常绿植物在风中摇曳弯曲,如同少女仰起脸庞。碎石飞扬,仿佛被看不见的裙摆带了起来。远处的树冠不停摇摆,似乎在隐匿树荫下亘古长存的怨恨。在孔法斯眼中,周围的一切联合营造出了深奥的神秘感。世界通常是扁平的,就像一幅图画展现在他眼前,但今天不行,今天这个世界必须变得深奥。

索帕斯的栗色坐骑喷了个响鼻,晃着脑袋和鬃毛赶走一只黄蜂。将军暴躁地咒骂了几句,他是个经常呵斥牲畜的人,令孔法斯再度怀念起马特姆斯。作为手下,索帕斯很有用——他派出的亲兵正在清理周围乡野,寻找塞尔文迪人的间谍——但他的价值完全在于实用性,而与个人品质无关。他是个好用的工具,但不若马特姆斯一般,当得上孔法斯的陪衬。大人物都需要陪衬。

尤其是今天这样的情况。

若他能忘掉那个该死的塞尔文迪人多好!那个人到底想干什么?哪怕是现在,在孔法斯灵魂中的某个角落,警报依然在回响,令他时刻担心对方会突然出现。那个野蛮人仿佛强行玷污了他,这团污渍紧紧

终卷 最后的进军

黏在他身上,犹如冲不掉、洗不去的臭气。从没有人对他产生过这样的影响。

孔法斯心想,也许这就是那些信徒心中感受到的罪孽:某种始终监视着你的强大力量。它并不认同你,它宏大而无法形容,它像雾一样近在咫尺,又像世界的边缘一样遥远。仿佛愤怒本身有了眼睛。

也许信仰正是一种污渍……一种臭气。

他哈哈大笑,浑不在意索帕斯或其他人的想法。昔日的自我又回来了,他喜欢这样的自我……非常喜欢。

"大统领?"索帕斯问。

比亚希家的蠢货,永远急着踏进不属于他们的圈子。

"他们来了。"孔法斯朝远处点点头。

一队骑手——也许有二十多人——越过一片落羽杉林,沿对面的山坡朝他们跑来,途中绕开了牧场里凸起的土丘,仿佛鼹鼠避开猛犬的爪牙。百无聊赖之中,孔法斯抽空扫了一眼身边小小的随行队伍,看到几个人皱起眉头,迷惑?担忧?他差点再次大笑。他们在猜测我——他们心目中神一样的大统领——想干什么。

为这一天,他准备了太久太久。亚特里索的王子牢牢确立了自己在圣战军中的权威,不管正统派对他有何种积怨,都随着对帕迪拉贾的胜利消散了。回想那一天,孔法斯仍会惊奇地眨眼,难以相信绝望之中居然会产生那么强烈的……决心。他自己的士兵也在疯狂的驱动之下奋战。

孔法斯扮演了他应该扮演的角色,为圣战军的胜利立下大功。但即便蠢货也能看出,他在长牙之民中已时日无多。所以他采取了一些……非常手段,包括通过辛罗恩的中间人安排此次会面。他还暗中将一队齐德鲁希骑兵派驻到安那斯潘尼亚的荒野。当然,他没告诉任何人这样做的用意,甚至对索帕斯也没说。高瞻远瞩的人不能信任如此缺乏洞察力的下属,他们一定会犯下无法预知的错误。

乌有王子 ★ 千回之念

"那是谁?"索帕斯茫然地问,其他人也都朝那队人马望去。虽然他们仍端坐在马鞍上,但孔法斯知道种种揣测一定在抓挠他们的心,就像孩子被蜜糖点心勾引一样。那些不断接近的骑手穿的是费恩教徒的衣服,但这点没有任何意义——如今除了纳述尔人,所有长牙之民穿得都跟费恩教徒无异。孔法斯不由寻思,马特姆斯会怎么想?从马特姆斯审慎的目光中倒映出的一切,会令生活具有别样的意义。至少不会显得这么鲁莽躁进。

"大统领!"索帕斯突然叫喊起来,把手伸向剑柄——

"停手!"孔法斯大喝,"不要轻举妄动!"

"他们是基安人!"将军喊道。

该死的比亚希家,难怪他们不曾染指御袍。

孔法斯催马向前,途中调转马头。"除了邪恶,"他说,"还有什么能对抗正义?"

他的随从们有些不知所措。他们都是正统派,和他一样看不起亚特里索的王子,但他们的决心源自世俗的土壤,而非来自天庭。孔法斯知道,要求他们做什么都不算多——说到底,人类的行为没有底限——只要不过早地提出要求。这些人可以为他杀死亲生母亲……

只要掌握好时机。

孔法斯微笑着,那是经历了共同苦难的人特有的笑容,他摇头的动作仿佛在说:我们一起找到了自我。

"我和你们一起越过加里奥斯人的边境,我领你们踏遍塞尔文迪人可怕的草原,我指引你们大破基安人!基安人!我们并肩作战了多少次?拉森塔斯、多尔纳、基育斯河、蒙格达平原、安乌拉特要塞、特尔塔平原……我们赢得了多少次胜利?"

他耸耸肩,这些都是不言而喻的事实。

"而现在,看看我们……看看我们!被拘禁在此,听任原属我们先辈的土地被人偷去,听任圣战军被一个伪先知控制!因里·瑟金斯被

终卷　最后的进军

遗忘了！你们和我一样清楚战争之神的诉求,现在轮到你们自己来决定了！"

又一阵狂风卷过山坡,在长草间盘旋,抽打着树枝。风中的砂粒让他不得不眯起眼睛。"你们的心,我的兄弟们,问问你们的心。"

到头来,人人都会服从自己的心。虽然孔法斯不懂"心"到底是什么,但他知道这玩意儿可兹利用,就同使唤训练有素的狗一样。他心中暗笑,明白一切尽在掌握。这些人已经做出了决定——大多数人习惯在行动之后再为行动寻找理由,而心是一个可以说服一切的理由,尤其涉及信仰和牺牲时。这就是为什么伟大的将军总喜欢在最后一刻才下决定,把剩下的留给惯性。

这就是时机。

"您是雄狮。"索帕斯说。

像是将脖子暴露给刽子手一样,其他人也纷纷垂下头,下巴紧贴链甲外的红漆胸甲,就这样维持了片刻。这种动作在礼仪规范中表示最深刻最真诚的尊重。

乃至崇拜。

孔法斯露出笑容,调转马头,朝逐渐接近的骑手们奔去。那些骑手在他面前勒马时有些放肆,仿佛是一时兴起才让马停下的。虽然穿着五颜六色的卡哈拉,胸甲也闪闪发光,但他们看上去非常阴暗。这不止是因为他们在沙漠中晒出的深色皮肤,或者他们编成长辫的山羊胡上那显眼的油光,更因为他们如野鹰般狂暴的表情,以及闪动着陷入绝境之人独有的疯狂决意的眼睛。

片刻沉默中,只听见战马的哼叫。想到叔叔面对这些纳述尔人的古老敌人时的情景,孔法斯几乎笑起来,一只鼹鼠偏要与猎鹰讨价还价……

雄狮则完全不同。

"法纳亚·阿布·卡萨曼德,"他清晰而洪亮地说,"帕迪拉贾。"

乌有王子 * 千回之念

他对面的年轻人低下了头——真的很低啊,尽管除了瑟留斯和玛伊萨内,法纳亚的地位不在任何人之下。

"伊库雷·孔法斯,"基安的帕迪拉贾说,他的声音带有基安人特有的轻快韵律,深色的眼睛周围化着墨妆,"皇帝陛下。"

——◆◆◆——

雨停了,他把沉睡中的她留在床上。西尔维,她的脸庞那么完美,那么不真实。

奈育尔走出房间,来到阳台。暴风雨后的天空仿佛巨大的洞穴,约克萨及其狭窄的街道一直延伸向远方,在这无云的天空下形成一座巨大的露天剧场,只是座席破烂不堪。他的视线在远处山坡上孔法斯的住所逗留了一会儿,好像那是地图上没有标注的海岸。

拍翅声让他警醒,阴影从周围的水洼上滑过。空中盘旋的沙鸥突然激动起来,翅膀扫过弯弯的月亮,然后摇晃着降落,像是被绳子绑在阳台上——它们本能地感觉到了危险,随即纷纷消失在阳台下面。

一个声音在他视野之外响起:"你让我困惑,塞尔文迪人。"

奈育尔已经知道,魔鬼有诸多伪装。它们无处不在,用肆无忌惮的欲望扭曲这个世界,用它们的化身侮辱人类:鸟儿、爱人、奴隶……

以及最可恶的,他。

"杀了伊库雷,"声音变得尖锐,"狗自会散去。你为何还不动手?"

他转向那个怪物。那只鸟儿。

奈育尔知道,很多民族崇拜或憎恶特定的鸟类。纳述尔人有神圣的孔雀,瑟帕罗人礼拜草原的松鸡,所有因里教徒在战争仪式上都会献祭鸢与鹰。然而对塞尔文迪人来说,鸟不过代表天气、狼群和季节的变化,应急时还可充当食物。

那东西究竟是什么呢?他已经和它达成了交易,交换了承诺。

终卷 最后的进军

"你要我去杀他,"奈育尔平静地说,"但你真正该杀的是杜尼安僧侣。"

那张小脸皱起来,"伊库雷打算毁掉圣战军。"

奈育尔啐了一口,转身面对宽广的梅内亚诺海,望向分割黑夜的明亮月光。"那杜尼安僧侣呢?"

"我们需要他来找到另外一个……莫恩古斯。那人是更大的威胁。"

"蠢货!"奈育尔喊道。

"我警告你,凡人!"它用鸟类的愤怒声音说,"我来自一个极为暴虐的种族,你根本无法想象我的生命!"

奈育尔侧身斜眼看它。"我为何无法想象?我体内流动的血液和你一样古老,更不用说我的灵魂。你们的历史不可能比世界本身更久远。"

他听到那东西的冷笑。

"你仍旧不理解他们。"奈育尔续道,"首先,杜尼安僧侣具有高度智慧,我不清楚他们的最终目的,但我知道他们会将一切事物当作工具,而他们的手段远超我的理解能力,甚至超过你的,魔鬼。"

"你觉得我低估了他们。"

奈育尔转回来背对大海。"这是必然。"他耸耸肩,"对他们来说,我们和小孩没什么区别,像呱呱坠地的婴儿一样愚蠢虚弱。想想吧,鸟儿,莫恩古斯在基安人中间居住了三十年。我不知道你的力量,但我知道他的力量早已超越基安人。"

莫恩古斯……单只说出他的名字,就让奈育尔的心一阵痉挛。

"正如你说的,塞尔文迪人,你不知道我的力量。"

奈育尔又好气又好笑。"你知道杜尼安僧侣能从你的话中听出什么吗?"

"听出什么?"

"装腔作势和虚荣骄傲。他会就你暴露的这些弱点找到无数种对付你的方法。他会附和你说的一切,鼓励你,增长你的信心,在所有话题上一律奉迎。他不会介意你看低他,将他视作奴隶,只要你仍旧维持无知状态。"

怪物盯着他看了半晌,就像那苹果大小的脑子没法及时领悟他的话,它扭曲的面孔模仿出轻蔑神情。"无知状态?我对什么无知?"

奈育尔啐道:"你真实的处境。"

"那我真实的处境又是什么呢,塞尔文迪人?"

"你被愚弄了,你正在自己编织的网子里挣扎。你努力想要控制环境,鸟儿,其实环境早已控制了你。你自己当然不会这么想,和人类一样,权力是你本能的欲望。但其实你只是一件工具,与任何一个长牙之民没有区别。"

它将头歪向一边。"那么,我如何才能成为我自己的工具?"

奈育尔哼了一声。"过去几个世纪,你们都在暗中操纵局面,至少你是这么声称的。如今你觉得自己应该继续做同样的事,因为一切不曾改变,但我向你保证,一切都改变了。你们以为自己隐藏得很好,事实并非如此。他很可能知道你在接近我,清楚你的目的和手段。"

奈育尔知道,这些古老的存在也不免遭遇和圣战军同样的命运。杜尼安僧侣会慢慢剥开它们,如同草原人处理野牛的尸体:血肉留做粮食,膏油当作肥皂与燃料,骨头制成工具,毛皮搭建帐篷或蒙成盾牌。不管它们藏得有多深,经历过的无穷岁月还是会慢慢消磨它们,而与之相对,杜尼安僧侣是全新的东西,从未出现过的东西。

其凶猛程度好比吞噬万物的情欲与饥饿。

"你必须放弃以前的方式,鸟儿,你必须穿越无路可循的土地。你必须让他处于艰难的环境中,因为像现在这样子,你根本无法与他匹敌。你必须观察、等待、学习,以求抓住一线机会。"

"机会……什么机会?"

终卷 最后的进军

奈育尔伸出一只伤痕累累的拳头。"杀他的机会!趁你们还做得到,杀死安那苏里博·凯胡斯!"

"他只是一点小麻烦,"那只鸟皱起眉,"只要他还带领圣战军向希摩前进,就是在为我们服务。"

"不可救药的蠢货!"奈育尔大喊。

鸟儿愤怒地举起翅膀。"你不知道我是什么吗?"

奈育尔脚边的水洼亮了起来,闪现出一幅幅画面:斯兰克跑过燃烧的街道,巨龙飞上乌云笼罩的天空,人类的头颅在青铜圆环上冒烟,还有一个高耸的、长着翅膀的怪物……冒火的眼睛和半透明的血肉。

"看!"

奈育尔赶忙将丘莱尔握在手中,他没有退缩。"巫术?"他笑着说,"简直是羊入狼口。我们说话时,他就在学习巫术!"

光线消失了,只留下那只鸟儿,它那人类的脑袋在月光下是白的。

"那个天命派学士,"奈育尔解释,"在教他——"

"他需要很多年才能学会,傻瓜……"

奈育尔啐了一口,感伤地摇摇头,尽管眼前那东西的力量与身形完全不成比例,简直让人发疯。对强大的生物表示怜悯——这会让他成为更强大的存在吗?

"你忘了,鸟儿,他只用四天就学会了我的民族的语言。"

———— ∞ ————

孔法斯全身赤裸地跪在房中,听到脚步声接近,他没有动弹,甚至没有抬头。他已成为伊库雷·孔法斯一世,虽然暂时别无选择,不得不陪塞尔文迪人继续这场闹剧——让对手惊讶是胜利的保证——但他无需再在乎下属了,时刻谨言慎行的日子结束了。叔叔的密探现在成了我的密探,而我对他们可是知根知底。

"萨伊克的大宗师到了。"索帕斯在他身后的黑暗中说。

"只有希默克提?"孔法斯问,"没有别人?"

"完全依照您的指示,人中之神。"

皇帝微微一笑。"和他一起在外面等着,我很快就来。"

他从未这么急切地想要知道消息,这份焦虑如此强烈,他得设法控制。叫得最响的饿汉总是最后拿到吃的,而在与皇位有关的事情上,必须慎之又慎。

将军走后,孔法斯朝阴影中喊了一声。一个基安女孩爬过来,恐惧地瞪圆了眼睛。孔法斯拍了拍面前的地毯,漠然地看着她摆出他指定的姿势——双膝分开,肩膀后仰,下体上抬。他掀起她的短裙,在她那橘色的双腿中间跪了下来,只赏了她一巴掌,她就学会了稳稳地冲他捧住镜子。但当他开始临幸她时,突然想到一个更好的主意:他要她把镜子转过来,挡住他的脸,这样俯视她的就是她自己的镜影了。

"看着你自己,"他低声说,"看着你是怎么发情的……我保证。"

不知为什么,冰冷的银镜碰到脸颊反倒激起了他强烈的欲望。虽然她感到羞耻,但他们同时达到高潮,这更让他觉得她只是一只动物而已。

他决定,要做一个与叔叔完全不同的皇帝。

与法纳亚会面后过去了七天,一切风平浪静。孔法斯不在乎预兆——他愚蠢的叔叔有太多次因为一点小事就改变主意——但想到自己即位的情景却感到悲哀。他在被一个塞尔文迪人囚禁期间继承了御袍——一个塞尔文迪人!——而带来消息的又是基安人,是帕迪拉贾本人!虽然耻辱对他来说没有意义,但个中反讽仍过于尖锐,就像是诸神的恶作剧。如果他的蜡烛已烧尽了呢?如果诸神也嫉妒自己的兄弟呢?

时机完全不对。

摩门肯定乱作一团了。根据法纳亚的消息,恩加罗,叔叔的大总管,业已控制局面,希望能在孔法斯归来前取悦他。法纳亚表示他的继

终卷　最后的进军

承权无从辩驳——无论安迪亚敏高地内外，没人敢挑战基育斯河的雄狮。孔法斯的虚荣心向自己保证这是真的，但他并没有忽视一个事实：这是新继位的帕迪贯需要他相信的。纵然圣战军离南锡篷和白日行宫还很远，但基安已走到悬崖边上，若孔法斯急于赶回摩门确保继承权，法纳亚几乎注定毁灭。

为拯救自己的国家，盐之子有什么讲不出的？

两件事让他下定决心留在约克萨，与塞尔文迪人继续这场闹剧：一来他实在没法设想再次横穿海墨恩沙漠，二来据法纳亚所说，杀死瑟留斯的是他祖母。虽然这说法很疯狂，法纳亚的坚持也引起了他的疑心，但不知为何，他知道事情本该如此。许多年前，正是她杀死丈夫，让钟爱的儿子继承皇位；这次她又杀了儿子，将位置留给钟爱的孙子……

也许她更重要的用心在于：促使他回家。

从最开始，伊斯特里雅就反对他们出卖圣战军的计划。孔法斯可以原谅这点，毕竟老人总是杯弓蛇影，黄昏和黎明不可混为一谈。但她的手段居然如此毒辣，着实让他有些担心。她这样的人是不会被岁月磨去爪牙的，叔叔一定已经发现了这一点。

这场凶杀完全符合她的性格，猎犬般的贪婪永远是她行事的动机。她杀死瑟留斯，不是为了圣战军，而是为了自己宝贵的灵魂。每每想到这里，孔法斯总忍不住要嘲笑她。洗净这样邪恶的灵魂，比将屎味从粪便上洗掉更难！

然而没有事实作为佐证，所有的想法与忧虑都无从安置，只能在脑海中来回盘旋，疯狂的赌注让它们变得更加尖锐，不确定感也愈发强烈。我是皇帝，他想道，皇帝！然而他却被自己的无知囚禁了——这远比塞尔文迪人的拘禁更糟糕。萨伊克的传声者达拉丢斯死后，他完全无计可施，只能苦待外界联络。

他走出房间，发现那老人匍匐在即兴搭起的高台旁，并未在索帕斯搬来的凳子上落座。塞尔文迪人把他和他的军官们安置在一所火砖大宅,此处离约克萨城中心不远——幸运的是,这是一位年迈的纳述尔兑换商的产业——原则上他可以随心所欲地出入,但建筑的每一个出口都有卫兵把守。好在康里亚是个开化民族,和其他文明人一样,他们偏好贿赂。

孔法斯在高台上站定,视线扫过兑换商宅邸的地面,昏暗中可以看到墙上色泽温和的马赛克,让人有家的感觉。他每次呼吸都能闻到刺鼻的烟气,这得感谢塞尔文迪人,害他们不得不焚烧家具来取暖。索帕斯和奴隶们一起小心翼翼地站在外围的暗处,而在近处四个闪亮的火盆之间,老人把脸埋进了一张金紫相间的祈祷垫——孔法斯猜测那是从某个神龛中抢来的。虽然有上千个问题在他的灵魂中竞相跃动,他还是默默注视着老巫师。他等了很久,甚至看到对方的银发上映出了自己的影子。

他终于道:"我想你已经听说了。"

当然,老人一言不发。希默克提是个聪明人,但从宫廷礼节的角度看,他不过个奴隶。根据古老的传统,没有明确许可,无人可以直视皇帝,这被称为"上古条款"。很少有皇帝会改动它,不过现在,既然瑟留斯死了,限制孔法斯的只剩下古人的先例。弩箭已经射出,一切都要为之服务。

"准你平身,"孔法斯道,"我在此废除上古条款的约束。愿意的话,你可以看着我说话,大宗师。"

两个乳白肤色的女奴——不知是加里奥斯人还是瑟帕罗人——从黑暗中走出,扶着老人的手臂帮他站起身。孔法斯有点吃惊:才过去几个月,这老蠢货就衰败成这样了?希望他身上还留有自己所需的力量。

"陛下,"白发巫师低声说,任奴隶们将他黑色丝衣上的皱褶抚平,"人中之神。"

这是……他的新名字。

"告诉我,大宗师,皇家萨伊克打算如何处理此事?"

终卷　最后的进军

希默克提眯眼打量他，孔法斯知道，这样的方式总让叔叔紧张。但我不会。

"我们等待太久了，"虚弱的学士说，"等待一个可以真正运用我们力量的伟人……一位真正的皇帝。"

孔法斯笑了。希默克提是个能干的人，而能干的人总是忘恩负义。此人没有古老的出身可供吹嘘——不过巫师大多如此。他是什罗普人，也就是数世纪前帝国在胡帕纳遭遇惨败时和败军一起逃到摩门的施吉克人的后代。虽然出身不高，他仍被推举成为大宗师——什罗普人往往被看作窃贼和高利贷者，受到鄙视——这已经说明了他的能力。

能信任他吗？

所有学派之中，只有皇家萨伊克受命于世俗权力，成为了国家机器的有机组成部分。瑟留斯深信，所有人都和他一样爱慕虚荣且反复无常，所以他认定萨伊克的巫师们暗中怨恨为他效劳，而事实上他们憎恨的正是他的不信任。孔法斯懂得，皇家萨伊克非常珍视传统，他们最骄傲的就是在所有学派中唯独他们还继续遵循《皇室协议》——那份古老条约规定所有学派都听命于塞内安人及其神皇帝。只有萨伊克保留着这庄严的信念，并将其他人——尤其是赤塔——看作无耻的篡位者和自高自大的骗徒，为一己之私便让所有异民的存在都受到威胁。

每个人都在不断重复自我标榜的故事，梦想享有特权，拥有特例，以此来抚慰现实的困顿。作为皇帝，重复他人的故事是为了号令人心，但瑟留斯从不明白这样的道理。他的心智太过扭曲，太过专注于重复自己的故事，不肯用奉承来使唤他人。

"我向你保证，希默克提，我会充分运用皇家萨伊克的力量，并根据《皇室协议》给予你们应有的一切尊重和礼遇。只有你们能看到什么是根本，什么是水面的浮萍；只有你们还坚信往昔的荣光。"

类似胜利的喜悦点亮了此人的神情。"您的赞誉让我们不胜荣幸，人中之神。"

乌有王子 * 千回之念

"你们准备好了吗？"

"快准备好了，人中之神。"

孔法斯点点头，长吁一口气。他提醒自己要注意手腕、保持克制。"索帕斯已经告知你达拉丢斯之事？"

"达拉丢斯和我连接着摩门的同一个罗盘者，所以我早已知道他遇害了。我曾担心会发生最坏的情况，人中之神，如今得知您——以及您的计划——都完好无恙，对我是莫大的安慰。"

罗盘者与传声者，这是巫师们交流的两端。罗盘者是锚，这位学士需要睡在传声者熟悉的地方，好让对方进入他们的梦境，以传递消息。孔法斯知道，这也是叔叔从不信任萨伊克的原因之一：帝国有那么多消息通过他们传递，谁控制了信使，谁也就控制了信息。而这提醒他……

"你已经知道那个被派到塞尔文迪人身边的赤塔学士了吧？他叫绍纳米。这里发生的一切都不能让圣战军知道。"他相信自己的眼神足以表达此事有多紧要。

随着年岁增长，希默克提的眼球像猪一样拱了出来，但眼神仍然锐利。"人中之神，只要您将他活着交给我们，我们可以保证赤塔的蠢货会以为约克萨一如往常。只需在他与同伙联络前拿下他，剩下的交给我们的强迫咒就行。您想让他说什么，他就会对那些人说什么，达拉丢斯的仇也可以得报，我向您保证。"

孔法斯点点头，直到这时他才意识到，自己是在以皇帝的身份下令。接下来他犹豫了一个心跳的时间，但这已经足够了。

"您想知道发生了什么，"希默克提说，"您叔叔是怎么死的……"他停顿了一下，然后深呼吸，仿佛下定了决心。"我只知道罗盘者告诉我的事。即便如此，也有很多需要和您商讨，人中之神。"

"应该是的。"孔法斯带着肆意的不耐挥挥手。"但事情得分轻重缓急，大宗师，得区分清楚。我们先对付塞尔文迪人……"他带着温和的笑意看向学士，"先毁灭圣战军。"

终卷　最后的进军

第六章　谢拉什

> 我们当然是彼此的拐棍。失去爱人之后,我们会在地上爬行。
>
> ——昂提拉斯,《论人类的愚蠢》

> 历史。逻辑。算术。这些都该由奴隶来教授。
>
> ——佚名,《论高贵》

长牙纪4112年,早春,谢拉什

由于凯胡斯的战术,也由于安那斯潘尼亚的地形,阿凯梅安很少有机会目睹圣战军缩水后的全貌。虽然特尔塔平原的大捷带来了可观的战利品,凯胡斯仍下令部队沿途搜刮,迫使圣战军在崎岖的乡间分散开来。从偶尔留意听到的点滴消息中,阿凯梅安得知费恩教徒完全无力抵抗,东安那斯潘尼亚的所有村镇都在圣战军面前屈膝,费恩教徒仅仅隐藏起了他们的女儿和残存的口粮及牲畜。

穿着抢来的衣服、面孔晒得黝黑的长牙之民现在看上去更像是费恩教徒而非因里教徒了,要从外貌上区分两者,只能靠盾牌、旗帜、武器和护具。康里亚人的战斗长衫、加里奥斯人的羊毛外套、艾诺恩人的束腰披风都不见了,他们几乎全穿上了敌人五颜六色的卡哈拉,鲜有例外。他们还骑着敌人的瘦马,用敌人的酒具喝酒,在敌人的帐篷中与敌人的女儿共枕。

他们变了,这种变化深植人心,绝非流于外表。阿凯梅安记忆中那些穿过破军关出征的因里教徒,只是眼前这些人的祖先——就像他不再认识那个漫步前往萨略特图书馆的巫师,他也同样找不到那些高唱圣歌走进卡拉塞沙漠的武士了。那些人变成了陌生人,假以时日,也许记忆中的他们挥舞的都是青铜武器了吧。

真神在长牙之民中遴选,在战场上、在沙漠里,通过饥馑与疫病,像用手指筛过沙砾一般仔细考量,只有最强壮或最幸运的人才能幸存。艾诺恩人有种说法:分享面包不成交情,共同杀敌才是兄弟。但现在,阿凯梅安意识到,挫折或许更能增进情谊。共同经受的痛苦铸就了一些新东西,某些更为坚硬、更为锐利的东西;而凯胡斯把它举起来,就像从铁砧上举起成型的剑身。

他们属于他,望着圣战军严整的队列在山脊与丘陵间行进时,阿凯梅安经常这样想,他们所有人。若凯胡斯有个意外……

除了极少数例外,阿凯梅安每天不是和先知扈从们一起待在凯胡斯身边,就是待在乌别里卡(因里教徒开始用这个词称呼他们的先知那顶夺来的帆布营帐)左近的住处。在得到更明确的情报之前,他们不得不假设,非神会将再次尝试刺杀凯胡斯,因为他的崛起带来了巨大威胁。

圣战军踏上征途后,审讯那两个换皮密探的机会就非常少了。那两只怪物在赤塔的看守下和辎重队走在一起,用铁铸的链条交错着吊在密封货车内。阿凯梅安参加了每一次审讯,用他所知的真知咒术中为数不多的强迫咒不断向它们施压,但全无效果。凯胡斯设计的种种拷问方式也收效甚微,虽然每次亲眼目睹这些手段后,阿凯梅安都有好几个小时不敢闭眼,生怕眼前浮现出可怕的景象。那些怪物在肮脏的黑暗中狂野地挣扎,破碎的尖叫犹如野兽齐声哀号,然而刑罚完毕后,它们又总会用砾石与泥浆混合般的嗓音大笑,重复同样的话:"奇——格——拉……报应来了,奇格拉——"

阿凯梅安不确定是什么更让他紧张:是那些怪物手指般开合的脸孔,还是凯胡斯对待它们时无比空灵的冷静?哪怕在第一次末世之劫的梦境中,他也从未见过这样穷尽极端的善与恶,没像现在这样笃定哪

终卷　最后的进军

一方是善,哪一方是恶。

阿凯梅安也会出席凯胡斯与赤塔的每一次会议——理由显而易见。可现在在他眼中,赤塔不过是恼人的插曲而已。以利亚萨拉斯每每喝得醉意酩酊,行动呆滞笨拙,与在摩门时的风度翩翩形成了鲜明对比。专横的自信、评判一切的眼神、一丝不苟的礼仪全都不复存在,现在的他看上去就像一个刚意识到自己夸下致命海口的小毛头。圣战军终于开向西斯林的基地希摩,赤塔已无躲藏的借口,必须直面宿敌,可他们的大宗师哈纳玛努·以利亚萨拉斯竟渐渐害怕起来……害怕犯下不可挽回的错误,害怕被西斯林的巫术之火烧灼,害怕毁掉自己传承悠久的学派。

阿凯梅安完全有理由对此人怀恨在心,但事实上,他却感到一丝怜悯,就像体格健壮的人怜悯病中的弱者一样。这很奇妙。圣战军中的每个人都经过了考验,活下来的人中,有些变得更加强壮,有些被击碎了人格,有些则变得谦卑。更重要的是,每个人都知道其他人属于以上的哪一种。

参孚瘾君子伊奥库斯从未出席过这些会议,也没人提到他——阿凯梅安不禁要感谢这小小的恩惠。虽然他痛恨那个人,那天夜里在果园中的确想索其性命,但他最终实施的报复与自己曾遭遇的痛苦相比,显得微不足道。当百柱团的卫兵举起匕首对准那红色的眼瞳时,伊奥库斯仿佛突然变成了一个不幸的陌生人……一个无辜者。过往如烟,复仇成了令人生厌的狂想。他有什么资格下达最终判决?在人类所能做到的一切中,只有杀戮是绝对的。

若非为了辛奈摩斯,阿凯梅安怀疑自己可能会直接放过他。

行军的日常事务占据了凯胡斯的时间。因里教贵族接踵而至,有的带来前方情报,有的要他解决争端;当圣战军跨越边境进入谢拉什之后,更多人则是来和他商讨战事。

在凯胡斯身边不停变化的人群中,阿凯梅安往往只露个面,偶尔出

乌有王子 * 千回之念

于好奇才留心听听讨论。其他人来来往往，但他一直留在凯胡斯身旁，所以即便只是偶尔听听，也一次次见证了凯胡斯惊人的智慧。他经常听到凯胡斯一字不差地复述几天前收到的消息或警告，从未忘记任何一个名字或疏忽任何一点细节，哪怕是补给方面的琐事。阿凯梅安已数不清有多少次看到其他人——尤其是凯胡斯的总管秘书加亚玛克里——用不可思议的眼神看他了。他们会摇摇头露出微笑，欢愉而敬畏地扬起眉毛，震惊渐渐变为更坚定的信仰。"我们何德何能，"加亚玛克里有次对阿凯梅安说，"能见证这等奇迹？"

阿凯梅安很快对这些小场面失去了兴趣，只有大贵族与会时方才集中精神，其他时候思绪开始不受控制地发散，跟之前在辎重队中行军一样。来来往往的贵族仍会和他打招呼，但他很快就消失在先知扈从的行列中了。

纵然兴趣缺缺，阿凯梅安仍被责任形成的无形引力牵引着。百无聊赖间，他看待凯胡斯会有一种古怪的疏离感，战士先知身上超乎尘世的魅力恍然一空，仿佛和旁边那些久经战事的士兵同样脆弱——而且远比他们孤独。每当这时，阿凯梅安都感到身体在恐惧中变得僵硬，他明白，无论凯胡斯看上去多么接近神，本质上仍是个凡人。这难道不是圆环审判留下的教训吗？如果某些事真的发生了，那么其他一切都不再重要，包括他对艾斯梅娜的爱。

想到这里，总有一阵奇异的狂热在他四肢中跃动。这与天命派学士就共同的噩梦产生的狂热不同，这是更私人化的热情。

为一项事业全情投入的狂热往往是没有具体方向和目标的。很长一段时间里，游荡是他黎明时的必修课，刚被噩梦折磨过之后，他会牵着骡子漫无目的地沿路前行。然而和凯胡斯在一起时一切都不同，这正是他无法向诺策拉解释的事：凯胡斯是天命派一切抽象目的的肉体化身，人类的未来都系在这一人身上，他是他们对抗万物末日的唯一壁垒。

终卷　最后的进军

万物末日。非神。

有好几次,阿凯梅安觉得自己瞥到凯胡斯的双手有金色光晕,他甚至嫉妒那些声称总能看到这景象的人,比如普罗雅斯。他意识到自己很乐意为安那苏里博·凯胡斯献身,虽然仍对其心存怨怼,却情愿毫不吝惜地牺牲一切。

然而令他沮丧的是,他的心态总不能保持长久镇定。他的思绪总会发散,有时会怀疑一旦非神会来袭,自己是否有能力保护凯胡斯。他会摇着头,像鹰一样紧盯远方皱起眉头,用敏感的审视目光对待所有的请愿者。

和以往一样,艾斯梅娜最让他分心。

有些日子她会骑马,虽然起初不娴熟,但现在已可轻松驾驭了。由于他总走在先知扈从的最前列、凯胡斯的周围,因此常能看到她。有时,当凯胡斯和贵族军官们讨论战事时,他会默然伤感,在旁一言不发;又有时,他只是出神地看着她,看着她以男性的魄力发言,看着她在周围人群中树立起无可置疑的权威。她身上的每一丝气质都变得果决敏锐,仿佛成了另一个人。

不过大多时候,艾斯梅娜都坐在轿子里行军——其他人称之为"黑辇"——那顶异常奢华的轿子由十六个基安奴隶扛举,旁边还有一位抄写员骑马随行,而整天都会有人骑马前来找她,商量大小事务。只有当凯胡斯来到轿前询问或下达指示时,他才能看到她的面孔。穿过周围的肢体和躯干,他看到她涂妆彩的嘴唇在半透明窗布下的弧线,看到她搭在架起的膝盖上的手臂,看到她放松的手腕垂下的手指。这时总有一阵冲动涌到喉头,他甚至想喊她的名字,但伴随而来的只有痛苦。

他几乎不曾看到她的眼睛。

他们大多数相遇在行军之后、于乌别里卡周围活动时。由于每次都在大庭广众之下,她通常只彬彬有礼地朝他点头致意。阿凯梅安起

乌有王子 * 千回之念

初觉得她铁石心肠,甚至怀疑她和其他许多女人一样,想要逐渐培育恨意。为了根除他俩之间爱意留下的痕迹,还有什么更好的办法呢?但过了段时间,他才明白她这样做不仅是为了自己,也是为了他。现在每个人都知道,在凯胡斯把她带走前,他们两个是情人关系。虽然没人敢当面提起,但他有时会从他们的眼神中——尤其是从普罗雅斯眼中——看到一种意识到别人的耻辱时的神情,一种突然而至的怜悯。

哪怕她给予他一点点温柔,都会衬托出他所受的耻辱。夺妻之辱。

离开卡拉斯坎的第五天,奴隶们架起大帐,安置完帐中家具后,阿凯梅安回到自己的房间,准备换上晚间服装。但她就在那里,站在帆布投下的阴影中等他,穿着金黑相间的长袍,头发用吉尔加什风格的头饰束了起来。"阿凯梅安。"她说,不是"阿凯"。

他努力保持镇定,克制着把她揽入怀中的冲动。

让他失望的是,她谈的话题只与凯胡斯的人身安全有关。他甚至有些期待她会对他的服务给予褒奖,就像女皇奖赏一位签约效命的外国顾问。他只能被动迎合她把对话进行下去,简洁地回答每个问题,时而对他们现在的关系感到震惊,也意识到她的询问中带着前所未有的活力与洞见。

骄傲……他为她感到骄傲。

你一直比我优秀。

如果说其他人在他眼中只是墙壁,那么艾斯梅娜就是一座古城,一座街巷广场构成的迷宫。他曾把那里当成家,他知道城中什么地方是收容所,什么地方是兵营,什么地方有塔楼和水池。无论游荡到哪个角落,他总会知道身处何处,又该去往何方,从未迷失;而一旦走出这座城市的大门,就得面对一个令他无比挫败的世界。

他知道相爱的人习惯自我欺骗,很多时候对他们来说,普罗塔西斯歌颂献身的诗句与公共浴室墙上的涂鸦区别不大。爱情从不像纸面上写的那么简单,否则爱人们为何如此患得患失?为何那么多人坚持要

终卷 最后的进军

说爱纯洁而简单?

他与艾斯梅娜之间分享的东西难以解释,就同她现在与凯胡斯分享的一样。阿凯梅安经常忽视她所承受的种种苦难:女儿弥玛拉的死,饥荒季节,对她怒目而视的面孔,所有那些伤痕和危险。除了弥玛拉,她谈到其他痛苦时总带着轻蔑的嘲弄——阿凯梅安也鼓励她这么做。他连自己的负担都几乎无法承受,又怎能为她分担?不过嘲弄背后隐藏着真实,透过她紧握他手指的方式,或是她眼中一闪而过的惧意而展现。

他知道这一切,却从不提起。他退缩了,没能承担起理解的责任。他将她的信任交给那些无法言明的思绪。是我对不起她,他意识到。

所以也难怪她这样回报他了。难怪她……委身于凯胡斯。

凯胡斯……这是他最自私,也最痛苦的怨念。

艾斯梅娜总喜欢拿男人的性器开玩笑,她总惊讶于男人对此有多么在乎,居然冲一个器官诅咒、庆贺、恳求、哄诱、命令,甚至威胁。有回她告诉阿凯梅安,一位精神失常的祭司甚至拿出一把小刀来放在自己的性器上,嘶声道:"你必须听我说!"她说,就在那时,她明白了男人比女人更不理解自我。她问他知不知道吉耶拉神庙的妓女,她们认为虽有几百个男人光顾过她们,但她们都在侍奉同一个人,即阳具之神赫托斯。她笑着说:"他肯定是变化最多的神了。"

阿凯梅安无言以对。

女人是男人窥视男人的窗口,是无人把守的大门,透过她们可以接触他人缺乏防备的深层自我。阿凯梅安有时必须承认,自己也害怕喧闹的人群会透过她诚实的眼睛来审视他。唯一让他安慰的是,他是倒数第二个与她同床的人,并将永远如此。

她现在和凯胡斯在一起。

为什么这个想法如此无法忍受?为什么它如此猛烈地绞动着他的心?

有的夜晚他会睁眼躺在床上,一遍遍提醒自己,艾斯梅娜选择的是谁。凯胡斯是战士先知。用不了多久,他会要所有人牺牲奉献,他所要求的代价将是一条条鲜活的生命,决不仅仅是爱人。但他不仅攫取,还会给予——给予人们的是怎样的赐福!阿凯梅安失去了艾斯梅娜,但他得到了灵魂,不是吗?

不是吗?

有的夜晚,阿凯梅安辗转反侧,无声地发出嫉妒的号叫。他知道她正在"他"身上喘息起伏,而"他"在用阿凯梅安从没用过的方式占有她。她会得到前所未有的高潮,她的四肢会更长久地颤抖,在那之后,她还会拿巫师和他们那粗短的阴茎开玩笑。她究竟在想什么,居然曾与杜萨斯·阿凯梅安这样又肥又老的蠢货一起翻滚?

但大多时候他只是静卧在黑暗中,闻着熄灭的蜡烛与香炉的味道,以前所未有的饥渴渴望着她。他对自己说,只要能抱着她,只要能像守财奴数钱币一样数她眼睛上的睫毛,只要能有最后一次亲密接触,她就会明白的,不是吗?她一定会明白的!

求你了,艾斯梅……

圣战军进入谢拉什平原的第一个晚上,阿凯梅安筋疲力尽地躺下,想到她尚未出生的孩子,脑子不禁阵阵发麻。他突然明白,正是这件事证明她对他的爱与对凯胡斯的爱有多么不同,这想法让他甚至忘了呼吸。与阿凯梅安在一起时,她不曾拿掉妓女的贝壳,也从未提过与他生孩子的可能。

但同时,他在泪水中微笑着想,他自己也不曾提过。

意识到这点之后,他心中仿佛有什么破碎了,又仿佛有什么愈合了,具体是哪样他分不清。次日早上,他坐在奴隶的火堆旁,看两个不知名的女孩剥着薄荷叶准备泡茶。一开始,他虽已睡醒,仍毫无知觉地茫然注视她们。之后他的目光越过去,发现艾斯梅娜就在不远处,和两名纳森蒂一起站在一群黑马的阴影里。她对上他的视线,这次没有面

终卷 最后的进军

无表情地朝他点头,也没有转开眼神,而是露出羞赧而迷人的微笑。不知为什么,他明白……

她的大门业已关闭。她已成为他的心无法前往的方向。

那个火堆的记忆……

对阿凯梅安来说,那份记忆如今变成了痛苦。艾斯梅娜微笑着朝他靠来;西尔维欣喜地拍手,脸上闪耀着天真的光芒;辛奈摩斯仍然双目有神;凯胡斯说道:"我很害怕。"

"你害怕?害怕一匹马?"

"那东西喝醉了,直愣愣地看着我!你知道……就像辛看着他的母马一样。"

"什么?"

"就像看着什么能骑的东西……"

他们那时多么喜欢取笑凯胡斯!他们从他故意露出的破绽中得到了多少乐趣啊!但这并不是他们失去的最重要的东西。

那个火堆与眼前这个是如此不同,那个火堆仿佛是丝绸,如今却化作鬼魂。

阿凯梅安来到普罗雅斯的大帐前,没有原因,只是无聊而已。透过基安贴身奴隶的反应,他知道自己来得不是时候,然而他喝了不少酒,正想找人麻烦。想到自己能惹人讨厌,便仿佛正义在握。

于是他拨开金线镶边的门帘,看到普罗雅斯身穿长袍——那袍子更适合康复中的病人——坐在一个装有铁架子的小火盆前,辛奈摩斯坐在他左边,对面坐了一个女人。

艾斯梅娜。

"阿凯。"普罗雅斯紧张地打招呼,故意看了圣侣一眼。他拉长了脸,片刻犹豫后才道:"来吧,到我们这边来。"

"我很抱歉,我以为你是独自——"

"他说了让你过来!"辛奈摩斯大嚷着,醉醺醺的声音里流露出极端暴躁的友善。他侧过脸,仿佛在用左边的耳朵打量阿凯梅安。

"去吧。"艾斯梅说。

她听上去很不情愿,眼神却很真挚,阿凯梅安只好勉强抓过垫子坐下。然而他突然意识到她这么说并非真想与他做伴,只是出于对辛奈摩斯的怜悯而已。

他这个蠢货。

但她看上去是那么美,单单瞧着她都让他窒息。男人总在失去亲近的女人后才给予其至高的怀念,但他并非如此浅薄。他只是发现,和他在一起时的她是一株可爱的野草,现在却变作一朵绽放的鲜花,变作银链上的珍珠。她的头发如闪亮黑玉,用两根银簪高高固定在头顶。她长袍上的刺绣闪闪发光,深色的双眼中带着一丝苦恼。

贴身奴隶忙着收拾碗盘,普罗雅斯和艾斯梅娜故意把注意力放在那奴隶身上。每个人好像都僵住了,只有辛奈摩斯除外,他努力啃着几根锯开的肋骨——那是用某种甜豆酱炖出的猪排,闻起来真香。

"你的课上得怎样?"普罗雅斯问,就像刚刚想起自己该用怎样的态度说话。

"课?"阿凯梅安重复。

"是啊,给……"他耸耸肩,似乎不确定该不该用原先的方式提到这个名字,"给凯胡斯上的课。"

单单提到这个名字,阿凯梅安就感觉血管受到压迫,不由得掸了掸膝盖,虽然并没有看到任何脏东西。"很不错,"他尽力让话音听起来轻松一些,"如果我能活下来,肯定会写本书描述这段日子,书名就叫《论敬畏的种种》。"

"你篡改我的标题!"辛奈摩斯边喊边伸出手,笨拙地要人倒酒给

终卷 最后的进军

他。普罗雅斯马上给他倒了满满一碗,脸上挂着微笑,眼神中却流露出几分恼怒。

"你的标题是什么?"艾斯梅娜问。听她口气中那分尖锐,阿凯梅安不禁缩了缩身。辛奈摩斯虽然瞎了眼睛,对轻慢的敏感却前所未有的强,现在的他比那个塞尔文迪人还难相处。"你要写的标题是什么?"

辛奈摩斯啜了口酒,用招牌式的平板声调说:"《论混蛋的种种》。"

哄堂大笑。

阿凯梅安扫过一张张愉快的脸,用拇指拂去眼角泪水,潮水般的记忆将他淹没。有一刹那,他甚至觉得艾斯梅就要伸手来握住他的手,拇指压上他的指甲,让一切回到从前,回到进入施吉克之前的日子。

他们都在这里……我爱的人。

"我的鼻子!"辛奈摩斯不满地嚷道。"我告诉你们,我现在的鼻子比以前的眼睛更灵!可以闻到最深处的味道……你,普罗雅斯,你以为你昨晚吃的是绵羊……"他望向空中,扮个鬼脸,"其实你吃的是山羊!"

艾斯梅娜躺倒在垫子上,大笑不止,两只纤细的脚在地上踢来踢去。辛奈摩斯转向笑声传来的方向,摇摆着一根手指,做出若有所思的样子,又把手指按在鼻尖。"眼睛看得到美——那么多的美,"他摆出雄辩家的姿态,"但鼻子闻到的才是真实!"

笑声变得紧张,大家突然敏锐地意识到他的态度发生了危险的转变,须臾间,每个人的笑声都低落下去。

"真实!"辛奈摩斯狂野地喊,"所谓的真实!现在全世界都是它散发的恶臭!"他好像要站起来,最终还是一屁股坐了下去。"我能闻到你们所有人的味道,"他像在回应他们震惊的沉默,"我能闻到阿凯的恐惧。我能闻到普罗雅斯的悲伤。我能闻到艾斯梅想睡——"

"够了!"阿凯梅安喊道,"你发什么疯?辛……你怎么变成这样的蠢货了?"

元帅哈哈大笑,好像突然间恢复了清醒。"我还是你认识的那个人,阿凯。"他用醉汉夸张的架势耸了耸肩,摊开双手,"只不过少了双眼睛。"

阿凯梅安喘息着。怎么会变成这样? 辛……

"我的世界,"辛奈摩斯继续慢吞吞地说,脸上挂着不自然的笑容,尽力装出幽默的样子,"已被割成两半。在那之前,我和人一起生活;在那之后,我住在屁眼里。"

这次没人发笑。

阿凯梅安起身向主人普罗雅斯致谢并告辞,康里亚王子失神地坐在那里,如坟墓般寂静。无论如何,阿凯梅安知道王子正为辛奈摩斯而自责。凯胡斯推翻了曾经的一切,同时为许多人写下了新的悔恨。

辛奈摩斯不住咳嗽,阿凯梅安发现艾斯梅娜怔怔地看着元帅。困扰元帅的并非是愚蠢的笑话,他的状况正变得越来越糟。

"是的,"辛奈摩斯道,"不管用什么办法,逃吧,阿凯。"虽然脸色苍白,他的冷哼却仍然强硬。

"我跟你一起走。"艾斯梅娜对阿凯梅安说。他只能点点头,吞了口唾沫。

我们之间到底该怎么办?

"一定问问她!"他们匆匆朝门口走去时,辛奈摩斯咆哮着,"问问她为什么想睡凯胡斯!"

"辛!"普罗雅斯大喊,声音中的恐惧甚于愤怒。

阿凯梅安脑子一片混乱,脸上烧得滚烫。他转回头,余光却看到艾斯梅娜转过身来对着他,眼里泪光闪动。艾斯梅……

"怎么?"辛奈摩斯大笑,故意装出幽默的样子,"难道只有瞎子才看得到? 这古老的比喻难不成还是真的?"

"不管你经历着怎样的痛苦,"普罗雅斯平静地说,"我都会陪着

终卷　最后的进军

你——我向你发过誓,辛。但我不能容忍这样的亵渎,你懂吗?"

"噢,是的,审判者普罗雅斯。"元帅躺回坐垫上喝酒,再度开口时,声音变得诡异而错乱,仿佛放弃了所有希望。"于是他叫来赫罗门,"他背诵道,"用双手触碰此人的脸,并对其他人说,'这个人,他夺去敌人的双眼,所以真神让他盲了。'然后他向赫罗门的双目各吐一口唾沫,又说,'这个人,他的罪我已经清了。'于是赫罗门发出惊喜的喊叫,因他曾双目失明,现在又看得见了。"

阿凯梅安意识到,他在引用《圣典》里因里·瑟金斯为一个臭名昭著的谢拉什罪犯复明时的话。对许多因里教徒来说,"用赫罗门的眼睛看"是"救赎"的同义词。

辛奈摩斯的脸从普罗雅斯转向阿凯梅安,仿佛从一个敌人转向另一个更可怕的敌人。"他没法治愈,阿凯,你要知道,战士先知……他没法治愈。"

———— ∞∞∞ ————

阿凯梅安本希望普罗雅斯大帐外的空气不像帐内那么窒闷和疯狂,事实却并非如此。天空的确洁净,可星光不像施吉克干燥的夜晚那么明亮,朦胧的烟雾飘荡在这片荒野之上,并因混杂了潮湿木头的燃烧气息而颇为呛人。同样朦胧的还有附近的声音——康里亚人在营火旁欢饮。他望向艾斯梅娜,尽力露出轻松的笑容,她却朝阴影中张望着。附近一座帐篷里,有人借酒愤怒地低吼。

他没法治愈,阿凯。

两个人并肩走在黑暗的小道上,一言不发。大大小小、各式各样的帐篷矗立周围,火光闪烁。他的左手记起牵着她右手的感觉,不禁一阵刺痛;而他心中满溢的渴望令他诅咒自己。行走在浩荡的营垒中,他却只想去拥抱她,这是怎么回事?整个世界如此喧嚣,一千个厄运的警告层层缠绕,他却只能听到她沉默的心跳。我正走在末世之劫的阴影之中,他不断提醒自己。

"辛他……"艾斯梅娜突然带着一丝犹豫开口,就像刚刚经历过长久而毫无结论的沉思,"他到底怎么了?"

阿凯梅安的心跳得如此剧烈,一时不知该说什么。他决定保持沉默,在黑暗中与她一起行走已是足够的折磨了——还要和她说话?

他望向自己的凉鞋。

"你觉得这个问题很蠢吗?"艾斯梅娜追问,"你觉得——"

"不,艾斯梅。"

他喊出她名字的方式带有太多诚挚,太多痛苦。

"你……你不明白凯胡斯让我看到了什么。"她说,"我从前也是赫罗门,但现在——我能看到这个世界,阿凯!这个世界!你所认识的女人,你爱的那个女人……你必须明白,那个女人已经——"

他无法忍受这样的话语,于是打断道:"辛在爱荷西亚失去的不止是眼睛。"

他们在黑暗中默默无语走了四步。

"这话是什么意思?"

"强迫咒,他们……他们……"他的声音低落下去。

"我要做间谍总管的话,需要了解这些,阿凯。"

艾斯梅娜是对的——她确实需要了解。但阿凯梅安也明白,她强调这点另有原因。只要讲到其他人,他们之间就能脱离尴尬,在故作轻松的幽默与危险的真实之间,这是最便捷的方式。

"强迫咒,"阿凯梅安续道,"其实不该叫这个名字。它不像很多人认为的那样会'折磨人的灵魂',这样表达起来仿佛灵魂是人类微缩的复制品,会和肉身一样受到巫术作用。强迫咒不是那样的。我们的灵魂不是那样的……"

她端详着他的侧脸,但当他终于鼓起勇气瞥向她时,她却转开

终卷　最后的进军

目光。

"受到强迫的灵魂,"他说,"事实上是被占据的灵魂。"

"你说什么?"

阿凯梅安清了清嗓子。她说话的口气像是早已习惯了揭穿下等人口头的遮掩。"他们利用他来对付我,艾斯梅,赤塔的人……"他眨眨眼,仿佛看到百柱团的卫兵挖出伊奥库斯双眼的一幕,"他们利用他来对付我。"

他们走过一个人头攒动的火堆。他借着摇曳的火光观察她,只见她眯起了眼睛,那是怀疑自己怜悯的人时的目光。

她觉得我是个弱者。

他停下来,紧盯着她那张美丽端庄的脸。"你认为我想诱使你同情我。"

"如果不是的话,你想说什么?"

他努力压下心头涌起的怒火。"强迫咒最大的悖论是,被施咒者并不觉得自己受到了强迫。辛对我说的都是真话,是他自己选择说出那些话,尽管说出那些话的另有其人。"

过去,无论阿凯梅安对谁做出这番解释,都会立即遭到质疑:这怎么可能?人怎么会自愿接受强迫呢?

艾斯梅娜却只问:"他说了什么?"

他摇摇头,带着虚伪的微笑望着她。"赤塔……相信我,他们知道什么样的话可以被当作最锋利的刀刃。"

凯胡斯也一样。

她眼里出现了一丝同情……他转开眼睛。

"阿凯……他到底说了什么?"

人影在篝火前来回走动,影子在他们之间的地面上扫来扫去。最终对上她的目光时,他感觉自己在坠落。"他说……"他停了一下,清清嗓子,"他说怜悯是我唯一能得到的爱。"

他看到她吞了口唾沫,眨了眨眼睛。"噢,阿凯……"

在这个世界上,只有她能明白。在这个世界上。

渴望击溃了他堆砌起来的决心——想要把她抱在怀中、想要温柔地抚摸她的后背、想要亲吻她鼻尖上那片淡淡雀斑的渴望。

他埋头向前走去,察觉到她顺从地跟了上来时,不由感到一阵烦躁的欣慰。

"他——他还说了别的。"阿凯梅安咳嗽几声,继续说道,努力压制喉咙中让声音破裂的疼痛,"他说那些话时就没抱着被原谅的希望,现在更没法停止。"

艾斯梅娜看上去有些不解。"但他的意外都是几个月之前的事了。"

阿凯梅安眨眨眼,望向天空,看到号角星环闪亮的圆弧出现在北方的山丘上空。那是远古的库尼乌里星座,三海诸国的星象家们并不了解。"你可以把灵魂想象成无数河流组成的大网。在强迫咒的作用下,古老的河岸会被淹没,堤坝被冲刷消失,新的河道被开辟出来……有时当洪水退去,一切会回归原本的模样,但有时不会。"

他们在沉默中又走了四步。她再次开口时,声音中带着显而易见的恐惧。"你是说……"她在震惊中松开了紧锁的眉头,"你是说我们认识的那个辛死了吗?"

阿凯梅安没有这个念头,但现在看来却如此明显。"我没法确定。我甚至没法确定我现在说的这些都是真的。"

他转身面对她,伸手扣住她的手。她没反抗。他想强调些什么,但嘴巴只是徒劳地开合着,就像已不属于他了,肺腑里则有种更贪婪、更深邃的东西在渴望呼吸。于是他把她拉到身边,惊讶地发现她的身体仍然那么轻盈。

旧日的习惯攫住了他们,仿佛一双手将他们紧锁在一起。她朝后弯身,像以往上千次那样。她的嘴唇和她的气味让他坠入无底深渊,他

终卷 最后的进军

将自己卷入她颤抖的火焰……

他们吻在一起。

然后她开始反抗他，击打他的脸和肩。他放开她，心中被愤怒、情欲与恐惧占据。"不、不！"她气急败坏地挥舞胳膊，仿佛要击垮他的邪念。

"我梦到自己杀了他！"阿凯梅安喊道，"杀了凯胡斯！我梦到世界在燃烧，我却在欢庆，艾斯梅，我在欢庆！整个世界都烧了起来，我却为了你的爱而欢庆！"

她睁大眼睛，目光中没有一丝谅解。

他浑身上下每个部分都在恳求她。"你爱我吗，艾斯梅？我一定要知道！"

"阿凯……"

"你爱我吗？"

"他了解我！没人像他那样了解我！"

他突然明白了……多么明显！他一直在哀叹自己没有东西可以给她，没有牺牲能放上她脚边的祭坛。"是的！你看出来了！这就是我们的区别！"

"这真是疯了！"她喊道，"够了，阿凯，够了！我们不可能！"

"求求你，听我说，一定要听我说！他了解每个人，艾斯梅，每个人！"

而你是我的唯一。她怎么会看不到这点？逻辑像卷轴一样在他心中展开，但无知才会带来最坚定的爱。爱就像蜡烛，需要去点燃和照亮黑暗。"他了解每个人。"他的唇上仍带着她湿润的味道。

苦涩，像是流过妆粉的泪。

"是的，"艾斯梅娜边说边步步后退，"他爱我！"

阿凯梅安垂下目光，努力恢复思考能力，平缓呼吸。他知道自己抬眼时她一定已经走了，但他忘了其他人——那些因里教徒——在周围走动、畅饮,有十几个人像卫兵一样站在篝火旁,面无表情地盯着他。阿凯梅安知道自己可以轻而易举地消灭他们,将他们的血肉和骨头分离。带着这样的念头,他对上他们惊讶的审视目光,直到他们纷纷移开视线。

那晚,他愤怒地捶打地毯,不住咒骂自己的愚蠢,直至黎明。一段段辩护在脑海中成型又崩溃,一个个理由铺设堆叠,但爱情是没人能强迫它发生的。

就像睡觉。

———— ∞ ————

第二天见到她时,他已看不出昨晚的痕迹了,她脸上只有确凿的漠然。如她所说,他们共有的那一刻真是疯了,那之后几天,阿凯梅安甚至有些期待百柱团会来逮捕他。这是他第一次意识到自己的无望:他输掉了她,不只是输给别的男人,而且输给了一个崭新的国家。他将面对的不是妒火的爆发,不是面对面的质问,而是深夜中穿着斗篷到访的军官,不动声色地宣读逮捕令。

这跟做间谍时没有两样。

无人前来,他并不惊讶;凯胡斯未置一辞,他也不奇怪,尽管他明白对方一定知道发生了什么。战士先知太需要他了——这是个令人心酸的解释——另一种可能是他理解阿凯梅安,对他们之间这场争议心怀感伤。

如何去爱一个压迫自己的人?阿凯梅安不知道。但他仍然爱着对方。爱着他们两个。

每天晚上,和纳森蒂们一起享用过奢华的晚宴后,阿凯梅安会在乌别里卡的走廊中拐上几个弯,去到帐篷侧翼一间皮子围成的小屋。纳森蒂将这里称作抄经室,阿凯梅安不清楚是为什么。入口处举灯笼的

终卷　最后的进军

卫兵总会低下头,称他"维齐尔"或"圣导师"。进入小屋后,阿凯梅安要花些时间重新摆放地毯与靠垫,好让他和凯胡斯可以舒舒服服地相向而坐,无需盯着屋子中间那根柱子——他为这里的摆设训斥过奴隶们两次,但他们从来学不会。摆放完毕后,他开始等待,盯着四周分成一格一格描绘田园生活的基安风味编织挂毯,努力与内心那些无法逃避的恶魔角力。

保护凯胡斯是他的学派的任务。虽然非神会的威胁确实存在,但凯胡斯似乎并不担忧,阿凯梅安有时觉得凯胡斯只是出于礼貌才容忍他,以此来和强大的盟友建立信任。然而教授凯胡斯真知法术一事完全不同,这是战士先知本人给他的任务。早在第一堂课开始之前,阿凯梅安就知道这样的交流一定会令自己感到惊奇和恐惧。

从最开始,甚至还在摩门时,与凯胡斯交流就是一种非凡的体验。他总是众人争相取悦的对象,仿佛人人都希望能被他高看一眼。他那种令人放松警惕的魅力,那种毫无戒备的坦诚,那种令人屏息的智慧,足以让对方敞开心怀,因他身上绝没有会导致兄弟相残的缺陷。他永远谦逊,与其他人彬彬有礼地保持距离。别人会视同伴为谁而改变态度,凯胡斯却丝毫不为所动。他从不吹嘘,从不奉承,只是平实地表达自己。

这样的姿态让每个人都感到亲切,尤其是那些害怕被人看低的人。

很久以前,阿凯梅安和艾斯梅娜把尝试理解凯胡斯当作游戏,甚至在了解到他神圣的身份之后还继续进行了一段时间。他们一起看着他成长,看着他与每个人信以为真的真相抗争,看着他抛却原本纯真的谦逊,放弃原本不愿出世的愿望,承担起灾难般的命运。

他是战士先知,真神的声音与化身,被派来拯救人类度过第二次末世之劫。然而不知为何,他仍是凯胡斯,那个远离家园的亚特里索王子。他的存在令人信服,但他不曾傲慢地假定别人服从,一如在辛奈摩斯的营火旁。他怎么会那样呢?傲慢不正是用来丈量每个人应得的与索求的之间距离的吗？凯胡斯不要求任何不属于他的东西，只不过这个世界恰恰落在他的威权之内。

有时阿凯梅安还会用原先的方式和他开玩笑，就像在卡拉斯坎的剧烈冲突从未发生，就像艾斯梅娜从不存在。但总会有什么东西让他突然醒悟——衣袖上绣的圆环图案或是香水的味道——而凯胡斯的形象也会随之变化。他的面孔会闪出夺目的光芒，好像他的身体是由磁石造就，吸引着众多无形却又能感知的灵体环绕他飞翔。寂静在沸腾，话语在轰鸣，仿佛每时每刻都有千万名祭司在发出无声祈祷。有时阿凯梅安会感到头晕目眩，不得不扶住膝盖；有时他会在眨眼间看到凯胡斯的双手旁有光晕亮起。

单单坐在他面前已经令人难以承受。教他真知法术？

为尽量避免凯胡斯受丘莱尔的伤害，他们决定从与实际施咒无关的各种知识开始，如语言学和哲学。和世俗课程一样，要掌握巫术也需要一些前置技能，特别是要能阅读与书写古奥的语言。在阿提尔苏斯，导师们总是从所谓指示咒教起，这种微弱的引导性咒语意在拓展学生的思维能力，直到他们能理解与表达更深奥的咒语。然而指示咒和其他咒语一样会在学生身上留下巫术的印记，阿凯梅安不能冒这个险。

他开始教授吉库亚语，那是奇族的奎雅所用的艰深的母语，也是真知法术的咒文所用的语言。凯胡斯学会它只用了不到两周时间。

用震惊乃至惊骇来形容阿凯梅安的感觉，就像是想用一两个字来描述难以名状的激情一样徒劳。他本人花去足足三年才学会这种诡异语言的基本语法，更别提掌握词汇了。

当圣战军离开安那斯潘尼亚丘陵进入谢拉什时，阿凯梅安已开始和凯胡斯探讨真知法术的语义所依赖的基本哲学了。天命派将这种学说称为"*Aeturi Sohonca*"，或曰"索霍克课题"。要掌握真知法术，绝不可能绕过其基础理念——虽然它和其他哲学一样并不完备，得不出决定性结论——不了解这些理念，任何咒术都只是麻木的吟唱。无论真知

终卷　最后的进军

法术还是类比法术，巫术都依赖于意义，意义则建立在系统的语义学上。

"想想看，"阿凯梅安解释，"同一个词对不同的人来说可以有不同的含意，甚至对同一个人来说，在不同的环境中含意也各不相同。"

他在记忆中搜寻恰当的例子，但只能回忆起老师席玛斯多年前给他讲解的那一个。"比如说，当一个男人说出'爱'这个词时，可能有着完全不同的意义，这不只取决于听他说话的人是谁——儿子、情人、妻子或神明——更取决于他是什么人。一个心碎欲绝的祭司说出的'爱'与一个目不识丁的青年说出的'爱'几乎不会有任何相通之处。前者包含着失落、理解及一生积累的经验，后者表达的只有情欲。"

他忍不住想，"爱"这个词对自己又意味着什么？一如既往，他将这个想法——和她有关的想法——驱出脑海，继续教授课程。

"提取与表达最纯粹的'意义'，"他续道，"是所有巫术的核心，凯胡斯。你说出的每个词都必须具备最准确的语义，那个音符才能压过现实这首合唱。"

凯胡斯用坚定的目光看着他，仿如尼尔纳米什的人偶一样泰然自若。"这就是为什么你们要用古老的奇族语言来唤起这种神秘的力量。"

阿凯梅安点点头，学生那异乎寻常的洞察力早已不让他惊讶了。"世俗的语言，尤其是各地区的方言，离人们的日常生活太近，其意义很容易被个体的经验与见识所扭曲。然而吉库亚语具有迥然不同的异化特征，足以把巫术咒语与日常生活中那些变化无常的含义隔离开来。类比法术学派，"他试图掩饰口气中的轻蔑，"使用的是高等库纳语，那是经过缩减的吉库亚语，当然也是出于同样原因。"

"像诸神一样交谈，"凯胡斯说，"尽量远离凡人的思维。"

紧接这一话题，阿凯梅安开始向凯胡斯传授"玻瑟米奥塔"，即天命派学士使用的确定意义的冥想术，由于每个成员灵魂中都存在着谢斯瓦萨的缩影,很多人已忽视了它。他深入讲述森曼西斯双重思考技巧,过了这一关,端坐在他面前的这个人就将受到最终的诅咒。

根据双重思考的原理,每个咒术都分为两部分,彼此联系紧密:无声的咒文是永远不说出口的,有声的部分则需要吟唱出来。由于任何单一的意义都可能被反复无常的环境所左右,因此每条咒文都得伴随第二个并行的意义,虽然它和第一个一样可能被曲解,但可用来支撑第一个意义,同时也会得到第一个意义的支撑。正如伟大的库尼乌里思想家欧塞拉塔所说,语言需要两只翅膀才能飞翔。

"所以说无声咒文是为了确定有声咒文的作用。"凯胡斯说,"就像用一个人的证词来验证另一个人的。"

"正是。"阿凯梅安答道,"发动咒文时,你必须同时思考并说出两件不同的事,而这是最艰难的挑战——甚至比记忆它们还难。这需要大量练习方能掌握。"

凯胡斯点点头,仿佛根本不在意。"这也是为什么类比法术学派一直无法偷走真知法术,单靠重复听到的声音是没用的。"

"我们和他们之间还有观念上的区别。然而没错,在所有巫术中,无声的部分总是最重要的。"

凯胡斯点点头。"有人对无声的咒文进行过进一步实验吗?"

阿凯梅安咽了口唾沫。"你指什么?"

恰在这时,两盏悬挂的灯笼同时摇了一下,把阿凯梅安的目光吸引了过去,然后它们又立即恢复了原样。

"有没有人设计过由两段无声咒文组成的咒术?"

"三段咒术"是真知法术中神话般的存在,自奇族训政时代起就在人类中流传,那是伟大的库诺巫王索-居罗特的传奇。但不知为何,阿凯梅安发觉自己不愿讲出那个故事。"没有,"他撒谎道,"那是不可能的。"

从那一刻开始,他们的课程染上了令人窒息的诡异气氛。阿凯梅

终卷 最后的进军

安深感不安,觉得自己无意间说出的最平凡的话也可能导致无法想象的后果。多年以前,他曾接受天命派指令,去刺杀一个住在康里亚的艾诺恩间谍嫌疑人。阿凯梅安不过是把一片卷着颠茄的橡树叶交给一个洗碗奴隶,这动作是那么简单、那么无害……

但三男一女因此而死。

一如既往,阿凯梅安只需对凯胡斯提及不同的话题,而且只需提及一次。经过几个晚上的课程,凯胡斯便掌握了那么多论述、诠释与细节,那可是阿凯梅安用好多年才理解消化的。他的问题总是直截了当地指向核心,其洞察无不活跃而精准得让阿凯梅安胆寒。圣战军先头部队来到捷罗萨时,他们也到了最后的关口前。

凯胡斯满脸感激与愉悦,他轻抚淡黄色胡须,甚至流露出些许与性格不符的激动,有那么一瞬间,他让阿凯梅安想起了埃因罗。他眼中映射着三点火光,火光来自悬挂在阿凯梅安身后的三盏灯笼。

"时机终于到了。"

阿凯梅安点点头,知道自己的恐惧显而易见。"我们从基础的隔绝咒开始,"他尴尬地说,"你可用它来保护自己。"

"不,"凯胡斯回答,"传声咒更重要,让我们从它开始。"

阿凯梅安皱了皱眉头,但他知道现在不是提议或反对的时候。他深吸一口气,开始吟诵"伊什拉-迪斯科西亚"中最初的几个音节,那是真知法术的传声咒中最古老、最简单的一种。然而不知为何,他唇间没发出声音。他在说话,但有什么……坚硬的东西扼住了喉咙。他摇摇头,笑了笑,困窘地四下看了看,然后又试了一次。

仍然什么都说不出来。

"我……"阿凯梅安百般困惑地望向凯胡斯,"我说不出话。"

凯胡斯仔细地看着他,先是看他的脸,然后目光汇聚到他们之间虚空中的某个点。"是谢斯瓦萨。"过了一会儿他说,"否则天命派怎么可能这么多年来一直守护着真知法术的秘密?即使在噩梦之中……"

一阵欣慰感毫无来由地自阿凯梅安身上奔涌而过。"是——一定是……"

他无助地望向凯胡斯。虽然心中充满矛盾,但他确实希望将真知法术献给他,然而这却变成了一项沉重且耻辱的工作。不知是什么缘故,所有秘密都喧闹着,争先恐后想要暴露在凯胡斯面前。他摇摇头,将脸埋进双手,仿佛看到辛奈摩斯尖叫着仰起头,拼命想避开逼近眼珠的刀尖。

"我必须同他说话。"凯胡斯说。

阿凯梅安张大了嘴,不敢相信自己的耳朵。"和谢斯瓦萨?!我不明白。"

凯胡斯伸手从腰带上拔出一把匕首:尤玛那人的匕首,柄上镶着一颗黑珍珠,刀刃狭长,就像阿凯梅安的父亲用来剔鱼骨的刀。刹那间,阿凯梅安感到一阵惊恐,像是凯胡斯打算剔掉他的骨头,将谢斯瓦萨从他的皮肤下面挖出来,正如医祭有时会从濒死的母亲体内取出仍然存活的婴儿那样。然而他只将刀柄在手掌中转了一下,稳稳地拿好,塞鲁卡拉钢铸成的刀刃在火光下闪烁。

"看那些光线的流转,"他说,"只看光。"

阿凯梅安耸耸肩,紧盯那把武器,发现自己被环绕剑刃轴心出现的那些鬼魂迷住了。他感觉自己像是透过舞动的水面注视一枚银币,然后……

接下来发生的一切无法描述。他脑中产生了不断延伸的景象,仿佛他的眼睛被拉扯着穿过广阔的空间,来到某个幻想出的角落。他还记得自己头朝后仰,全身骨骼虽然仍属于自己,但肌肉都被另一个人占据。他仿佛被某种力量束缚起来,那种力量比锁链乃至泥土的力量更深厚。他记得自己在说话,但完全无法回忆起说了什么,就像这段交谈的记忆被固定在视野最边缘,不管他如何转动脑袋都无法看清。它仅仅存在于意识的边界……

终卷　最后的进军

那是不为他自身认知的许可。

他问过凯胡斯发生了什么，但凯胡斯只闭上眼睛微微一笑，就让他闭了嘴。每当他提出自以为重要的问题时，凯胡斯总能这样毫不费力地让他知难而退。凯胡斯让他试着重复之前的句子，阿凯梅安怀着几分敬畏，发觉那些词从唇边喷涌而出——第一段有声咒文：

"*Iratisrineis lo ocoimenein loroi hapara*……"

接下来是与之相应的无声部分：

"*Li lijineriera cui ashiritein hejaroit*……"

阿凯梅安无比迷惑，为何他现在能这么轻易地重复这些声线呢？他的声音是那么单薄！他在寂静中努力集中精神，用不知是恐惧还是希冀的心情看着凯胡斯，空气似乎也变得黏稠了。

阿凯梅安当时用了七个月，才学会同时使用有声与无声的声弦表达内在与外在的意义，而且他还是从指示咒开始，逐渐校正语义建构，一步步深入的。但在凯胡斯身上……

寂静，如此彻底的寂静，他甚至能听到灯笼闪烁的喘息。

凯胡斯唇边浮现出一丝不属于这个世界的微笑，他点点头，直直地望进阿凯梅安的眼睛，重复道："*Iratisrineis lo ocoimenein loroi hapara*！"他的声音仿佛是雷霆的低沉轰鸣。

阿凯梅安第一次看到凯胡斯的眼睛闪亮起来，仿佛有炭火在其中燃烧。

恐惧的爪子将呼吸从他肺中一扫而空，将血液从他四肢抽离。如果他这样的蠢货都能用咒辞摧毁石头筑起的城墙，这个人会有怎样的力量？

凯胡斯的极限在哪里？

他记起在施吉克与艾斯梅娜的讨论，那是前往萨略特图书馆以前的事。如果先知用神的声音歌唱，那将意味着什么？意味着他像长牙上记述的那样成为了一名萨满，还是意味着他本人即是神？

"是的。"凯胡斯低声说着,又一次念动咒辞,来自万物核心的咒辞在灵魂深处回响。他的眼睛开始闪光,就像金色的火焰,大地与空气都在颤抖。

阿凯梅安终于意识到……

以我的知识根本无法领悟他。

终卷　最后的进军

第七章　约克萨

每个女人都知道，世上的男人分为两种：一种情真意切，另一种只会假装。亲爱的，要永远记得，前一种男人可以去爱，但只有后一种男人值得信任。因为蒙蔽双眼的是激情，而非算计。

——匿名信函

玩弄真相胜过理解真相。

——艾诺恩谚语

长牙纪4112年，早春，约克萨

他们在私人饭厅进餐，这里曾属于已故大公、唐荣宫的前主人。饭厅装饰符合奈育尔心目中的基安人风格，反而没有太多费恩教特色。门槛上精致的浮雕刻出模仿茅草垫的纹路，仅有的一扇窗正对入口，装有精美的铁制窗格，不用说它曾经也像城里其他窗子一样爬满蔓生的草藤。墙壁绘有各种几何图形，而非风景画、宗教画之流。

大厅中央比四周要矮三级台阶，那张不比奈育尔的膝盖高的餐桌宛若从地上长出来的一般。桌子用桃花心木雕成，从合适的角度看去如镜子一样闪亮。厅内仅有的光亮则来自一排蜡烛，人们仿佛坐在放满枕头的坑洞里，被阴暗的楼廊包围。

每个人都强忍着膝上的疼痛——这是在基安人的桌子上进餐时总会遇到的问题。奈育尔占据桌子一头，孔法斯坐在他右边，再往右是齐德鲁希骑兵的索帕斯将军、纳述雷特军团的阿雷曼特拉斯将军、塞尔莱军团的巴夏塔斯将军，最后是瑟帕罗兰人辅助部队的因雅纳斯将军。

奈育尔的左边是萨努尼斯男爵、提尔奈摩斯男爵，最后是"赫姆西瓦拉"的队长特洛雅蒂。奴隶们在周围的阴影中来回奔走，不时上前斟满酒碗或撤下空餐盘。两名全副武装的康里亚骑士看守着入口，银色面甲盖住了脸庞。

"索帕斯说有人看到你的私人阳台上有光，"孔法斯突然说，随意的语调像是在质问不老实的亲戚，"那是怎么回事？"他瞥了奈育尔一眼。"四天或五天前？"

"那个雨夜。"索帕斯将军几乎没把视线从眼前的餐盘上移开。他显然在隐藏情绪，不知是对大统领的迂回举止，还是对与劫持他们的塞尔文迪人共同进餐的事实。也许两者皆有吧，奈育尔猜想——或者还有更多隐情。

孔法斯盯着奈育尔，明显在期待答案。奈育尔和他对视一眼，嘴里也没闲着，从鸡腿上撕下一大块肉，然后又把注意力集中到盘子上。最近他对鸡肉产生了莫名的胃口。

他饮下不掺水的酒，借机打量大统领。孔法斯的左眼仍有瘀痕，他和手下将军们一样穿着正式军装：银线装饰的黑丝束腰长衫，套着绘有标志性的猎鹰及帝国太阳的胸甲。奈育尔心想，此人能把战袍从沙漠中带出，这已经说明了很多问题。

他一闭上眼睛，就看到血在墙上流淌。

奈育尔召集孔法斯及其属下众将，表面上是要讨论即将到来的运输船和随后部队集结登船事宜。到现在为止，他已两次向孔法斯提出此事，但这个魔鬼的回答只是敷衍了事。不过说到底，他也并不关心运输船。

"不自然的光。"孔法斯续道，他仍紧盯奈育尔，期待着回答。奈育尔拒绝回答的态度虽然明确，但没起到任何作用。乌特蒙部落的酋长明白，伊库雷·孔法斯这样的人是完全不会感到尴尬的。

然而恐惧就是另一回事了。

终卷　最后的进军

他又喝下一大口酒,发现孔法斯狡黠的眼神紧盯他的酒碗。大统领十分精明——也许是在审视他身上可能的弱点——同时也很警觉。和巫术有关的事总让他不安,这也在奈育尔预料之中。

这,他猜想,就是杜尼安僧侣的感觉吗?

"我想,"奈育尔说,"和你谈谈基育斯河之战。"

孔法斯假装吃饭,他用纳述尔贵族特有的怠懒姿态双手各拿一把餐叉,扒拉着每片食物,就像想挑出针来——考虑到现下环境,也许他确实在寻找有没有毒针。他抬头时双目半闭,但眼神中的得意是不会错的。事实上,也许该说自他来到这里……一直有些兴奋。

他在计划着什么。他认为我死定了。

大统领耸耸肩。"基育斯河之战怎么了?"

"我很好奇……如果森努瑞没有主动进攻,你怎么办?"

孔法斯笑了笑,仿佛早就预料到谈话走向。"森努瑞特别无选择。"他说,"这正是我计划的天才之处。"

"我不明白。"提尔奈摩斯边说边从嘴角吐鸭骨。

"大统领考虑了所有因素,"索帕斯解释,语调里带着亲历战事的士兵的自豪,"他考虑了季节和草原人对牧群的依赖,考虑了他们的荣誉感及激怒他们的方式,最重要的是他们的骄傲……"说到这里,他迅速瞥了孔法斯一眼,眼神中既有得意又有担忧。

到场的将军中,比亚希·索帕斯是奈育尔最难理解的。比亚希家族一贯是伊库雷家族的对头,但这个人每次张口都在拍孔法斯的马屁。

"在塞尔文迪人眼里,鸡奸是种禁忌。"因雅纳斯将军带着浓重的口音说,"是最不能忍受的亵渎……"说到"亵渎"二字时,他抬眼看向天花板,然后又得意扬扬地和奈育尔对视,"大统领让我们在平原上强暴了所有战俘。"

索帕斯脸色发白,巴夏塔斯朝这个好斗成性的诺斯莱蠢货皱起眉头,阿雷曼特拉斯干笑两声,举起酒碗,但不敢再看奈育尔。萨努尼斯和提尔奈摩斯则谨慎地扫视着指挥官。

"是的,"孔法斯玩着叉子,轻快地说。嗒,嗒,嚓,嚓。"的确是我下的令。"

很长一段时间鸦雀无声。奈育尔面无表情地注视着大统领不住咀嚼的嘴。

"战争……"孔法斯续道,就像其他人全都默然不语,等他开口启迪是极为正常的事。他先把嘴里的食物咽下去。"战争和本育卡棋一样,规则完全取决于双方的棋步,不多也不少。"

不等他说完,奈育尔接道:"战争就是斗智。"

孔法斯顿了顿,小心地把手中两把银叉放在桌上。

奈育尔也把盘子放到一旁。"你在想,我是从哪里听来这句话的。"

孔法斯的嘴唇停住了,他摇摇头,抬了抬下巴。"不对……我向马特姆斯解释战术那天……你就在那里,不是吗?你就在死人中间。"

"是的。"

孔法斯点点头,好像证实了由来已久的疑问。"我很好奇……那天在场的只有马特姆斯和我……"他意味深长地看着奈育尔,"没有护卫。"

"你在想,我为什么不杀你?"

大统领露出不自然的笑容。"我在想,你为什么不来试试杀我。"

一个年轻奴隶从暗处伸手取走奈育尔的盘子。装满骨头的黄金盘子。

"长草缠住了我的腿,"奈育尔说,"我被绑在了地上。"

在他脑海的某个地方,有扇门打开了,他清楚地看到每个人——包括那些他所谓的属下——的眼色。门打开了,恐惧走进他们当中。

是了。

只有孔法斯表现得毫不在意,活像他无法感觉到恐惧一样。

终卷　最后的进军

"当然,"他咧嘴笑道,"那片战场是我的。"

没人发笑。

奈育尔靠上椅背,盯着自己硕大的手掌。"都出去,"他下令,"我俩要单独谈话。"

一开始没人动弹——甚至没人呼吸。随后孔法斯清了清嗓子,皱了皱眉头,露出勇敢的神色。"去吧……照他说的做。"

索帕斯想反对。

"出去!"大统领吼道。

其他人出去之后,奈育尔的视线落在面前这个男人雕塑般的脸颊上。对方眼中映出了他的额头、鼻子……对方见证了他的一切。

奈育尔·厄·齐约萨……

孔法斯点点头,仿佛完全明白他的想法。"我本可能输掉基育斯河之战,"他说,"倘若你是部族之王。"

……草原上最强大的人。

"没错,"奈育尔说,"还不止如此。"

孔法斯就着酒碗偷笑,扬了扬眉毛:"外加输掉帝国?"

奈育尔的思绪有些飘忽。对方的声音没变,但他无法将眼前这个男孩与很久之前那个在清晨巡视基育斯河战场的帝国大统领联系起来。曾经的那个人是个征服者,笼罩在草原之上,无数死者念出他的名字:伟大的伊库雷·孔法斯。

现今这位"基育斯河的雄狮"坐在这里,他的脖子跟奈育尔折断过的其他脖子一样脆弱。

大统领推开餐盘,面朝奈育尔,神情既像是开玩笑,又像是在交流秘密。"住在仇敌心中是什么感觉,嗯?除了安那苏里博之外,你是我最鄙视的人……"他朝后靠去,友好地耸耸肩,"但我还是感觉在你面前很……安稳。"

"安稳。"奈育尔哼了一声,"你以为全世界都是你的陈列馆,你以为所有人都会谄媚你——即便我也会。你把看到的一切都当成镜子。"

大统领眨眨眼,突然狂笑起来。"你就不要装文雅了,塞尔文迪人。"

奈育尔用力把餐刀插进沉重的木桌,酒碗和菜盘都被震得跳了起来,孔法斯也一跃而起。"没错!"奈育尔咬牙切齿地叫道,"这才是真实的世界!"

孔法斯吞了口口水,努力维持脸上饶有兴趣的表情。"真实的世界是什么样的呢?"

野蛮人狞笑道:"每时每刻,都是它决定你,而非相反。"

伊库雷·孔法斯舔舔嘴唇,原本优美的唇形被紧咬的牙齿破坏了。在这张俊美的脸上,为什么连愤怒都显得如此温和?"我向你保证,"他用平静的语调说,"我从不害怕——"

奈育尔抡起拳头打在他脸侧,打得他猛地朝后倒下。"你总觉得自己吃的盐比别人走的路多!"奈育尔一跃而起,蹲在桌上,餐盘和酒碗都在打转。孔法斯瞪大的眼睛像两枚银币,他跌跌撞撞地在垫子中间朝后退。"你总觉得自己知道每件事的后果!"

孔法斯扭过头,绝望地想逃出去。"索帕——索帕——!"奈育尔跃过桌子,重重地打上他后脑,大统领应声倒下。奈育尔解开腰带,套在面前这个抽泣不止的男人脖子上,提起他来,令他跪在地上。

然后他把孔法斯拖到齐胸高的桌边,将孔法斯的脸朝桌上映出的倒影砸去——一次,两次……

他抬头看见奴隶们畏缩地躲在阴影中,高举双手,其中一个正在流泪。

"我是恶魔,"他喊道,"恶魔!"

然后他又低头,看着自己身下趴在桌上不停颤抖的孔法斯。

有些事需要按字面意义去解释。

终卷　最后的进军

———⚬⚬⚬———

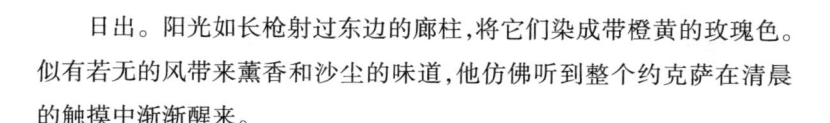

日出。阳光如长枪射过东边的廊柱，将它们染成带橙黄的玫瑰色。似有若无的风带来薰香和沙尘的味道，他仿佛听到整个约克萨在清晨的触摸中渐渐醒来。

奈育尔将酒碗从被子上扫下，那碗叮当作响滚过瓷砖地面，最后停在毯子上，没了声息。他在从床上坐起身，按了按鼻梁，然后朝西墙边的青铜脸盆走去，边看墙上的几何形状——一连串交错的椭圆——边冲洗大腿上的血迹与污物。那之后，他赤身裸体走上阳台，沐浴在阳光下。

约克萨铺展在栏杆后，仿佛水面上散开的油珠，在清晨的阳光中无比肃静，唯有沙鸽在屋檐下咕咕叫。东边，闪着金银光华的大海上出现了一排黑点，一支船队在港外下了锚。纳述尔人的船。

那么，今天必须动手了。

他没让贴身奴隶服侍，自己穿了衣服，不过还是让一个奴隶去传特洛雅蒂。队长在前往兵营食堂的路上截住了他。

"派人坐船过去，"奈育尔道，"仔细搜查每艘运输船之前，不得放下港口的锁链。我还要你亲自去集合孔法斯和他的将军们，带到港口，也就是大码头，同时把你能带的人都带上。"

沉默寡言的康里亚人一边尽职尽责地听着草原人盼咐，一边挠动右手小臂上的斯瓦宗。他用力点点头，下巴上的胡子扫过胸口。

"特洛雅蒂，不管发生什么，一定要看紧伊库雷。"

"您在担心什么吗？"队长问。

一时间，奈育尔不禁思考，特洛雅蒂是不是和他成了朋友。自从在施吉克跟随他以来，特洛雅蒂等人就开始自称"赫姆西瓦拉"，意为"塞尔文迪人的士兵"。他把草原人的生活方式教给他们——当时这些东西在他心目中还很重要——他们则出于年轻人奇妙的崇拜感，完全按他所教的方式行事,甚至在普罗雅斯将他们重新整编进其他部队之后也没变。

"这支舰队……来得太快。我想,他们有可能在孔法斯被驱逐之前就从帝国出发了。"

特洛雅蒂皱皱眉。"你觉得运输船不是来带走孔法斯,而是来增援他的?"

"想想基育斯河……这场圣战,皇帝只派出为数不多的军队随孔法斯而来。为什么?为了防备我的同胞吗?他们已被毁灭了。不,他保留实力另有原因。"

队长点点头,眼里露出恍然大悟的神情。

"看紧孔法斯,特洛雅蒂。需要的话,流多少血都可以。"

差人传话给萨努尼斯和提尔奈摩斯之后,奈育尔和一群赫姆西瓦拉骑马前往所谓的大码头。其实那只是一条石头和沙砾铺成的堤道,一直伸进海中,沿堤道搭起的木制码头就像依城墙搭建的木屋。奈育尔大步向堤道尽头走去,牡蛎壳在凉鞋下粉碎,他的士兵呈扇形散开,拦开周围的安那斯潘尼亚民众。这些人大多是渔民,他们把船停在大码头,而奈育尔让人清空了这里,晾晒的渔网被收走,简陋的小屋被推倒了。

空气中充满湿气和烂鱼味,他抬起一只手来遮阳,看到几条小船正朝港口入口划去,离纳述尔人的大帆船越来越近。它们看上去就像肚皮朝天的甲虫,肢体都伸进了水中。红脖子的海鸥在头顶飞过,尖叫声又近又刺耳。提尔奈摩斯管它们叫什么来着?对了,割喉鸟……

越来越多的小船驶向舰队。

全副武装的萨努尼斯率先赶到,和他同行的有一个叫斯凯沃拉的森耶里酋长,三天前刚与三百多名同乡一起乘船赶到——尤玛那美酒和渡海引发的腹泻耽误了这些人的行程——这些人全是长牙之民,酋长本人是个大块头,留着金黄的辫子,带有森耶里人典型的凶悍。奈育

终卷 最后的进军

尔一句谢伊克语都不会讲,只能凭借和萨努尼斯一样一知半解的泰丹语,勉强跟森耶里人交流。身为刚刚皈依因里教的海盗,斯凯沃拉对纳述尔人及其舰队一直怀恨在心,同意协助他们行动。

交流期间,特洛雅蒂派来的信使赶到了。信使说,因雅纳斯、巴夏塔斯和阿雷曼特拉斯这几位将军正被带往港口,却找不到孔法斯和索帕斯。有人声称由于孔法斯昨晚被痛打了一顿,索帕斯把他带到城中去找医师了。

奈育尔和萨努尼斯对视一眼,后者脸色铁青。"封闭城门,"他说,"把守城墙……要是发生什么意外,城市由你负责——这是战士先知的吩咐。"

男爵被他的视线逼退了一步,然后点点头表示认可。他和斯凯沃拉退下后,奈育尔转身面对阳光。第一批小船回来了,它们在港口入口的塔楼间排好队,等待港内放下挡在水中的锁链。太阳已经升起,足以看清运输船赤红的风帆捆在漆黑的桅杆上。

提尔奈摩斯领着随从姗姗来迟,特洛雅蒂的人也将纳述尔军官们带上堤道。男爵身上散发出烈酒和烤猪肉的味道,奈育尔让他把手下士兵都集结到码头。"如果一切顺利,"他说,"我要你监督纳述尔人登船。"

"一切顺利吗?"男爵没有掩饰自己的恐惧。所有人都嗅出了危险的气息。

奈育尔转过脸去背对他,朝正把俘虏带到堤道尽头的赫姆西瓦拉们挥手。俘虏们的手臂都被绑在背后,说明他们曾试图反抗。

他看了一眼匆匆驱赶而至的纳述尔将军们。"你们最好祈祷运输船是空的……"

"狗!"年老的巴夏塔斯啐了一口,"你懂什么叫祈祷吗?"

"比你们的大统领更懂。"

一阵沉默。

"我们知道你做了什么。"阿雷曼特拉斯的声音带着一丝谨慎。

奈育尔皱着眉头,朝阿雷曼特拉斯将军走去,直到身形完全将对方笼罩。"我做了什么?"他问话的声音有些奇怪,"我醒来时桌上有血……还有屎。"

阿雷曼特拉斯在他的身影前畏缩了。他张嘴想回答,但又努力抿住颤抖的双唇。

"该死的畜牲!"右边的巴夏塔斯大喊,"塞尔文迪猪猡!"但除了怒火之外,他眼中也有恐惧。

割喉鸟在头顶飞来飞去地尖叫。

"他在哪儿?"奈育尔质问,"伊库雷在哪儿?"

三个人都没说话,只有巴夏塔斯敢迎上他的目光。有那么一刻,他好像要朝奈育尔脸上啐一口,但显然在权衡一番后放弃了。

奈育尔看着小船逐渐靠近,又低头俯视港外的黑色海水,它们拍打着柱子。黑水中露出一条树枝,枝杈将将伸过海面,仿佛被泡沫环绕的一截手指。

船员们的喊声从水面上传来:运输船是空的。

午后,所有大帆船和担任护卫的划桨船都停进了港口,但奈育尔仍紧闭城门,没抓到孔法斯之前,他不愿放松戒备。他让提尔奈摩斯带领手下跟特洛雅蒂一起到城中搜索。

纳述尔海军上将名为塔雷帕斯,他解释说今年三海的季风分外强烈,航行比预料中顺畅,但他担心返程会遇到麻烦——至少他这么声称。他个子很小,一副精力旺盛的样子,从不停游移的眼神可以看出,他对周围环境的兴趣远超对奈育尔的兴趣。看来一切仍在掌握。

不久后,大营里的军团士兵开始暴动了。他们听说舰队提早到来,

终卷　最后的进军

而军官们直到正午还未现身说明情况,便集结起来抗议。横穿城市的途中,奈育尔多次听到喧闹:刺耳的叫喊,如雷的欢呼。这些人本就思乡心切,再加上长达三周的拘禁,这种情景也不难预料。

但紧接着,大统领失踪的消息传了出去。

奈育尔带着萨努尼斯和斯凯沃拉,登上俯瞰营地的城墙。刚爬到高处,喧嚣便扑面而来,仿佛从僻静的岩洞骤然落入战场中心。横七竖八的陋屋和帐篷自城墙脚下延伸开去,盖住了被不计其数的脚踏平的空地。裸露的泥土中被踩出一条道路,直通欧拉斯河畔荒弃的田野,那条蓝黑相间的路消失在远方的树丛中。营地西翼聚起了大批士兵,数千人身穿肮脏的红色束腰外衣,朝百步开外一座被夷平的果园中列阵的康里亚骑士挥舞拳头。除开头盔和面罩,那些骑士看上去和基安骑兵没什么区别。

萨努尼斯严肃地观察局势。"要镇压吗?"他提议。

"你的人反而会被吞掉,这只是白白送给他们武器。"

"那就不管他们?"

奈育尔耸耸肩。"他们可没有攻城塔……围住就好,别让他们接触军官,群龙无首的他们只是暴民而不是军队。但如果他们开始列阵——如果他们恢复了纪律——马上叫我过来。"

男爵点点头,勉强露出钦佩的神情。

特洛雅蒂传来消息,他的士兵在几被荒弃的基安城区拥挤的墓地内发现了一条通道。奈育尔火速赶到现场,发现没穿上衣、双手叉腰的特洛雅蒂站在一座半掩埋的墓穴前,一切不言而喻。

孔法斯跑了。

"出口在城外几百码的地方,"康里亚人脸色严峻地解释,"挖这条隧道一定很不容易……不容易。"他那张苦脸仿佛在说,至少我努力挖了土。

奈育尔打量了他一阵,这些因里教徒按塞尔文迪人的风俗给自己刻下伤疤,这事让他觉得很荒谬,但也不否认这更衬出了他的男子气概。他扫视墓地,看着那些东倒西歪的墓碑、下陷的焚化房和围墙上的壁画——全是纳述尔人或塞内安人的作品。基安人可能是出于惧怕才没将这里毁掉,但他没有这些迷信。周围的街道传来呼喊,赫姆西瓦拉们在彼此召唤。

"停止搜索。"奈育尔说。他朝墓穴入口点点头。"堵住它,封闭隧道。"

他转身看向海港,却被一座火砖砌的房屋阻挡了视线。孔法斯一手导演了这一切……奈育尔和杜尼安僧侣一起待得太久,对阴谋的味道再熟悉不过。

但基育斯河之战绝不会重演。

有什么……一定有什么……

奈育尔没再吩咐特洛雅蒂,径自飞奔向左近的唐荣宫。他大步穿过华丽的厅堂,高喊着那名赤塔学士的名字——绍纳米。那个初级学士跌跌撞撞跑出房间,眼窝下陷,一副没睡醒的样子。

"你会什么咒术?"他厉声问。

死气沉沉的蠢货震惊地眨着眼。"我——我——"

"你能从远处点着木头吗?比如船?"

"能——"

一支康里亚人的号角突然在看不到的远方吹响——这是萨努尼斯呼唤他的信号。城墙上一定发生了什么紧急情况。

"你去港口!"奈育尔边吼边迈步飞奔。绕过大理石栏杆时,他最后看了绍纳米一眼,只见学士目瞪口呆地紧抓着丝绸睡衣的前襟。

他催马疾驰,一路奔向巨齿之门,号角声是从那里传来的,又响了三次,如同金铁交鸣的悲泣。他用肩膀在巨齿之门内侧拥挤的骑士群中顶出一条路,几个站在望楼上的人一边大喊,一边朝他挥手。

"快!"萨努尼斯男爵不待他跑上最后几级台阶,便喊道,"到这

终卷 最后的进军

儿来!"

奈育尔从雕花的城垛之间俯身望去,看到军团士兵们抛弃了营地,正朝北移动。远处有些士兵挤作一团,跳过灌溉用的水渠,穿过林地……

"看那边!"萨努尼斯说。他一只手紧抓胡须,另一只手朝欧拉斯河最宽阔的弯道指去。

在黑色的沙柳树枝间,奈育尔看到一队装甲骑兵正以松散阵形奔来,他们高举绯红色旗帜,旗上帝国的黑日被一只马头一分为二……是齐德鲁希骑兵。

"还有那边。"萨努尼斯这次指的是一片绿草杂驳分布的山陵。虽然那些人仍在昏暗的峡谷中行军,但奈育尔可以清楚地看到,那是整齐的步兵。

"你毁了我们。"萨努尼斯说。他的语调很怪,其中没有责怪,但有些更糟糕的东西。

奈育尔转过脸去看萨努尼斯,突然意识到自己的处境。帝国的运输船一定在城北某个中立港口靠了岸,谁也不知道船上装了几千几万人,但无疑是一支阵容齐整的军队;他也知道,孔法斯不会让他们中任何一个活着逃出去。

"你早该杀了他。"萨努尼斯说,"你来这里就是为了刺杀孔法斯。"

哭泣者!该死的哭泣者!

奈育尔皱起眉头。"我不是刺客。"他说。

男爵的眼神蓦地变得柔和了,有什么熟悉的东西……从他眼中闪过。

"的确,"那人说,"我看你也不是。"

哭泣者!

仿佛感受到预兆一样,奈育尔转身紧盯普尔街,广阔的大道从巨齿之门一路通往港口。越过层层叠叠的屋顶,他能看到最远处的运输船黑色的船板，稍近的几艘船反而只显现出了桅杆。

城墙的射孔突然映出一道闪光。奈育尔眨了眨眼，雷鸣般的轰响随即传来。胸墙上所有站着的人都震惊地转身看去。

越来越多的光线在周围建筑的间隙间闪动。萨努尼斯用康里亚语咒骂了一句。

学士。孔法斯把学士藏在了船上。皇家萨伊克。奈育尔飞速思考，他看看峡谷中的部队，又看看垂落的夕阳。隆隆的爆炸声持续传来。"丘莱尔弓手，"他问男爵，"你有多少？四个？"

"德雷迪兄弟和另外两人。不过他们可能已经死了……皇帝萨伊克！瑟金斯啊！"

奈育尔伸出双手抓住他的肩膀。"这是叛乱，"他说，"你知道，伊库雷会杀死所有能证明他叛变行为的人。"

萨努尼斯点点头，仍然面无表情。

奈育尔放开手，"你让戴饰物的士兵们躲进港口附近的建筑，告诉他们只需杀死一个巫师——一个就行——便足以把萨伊克牵制在港口。没有步兵开路，他们肯定不愿上前线，巫师们很爱惜自己的皮囊。"

萨努尼斯听罢眼睛一亮。奈育尔心知孔法斯多半会命学士留在港口里的船上，他们唯一的使命是确保约克萨城中无人逃脱，大统领不会蠢到用他最强大但也最脆弱的武器去冒险。不，孔法斯原本就打算从巨齿之门进城，但让萨努尼斯及其手下以为是他们逼迫孔法斯这样做的没什么不好。

一道明亮的闪光将他们的注意力吸引到了港口方向，提尔奈摩斯领着剩下的那些随从，正朝城中逃窜。

"天黑时！"奈育尔的喊声盖过了爆炸声，"天黑时，纳述尔人才会组织进攻巨齿之门！除斥候外，所有人离开城墙，我们撤进城内！"

萨努尼斯皱起眉头。

"只要我们跟他们混在一起，萨伊克就什么都做不了。"奈育尔解

终卷　最后的进军

释,"那样我们才能指望……"

"指望?"

"指望让他付出代价!这里有这么多长牙之民!"

男爵突然咬紧牙关——奈育尔看到了,这正是他需要击打出的火花。他看着胸墙边几十张焦灼的面孔,那些人也紧盯着他。其他人,大多是森耶里人,在巨齿之门内卵石铺成的大道上看着这一幕。他又望向港口,落日下的烟幕夹杂着橙色与黑色。

他大步走向城墙内侧,双臂大张。"听我说,我不会对你们撒谎!纳述尔人这次不会收留俘虏,他们不能容忍真相泄露!我们今晚都要死在这里!"

他让这些话在黑暗中回响。

"我对你们口中的来生一无所知,我对你们的神灵或诸神所贪求的荣耀一无所知,但我知道,在今后的岁月里,会有寡妇在哭泣时诅咒我!会有田野无人播种!会有儿女被卖作奴隶,会有老人孤寂而死,心知血脉将就此终结!今晚,纳述尔帝国将留下我的印记,千万人会哭求我饶恕!"

火花变成烈焰。

"塞尔文迪人!"众人齐声咆哮,"塞尔文迪人!"

巨齿之门下的露天广场在圣战军到来前是个市场,从普尔街入口一直延伸到望楼下,大概二十多步。普尔街口北端有栋塞内安时代的古塔,塔下满是被遗弃的商铺和小店。奈育尔躲在街口南端一间小屋中,朝外望去,可见塔内阴影中有武器闪动。西边一扇小窗让他看到遍布砂石和灰尘的广场,随着月亮渐渐升高,堡楼和内墙渐渐化作了坚硬的黑石。

乌有王子 * 千回之念

在他身后，特洛雅蒂正低声跟赫姆西瓦拉们说话，将不久前奈育尔告诉他、萨努尼斯、提尔奈摩斯和斯凯沃拉的，关于纳述尔人盔甲和战术上的薄弱环节详细讲解给士兵们听。纳述尔军官的叫喊声自清冷的夜空中传来，孔法斯作好了最后准备。

正如奈育尔预料的，萨伊克拒绝下船，他们占据港口，但不会有更多作为。奈育尔一边派斥候监视缓缓压上的帝国军——到目前为止，法拉塔斯军团、霍瑞尔军团，还有著名的摩萨斯军团都已集结完毕——一边派人手前往巨齿之门周围的建筑，尽可能带上大锤和长柄斧。他们花了几小时时间，打破了几百道围墙，成功地将西边的大片城区化为迷宫。然后，他们摸索着在黑暗中各就各位，开始等待。

奈育尔知道，杜尼安僧侣绝不会这样做。

凯胡斯要么会找出某种办法——一条精心设计或暗中隐藏的路径以掌握环境，要么就会逃跑。在卡拉斯坎他不就是这样做的吗？他不是走出了一条奇迹之路吗？他不仅联合了圣战军内部争斗不休的阵营，还赋予了他们与外部斗争的意义。

但这里没有别的路——至少奈育尔看不到。

那为什么不逃跑？为什么要跟这些注定毁灭的人并肩战斗？为了荣誉吗？世上本不存在那种东西；为了友情吗？他本是他们所有人的敌人。当然，他和他们之间有休战协议，因利益巧合而彼此联手，但也仅此而已，没有别的意义。

这是凯胡斯教给他的。

意识到这点，他不禁大笑起来。刹那间，整个世界仿佛都在摇晃，力量在他身上涌动，仿佛有什么东西要从体内蹦出，要指挥他的手臂将约克萨城连根拔起，丢到地平线尽头。没有任何理性能约束他。没有。犹豫也好，本能也好，习俗也好，算计也好，仇恨也好……他是超越原因与结果的存在，他站在无人踏足的大地上。

"士兵们在猜，"特洛雅蒂小心翼翼地说，"您是觉得什么事这么有

终卷 最后的进军

趣,大人?"

奈育尔咧嘴一笑,"我觉得有趣的,是我曾经在乎自己的性命。"

说出这句话时,他听到了声音,某种非自然的低语,就像成群的昆虫在四周嗡嗡作响。咒词在这些声音中盘旋,犹如火焰透过烟雾怒视着他们,所有听到这些声音的灵魂都被扭曲了,存在的意义也被扭曲⋯⋯

光辉。白炽的火焰漫过胸墙。突然间,望楼化作一面巨盾,遮挡着夺目的光芒。一个浑身着火的斥候从楼上摔了下来。

他们来了。

一道道明亮的光线勾勒出包铁大门的门闩,接着有道金光从中央扫过,只一眨眼,两扇门板就分开了,露出里面的铁闸门。钢铁厉声尖叫,石头碎裂开来,又一声嘹亮号角般的爆炸后,光线自地下刺出,闸门则像被风吹起一般,砸向街口塞内安时代的古塔。一波烟尘翻滚着涌出,沿街道闯过一栋栋建筑。

奈育尔的眼睛被晃花了,须臾后,一切才归于黑暗。他手下的武士们边咳嗽边拍打周遭空气,同时,他们也听到了咆哮⋯⋯数千名士兵的咆哮。

奈育尔示意所有人退回黑暗中去。

雷鸣般的咆哮持续了格外长的时间,一点没减弱,反而越来越响,越来越响⋯⋯一排又一排军团士兵,他们伸出的长枪和紧紧挤在一起的方盾渐渐从入口的黑影中浮现。然后他们尖叫着开始奔跑,用盾墙护住侧翼,劈碎大门,冲向普尔街。奈育尔知道,这是他们受过的训练:朝敌人的侧翼发动最猛烈的攻击,将敌人分割开。"最聪明的长矛,"他们的军官高喊,"总能找到敌人的后背!"

接下来几个心跳的时间里发生的事颇有些荒诞。一批又一批纳述尔人犹如闪耀的阴影,冲过早已荒弃的摊位,好几百人冲下普尔街,头盔映着月光,灰白的甲胄在黑暗中舞蹈。然后号角声——第一声号角——突然响起,奈育尔看到街道对面披散头发的森耶里人从塔楼二层的窗户一跃而下,发出令人胆寒的战吼。

钢铁交鸣,盾牌碰撞,汇聚成刺耳的喧哗。

纳述尔人用几乎整齐划一的动作停下,转了个方向。有些人甚至跳了跳,好看清挥来的斧子。几个比较聪明的人开始警惕地望向周围那些黑洞洞的门窗。

第二声号角此时响起,奈育尔应声跃起,喊出父亲的战吼。他带领手下从后方杀进不知所措的步兵队伍,第一拳便打碎了某人的颌骨,第二下又折断了某个想调转长矛的士兵的手臂。不过短短几秒钟,已有数百敌人倒下,南边的康里亚人瞬间与北边的森耶里人会师了。

零落的欢呼声响了起来,奈育尔用怒吼打断他们:"离开街道!离开街道!"

邪恶的低语声再次响起。

接下来的战斗与奈育尔经历过的完全不同。漆黑的夜晚被巫术照亮,每个人都在捕猎没有防备的敌人,同时又被敌人袭击。在迷宫般的城区里,猎人与猎物的身份不停交换,大街上则是短兵相接、矛剑交错、刀刀见血。在黑暗中,他总是命悬一线,一次次凭借力量和疯狂的战斗本能拯救自己;但在亮光下——无论是月光还是附近建筑燃烧的光——纳述尔人都会从他面前退走,只以矛柄反击。

很明显,孔法斯想抓他。

奈育尔的手臂已不足以记录今晚赢得的斯瓦宗了。

他最后一次看到斯凯沃拉时,那位酋长及其手下头发散乱的斧手刚刚砍翻一队纳述尔步兵,转身又面对齐德鲁希骑兵的冲锋。萨努尼斯死在他怀中,在黑暗中咳出血沫。特洛雅蒂及许多赫姆西瓦拉倒在巫术召唤出的焦油之雨中,唯独奈育尔毫发无损。至于提尔奈摩斯和绍纳米的下落,他永远没法知道了。

他身边只剩几个陌生的手下——三个戴面具的诺斯莱人,看上去

终卷　最后的进军

像无生命的雕塑；六个森耶里人，其中一个的亚麻色发辫下挂着几颗萎缩的斯兰克头颅。他们从燃烧的磨坊前被逼退，直被逼下费恩教徒的寺庙宽阔的台阶。他们不断斩杀冲来的帝国士兵，最后站着的唯有奈育尔和一个不知名的森耶里人。他俩肩并肩，剧烈地喘息，尸体在脚下的台阶上四散铺开，仿佛是混杂的肢体编成的围裙；而濒死的伤员翻滚挣扎着，如同倒伏的醉汉。整个世界都被血抹滑了，可面前还有一排又一排整齐的军队，军官在其中呼喊指挥。燃烧的磨坊照亮了再次发起冲锋的纳述尔人，奈育尔身边那个森耶里人哈哈大笑，咆哮着以巨大的战斧挥出圆弧，但一柄长矛最终刺中了他的脖子，他脚下一跌，倒进舞动的剑丛之中。

　　奈育尔发出一阵狂吼，朝他冲来的敌人都倒举着长矛，用矛杆和钝柄戳他，脸上混杂着坚定与惊恐的神情。奈育尔跃到他们当中，布满疤痕的手臂起起落落。"恶魔！"他吼道，"我是恶魔！"

　　一只只手朝他的胳膊伸来，他拧碎了一双双手腕，捣烂了一张张面孔。一具具身体挂在他身上，他折断了一条条脖颈，打碎了一根根脊骨。他将沸腾的鲜血甩上天空，将跃动的心脏钉在地面，整个世界仿佛变成一张腐烂的皮革，而他是唯一的钢铁。唯一的钢铁。

　　他是草原人。他是战争之民。

　　纳述尔人毫无预兆地退缩了，他转向哪个方向，那里的士兵就缩到了盾牌后面，用震惊的眼神畏畏缩缩地看他。全世界仿佛都在燃烧。

　　"一千年来，"他的声音像砂石磨动，"我都在强奸你们的妻子！扼死你们的婴儿！打倒你们的父亲！"他挥舞着残破的长剑，道道血水顺手肘流下。"一千年来，我都在狩猎你们！"

　　他扔开破剑，从地上踢起一杆长矛抓在手中，然后把它朝最近的士兵掷去。长矛穿透士兵的盾牌，穿过胸甲，从后背刺出。

　　奈育尔放声大笑。火焰的咆哮和他的笑声混杂，变得更加妖异而恐怖。

哭喊中,有人甚至丢下了武器。

"给我抓住他!"一个声音尖厉地响起,"你们是纳述尔人!纳述尔人!"

一个熟悉的声音。

这个声音让周围的人集结起力量,终于有了共同的意识。

奈育尔微微点头,露出微笑……

他们仿佛变成了同一个人,手肘和紧握的拳头汇聚成吞噬一切的巨浪。他奋力挥手扭打,却仍被他们按倒在地,所有东西都仿佛隔着一层水雾,变得模糊不清。他们就像一群欢呼雀跃的猿猴,一边跳舞,一边殴打他……

事后,他们退开去,为不可一世的大统领让路。烟柱扶摇直上,映衬着那张俊美的脸,遮蔽了群星。大统领的眼神一如既往,却露出一丝紧张——不,极为紧张。"没什么不同,"他破裂的嘴唇啐了一口,"到头来和森努瑞特也没什么不同。"

黑暗盘旋降临时,奈育尔终于想明白了:杜尼安僧侣派他来不是为了刺杀孔法斯……

而是借孔法斯之手消灭他。

终卷　最后的进军

第八章 谢拉什

> 希望无非是懊悔的预兆,这是历史教给我们的第一堂课。
> ——卡西达斯,《塞内安帝国编年史》

> 仅仅回忆起末世之劫,便等于唤回那场大劫难。正因如此,《长诗》固然华美,却又骇人听闻。虽然写作它的诗人们不会承认,但他们写作时心中并无恐惧,也无悲痛,而是在庆祝。
> ——杜萨斯·阿凯梅安,《第一次圣战简史》

长牙纪4112年,早春,谢拉什

应战士先知的命令,圣战军各部向捷罗萨聚拢。沿英雄大道前进的索特尔总督及其基什雅提人率先看到城市黑幕般的城墙。那位骄横的艾诺恩领主径直骑马来到长牙之民后来称为"双拳之门"的城门下,要求与帕夏谈判。谢拉什人告诉他,他们之所以关闭城门,只是担心部队会对居民施暴。

索特尔总督付之一笑,他没多说,把部队略为后撤,驻扎在城市周围开垦过的田野里,在一片饱经踩踏的甘蔗地中搭建第一座围城营地。

第二天一早,战士先知也在普罗雅斯和高提安的陪同下赶到。日暮时分,捷罗萨人派来使团,但与其说是来谈判,不如说是为亲眼见识击败帕迪拉贾的伪先知。他们并没有太多地讨价还价,谢拉什的帕夏——乌特嘉兰吉几天前就已带着所有幸存的基安人撤离了。几小时后,使节们回到双拳之门,他们深信除了无条件投降,别无选择。

经历长途强行军后,戈泰克和泰丹人的主力部队也于夜间抵达。

但次日清晨,他们却发现捷罗萨使团一行的尸体悬挂在城门的垛口上,掏出的内脏一直垂到墙根。据城中逃出来的人讲,昨晚发生兵变,发动者是祭司和忠于基安主人的军官。

于是,长牙之民准备攻城。

战士先知骑马来到双拳之门下要求对方作出解释,迎接他的是一位自称赫巴拉塔队长的老兵。他以老人特有的尖酸咒骂战士先知,称其为伪先知,并用独一神的惩戒发出威胁,好像那跟掏出一枚钱币一样简单。然后,作为长篇大论的结尾,有人用强弩射来一支箭矢……

箭矢即将命中脖颈的刹那,战士先知将它抓在手中。在所有人惊奇的注视下,他高举箭矢。"你听着,赫巴拉塔!"他喊道,"我从今天开始计算!"这神秘的宣言甚至让因里教徒感到困惑。

在此期间,柯伊苏斯·阿斯贾亚里带领他久经战阵的加恩里骑士继续东进,在一座名为奈贝斯拉的市镇以南遭遇了第一支基安巡逻队。经过激烈的肉搏战,被击溃的基安人朝查吉多逃去,而通过审讯俘虏,伯爵了解到法纳亚本人正在希摩,但没人知道他是否会久驻。基安人声称,他们是被派来探查因里教徒心目中那些"圣地"的。据一位俘虏说,帕迪拉贾希望占据并毁坏这些地方"会引诱伪先知做出蠢事"。

这引起了虔诚的年轻伯爵的警惕。当晚,伯爵和他的队长们开会,并在会上决定,若需作出强力回应,执行人非柯伊苏斯·阿斯贾亚里莫属。凭借古代纳述尔地图的副本,他们计划出一条从一个圣地到另一个圣地的行军路线。众人跪下吟诵完真神之殿的祷词后,来到篝火旁与披挂整齐的士兵们会合,在黑夜中骑上来自尤玛那和蒙格里亚的战马,发出震天呼号,然后一言不发地冲向月光下的丘陵。

被后世称为"阿斯贾亚里的朝圣之旅"的进军就这样开始了。

他们的第一站是拜特穆拉山脉脚下的查吉多。自进入谢拉什以来,长牙之民经常听人谈起这座古代要塞,为此战士先知要求阿斯贾亚里提供报告。阿斯贾亚里将该地的草图与防御评估交信使送呈战士先

终卷 最后的进军

知,然后穿过丘陵发起突袭,两度粉碎打着辛加捷霍旗帜的基安部队,但他们发现山顶村和穆瑟拉的神龛——后先知就是在这里让赫罗门复明的——业已化作冒烟废墟。

他们发誓报复。

与此同时,圣战军各部几乎已齐聚捷罗萨城下,顺利会师。谢拉什人从未开城出战,这暴露出他们力量薄弱。在全体贵族的议事会上,胡尔瓦嘉和戈泰克要求立即攻城,但战士先知斥责了他们,声称他们急于进攻并非出于自信,而是眼红离目的地只有一步之遥。"当希望熊熊燃烧时,"他说,"耐心也会迅速消耗。"

只需等待,他解释道,这座城市很快会自行陷落。

音乐。这是艾斯梅娜开始阅读《长诗》那天听到的第一种声音。

她的意识在半睡半醒的边缘徘徊了一瞬,犹如思想的晨光,分不清自我和时空,却有着令人痛苦的警觉。然后她听到了音乐,这令她在蒙眬间露出似曾相识的微笑。手指敲打出的鼓点、琴弦时断时续的颤动如此大胆,如此激烈:她知道这是基安人的音乐,正在乌别里卡层层叠叠的房间中的某处奏响。

"好!好!"随着表演的继续,间或有低沉的喝彩声传来。她仔细聆听,期待在音乐的掩盖下、在周围营地的嘈杂中辨别出他的声音。在她看来,他的每句话仿佛都会填进其他声音的间隙。但歌声渐渐低了下去,仿佛被笑声与掌声盖过了。

这是他们在倔强的捷罗萨城下扎营的第四个早上。晨吐之后,她挣扎着起来吃早饭,同时让贴身女奴伺候打扮。耶尔和布露兰眼神飘浮,法娜席拉用还不纯熟但已日益进步的谢伊克语给她解释了早上响起的音乐。据说三个被抓来做搬运工的谢拉什奴隶向加亚玛克里求恳,希望得到机会展示才艺。女孩还说,更重要的是其中一个奴隶非常英俊,甚至连那个康里亚王子(她叫他作"普约斯")都比不上。听到这话,耶尔大声笑了起来。

短暂沉默之后,法娜席拉脸红了。"奴隶可以嫁给奴隶,不是吗,女主人?"

艾斯梅娜露出微笑,喉间突然涌上一股污物,她只好点点头。

之后,她去看望莫恩古斯时,又一次经受了欧普萨拉的审视。和往常一样,她惊叹于莫恩古斯每个早晨的成长,但从不敢过久注视他绿松石般的双眼。那双眼睛的颜色始终如一,每每令她想起西维尔,不禁责怪起自己没有多多怀念那个女孩,跟着又想到了自己子宫中燃烧的火花。

从赫尔萨队长那里了解到围城的最新细节后,她和韦尔乔一起参加汇报会。一切都像例行公事,从种种事件的汇报到行军途中维持情报网络遇到的困难。时至今日,他们都学会了伫立在旁等候轮番发言,不过每天都会有些人消失,也会有些人再次出现。除谢拉什乐师之外,唯一吸引她注意的是关于乌兰扬卡及其摩瑟罗苏扈从的报告。尽管他已公开为萨博沙的屠杀事件表示悔悟,但私下仍对战士先知多有怨言。乌兰扬卡是个丑恶又歹毒的蠢货,艾斯梅娜不止一次建议将他扣押起来,但凯胡斯坚称这位艾诺恩总督太过重要,只能安抚,不宜过分压制。

圣侣的工作让她一直忙到下午。她对这些事务已是驾轻就熟,开始觉得无聊了,尤其是处理政务。她偶尔会不由自主地用旧日的目光审视周围,仿如慵懒的妓女审视客人的肉体。每当此时,她都会意识到自己穿着庄肃的衣服,和所有男人保持着距离,这种不可侵犯感让她浑身起了鸡皮疙瘩。他们无法做出的举动,他们无法触碰的身体……种种禁忌来回飘荡,就像悬浮在帐篷顶上的烟尘。

我是不可侵犯的,她想道。

为什么这样的想法让她感觉自己变得纯洁了?她无法理解。

下午晚些时候,在听取战场情报的扩大会议上,她笑着把普罗雅斯叫作"普约斯大人",搞得王子不明所以。她意识到,自己这种恶作剧

终卷　最后的进军

式的幽默感在他那里不会得到回应,不仅因为他是康里亚人,过于看重风度,也因他一直无法原谅自己之前对她怀有敌意。这样的处境让他们之间很尴尬,于是在韦尔乔汇报了那几个谢拉什乐师的情况后,她想方设法从纳森蒂和他们无穷无尽的请求中逃脱了出来。但她发觉自己无事可做,于是以此为契机读起《长诗》。

她仍把阅读当作"练习",尽管早已没有吃力感了。事实上,她不仅渴望阅读,有时甚至会呆看着自己收集的几卷卷轴和典籍,心中强烈的占有欲跟看着化妆箱时一样。那些化妆品只能掩饰她对过去的自我的恐惧,文字却完全不同——它们的作用在于改变而非补偿,就像墨写的字符变成了梯子的脚蹬,或者一根看不到尽头的绳索,让她可以越爬越高,越看越多。

"你已经学会了这一课。"某次两人难得在一起早餐时,凯胡斯对她说。

"哪一课?"

"学无止境。"他笑笑,小心啜了一口冒蒸汽的茶,"因为无知没有止境。"

"那么,"她诚挚又调皮地问,"为什么会有人会觉得自己无所不知?"

凯胡斯露出她最喜欢的那种带邪气的笑容:"因为他们自以为了解我。"

艾斯梅娜朝他扔去枕头。这就像个奇迹:她在朝一位先知扔枕头。

她跪在装着她小图书馆的象牙镶板箱前,把盖子抬起来推开。一如既往,她细细品味着上了油的束绳的味道。箱内并没有几本书,卡拉斯坎的费恩教徒对偶像崇拜者的作品没什么兴趣,更不用说谢伊克语译本了。由于身边的奴隶都不识字,这些作品都是她自己早先从阿凯梅安房间的书架和卷轴堆里整理的。当时她颇不愿拿走《长诗》,而今看着那些压在普罗塔西斯作品下的卷轴,她产生了同样的抗拒。她皱着眉头把它们收拾起来,拿到床上,不禁惊叹末世之劫竟如此轻盈!她靠在自己最喜欢的枕头上,手指拂过那些羊皮纸,不经意间看到左手手背的文身。

在她眼中,那文身就像某种符咒或图腾,是她独有的上古书卷。那个女人,那个在窗外垂下赤裸双腿的苏拿妓女,对现在的她来说已是陌生人。她们或许血脉相连,但仅此而已。那个女人的穷困、潦倒、堕落而单纯——这一切的一切都是她们的区别。

无需理解实质,单看她现在权力的表象就足以让过去的她惊极而泣。在凯胡斯借用沙里亚和各教派的祭司制度,为纳森蒂和法官们建立起同心圆式的权力结构中,她——圣侣——单独占据着仅次于凯胡斯的一圈位置。加亚玛克里要听她的,高提安要听她的,韦尔乔……甚至连那些大权在握者,比如普罗雅斯和以利亚萨拉斯,遇到她也要颔首致意。她重新定义了礼仪规范!而这一切,凯胡斯向她保证,仅仅是个开始。

她身上信仰的力量,一定会教曾经的艾斯梅娜——那个愤世嫉俗的妓女——觉得难以理喻。她的世界曾是黑暗而无常的,仅仅因为害怕诸神的惩罚才会生出些许虔诚,曾经的她绝不会理解伴随现在的她每次心跳的敬畏。曾经的她会竖起妓女的汗毛,在无人留意的角落任由心中的怀疑与猜忌滋长。毕竟,她和太多祭司同床共枕过了。

曾经的艾斯梅娜绝不会产生近乎信任的理解。

还有她的身孕,想到在她子宫中居住的不仅是一个孩子,更是命运……她就会露出笑容!

但让曾经的艾斯梅娜最最惊讶的,无疑是她现在拥有的知识。从知识层面讲,她已远超常人。很少有人会像她这样反思自己的无知,人们的自负让他们只能欣赏自己熟悉的事物,而由于一切都来源于已知,他们便自认为掌握了一切,能够回答所有问题。简言之,善于遗忘带来无所不知。

终卷　最后的进军

但她一直清楚地知道，自己认知的世界固然宏大，却只是更庞大世界中的小角落而已。正因如此，她才把客人当作一道道缝隙，当作朝向世界其他方向的窗户———一如她把阿凯梅安当作通往过去的门扉。而现在，凯胡斯……

他从根本上重写了这个世界，这个由奴隶和他们日复一日的劳苦支撑的世界，这个被习俗和欲望的阴影笼罩的世界，这个信仰只为强权而非真理的世界。曾经的艾斯梅娜会对此感到震惊，甚至愤怒，但她最终也会信任他的——到最后总会相信的。

因为这个世界也存在奇迹，虽然仅对敢于放弃旧有希望的人呈现。

艾斯梅娜深吸一口气，解开第一张卷轴的皮绳。

和《人类的解析·第三卷》一样，《长诗》是她这样目不识丁的低等种姓也非常熟悉的作品。每每想到她对这些东西产生印象远在阿凯梅安乃至凯胡斯之前，她就不禁有一种奇妙感。她知道，在人们心目中，"远古北方诸国"一直很有分量，这个词带着一种触手可及又不寒而栗的氛围，像冰冷的铅块一样躺在诸多历史名词中，标志着骄傲与失落，以及无穷岁月的审判。她听说过非神、末世之劫和救世军（又称"殉国军"），但这些对她来说不过是奇闻逸事，远古北方诸国却是一个她能在地图上指出的地点。不管出于什么原因，每个人都明白它属于那些词汇——如"塞尔文迪人"或"长牙"——的行列，单单发音就带来末日感。《长诗》仿如与之相伴的谣言，它确实令人恐惧，但这种恐惧只是城中居民对毒蛇的感觉，一件可以安心忽视掉的危险。

阿凯梅安提起《长诗》，只为了表示轻蔑和不屑。他说，对于一个天命派学士而言，《长诗》就是点缀在尸体上的珍珠。提起末世之劫和非神，他像是在描述与亲戚间的争执，带着不假思索的第一手权威，而他所用的辞藻和语调足以让她发根倒竖。阿凯梅安口中的"远古北方诸国"，不仅包含空洞而冰冷的恐怖，而且包罗万象，充满对已然熄灭的希望的无尽哀愁。相比之下，《长诗》真是蠢透了，甚至可以说是犯罪。

乌有王子 * 千回之念

偶尔听其他人提起,她会暗自发笑:他们怎么可能了解呢？即便是那些读书人……

尽管她对末世之劫有了一些了解,但对《长诗》的原文仍一无所知。怀着揭露谎言的期待,她小心翼翼展开第一张卷轴时,这样的无知感又一次冲击着她。她惊奇地发现,虽有《长诗》之名,但这部著作实际是由不同作者的多部作品连缀而成,其中只有赫约尔索和纳乌-加诺两位作者的名字保留下来。全书共分九篇,第一篇名为《塞摩玛亚德》。阅读之后她又发现,其中一些是韵文史诗,另一些则是散文体的编年史。她不禁斥责起自己的无知,又一次把复杂的事想得过于简单。难道不一直是如此吗？

她不知凯胡斯从哪里弄到这些卷轴的,它非常古老,但墨色仍然清晰——大概是从某个已故学士的书房搞到的吧。羊皮纸用母羊腹皮做成,质地柔软,没有杂斑;无论是行文风格还是译者独树一帜的口吻,仿佛都是为特定的读者准备的。这是她第一次感到,历史著作本身也是历史的一部分。不知为何,她一直没想过,描写会和描写的对象连成一体。在她心中,它们仿佛一直……悬浮在它们描述的世界之外。

真是奇妙。她蜷身躺在婚床上,头枕丝枕,将卷轴慵懒地摊在面前。但甫一读到开场的诗句:

> 愤怒——女神啊！歌颂您的飞升,
> 远离我们的父辈与子孙。
> 离开吧,女神！让您的神圣永远成谜！
> 远离让愚者变为王侯的狂妄,
> 远离让生灵化作尸骨的纷争,
> 我们大声呼喊,张开双臂,恳求您:
> 为我们唱响您歌声的终曲！

终卷　最后的进军

她身边的一切——精美的华帐,昏暗的房间,华丽的镶板——统统消失了。她意识到,阅读可以改变位置,让"当下"变得模糊,让古老而遥远的事物浮现眼前;它可以将她连根拔起,放在任何时空,脱离现实的束缚,拥抱永恒。

带着汹涌的好奇心,她任自己浸入《长诗》的诗篇。

阅读过程很难,她却感到奇妙的快感,好像除了自慰般的满足,挣扎着适应远古作者的表达方式也是极为亲密甚至有几分肉欲的行为。意识到《塞摩玛亚德》就是安那苏里博·塞摩玛斯的历史的那一刻,她几乎无法呼吸,同时也第一次闪过恐惧:这篇故事不仅关乎阿凯梅安的梦境,也关系到凯胡斯的血脉。她陡然意识到,这些时间和地点,并不像她之前以为的那样古远。

她逐渐了解到,在上古时代,安那苏里博王朝就已经是古老而尊贵的了。事实上,史诗中反复提到的名词——康德部落联盟、乌莫鲁的神王们、欧敏达莉娅被强暴等,她一无所知。她本以为第一次末世之劫是历史的开始,却没想到那是一段历史的终结。空洞而庞大的概念又一次变得厚重而坚实,就像踏入一座拥有无数房间的庄园。

塞摩玛斯二世的降生便带有最不祥的兆头:他有一位死产的孪生兄弟,名叫胡欧摩玛斯。看到这样的句子:

他澎湃的哭号却无法唤醒他兄弟忧郁的沉眠。

她不由得想起了西维尔和莫恩古斯。

诗人用这种可怕的图景来形容至高王钢铁般的智慧,让她不由得紧张起来。诗人说,胡欧摩玛斯一直行走在他兄弟身旁,让兄弟的思维变得敏锐的同时,也让他的心变得冰冷。

阴暗的血亲,呢喃出一条条冰冷的建议。

乌有王子 * 千回之念

> 黑暗的倒影！即便是大骑士也要束紧斗篷,
> 当他们在君王眼中看到了你。

在这之后,奇妙的紧张感变得无处不在,从阅读《长诗》这个念头本身,到卷轴在她手中的分量,都带有一种紧迫。就像有什么东西——什么人——在她所读的纸卷下低语。她甚至跳下床,耳朵紧贴在刺绣帆布墙上,但什么也没听到。她和其他人一样喜欢看故事,会被故事的悬念吸引,被刺激的结局诱惑,但这次全然不同。不管她认为自己听到的是什么,它讲述的对象都不是缥缈的虚空,也不是他人的幻象——而是直接面向她本人——就像真有人当面倾诉一样。

接下来的四天让她心力交瘁。嫉妒、谋杀、愤怒以及压倒一切的毁灭……第一次末世之劫撕裂了她。

她很快意识到,虽然和阿凯梅安谈过那么多次,但她对上古战争的理解仍只有只鳞片爪,而《塞摩玛亚德》将她直接带入库尼乌里至高王波澜壮阔的一生。故事从至高王的巫术导师谢斯瓦萨提出的可怕警告开始,到他在埃伦奥特平原上的阵亡告终。从许多角度看,其开篇和大多数故事并无不同:谢斯瓦萨是末日的预言者,是唯一能正确解读种种预兆的人;塞摩玛斯则是骄傲自大的君主,除了与自身利益相关的事务之外对其他东西完全不感兴趣。

按照《塞摩玛亚德》的说法,很久以前,一个叫玛迦卡的流亡真知学派不知找出什么办法,穿透了奇族奎雅在传说中的虚族要塞明-乌洛卡斯周围施加的古老幻术。在塞摩玛斯的年轻时代,伊斯坦宾斯的奇族之王尼尔-吉卡斯的使团就找到了谢斯瓦萨,这位至高王的童年挚友与维齐尔。奇族担心虚族,这一在库亚拉-辛莫伊的时代几乎被他们斩尽杀绝的对手重返明-乌洛卡斯,与玛迦卡学派携手重启可怕的研究,于是他们将从早已死去的俘虏那里搜集来的情报告诉谢斯瓦萨,给他讲述了非神的传说。

终卷　最后的进军

　　谢斯瓦萨就此开始"漫长诉告",竭力警告古代的诺斯莱君王们,末世之劫正在临近。

　　虽然《长诗》没有一篇以谢斯瓦萨为主角,但他在每个故事中反复登场,宛若繁杂凌乱的事件组成的海浪下浮现的巨岩。他是《塞摩玛亚德》的主要配角,是一位强大而善变的国王最坚定的支持者;描写塞摩玛斯最年轻,亦是最光芒四射的儿子纳乌-卡育提的史诗《卡育提亚德》中也是同样状况,谢斯瓦萨同时扮演老师与父亲的角色;《将军篇》是以散文体详述纳乌-卡育提死后的种种事件,谢斯瓦萨在一场接一场会议中发出最强势也最遭人嫉恨的声音;用诗体描述特雷瑟毁灭的《特雷瑟亚德》中,他是城墙上闪耀的灯塔,以巫术的光芒将巨龙从天空中击坠;《伊莫尔亚德》里,他扮演一位老谋深算的外乡人,虽然说了无数冠冕堂皇的口号,却在非神来临前夜仓皇逃离;《阿克瑟西亚纪》一篇他是希望的化身,是至高王昆德劳尔三世的护盾;在《萨卡普年代纪》中他又成了疯狂的流亡者,诅咒了拒绝携带丘莱尔贮藏逃往蒙特松的霍鲁斯五世国王后,被驱逐出境;而在描述凯兰尼亚悲剧性大沦亡的《安纳克亚德》里,他是世界的拯救者,苍鹭之矛的持有人。

　　无论作者对他的态度是恨是爱,谢斯瓦萨都是《长诗》九篇无法回避的轴心和真正的英雄——尽管没有哪篇作品对此加以承认。每当艾斯梅娜看到他的名字或化名,都会胸口一紧,随即想起阿凯梅安。

　　阅读战争的文字从来都不轻松,更不用说末世之劫了。不管白天的工作压力有多大,《长诗》的画面总会浮现在她的灵魂之眼:斯兰克用刚从受害者嘴里剥下的颌骨装饰自己;索利什图书馆被焚,数千名在大厅中寻求庇护的难民一同化为灰烬;达里亚什面海一面铺设的死者之墙上有无数尸体;邪恶的戈尔格特拉斯,金色的号角如山峦般指向漆黑的天空;非神,Tsurumah,一座黑色飓风组成的崎岖高塔……

　　一场接一场战争,毁灭了每一座城市,每一方炉石,以残忍的巨颚吞噬了所有生灵——甚至包括未降生者。

乌有王子 * 千回之念

想到阿凯梅安一直生活在这样的世界,一种罪恶感就令她汗毛倒竖,甚至瑟缩。每个夜晚,他都会看到地平线上涌来的无数斯兰克部落,并被乌黑云层中降落的巨龙的阴影笼罩;每个夜晚,他都要见证"万城之母"特雷瑟被她怀中无辜儿女们的鲜血冲刷;每个夜晚,他都要经历非神可怕的苏醒,听到母亲们为死产的孩子发出哀号。

她不由得想起他那头死掉的骡子,黎明。她从未意识到——没有真正意识到——这个名字在他心中代表着多么沉重的负担,多么辛酸的希望。她惶恐地发觉自己从未了解过阿凯梅安——没有真正了解过。他在一个个夜晚中被人占据,经受如此宏伟、古老和腐朽的饥渴折磨,身为妓女,她为何就没能看出堆积在他灵魂上的层层凌辱呢?

你是我的日出,艾斯梅……你是我的黎明之光。

这话还能有别的意思吗?一个反复经历万物毁灭的人,每天醒来面对她的触摸、她的面孔,会有怎样的意义?他会从哪里寻找勇气,寻求信任?

我是他的日出。

艾斯梅娜终于体会到这句话的分量,在被沉甸甸的力量压倒的同时,却又荒谬地想将其赶开,但已经晚了。也许是有生以来头一遭,她理解了他——他毫无来由的急迫感,他对信任的极度渴求,他不顾一切的爱,还有反复无常的激情———切都源于末世之劫的阴影。每个夜晚,他都在见证诸国的崩解,经历一切美好事物的灭绝。但他仍然懂得去爱,仍然能辨出慈悲与怜悯,这本身就是奇迹……她为什么会觉得他不够强大呢?

她理解了他,这也让她极为恐慌,因为"理解"太接近爱了。

那晚,她梦见自己飘浮在深渊之上,周围是不知名的汪洋大海。恐惧拉扯着她,就像绑在脚踝上的石头,但她朝下看时,却只能看到脚底黑色水波中的阴影,清晰可辨的涟漪让她迷惑。那深渊是如此沉重、广阔、深邃,虽然她不愿被它吸引,但最终还是适应了它可怕的样貌,而它

终卷 最后的进军

也越来越清晰。她不曾感到自己如此渺小,如此暴露,大海似乎淹没了整个地平线,它那么平静,犹如沸腾的黑色深渊之上的一方碧水。潮流涌动,掀起巨大的白色漩涡,还有耸立的透明牙齿般的浪尖。就在那里,若游萍漂浮的苍白赤裸的人影……正是阿凯梅安。

他的手臂随海浪上下起伏,死气沉沉。

她突然回到凯胡斯散发着香气的怀抱中,喘着粗气,不停颤抖。他轻声安抚她,拨开盖住她眼睛的头发,告诉她一切只是噩梦。

她如此绝望地抱住他,自己也感到震惊。"我不愿和别人分享你。"她低声说,亲吻他脖子上细软的绒毛。

"我也不愿。"他说。

她没告诉他阿凯梅安的事,没跟他提过与普罗雅斯和辛奈摩斯在一起的恐怖夜晚中那次亲吻,但这并不是他们之间的秘密——只是一些没说出来的事。她长时间仔细思考他的沉默,更多时间则用来诅咒自己的沉默。为什么?凯胡斯明明可以循循善诱地挖掘出她心灵深处每一个弱点,却偏偏放过这一个?但她不敢问,尤其当被《长诗》耗得心力交瘁时,更没有这份勇气。

一切在她眼中变得那么清晰。荒弃的城市。燃烧的神殿。连绵不断的死尸标记出通往戈尔格特拉斯的奴役之路。她跟随奇族残忆者纵马在乡间猎杀幸存的人类。她看到斯兰克掘出死婴,将它们放在火堆上烧烤。她从远处遥望着这一切,从两千年后遥望着这一切。

她从未读过如此黑暗、如此绝望,却又如此光芒四射的作品。这就像是奇迹的玻璃瓶中倒进了毒液。这,她一次次提醒自己,就是他的夜晚……

虽然她努力想把这念头从脑海中赶开,它仍反复不断地出现,像是控诉者口中的真相一样冰冷,像是罪有应得的苦难一样无情。我是她的日出。

某晚,就在读完最后的诗篇前不久,她偶然看到阿凯梅安出神地坐在河边一块平整的石板上,把双脚浸在纳兹米尔河的绿水中。她心中涌过一阵欢欣,如此突然,如此直接。她不禁喘了口气,但惊慌也随之而来,还有其他各种复杂情绪。她差点喊出"我们是要熏死这条河吗?"这样的笑话;差点"扑通"一声坐到他身边,和他一起搅动河水,开些低俗的玩笑;差点悄无声息地走到他背后,凑到他耳旁大喊"小心!"但现在,哪怕只是看着他,也让她感到……威胁。

都是他死去的错!如果他留了下来,如果辛奈摩斯没提过图书馆的事,如果她的手没在凯胡斯的膝上逗留……她的心在恐惧中悸动。

艾斯梅……他起死回生的那个夜晚对她说,是我……**是我**。

他身后有一队赤身裸体的森耶里人,正单脚蹦跳着努力解开绑腿,接着他们中的一个大喊着奔跑起来,从一块大石头跳进明亮的河水中。远处河滩上,几个女人——洗衣奴隶——在鹅卵石堆中拍打衣服,看到男人的怪相纷纷嬉笑起来。那个森耶里人自梓树树荫笼罩的河面上探出头,发出胜利的吼声。然而不知是不屑于这些喧嚣,还是浑无知觉,阿凯梅安只静静地弯下腰,用手掬水泼在脸上,眨了眨眼睛,抖了抖面颊。阳光在他的黑胡须上闪烁。

他仿佛失去了意识,紧盯着水面,双眼开开合合。

她突然有种醍醐灌顶的清醒,就像过去数月只是一场扭曲的噩梦,抬手便能掀开那层虚伪的面纱。她不曾委身凯胡斯,她不曾背弃阿凯梅安,她可以叫出来:"阿凯!"

但那并不是梦。

凯胡斯温暖的手掌抚过她的肩头,滑向她的胸部,捏到她的乳头,她喘息起来。他的手又继续向下拂去,扫过肚腹,沿着她髋部平滑的曲线,滑到大腿外侧,再转向……内侧。她把双腿抬起来分开……阿凯在

终卷　最后的进军

哭泣，在恐惧与绝望中撕扯胡子。"艾斯梅！"他哭喊着，尖叫着，"艾斯梅！求求你，是我！是我！"

"我还活着。"

泪眼婆娑中，他化为模糊的色块，而她虽然脚踏坚实的地面，却在不停坠落。她明白自己的背叛如同无底深渊，罪孽无法比拟。她回想起凯胡斯不经意间碰到她胸口的那个下午，回想起那时她耳畔回荡的思绪、脸上的红晕与双腿间的热流；她又想起凯胡斯被她的手触碰而变得坚硬的那个晚上，她怦然作响的心跳与刺痛的呼吸。隐秘的眼神，淫荡的幻想——幻想在他身边醒来；还有，在干涸的沙漠中腿间黏稠的暖意，用双腿，用子宫——用心灵占有他的狂喜。他冲入她体内的力量，流进她子宫的种子。她的呻吟。

恐惧溢出阿凯梅安的双眼。

那个卑劣而忘恩负义的女人是谁？艾斯梅娜绝不会做出这等事。她做不到。她不能这样对待阿凯。不要！

这时她想起自己的女儿，她大概在大海彼岸的某个地方，被卖给了奴隶贩子。

阿凯梅安伸手到身后提起凉鞋，又把一只脚从水中抬起，弯腰屈膝开始系鞋带。他的脸色既温顺又有些悲凉，似乎一举一动都漫不经心却又无力挣扎。艾斯梅娜喘不过气，她用双手按着肚腹，偷偷走开了。

她把他抛弃在河边，抛下这个末世之劫的幸存者，这个为自己唯一信任的爱侣满心悲伤的男人。

她回房哀悼那个名叫艾斯梅娜的妓女。

那晚，她读完了《长诗》，任它抽去自己肢体与心中的力量。最终的诗行令她泣不成声……

　　火葬堆熄灭，焦黑的高塔纷纷倒塌，
　　大敌在肆虐，过往的荣耀惨遭践踏，

世界倾覆破碎,人们泪浓于血,
流传的故事啊,仿佛是死者在耳边倾诉。

她哭了起来,低声道:"阿凯。"
她曾是他的世界,而今这个世界已成灰烬。

阿凯。阿凯,求求你……

根据奇族传说,天空方舟因库－霍洛纳斯坠落时,击碎了这个世界与无穷黑暗的外界间的屏障。谢斯瓦萨现在知道,这个传说是真实的。

阿凯梅安跟在纳乌－卡育提身边,匍匐在黑暗之中,望向眼前垂直下落的悬崖。几天来,他们一直在黑暗中摸索,不敢发出任何亮光。有时四周的通道过于憋闷复杂,让人觉得仿佛在被熏黑的肺中攀爬。爬行太久,他们的手肘早已鲜血淋漓。

"大围攻"的那些年,斯兰克从戈尔格特拉斯挖掘隧道,深处于周围平原驻扎的军队下方。围攻瓦解后,非神会忘记了那些隧道,自以为不可战胜。难道不是吗?救世军——安那苏里博·塞摩玛斯召集起来攻打戈尔格特拉斯的圣战军——在尖锐的内斗与致命的骄傲联合作用下分崩离析。恶兆正在临近,非常之近……

谁敢做出谢斯瓦萨与至高王的幼子现在做的事?

求求你,快醒来……

"那是什么?"纳乌－卡育提低声问,"是后门吗?"

他们俯卧在一堵上翘的石崖边缘,越过巨大的裂隙看去,整座山仿佛都悬在头顶,纵横交错的崖壁自无尽的黑暗中交叠上升,最后触及巨大的弯曲金盘。它笼罩在前,庞大无比,其上刻着无穷无尽的文字与花纹,每一道刻痕都有战船的桅杆粗细,此外还有浮雕般的异族交战人

终卷　最后的进军

形。下方射来的光线在它表面投下错综复杂的影子。

谢斯瓦萨知道,他们正仰望着令人生畏的方舟,它深深嵌进地表的裂沟,此处即是戈尔格特拉斯最深的深渊。

在他们所处的位置以下,越过数百尺的垂直空间,有一道门。门下有石头建筑——一个宽广的平台,左右摆设着两只巨大火盆,其火焰熏黑了颠覆于此的方舟表面。错综复杂的台阶与楼梯延伸向更下方的暗处,被火光照亮的若干斯兰克正在门边劳作,虚空中充斥着他们尖锐的吵闹与抱怨。

阿凯……

"我们该怎么办?"谢斯瓦萨低声说。冒险施展巫术是不可能的,在这里不行,哪怕最轻微的巫术印记也必会惊动玛迦卡学派。说到底,他亲自前来本就过于冒险。

天性果决的纳乌-卡育提动手脱下青铜铠甲。阿凯梅安打量着他的侧脸,黝黑的肤色和浓密的金色胡须形成了鲜明对比。他眼中带着不可阻挡的决心,但那份决心是来自绝望,而非来自使他成为人类伟大领袖的热情与自信。

阿凯梅安转过脸去,无法忍受对他说过的谎话。"这真是疯了。"他低声道。

"但她就在这儿!"年轻战士嘶吼道,"你自己说的!"

纳乌-卡育提只穿一条皮革褶裙,站起来抓住面前细细的石檐,将自己荡入深渊之中。眼看他翻下悬崖,融入黑暗,谢斯瓦萨的心提到了嗓子眼,很快他就只能看到卡育提后背和小腿上闪烁的汗珠了。

什么东西———一道阴影———笼罩着他。

阿凯,你在做梦……

一点亮光,脆弱地闪烁着。

"求求你……"

她起初就像他面前的一抹幻影,虚空中飘浮的闪光迷雾,但他眨了眨眼,黑暗中她的线条清晰起来,灯笼照亮了椭圆形的脸。

"艾斯梅。"他沙哑地唤道。

她跪在他床边,倾身靠近。他思绪飞转。这是什么时候?隔绝术为什么没叫醒他?戈尔格特拉斯的恐怖仍在刺痛他汗湿的四肢。他看得出,她刚哭过,他睡意沉沉地抬起手,但她避开了他本能的拥抱。

他记起了凯胡斯。

"艾斯梅?"他柔声问,"怎么了?"

"我……我只想让你知道……"

他喉头突然一痛。他瞥见了她的胸脯,像是那层薄薄的织物下晃动的烟雾。"知道什么?"

她皱起脸,又舒展开来。"你很强大。"

随后她逃走了,黑暗重新笼罩一切。

它在夜空中飞行,警觉地留意下方地面。它拍打翅膀,越升越高,直到空气变得像锋利的针尖,泪水让布满百万星辰的虚空变得支离破碎。

它这才展开双翼开始滑行。

对于一个如此古老的智慧生命而言,急切并非经常出现的情绪。

刑鸟的形体限制了它的作为,它不由得回忆起自己种族惯有的姿态。这样的本约卡棋盘它已有上千年未曾征战过了:天命派证明了自己的正确;它们的孩子被察觉,被拖曳至光明之下;圣战军经历了重生,成为它所不知晓的阴谋的工具……

那只害虫真奸诈!那个塞尔文迪人也许是疯子,但他经历的桩桩考验却无法否认。那些杜尼安僧侣……

扑面而来的空气变得温暖,地面迅速膨胀。树木与蕨草在冰冷的

终卷　最后的进军

月光下清晰可辨，山坡起伏不定，溪流在黑暗崎岖的山石间穿行。刑鸟飞过这片黑暗的风景，直至安那斯潘尼亚的尽头。

戈尔格特拉斯不会满意这些新棋子的分布，但规则已经改变了……

棋手现在选择了更为清晰明确的思路。

第九章 约克萨

我披着麋鹿皮在草地上行走。雨点落下,天空擦净了我的脸。我听到马祷者的声音,但我的双唇遥寂无语。我悄然掠过野草与静止的嫩枝——到它们的手掌之中喝水。

我的名字被呼喊出来,我就是它们的一员,我在哀伤中庆幸。

苍白的、永无止境的生命,这,就是我。

——佚名,奇族赞歌

长牙纪4112年,早春,约克萨

不知为什么,他醒来时变得更加古老。

奈育尔带领士兵们在施吉克南岸掠袭时,曾在一座古老的宫殿废墟中过夜。点火是不可能的,他们只能在黑暗中展开行军毯,睡在一堵厚重的残墙下。奈育尔醒来时发觉头顶的石灰石板沐浴在朝阳之中,他注视着石头上那些雕刻,雕刻的面孔早已被岁月磨得平和,僵硬的姿势也在风吹雨打下变得懒散。出乎他意料,在长长的俘虏队列尽头,一个手臂刻有疤痕的人形正在亲吻外乡国王的脚踵。

另一个时代的塞尔文迪人。

"你知道吗?"一个声音说,"我其实对你的人民在基育斯河畔的灭亡感到遗憾。"说话人似乎非常欣赏自己的声音——非常非常欣赏。"不……'遗憾'不准确。应该说懊悔。懊悔。所有古老的神秘都在那一刻崩塌,整个世界变得更渺小了。我研究过你的民族,深入研究过,我了解你们的秘密和弱点。你看,我打小就知道,总有一天我会让你们屈膝投降。哈,你们就在那里!远方小小的人影,一边逃跑一边号叫,

终卷 最后的进军

像群受惊的猴子。战争之民！我当时想着,'世上再没有什么强大的对手了,再没有我无法征服的了。'"

奈育尔喘息着,想挤掉眼中凝聚的痛苦的泪水。他躺在地上,被牢牢缚紧的手臂几乎没了知觉。一片阴影覆盖了他,用冰凉的湿毛巾擦他的脸。谁?

"但你,"那个阴影边说边摇头,就像应付一个可爱而调皮的孩子。"你……"

奈育尔的眼睛被擦净了,得以观察周遭。他似是躺在行军帐篷中,帆布篷顶高耸,一堆混着血污的东西堆在帐篷一角——那是他的盔甲和衣服。眼前这个为他擦脸的人身后有一张桌子和四把行军椅,从盔甲和武器的华丽程度来看,此人是名军官。蓝披风,哦,是个将军,而脸上的瘀伤……

这人就着奈育尔头旁的黄铜脸盆拧毛巾,拧出玫瑰色的水。"讽刺的是,"他说,"说到底你无足轻重。帝国真正关心的是安那苏里博,那个伪先知。你得到的关注全都源于他。"他哼了一声。"我明知这一点,却任由你挑衅。"那张脸猛地变得阴沉,"这是个错误,我现在知道了。荣耀和人身侵害孰轻孰重呢?"

奈育尔盯着陌生人。荣耀?这里有何荣耀可言?

"死了那么多人,"这人用混杂着悔恨的幽默语调说,"是你设计的战术吗?在墙中打洞,强迫我们进洞去抓你和你那群老鼠。很了不起,我真有点希望当初在基育斯河上遇到的是你,然后我就会知道谁更厉害,不是吗?"他耸耸肩。"诸神不就是这样证明自己的吗,通过征服恶魔?"

奈育尔哼了一声,心中有股不由自主的悸动。

这人笑笑。"我知道你不是人。我们是同类。"

奈育尔想说话,但只发出一阵咳嗽。他用舌头舔了舔结痂的嘴唇,尝到盐和铜的味道。这人关切地皱着眉头,举起瓶子,把充满祝福的圣水倒进他嘴里。

"你,"奈育尔沙哑地说,"是神吗?"

这人站了起来,用奇怪的眼神看着他,点点灯笼光映在他胸甲表面的若干雕刻上,像是浮在水面上。他的声音尖锐了些。"我知道你爱我……人们经常会打他们爱的人。言语无法表达,所以用拳头来打开缺口……我见过许多这样的事。"

奈育尔头朝后靠去,痛苦地闭上眼睛。他怎么来这儿的?为什么被绑住了?

"我也知道,"这人续道,"你恨他。"

他。这个词带着明显的紧张。不会错,是指那个杜尼安僧侣——这人视为死敌的杜尼安僧侣。"你远不是,"奈育尔说,"他的对手……"

"为什么?"

奈育尔转头对着他,眨了眨眼。"他能看透人心。他掌控着一切的初始,也就控制了结局。"

"这么说就连你,"不知名的将军唾了一口,"连你也屈服于凡人的疯狂了,所谓的信仰……"他转身回到桌前,给自己倒了点什么,奈育尔躺在地上看不清。"你知道,塞尔文迪人,我本以为你是我的同类。"他的笑声中充满恶意,"我甚至考虑过让你当我的大统领。"

奈育尔皱起眉头。这人到底是谁?

"很荒谬,我知道。完全没可能!军队会哗变,暴民会席卷安迪亚敏高地!但我总忍不住想,有了你这样的人,我甚至可以让崔亚姆斯黯然失色!"

奈育尔心中的恐惧开始展露。

"你知道吗?你知道自己躺在皇帝的面前吗?"他举起酒碗做出致敬的姿势,然后深饮一口。"我,伊库雷·孔法斯,"他喘着气说,"将让帝国重生,塞尔文迪人。我是凯兰尼亚的继承人。我是塞内安的继承人。很快,三海诸国都要亲吻我的脚踵!"

终卷　最后的进军

血腥而扭曲的场面。咆哮与怒吼的交织。火焰。他回想起了一切,约克萨那个恐怖狂乱的夜晚。他现在在这里……孔法斯。一个脸上挨揍的神。

奈育尔笑了起来,笑声低沉而嘶哑。

有那么一瞬,对方目瞪口呆,就像突然被迫意识到世事有不受控制的维度。"你竟然取笑我,"他的声音带着不加掩饰的困扰,"你竟然嘲弄我。"

奈育尔明白,对方说的是真心话,孔法斯刚才的每句话都在表达真实想法。他当然会困扰了:他与兄弟相认,他的兄弟却没有给予对等的回应。

于是乌特蒙部落的酋长哈哈大笑。"兄弟,你的心如此浮躁,你的灵魂如此平庸,你的梦想如此荒谬,其中没有半点真正的领悟,就像在重复老妈对儿子的无聊宠溺!"奈育尔啐了一口混血的唾沫,"同类?兄弟?你身上没有我的兄弟应有的铁血,你是沙子做的。很快你就会被踢起来,教风吹跑。"

孔法斯一句话没说,往前迈了两步,穿凉鞋的脚狠踩在他头上。世界闪动了一下,然后变暗了。

奈育尔高声笑着,温热的血从齿间喷出。不知为什么,他居然清楚听到了大统领离开的声音,皮革与布满雕刻的胸甲摩擦,剑鞘刺耳地划过皮制甲裙。大统领挥臂扫开门帘,大步在兵营中行走,一路呼喊手下的名字。奈育尔感到自己在无尽的虚空中向下滑去——大地残忍地挤压着他破碎的身体,吞噬了躁动的人群及他们的妄想。

终于,心底深处有个什么东西狂笑起来,一切终于结束了。

片刻后,索帕斯将军走进帐篷,脸色阴沉地掏出短刀,未带一丝犹

豫。他在奈育尔身边跪下,开始割他身上的皮绳。

"大家在等你,"他用很低的声音说,"你的丘莱尔在桌上放着。"

奈育尔只能沙哑地答道:"你要带我去哪儿?"

"去见西尔维。"

将军带着塞尔文迪俘虏走向纳述尔营地黑暗的外围,一路没遇到任何询问。他们从一队队哨兵身边走过,穿过喧闹欢庆的营帐,无人质疑为何将军穿着士官的制服。这是一支纪律森严的军队,指挥官又智计百出,无往不利,并且大家都知道,比亚希·索帕斯是大统领身边的亲信。

"总是这么容易吗?"奈育尔问那个东西。

"总是如此。"

角豆树丛下的阴影中,西尔维和她的另一个兄弟在等他,八匹驮马背着行李。他们身后远处传来第一声沉闷的号角时,夜幕中尚未露出曙光。

一个词在伊库雷·孔法斯皇帝心头徘徊不去,一个他本以为与自己绝缘的词。

恐惧。

他一脸倦态地倚在鞍上,看着摇曳的火把穿过面前黑暗的树丛。索帕斯和其他数名军官静静地骑行在他右边,叫喊声在身后的营地中回荡,夜色中满是搜寻的火光。

"塞尔文迪人!"孔法斯朝黑暗中大喊,"塞尔文迪人!"不用看手下军官,他也知道他们会面露疑惑。

是因为这个人——这个恶魔吗?这个恶魔为何能影响他?出于世

终卷　最后的进军

世代代对塞尔文迪人的仇恨,纳述尔人对之也产生了某种迷恋。对纳述尔人来说,塞尔文迪人代表神秘与原始的活力,这样的原始与文明人交流所遵循的种种原则之间形成了强烈反差。纳述尔人需要巧辞令色去骗取的东西,塞尔文迪人总是直截了当地用暴力抢夺。他们毫无保留地拥抱暴力,纳述尔人却将这样的力量粉碎,化为万千碎片,镶嵌进组成社会的马赛克拼图之中。

塞尔文迪人显得……充满男子气概。

尤其是这个人,乌特蒙部落的酋长。孔法斯亲眼见识过他的风采,在约克萨面对他退缩的军团士兵们也都见识过。火光中,野蛮人的眼睛犹如嵌在头颅中的炭火,鲜红的血是他真正的色彩。他挥舞的手臂、咆哮的吼声以及让每个人胸腔为之震荡的宣言,让旁观者看到了神。他们看到可怕的吉尔加里奥神笼罩在他头顶……

他们将疯牛般的他压在地上,奇迹般俘虏了他——俘虏了战神!——然而现在,他居然凭空消失了!

希默克提坚称没有任何巫术痕迹,孔法斯第一次像叔叔那样对萨伊克产生了狂躁的怀疑。是他们监守自盗吗?还是像希默克提紧张地暗示的那样,是那些没有面孔的家伙?有几个士兵坚称他们看到索帕斯带着塞尔文迪人穿过军营,但这完全不可能,因为孔法斯离开塞尔文迪人之后就立即去找将军了。

没有面孔的家伙……天命派学士称之为换皮密探。从希默克提那里得知瑟留斯是被一个这样的怪物假扮成祖母杀害之后,孔法斯总回想起那个天命派的蠢货在卡拉斯坎为亚特里索王子辩护时讲出的胡言乱语。它们不是西斯林——孔法斯至少对这点确信无疑,瑟留斯的死也证明了这点。西斯林怎么会杀那个唯一可能拯救他们的人呢?

它们不是西斯林,但这能否证明——就像那个天命派学士坚称的——它们就是非神会?这些事真的是第二次末世之劫的开端吗?

恐惧。他怎么可能不恐惧?

一直以来,孔法斯都觉得自己和叔叔是一切的起源,不论其他人如何谋划,都不过是在他们编织的蛛网上扭动而已。多么错误的自负啊!一直以来,都有其他人知晓一切,观察一切,他却对他们的目的一无所知!

到底发生了什么?谁在主宰一切?

不是伊库雷·孔法斯一世皇帝。

火光映出索帕斯鹰一般的脸庞,他满怀期待地看着孔法斯,但和其他人一样没有贸然提议。他们察觉到他兴致勃勃,绝不只有被"耍弄"的恼怒。孔法斯扫视月光照耀的乡野,仿佛能感受到下属们面对这个吞噬一切欲念的世界时心中那绝望的刺痛。如果他只是一个人,孤身一人,无疑也会陷入绝望当中。

但他并非孤身一人。他是许多人。放弃自己的声音与肢体,屈从于他人的意志,这是人类的天性:跪拜。对孔法斯来说,有了这些人的力量,他便不再被禁锢于此时此刻。有了这些人的力量,他可以触及全世界每个角落!他是皇帝。

他怎能不为之发笑?他的生活何等神奇!

他只需让一切变得简单就好,就从这个塞尔文迪人开始……他别无选择。

此人是个塞尔文迪人,绝非巧合。孔法斯正要恢复帝国往昔的荣耀,恰恰是这样一个人挡在前面,他来自帝国的世仇民族,曾一次次打败孔法斯的祖先。孔法斯自己不是说过吗?他是凯兰尼亚的继承人,他是塞内安的继承人。

难怪会遭到野蛮人的嘲笑!

这其中一定蕴藏着诸神的意志——孔法斯非常肯定。诸神总是喜欢兄弟相残,像同母异父的孩子一般互相憎恨。是了,怎么可能不是呢?塞尔文迪人代表某种警告。他现在是皇帝了,棋步已经走下,规则已经改变……

终卷　最后的进军

为什么？为什么之前不杀这个恶魔？到底是思虑不周还是虚荣骄傲造成了犹豫？是由于箍住他脖颈的钢铁般的手，还是这个人洒入他后面的灼热的种子？

"索帕斯！"他喊了出来。

"人中之神，有何吩咐？"

"你觉得'大统领'这头衔适合你吗？"

不知好歹的家伙吞了口口水。"非常适合，人中之神。"

他多么想念马特姆斯，想念对方目光中冰冷的玩世不恭啊。"带上齐德鲁希骑兵，全部带上，给我抓住那个恶魔，索帕斯。把他的头给我，这头衔就是你的……大统领，帝国之矛。"他眯眼露出恐吓的微笑，"如果你让我失望，我就把你烧死，外加你的儿子和老婆们，比亚希家族每一个还在喘气的人——全都活活烧死。"

———— ∞ ————

凭借西尔维超凡的视觉，他们牵马穿过沥青般浓稠的夜色，心知唯一的优势取决于日出前能走出多远。他们在高高的灌木和长满长草的斜坡间寻路，又下到一条林木茂密的峡谷，风中充满香柏气息。尽管受了伤，奈育尔还是蹒跚跟上，仿佛从渴望或恐惧中汲取了永不枯竭的能量。他周围的世界旋转得越来越快，普通事物也化为别有用心的梦魇。黑暗的树抓挠他，用指甲在他脸颊和肩膀上撕出伤口，看不到的石头踢着他凉鞋中露出的脚趾，一弯明月则让他暴露无遗。

他思绪混乱，不停吐血。前路布满阴影与沙石，在他摇晃的脚步下来回翻滚。比夜色更浓的黑暗慢慢展开，吞没了他。他抛开过往的记忆，开始思考，灵魂为何会为颤抖得这般厉害？

西尔维俯视着他，他感到她的大腿垫在自己脖子下面，隔着亚麻衣服也能感受到那双腿的紧致与温暖。她朝前倾身，酥胸擦过他的额角。

她取过水袋,溅湿一片布,擦拭他脸上的伤口。

她的微笑几乎令他无法呼吸。女人的膝盖是完美的避难所,它的宁静足以让这个世界及其中包含的狂怒都变得渺小,变得荒谬。她擦拭到他左眼上一处伤口,他不由得缩了缩,细细体味着凉水流过温热皮肤的滋味。

黑夜的铠甲开始变灰,他抬头看到她下颌上若有若无的汗毛,伸手想摸时发现指节上的疤痕却犹豫了。他警惕起来,虽然伤口的痛苦仍像重担压在身上,他还是坚持起身,咳嗽着吐出满满一口混血的浓痰。他们坐在一座覆满野草的山丘顶上,此时还看不见太阳,但东方天空已然变色。山脊盘桓若干里,有植被的地方一片漆黑,裸露的岩石则显出苍白。

"我一定忘了什么。"他说。

她点点头,露出童稚而欢欣的笑容,就像一直知道答案一样。

"你忘了你追猎的那个人,"她说,"杀人凶手。"

他感到自己的脸变得阴暗。"但我才是凶手!我是草原上最强大的人!他们都被锁链束缚着弯下了腰,他们都在模仿父辈,就像他们的父辈也在模仿父辈,直至最初的肇始。这是大地的契约,血缘的契约。然而我站了起来,发现那锁链不过是烟尘。我转身看到了虚空……我超越了束缚。"

她仔细看了他一会儿,那张完美的脸在月光与深思中镇定下来。"是的……你就像你追猎的那个人。"

这些浅薄的东西到底是什么?

"你说你是我的情人?你以为你是我的证明,是我的战利品?"

她带着恐惧和悲哀眨了眨眼,"是的……"

"你不过是把刀!你是长矛,是战锤,是忘忧解愁的法子——是鸦片!你想把我的心变成把柄,用来控制我。控制我!"

"那我呢?"一个阳刚的声音问,"我又是什么?"

终卷 最后的进军

她的一个兄弟坐在他右边——然而那不是她的兄弟,是他……奈育尔心中那条蛇越盘越紧:莫恩古斯,杀人凶手,穿戴着纳述尔步兵队长的盔甲与徽记。

不对。不可能。他是凯胡斯?

"你……"

杜尼安僧侣点点头,空气变得像大帐中一样阴湿酸腐。"我又是什么?"

"我……"

这是怎样的疯狂?怎样的妖术?

"告诉我!"莫恩古斯逼问。

他在希摩躲藏了多久?他准备了多久?这不重要,不重要!重要的是奈育尔的恨足以撕裂太阳!他要把那个人的心挖出来、埋葬掉,哪怕让全世界陷入无尽的黑暗。

"告诉我,你看到了什么?"

"那个人,"奈育尔咬牙切齿地说,"我追猎的那个人。"

"是的,"西尔维在他身后说,"杀人凶手。"

"他的言语害死了我父亲!他的启示吞噬了我的心!"

"是的……"

"他给了我自由。"

奈育尔转身看着西尔维,强烈的渴望几乎把胸口撑满。她完美无瑕的前额、脸颊与下颌都出现了裂口,若干肢体从中露出,轻轻一扯面颜就分开来了。她的嘴唇也消失不见。她往前缓缓倾身,带着无法拒绝的情欲,那些修长而纤美的肢体朝后弯曲,越伸越长,然后紧紧扣住他的后脑。她把他扯过来,紧贴住她炽热的嘴,她真正的嘴。

他站起来,毫不费力地拥她入怀。她真轻……晨曦在他们纠缠的身体间闪烁。

"来吧,"莫恩古斯说,"我找到了路,我们得去追逐猎物。"

乌有王子 ✦ 千回之念

他们听到远方的号角。纳述尔人的号角。

------∞------

孔法斯会不遗余力地追捕他们,他们非常清楚这点,于是全力催动马匹,不顾日升月落,仅在精疲力竭时休息。那些东西说,一个帝国军团登陆后马上被孔法斯派往约克萨以南,皇帝的战略完全立足于圣战军对其存在一无所知,既然梭本一定已经发觉了他们的倒戈,孔法斯需要封锁从卡拉斯坎到谢拉什的所有道路——这意味着他们前后都有纳述尔人。他们的最佳选择是先向南进入安那斯潘尼亚,继而转向东穿越拜特穆拉山脉,那里复杂的地形将使纳述尔人无法封锁道路,追击也会变得更困难。

奈育尔偶尔会和它们交谈,学习它们畸形的手段。它们自称虚族最后的子嗣,却不愿谈论"老父",又说自己是"逆火"的守护者,但对于"守护"和"逆火"本身却迷惑不解。它们从不抱怨,只说自己怀着无法言说的饥渴,又坚称自己在坠落——始终在坠落。它们让他信任它们,因为老父制造它们来做奴隶,它们就像狗,宁可饿死也不会从陌生人手上叼肉吃。

奈育尔发现它们体内闪着虚空的碎块,跟斯兰克一样。

他小时候有一阵子对树非常着迷。大草原上的树不多,只在冬天,乌特蒙部落将营地迁往海边——因里教徒将那片海称为约露亚海——的斯瓦鲁特高原时才能常见到。他会盯着一棵棵枯树看上很久,发现它们不再拥有维度,而是变成了平面,就像老妇的眼角皱纹中渗开的血痕。

奈育尔心想,人和树一样,扎下繁衍之根,然后向成千上万个方向伸出枝叶,试图盘踞其他人的天空。但这些东西——这些换皮密探——却完全不同,虽然它们可以近乎完美地模仿人类,却无需像人一

终卷　最后的进军

样将血脉融入四周。它们会穿透环境,而非伸手夺取。它们就像隐藏在枝繁叶茂的人类行为之中的长矛,就像荆棘……

像长牙。虚伪的长牙。

这给了它们奇妙的美,一种令人恐惧的优雅。这些换皮密探如匕首一样简单明了,他为此嫉妒它们,他既爱惜又鄙视它们。

"两个世纪前我曾是塞尔文迪人,"有一次它说,"我了解你们。"

"你还当过谁?"

"很多人。"

"现在呢?"

"现在我是西尔维……你的爱人。"

孔法斯追击的决心在他们南行的第三天晚上尤为彰显。安那斯潘尼亚边境是一片片南北向的低矮丘陵,有锐利而蜿蜒的山脊和陡峭的山坡。一切都是绿的,但绿意中流露更多的是坚韧而非繁茂。长草长满每块空地,爬上了最陡峭绝壁的缝隙。丛生的猫爪草覆盖山坡,多数峡谷被角豆树占据,但这个季节尚不能提供饲料。傍晚时分,在向山丘顶攀登的路上,奈育尔看到几十点闪亮的橙黄火光出现在北方几里外另一座山丘宽阔的丘顶。

虽然火光如此之近,他却并不意外,甚至感到一阵欣慰。他知道,纳述尔人一定会选择最高的地势扎营,希望让逃亡者看到自己,并在绝望之下把坐骑逼到绝境。真正让他烦恼的是火光的数量。如果纳述尔人追出了这么远,说明他们知道奈育尔的队伍并没有逃往卡拉斯坎寻求梭本的庇护,也就是说,他们料到奈育尔会在某处转而东进。由此推论,指挥这场追击的人,不管是谁,肯定已朝东南方分兵,希望截住他们的去路。当然了,这就像朝黑暗中射箭一样,但此人的箭袋看上去深不见底。

次日,他们遇到一个安那斯牧羊人。那个老蠢货吓了他们一跳,奈育尔还没来及说话,西尔维就杀了他。山地土壤太硬,没法有效掩埋尸体,只得把尸体绑在一匹空余的驮马上——没过多久它就变得疲惫不堪,而从那时起,秃鹫,那些永远翱翔在现世与外域之间的鸟群,就一直跟随着他们。盘旋的秃鹫简直像上达云霄的旗帜一样暴露了他们的位置。当晚,他们在峡谷中宿营,就着明朗的夜色与皎洁的月光烧掉了尸体。

他们在安那斯潘尼亚崎岖不平的乡野间连续赶了一星期路,避开一切人烟,只在一个不起眼的小村停下来洗劫补给。连续两晚,天空被阴云覆盖,夜色暗沉。奈育尔用一小堆火烤红刀刃,在肩膀和胸口刻下疤痕,记下自己在约克萨带走的那些生命。这期间他不愿抬头看向西尔维,或是另外两个面对他坐着、猎豹一样沉默审视他的东西。完成仪式后,他朝它们一通咆哮,但很快就后悔了。他意识到,它们的眼神中没有评判,没有人性。

三个夜晚之后,他们又看到了火光。那一定是纳述尔追兵,虽然奈育尔看出彼此的距离一天比一天远,却并不兴奋。被看不到的人追击是很奇特的体验,看不到也就无所谓弱点与缺陷,而正是弱点与缺陷让人类成为人类——它们存在于灵魂当中,无法弥补且永不平息,最终总会演变成教条,超脱升华进而统治人的行为。

纳述尔人火光的每次闪现,似乎都意味着某种更强大的东西。虽然奈育尔身边都是异类,但在他看来,邪恶正在他身后的地平线上汇聚,北方是残虐的魔王,东方有专横的暴君。

他们睁着血红的双眼行军,苍白的月光与夺目的太阳交替照耀着周围景色,奈育尔得以抽空仔细思考自己灵魂中出现的种种异状。他觉得自己一定是疯了,但想得越久,就越无法确定这句话的意义。部族长者认定,他曾多次主持的乌特蒙部落的割喉仪式是疯狂的;忆者说人

终卷　最后的进军

和狗、马一样会发狂，然后得用同样的方式处死；因里教徒则认为发疯是恶魔作祟。

圣战军刚启程的某天夜里，出于被奈育尔遗忘的原因，那个软弱的巫师曾取出一张粗糙的羊皮纸三海地图，放在装满水的铜盆上。他在羊皮纸上戳出大小不一的孔洞，并举起油灯补充火炬光芒，方便大家观察。一滴滴小水珠在鞣制的地图上流动，巫师解释说，每个人都是大千万物中的某种空洞，外域借此穿透到这个世界。他用手指轻触一滴水珠，水珠裂开时把周围的羊皮纸润湿了，他又解释说，当考验让人崩溃时，外域会就会渗入这个世界。

他说，这就是疯狂。

这件事当时并没给奈育尔留下太深印象。他一直看不起那个巫师，觉得对方不过是那些永远在自我造就的负担下苟延残喘的灵魂之一。他早将与巫师有关的一切抛诸脑后。但现在，那场展示突然变得极有分量——他似乎确实被某物占据了。

这很奇特。有时他的两只眼睛好像在为不同的主人服务，看到的一切都关乎战争和失落。有时他仿佛拥有两张面孔，一张是真诚的外在表情，可以在白日的阳光下展现；另一张是内在表情，不那么光明正大。每当他集中精神，就能感受到第二张面孔的肌肉——那片深埋在牵动表皮的肌肉之下的、纠结扭曲的网络。这实在难以捉摸，像是兄弟间短暂目光交汇中蕴含的恨意；它又极其深奥，如同埋藏在骨头中心的骨髓。它与他之间毫无距离，但他也无法用感知去描画它的轮廓。这怎么可能呢？当它思考时，他会……

代表他的那滴水裂开了——这点毫无疑问。那个巫师说，决定疯狂与否的是其起源。如果被神圣的起源占据，人类可以成为梦想家或先知，如果被邪恶的……

巫师的展示再清楚不过，他后来那番啰嗦的说明则解释了疯狂与启示之间诡异的相似性——一个时代的预言者为何在另一个时代会被认为是疯子。

唯一例外在于那个杜尼安僧侣。

他与巫师的所有理论都不相符。

奈育尔眼看他挖掘出一个又一个人的根系,由此得以控制他们千变万化的行为。他煽动他们的憎恨,放任他们的羞耻与狂妄,在他们心中培育爱意,种植理性乃至信仰!而他借助的只有世俗的语言与表情——那不过是口舌之功!

奈育尔意识到,从杜尼安僧侣的所作所为看,巫师那张羊皮地图上根本没有洞,没有表示灵魂的水珠,甚至没有表明外域存在的水池。杜尼安僧侣只是单纯地认为世界上一个人的行为会变成另一个人的根基,他以此为基础,控制万千人的行为。

控制了圣战军。

意识到这点,奈育尔变得步履蹒跚,仿佛突然在两个不同的世界之间骑行:一个世界是开放的,固定每个人的根基在世界之外的某处;另一个世界是封闭的,每个人的根基都互相交缠。在后一个封闭的世界中,发疯该作何解释?但这样的世界不可能存在!它只会没有知觉地向内生长,冰冷而无灵魂。

不会仅仅是这样。

此外,他认定自己不可能发疯,因为他超越了起源,飞离了大地,甚至没有任何过去属于他,完全没有。当他回忆时,想到的只有现在。他——奈育尔·厄·齐约萨,是前度存在的一切的基础。他是他自己的根基!

他哈哈大笑,想着与杜尼安僧侣致命的重逢,想着如何凭借这一点击倒对方。

他试过——试过一次——将这些想法告诉西尔维及其同伴,但它们回馈他的只是模仿出的了解。它们本身不具有任何深度,又怎能理解他的思考?它们和他不同,它们不是这个世界上的无底空洞。它们

终卷　最后的进军

拥有生命,但没有生活,没有真正的生活。他知道,它们不会恐惧,没有灵魂的它们完全生存在这个世界之中。

然而不知为什么,他对它们的爱——对她的爱——却变得更强烈了。

又是几天过去,他们看到了拜特穆拉山脉真正的山峰,不过奈育尔怀疑早先就已越过安那斯潘尼亚的边界了。他们朝山峰前进,打算横穿山脉北麓巨大的山坡。他们骑过碎石嶙峋的台地,又沿蜿蜒的小溪骑行,水边桦树十分茂密。山峰的阴影渐渐笼罩了他们,奈育尔不由得回忆起赫桑塔的群山,还有他对西尔维的暴行。他当时太蠢了,身为自由人,居然要将自己变成自己民族的奴隶,但他也找不出能让她理解的词句。

"我们的孩子,"他无力地喊道,"就是在这样的山间怀上的。"

她一句话都没说,他不禁诅咒起自己,怀念着人类女人独有的敏感。

那天下午,一匹坐骑在爬下页岩土坡时扭了蹄子,他们把它留下,没有杀它,生怕秃鹫会暴露行踪。夜幕降临后,他们仍然指引着余下的马,依靠换皮密探的超自然视力继续前进。除非发生什么特别大的灾难,否则身后那些火光——不管它们看上去多么令人恐惧——永远追不上他们了。

晨光降临,拜特穆拉山脉的峭壁出现在西南方天际。他们经过干涸的湖泊,湖底布满暗红色的水藻花朵,然后他们又穿过一片纯种的峡谷橡木林,在湖泊岬角上找到一座神龛的遗址。倒塌的无面神像从落叶堆成的地毯中探出头来,祭坛上的自流泉仍在淌出涓涓细流,他们用之灌满水袋。一只鹿在湖边坡上吃草,奈育尔开心地看着西尔维和她的兄弟们像少年一样徒步朝它扑去。之后,他又在灌木中找到一丛紫景天,块茎虽远未成熟,但与鹿肉一起吃仍非常美味。

他们的篝火不大,却仍是个错误。风越过湖面从正西方吹来,换皮密探虽然抢先闻到了对手的味道,但为时已晚。

"他们来了。"西尔维突然道,朝她的兄弟们看了一眼。几乎一次心跳的时间,她的两个兄弟便消失不见,隐蔽于树冠之中。那之后,奈育尔才听到战马冲上布满腐殖质的山坡时特有的鼻息与蹄声,以及战甲在阴暗的树林中穿行发出的碰撞。

他知道西尔维会跟上自己,于是冲向神龛平坦的地基遗迹。第一个齐德鲁希骑兵冲出橡树林时他刚踩上神龛,骑兵看到他便叫喊起来,数十名同伴随即现身。他们拼命催促坐骑穿越树林,战马口吐唾沫,最前面的一排骑兵抽出长剑——

一阵尖叫从树木中传来。

奈育尔看到骑兵们猛扯缰绳,胯下坐骑困惑地打转,随后一个骑兵摔落马下,脑袋成了一团猩红泥浆……现在他们抬头望天,大声警告。西维尔的兄弟们在附近的树顶上跃来跃去,每次起落都带走人命,后方的齐德鲁希骑兵陷入了恐慌。

骑兵们放慢速度,齐刷刷朝后看去,甚至朝右调转马头。奈育尔听到一个军官喊道:"离开树林!离开树林!"无需催促,他的手下立刻散开,踏过冒烟的营地,无主的战马四下逃散。

然后奈育尔注意到那些弓……反曲弓,和塞尔文迪人用的一样。它们原本放在马鞍下的涂漆皮套中,这也是塞尔文迪人的风格。分散开来的齐德鲁希骑兵又一次发出战吼,用马刺和膝盖指挥坐骑,返身冲上山坡。领头三人搭箭射击,张弓的同时就完成了瞄准——和战争之民几无二致。西尔维的双手在他前方挥过,将第一支箭击飞,没去理会尖啸着从他身边擦过的第二支箭,最后用前臂挡住了第三支。

奈育尔目瞪口呆地退了一步,单膝跪下。他们面前没有别的掩护。"西尔维!"他大喊。

齐德鲁希骑兵兵分两路,从神龛两边杀来。出于本能,奈育尔手脚并用地退到这座古老的小广场左后方的角落,伏低身子。但这让一边

终卷　最后的进军

的骑兵难以射击的同时,也把自己暴露给了另一边的骑兵。果不其然,左边的骑兵迅速扑来,一边大喊"驾！驾！驾！"一边举起了弓……

不知何时,西尔维娅站到了他前面。一瞬间,她伸出双臂,山间的阳光洒在她亚麻色的头发上,那么泰然自若,那么美……

她在为他舞蹈。

遮挡、跳跃、还击。她一直背对他,就像出于某种仪式化的羞赧。她的衣袖如皮革般噼啪作响,令箭矢密密麻麻砸在神龛上,或呼啸着掠过他的肩膀与头颅。她身体一沉,转动手臂,一支箭杆随即穿过了她的手掌。她朝下一蹬,小腿上扬,用腿肚又接住飞来的一箭。接着又有两支箭从她后背透出。她凌空翻个跟头,踢飞一支箭杆,同时有三支箭射中她的胸口和小腹。她向外飞旋双手,接连击飞四支箭,再朝后仰头,伸长手臂,以右手手背挡住一支箭,左手前臂挡住另一支箭。

她的头朝左一偏,一支箭镞从脖子后面冒了出来。她像个小女孩那样开始抽泣。

但她没有停下,飞溅的血珠在阳光中划出道道红线。

呐喊与尖叫的合唱越来越响亮了。一声号角响起,又戛然而止。但奈育尔眼中所见只有她的舞蹈。在一串串猩红的血珠下,柔软而苍白的肢体被穿透了,浸透鲜血的亚麻衣服紧紧包裹着摇摆的乳房。

西尔维……

他的战利品。

叫喊声减弱了,隆隆马蹄奔下山坡……

她停了下来,犹如准备祈祷般单膝跪地,伸长脖颈低下头,无声地呕吐。她抬起一只被射穿的手臂,用牙咬断桦木箭杆,动作仍那么从容——但渐渐变得僵硬了。她朝脑后伸出手,摸到那支刺穿头骨的箭镞,将它连同箭杆一起拔出,浑不顾血如泉涌。

然后她转过身来看他,微笑的眼睛中泪光闪动。她想擦去嘴角冒出的血,手上的断箭却在脖子上划出新伤。她用明澈的眼神看了他一眼,然后朝前扑倒,奈育尔甚至能听到箭杆折断的砰响。

"西尔维!"他高喊。

他摇晃她的身体时,那张完美的脸庞开始分裂。

麻木,孤独。他站起身,惊恐地看着山坡上的屠杀场面。她那两个兄弟站在尸横遍野的纳述尔人中间,面无表情地盯着他。它们的四肢都被不止一支箭矢穿过,却似乎……毫不在意。

十几匹无主的战马在不远处徘徊,但齐德鲁希骑兵踪影全无。

"我们必须埋了她。"他说。

于是西尔维过来帮他。

终卷　最后的进军

第十章　谢拉什

灵魂看不到其思想的起源,好比人看不到后脑或体内的脏器。既然灵魂无法区分看不到的东西,也就说明灵魂无法进行自我辨识。从某种意义上讲,思考总在同一时刻、同一地点,由同一个体进行。这就好比从侧面拉扯一根螺旋线,直至它看上去变成一个圆。时间的流逝永远凝滞于现时,空间的狂欢终将停留于此处,人与人的更继总是归结于自身。

事实是,如果灵魂能像它看待世界一样看待自身——如果它能正确看待自身的起源——它就会明白并没有现时、没有此处,也没有自身。换言之,它会明白那个圆是不存在的,灵魂也不存在。

——摩格瓦,《神谕集》

你从他身上落下,如同火星脱离烈焰。黑暗之风吹过,你很快就将熄灭。

——《长牙纪年·颂歌书》6:33

长牙纪4112年,早春,谢拉什

捷罗萨围城战开始数日后,赤塔长长的骡队终于到来。就像收到暗示一样,一支新使团出城求见——这一次,他们扮演的是可怜的请愿者,也没在身后关闭城门。正如战士先知保证过的,谢拉什古老的首府在圣战军面前屈膝投降了。

作为礼物,使团献上十二颗人头,正是那些最初鼓动市民关上城门的人,其中包括曾侮辱战士先知的赫巴拉塔队长。但圣战军首领们没

乌有王子 ∗ 千回之念

有善罢甘休,战士先知对捷罗萨人展示了疾言厉色的一面。他声称,为补偿圣战军的损失,也为了让其他人从发生的事中得到教训,必须树立榜样、献上牺牲。只有付出相应的代价,正义才能得以伸张,因此战士先知宣布实行"日一税"——由于捷罗萨在他面前关上大门四天,每十个捷罗萨人得有四个人的生命被罚没。

"明日晨曦初露时,"他宣布,"我要看到你们的城墙挂上两万颗人头。如果你们做不到,这座城市必临末日。"

当晚,圣战军大肆庆祝,捷罗萨则被惨叫笼罩。晨曦初露时,城市的外墙已被鲜血洗刷得无比光滑,成千上万砍下的人头环绕全城,有的装在渔网里,有的用麻绳穿过下颌悬荡于半空。等计数时才发现,捷罗萨人献上的人头比战士先知要求的还多出了三千零五十六颗。

谢拉什境内,再没有一座城市、村镇或要塞敢于对圣战军关上大门。

与此同时,阿斯贾亚里成为圣战军中第一位踏上圣地的领主,但他在踏入圣安摩图一段时间后才意识到这点。无论从外貌还是口音上看,谢拉什人——或按圣战军的说法,"什科尔之子"——与安摩图人区别甚微。圣战军的先头部队穿过嘉尔塔台地,那里的人民与古安摩图人战争不断,之后又陷入连绵内战。

阿斯贾亚里带着不满五百名的封臣与骑士向圣安摩图深处进军,他手下久经考验的加里奥斯人发现安摩图人见风使舵,毫无信义可言。大多数安摩图人自称费恩教徒,却对基安人毫无爱戴。过去几个月,恐怖的流言四处传播,很多人已经相信偶像崇拜者和他们的伪先知是刀枪不入的。基安人的帕迪拉贾——伟大的卡萨曼德倒在了战场上,现在来到他们之中的是梭本疾进如风的亲族,安那斯潘尼亚无情的金发野兽。

几场遭遇战在吉姆镇、著名的安瑟里奥特神龛、摩-波拉萨斯等地爆发,阿斯贾亚里本人在后先知的生母出生地捷拉摩受了膝伤。没过

终卷　最后的进军

多久,绘着圆环围绕加恩里红马的染血战旗已化作恐怖的象征,引发了阵阵恐慌。虽然法纳亚派出一名又一名大公前来搜捕,但加恩里伯爵要么早已消失,要么锐不可当。

Hurall'arkeet,沙漠中的人开始这样称呼他,意为"长有利齿的狂风"。

终于,在圣掌节那天,铁甲骑士们赶到了贝塞尔——早已断绝的后先知血脉源起之地。虽然这里早已没有了因里教徒,但很多安摩图人聚集在此,迎候风尘仆仆的远方来客。

骑士们告诉彼此,这些人想必有着圣洁的心。

————◆————

他们在他前面边走边说,像是完全忘记阿凯梅安正走在身后几步远的地方。

艾斯梅娜和凯胡斯。

被称作"日一税"的清算结束了,城市异常寂静,不知是因为发声者变少了,还是因为陷入了巨大的震惊之中。大街小巷的围观者要么畏缩不前,要么纷纷跪倒,当先知扈从走过时,谢拉什人小心翼翼地把他们黑色的环形瞳孔转向地面。战士先知在捷罗萨巡游了一周,阿凯梅安心想,与其说是检查战利品,更多的也许是让市民目睹他的存在。

在《圣典》中,捷罗萨有时被称为"百村之城"。两千年后这绰号仍然合适,这里的街巷跟凯里苏萨尔的爬虫区一样狭窄而纷繁,但与爬虫区不同的是,此处的道路并没有经过规划设计,而是在难以计数的年月中由无数毫无关联的行为积累而成。街道总会汇聚于被谢拉什人称为"小广场"的小型集市,只有在那里阳光才能照到地上的卵石。由此可见,捷罗萨仿佛真是彼此缠绕的一系列小村庄,它们在不断演化中连为一体,如同面包表皮上的霉菌。

乌有王子 * 千回之念

艾斯梅娜正向凯胡斯汇报早上与赤塔会面的情况。据绍纳米说，约克萨秩序井然，不知是塞尔文迪人的严厉手段起了作用，还是该庆幸他的野蛮行径并未激起兵变。此外，以利亚萨拉斯称他亲自找乌兰扬卡总督谈过，警告对方任何骚乱都可能造成严重后果，无论其本人事先是否知情。"大宗师要我向您保证，"她说，"摩瑟罗苏的总督不会再给您制造麻烦了。"

阿凯梅安边看边听，心中充满沮丧与崇拜。她的外貌是个奇观：头发以宝石发带束起，基安式的宽大长袍上，缝绘着南锡蓬的白日宫中华丽雍容的宫殿与花园。更重要的是她的举止，身姿笔挺，举手投足如此大方，神色带有敏锐和一丝讽刺，仿佛毫不费力地就适应了新的身份与地位。

她让他呼吸困难。我必须停下！

曾几何时，他们的关系只在两人之间；曾几何时，他只要伸出手去，轻轻放在她腰间，她就会转身投进他的怀抱。现在一切都崩溃了。不知何时，凯胡斯成了一切的中心，成了所有道路的交汇，每个人都必须经过他才能与其他人联结——甚至找到自己；不知何时，任何事都要经过他光芒四射的审判。阿凯梅安突然发觉自己只能跟在他们后面，像一个心碎的乞丐……

那为什么她还说他很强大？

"以利亚萨拉斯侮辱过你。"凯胡斯转身对她说。阿凯梅安看向他蓄有胡须的侧脸，他在束腰衫外穿一件华丽的长袖华达呢长袍——这是吉尔加什人的传统服装，只是加上了更多装饰——袍上竖直的金线在阳光下闪闪发光，而肩部显然经过裁改，以适应已故的帕迪拉贾著名的魁梧体态。

"他确曾称我为妓女。"艾斯梅娜说。

"你应该料到，对他来说，你是一枚陌生的钱币。"

她的笑容温和又带着嘲讽："那么该拿我去找哪国商人兑换呢？"

终卷 最后的进军

凯胡斯也笑了,阿凯梅安看到喜悦的神色在周围的人脸上绽开。许多人都在笑,仿佛是池塘的涟漪。不管凯胡斯走到哪里,他的一部分总会在其他人身上扫过,就像把石头投入一潭静水。

"男人的思维方式很简单,"他回答,"他们思考的总是事物本身,而非它们之间的关联。这就是为什么他们总认为,让钱币变得有价值的是金银,而非它们所代表的权威。要是告诉他们尼尔纳米什人的钱币是陶块做的,他们肯定不相信。"

"他们也不相信,"艾斯梅娜说,"战士先知会让女人为他传令。"

银子般的阳光从她身上闪过,这一瞬间,她仿佛成了一切的中心,从长衫上的褶皱到红艳的嘴唇,统统像丝绸一样闪亮;这一瞬间,前面的两个人仿佛脱离了世俗——那么美丽,那么纯粹,周围邋遢的砖块与粗野的心灵如何配得上他们?

"确实如此,"凯胡斯说,"他们会问:'金子在哪儿?'"他斜眼看她,露齿而笑。"或者,用这件事来说就是……"

"拇指在哪儿?"艾斯梅娜带着淡淡的伤感道。

拇指是苏拿人指代阴茎的俗语。为什么听到她按从前的方式说话,会让他如此痛苦?

凯胡斯笑意不减。"他们不懂得,金子的价值只在于满足我们的期待——是我们让它有了意义,不多也不少……"他停了一下,朝艾斯梅娜眨眨眼,"'拇指'也一样。"

艾斯梅娜也笑了,"哪怕它名叫以利亚萨拉斯?"

先知扈从来到捷罗萨迷宫般的巷道中的一个小广场,周围每扇窗后仿佛都有一张空洞的面孔在张望,广场中跪拜的几个长牙之民投来崇拜的目光。无处不在的百柱团卫兵伫立在旁,紧盯每条街道,仿佛能望穿墙角。这里久经风霜的房屋门楣有的绘有莲花藤,屋里传出婴儿的哭声。

战士先知摇摇雄狮般的头颅,仰天大笑。阿凯梅安感受到笑声中的感染力,它用超乎想象的方式要求他高兴起来,为不甚明了的种种理由而欢庆,但悲哀还是夺去了他的呼吸。安那苏里博·艾斯梅娜环视周围,欢愉的表情透出羞赧。与他那苍凉的眼神交汇的瞬间,她把目光移开了。

她牵住丈夫的手。

———◈———

查拉奥斯。建于谢拉什诸王时期的古老要塞。

圣战军的大小贵族集结在它早已荒废的厅堂中,惊奇地环视着四周,同时也在焦躁地等待战士先知到来。阿凯梅安听到盖德奇总督声称此处的夜风中可以听到什科尔国王的呓语,他还发现有人——戈泰克的扈从——正把大理石碎块收到一块布中。

作为捷罗萨城中唯一高于黑幕般外墙的建筑,从围城那天起,阿凯梅安就关注着这个要塞。他知道要塞早在塞内安帝国时期、千庙教会崛起时代就被弃置了,但他一直以为费恩教徒会将之破坏,然而他从加亚玛克里那里得知,基安人反把它当成最神圣的圣殿之一——既然那么多因里教徒将此视为恶毒的攻击,何乐而不为?

要塞最初的墙垒早已被推倒,朝外看去,骨白色的拓展建筑一览无遗。丰满的圆柱和方柱,纯装饰性质的弧形台阶,每个入口两侧那些四翼的西弗朗……可以看出,尼尔纳米什人极尽奢逸的风格为这座城市刻下了深刻的印记,即便从那些没了屋顶的废墟中,也能看出花哨的建筑结构,只是有时与古代凯兰尼亚或施吉克人巨大的过梁设计格格不入。留存下来的拱顶可兹证明,古代谢拉什的建筑师已对承重与压力的分布有了基础概念,事实上,此处的压迫感显而易见,仿佛每栋建筑生而即为支撑无形重担。

这是不是因为什科尔曾在这座宫殿统治,进而产生的幻想呢?和

终卷 最后的进军

因里教的大多数孩童一样,阿凯梅安打记事起就听过无数关于那位荒淫无度老暴君的故事。"要听话,"母亲总警告他,"否则他就会来抓你,用没人讲得出口的方式折磨你!"

阿凯梅安站立等待,努力不去注意艾斯梅娜。她坐在一把镀金椅子上,离他不过四步。他们所在的宽敞弧形平台曾是宫殿主觐见厅的高台,靠墙处有一圈带过梁的壁柱,并以一道台阶与其下的厅堂隔开。据《圣典》记载,谢拉什诸王躺在床上发号施令,什科尔甚至喜欢上朝时与爱子嬉戏,朝臣们只能遥遥围观。阿凯梅安清楚史家如何丑化对头,所以一直认为这些故事不过是别有目的的宣传,然而在这死去已久的高台中心确实摆着一块石墩,看上去很像床榻。

也或是祭坛。

高台下,大小贵族们围着粗大的圆柱,欣赏着迄今为止最得意的征服。黑色的长牙与金色的圆环绣在白底大旗上,以绳索悬挂于柱子之间。喧闹的交谈声逐渐平息下来,他们瞥见了凯胡斯?阿凯梅安回头看向那道自高台后方向上、通往废弃包厢的台阶,他没看到凯胡斯,却瞥见一个飘忽不定的黑点,掠过远处街巷的迷网,然后继续上升,飞入高空的云雾。他眨眨眼,皱起眉头……巫术的印记是怎么回事?

一只会巫术的鸟?

"我们到了。"一个洪亮的声音宣布。

阿凯梅安愣了一下,扭头看向台阶,发现凯胡斯正步入高台。他的胡须按古代什拉迪人的样式编成辫子,白色法衣镂有闪光的金线。在他身上感觉到印记是一件很奇怪,甚至令人恐惧的事。这有点玷污他的形象,更意味着无法料想的未来。

阿凯梅安回头望向天空,但已看不到那只鸟了。

"经过长久的努力,"凯胡斯若无其事地走下最后几级台阶,"我们终于踏上了这片经文中的土地。"

阿凯梅安的脑子飞快地转着。他该怎么做?是非神会准备进攻,还是赤塔想搞破坏?他下定决心保持警惕,不让凯胡斯演讲中浪潮般的吸引力影响自己。

战士先知穿过高台,朝艾斯梅娜走去,把一只带光晕的手放上她的肩头。"就在这里,"他说,"老什科尔望向纵情酒色的廷臣,问道,'那个像国王一样说话的贱奴是谁?'"他朝周围查拉奥斯的废墟比画,仿佛挥出一道波浪。"就在这里——这里!——什科尔举起镀金腿骨……

"他审判了我的兄弟。"

一如既往,凯胡斯的口气似乎在强调,他的话语本身并不重要,重要的是其中蕴含的真实——他的话是因其意义才令人激动不已。他的语调仿佛在说,即使是这些简单的事实,也足以震撼人心。

阿凯梅安挣扎着保持警惕。

"终于,我们这些朝圣者,我们这些长牙之民,来到了这片经文中的土地。"凯胡斯的表情变得凝重,他向四周看去,望向头顶的过梁,望向厅内整齐的圆柱。沉默的期待升华为汹涌的渴望,每个在场者都像周围的石块一样屏住了声息。"这里,这里就是压迫我兄弟之人的房子,他谋害了因里·瑟金斯,还问道,'那个像国王一样说话的贱奴是谁?'

"想想看!想想我们走过的路途,想想那些或美好或严苛的土地,想想那些繁华的都市,想想我们征服的一切!终于,我们来到了大门前……"他抬起右手指向东方的薄雾,阿凯梅安又看到了环绕他手掌的金色光晕……

有人发出狂喜的吼叫。

"只差最后一步!"凯胡斯喊道,他的声音仿佛在空中轰响,又像在每个人耳边倾诉,"最后一步,我们就能看到圣地。只差最后一次进军,我们就终于可以向神圣的希摩举起长剑,高唱赞歌了!我们正在重写这片大地的经文!"

大小贵族个个心驰神往,发出狂喜与崇拜的呐喊。阿凯梅安不由

终卷 最后的进军

自主地想象,这滚滚声浪会给街巷中残存的捷罗萨人什么感受。疯狂的征服者……

"从古至今!"凯胡斯声如雷鸣,"无人见过我们这样的队伍……我们这等长牙之民。"他突然抽出佩剑"必然"——它在祖姆语中原名"恩朔雅"——它在阳光下闪着牛奶般的白光。那些光在圣战军首领们眼中跃动,教他们纷纷眯起了眼。

"我们是真神的利刃,在瘟疫、干渴与饥荒中铸成,经历过战争的锤炼锻打,浸透了无数仇寇的鲜血!"

"我们……"他突然顿了一下,面露微笑,就像在开什么无伤大雅的玩笑时被人抓了个正着。"男人免不了自吹自擂,"他用懊恼的口气说,"我们中有谁不曾在女士耳边低声撒过谎?"无头的圆柱间有人窃笑。"为了让她们注意我们裤裙间的变化,我们有什么话不敢说……"更多笑声轰然响起。高高在上的雄辩之术不复存在,战士先知又变回了亚特里索王子,一名促狭而幽默的同伴。他耸耸肩,像大家桌边的酒友一样咧嘴笑着。

"但事实胜于雄辩……战神通过你们的眼睛注视着一切,血与火在我们的呐喊中回响。

"事实胜于雄辩。我们即将进行的事业,其荣光会盖过任何一位先祖的作为。它将成为灯塔,矗立在历史之中,让后人震惊和感恩的同时,也必能激发他们的斗志。我们的伟业将被千千万万人传颂,铭刻在千千万万人的记忆之中。每当我们的子孙后代提及祖辈,都会用上最虔诚和最敬畏的语调,因为他们知道,正是我们今天的壮举让他们的血脉得到了祝福!——祝福!

"我们,长牙之民,必将建功立业,永垂不朽!"

直冲云霄的狂喜。连阿凯梅安也被他言辞中的动力裹挟,流下泪水,结结巴巴地应和……这突如其来的感情是如何爆发的?他看到热泪顺着艾斯梅娜的脸颊滚下。

乌有王子 * 千回之念

"那么他是谁?"凯胡斯的吼声盖过雷霆般的欢呼,"那个像国王一样说话的贱奴是谁?"

沉默突然降临,但周围的石板以及石板上缠绕的野花野草,似乎都在嗡鸣。战士先知伸出辉光闪耀的双手——这是欢迎,是恳求,也是令人颤抖的祝福——低声说……

"是我。"

人类各有归属,无一例外,有的人得以提升或丢失地位,但大多数人终其一生无法改变。他们站在既有的土地上生存繁衍,但和凯胡斯在一起时,连这最基本的传统也动摇了:他每前行一步,似乎都会带着世界前行。

当他走下台阶,示意因切里·高提安带领圣战军首领们开始祈祷时,全世界似乎都在向他屈膝。朗诵声在墙壁间回响,阿凯梅安眨了眨眼,以免汗水流进眼睛。他大口呼吸着潮湿的空气,想到艾斯梅娜居然和这样的男人同床共枕,不禁产生了深深的畏惧,就像看着一片花瓣飘进篝火……他是先知!

为什么阿凯梅安还要恨他?

奴隶们在碎石和梁柱间清出道路,在最中央的通道摆下一张长桌和许多椅子。凯胡斯和大贵族们坐在长牙与圆环的旗帜之下,像是在举行仪式性的宴会,虽然他们只喝了一点掺水的酒。在漫长的讨论过程时,阿凯梅安只是僵立一旁。这场景看上去是那么不真实,但他们真的在计划征服安摩图,打到希摩城!凯胡斯说的没错……他们到了。马上就到了。

备战过程平和得令人惊讶。圣战军中曾经充斥着由旧仇宿怨或傲慢自负而引发的争吵,然而那样的日子一去不返了。就算梭本和孔法

终卷　最后的进军

斯在场,阿凯梅安也无法想象其他大贵族会故态复萌。凯胡斯让所有人相形见绌,他们变成了一群孩子,收起了彼此间的斤斤计较,情愿追随他出生入死……这些国王和信徒们。

当然,还是会有人提出不同意见,但无人会对反对者嗤之以鼻,更不会仅因对方提出异议就视为异己。就像凯胡斯说过的,当真理主宰一切时,明理之人不再惧怕被人反对。普罗雅斯提出一个又一个难解的问题,老戈泰克竟按捺下怒火,只发出几声恼怒的低吼。唯有岑约萨好像还在拨弄自己的算筹。有人提出质疑,有人给出解答,有人列举备用计划,有人加以分析评判。随后,就像魔法一般,最好的方案自然而然展现在众人面前,仿佛拥有了意志。

胡尔瓦嘉王子被授予先锋的荣誉,因大家公认他的森耶里人最能经受费恩教徒可能的突袭。岑约萨的艾诺恩人将与普罗雅斯的康里亚人一起组成主力纵队,直接进军希摩,沿途收集一切能搞到的食物和攻城器材。高提安的沙里亚骑士伴随主力行动,担任战士先知和先知扈从的护卫。戈泰克伯爵及其泰丹人被派去包围并占领古老的查吉多要塞,该要塞始建于凯兰尼亚时期,是安摩图与谢拉什西南方边境的要津。

包括凯胡斯在内,没人知道异教徒的计划。所有报告,尤其是赤塔通过岑约萨提供的情报,都暗示西斯林的水魂巫师绝不会放弃希摩。这意味着法纳亚要么打算在他们向安摩图进军途中出兵截击,要么就是打算撤到圣城死守。无论如何,他终将与圣战军决一死战,而西斯林的存亡、基安人的存亡,都在此一举。法纳亚无疑正在集结一切可能的力量。虽然普罗雅斯提议谨慎缓行,但战士先知非常坚定:圣战军必须全速发动攻击。

"我们的力量在不断消耗,"他说,"他们却不断得到补充。"

阿凯梅安好几次鼓起勇气,望向坐在一旁的艾斯梅娜。脸色严肃的官员们来来往往,在她身边跪下,有的向她征询意见,有的给她带来消息。大多时候,她的关注点都在前面那群人的讨论上,而阿凯梅安开始百无聊赖地打量那些白袍的纳森蒂——他们站在战士先知身后,最靠前的是韦尔乔和加亚玛克里。他心头被奇怪的感觉淹没,仿佛这支曾被一群吵闹的酋长率领、不比移民队伍强的圣战军,如今已成了帝国宫廷;仿佛这并不是全体贵族的议事会,凯胡斯只是在听取手下将军们的意见而已。所有人的位置……都被重新摆放过,像本约卡棋一样,决定众人行动的规则已被彻底改写。新规则包括让他阿凯梅安一动不动站在这里,担任先知的维齐尔……

想得太多了。

凯胡斯宣布散会时,太阳已低垂在潮湿的乡间。热气让阿凯梅安的脑子嗡嗡作响,但他还得等待例行公事的祈祷以及贵族们献上祝词。无所事事的倦怠与刺目的夕阳加在一起让他只想尖叫。他不禁希望早先那只鸟真的预示着非神会的攻击,不管怎样都好,只要能尽早结束这场……表演。

突然间,每个人都好像同意了别人的建议,议事会终于告终。石头废墟中,吵闹变成问候与寒暄,阿凯梅安揉着脖子走到高台边,不顾礼节地一屁股坐在台阶最顶上。他感到艾斯梅娜瞪了自己后背几眼,然而那些因里教贵族已上台向她致敬,他实在太过疲惫,只剩抬起橙黄色袖子擦去额上汗水的力气。

一只手扫过肩膀,就像有人想拍拍他,却临时改了主意。阿凯梅安转身看到普罗雅斯,但那深棕色皮肤和丝制卡哈拉让他以为面前的是一位基安王子。

"阿凯。"他敷衍地点头。

"普罗雅斯。"

两人一起熬过片刻尴尬。

"我想让你……"他显然有些为难,"你应该去看看辛。"

"是他让你来的吗?"

王子摇摇头。他看上去变得陌生了,更加成熟了,胡须留得更长,

终卷 最后的进军

还染了颜色。"他总问起你,"他的语调变得僵硬,"你应该去——"

"我不能。"阿凯梅安答道,口气远比想象中尖刻,"能阻止非神会袭击凯胡斯的只有我,我不能离开他身边。"

普罗雅斯愤怒地眯起眼,阿凯梅安不由自主地感觉此人心中有什么东西破碎了。有辛奈摩斯在身边,他无法坚持苦修,无法远离痛苦,这才宁可采取任何措施。

"你离开过他身边。"普罗雅斯平静地说。

"只是应他的要求,还是在我本人强烈反对的情况下。"

为什么他突然感到一股报复的冲动?现在普罗雅斯有求于他,他忍不住想让王子也体会一下受漠视的痛苦——以其人之道还治其人之身。虽然凯胡斯不断开导他,阿凯梅安仍无法抛却心头旧恨,仍在伺机找回失去的分数。我为什么总是这样?

普罗雅斯眨眨眼,舔舔嘴,似乎有些牙痛。"你应该去看看辛奈摩斯。"这一次他并未掩饰声音中的苦涩,之后他转身便走,没有道别。

阿凯梅安头脑麻木,无法思考,只是呆望着聚在一起的贵族们。盖德奇和伊吉亚班开着拙劣的玩笑,不出所料,伊里萨斯在结结巴巴地附和他们——这有时会让人觉得,唯独他是自摩门出发以来一直没变化的人。高提安正在训斥一位年轻的沙里亚骑士。索特尔和其他几个艾诺恩人看到乌兰扬卡亲吻战士先知的膝盖时大笑起来。胡尔瓦嘉静静地站在他亡兄的护卫、亚格罗塔的阴影中。每个人都在自己的圈子里交谈,并形成一个个相互连接的圆圈,就像一套巨大锁甲上的链环……

一个想法突然浮现在阿凯梅安的脑海:

只有我是孤家寡人。

他并不了解家人,只知道母亲很早就死了;他看不起自己的学派,学派也对他没什么好感;他的每一个学生,最终都被诸神以各种方式夺走;连艾斯梅娜也背叛了他……

他咳嗽几声,吞下几口唾沫。我真是个蠢货!他叫住路过的奴隶——一个闷闷不乐的年轻人——要他给自己拿碗没掺水的酒。你看,那个男孩转身跑开时他告诉自己,你有了一个朋友。他把前臂支在膝上,盯着自己的凉鞋,看到未经修剪的趾甲不禁皱起了眉头。他想到辛奈摩斯。我应该去看看他……

一道阴影在他身边的台阶上坐下时,他没有转头。空气中突然有了没药的味道,灵魂里某个变化无常又充满活力的地方欢跳起来,但他知道那道阴影并不属于艾斯梅娜——它太黑了。

"到时间了?"阿凯梅安问。

"快到了。"凯胡斯说。

最近,阿凯梅安越来越惧怕每天晚上的真知法术教学课程。凭直觉领会逻辑与代数称得上是令人惊叹的天才,但用同样的方式学习远古的战争咒术他闻所未闻。看到此人不费吹灰之力就超越了自己在比较与归纳方面的能力,他怎能不深感畏惧?

"是什么让你不安,阿凯?"

你觉得是什么呢?他心中有个声音咒骂道。然而他只是转身面对凯胡斯,问道:"为什么要去希摩?"

那双纯净的蓝眼睛默默地审视他。

"你说你是来拯救我们的,"阿凯梅安追问,"你自己承认了。那为什么当末日的威胁盘踞在戈尔格特拉斯时,我们却得继续向希摩前进?"

"你累了,"凯胡斯说,"也许我们应该明天再上课……"

"我很好。"阿凯梅安打断对方,却又马上为自己的傲慢而沮丧。"睡眠之于天命派学士,"他补充道,"乃是最古老的敌人。"

凯胡斯点点头,露出忧伤的微笑。"你的悲痛……仍让你穷于应付。"

由于某种无法说出口的原因,阿凯梅安只道:"是的。"

周围的因里教徒越来越少,只有几个人聚在远处,小心翼翼朝他们

终卷　最后的进军

张望,显然是在等凯胡斯,但凯胡斯只做了个手势,他们就散开了。很快,这里只剩下阿凯梅安和凯胡斯两个人,他们并肩坐在高台边缘,望向周围废墟中逐渐汇聚的阴影。干燥的风从高空中吹来,阿凯梅安闭上眼,短暂体会那份亲吻肌肤的凉爽,聆听远方漆树发出的沙沙声。一只偶然飞过的蜜蜂在耳边嗡嗡作响。

他想起了藏在远离海滩的水沟里躲避父亲时,那种隐匿于万千生灵中的沉寂。连光线仿佛都懒洋洋的,无穷无尽的天空则在头顶展开。那一刻,他似乎脱离了因果循环,那深邃的宁静超越了往昔与未来的所有思想,他甚至能闻到石块在不断延伸的阴影中冷却下来时散发的味道。

他没法想象什科尔曾住在这里。

"你知道吗?"凯胡斯说,"曾几何时,当我聆听这个世界时,只听到嘈杂。"

"不……我不知道。"

凯胡斯仰面朝天,闭上双眼,阳光在他丝绸般的头发中闪烁。"但现在我知道……那些远不止是嘈杂,阿凯。那些都是话语。"

阿凯梅安的皮肤像潮湿的绳索绷了起来。

凯胡斯望着远方地平线,手掌按在大腿两侧,衣料上呈现出弧形皱褶。阿凯梅安在他的手指周围看到了金色光晕。

"告诉我,阿凯,"凯胡斯说,"你望进镜子,看到了什么?"他的语调就像一个有些无聊的孩子。

阿凯梅安耸耸肩。"我自己。"

那是老师溺爱的眼神。"你确定?你看到了自己在用眼睛向外看,还是只看到了自己的眼睛?排除假设,阿凯,扪心自问,你真正看到的是什么?"

"我的眼睛,"他承认,"我只看到自己的眼睛。"

"那你并没有看到你自己。"

阿凯梅安盯着他的侧脸,不知如何作答。

凯胡斯微微一笑,仿佛在安慰受挫的同伴。"那么,如果你没法看到自己,你又在哪里呢?"

"在这里,"阿凯梅安犹豫了一下,回答道,"我就在这里。"

"'这里'又是哪里呢?"

"是……"他皱眉思考片刻,"是此处……是你看到我的地方。"

"此处么?但你如何能在此处?"凯胡斯笑道,"分明是我在此处,而你在彼处。"

"这……"阿凯梅安恼怒地抓了抓胡子,"你这是玩文字游戏。"他抗议。

凯胡斯点点头,表情既神秘又有些飘渺。"想象一下,"他说,"假如你能将整个浩瀚洋聚拢起来,折叠成一个人的形状与大小,同时又保持它的广阔与深邃。大洋中的深渊,阿凯,它们不再向下伸展,而是朝内延伸,无穷无尽。你所说的'外域'其实就在我们心中,它无处不在。这就是为什么不管我们站在哪里,始终都在此处;不管我们的脚踩在什么地方,始终都在同一个地点。"

形而上学,阿凯梅安意识到,他在讨论形而上学。

"此处,"阿凯梅安重复,"你是说有一个存在于空间之外的地方吗?"

"不错。你的身体是你的表面,仅此而已,是你的灵魂与这个世界的交汇点。我们隔着这样一段距离彼此对视,但也可以说是站在同一个地方,或者说同处虚无。我通过你的眼睛看到了我自己,你也通过我的眼睛看到了你自己——虽然你还不清楚这点。"

不知从何时起,洞察化为某种恐惧,阿凯梅安变得口齿不清。"我……我们是同一个人?"凯胡斯在说着疯话……凯胡斯!

"人?更准确的说法其实是,我们位于同一个此处……但从某种意义上讲,是的,只有一个此处,所以只有一个灵魂存在。它会在许多位

终卷 最后的进军

置与这个世界相接,阿凯,同时每个交汇的界限都无法认出它自己。"

那帮尼尔纳米什的蠢货!他一定是读了……

"这只是形而上学。"他脱口而出时,凯胡斯也低声道:"这只是形而上学……"

阿凯梅安张大嘴巴,目瞪口呆地看着面前这个男人,胸口像有铁锤在敲打,心脏有如刚刚经过残酷的折磨。他想要说服自己相信刚刚只有凯胡斯在说话,但那句话的新鲜味道仍然残留在舌尖。寂静转变成诡异的恐惧,又化为他从未体验过的错位感,似乎有什么曾经神圣而完整的东西被打碎了……刚刚到底是谁在说话?

夕阳折射下的世界开始旋转。

他就是我……否则他怎能知悉一切?

凯胡斯若无其事地说:"告诉我,为何有些词能创造奇迹,有些词却不能?"

阿凯梅安吞口唾沫,努力借回溯知识来平复自己。"奇族认为,让巫术成为可能的是语言,但后来人类也能用不纯粹的口音重现咒术的效果,证明事实并非如此……"他深吸一口气,意识到凯胡斯通过这个问题不但证明了阿凯梅安的无知,也证明了古往今来每一个巫师的无知。我真的什么都不懂。

"关键在于意义,"他补充道,"词义千变万化。没人知道最初的源头。"

凯胡斯点点头,低头去看法衣褶边。当他抬眼时,阿凯梅安发觉那双明亮的眼睛已变得难以直视。"'爱'这个词,"他说,"总是有相同的意义吗?或者它对你有着非同寻常的意义?"

智慧得到奖赏,心灵蒙受惩罚,和凯胡斯在一起时总是这样。

"你在说什么?"

"我在说,词义不同,是因为它们伴随的回忆不同。"

艾斯梅娜。

"你的意思是，巫术咒语回忆起了某些其他词无法回忆起的东西？"阿凯梅安的问询带着某种超乎本意的热切，他的表情中没有了嘲讽，"但词语能记住什么呢？那些词并不是……"他的声音低下去，突然的领悟阻止了他要说出的话。一个灵魂……

"并不是词，阿凯，而是你。让那些词变成奇迹的，是你所记得的事。"

"我、我不明白……"

"不，你明白的。"

阿凯梅安眨眨眼，忍住毫无来由的泪水。他想起赤塔在爱荷西亚的驻地，那个在他张开的手指下灰飞烟灭的地方。他回想那些在他的胸膛中与灵魂里如雷霆般轰鸣的意义，那些能将周遭一切粉碎的歌声。他从空无一物中制造火焰，从黑暗的阴影中召唤闪电，把一切冒犯他的存在统统毁灭。那些词！他的呼喊——他的诅咒！那些词句索要着不可能的结果……

惩罚这个世界。

单凭一个凡人怎能说出那些东西？

"我们在神像前下跪，"凯胡斯说，"我们张开双臂仰望天空。我们向远方恳求，伸手触及地平线……向外看，阿凯，每个人都在向外看，因为在我们体内……"他张开手掌按在自己胸口。"在此处，在这里，我们是合而为一的。"

太阳越过那道绯红的门槛，天空变成紫色，即将消逝的红晕让废墟的墙壁看上去变得光滑可鉴。微风渐渐变成带有一丝阳光暖意的气流。

"真神，"阿凯梅安开口，声音却不属于他自己。"你是说这……这个从我们所有人的眼睛后面向外窥视的灵魂就是真神。"虽然他说出了这些话，虽然他非常明白这些话的意义为何，但它们却仿佛是从他口中逃走的，并未经历思考与理解，而是自然而然就表达了出来。阿凯梅安

终卷　最后的进军

抓紧肩膀，自觉肥胖的身体正在颤抖。

"我们都是神，"凯胡斯的表情既肃穆又充满热情——就像父亲在安慰挨打的儿子，"真神永远在此处，透过你的眼睛以及你周围的每一双眼睛观察着。但我们忘了自己是谁，开始觉得此处只是另一个彼处，从而被这个宏大的世界分离，变得孤立和悲凉。我们忘了……但并没有完全忘记。"凯胡斯坚定地盯着他。"那些忘得最少的人，就是众人口中的'异民'。"

在爱荷西亚的激战中，阿凯梅安挥洒愤怒时，曾有那么一刹那犹豫过，觉得已经认不出自己了。他在用谢斯瓦萨的声音高喊，脱口而出的咒语甚至超越了那位古老的前辈——那些咒语将无比坚硬而牢固的事物统统化作了液体……

那么他是谁？是谁？

"所谓巫术，阿凯，就是说出能让我们回忆起最朴素真实的词句。"

"真实。"阿凯梅安麻木地重复。他明白凯胡斯的意思，他明白，但不知为何心底却拒绝领悟。"什么真实？"

"虽然会被国界与岁月隔绝，但每个人的面孔之后却是同一个地点、同一个此处。我们透过无数双眼睛一起见证着这个世界，我们就是我们所膜拜的真神。"

阿凯梅安仿佛能够"回想"起这幅景象：从海滨到平原到山巅，真神在千万堆篝火旁同时眨眼。女儿凝望沉睡的父亲。古人的妻子用斑斑点点的双手握紧丈夫的手臂。男人口吐鲜血，痛苦地捶打大地。此处，此时，同一个地点……若非如此，又如何解释传声咒与强迫咒？如何解释谢斯瓦萨的梦境？

"长久以来，"凯胡斯说，"你觉得自己是个贱民，是个被放逐者。虽然你随时准备对那些评判你的人反唇相讥，但事实上你一直生活在耻辱之中。你瞪着他们，暗暗诅咒心中的希望。他们总是乐于评判他人，总是对自己确信无疑，总是无法看到——那些蠢货！——无法看到你有多么不同寻常。他们唾骂你、嘲笑你,尽管你知道他们的嘲笑正是愚蠢的证明,但在孤身一人时却会痛哭流泪,追问自己:'我为什么要承受这样的诅咒,这样的厄运?'"

阿凯梅安心想,他是我!他就是我!

凯胡斯笑了,不知为何——这完全不可能——阿凯梅安看到埃因罗在彩虹中朝他瞥了一眼。"我们就是彼此。"

但我已经破碎了……我身上……我身上有什么不对的地方!

"你是一个虔诚者,却生在一个无法理解你的虔诚的世界。但有了我,一切都不一样了,阿凯。古老神启的存续时间已然超过它们的本意,我将带来新的启示。我就是捷径之道,而我说,你并未被诅咒。"

虽然阿凯梅安心中激情澎湃,但内心最深处仍有一个古老而神秘的声音在重复天命派教义:失去灵魂,赢得——

但凯胡斯又开始讲话了,他抑扬顿挫的话语在温暖的夜风中回响,仿佛源自一切的本源。

"巫师的咒语能创造奇迹,是因为他们唤回了真神……想想吧,阿凯!像巫师那样观察世界意味着什么?理解昂塔意味着什么?大多数人只能通过一双眼睛看待这个世界,只能从一个方向理解造物——许多角度中的一个!——异民却能回忆起真神的声音,虽然不完美,但毕竟能发掘更多角度,知晓源自'此处'的几千双眼睛留下的不同记忆。所以他们看到的一切都会发生变化,成为更有意义的造物的投影。

"想想印记……大多数人根本无法从这个世界中区分出巫术,这不是理所当然的吗?毕竟他们只有一个观察角度。对走不动的人来说,神庙就只能是它正面的样子。但异民能从许多角度观察,不过可惜之处在于,巫术本身带有残缺的性质——真神的声音固然能占据所有角度,异民却受困于自己昏暗而残缺的记忆,局限性太大……"

一切变得那么显而易见。一直以来,巫师都被与渎神者等同,说他们亵渎神圣,笨拙地模仿真神的圣歌。现在他知道,这些说法虽与事实

终卷 最后的进军

相去不远,却极为粗浅,与凯胡斯轻而易举探究出的真相根本无法相提并论!

"西斯林呢,"阿凯梅安发觉自己问道,"他们又是什么?"

战士先知耸耸肩。"想象一下,有团火包裹着世界,照亮了世界。通常我们会被自己看到的光刺得盲目,觉得自己的角度是唯一的,但某些人知道并非如此,所以弄瞎自己。西斯林熄灭眼中的火焰,拔去观察的唯一角度,以便更好地领悟自己回忆起的一切。他们牺牲了清晰而微妙的认知细节,为的是得到最原始、最深奥、最本真的洞察与直觉。他们回忆的是真神话语的音调、音色与感情——几乎可以将其完美再现——付出的代价则是构成真正巫术的词义。"

这就是了,水魂术的秘密,阻碍巫术学者若干世纪的难题,就这样被短短几句话解开。

战士先知转身面对他,用闪光的手抓住他的肩膀。"此处的真相就是它无处不在。而这,阿凯,也是爱情的意义:意识到此处亦属于对方,通过对方的眼睛看待世界,和对方在此处团聚。"

他的眼睛闪动着智慧的辉光,令人无法直视。

这个世界摆脱了最后一缕阳光,阴影像墨汁一样汇聚起来,夜色沿查拉奥斯废墟般的道路阔步而行。

"这就是你为何如此痛苦……当此处离你而去,正如她离你而去,你仿佛失去了立足之地。"

一只蚊子居然敢在他们耳畔发出嗡嗡声。

"你为什么要告诉我这些?"阿凯梅安哭道。

"为了让你相信,你并非孤家寡人。"

她满足于奴隶身份。

乌有王子 * 千回之念

和耶尔或布露兰不同,法娜席拉非常喜欢当下的生活状态。她每天早上为女主人操劳,下午有片刻小憩,晚上又得侍奉女主人。黄金、香水、丝绸,还有艾斯梅娜夫人准许她们使用的化妆品。她们可以接近权力——如此强大的权力——还得到女主人的允许得以品尝美食。作为从卡拉斯坎的法玛宫中带来的女奴,法娜席拉成了先知身边的常规成员。追逐山羊的自由生活怎能与如今的日子相比?

当然,欧普萨拉那个丑老太婆一有机会还是会数落她们。"他们是偶像崇拜者!他们是奴隶主!我们应该割开他们的喉咙,而非亲吻他们的脚趾!"她一遍又一遍、不厌其烦地说。然而,这不过是因为她有基安血统——所谓"乌发卡"——可大家都知道乌发卡不过是喜欢像贵族一样炫耀自己的下等种姓而已,连他们自己都会彼此看不起,她说的话又有什么价值?

虽然欧普萨拉经常胡言乱语,她所看护的孩子——莫恩古斯——却非常健康。有天晚上,法娜席拉在奴隶们聚集厮混时提到这件事,她们当时坐在早已习惯的角落——这个角落彰显了她们的重要性——用手指从碗中扒拉米饭吃,欧普萨拉听了又怒气冲冲地声称要将因里教主子全杀掉。"好吧,"法娜席拉脱口而出,"你先动手好了!"这让耶尔和其他人哈哈大笑。于是不经意间,法娜席拉掌握了让欧普萨拉闭嘴的好方法。现在每当欧普萨拉开始长篇大论,法娜席拉只会骄傲地摇摇头,扬扬嘴角,知道自己马上就能闪亮登场。

如果说有什么让法娜席拉烦恼,那就是跪拜。主管们经常把她和其他奴隶聚起来,带到乌别里卡内的祭坛去举行仪式。仪式一开始是由一名沙里亚祭司讲道——法娜席拉只能听懂一鳞半爪——然后他们受命向围成半圆的神像大声祈祷。有些神像风格诡异,比如被砍下挂在一棵金树上的欧吉斯的头;有些透出猥亵,比如下巴由阴茎支撑的阿乔里;当然,也有几个算得上美,如面容严厉的吉尔加里奥,相貌艳丽的吉耶拉,虽然后者大张的双腿让法娜席拉面红耳赤。

终卷　最后的进军

　　沙里亚祭司将它们称为真神的不同侧面。但法娜席拉认为并非如此：它们是恶魔。

　　可她还是会按要求向它们祈祷。有时，趁主管们分神，她会把视线从眼前这些淫邪的恶魔身上移开，望向防水油布做的墙上那些织锦挂毯，寻找费恩的双弯刀，那是她民族的信仰留下的唯一痕迹。她会在心中默默重复于经篓中听过无数次的话：

　　一把斩杀不信者……一把开启无视之目……

　　这就够了，她想道，既然独一神掌握着一切，向恶魔祈祷又有什么大不了？再说，恶魔确实会听到祷告……它们甚至还会回应，否则为何偶像崇拜者成了奴隶主，虔诚的信徒反倒成了奴隶？

　　完成晚间工作后，主管会将女奴们领到"草席室"。那是一顶大帐篷，她们可以睡在华丽的地毯上。主管告诉她们，这些都是从她们死去的基安主人的要塞中抢来的。有些人会在夜里哭泣——另一些人，一些面容姣好的，或是白天犯过错的，则会在深夜里被带出去。

　　被带走的人有时能回来，有时不能，法娜席拉对此并不关心，毕竟那是她们自己的报应。奴隶只需服从……就这么简单。服从会得到奖赏，至少可以不惹麻烦。

　　在被带走的那个晚上，她就是这样提醒自己的。他们要她做的一切她都照做了。她很守规矩！他们不会让她消失——不会的！她为战士先知洗过脚……

　　艾斯梅娜夫人不会允许这种事！绝不会！

　　库罗波斯主管，一名曾侍奉基安人的辛罗恩奴隶，拒绝回答她低声提出的任何问题。他坚定地牵着她，跨过地上睡得横七竖八的女奴，来到主管们休息与娱乐的前厅。起初她以为他们要她侍寝，毕竟她见过他们看她时脸上色眯眯的表情——尤其是提鲁斯，那个赢得自由的纳述尔人。他们强奸过许多女奴，但敢向她动手吗？她只需对艾斯梅娜夫人哭诉一番，他们就会被割喉。

她把这话告诉了库罗波斯。

"去和他说吧。"瘦削的老人哼了一声,把她推出由悬挂的皮鞭组成的门帘——因里教奴隶住所的入口通常是这样子。她呼吸到清冷的夜晚空气。

一个男人站在昏暗的夜色中,身形高大,姿势伟岸。在他身后,黑暗的、迷宫般的军营向远处延伸。他的装束非常简朴,只在沙漠束腰衣外套了件辛罗恩的短斗篷,所以过了几个心跳的时间她才认出他……纳森蒂的韦尔乔大人!

她立刻跪下来,低垂着头,脸颊几乎触到胸口,这是她所受的训练。

"看着我。"他的语气镇定而温和,"告诉我,可爱的姑娘,我听到的谣言是怎么回事?"

如释重负感从她身上扫过,法娜席拉尽可能端庄地抬起头。

她热爱闲言碎语,也同样喜欢受人关注。"您指什、什么谣言,大人?"

韦尔乔微笑着低头看她,站得那么近,她甚至能闻到他裤裆处急剧的酸胀。他结茧的拇指扫过她的脸颊,拂过她嘴唇的轮廓,让她不禁浑身颤抖。

"谣言说他们还是情人。"虽然他的目光仍然疏远,语调中却似乎有种……幸灾乐祸的味道。

法娜席拉吞了吞口水,再度感到恐惧。"他们?"她眨眨眼,忍住泪水,"他们是谁?"

"圣侣和那位圣导师。"

终卷　最后的进军

第十一章　圣安摩图

　　所有咒文中,最能展现灵魂本质的是"强迫咒"。根据赞拉辛尼乌斯的理论,由于被强迫咒影响的人不约而同地认为是凭自由意志行事,说明"意志"不过是又一桩在灵魂之中运转的事物,并非我们所认为的灵魂主宰。此事本身并无争议,但由此产生的荒谬推论却没有得到充分认识。

——默伦尼斯,《神秘术要义》

　　一位磨坊主曾对我说,无法咬合的齿轮会化为撕咬的牙齿。无法实现谋划的人类也会变得如此。

——昂提拉斯,《论人类的愚蠢》

　　长牙纪4112年,早春,安摩图

　　他们来自加里奥斯麦秆覆盖的田野,那里的主人与爱犬一起共进晚餐;他们来自森耶里幽深的边境森林,那里的斯兰克与人类进行着漫无目的又永不停息的战争;他们来自瑟-泰丹的草厅,那里的长发贵族轻视所有混血种族;他们来自康里亚宏伟的庄园,那里的黑眼总督们最看重过去的传统;他们来自上艾诺恩闷热的平原,那里涂脂抹粉的贵族须得在拥挤的街道中奋力挤出路来。两年前,千庙教会的沙里亚发出号召,把他们聚集在一起……成为长牙之民。

　　自捷罗萨起,主力纵队再没遭遇抵抗。"日一税"的消息比军队走得更快,无论他们从哪里经过,谢拉什人都会纷纷拜倒在红黑色的土地上，俯首称臣。当地人打开隐藏的谷仓，献出羊奶、蜂蜜、干胡椒、甘蔗，甚至整群牲口。村庄长者争先前来亲吻他们穿凉鞋的脚，献出最美丽的深色皮肤的女儿。为取悦圣战军的各位首领，谢拉什人无所不为。

由胡尔瓦嘉、岑约萨、普罗雅斯和安菲里格率领的大军沿英雄大道推进，沿海各要塞望风而降：沙巴萨尔、摩里顿，甚至霍雷波——圣战开始前，那里曾是因里教徒朝圣者的登陆点。又一批生力军加入圣战，他们是被基安掠袭船赶上岸的加里奥斯海员（大多是奥斯文塔人）。他们穿着毛衫挥汗如雨，把平底船拖到多石的浅滩上烧毁殆尽。晚上，他们来到族人的营火旁，却为对方陌生的装束与无情的凝视困惑不已。

与此同时，戈泰克笔直南下，根据阿斯贾亚里的情报扑向查吉多要塞。在这里，捷罗萨大屠杀的消息也走在了圣战军前面。经过象征性抵抗，这座著名的城堡便向泰丹人屈服，将自己的命运交给了并不确定的仁慈。

至圣的先知，阿甘萨诺的伯爵写道，查吉多已陷落，我方几无伤亡，除了我表亲的侄子被一支流矢射中。是的，您剔去了这片土地的骨头，就像剔去鱼骨一样！赞美诸神之神，赞美因里·瑟金斯，我们的先知，您的兄弟。

每过一天，长征的伤痛也就消退一分，长牙之民渐渐恢复了旧日的幽默感。夜晚变成喜庆的节日，虔诚的酒徒们一次次举杯，祝福神圣的战士先知。几百支即兴组成的朝圣队伍出发前往丰饶的乡间，谢拉什人惊讶地看着偶像崇拜者在古老的废墟中漫游，争论经卷上的一行行记述。

除开几起意外，再没有进军之初那样的惨烈屠杀。在全体贵族的议事会上，战士先知明确宣布，因里教徒将用行为证明自己是否遵从他的谕令。"谢拉什人，"他说，"无需因爱戴而信任我，我们也无需通过杀戮来展示仇恨。放过他们，大门自会敞开；杀戮他们，等于杀戮自己的兄弟。"

终卷　最后的进军

谢拉什境内的基安人几乎已经逃空，阿斯贾亚里继续向圣安摩图腹地挺进。在整个嘉尔塔台地，远方腾起一道道冲天烟柱，那是费恩教徒急于烧掉任何可兹制造攻城器械的木材。以摩-波拉萨斯为基地，这位急躁的年轻伯爵将巡逻范围一直扩大到沙尔瑞佐平原边缘，探查了每一个被费恩教徒放弃的废墟。但在不断的遭遇战中，他的手下逐渐被消耗，由五百名封臣与骑士组成的队伍很快缩减到不足二百人。虽然他勇气不减，但连守住当下基地的人手都嫌不够，更不用说面对法纳亚麾下正在希摩集结的异教徒大军。

他发给战士先知的信函最初还在冷静评估当前的战场态势，很快就开始求援。战士先知要他保持耐心与坚韧，同时也敦促贵族们加快速度。

捷罗萨陷落之后只过了十天，圣战军主力踏上了嘉尔塔台地。考虑到部队的规模（其中包括永远行动迟缓的赤塔），加之沿途搜寻粮草，这已堪称神速了。然后就发生了那件怪事。

关于那件事的记叙各有不同，不过所有叙述者都承认，这与一个老人——一个老瞎子——和先知的会面有关。这本身就不同寻常，因为百柱团早就在尽力驱逐或杀戮（如果无法驱逐的话）先知扈从行进路线上的每一个盲人。圣战军离希摩越近，圣侣就越担心西斯林的袭击。

不管怎样，他们忽略了一个双目失明的谢拉什乞丐，当先知扈从的队伍穿过嘉尔塔人的城镇吉姆时，那个乞丐朝战士先知喊了什么。在写给父亲的信中，涅尔塞·普罗雅斯王子有如下描述：

没人知道他喊了什么，但阿利沙和其他卫士非常清楚情况有多险恶。他们马上扑向那个人，却被战士先知洪亮的声音喝止。所有人都僵在原地，迷惑不解，看着被赐福者打量那个步履蹒跚的老乞丐。老人的皮肤近乎黑色，衬得一头乱发和胡须像祖姆人的牙齿一样白。我们目瞪口呆地看着被赐福者下马走向那个老人——就像对方是来悔罪的一样！他来到那个伛偻的人面前，问道："你是谁？我为何要答应你的要求？"那蠢货答道："我只是有句话要悄悄对您说。"我们当中许多人顿时发出警惕的叫喊。父亲，我至今还记得，在那恐惧的时刻我有多焦急。"为什么，"被赐福者问，"你的话要悄悄对我说？"老人答道："因为我的话意味着我的末日，真的，你听完后就会杀了我。"我当时大喊起来，说这是个骗局，是邪恶的西斯林搞的把戏。我也记得许多人高声附和。但被赐福者没在意，他甚至跪了下来，父亲，他单膝跪在老人跟前，好让那瘦小的人可以在他耳边说话。我们个个动弹不得，心中被恐惧占据，眼看那个老人说出了意味着自己末日的话——那确实是他的末日，父亲！他话刚说完，战士先知就拔出圣剑恩朔雅，朝那异教徒砍去，从颈间直劈到胸口。当他下令圣战军停止前进，在吉姆镇外的原野上就地扎营时，我们还没喘过气来。虽然有人鼓起勇气询问缘由，他却没作任何解释。

那个老混蛋究竟说了什么？

曾有一个时代，它沉浸在荣耀和恐怖中。它是伟大的坠落后之王蜥尔的持矛者，在派尔派拉平原的决战中，它敢于直面库亚拉-辛莫伊的怒火。它曾骑在龙族之父武鞑戾的背上。它曾与"大山"赛洛戈角力——并将对方扳倒！伊绍里尔的奇族最初称它为"Sarpanur"，这是他们那些地下拱桥的拱顶石的名称，在"子宫瘟疫"后改称它"Sin-Pharion"，意为"谎言天使"。

噢，狂喜的时代！那时它还年轻，不朽的身躯尚未因为一层又一层的嫁接而受到损害。那是怎样一场大战！若非蜥尔的急躁，它和它的兄弟们本能获胜，而整个世界——这个世界——都将被吞没。

结果它们被赶回了明-乌洛卡斯。它们被驱逐、被猎捕。它们如此凋零！

但第二个黄金时代奇迹般到来。谁能想到狡诈的人类居然重启了

终卷 最后的进军

它们夭折的设计,那些害虫居然助它达成目标?它成为恐怖的世界粉碎者莫格-法鲁的部族大将。它焚烧了索利什大图书馆。它攀上了神圣的特雷瑟的城墙。它烧掉无数城市,燃起的火炬足以照亮虚空。它灭绝若干国家,让人类血流成海!它是奥拉格,被库尼乌里的诺斯莱人称为"战争之主",这也是它众多外号中流传最广的一个。

如今它怎会落至这步田地?被束缚在刑鸟体内,犹如国王套着麻风病人的袍子,如此脆弱,如此渺小。它的到来,曾经伴随着千万人的哭号!

它像秃鹫一样围绕山顶的房子盘旋,速度缓慢,高入云霄,带着胜过所有活人的耐性。在它西边,嘉尔塔台地破碎的山丘在月光下仿佛经过了漂白;在它东边,沙尔瑞佐平原一直延伸到黑暗的地平线尽头,平原上分布着树林与田野,点缀了谷仓与蓄棚。部族大将知道,再远处就是希摩……

人类世界的心脏。三海诸国的焦点。

在每个地方,它都能看到人类世代相替留下的些许印记,来自曾经的统治者和早已被遗忘的领主:一度占据这些高地的施吉克人的要塞依然洒下阴影,塞内安人的大道如直尺横穿平原,纳述尔人在山顶同心圆辐状分布的建筑体现了他们灵敏的军事嗅觉,基安人则钟爱洁白装饰。此外,还有花瓣样式的城垛和铁锈斑斑的窗扇。

但它比这一切更深沉,比这些早已荒废的石料更古老。

它盘旋下降,落向外院,在那里看到了孩子们的马。它落在一道屋檐上,黏土瓦块仍留着太阳的余温。它用只有孩子们和老鼠能听到的神圣叫声召唤它们,它们便从被遗弃的黑暗大厅中跳了出来。这些没有信仰的生物如此忠诚,立刻在它面前匍匐跪下,它们的下身刚在猎物身上弄得滑溜无比。它眼神一闪,它们立刻由于痛苦与极乐而蜷缩起来。它们都是它的孩子,它的花朵。

几十年来,非神会一直认为是西斯林的玄奥巫术察觉了它们派往希摩城的孩子,如此便不能听任帝国被费恩教徒征服。让半个三海知道对抗侵蚀的方法?圣战军看上去是阻止这一切的机会。

但棋盘迅速发生了翻天覆地的变化,现在它意识到西斯林只是某个古老得多的敌人佩戴的面具。在非神会即将达成目标的关头,那些崇高而完美的诡计却被某种更深邃的存在超越了。某种崭新的存在。

杜尼安僧侣。

这绝不止是儿子追猎父亲那么简单——不,远远不止。姑且不论他们离经叛道的手段与令人惊讶的力量,这些杜尼安僧侣的姓氏——安那苏里博——就值得警惕。即便没有天命派的预言,他们那被诅咒的血脉中也蕴涵着敌意。这个莫恩古斯是谁?如果他的儿子可在短短一年内掌控三海诸国的武力,那他在三十年内又能做出什么?在希摩等待圣战军的是什么?

虽然那个塞尔文迪人丑陋的灵魂已然陷入彻底混乱,但他至少说对了一件事:这些杜尼安僧侣掌握的已经太多了,绝不能让他们再获得真知法术。

奥拉格老朽的灵魂扯动着它所寄居的刑鸟的肌肉,露出禽类古怪的抽搐微笑。自上次遇到一个真正的对手,已经过去了多久?

它的孩子们仍在挣扎、蜷缩,分裂的面孔朝向星空。

"把这地方准备好。"它下令。

"可是,老父,"胆大的尤西尔塔问,"您为何如此肯定?"

因为它是战争之主。

"这个安那苏里博正沿英雄大道行军,他会在穿越平原、做最后的进军前停下来重整队伍,审视局面。塞尔文迪人说得对,他与其他人不同。"普通人类——哪怕是安那苏里博——会屈从于内心的渴望,眼见艰难跋涉奔赴的目的地近在眼前,双腿不免变得迅捷。但杜尼安僧侣不会。

人类。第一次大战中,他们和肆意杂交的野狗没什么区别。他们

终卷　最后的进军

是怎么成长到这地步的?

"时候快到了吗,老父?"另一个孩子马欧塔大声问,"快到了吗?"

它看了看那个可怜的家伙,那件拙劣的工具。这些年来,它们蒙受了许多莫名的损失,余下的数量已经太少了。

"牺牲已经做出,"它没理会马欧塔的问题,"这个安那苏里博会被误导,以为自己预料到了我们的行动。然后,当他来到这里……"

杜尼安僧侣出现前,非神会对自己的工具非常自信。现在奥拉格别无选择,只有亲自出马,去做那些工具只能拙劣模仿的事,完成它们只能假扮的过程……

"相信我,我的孩子们,当我们出击时他会猝不及防。他的妻子心中有背叛的种子。"

它们会测试这位先知认知的极限。它们会阻止他学习真知法术。

那东西把牙咬得咯咯响。

"我们用针头探过它们的脸。"以利亚萨拉斯说,努力装出曾习以为常的诙谐语调。

"你们就是这样找到它的?"她的口气很尖锐,带着显而易见的讽刺。以利亚萨拉斯向伊奥库斯投去一个嘲弄的眼神,虽然这对他来说已完全没用了。下等种姓真是不懂礼仪!

"需要我再解释一遍吗?"

艳红的嘴唇微笑着。"这取决于他肯不肯相信你的故事,不是吗?"

以利亚萨拉斯哼了一声,再度举起酒碗,深饮一口。她很聪明,这点他承认,她聪明得简直见了鬼。不,不……没必要惹恼他。

她如此迅速地得知了他们的发现,这不仅证明了她的能力,也证明了她为战士先知建立的组织的效率。他不会再错误地低估她和她掌握的资源了。这个婊子圣侣。

这个……艾斯梅娜。

她的确很有吸引力,是个泄欲的好对象……把对那张脸做过的事再对她做上一遍。是的,很有吸引力。

不到一小时前,奴隶们刚搭好这座大帐,以利亚萨拉斯和伊奥库斯来到这里打算研究他们活捉的第一个怪物,圣侣就出现了。贾维莱在她身后发出愤怒而迷惑的叫喊,她就这样走了进来……

一个纳森蒂跟着她,韦尔乔或是别的谁——以利亚萨拉斯喝得太多,想不起来——外加四个百柱团的混蛋。他们每人掌心都绑着丘莱尔,这是自然;然而他们还摆出小小的战斗阵形,帐篷口照进的夕阳余晖勾勒出他们的身形。以利亚萨拉斯猜想,她是否意识过自己的假设有多么无礼?瑟金斯在上,他们是赤塔!无人能干涉他们的事务,不管来人带着怎样的命令,经由哪位主人指派——尤其她还是个女人!

帐内又闷又臭,为了隔音,奴隶们在帐篷周围围上了沉重的毛毡。那东西被脸朝下悬于半空,捆在天顶垂下的粗糙铁架上,皮绳捆住它脸上所有"指头"的末端,然后拉开,像是撑开的雨伞。在以利亚萨拉斯眼中,它仿佛是圆环徽记的拙劣模仿,那张分裂的脸孔在灯光下闪烁,犹如潮湿的女人下体。

血滴以稳定的节奏滴在芦苇草垫上。

"我们完全愿意,"伊奥库斯道,"分享我们获得的任何信息。"

至于这话的真假,不必说,自然取决于他们获得的信息是什么。

"噢,"圣侣说,"我明白了……"虽然身材并不高大,但那身基安人的袍子与围巾仍让她气势逼人。"那要等到什么时候呢?"她追问,"等到拿下希摩之后?"

敏锐的贱人。当然了,出于同样的原因,他们不可能仅凭口头说辞就让战士先知攫取他们这仿佛极为偶然的小小背叛的成果,毕竟希摩

终卷 最后的进军

近在咫尺。

原本看似不可能的目的地如今近在眼前。

奇怪的是,经历了这么多,他反倒将灵魂中模糊不清的困境看得无比清晰。虽然他还会嘲笑攻打希摩的想法,心底却有一个恐慌的声音在飞快念诵什么,像以前叔叔把他扔到海浪里教他游泳时那样:不要是今天,拜托……不要是今天!

天理何在啊!他与玛伊萨内和千庙教会达成的协议是在一个完全不同的世界里签订的,协议没提到非神会,没提到第二次末世之劫,没提到天命派可能是对的……更没提到会出现一个活着的先知!

他们怎会如此容易上当?现在他们必须走上前台,亲自出手杀人,却完全失去了动机……除了自保之外。

我都做了什么?

过去几周,赤塔的秘密议事会——双掌会——为一个又一个问题反复争论:亚特里索王子真是先知吗?即便他是,赤塔为何必须听他号令?第二次末世之劫呢?非神会与换皮密探……它们居然替换了切菲拉姆尼,以他的名义统治上艾诺恩!这又意味着什么?他们是否应该撤退,抛弃圣战军?这又会带来怎样的后果?

或者他们应该继续前进,将与西斯林的战争进行到底?

每个问题都那么棘手,应对它们需要杀伐果断的魄力——而这恰是当前的大宗师最缺乏的。已经有人含沙射影地提出批评,那些模棱两可的琐碎评论在他听来更显刺耳。"少来这套!"他几乎是冲因鲁米、萨罗内瑟及其他人大喊大叫,"你们怎么想就说出来吧!"

他认为自己表达得够明白了。按康里亚人的说法,艾诺恩人要别人把话说明白时会发生什么?

——很快会有人被割喉。

他更受不了伊奥库斯,尽管他早已恢复后者的职位。谁听说过瞎子间谍总管呢?就在婊子圣侣到来前,这位瘾君子刚刚向以利亚萨拉斯提出要求,要他牢记自己的立场,改变举棋不定的局面,采取果断手段对付所谓"新生的狂信徒"……

"住口!"以利亚萨拉斯大喊,"想都别想!"

"怎么?我们就该忍受羞辱吗?你要把我们——"

"他能看到,伊奥库斯!他能透过我们的脸看到我们的灵魂!不管你对我说什么,都等于在对他说。不管说什么!他只需问一句,'你的间谍总管是怎么说的?'无论我给他怎样的回答,他都会听到你说出的每一个字!"

"呸!"

无知也是力量,以利亚萨拉斯现在明白了,之前他一直认定知识才是武器。"世界总在重复,"什拉迪哲学家乌玛尔图写道,"了解重复的范式,你就能加以掌控。"以利亚萨拉斯一直将这话当作箴言,当作铁锤,用来把各种机巧钉入脑海。你能掌控一切,他告诉自己,不管身处何方。

然而有些知识却无法掌控,有些知识会嘲弄他、贬低他……阉割他、麻痹他……这样的知识只有无知才能对抗。伊奥库斯和因鲁米不了解他了解的一切,所以他们觉得他就像没种的宦官。他们不相信他的话。

也许圣侣的出现乃是必然。也许战士先知正在掌控一切。

"为什么没人通知我?"圣侣问,"为什么没人报告战士先知?"

"我们认为这是学派的内部事务。"伊奥库斯说。

"学派的内部事务……"

以利亚萨拉斯笑了。"要面对那帮蛇头的是我们,不是你。"

她居然又前踏一步。"这些东西与西斯林无关!"她厉声道,"说'我们'这个词时小心点,以利亚萨拉斯。我向你保证,这个词包含的背叛意味远比你想的严重。"

无礼!无法无天、毫无礼数的婊子!"呸!"他喊道,"我为什么要

终卷 最后的进军

跟你这样的人解释？"

她的眼睛闪了一下。"我这样的人？"

不知出于她的语气，还是他本人的判断，让他决定仔细斟酌言辞。他感到心中的蔑视逐渐流失，眼神由于焦虑而变得黯淡。他眨眨眼，望向那个换皮密探，看见它别扭地扭动身体，像是情人在勉强遮体的毯子下做爱一般。突然间一切都变得如此……沉闷。

如此绝望。

"我道歉。"他道。他习惯性地想让自己的声音显得严厉，说出的话却像是受到了惊吓。他到底怎么了？这场噩梦何时才会结束？

胜利的微笑浮现在她脸上。她——一个下等种姓的妓女！

以利亚萨拉斯感到伊奥库斯气得身体僵硬。显然，无需目睹也能明白这里发生了什么。这就是后果！为什么每件事都要有后果？他会为这……这……这羞辱付出代价。要保住大宗师的地位，他必须像大宗师一样行事……

我到底做错了什么？他心底那个声音大喊。

"你们要把这怪物送过去。"她说，"这些东西没有灵魂，所以你们的强迫咒没有用处……需要使用其他手段。"

她在用命令的口吻说话，以利亚萨拉斯发觉自己居然可以接受——不过他也知道伊奥库斯肯定没法接受。她委实俊俏，甚至称得上美丽。跟她上床一定很享受……她属于战士先知？啊，正如纳述尔人的俗语，桃子上撒糖最是甜蜜。

"战士先知，"她说出他的名字，像是惯用的威胁，"想了解你们的备战细节——"

"他们说的是真的吗？"他脱口而出，"你真的跟过阿凯梅安？杜萨斯·阿凯梅安？"他当然知道这是真的，但不知为何，他想听她亲口承认。

她紧盯着他，一言不发。以利亚萨拉斯突然觉得自己能听到黑色毛毡给帐篷带来的寂静——连线角的摩擦都一清二楚。

嗒,嗒,嗒,嗒……那个没有脸孔的怪物还在滴血。

"你看出其中的讽刺了吗?"他拖长声调续道,"你当然看出来了……下令绑架阿凯梅安的是我,导致你和……'他'……结合的人也是我。"他哼了一声。"因为我你才有今天,不是吗?"

她没有冷笑。她的脸太美,不可能露出那种表情,但她的面孔仿佛被轻蔑点燃。"很多人,"她平静地说,"会把犯下的错误当作成就。"

以利亚萨拉斯想发笑,但她没再理会,只是继续下达指示,就当他是一根咯吱作响的木杆或一条吠叫的狗,发出的全是噪声。她指示他——赤塔大宗师!——该做什么。为什么不呢?最近这些日子,他显然失去了决策能力。

我们马上就要进攻希摩,她说,希摩。

这个名字仿佛长着利齿。

下雨了。日暮时分突如其来的雨稍稍缩短了日照时间,令人生厌、仿如羊毛织就的黑夜迅速降临。雨落在木板上、草地中,嘶嘶作响地渗进裸露的土地,又在密密麻麻的帆布帐篷上弹跳。强风将雨雾卷作急流,湿透的旗帜像钩子上的鱼一样拼命扭动。嘶哑的叫喊与咒骂在营地中回响,粗暴的大兵们正和自己的帐篷搏斗。有的人脱得一干二净,赤身裸体站在雨中,任雨水清洗一路风尘;但更多的人和艾斯梅娜一样跑了起来。

找到那顶小帐篷时,她已湿透了。百柱团的卫兵肃穆地站在倾盆大雨中,看她的眼神里带着麻木的同情。帆布门帘在雨水中变得冰冷,凯胡斯已坐在温暖明亮的帐内等她了——阿凯梅安也在。

他们一齐转过脸来看她,阿凯梅安的目光又很快移回那个怪物身

终卷 最后的进军

上——她从以利亚萨拉斯那里要来的怪物,它看上去正对阿凯梅安低语着什么。

雨水敲打着防水油布,令四周都发出潮湿的轰鸣,篷顶的缝隙间滴下水流。

那东西被笔直地绑在正中央的柱子上,手腕高吊,双脚远离地面的草垫,令它无从借力。棕色的裸体在灯笼光线下闪耀,那是它所替代的桑索奴隶的皮肤。它浑身上下满是被折磨的痕迹:烧伤,鞭痕,还有破碎的肌肤,就像小孩用锥子或匕首胡乱凿刻而成。它破裂的脸没有完全合上。它异常沉重地摇着头,那些带指节的触须仿佛模仿出了人类受惊的表情。

她意识到,短短时间里,伊奥库斯已经使出各种手段,难以想象阿凯梅安在他那里曾经经受过什么……

"奇格拉拉……*Ku'urnarcha murkmuk sreeee...*"

"这是它与生俱来的本能,"阿凯梅安似乎接上了刚才打断的讲述,"好比毛毛虫一被碰就会蜷起来——它们被捉到时就会以此自我保护。"

艾斯梅娜浑身发抖,她弯腰挤掉发际的水,用外套内衬轻轻擦脸。从内衬上的痕迹她知道,用来描眼的灯黑已经花了。她眨眨眼,看着那个换皮密探淫秽的形象,想让呼吸平静下来。她必须在这样的东西面前坚强起来!

它们是不是谁都能瞒过?

身居高位就是这种滋味?无穷无尽的恐惧,恐惧每一件东西、每一个词、每一个行动,恐惧它们带来的后果和影响?非神会真的存在。

"不,"凯胡斯说,"你对它们的理解是以人类为参照。"他冲阿凯梅安露出责怪的笑容,艾斯梅娜不由自主地回以微笑。"你假设它们有需要隐藏的自我。其实不管它们表现出怎样微妙的性格,那都是偷来的,它们只拥有动物的本能。它们只是外壳,是灵魂的模仿者。"

"但这已经足够了。"阿凯梅安严峻地说。

他的意思非常明显:足够愚弄我们了……

"已经足够了。"凯胡斯重复了一遍,但他的声音——惋惜、悲伤、充满预示——让这句话的意蕴变得完全不同。

艾斯梅娜身上仍是湿的,不过她还是坐到凯胡斯旁边,努力确保他挡在自己与阿凯梅安之间。她突然发觉自己成了阿凯梅安关注的焦点。

"它代替的人,"凯胡斯问,"是什么身份?"

她努力赶走脸上的奉迎神色。"是个奴隶武士,"她说,"贾维莱……准确地说,是贾维莱中的胡卡射手。"

"哭泣者,"阿凯梅安道,这是巫师们贬低丘莱尔弓箭手——洒下神之泪的射手——的说法。有人告诉艾斯梅娜,胡卡射手的箭术在三海诸国中最为致命。

她点点头。"事实上,正因如此,他才引起以利亚萨拉斯的注意。赤塔鼓励他们的精英武士彼此间亲密交往,而他的情人向上级举报了他。之后他们用针刺穿了他的脸。"她望向凯胡斯,本希望面带骄傲,却涌起强烈的渴望。

"这法子很有效,"他点点头,"却无法推广。"虽然他并没有看她,但转向怪物之前还是轻轻挤了挤她的肩膀。这样一来,她和阿凯梅安之间的空间突然……裸露了出来。

"你觉得该怎么办?"阿凯梅安问,"我们挫败刺杀企图了吗?"虽然心里很不舒服,艾斯梅娜还是被阿凯梅安颤抖的音调所吸引,朝他转过身。他与她目光短暂交汇,又看向别处。

她意识到,两人间的紧张感并未消散,害怕犯错的恐惧不曾离开。

我这样的人……

"它们知道你身上带着印记了,"她对凯胡斯说,"它们觉得你易受攻击。"

终卷 最后的进军

"是啊,它们为此担的风险……"阿凯梅安说,"赤塔对胡卡射手的审查最是严格,此事的策划者一定非常清楚。"

"确实如此。"凯胡斯说,"这似乎是孤注一掷的举动。"

不知为何,她想起在苏拿那天,与阿凯梅安、埃因罗一起讨论玛伊萨内与赤塔结盟的重要性。那是第一次有男人肯听她的意见。"但想想吧,"她尽全力让自己听起来自信一些,"你有最伟大的灵魂,凯胡斯,有最不可思议的智力。你降生于世是为了阻止第二次末世之劫,它们难道不会想尽办法阻止你学习真知法术吗?并为此不惜一切代价?"

"奇格拉拉拉,"那东西喘着气,"*Put hara ki zurot...*"

阿凯梅安瞥了凯胡斯一眼,随后才用异乎寻常的大胆语气评价道:"我想她说得对。"他的声音里带着毫不掩饰的赞美。"也许我们可以暂时松一口气,也许不能。但无论如何,我们应该尽量减少你与外界的接触。"他热切的目光对她来说是种冒犯,但其中又带着歉意,带着令人心碎的坦白。

她无法忍受下去了。

黑暗降临,雨点如鼓。

那东西一动不动,虽然给灯笼添油的卫兵的气息已让它的阴茎兴奋得又硬又长,压在肚子上了。那份香甜的恐惧气息。

镣铐擦出了伤口,但它不痛;空气冰寒刺骨,但它不冷。

它知道自己是被做出的牺牲,知道已经承受和即将面临的折磨,然而它坚信老父不会放弃它。它与它的兄弟们谈过很久,说出了周围卫兵的数量以及想见它需要的口令。它的末日已至,毫无延缓的可能,但它也知道自己将获拯救——这两个事实在它不能称之为灵魂的思绪中流动,丝毫不显得有所抵触。

它只在乎一种尺度,一种真实,温暖、湿润,散发着血腥的真实。只要想到那个,它的下体就忍不住发抖。多么渴望!多么向往!

它那思绪的微光波动着,它梦想骑上敌人的身体……

当约定的时间到来时,它高昂起头,虽然虚弱无力,还是勉强将脸拼到了一起。它习惯性地扯了一下绑缚它的锁链与皮带。金属发出哀诉。木头咯吱作响。

然后它尖叫起来。人类的耳朵听不到它的喊声。

"Yut mirzur!"

尖锐刺耳的喊声穿透重重营帐,越过在冰冷的雨夜中蜷缩的人类大军,传给了它那些如豺狼般盘踞在大雨下的兄弟们。

"Yut – yaga mirzur!"

这是它们神圣的阿古佐语中的两个词:"他们信了。"

圣战军从吉姆镇出发,穿越嘉尔塔台地。没人能看懂前往安摩图的道路上那些石碑,但他们还是知道怎么走。他们打散队伍,在雾霭弥漫的黑暗山丘间行军,武器与盔甲在阳光下闪耀,途中不时响起嘹亮歌声。他们就这样走进了圣安摩图,放眼望去,前方既有如湖面般平整、在峡谷中展开的牧场,也有突然中断、显露页岩峭壁断层的山坡。经过艰难的旅程,他们并不认为这些景色有多么新奇,反倒感觉回了家。对这片土地,他们远比对谢拉什熟悉。他们熟悉这里的地名、人民和历史。

他们自童年起就在学习这片土地的一切。

进入安摩图的次日午后,康里亚人来到安瑟里奥特神龛,它离英雄大道只有三里。甘雅提总督麾下有七个安基里奥斯人在争抢着冲进圣

终卷 最后的进军

水沐浴时淹死。随后的每一天,他们骑马或拖着沉重的步履经过了更多巨大的石门,这些标志代表他们的劳累即将结束。很快他们就会到达贝塞尔,那里居民眼睛的颜色或许还能看出后先知的血脉。然后是霍尔河。然后……

希摩。触手可及的希摩!

那像是地平线上的呐喊,又像是在他们心头响起的低语。

与此同时,在往东方几天路程的地方,帕迪拉贾法纳亚·阿布·卡萨曼德正率数百名夸约里骑兵及亲手挑选的一些大公们上阵,决意消灭被他的人民称为 Hurall'arkreet 的那个男人——这个名字是绝不能当着帕迪拉贾的面说的。得知阿斯贾亚里的部队遭到极大削弱后,他命辛加捷霍带尤玛那人前往台地南方活动。他推测那名狡猾的伯爵不会就此退缩,而是会迂回至猛虎之师的侧翼,沿霍尔河深入那些马蹄形山丘——基安人称那些山丘为马达斯,意为"指甲"——他在那里精心准备了一场伏击,且不顾教首西奥提的反对,带来整整一队西斯林以确保胜利。

不料年轻的加恩里伯爵却坚守阵地,在以一敌十的绝对劣势下与辛加捷霍及其大公们周旋。因里教徒英勇奋战,但仍被渐渐逼至绝境,加恩里的红马旗消失在混战之中。眼见形势危殆,阿斯贾亚里一边高喊鼓励手下,一边踢动战马向前冲去,一路杀向异教徒最密集处。他的吼叫与舞动的战锤让敌人畏缩不前。然而就在这时,他的蒙格里亚战马毫无预兆地躁动起来,一位年轻的枪骑兵——一名塞鲁卡拉大公的儿子——刺中了他的脸。

死亡盘旋降临。

费恩教徒齐声唱起胜利的赞歌。看到异教徒骑兵迫不及待想要带走尸体,伯爵的家臣们发出混杂着恐惧与愤怒的大吼,发动决死攻击。付出惨痛代价后,加里奥斯人夺回了伯爵被劈得七零八落、横遭凌辱的尸身。

加恩里伯爵麾下残余的男爵与骑士们带着他的尸体向西逃窜,世上少有队伍这般狼狈。不过数小时后,他们就遇上索特尔大人麾下一支强大的基什雅提部队,粉碎了追兵。援军如此之近,却又为时已晚——加恩里众人不由潸然落泪。将来人们会称他们为二十勇士,阿斯贾亚里手下五百人的队伍中只有这些人幸存。

在全体贵族的议事会上,阿斯贾亚里的死引发了肃穆的缅怀和不小的恐慌。长久以来,这位年轻伯爵一直是圣战军的耳目,是他们手中最长也最坚固的矛,而他的阵亡被视为灾难的预兆。由于吉尔加里奥神的高阶祭司库默尔已去世,战士先知亲自主持仪式,宣布他为战神使者,在未经排演之下举办了吉尔加里奥的祭礼。

"因里·瑟金斯出现在末世之劫后、这个世界需要治愈伤口时。"他对前来哀悼的贵族们说,"我则出现在伤口产生之前、人类需要力量去战斗时。百神之中,勇武的吉尔加里奥点燃了我体内最炽烈的火焰,却仍比不过他在柯伊苏斯·阿斯贾亚里——这位加里奥斯之王厄耶特之孙、阿希尔达公主之子——身上展现的光芒。"

先知说完之后,还活着的战神祭司们清洗了伯爵的尸体,将刚与圣战军会合的加里奥斯人带来的军服套在他身上,让他不至于蒙受身披敌人的卡哈拉受葬的耻辱。他被安放到巨大的香柏木柴堆上,士兵点燃火把,那仿佛是苍穹之下唯一的火光。

加里奥斯人的挽歌一直唱响到深夜。

圣战军走完嘉尔塔台地的最后一段路,他们情绪低沉,忧愁占据了每个人的心绪。但在距贝塞尔仅几里的地方,戈泰克的队伍与大军会合,虽然泰丹人得知阿斯贾亚里阵亡后颇为沮丧,但圣战军的其他人却欢欣鼓舞。在这里,后先知的出生地,长牙之民又一次团聚起来,他们的任务只剩下最后一个。

走出嘉尔塔台地的上午,大军途经沙尔瑞佐平原边缘一座早已荒弃的纳述尔别墅。虽然离日落还有好几个小时,但战士先知要部队在

终卷　最后的进军

此驻足。圣战军首领们恳求他继续前进，他们急不可待想看到圣城。

战士先知拒绝了他们的请求，在坚实的墙壁间住了下来。

———⚜———

艾斯梅娜请求他不要离开。

她把手按在他坚实的胸口，直直看进他的眼睛，慢慢地坐下去，一直坐到他的下体上。他战栗了一下，厮磨的瞬间她感到一派极乐，庆幸能牢牢地与他联结在一起。他到达了巅峰，而她紧紧跟上，两颗心如打铁般轰鸣着，叫喊着……

"谢谢你，"事后，她在他耳边喘息着说，"谢谢你。"她如此渴望触碰他。

他坐在床边，虽然呼吸沉重，但她知道他并没有疲累。他从不会疲累。他赤身裸体站起来，踏过光洁的地板，走向房间对面墙边窗台下的雕花水盆。一片昏暗中，支撑水盆的三脚架反射的光让他看上去被染上一层橙红色，而他洗手时在画满壁画的墙上投下大大的影子。她躺在那里，静静欣赏他象牙般的身体，回味他的下体在她双腿间滑动的滋味。

她抱紧被单，突然舍不得放开它们提供的那一点点温暖。她扫视房间里的家具，这些家具的线条让她想起了自己从前的家园。帝国。她心想，几个世纪前某位族长就在这里行房，而"费恩教"和"非神会"这样的词丝毫未曾在他脑海中出现；他也可能知道"基安"，但那对他来说只是遥远的沙漠之民。不仅是那位族长，在无数个世代里，人们对这些可怕的东西都一无所知。

她不由得又想起西尔维，永不休止的焦虑回来了。

新环境带给她的愉悦为何总是这样稍纵即逝？从前她经常耍弄恩客中的祭司，心情不好时甚至会戳破他们伪善的言辞。对那些大概不会再上门光顾的祭司,她会就信仰问题追问他们,问他们到底缺什么,以至于要到妓女身上寻求安慰。"力量。"有人这样回答,还有人失声痛哭,但更多的人不承认自己缺了什么。

只要因里·瑟金斯掌控着他们的心灵,他们能缺什么呢?

"许多人都会犯这样的错。"凯胡斯站在床边说。

她下意识地伸手握住他的阴茎,用手指揉搓。他就在床缘,巨大的阴影笼罩着她,金色的光环勾勒出他的头发。

她不停眨眼以止住泪水。求你了……再要我一次。

"他们觉得生活中的不幸与信仰不符,"他续道,"所以开始假装。他们以为只有自己心中产生了怀疑,只有自己是脆弱的……他们身在福中不知福,还将一切归咎于自己。"

在她的触摸下,他变得又长又硬,如同一张拉紧的弓一样弯曲起来。

"但我有你,"她低声说,"我与你共眠。我怀着你的孩子。"

凯胡斯微微一笑,温柔地推开她的手,又朝前倾身吻了她的手。"我是答案,艾斯梅,但不是药方。"

她为何在哭?她到底是怎么了?

"求你了,"她又一次握住他的阴茎,好像这是她唯一能掌握的东西,也是这个神一般的男人唯一能给她的东西,"求你要我。"

这是我唯一能给你的……

"你给我的很多,"他拨开被单,一只影子般的手按上她的肚子,"很多。"

他的凝视漫长而忧郁。然后他离开了,去找阿凯梅安学习真知法术的秘密。

终卷　最后的进军

她躺在那里无法入睡,聆听着这所老房子的石料发出玄奥的细碎声音,之后火盆熄灭,黑暗变得更加浓重。赤身裸体的她在床单上伸展了一下,意识变得模糊,桩桩不幸在她的灵魂中盘旋。阿凯梅安的死。弥玛拉的死。

她的生命中没有谁真正死去。至少过去没有。

"穿过那些隔绝术不是什么难事,"一个声音低声道,"尤其当它们的主人正在施展另外的法术时。"

她突然醒来,虽然并没有完全清醒。她眨眨眼,看见一个男人走到床边……他个子很高,身材也好,上身的银色锁甲外套一件炭黑斗篷。看到他英俊的面孔,她稍感安慰,这算是——

他的影子长着带钩的翅膀。

她缩到床的另一头,紧贴墙壁,瑟瑟发抖。

"我后来想想,"他说,"十二个银塔兰实在不划算。"

她想尖叫,但他突然间就出现在她面前,像情人一样紧贴着她,伸出一只光滑的手紧紧捂住她的嘴。她感觉到他粗壮的下体拱起来,顶着她的臀部。他舔她的耳朵时,她的身体在欢悦中不听使唤地颤抖。

"同一颗桃子,"他轻轻喘息,"怎能卖出如此不同的价钱,嗯?是因为洗掉擦伤了?汁水更甜美了?"他另外那只手在她平滑的身体上游走,她变得十分紧张,但不是因为想躲开他,而是……她的欲望在他手中就像黏土一样听凭摆布。

"或者是因为买桃子的人?"

那团火好像偷走了她的呼吸。"求你了!"她喘着粗气。

快要我……

短短的胡楂擦过她耳边柔软的皮肤。她知道这是想象,但……

乌有王子 * 千回之念

"我的孩子,"他说,"只会模仿它们所见之物……"

她的抽泣声被他的手闷在了喉咙里——她想哭,但她的双腿在他探求的手指下松弛下来。

"我,"他低声道,那声音让她的皮肤阵阵发痒,"我会带走一切。"

终卷　最后的进军

第十二章
圣安摩图

死亡,从最严格意义上讲,是无法定义的。因为定义它的是我们生者,它也是相对于我们的生命而言。这意味着死亡被归入了永恒和神祇的范畴。

——阿金西斯,《人类的解析·第三卷》

要相信一个人宣称的为真,就必须假定与其相悖的所有宣称为伪。既然每个人都假定自身的宣称为真,那么这样的假定往好处说是讽刺,往差处说则是荒唐。人世间有无穷无尽的话题,谁有资格认定自己渺小的出发点一定为真呢?但可悲的是,我们不得不做出自己的宣称,所以我们人类交流时,最好像神祇一样说话。

——哈塔提安,《道德经》

长牙纪4112年,早春,安摩图

因库-霍洛纳斯。奇族这样称呼它,意为天空方舟。

在古代战争中击败虚族后,尼尔-吉卡斯下令调查这艘船,其结果被纪录在奇族伟大的编年史《伊苏菲里亚斯纪》中。它长达三千肘尺,从船首算起,有两千多肘尺的船体被埋在地下,其宽度为五百肘尺,高三百肘尺……

这是一座有无数房间的山峰,由闪着金光的金属制成,没有任何东西能在上面留下刻痕,更不用说打破它了。它的外貌就像一座城市被卷了起来,团成一条丑怪的鱼。世界无法吞噬这座废墟,岁月也无法将它消化。

　　此外，正如谢斯瓦萨和纳乌-卡育提所发现的，它更是一座宏伟的镀金墓穴。

　　他们在废弃已久的内舱中游荡，脚步踩在腐烂的、用来支撑倾斜内壁的歌斐木板上发出咯吱响声。他们走过一条条曲折的通道，一间间敞开的舱室，其中有些像峡谷一样宽阔。每个拐弯处都有骨头，不计其数的骨头，大多数已和白垩没什么区别。白骨在他们脚下粉碎，化作薄雾般的尘埃，覆盖了脚踝。这其中有人类和奇族的骨头，也许是攻进船中的古代武士，或是困在这片纯粹黑暗中饿死的俘虏；巴拉格汇聚在一起的骨头有先知的手杖那么粗，总以三根为单位紧紧连接；斯兰克的骨头则四下散落，像野营后留下的鱼骨；还有一些骨头他们无法辨认，它们每根都很独特，有的小如耳环，有的长如小艇桅杆，而且如浸过油的青铜般闪着光，虽然纳乌-卡育提拥有传奇的神力，也无法将之折断。

　　谢斯瓦萨不曾感受过如此的恐惧，一方面它淡淡弥漫在周围，足以让人时而忘记，但同时又如海潮般深沉，就像他所珍视的一切都暴露无遗，而且不只是为伤害，更为让他看到一切并非真实。他能从理智上理解这种恐惧的来源与起因，可他的内脏仍像被紧紧攥住一样。他们走进了明-乌洛卡斯的深渊，数千年来，虚族在此以邪恶的方式噬啃世界与外域的边界。它们所遭受的诅咒已经越来越近……越来越近。

　　方舟是拓扑结构，现实的坚实界限在这里变得模糊。他们听到巨大的回音，轻轻的脚步变成口齿不清的尖叫，压低的咳嗽变成无数的呻吟，而他们说的每句话最终都化作非人的咆哮。他们也能看到若干景象，似乎就在视野边缘，有许多长着利齿的嘴在黑暗中咬合，还有哭泣的孩子……数不清有多少回，阿凯梅安看见纳乌-卡育提猛地转身，想看清某个方向上出现的幽灵。

　　道路不那么危险时，阿凯梅安会踉跄着紧跟在纳乌-卡育提后面，紧盯那盏被蒙住的灯笼发出的昏暗灯光，浑不知该想些什么。有的地

终卷 最后的进军

方悬吊着碎裂的墙板,活像被剥下的人皮。方舟的墙壁本是金制,但那些子宫般的弧线却被最后一次致命的坠落所扭曲。每块内壁上似乎都有铭文镶板,他俩的影子似乎也在周围墙上拖出了古怪的形状,笼罩着一层非自然的黑暗光环。

他们精疲力竭,脚步蹒跚,双手发抖,最终不得不停下,希望偷空小睡一会儿。阿凯梅安蜷成一团,坐在两道隔板的交叉处,边打瞌睡边扭动恐惧麻木的四肢。他不由自主地回忆着走过的每一级台阶、每一个黑暗的洞口、每一条衰朽的通道,希望能想起自己是在哪里失去了最后一线希望。他们该如何逃出这地方?就算能找到……

他无时无刻不感觉到方舟的存在,感觉到头顶与脚下无尽的迷宫和吞噬一切的虚空。就像地狱在周围发出无声咆哮。

这个地方……

"骨头,"纳乌-卡育提咬着牙说,"这里一定是骨头做的!"

阿凯梅安听到声音不禁打了个冷战,望向王子绝望的身影。王子同阿凯梅安一样抱住双肩,犹如赤身裸体站在冰冷的狂风中。

"有人说,"阿凯梅安低声道,"方舟是一整块骨头,这些墙壁曾被血管和皮肤包裹。"

"你是说方舟曾是活物?"

阿凯梅安点点头,不禁在恐惧中吞了口口水。"虚族自称方舟之子,最古老的奇族诗歌称它们为孤儿。"

"所以这东西……这个地方……是它们的母亲?"

谢斯瓦萨笑笑,"也可能是父亲……事实上,我们的语言恐怕难以描述。就算能穿透千年的迷雾,这个地方也超出了我们的理解能力。"

"我想我明白你的意思了,"年轻的王子道,"你是说,戈尔格特拉斯是一个死去的子宫。"

阿凯梅安紧盯着他,挣扎着与心中的罪恶感抗争,那种感觉随时可能让他目光动摇,就像铅块打碎玻璃一样。

"我想是的。"

纳乌-卡育提望向四下的黑暗。"污秽,"他低声道,"如此污秽。为什么,谢斯瓦萨?它们为什么要向我们开战?"

"为了封闭这个世界。"他只说得出这些。

牢牢封闭。

年轻人跳上前来,紧抓住他的肩膀。"她还活着!"他嘶叫道,眼中闪着绝望和怀疑,"你告诉我的……你答应过我!"

"她还活着。"阿凯梅安撒谎道。他甚至捧起年轻人的脸,微笑鼓励。

我毁了我们。

"那我们走吧,"至高王的儿子道,颀长的身形在黑暗中站了起来,"我怕睡着会做梦。"他面无表情地朝黑暗中继续前进。

谢斯瓦萨又呼吸了一口寒冰般的空气,踉跄着跟上他——纳乌-卡育提,特雷瑟的继承人,安那苏里博王朝最伟大的光芒。

人类最伟大的光芒。

凯胡斯向外延伸……

从衣料下温暖的皮肤出发,从对巫术神秘吟诵的记忆出发……

我跨越了世界,父亲。

他盘坐在阳台地板,丝毫没理会那些涂漆家具,感受着房间中沉闷的蒸汽与来自虚无夜空的凉爽气流交战。他空洞的眼神扫过阴暗而杂乱的花园,那里曾被修剪成整齐的梯形,但草木生长早已失控,花池被荨草与钩麻占满,灌木丛包围了樱桃树,树上寥寥无几的棕色花朵沾上了冰冷的露水。阴沟泛着酸味,因为奴隶们倒进去的残酒变了质。此外,还有野猫发出的刺鼻麝香。

终卷　最后的进军

他继续延伸……

越过石块与烧焦的砖墙,越过枯槁的山坡,越过沙尔瑞佐平原……

我遵循了捷径之道。

他看到的不是屋顶,而是悬垂的重量分布;他看到的不是墙壁,而是恐惧,针对真实的或想象中的敌人;他看到的不是别墅,而是久已死去的帝王的恩典,一个垂死民族留下的遗物。无论转向哪里,他都能在无数柱子中辨出真正的承重柱,从磨损的地板下发现真正的大地……

无论望向哪里,他都能看到前事。

快了,父亲,我很快就会把影子投到你的门上。

气流毫无预兆地变得潮湿起来,混杂着茉莉香与女人的欲望。他听到赤脚——她的赤脚——在大理石上踩出步点。巫术印记是那么明显,甚至能闻出来,但他没有转头。就连她的影子落在他背上时,他也没有丝毫动作。

"告诉我,"她用古代库尼乌里语说,发音饱满而纯正,"杜尼安僧侣是什么人?"

凯胡斯扭回思绪,指引着灵魂中的军团。可能性互相追逐,有的结成实体,有的消失不见。艾斯梅娜,沐浴在沸腾的强光之中。她的脚划破了,流着血。一句句言语飞旋着,不断分叉,呼唤着灾难与拯救。在他离开伊述亚之后的所有遭遇中,没有哪一次需要他做到如此……精密。

非神会来了。

"我们是人类,"他回答,"和其他人类一样。"

她的影子在他身上停留片刻,然后她扭头沿阳台行走,身上一丝不挂。

"我,"她仰坐在一把黑色竹子靠椅上,"不相信你。"

在视线边缘,他看到她用手掌抚摸胸口,然后伸出手指,划过隆起的腹部。她把手探向大腿内侧,抬起一边膝盖,将手指深深探入下阴之中。她像鸽子一样发出愉悦的喊声,就像是初次品尝到众人皆知的美味。然后她微笑着抽出两根闪亮的手指,将它们举到微张的嘴边。

她把它们沾上的东西吞了下去。

"你的种子,"她低声说,"真酸……"

它在挑衅我。

他终于转身面对她,将她容入意识的熔锅。翕动的脉搏。低浅的呼吸。滚落的汗珠碎成数瓣。他感觉到她的皮肤在夜风中兴奋难耐,上面有盐分的残余。他甚至能看到她胸腔的微微起伏,看到她子宫中散发的热量。但她的思维……好像连接她面孔与灵魂之间的丝线已被切断,重新绑定到了某个强壮而陌生的东西上。

非同人类的东西。

凯胡斯露出父亲用温和方式教育傲慢孩子时的微笑。"你不可能杀我,"他说,"我超越了你。"

她露出不自然的笑容。"你怎敢这样说?你对我和我的种族一无所知。"

虽然他无法追寻她的语调与表情的根源,但其中的嘲笑确凿无疑——它那藐视一切的态度。

它是那么高傲。

她笑道:"你觉得听过阿凯梅安的故事就算做好准备了?天命派的梦境在我的生命中不过是沧海一粟。我见过那么多东西。我曾行走在非神的阴影下。我曾在无尽的虚空中眺望,在那里只需手指尖就能遮住你们的整个世界……不,你对我和我的种族一无所知。"

瞳孔扩大。乳头竖起。几乎无从觉察的红晕出现在她的脖子和胸口。手指在私处柔软的阴毛中撩动。这些都令凯胡斯想起了斯兰克,想起它们对鲜血发情般的狂热,想起在加里奥斯人的营火前那晚,当萨瑟鲁斯确知流血冲突即将发生时变硬的下体……

如此相似。

他突然意识到,它们是以自身为创造原型,在创造物中植入了强烈

终卷　最后的进军

的肉欲，将自己的欲望转变成为工具。

"那么，你是什么？"凯胡斯问，"虚族又是什么？"

"我们，"她柔声道，"是爱欲的种族。"

预料之中的回答。往事在他的灵魂中回响。并非是单独的、清晰的某件事，而是无数回忆与暗示。阿凯梅安说的关于这些怪物的一切……他让自己的面孔松弛下来，模仿出内心深处暗藏悲伤的样子。"而这正是你们被诅咒的原因。"

鼻翼抽动。脉搏稍微加快了一些。

"我们为诅咒而生，"她的声音带着虚假的冷静，"我们的本质违背了伦常。看看这具精致的肉体吧。高耸的胸脯，神圣的性器，爬上她、进入她，是我必须去做的事。"说话间，她的手指划过前胸，然后紧紧抓住左边乳房。"就为这个？"她喘息着，"就为这个，我必须在火海里起伏尖叫？就为突破了皮肤的界限？"

凯胡斯无法度量它那非人类的智慧与思维，但他知道它心怀怨恨。所有灵魂必然遵循的路线，就是用遭到误解的指控来武装自己。毕竟，一个圆只能有一个圆心。

"互斥才是正道，"凯胡斯说，"界限写在万物的法则之中。"

她迎上他的目光，用艾斯梅娜绝不会有的眼神紧盯着他，像是看着可悲又可憎的东西。它明白了我的打算。

"你好厉害，"她不动声色地讽刺道，"你能重写那些为我定罪的法则吗，嗯，先知？"她发出尖厉的笑声。

"你的种族无法救赎。"

她挺了挺髋骨，玩弄着湿漉漉的手指。"噢，有法子……"

"方法就是毁灭这个世界？"

她颤抖着，浑身被升腾的情欲点燃。她放低臀部，双腿交叉夹住了手。"为了拯救我的灵魂，啊啊啊啊？只要有生命，就会有罪行；只要罪行存在，我就是被诅咒的。告诉我，杜尼安僧侣，你会追随哪一条道路？"

你会怎样拯救自己的灵魂?"

道路,它说出了这个词……那个塞尔文迪人说的。

我真该杀了他。

见他沉默不语,她露出笑容。"你已经知道答案了,不是吗?我可以感觉到你的记忆,那些悬挂着的痛苦的甜美。交配不过是万物最基本的需求罢了。饥渴。贪婪。虚荣。装点。闭着眼睛表演哑剧……但到最后,一切都归于爱欲。"

她突然起身,漫不经心地朝他走来。椅子的花纹在她的皮肤上印下了图案,她的双手沿那些图案游动。

"爱欲才是正道……那些被你们称为神灵的小恶魔却有不同的教条。他们要根据苦难和煎熬分配奖赏?不。"她在他面前停下,纤细的身段在光与暗的交错中变得华丽,"我会拯救自己的灵魂。"

她伸出手,闪亮的指尖追寻着他的唇线。艾斯梅娜在燃烧,在渴望交合。尽管凯胡斯经受过长期训练,也是无数代精心培育的产物,但仍感到远古的本能逐渐觉醒……这是一场什么游戏?

他抓住她的手腕。

"她并不爱你,"她挣脱他的控制,"不是真的爱你。"

这话非常刺耳——但为什么?是什么潜藏在前度的黑暗之中?

痛苦?

"她崇拜我,"凯胡斯答道,"并且无法区分个中区别。"

它能看出多少秘密?它知道的有多深?

"真是奇迹,"她道,"你所成就的……你所偷到的。"

它的口气仿佛在暗示自己知道一切。它试图引诱我与它针锋相对地辩论。

"我父亲在那里待了三十年。"

"久得需要一次圣战方能战胜?"

"是的。"

终卷 最后的进军

她笑了,两根手指划过汗湿的胸口。虽然身体那么年轻,但她的眼神中带着苍茫的岁月。"再说一次,"她吃吃笑着,"我不相信你……你是来继承你父亲的,而不是来杀他的。"

空气中充满了巫术味道。

她的双手穿过衣服,在他身上抚摸……凯胡斯不知所措。他想抓住她,深深地进入她火热的躯体。让她看!让她看到一切!

他的长袍被拉了起来——被他自己的手!她冰凉的手掌抚过他汹涌的火焰。

"告诉我,告诉我……"她一次次呻吟着。虽然凯胡斯知道她在说什么,听到的却是:占有我……

他轻而易举把她抬起来,在靠椅上分开两条大腿。他要进入她最深的地方!陷进去,反复捶打,直到她叫喊着要求释放!

你父亲是谁?一个声音低声说。

她的手仍在榨取他的汁液,他从未经历过如此甜美的折磨。他紧抱她的双膝,把她分开的双腿朝后推去,露出她身上最潮湿最美丽的地方。世界在咆哮。

告诉我……

她的手指熟练地指引他,穿透那光滑的火焰。

发生了什么?为什么油滑的皮肤上会有电花闪动?为什么女人唇间的呻吟会如此美丽?

莫恩古斯是谁?那个声音追问,他的目的何在?

凯胡斯穿过炽烈的面纱,融入她甜美的喊叫……

"他要实现,"他听到自己喘息着回答,"千回之念……"

一个心跳的时间中,世界停止了转动。他看到了它,古老、衰败、腐朽,正从他妻子的眼中朝外张望。虚族……

巫术!

隔绝术非常简单,也是阿凯梅安最先教会他的咒术之一——古代

乌有王子 * 千回之念

库尼乌里的达尔拉咒足以抵抗任何下级巫术。他的声音搅动了闷热的空气,他眼中的光霁时在她皮肤上闪过。

黑暗颤抖着,阴影从他的灵魂中跌落出来。他跌跌撞撞后退了两步,下体潮湿冰冷又坚硬如石。看到他遮挡身体,她放声长笑,喉音中带着人类不可能拥有的腔调。

用诱饵吸引它。

"你的真身在世界彼端的戈尔格特拉斯,"凯胡斯一边调息,一边努力克制自己炭火般的狂躁欲望,"你正在那里不断吟诵玛迦卡巫术的咒语。刑鸟只是一个结点,艾斯梅娜是水,而你通过它将暗影投射在她身上。没错,你能做出精妙而复杂的动作,但你的深度不足以与我对抗。"

阿凯梅安和他说起过这种怪物,在投射的形态下,它只能做到魅惑、强迫及占有。学士告诉他,它的真身能发出巨大的叫喊声,而经过漫长的传送,眼下听起来却像是低语嘲讽。我必须赢得这场战斗!

"来啊,"她旋转身姿,而他在阳台上节节后退,"那就杀了我!砍倒我啊!"

伪装的恐惧。凯胡斯又一次解开自我的束缚,展开灵魂的内层,延伸出去……

过去是拥有重量的。青年像水上的浮漂,在不断发生的无数事件中随波逐流;老人则如同石头——谚语和寓言称赞老人具有克制与冷静的品格,但真正让他们免遭牵引的其实是厌倦。让他们超然物外的并非智慧的启迪,而是看够了无穷的重复。如今,面对一个见惯世间沧桑的灵魂,如何能令之动容呢?

"你做不到,"她咯咯笑着,"不是吗?看看这具完美的躯体……这嘴唇,这眼睛,这花蕊。我是你的爱人……"

更重要的是,那个塞尔文迪人将经验传授给了它。不经论证的结论。突然而至的问题。它的行为随兴所至,不假思考——正像奈育尔

终卷　最后的进军

之前那样……

凯胡斯延伸出去。

"不管怎么说,"她说,"什么样的人会杀自己的妻子?"

他拔出佩剑恩朔雅,剑尖指向两人之间的白色地砖。"杜尼安僧侣。"他答道。

她在剑锋前停下,近得可用右脚脚趾夹住剑尖。她的目光中闪动着古老的狂怒。"我是奥拉格。我是统治者!我是虚空之子,而你们将那片虚空称为天堂……我是虚族,被我凌虐与我交媾的生灵成千上万!我要把你们的世界撕成碎片。挥剑啊,安那苏里博!"

凯胡斯延伸出去……

……通过怪物的眼睛看到了自己,这个由父亲莫恩古斯诞生出的谜团。凯胡斯继续延伸,穿过没有指甲的手指,没有温度的手掌,一边延伸,一边喘息……

一个如蛇一般潜伏在世界每一段历史中的灵魂,它有过一个又一个爱人,在堕落中享受欢欣,在无数尸体上播撒种子,无论那是伊绍里尔的奇族,还是特雷瑟和索利什的诺斯莱人。征战,无穷无尽的征战,以对抗与生俱来的诅咒……

一个会用一百种名称来形容不同类型的高潮的种族,它们放弃了所有同情,所有怜悯,只为更好地品味无穷无尽的肉欲带来的共鸣。渴求,永无休止的渴求,将整个世界变成尖叫的眷侣……

一个如此古老的生命,在它漫长的生命中,只有他——安那苏里博·凯胡斯!——是前所未见的!只有杜尼安僧侣是崭新的!

是谁在戈尔格特拉斯的阴影下活蹦乱跳?是谁能看穿皮肤的面具?是谁颠覆了古老的信仰?是谁只靠言语与眼神就束缚了圣战军?

是谁继承了古老敌人的名字……

凯胡斯意识到,它只有一个问题:杜尼安僧侣是什么人?

它们害怕我们,父亲!

"挥剑啊！"艾斯梅娜喊道，她双手后背，朝前挺出闪亮的胸口。

他击中了她，但只是用手掌。艾斯梅娜应声倒下，赤裸的身体在地砖上翻滚。

"非神，"他迈步前进，"在梦中对我说过话。"

"我，"艾斯梅娜从地上抬起身子，口中吐出鲜血，"我不相信。"

凯胡斯抓住她的黑发，把她拖倒在地，在她耳边嘶声说："他告诉我，你在蒙格达平原上让他非常失望！"

"胡说！胡说！"

"他来了，大将，他来到这个世界……惩罚你。"

"再打我啊，"她低声道，"求你了……"

他将她扔回地上。她在他脚边扭动，一根控诉的手指插入了下体。"干我，"她低声说，"干我。"

然而充满欲念的魅惑并未在他身上生效，而是被达尔拉隔绝咒隔开了。他一动不动地站在原地。

"你的秘密已被揭示，"他用演说般的嘹亮语气宣布，"你的密探已被击溃，你的计谋已被瓦解……你输了，大将。"

两人会面以来，这是她第一次按他的预料做出如实的回答。

"啊啊啊啊……不过你别忘了，杜尼安僧侣，战场无时不在，无处不在。"

停顿。种种可能性在盘旋。

"你只是个幌子……"凯胡斯说。

艾斯梅娜本人就说过，它们会不惜一切代价阻止他学习真知法术。

她眼中闪出白光，刹那间仿如罗毒的尼尔纳米什恶魔。一阵诡异的、非自然的笑声穿过草木丛生的花园，犹如纠缠的毒蛇。

"阿凯梅安。"凯胡斯低声道。

"他已经死了。"那东西冷笑着吐露。它摇晃她的脑袋，像在拨弄玩偶，然后跌倒在冰冷的石头上。

终卷 最后的进军

石头的叮当声与铁窗外花园的沙沙声混杂在一起,几不可闻。

在纳述尔人统治安摩图的时代,这里是一座祭拜先祖的神龛,神坛门槛下有一整块大理石板。现在,这块地板仿佛有了自我意识般立起来,滑向一边,露出一个刚能放下一面泰丹盾牌的黑洞。一条小腿伸出来,伸展的脚趾噼啪作响,紧接着是膝盖与大腿,如同植物的茎柄钻破土层。另一条腿出现了,然后是一只手。这两条腿和一只胳膊弯曲着支撑在洞口旁,活像一只畸形的蜘蛛。

一个女人的身体缓慢而谨慎地出现,像是正从书页中走出来。

法娜席拉。

她雀跃着奔过暗淡的地面,路遇睡眼惺忪的欧普萨拉拖着脚步从厕所返回育婴室。她扭断老仆人的脖子,然后停下来喘口气,等待勃起平息。在阴影中,她变作艾斯梅娜,把脸颊贴在他卧室青铜包边的红木门上聆听,但除了自己粗重的喘息外什么都没听到。空气中的余味在歌唱:厨房的蒜味,发臭的牙齿,腋窝与肛门里……

煤烟、没药和檀香的味道。

它从亚麻裙服的口袋里掏出一枚丘莱尔,熟练地用一根皮绳挂在脖子上。它推开门,紧紧握着把手,以免未上油的铰链发出声响。它本希望他还在睡,但显然他的隔绝咒唤醒了他。

它站在黑暗的门口,虚假的面孔因流泪而变得肿胀,月光在它脚边投下苍白的长方形。他坐在床上,灰白的脸露出警戒的表情。虽然光线不好,它还是能清楚看到他:惊讶的目光,若有所思的眉头,胡须中的五条白丝。

他散发出恐惧的味道。

"艾斯梅娜?"他嘶声道,"艾斯梅娜?是你吗?"

它耸起肩膀,双手脱掉亚麻裙服,垂下的衣料刚好挡住腰间的绳裤。他的眼睛扫过它的胸口时,它听到他的呼吸变得急促。

"艾斯梅娜!你在做什么?"

"我需要你,阿凯……"

"你脖子上的丘莱尔……我想已经禁止佩戴了。"

"凯胡斯要我戴着它。"

"求你……拿掉。"

它抬起双手,伸到脖子后面把绳子解开,任其落在地上。它走进苍白朦胧的月光中,让月光勾勒出自己虚伪的身体。它知道她是个美丽的尤物。"阿凯,"它低声说,"爱我,阿凯……"

"不……不行!他会知道的,艾斯梅娜。他会知道的!"

"他已经知道了。"它边说边爬上他的床角。

它闻到他怦然作响的心跳,那预示着炽热的鲜血。他心里有那么多恐惧!

"求你。"它喘息着,用胸脯摩擦他的膝盖和大腿。他的脸离得那么近,犹如悬挂在黑暗之中。

重重的一剑穿过丝绸被单,穿过它的胸骨、心脏和脊柱。但它仍沿剑刃朝前爬去,勒住他的气管。黑暗盘旋降临时,它看透欺骗的幻术,发现原来在垂死的剧痛中挣扎的是赫尔萨队长……

杜尼安僧侣早有防备。

陷阱中的陷阱,那个被称作艾斯梅娜的东西漫不经心地想,真美……

这是它濒死的思绪中闪过的最后一个念头。

———— ∞ ————

阿凯梅安……

终卷　最后的进军

灯笼掉在腐朽的地板上，光线滚过堆积的白骨，谢斯瓦萨感觉自己被提了起来，又投入黑暗之中。有什么硬东西撞上后脑，世界暗了下去，他只能看见学生那张狂怒的脸。

"她在哪儿？"纳乌-卡育提大喊，"她在哪儿？"

这声音在非人的空间中隆隆作响，翻腾渗透着，注定了他们的末日——这是他脑海中唯一的想法。他们正在戈尔格特拉斯的厅堂中行走。戈尔格特拉斯！

阿凯梅安！是辛……

"你骗我！"

"不！"阿凯梅安用手挡住头顶射来的光线，"听！听啊！"

但站在他身前的是普罗雅斯，王子拉长的脸一派严肃，没有丝毫表情。

"抱歉，老师。"王子道，"是辛……他在叫你。"

他没有真正弄明白对方在说什么，便掀开毯子，从床上弹了起来。刹那间，他只觉天旋地转：与因库-霍洛纳斯不同，王子帐篷的帆布墙扎根于地表。普罗雅斯扶住他，两人忧郁而长久对视。这么久以来，亚特雷普斯的镇守元帅一直是两人的缓冲地带，忠实地矗立于一个人的满腹怀疑和另一个人的笃定确信之间。没了他，阿凯梅安和王子似乎注定会发生可怕的对峙，但这也更为真实——这毕竟是他们自身性格的自然体现。

阿凯梅安意识到，他们总是站得如此之近，也甚少转开视线。他不由自主地紧握住年轻王子的手。手并不温暖，但充满生机。

"我并不想令你失望。"普罗雅斯低声说。

阿凯梅安吞下口水。

一件事的意义往往到它破碎才会显现出来。

凯胡斯在床上抱住颤抖的她。

"我爱你!"艾斯梅娜哭道,"我真的爱你!"

叫喊声仍在走廊间回响。凯胡斯知道,百柱团已四下散开,寻找虚族刑鸟,但他们不会有收获。除开赫尔萨队长当场惨死,一切不出他所料。奥拉格只是不想让他获得真知法术,并非真要杀他。只要非神会仍对杜尼安僧侣一无所知,就会始终陷于两难境地:他们越需要毁掉他,就越需要了解他——并通过他找到他的父亲。

正因如此,阿凯梅安才是刺杀目标,而非凯胡斯。

凯胡斯不知艾斯梅娜是否记得刚才那段被怪物占据的经历,但在她眼睛睁开的一瞬间,他就明白她不仅记得,而且觉得说出那些话的就是她自己。她说了太多难以启齿的话。

"我真的爱你。"她抽泣着。

"我知道。"他回答的声音前所未有的深沉而宽广。

颤抖的嘴唇。眼神中透出的恐惧与悔恨。急促的呼吸。"但你说的!你说的!"

"我所说的,"他撒谎道,"只是为了迷惑对方,艾斯梅,仅此而已。"

"你一定要相信我!"

"是的,艾斯梅……我相信你。"

她的手伸向脸颊,摸着上面的伤痕。"永远是个妓女!为什么我永远是个妓女?"

他的目光穿透她,越过她的伤痕,看到了殴打、虐待与背叛,以及在那之上由发臭的欲望捏合而生、被习俗锤打成形、由经文抛光碾磨,又受自远古流传至今的信仰与观念约束的世界。她的子宫既成全了她,也令她受到诅咒——不朽与极乐,这是存在于每一个女人双腿之间的

终卷　最后的进军

许诺。强壮的孩子与汹涌的快感。如果说男人的真实被欲望所掌控，他们又怎么不会把女人当作奴隶，把她们像金子一样储藏起来，像享受蔬果一样享受她们，然后把她们当作果皮抛弃呢？

他不就是为这个才利用她的吗？为了她精致的臀部带来的许诺？为了诞生杜尼安僧侣的孩子。

她的眼睛犹如黑暗中的银匙，匙中水滴在闪烁。他透过那双眼睛，看到了那么多他永远无法挽回的事……

"抱住我，"她低声说，"抱住我，求你了。"

她像其他人一样为他献上了牺牲，而这仅仅只是开始……

阿凯梅安一直觉得奇怪，为何人在事情发生时往往感觉缺失，多愁善感多半出现在事后，而那时总显得没那么……合理了。

天命派学士将那些在诺里人的孩子中寻找异民的成员称为"彭瑞克"。当那人来到小屋，要带阿凯梅安——一个有"伟大前程"的男孩——去阿提尔苏斯时，阿凯梅安的父亲拒绝了。阿凯梅安事后才知道，那不是出于对儿子的爱，而是有更实际更紧要的理由：阿凯梅安证明了自己无需像其他人一样经常挨揍，也可以迅速熟悉海洋。而且，阿凯梅安是他的儿子，不容别人染指。

那个"彭瑞克"身材瘦长，脸上像每个海员一样带有风吹日晒的痕迹。对父亲醉酒后表示的轻蔑，他没有惊讶，也许根本不为所动。阿凯梅安永远不会忘记那人身上的味道——玫瑰水与茉莉的味道——盖过了房间里的酸臭气息。父亲蛮横地抗拒，于是学士身边那几个全副武装的士兵例行公事般狠狠殴打了他。母亲开始尖叫，兄弟姐妹们大声哭泣，阿凯梅安却异常冷静，像孩童或疯子似的对身外之物浑不在意。

他幸灾乐祸地享受着眼前的一切。

乌有王子 * 千回之念

在那天之前,阿凯梅安绝不会相信父亲会这么轻易地倒下。对孩童而言,铁石心肠的父亲是无可匹敌的存在,甚至能与神明比肩,可以作出一切审判。父亲被羞辱的那天,是他生命中第一个真正悲惨的日子——也是第一个真正胜利的日子。看到伟大的存在变得破碎……怎能不颠覆一个男孩的世界?

"他们的诅咒!"父亲尖叫道,"等待你的是地狱啊,孩子!地狱啊!"

直到事后,坐着学士的车在海滩上颠簸时,他才哭起来,感到无法承受的失落与悔恨。

太晚了,实在是太晚了。

"我看到它了,阿凯……"锉刀摩擦一样的声音。辛奈摩斯。"我要去的地方。我现在看到它了。"

"你看到了什么?"他柔声道。对一个被如此可怕的病痛折磨的人,他能做的也只有放轻声音……

"什么都没有。"

"嘘,让我讲给你听。那些长满眼睛的墙,元初神庙,升天的至圣高地。我就是你的眼睛,辛,你可以透过我的眼睛看到希摩。"

透过一个巫师的眼睛。

普罗雅斯的奴隶用屏风为亚特雷普斯的元帅隔出临时病房。屏风上绣着腾跃的山雉,其尾羽与它们栖息的树木缠绕在一起。病房中只有两盏灯笼照明,每一盏都罩着蓝布罩,这是医祭的要求,显然阿克亚格尼神对颜色比对病患更挑剔……灯光与月光的相互作用形成了非常特别乃至诡异的结果,病房中的一切——下垂的帆布棚顶、匆忙铺就的草席、悬挂在床头的毯子——都变得如棺木一样令人作呕。

阿凯梅安跪在小床旁,用湿布轻轻擦洗朋友的额头。他抹去元帅眼窝中聚集的泪水,与其说是为了让朋友更舒服,不如说是不想看到它们在暗中闪烁——那就像流动的眼睛,令人不安。

终卷　最后的进军

他又一次和逃跑的冲动斗争。所有不洁的鬼怪之中，要数恐怖的瘟疫之神麾下那些最为嗜血，最令人畏惧。医祭说他已归普拉玛所有，那是阿克亚格尼神的无数恶魔中最可怕的一种。

肺病。

元帅的身体猛地一震，开始抽搐。他在床上佝偻的姿势仿佛是一张被看不见的双手拉满的弓，而他发出的声音只能用……非人来形容。阿凯梅安紧扶着朋友长满胡须的脸，低声说着自己也记不起来的话。最终，辛奈摩斯像开始时一样突然平静下来，四肢又一次失去力量，软软地瘫在毯子下。

阿凯梅安擦去朋友颤抖的面庞上密布的汗水。"嘘，"他在朋友如利爪挠心般的呼吸间隙中安慰，"嘘……"

"规则，"元帅咳嗽着，"完全变了……"

"你说什么？"

"我们的游戏……本约卡。"

阿凯梅安一头雾水，但也想不出如何回应。这时候追问朋友，感觉就像……犯罪。

"还记得吗，"辛奈摩斯道，"我去参加贵族议事会时，你总在暗处等我？"

"是的……我记得。"

"现在轮到我等你了。"

阿凯梅安再次不知如何回应，他完全理屈词穷，余下只有毫无意义的琐碎念头，就连思考都让人刺痛。

"你有……过么？"元帅突然问。

"有什么？"

"有赢过么？"

"本约卡？"阿凯梅安眨眨眼，努力挤出笑容，只觉脸上肌肉抽搐，"和你下的时候没赢过，辛……不过总有一天……"

"我不觉得会有那一天。"

"……为什么?"他犹豫了一下,害怕听到答案。

"因为你太计较得失了。"辛奈摩斯说,"每当棋局形势不妙——"他咳嗽起来,化脓的肺部起起伏伏。

阿凯梅安重复道:"是啊,每当棋局形势不妙……"他的这点小幽默根本没作用。自私的傻瓜!

"我什么都看不到,"元帅喘息着,"瑟金斯在上!我什么都看——"他高喊着,像是被凝结的血淹没了一样。喘息,挣扎。房间里充满胃液的味道。

然后他又松弛下来。几个心跳的时间里,阿凯梅安呆看着他。没有了眼睛的辛奈摩斯仿佛被……包裹了起来。

"辛!"

朋友的嘴无声地翕动,令阿凯梅安惊恐地想起父亲案板下那些鱼头……只有嘴,没肚子,缓慢地一张一合,像是乳草在微风中摇曳。

"走……开……"朋友喘着气,"别……别管我……"

"这不是你摆架子的时候,傻瓜!"

"不——!"亚特雷普斯的镇守元帅哭喊,"这……这是唯一……"

然后,事情就这样发生了。垂死之人的苍白皮肤上突然出现了斑点,接着像被水浸湿的布块一样转为灰紫。帆布间冷却下来的空气带着失去生气的寂静,虱子从辛奈摩斯的头发间跑了出来,爬过额头,爬到蜡一般的面孔上。阿凯梅安急忙将它们赶走——假装死神并未降临的人才会怀着这种病态而麻木的挑剔。

他握紧朋友的手,吻着朋友的指头。"明天一早我就和普罗雅斯一起带你去河边,"他屏住呼吸,"给你洗澡……"

哀怨的寂静。

他的心跳似乎慢了下来,犹豫着,如同孩子不知父亲的许可是否发自真心。他绷紧嘴唇,胸中巨大的空洞也开始拉扯,开始抽搐,要求

终卷　最后的进军

呼吸。

他不情愿地望向黑暗中那个人,为自己的勉强感到羞耻。克里加特斯·辛奈摩斯,这位他事实上的兄长,这具长着他唯一的朋友的脸孔的尸体。虱子爬到阿凯梅安身上,他能感觉到它们,就像能感觉到眼眶中的瘙痒。

他深吸一口病房中恶臭的空气。他的哭声虽然穿越了平原,但未能到达希摩。

———— ❧❦❧ ————

他凝神观察棋盘,揉搓着双手以防冻僵。辛奈摩斯发出一阵讨厌的笑声,嘲弄着他。"你下棋总这么沉闷。"

"这游戏烂透了。"

"你这么说是因为你太计较得失了。"

"不。我这么说是因为我老输棋。"

阿凯梅安懊恼地移动着自己的银色棋子中唯一一枚石头。原先的棋子被辛奈摩斯的一个奴隶偷走了,只好拿枚石子来充数——至少元帅是这么说的。这枚石子让他更恼火。虽然棋子在棋局中的作用完全取决于使用方式,但这枚石头仍让他感觉自己棋艺变差了,似乎它打破了整套棋子所具有的某种神秘的咒术。

为什么是我用石头?

———— ❧❦❧ ————

那晚阿凯梅安没有再睡。

百柱团的卫士来过,召他和普罗雅斯立刻前往营地中央的别墅,那里显然发生了针对凯胡斯的刺杀。阿凯梅安坚决拒绝了,普罗雅斯准备动身时,他甚至用严厉的口气加以斥责,说出的亵渎词语教等在一旁的卫士惊骇不已,乃至拔出剑来。不等王子反驳,阿凯梅安就逃走了。

他在圣战军营地黑暗的道路上徘徊,思考为何露水会让他穿着凉鞋的双脚如此疼痛,为何天堂之指不曾移动,为何长牙之民会在基安人制造的帐篷下沉睡——他们之间的区别、各自的传承在这条通往救赎的漫漫长路上早已化作无价值的碎片。他思考着一切,思考任何能想到的东西,唯一不愿去想那件会让他陷入更深疯狂的事。

当黎明在东方露头,指示出希摩的方向时,他回到那栋要塞般的别墅。他爬上山坡,穿越大门,最终来到杂草丛生的花园。这期间没人阻拦他,唯有草木的芒刺刮擦长袍,荨草与钩麻炽热地划过体肤。他在面对主卧的走廊里等待——他的妻子就在屋内,在他所崇拜之人的身体下发出呻吟。

他等着战士先知。

一只百灵鸟于雪松木残桩上鸣叫,毛绒绒的提琴颈花茎干上开出橙色的花,在微风中摇摆。

他昏昏沉沉,梦到了戈尔格特拉斯。

"阿凯?"那个被祝福的声音不知从何处响起,"你的样子真吓人。"

阿凯梅安发现自己立即清醒过来,想着:她在哪儿?我需要她!

"她睡了。"凯胡斯说,"她昨晚受了太多苦……和你一样。"

战士先知站在他身前,亚麻色头发和白色长袍在晨曦中闪烁。阿凯梅安眨眨眼睛。除脸上的胡须外,他与他远古的亲属纳乌-卡育提是那么相似,绝不会错。

不知为何,阿凯梅安感到自己的狂怒与决心都在粉碎,就像孩子面对父母一般。一丝苦笑在他脸上闪过。

"为什么?"他哑着嗓子问。他有点害怕对方误解,以为他是在质问为何要做出那样可怕的决策——用艾斯梅娜来试探非神会。

"人生的价值并不由结局决定,阿凯,辛死去的方式——"

"不!"他跳了起来,"你为什么不治好他?"

终卷 最后的进军

极为短暂的一瞬间,凯胡斯似乎后退了——但那之后一切就恢复了正常。安抚在他眼神中闪动,他的微笑中每一根线条都在诉说着那句悲伤而暧昧的话:我理解。

阿凯梅安耳中响起强烈的轰鸣,他没听到凯胡斯的话,只知道那一定是假的。他不由得摔倒在地,启示的力量是如此强大。一双强壮的手将他扶起——凯胡斯抓着他的肩膀,紧盯着他的脸。但他们之间那份亲密、交流中充斥的狂热与敬畏已经消失了。空洞,冰冷而残忍的空洞,在那张他深爱过的脸上叫嚣。

这是怎么回事?

阿凯梅安无法解释原因,但他知道自己真的醒着,也许是头一次真正醒来。他不再是这个男人注视下的可怜孩童了。

阿凯梅安往后退开——不是出于恐惧,只因脑海一片空白。

"你是什么人?"

凯胡斯的目光没有动摇。"你在躲避我,阿凯……为什么?"

"你不是先知!你是什么人?"

他表情的变化非常微妙,哪怕三步开外的人也不会注意到,但已足够令阿凯梅安在恐惧中惊慌失措了:凯胡斯脸上所有细微的表情仿佛同时死去了——真正死去了。

然后,他听到了如寒冬中的石板一样冰冷的声音:

"我是真理。"

"真理?"阿凯梅安挣扎着想保持镇定,但汹涌的恐惧从心中泛出,就像肠子从伤口流出腹腔。他奋力呼吸,望向渐渐亮起的天空,听到这个世界在嗡嗡作响。"真——"

铁钳般的手抓住他的脖子。他头朝后仰,脸朝初升的太阳,玩偶般被举到半空。他根本没看到凯胡斯的动作!

"看。"那个死去的声音说。声音中没有压迫。没有冷酷。什么都没有。

阳光刺透阿凯梅安的眼睛,虽然他马上将双眼紧紧闭上,但仿佛仍被灼瞎了。

"看。"没有更明确的强调,但压在他气管上的手指勒得更紧,胆汁似乎在他喉咙深处燃烧。

"我看……看不到……"

突然之间,他脸朝下摔落在地。他还没起身就开始神秘的咏唱。他知道自己的力量,知道自己仍然可以毁灭对方。

但那个声音却没有缓和下来。

"你看不到是不是意味着太阳不存在?"

阿凯梅安停住了,他从杂草与石子间抬起脸,瞥向笼罩在前的形影。

"你是不是觉得,"那个声音在四面八方响起,"神不过是遥不可及的虚渺概念?"

阿凯梅安低下头,将额头压在尖利的草叶上。一切都在旋转、下落……

"或者因为我是所有的灵魂,而我选择了能安抚更多人心的那个,我就是个骗子?"

眼泪替他作答。不要打我……求你了,爸爸,不要——

"再或我的目的在你之上,包含着你的目的,就代表背叛?"

他抬起颤抖的双手擦去眼泪。我会听话的!我发誓!他瘫软在地,面对杂草丛生的坚硬地面哭泣。道路太长,太痛苦了。饥饿……埃因罗……辛奈摩斯死了。

死了。

是因为我!噢,真神啊……

战士先知坐在痛哭流涕的他身边,轻轻执起他的一只手,面无表情地闭上双眼,朝向太阳。

"明天,"他说,"我们向希摩进军。"

终卷　最后的进军

第十三章 希摩

> 旅行中让我最害怕的并非那么多人有着与我完全不同的习俗与信仰。不，真正让我害怕的是他们认为这些东西是自然而然、无可争辩的，就和我看待自己的习俗与信仰一样。
>
> ——瑟拉坦塔斯三世，《苏拿随想》

> 回到一个完全没见过的地方——当我们领会到无法言说的事物时总是这样的感觉。
>
> ——普罗塔西斯，《百重天》

长牙纪4112年，春，阿提尔苏斯

惊惶的叫喊将诺策拉引到了初级图书馆旁的开放柱廊间。这些柱廊高悬在阿提尔苏斯的西城墙上面，风和日丽的日子里，学生们经常在此聚会。几个新来的年轻人冲着阴暗的海峡指指点点，和他们在一起的还有马米安，一位刚从奥斯文塔执行任务回来休假的审计员。诺策拉挥手赶开他们，从石栏杆上探出身。虽然眼睛疲累不堪，他还是可以清楚地看到是什么引起了骚乱：蔚蓝的大海中有十五艘黄色划桨船，它们泰然自若地在阿提尔苏斯海港的悬崖外一里处下锚停泊。远道而来的水手们沿绳索爬上桅杆将船帆降下，每面船帆上都绘有金色的长牙。

阿提尔苏斯城中一片喧嚣，见习巫师和军官都在大声发号施令。要塞驻兵冲过狭窄的走廊，急匆匆赶去守卫漫长的城墙与塔楼。诺策拉和仲裁团的其他成员一起来到科莫兰斯塔的高层，在那里可以毫无阻碍地看清入侵舰队。好一幅荒唐画面：七个老人挥着遍布老人斑的手激烈争吵，其中两个穿着睡衣，一个挂着染满墨汁的抄写围裙，而包括诺策拉在内的四人则身穿全套礼服。大多数人认同一个明显的事实：这些战船是封锁线的一部分，意在破坏他们立即前往希摩的计划。但这些船是谁派来的？从船的颜色和长牙徽记来看是千庙教会……那些忘恩负义的沙里亚骑士真的觉得自己是真知法术的对手吗？

席玛斯建议立即出击。"按目前掌握的情况，"他喊道，"第二次末世之劫已经开始！不管那些战船名义上属于谁，我们只能假定操纵它们是非神会。我们都知道非神会一开战会首先对付我们。而现在，末日的使者，那所谓的战士先知已然现身……想想看吧，兄弟们，非神会会如何行动？他们难道不会赌上一切，以阻止我们加入圣战军吗？我们必须立即出击！"

诺策拉却没这么鲁莽。"一无所知地盲动总是愚蠢的。"他尖刻地反驳，"不管有没有开战。"

最后平息争论的是一艘朝岸边划来的小艇。仲裁团不顾席玛斯的极力反对，同意至少跟陌生来客先见个面。奴隶们迅速备好轿子，诺策拉透过轿子的纱帘打量那些神秘船只，而抬轿的奴隶沿那条从阿尔提苏斯的主门通往天然小港口的Z字形道路一路奔跑，路的尽头有好几个石码头。

仲裁团来到其中一个古老码头，周围并没有几艘船停泊，却挤满了不知所措的卫兵与见习学士。看到小艇越来越近，他们低声惊呼，迅速交换着意见，但显然没人清楚确切情况。港口工人抓住小艇上投来的绳索，大家的声音也低落下去，随后船上桨手们将手中划桨高举向天，船被拉入泊位停好。诺策拉等人目瞪口呆，这片桅杆与绳索的丛林也一片寂静，四周船上的诺里渔夫们挤在船舷边惊讶地看着这一切——不只看着他们那些巫师主人，还包括那支正爬出小艇的队伍。

仲裁团齐聚于此——七个眉头紧皱的老人——看着陌生来客在石

终卷　最后的进军

码头尽头集结队伍：五位面无表情的沙里亚骑士沉默地排成一列横队，遮挡着身后的人影，他们银色的头盔与链甲在阳光下闪闪发光，丘莱尔在白丝罩袍下发出黑暗的低吟。在他们身后，诺策拉只能瞥见几张剃得干干净净的人脸，然后有一位仪表堂堂的黑须男子越过骑士的队列，进入仲裁团惊讶的视野中。这人的个头比诺策拉之外的所有人都要高，他身穿庄严的白色礼袍，领口与袖子上都以金线绣出指头大小的长牙图案。虽然从面容看已近中年，但他那双蓝色的眼睛却出奇地年轻，而他的胸口同样佩戴着一枚丘莱尔。

"至圣的沙里亚。"诺策拉平静地说。

玛伊萨内亲自驾临？

对方的笑容散发出温暖，他审视了众人一番，又抬头望向他们身后阿提尔苏斯的黑色堡垒……然后他突然往前冲去——不知怎的，一掌按住了席玛斯的头颅。他的动作快得让周围惊讶的眼睛无法理解。

巫术的低语撕裂了空气，一双双眼睛中闪动着真知法术的光芒，而搅动的气流意味着一道道隔绝术正迅速化作闪亮的实体。仲裁团成员用几乎整齐划一的动作摆出防御姿势，灰尘与沙砾滑下防波堤的斜坡。

席玛斯白发苍苍的头顺着一记打在后颈的拳头垂了下来，他变得小猫一样无力。沙里亚似乎用不可思议的力量制住了他。

"放开他！"亚提克尔斯一边喊，一边和其他人一起朝后退去。

玛伊萨内说话的口气好像在讲解如何解剖兔子。"照这里打上一拳，"他边说边晃了晃手中的老人，以示强调，"可令其完全瘫痪。"

"放开——"

"放开他！"

"你疯了吗？"诺策拉大喊。他是唯一一个没施放隔绝术的人，也没和其他人一起退下防波堤。他反倒向前走了几步，站在沙里亚和他的学士同伴之间，就像在提供保护。

"你们别急，"玛伊萨内续道，他直视诺策拉，"稍等片刻，真理自会显露。"

年迈的席玛斯挣扎着想要呼吸,但颤抖的方式有些不对。并非出于年迈,而是……

"他会死的——"

"闭嘴!"诺策拉喊道。

"通过审问它的同类,我们了解了很多知识。"玛伊萨内道,他声音里的回响扫荡着众人的戒心。"这是个畸形和异常的东西,万幸的是,它的设计者没有找到再造它的办法。"

它?

"你在说什么?"诺策拉喊道。

那个叫席玛斯的东西抽打着松弛下来的四肢,发出仿佛上百个疯子一起呐喊的号啕。玛伊萨内的双脚稳稳踩住它,就像渔民抓住一头扭动的鲨鱼。诺策拉跌跌撞撞朝后退去,高举双手释放出隔绝术。他用悲哀与恐惧的眼神,眼看那张如此熟悉的脸在噼啪声中张开,无数弯曲的肢体朝天空抓去。

"一个能施放巫术的换皮密探,"千庙教会的沙里亚扮个鬼脸,"一个有灵魂的换皮密探。"

老巫师意识到沙里亚只凭一眼就看穿了它。

长牙纪4112年,春,希摩

狂喜的呐喊盖过了骑兵队飞驰的蹄声,有人吹起悠长低沉的口哨。普罗雅斯勒马停在他的亲随骑士队伍前面,面无表情,仿佛吃坏了肚子般紧盯着东方地平线。

看到眼前的平凡景色,他一开始挣扎着抵抗心中的沮丧情绪。连

终卷　最后的进军

日来,他知道它就在东方地平线之外。没见到它时,它在他心中既是黑暗的,同时也闪着金光。它是如此神圣,以致他觉得目睹它的真容时除了匍匐在地不可能有别的动作。但现在……

他并没有跪倒的冲动。事实上,他心中没有任何想法,只是平静地观察着、呼吸着。他瞥向身后的长牙之民,看到的却是一帮打量受害者的土匪,或是一群打着家畜的小算盘,试图储备过冬脂肪的狼。他不由得猜测,梦想与现实交融时是否总是如此?他感受到的只是在远方看到一座宏伟城市时司空见惯的惊奇——无论什么人,站在这样远的地方,看到那片即将围绕在自己身边的砖石与人群,都会有同样的情绪,仅此而已。

眼泪来得比感情快。他尝到它们的味道,抬起手擦了擦嘴唇,然而脸上胡须的长度与厚度却让他一阵惊讶。辛奈摩斯在哪里?他答应过给元帅描述这一幕……

他双肩抽搐,无声地啜泣起来。天空与城市在破碎的阳光下旋转。他紧紧抓住马鞍的铁把手,摩挲着绑水壶的绳子。

最后他清清喉咙,眨眨眼睛,抬眼望去。他不仅听到了,也看到了有人在哭泣。聚集的因里教徒队列远端有个被太阳灼伤的人,那人赤裸上身,双臂张开跪在草地上,向那座城市尖声高呼,就像儿子在坦承心中对暴虐父亲的恨意。

"诸神之神,"普罗雅斯身后有人吟诵,"在我们中行走……您的名字数不胜数。"

祷词很快在每个人喉咙深处引起回响,人们一个接一个加入进来,使得和声愈发雄浑壮阔。山坡在这嘶哑的念诵中震颤起来。他们是真神的信徒,要以武力纠正延续无数世纪的错误。他们是长牙之民,个个经历了丧亲失友的苦痛,如今终于亲眼看到曾以生命立誓的目标……多少人的兄弟,多少人的父亲与孩子倒在漫漫征途之中?

"愿您的面包消除我们每日的饥饿……"

乌有王子 * 千回之念

虽然心中一片混乱,普罗雅斯也加入了祈祷。他意识到,大家都是战士先知的长剑,而这是因里·瑟金斯的城市。棋步已经走出,规则已经改变,如今凯胡斯和圆环旗代替了所有曾经的尺度与目的。他们站在这里,履行已被废弃的条约,欢庆变成中途的终点……

没人知道这意味着什么。

"不要苛责我们的过失……"

希摩。

"但求审判我们的恶行……"

希摩终于到了。

就算她并不神圣,辛奈摩斯和不计其数的死者也会让她变得神圣。普罗雅斯心想,在最终的结局前,没有回溯以往的空暇。

———❧❧❧———

艾诺恩的摩瑟罗苏人在小高地上四下散开,看着他们的总督——铁石心肠的乌兰扬卡——带领战士先知来到最高点。两人在墙顶长满青草的古老断墙前停步,这是附近的丘陵地带诸多废弃陵墓中的一座。

沙尔瑞佐平原在他们面前展开,刚刚经过坚壁清野的田地与牧场一片焦黑。杰什玛尔河将远处的景色一分为二,如一条蜿蜒的绳索自深浅不一的紫色丘陵地延伸出去。一座伟大的城市位于平原中心,占据了两道突入梅内亚诺海的岬角。她的外墙以白色砖块铺就,因而在日光照射下闪闪发亮。墙上绘有无数巨大的眼睛,每一只都有树那么高,其中有的磨损不堪,但依然在回应他们的注视。

希摩。后先知的圣城。终于到了。

有人跪倒在地,像孩子一样放声大哭。但大多数人只是凝望着城市,一脸茫然。

名字就像一个个篮子,拿到人们面前时里面已装满了东西,其中有

终卷　最后的进军

垃圾,有毫无特色的普通材料,也有价值各异的其他物品。但在特殊的时刻,世事会将篮子统统打翻,名字会承载迥然不同的分量,更加沉重,更为黑暗。

希摩就是这样一个名字。

他们从伊尔瓦大陆的四面八方赶来。他们在摩门城下忍饥挨饿。他们在蒙格达平原和安乌拉特要塞的血战中幸存下来。他们用怒火净化施吉克。他们走过熔炉般的卡拉塞大沙漠。他们经受瘟疫、饥馑与暴乱。他们几乎杀死真神的先知。而今,他们终于理解了这段令人心碎的苦难的目的。

对虔诚而感性的人来说,这是功德圆满的时刻;但在那些经历了无数试炼而伤痕累累的人看来,这只是又一个考验。什么样的奖励值得他们经受那样的痛苦?又有什么能补偿他们被迫付出的一切?这个地方吗?这个白垩墙壁的城市?

希摩?

不知在哪里,不知为什么,这个名字已被推翻了。

和以往一样,战士先知的话语在他们中间回响。"这里不是你们的终点,"他的每句话都将被铭记,"而是你们必能迈过的命运。"

一队队骑士穿过平原,越来越多的长牙之民出现在山丘下。很快,整支圣战军都来到高地上,张望指点。

他们南边是艾泽拉亚神龛——因里·瑟金斯第一次布道的地方。而远处可以看到至高堡……崔亚姆斯二世兴建的雄伟要塞,其环状的黑色城墙俯瞰着梅内亚诺海。至高堡右边是莫克汗宫的赭色石块和巨大梁柱,那是古代安摩图诸王的王宫。从丘陵地带延伸出去,穿过沙尔瑞佐平原进入城市的直线是斯基鲁兰水渠的遗迹,其名取自安摩图历史上最奢侈的纳述尔统治者。

再往里去,矗立在神圣的尤特鲁高地上的是元初神庙,巨大的环形柱廊标记出后先知升天的地点;神庙右边那栋在层层叠叠的柱廊之上、

乌有王子 * 千回之念

带有黄金镶边穹顶的建筑则是令人胆寒的西撒拉特,是他们远道而来所要治理的瘟疫——

西斯林最大的礼拜堂。

直到太阳将他们的影子延伸到那座满是眼睛的城市脚下,他们方才离开丘陵,回到下面的平原安营扎寨。当晚所有人都在惊奇与迷惑中度过,很少有人睡着。

———— ∽∽ ————

长牙纪4112年,春,安摩图

比亚希家族每一个还在喘气的人,大统领——不,皇帝——声称,全都活活烧死。

比亚希·索帕斯将军被这句话困住了。皇帝做得出这种事吗?答案显而易见,伊库雷·孔法斯没有什么做不出来——这点接触过他的人都能发现,更别提马特姆斯的遭遇。但他会这样做吗?这才是问题所在。瑟留斯那老家伙肯定不敢,他了解比亚希家族的力量,甚至可以说心存尊重。这样做会在元老院激起暴动,甚至叛乱——一个家族的血脉若这样轻易灭绝,其他家族也难以幸免。

再说,伊库雷家族的敌人已经让他们疲于应付了……孔法斯不敢这样做!

但他会的。索帕斯打心眼里觉得孔法斯有这份胆量。更糟的是,其他家族很可能袖手旁观。谁敢反抗基育斯河的雄狮?瑟金斯在上,军队甚至选择他而背弃了先知。

不。不。他做出了正确选择,他唯一能做的选择……在目前情况下。

"我们往东走得太远了。"阿戈纳拉斯队长用一丝不苟的阴郁语

终卷　最后的进军

调说。

当然了，你这蠢货！这正是我的意图……

他们已经逃了好几天：他，队长，他的巫师，还有十一个齐德鲁希骑兵。他们仍旧管这叫"追捕"，但每个人都知道——可能除了那个萨伊克巫师——自己才是猎物。他记不起上一次与其他小队——其他任何小队——取得联系是什么时候了，只能盲目地相信其他人还在附近。他们仍然沿拜特穆拉山脉曲折的山脚前进，只不过丛林变得越来越浓密，几乎让人想起赫桑塔山脚下。现在太阳贴近西边地平线，高耸的雪松遮住了光明与温暖，他们的马踩过松软起伏的腐殖土，愈发深沉的阴影仿佛在恐惧中抽噎。

他明白自己陷入了恐慌。先前，他察觉到塞尔文迪人正在摆脱追捕，于是将搜索部队分为更多小队，自认为这是更细密的罗网，但一切就此失控。他们追踪的足迹附近越来越多地出现齐德鲁希骑兵被侮辱过的尸体。他派骑手去召集分散的小队，但无人返回。恐惧感越来越强烈，如同湿疹渐渐变成脓疮。然后某天早上——索帕斯记不起是哪一天了——醒来时，他们发现自己成了逃亡者。

他怎么知道事情会演变至此？

不。不。不能把恶魔拉进交易。不管是不是萨伊克。

"我们走得太远了。"满面风霜的队长重复道，一边扫视着周围参天的雪松树丛中浓密的阴影，"圣战军一定在这附近……不然也会遇上费恩教徒。"

按阿戈纳拉斯的说法，他们早已离开谢拉什。

神圣的安摩图，他不由自主地想，*圣地……*

士兵们假装不在意他诡异的笑声，只有欧拉什不屑地哼了一声。这个浅薄又放肆的学士好几天前就不再掩饰对军人的轻蔑了。

索帕斯领队继续前进，但明显能感到手下的不耐烦。他们排成松散的阵形，在马鞍上摇晃，于低垂的大树枝间穿行。地上的松果被马蹄踩碎,空中泛着松香。

太阳终于落下,深渊般的林海每时每刻都在扩大,树干间犹如挂着黑色薄纱。这里一定是荷班纳森林,索帕斯心想,《圣典》中就是这么称呼的。但对他而言,去神庙不过是喝酒和谈论政治的借口而已,他并不记得经文中的具体描述。

毫无预兆,也未经他允许,阿戈纳拉斯队长就让队伍停下了。他们来到林间一片小空地,头顶有一棵巨大而古老的雪松,将军没见过这么粗的树。疲累的骑兵们一言不发地滚鞍下马,开始执行各自的任务,没人抬眼看他。

马匹拴好,营火点亮,帐篷搭起。黑暗笼罩四周,空地上升起的烟柱飘向头顶浓茂的雪松树冠。将军坐在隆起的树根上,默默打量着手下的骑兵,一边用手指揉搓蓝披风的褶边。

没人说话。

巫师离开营地去方便时,索帕斯紧跟在后。他不希望做出这种事——但事情就这样……发生了。

我别无选择!

他们在营火照不到的地方找到一个矮树丛,并排站立。

"真是场灾难!"学士严厉地说,用男人撒尿时特有的方式侧眼瞟向将军,"彻头彻尾的灾难。我向您保证,将军,我一定会在正式报告里——"

它就像拥有了自己的灵魂,扬起,落下,几乎没有闪光。

真是把不听话的匕首。

索帕斯用那个还在抽搐的人的绑腿把它蹭干净,然后走向火堆边那些精锐的齐德鲁希骑兵。那些是他能理解的人——至少大多数人是这样。但巫师呢?

别开玩笑了。

他别无选择。必须这样做。

终卷 最后的进军

身处险境的不只是他自己,还包括他的整个家族。他不能允许自己的霉运——还能有什么别的原因?——为整个比亚希家族蒙上阴影。孔法斯说到做到,不会迟疑,也不会后悔。索帕斯知道自己只能寄希望于孔法斯的灭亡,为此他必须找到圣战军,将自己交给战士先知的慈悲……让先知知晓发生的一切。

谁知道呢?如果能干掉该死的伊库雷,也许就该比亚希家族的人穿上御袍了。皇帝和费恩教共谋,出卖虔诚的信徒?索帕斯越想越觉得自己的作为是光荣而正义的。他别无选择……

他惊讶于自己的冷静,来到军官的火堆旁坐下,那里只剩下阿戈纳拉斯一人。队长似乎在非常努力地控制着自己,没抬眼看他。

"欧拉什在哪儿?"索帕斯问,就像在谈论众所周知的傻瓜。

"谁知道呢?"队长回答,"没准到树林里拉屎去了。"谁在意呢?他的口气仿佛在说。这让索帕斯松了口气。

将军坐在野营椅上,双手交握伸到火堆旁,以免铁石心肠的队长发现他的手在颤抖。阿戈纳拉斯是典型的三期老兵,能嗅出他人的脆弱,这比那些单纯轻视弱者的人更危险——至少对索帕斯来说是这样。将军望向更大的火堆,其他骑兵都坐在那里,有好几个士兵立即就将眼睛转开了。他们的沉默异乎寻常,他们的脸在摇曳的火光下显得太过平静。他突然感觉到,他们在等待着……

等待一个割他喉咙的机会。

索帕斯将目光转回自己的火堆,想到欧拉什正躺在不远处的矮树丛中。他必须仔细挑选时间……挑选要说的话。

或者他可以逃跑……

"谁负责外围警卫?"他问阿戈纳拉斯,说话时已经下定决心。

是的,是的,逃跑,跑,跑——

听到叫喊,他和阿戈纳拉斯都站了起来。

"有什么东西在树——"

"我听到了！我听——"

"闭嘴！"队长喊道，"你们全闭嘴！"他平举双臂，朝两侧伸出，就像可以压下他们的声音。火焰摇曳了一下，一块炭火发出噼啪声。索帕斯吓了一跳。

每个人都拔出武器，侧耳倾听着，朝树顶望去，但只看到头顶上方被火光照亮的遮天蔽日的树枝。火堆冒出的烟飘到半空就消失了。

然后他们听到了声音：头顶的黑暗中发出的刺耳摩擦。一阵雨点般细碎的沙沙响动之后，呐喊声迅速逼近空地。

"瑟金斯啊！"一个骑兵高喊，旋即被愤怒的吼叫打断。

他们听到了小孩子朝皮带上尿尿一样的嘶嘶声，这将他们的注意力吸引到了中央的火堆。所有人的视线都集中在同一样事物上：一条滴入火堆的血线……

紧跟着是一道突然降落的阴影，灼热的木头和煤炭爆射出来，浓烟翻滚。人们在突来的亮光中喊叫，踉跄着朝后退，有人疯狂拍打披风和衣服上的火花。索帕斯看见欧拉什蜷曲的尸身砸在火堆上，四分五裂，鲜血横流。

马匹尖叫着，在树下人立而起，但在深沉的黑暗映衬下只是一些影子。阿戈纳拉斯大喊着下达命令——

但她已落到他们中间，像一卷绳索一样打开了。

索帕斯只能跌跌撞撞朝后退。他别无选择……

队长第一个倒下，他跪倒在地，咳嗽着、喘息着，就像要吐出卡在喉咙的鸡骨。紧接着又有两名骑兵倒下，他们紧捂着身上出现的黑色伤口。索帕斯几乎看不到她手中的长剑，太快了。

金发在阴影中如丝绸般舞动，裹着一张苍白的面孔，美得令人难以置信。将军突然意识到自己认识她……是那个亚特里索王子的女人。她的尸体和王子一起在卡拉斯坎被吊了起来。

又从树上被放下。

终卷　最后的进军

齐德鲁希骑兵胡乱挥动长剑，在她舞动的身影前节节退却。她跳向他们，剑尖刺穿一个人的喉咙，像在刺穿一枚橙子。塞尔文迪人嗥叫着冲出黑暗，冲向他们的侧面，大开大合地发动攻击，骑兵一个接一个倒下。

一切迅速告终，只剩下队长的尖叫憋出的窒息声。

赤裸上身的塞尔文迪人转过来看着将军，吐了口口水，汗水闪烁的肌肉上每一处都是疤痕。虽然他体型骇人，但已瘦得皮包骨头，就像刚刚经历过饥馑，只是他缺乏的绝不仅仅是食物。他的眼睛在粗糙的眉毛下闪动着疯狂的火焰。

野蛮人叉开双脚站在索帕斯面前，那个美丽的女人绕到了将军身后。不知何时，第三个人已从火光照不到的黑暗中跳了出来，蹲在塞尔文迪人左边——索帕斯从没见过他。

纳述尔将军浑身颤抖，突然荒谬地庆幸之前都尿干净了。他甚至没抽出剑。

"她看到你杀害同伴，"塞尔文迪人边说边擦脸上的血点，擦成了一片污迹，"她想干你。"

一双温暖的手蛇一样爬上他的后颈，朝他的脸上摸去。

那天晚上，比亚希·索帕斯学到了很多东西：一切都有规则，包括人对自己的身体能做和不能做什么。他很快发现，这些是一切规则之中最神圣的。

有一次，在将自己经受的所有惨痛化为尖叫的间隙，他想到了被架在火上的妻子和孩子。

但也只有一次。

长牙纪 4112 年，春，希摩

晨光之中，法官带着一队又一队虔诚的信徒到杰什玛尔河沐浴。许多人在用树枝鞭打后背，即兴举行苦修仪式。全副武装的骑兵们遥望着这些朝圣者，警惕城中可能派出的袭扰队。白色塔楼仿佛触手可及，但黑色的城门一直没有打开，异教徒也一直没敢前来骚扰。

从河里出来的长牙之民头发湿漉漉的，但眼神明亮，他们大多唱着圣歌回到营地，相信自己已得到净化。只有少数人变得更加紧张，感觉长满眼睛的城墙在嘲弄自己。他们知道它名叫塔托卡之墙，却鲜有人了解这名字背后的意义。

和她西北方早已化作废墟的姐妹城市丘迪亚一样，希摩曾是安摩图诸王的古都。在因里·瑟金斯的时代，城市规模比现在要小得多，大多数建筑集中在杰什玛尔河东岸的几个高地下，而到崔亚姆斯一世宣布因里教成为塞内安帝国的国教时，城市规模扩大了整整一倍，朝圣者和商人让它迅速膨胀起来。希摩和卡拉斯坎不同，后者虽也曾是具有战略意义的商队贸易中心，但一直暴露在卡拉塞沙漠中无法无天的游牧部落攻击之下，而塞内安的神皇帝认为希摩这座伟大的城市并不需要城墙保护，毕竟整个三海都处于塞内安人严格但成功的统治之下。即便在帝国崩溃后的动荡岁月里，在安摩图短暂而纷乱的独立期间，除了围绕神圣的升天高地的荷特林之墙，这座城市也没有兴建任何防御工事。

最初为希摩修建外墙的是好战的纳述尔皇帝苏尔曼提克·沙坦提安一世，他最广为人知的事绩是与尼尔纳米什人之间长年无休的战事。那最初的城墙以古代蒙特松人塔楼林立的要塞为模板，几世纪后，塔托卡一世治下的西斯林在墙面贴上了釉光闪亮的白砖——这位教首显然对沙坦提安一世的石工不满意。城墙上那些引人注目的大眼睛则是塔托卡的继任者、著名诗人哈基提·阿布·西班的杰作。据记载，当一位来访的艾诺恩贵族要他解释这些眼睛的寓意时，他说这是为了提醒偶像崇拜者"独一神从不眨眼"——换句话说，是为了羞辱他们。也是从

终卷 最后的进军

那时起,希摩的港口渐渐被淤泥阻塞,因里教朝圣者不得不从陆路通过城门进城。

不管其来源如何,这些大眼睛在长牙之民中引发了长久不息的争议。有些眼睛似乎只是带着漫不经心的好奇,有些则似乎闪动着狂野的怒火。他们争论得越久,就越觉得希摩仿佛具有生命,陌生难解,却也无比强悍,像是一只摇摇晃晃的巨型螃蟹,从深渊中爬到了海滩上来沐浴阳光。这让攻城前景变得……难以预料。

谁知道有生命的东西会做出什么事来?

———⁂———

这里有过许多声音、许多意志,现在都统一为一个。他曾经用道来播种,如今用道来收获。

很快,父亲,我很快就会再见到你了。

凯胡斯的目光从艾斯梅娜身上转开,伸出发光的双手,寂静随之在庞大的人群中蔓延开去。早些时候,他派信使召集圣战军的大小贵族,宣布将在大营上方的斜坡召开最后一次议事会。正如他所期待的,响应召唤的远不止贵族种姓,接近半数的圣战军战士在他面前的斜坡上集结起来,一直站到了丘陵顶上,宛如乌鸦落在废弃墓冢的椽上,极力想看清下面发生的一切。

他在斜坡中间站定,在坡顶上的人们看来,希摩犹如从他的脑袋和肩膀上升起的光晕。圣战军首领们齐聚于他正前方的一片长方形空地,在草坪上坐下,充满虔诚与渴盼的眼神中闪动着激情的光芒,又不失于对即将来临的考验的警惕。在他们右边,在人脸组成的海洋的南岸,纳森蒂笔挺地站着,带着一份并不确信的骄傲,努力维持那副"只有我知道即将发生什么"的表情。以利亚萨拉斯、伊奥库斯和其他赤塔学士站在这片海洋的北岸,脸上唯有焦虑。凯胡斯看到以利亚萨拉斯弯下腰，正听眼缠纱布的伊奥库斯说些什么，然后大宗师的目光落在阿凯梅安身上——天命派巫师和以往一样站在凯胡斯左边。

"每当我转身，"凯胡斯喊道，"都会看到你们！千千万万的圣战之军，伟大的真理部落！我看到你们阵容齐整，组成光辉万丈的队伍，布满平原与丘陵……我还看到已经倒下的烈士的魂魄站在我们之中，骄傲地看着我们，看着这些让他们为自己的牺牲而骄傲的人。"

他们绝不会忘记，不会忘记为了当下这一刻所付出的鲜血与磨难。

"你们将夺回我的兄弟的房子。"

他清楚地记得从伊述亚的休耕门的阴影下走出后，这三年来每时每刻的样子。无数条道路自他脚下散开，通往无数种可能的结果。但人并非可以无限伸展枝叶的树，他只能向一个方向攻击，每踏出一步，都在扼杀其他可能性，让一个又一个未来化为泡影，而这是一条在任何地图上都无法标记的细线。只要他相信这条线、这条道路属于他自己，相信每一个脚印都来自于他本人做出的重大决定，这一切就有意义。一步又一步，他毁灭了那么多可能存在的世界，一直战斗到使这个时刻成为唯一……

但在内心深处，他现在明白，那些未来早已被扼杀，他一路走来的道路早已被反复限定了条件。每一个回合中，可能性都曾被他人不断计算、求和、均分，消解掉不该出现的分支……即便在这里，站在希摩前面，他也不过是个执行者，是另一个人如神明般宏伟计划的一条分支。即便在这里，他的每个决定、每个动作，都只是在巩固千回之念那令人恐惧的意志。

三十年了……

柔和的微笑。"我想起我们的第一次议事会，"他说，"那是很久之前的事，在安迪亚敏高地上。"看到他怜悯地皱起眉头，众人都露出微笑。"那时我们都比现在要胖不少。"

笑声，亲密又洪亮的笑声，好像只是几十个亲戚聚在一起，听亲爱

终卷　最后的进军

的伯父讲一些早已熟知的笑话,而非数万人齐集战场。他是他们的轴心,他们是他的圆辐。

"普罗雅斯!"他喊道,脸上的笑容就像是父亲在纵容儿子的个性,"我还记得你是怎样执意要赢得与伊库雷·瑟留斯的斗争。你一次又一次为当时的困难而哀叹,你不得不为了便利牺牲原则,为了政治考量背弃经卷。你的一生都在追寻纯粹,但内心深处却觉得目标遥不可及;你的一生都在渴望见证敢作敢为的真神,而非躲藏在缮写室里、向那些疯狂灵魂发出无声低语的偶像。"

现在,你可以大声质疑古老的习俗,但也要为新生的信仰付出代价……

他望向阿甘萨诺伯爵,老伯爵像个少年一样坐在那里,结实的手臂环绕膝盖。"戈泰克,你希望在死前得到救赎。你的生命之水即将干涸,你已然尝到自己罪孽之盐的味道——有哪个武士不会在年老时清数罪孽呢?而你回顾一生时,认定自己积累的罪太过深重,只有用血来清偿……"

现在,罪与罚的账目交到了我手中,你所梦想的安详死亡……

"还有高提安,亲爱的高提安,你的心愿是遵照真神的旨意行事,但并非出于每个人性格中都具有的跪拜渴望,而是希望将整个生命都注入真神意志的铸具之中。虽然你有无人能及的权威与名望,但你始终被自己的无知所困扰,和许多人一样,你没法从无知中获得抚慰。"

现在,我成了你的法则与启示,你所追寻的一切的化身……

这样的练习早已成为他的习惯,只消说出几个人脸上的真相,就可让他们感觉到他了解他们,时刻注视着他们。

"你们中的每一个,"他的目光扫过人群,"都有加入圣战军的理由。有些人为了征服,有些人为了救赎,还有些人为了虚荣、为了复仇,或者逃避……但我想追问,你们中有哪个人只为了希摩而来?"

片刻间,他只听到每个人参差不齐的心跳,好像他们的胸膛化作了一万面战鼓。

"有吗?"

他必须完美地在这里准备好一切。吉姆镇那个老人引诱他的话是确凿无疑的,而天命派的舰队随时可能到达,掌握真知法术的学士们绝不会轻易放弃自己的战争。因此一切必须在他们到来之前结束,事情必须成为定局。只要造成既成事实,不让天命派作出贡献,他们就很难坚持自己的要求。"你父亲要我来告诉你,"那个双目失明的乞丐说,"在丘迪亚只有一棵树……"

唯一的问题是,没有他的长牙之民能否获胜?

"没有一个人,"他的喊声如同十字弩射出的弩矢,"没有一个人是单纯为希摩而来,因为你们都是人类,人类的心永远不会是单纯的。"他看向一张张面孔,仿佛在邀请他们见证如此明显的事实,"我们的情感是一片沼泽,由于没有足够的词句来加以形容,我们假装自己所用的词就代表真正的情感。我们用贫乏无力的标准来衡量自己,我们谴责复杂的理解,却为故作聪明的讽喻而欢呼。有哪个人不向往单纯的灵魂,不渴望纯粹的爱情,不羡慕毫不犹豫的行动,不期待绝无保留的领导?"

他看到一千双眼睛中闪动着光芒。

"但这样的灵魂是不存在的。"

发言就是拨动他人灵魂的琴弦,吟诵则是弹出完整的和声。他早就学会了如何让言语超越意义,单凭声音便激发出灵魂深处的情感。

"矛盾是我们的本质。矛盾。我们认为它是苦恼,是阻碍,是需要战胜的对手,然而事实上它是我们灵魂的本质。想想我们的人生吧。我们有过纯粹的动机吗?有过吗?如果有人说有,那真的不是用来搪塞无止境的虚荣的谎言吗?想想看!有谁做出过什么事来,只为了对真神的爱?"

又是一片沉默,带着羞愧与希冀的沉默。

"不,我们心中不存在那么单纯的东西,即便你们对我的崇拜,也混

终卷　最后的进军

杂了恐惧、贪欲和怀疑……韦尔乔担心失去恩宠,因为我的目光在加亚玛克里身上停留了三次;高提安感到绝望,因为他让人生变得纯粹的希望刚刚被我打碎。"有些人发出肤浅的笑声。"矛盾的阴影笼罩在每个人脸上！矛盾！这意味着你们是肮脏、邪恶、不值得拯救的吗？"

最后这句话回响在每个人耳边,仿佛控诉。

"或者,这只意味着你们是人类？"

风停了,每个人都闻到了那股气味:肿胀的牙根、肮脏的腋窝、没洗干净的肛门……这些味道混合在一起,冲破了香油、柑橙和茉莉香水的掩饰。短短一瞬间,他仿佛站在一大群猿猴组成的圆环之中,那些弯腰驼背的肮脏动物用黑暗而呆滞的眼睛看着他。然后他又看到了另一个圆环,与刚才的完全不同,长牙之民仍站在他们所在的地方,只是每个人都背朝他向外看去,而他站在他们中间的阴影中——没人看到他,没人怀疑他……

他知道该说什么话。他知道什么话可以让他们沸腾起来,让坚实的壁垒倒下。但更重要的是,他知道哪些词——从前度的黑暗中响起的词——可以利用他们,只需说出来,就能让他们哭泣,让他们割开自己的喉咙。将人类用作工具意味着什么？既然他是以真神的名义在利用他们,又何必在乎？

重要的只有任务。

"事实如此简单,"他突然开口,带着忧愁与歉意,"我们的灵魂中并没有隐藏着什么未经发掘的纯粹。从内心到外表,每个人都有无数自我,每个人体内都住着一支军团。即使我们的神也在互相战斗,矛盾写在骨髓之中！"

"我们。就是。战争。"

魁梧的亚格罗塔第一个站起来,身型让他所有凶蛮的同胞都相形见绌,他疯狂地甩动潮湿的长发,挥舞手中浸血的战斧,发出怒吼。刹那间,空气在众人的呐喊声中颤抖,无数武器举向空中,反射的阳光令

乌有王子 * 千回之念

整座山丘耀眼至极。无论凯胡斯望向何处,看到的都是磨利的刀锋与紧咬的牙齿,紧攥的拳头与明亮的眼神。即便是艾斯梅娜,也正从眼影上拭去泪珠,只有阿凯梅安站在这幅奇观之外……

"《歌谣书》告诉我们,"凯胡斯续道,"'战争就是让心灵挣脱束缚'。普罗塔西斯也说:'在战争中个体的约束将被抛却'。为何大家不约而同地认为只有在战场上才能找到纯粹——才能找到真正的平静?伴随被挡下的这一剑,击中敌人的下一剑,怒吼回荡交融,兽性舞动,灵魂在恐惧与狂喜之间摇摆——你们还不明白吗?战争就是我们灵魂的终极展现,战争就是我们内心的呼唤!它将我们凝结起来,最终让我们熊熊燃烧。"

他已将圣战军牢牢握在手中。在他所展示的神性之前,正统派早已土崩瓦解,而作为他的圣侣,艾斯梅娜卓有成效地消灭了剩余的反对者。孔法斯和塞尔文迪人也从棋盘上移去了……

只有阿凯梅安还警惕地看着他。

"明天,你们将冲下山坡,向最后一支邪恶子民发起冲锋。明天,你们将从那些堕落者手中夺回我的兄弟的房子。"他望向涅尔塞·普罗雅斯。

"明天,你们将举起武器冲向希摩!而我,战神的先知,将成为你们的战利品!"

几个月来他一直在训练他们,潜移默化地提供他们能辨认出的线索,告诉他们什么时候该说话,什么时候该静听,什么时候该怒吼,什么时候该屏息。

"但是,至圣者!"普罗雅斯喊道,这是王子与其他人为他发明的众多尊称之一。"您说这话就像是……"王子坦率地皱起眉头,"您不打算指挥明早的攻击?"

凯胡斯微笑着,就像被人发觉保留着一个光荣的秘密。

"我和我的兄弟一样,也生而为子……作为儿子,我必须先访问父

终卷　最后的进军

亲的房子。"

他又看到阿凯梅安递来的眼神,又感到需要压制对方永不止息的疑虑。

------⌾⌾⌾------

圣战军首领们聚集于营地上方的山坡上,一致同意必须发起强攻。围困圣城、用饥饿迫使守城者——包括普通士兵和西斯林——出来决战的计划是不现实的。因里教一方的部队数量已不足以有效包围希摩,只要异教徒下定决心,一定能突围而出。此外,虽然希摩的港口早因基安人疏于治理而淤塞荒废,但仍足以从海路运输补给。

但战士先知要求他们在次日进攻的指示还是引发了争论,最让大家沮丧的是,凯胡斯要他们在他不在场时进攻。他拒绝改变后一项要求,关于前一项要求则解释道:"我们的敌人尚未摆脱灾难,但他们毕竟人数众多。我们既已兵临城下……请想一想战争的经验:面对强敌时,时间会是最好的黏合剂。而眼下,信念与坚定是我们的优势,我们必须立刻进攻!"

昨日,斥候们仔细搜索过周围的丘陵地带,希望找到法纳亚及重新集结的费恩教军队。居住在此的安摩图人对战况一无所知,而他们俘虏的基安人讲述着千奇百怪的故事:有人说尤玛那猛虎辛加捷霍在拜特穆拉山脉等待,随时可能冲下来袭击他们;有人说基安人那支早该被消灭的舰队正在谢拉什的海岸登陆,运来部队逼近圣战军的后方;有人说法纳亚下令进行大规模迁徙,正和西斯林一起撤出希摩,前往雄伟的塞鲁卡拉城;还有人说基安人将所有力量集中在希摩,犹如毒蛇在篮子里盘起身子,准备在因里教徒掀开盖子的瞬间猛然窜出……

真真假假,偶像崇拜者要么即将大获全胜,要么已然注定毁灭。

大贵族们最终达成一致,所有传言都不可信。但战士先知不赞成,他指出俘虏始终在重复五六个故事。"这是法纳亚的安排,"他说,"他想制造噪声,阻碍我们听到真理的呼唤。"他告诫贵族们,提醒他们注意对手之前的作战表现。"别忘记他在蒙格达和安乌拉特战场上的神勇。法纳亚不仅是卡萨曼德的儿子,"他说,"他还是萨考拉斯的学生。"

圣战军决定将攻城力量集中在希摩的西城墙,这不仅因为他们的营地在城市西边,更重要的是尤特鲁高地位于杰什玛尔河西岸。每个人都同意升天高地必须作为首要目标,只要西斯林还没被打败,战况就随时可能发生逆转。

普罗雅斯和高提安向被赐福者请愿,请求率领人马在赤塔之前发动进攻。虽然长牙上对巫术的宣判业已被废除,他们仍不愿让巫师首先踏足圣城。然而岑约萨和戈泰克坚决反对。"赤塔的拖沓与懈怠已让我失去一个儿子,"年迈的泰丹人伯爵喊道,他指的是在卡拉斯坎失去的幼子,"我可不愿再失去一个!"

和以往一样,战士先知做出了最后裁定。

"我们——我们所有人———一起行动。"他说,"是谁最先开战,谁位于战场上的何处,这些都不重要。经历了这么多痛苦,成功才是唯一的荣耀……只有成功。"

其他长牙之民忙着准备,每个人都在边流汗边唱歌。小股人马前往丘陵地带采集木料,需要的木料并不算多。突袭队被派往安摩图沿岸,收集能找到的所有补给。骑士用橄榄树枝编织护盾,方圆几里的小树丛都被剥了个干净,只留下光秃秃的树干。士兵用白杨树与棕榈树扎成简易云梯。巨大的石块从海岸线上运来充当弹药——奉战士先知之命,在捷罗萨建造的攻城机械被拆解后由谢拉什俘虏随辎重队一路运来,现在在希摩城下重新安装,有些甚至是连夜赶装的。

那天深夜,人们在火堆旁舒展四肢,讨论即将来临的挑战,言辞与神态介于疲累与狂喜之间。他们互相印证着记忆中战士先知在全体贵族议事会上的演说,许多长牙之民毫无缘由地焦急起来,哪怕再镇定、

终卷 最后的进军

再喜怒不形于色的人,在救赎圆满的前夕也失去了耐性,只想尽快为这场严酷的试炼画上句号。

篝火熄灭之后,只有最倔强、最多虑的人还醒着,其中有些人壮起胆子说出了心中的不安。

"但你想想吧,"信仰坚定的人会如此反驳,"当我们走过漫长而壮丽的一生,在战利品的环绕中死去前,我们可以抬起头来,对那些敬爱我们的人说:'我认识他。我认识战士先知。'"

第十四章 希摩

> 有人说我在那天晚上得到了可怕的启示。但和其他许多事一样,我不可在此细说,以免有性命之忧。
>
> ——杜萨斯·阿凯梅安,《第一次圣战简史》

> 真相与希望像两位背向而行的旅人,在每个人的一生当中,它们只相遇一次。
>
> ——艾诺恩谚语

长牙纪4112年,春,希摩

艾斯梅娜梦到自己是一位王子,一位自黑暗中坠落的天使。她的心跳得飞快,下体也勃起得厉害,就这样活了几万年。她梦到凯胡斯站在她面前,如同必须抹去的侮辱,必须解决的谜团,一切都归结于一个燃烧的问题……

杜尼安僧侣是什么人?

醒来后,她用了好长时间才认出自己。她在黑暗中伸出手,在凯胡斯的位置上只抓到冰冷的被单。不知为什么,她并无惊讶,但非常担心。压抑的气氛挥之不去,仿如渐渐变干的墨水留下的气息。

凯胡斯?

自开始读《长诗》,她心里就有了不断累积的预感,让心灵和肢体都变得愈发沉重。纳述尔别墅中,她被控制的那一晚后,这份徘徊不散的恐惧变得更加紧迫,更加让人迷惑了。她每一次眨眼,仿佛都会看到

终卷 最后的进军

用来插入的事物和被插入的对象。她仍然感觉到那怪物的手按在她的身体上,而她顺从的欲望好像不曾褪去。那个晚上她忍受着怎样的饥渴啊!那样的饥渴只有深深的恐惧能够稍微平息,却始终无法驱散。那种滋味既强烈又疏远,包含着恣意的放荡,让任何猥琐的言辞都黯然失色……它是如此纯粹。

虚族占有了她,但那份饥渴,那份无法满足的欲求……却是属于她自己的。

当然,凯胡斯努力抚慰过她,就算向她抛出一个个问题时,他也安慰着她。他说的话与阿凯梅安解释辛奈摩斯的遭遇差不多:被强迫咒控制的人依然记得当初的感受,当时则完全不由自主。"你无法将自己与它区分开来,"凯胡斯解释,"在那一刻,它就是你。它试图激怒我,让我杀你,正因它害怕你的记忆中留着它的记忆。"

"但你不知道我当时的渴望!"她只能这样回答,"我的渴望!"扭曲的面孔。撕裂的伤疤。张开的洞口。涌动的液体。

"那些欲望不是你的,艾斯梅,只不过看上去像是你的而已。你并不知道它们来自何处……你只是在遭受它们的折磨。"

"这样说的话,又有什么欲望是真正属于我的?"

得知辛奈摩斯的死讯时,她告诉自己,他是苦恼的真正源头,她那不断侵蚀的幻灭感只是因为关心元帅。但这谎言实在太明显,连她自己都无法相信。为着没法为这样一位真诚的朋友真心哀悼,她花了好几个钟头咒骂自己。不久后,阿凯梅安将他的东西搬出了乌别里卡,她又想用这来解释包裹内心的冰冷沼泽。虽然这第二个谎言带有一点点真实的力量,乃至持续了一天一夜,但当她四处游荡的眼神落在一切错误的源头上时,谎言便不攻自灭了。

希摩。

这里,她看着城墙上紧盯自己的大眼睛,心想,就是我们的葬身之地。

乌有王子 ★ 千回之念

她的头仍在嗡嗡作响。她掀起被单,冲绣有仙鹤的屏风喊了几句,布露兰多半在屏风后睡觉。片刻后,她已穿戴整齐,在向加亚玛克里询问战士先知的去向了。可他只知道凯胡斯离开了乌别里卡,步行穿过营地——黑眼睛的男人皱着眉头告诉她,战士先知拒绝任何人陪同。

从前,艾斯梅娜害怕在圣战军营地中独自行走,但现在这已是她心中最安全的地方了。月光皎洁,除了几条突兀的绳索,并没有什么阻拦她的东西。大多数火堆要么已经熄灭,要么只剩橙色炭火仍在闪烁,只有极少数火堆边还有士兵在毫无来由地举杯欢呼,甚或喝着闷酒。认出她的士兵立即跪倒在地,但其中没人见过战士先知。

她险些撞到一个男人身上,那人从外貌看是名艾诺恩骑士。她突然惊恐地意识到自己跟对方睡过好多次,就在……重生之前。她一直告诉自己,决定那些生意的是她而非她的主顾,但从对方脸上不自然的笑容来看并非如此。所有人脸上都是这副笑容。她突然明白过来,他把睡过她当作无上的骄傲,因为先知的伴侣包裹过自己的性器。

他扶住她的手肘,拍着她的后背。"是的……"他说,仿佛在证明她的羞耻。他喝多了,按苏拿人的说法,裤腰带都被酒精泡软了。礼仪。荣誉。这些早已被他抛诸脑后。

"你知道我是谁?"她厉声问。

"是的,"他醉醺醺地重复,"我认识你……"

"那你应该知道自己在找死!"

潮湿的眼神带着困惑。她朝前走了一步,张开手掌掴上他的脸。

"无礼的狗!跪下!"

他目瞪口呆地盯着她,一动不动。

"跪下!否则我剥了你的皮……明白吗!"

用了几个心跳的时间,他的震惊才浮上脸庞,然后他摇摇晃晃地跪下了。酒总能为这种场合增添动力。他哽咽着道歉,更重要的是,他告诉她看到凯胡斯离开营地,爬上了西边的山丘。

终卷　最后的进军

艾斯梅娜迈步就走,紧抱着肩膀以止住颤抖。她可以理解自己咬紧了牙关,却不解为何面露微笑。她打算在天亮后逮捕那人,虽然她一直不喜欢当下的地位强加给她的权力,但想到他的尖叫声,就不由得兴奋起来。一幕幕场景在脑海中闪过,尽管她明知如此狭小的气量是荒谬的,却仍然为之欣喜。

到底是为什么?她的羞耻?他的坏笑?或者只因为她能做到这样的事?

我,她屏住呼吸想,包裹过他。

焦虑让她有些魂不守舍,但她还是爬上了低矮的山丘,裙子的滚边在她穿过潮湿的蓟草丛时发出了叹息。天堂之指高悬于梅内亚诺海上,在漆黑的夜空中闪耀。她两度回头望向月光下的希摩。

它看上去是那么不真实。

凯胡斯坐在山坡上一座早已荒废的陵墓顶部,紧盯着沙尔瑞佐平原对面黑暗的城市。她想直接爬过倒塌的陵墓,像猫一样翻墙,但又记起腹中的生命,于是绕到他下面生满青苔的地基边。他盘腿坐着,双手朝上压住膝盖,长发绾成加里奥斯战士的样式。他的面孔在月光下犹如冰冷的大理石,蜷曲的胡须微微闪烁。和以往一样,他的姿势或神态中有种无法言明的东西,让周围一切都向他臣服。其他人在这样的地方可能会显得孤独乃至凄凉,他却让人想起坚定不移的哨兵,在月光下如此洁白,在阴影中那么沉静。

他没将目光从希摩移开,只开口道:"你想起了卡拉斯坎。你还记得在圆环审判之前,我是怎样离开你的。你害怕我会因为同样的危险而做出类似的事来。"

她双手叉腰,抬头望向他,皱起眉头假装不满。"我还真不愿这么想。"

他微笑起来,朝下看着她时,他的眼睛闪闪发亮。

"为什么要这样?"她问,"你为什么要来这里?"

"因为我很快就得离开。"他蹲下来,朝她伸出手。

她抬起手来抓他的手腕,突然发现自己已站在了他身边,被他强有力的手臂扶着。一时间,他们仿佛立足于针尖之上。她紧张地四下巡视,沿山坡看向平原,看向废弃的陵墓内部细细的柱子之间的黑暗。

她深吸了一口他的气味:柑橙、肉桂和男人的汗水。尽管他的话在她心中激起了恐惧,她仍和以往一样品尝着他。他的胡须在月色下显得苍白。

她小心翼翼退了一步,好看清他的眼睛。"你要去哪里?"

他打量了她一会儿。他身后远处的希摩是那么错综复杂,那么悠远古老,像是海浪冲刷下的宏伟化石。

"去丘迪亚。"

艾斯梅娜皱起眉头。丘迪亚是希摩早已死去的姐妹城,很久之前就被塞内安的神皇帝毁灭了,她已记不住那个皇帝的名字。"你父亲的房子。"她心酸地说。

"时机成熟时,真理自会展现,艾斯梅,一切都会在适当的时候到来。"

"但是,凯胡斯……"他们必须在没有他的情况下进攻希摩,这意味着什么?

"普罗雅斯知道怎么做。"他果决地说,"赤塔也会适时配合。"

绝望自她心中涌出。你不能离开我们。

"我必须,艾斯梅,我必须听从召唤我的声音。"

并非她的声音,她灵魂中脆弱的那部分意识到了这点。但他并没有回应她的担忧,她的关切,甚至她的希望……她的感受根本没有触及他。虽然他们站在一起,但凯胡斯的双脚似乎扎根在一片远非她所能理解的土地上,驱动他的东西拥有的尺度可以与天上的星辰,以及它们在夜空中划出的轨迹媲美。

突然之间,他成了一个无比陌生的人,就像塞尔文迪人……如此

终卷 最后的进军

可怖。

"那阿凯呢?"她立即追问,希望掩饰住瞬间的脆弱,"他不该陪着你吗?"

你得安全回来!

"我要去的地方,没人能陪着去。"他道,"而且,我现在不是他保护得了的了,他应该已经知道。"虽然他的话有令人震惊的涵义,口气却像在谈论不容争辩的事实。

"他一定想知道你为什么要走。"

凯胡斯微微一笑,点点头,好像在说:那个阿凯⋯⋯

"他知道的。你以为你是唯一一个用这些善意的问题拷问我的人吗?"

不知为什么,他温柔的幽默让她忍不住想哭。她突然屈膝跪在破碎的石墙上,垂下头,用脸触碰他那双凉鞋边的青苔。她的样子一定荒谬极了,她心想,跪在一堵石墙破碎的边缘,表演着其他人只在坚固的地面上演出的哑剧。妻子跪在丈夫身前。

但她不在乎。他才是唯一的评判。唯一的主宰⋯⋯

占有我吧。

不管转向哪里,人类都会发现自己被更伟大的事物包围。通常情况下他们对此视若无睹,甚至有时,在骄傲与卑微的欲望驱使下,他们会与之为敌。但无论如何,那些事物依旧伟大;而人类,不管他们的自负有多疯狂,也改变不了自身的渺小。只有通过跪拜,将自己贡献给伟大的事物,犹如倒转武器的把柄,人类才能找到自己在世界中的位置。只有通过屈从,他们才能认知自己。

屈从中潜藏着狂喜。让他者矗立在自己面前,这种感觉如此危险——就像任陌生人触摸自己的脸——却又带着深厚的亲密,只有自承卑微才能得到承认。交出自我所得到的宽慰,就像放弃沉重的责任一样如释重负。

如此矛盾的放纵。

喋喋不休的声音消失了,永无止境的伪装带来的疲惫渐渐消退。她像被麻醉了一样,甚至有些性意盎然……这就是让另一个人统治自己的感觉!

凯胡斯带着宽容的微笑扶起她,甚至还弯腰为她拂去裙子上沾的碎石。"你知道吗?"他抬起眼睛说,"你知道我爱你吗?"

她微笑着,心里有一部分情感像少女一样涌动,更年长、更智慧的那部分则通过妓女久经战阵的眼神打量着他。"我知道,"她回答,"但我……我……"

"惧怕即将发生的事是很自然的反应,"他说,"人类都会害怕。"

她犹豫了一下。"没有你我活不下去。"

她不也对阿凯说过同样的话吗?

他将一只温暖的、带光晕的手按在她微微隆起的肚子上,仿佛在祝福她的子宫。"我也一样。"

他抱她入怀,用长长的吻偷去她的焦虑。虽然他的拥抱带着奇妙的热烈,但她感到他的视线又转回了希摩的方向。她抱紧他坚实的身躯,想象那缠绕在他心中和体内的强大力量。她想起了先知的天赋,想起了试图控制他的势力是如何——失败的。

别放手,她告诉自己,千万别放手。

但他听到了。他总能听到。

"你该惧怕的是未来,艾斯梅,而不是我。"他的手指梳子般穿过她的长发,在头皮上留下颤动的线条,"这具血肉不过是我的影子。"

———— ✺ ————

他走了多远?

凯胡斯想起白雪皑皑的群山,阳光在遍布冰川的高地上闪耀。他

终卷　最后的进军

想起繁茂的森林和失落的城市,青苔覆盖的雕像斜插在腐土中。他想起没人把守的城墙……

他仿佛听到有人在冰封的林木间尖叫着他的名字。

"凯胡斯?凯——胡——斯!"

他走了多远才到达这里?

把艾斯梅娜送回营地后,他朝西边走去,穿过饱经践踏的牧场,爬上饱经践踏的山坡。他来到山顶,在几棵死去的橡树中间停下,转身背对天堂之指——从他现在的方向看去,天堂之指正在希摩和梅内亚诺海的上空,而他正沿这条轴线面朝前方黑暗的大地……

望向丘迪亚。

"我知道你能听到,"他对这个世界说,声音低沉而肃穆,"我知道你在听。"

不知从哪里吹来的风让草丛化作滚滚浪涛,直向西南而去。在群星对面,死去的树枝毫无节奏地噼啪乱响。

"我该怎么做?"他问,"他们只能注意到眼前的事物,他们只能听到自己喜欢听的声音。那些看不到、听不到的一切……他们都任你掌控。"

风消退了,留下别样的寂静。他听到右边五步之外蛆虫在死去的乌鸦内脏里蠕动,他听到白蚁啃噬附近橡树的树皮。

他闻到海的味道。

"我该怎么做?告诉他们真相?"

他弯下腰,拔出右脚凉鞋绑带里夹的一根枝条,就着月光研究它。这条纤细的、单调的枝杈竟能占据这么大一片苍穹,就像是长牙之中萌生的长牙。虽然他周围的树木在很久之前就死去了,但这根枝条上却有两片叶子,一片是苍白的绿色,另一片是棕色……

"不,"他说,"我不能。"

杜尼安修会将他派到这个世界是为了刺杀——因为他父亲亵渎了

乌有王子 ★ 千回之念

他们超然世外的隐居,威胁到伊述亚,那座供他们进行神圣冥想的伟大避难所。他们别无选择,只能派出凯胡斯,虽然明知这是莫恩古斯的计划……但还能怎么做呢?

于是凯胡斯横穿伊尔瓦大陆,从北方荒芜的废墟来到南方喧闹的城市。他利用自己能争取到的每一份优势——无论是一个简单的微笑还是一千双铁拳——削减了所有不利因素。他学习这个世界包含的一切:语言、历史、阵营,无数心灵各自的特质。他掌握了世上最强大的武器……信仰、战争、巫术。

他是超越条件的杜尼安僧侣。在每个转折处他都在追随逻各斯,追随捷径之道。

我到底走了多远?

他曾被绑在圆环上,缓缓地在乌米亚齐黑暗的树荫下旋转。西尔维张大了嘴从他身边晃过,贴在他裸露的身体上,同石头一样冰冷。她的脸浮肿发黑。

我哭泣过。

凯胡斯扔掉树枝,俯低身子,在夜色下的草原中奔跑,朝前方地平线上漆黑而高耸的拜特穆拉山脉疾冲而去。他跳过灌木丛,跳过黑色的溪谷,加速奔上破碎的山坡。

他奔跑着,不曾绊倒,也不曾减缓脚步来观察四周。*这片大地属于我……超越一切条件的我。*

无论在哪里,一切都属于他,整个世界属于他。无限的分支,但并非每个分支都是平等的。

并非如此。

只有极少几个基安人和安摩图人听到了那声音,那声音就像是远

终卷　最后的进军

处的奴隶在拍打挂毯,但声音的主人正在他们头顶之上、群星之下飞翔。

在元初神庙的走道上,它化为一道阴影,沿拱顶和天花板上的壁画蔓延开来,刹那间似乎遮蔽了下方的一切,然后又消失了。它用眼睛畅饮着,它的灵魂已在睡梦中度过了一百万年。它智慧而狡诈,有野兽般的怒火。它在这个有无穷棱面和狭小天空的地方游走。

荆刺。它的每一次瞥看都如同锋利的荆刺。

石头并不结实。吾可以冲走它……

什么都不要做,那个声音回答,乖乖看着。

彼等知晓吾已至。吾若不行动,会被彼等发觉。

那就试试彼等之手段。

西弗朗落在地上,缩成一团,厌恶地感受着外部的一切,延伸出自己的表面。它等待着,渴望回到漆黑的深渊,但很快,他们中的一个就来了。那人类没有眼睛,但能看到他……就像它能看到他一样,只是不用承受痛苦。然而无论如何,人类恐惧的咸味跟其他生物并无区别。

它站起来,展现出自己的形态:佐奥斯。它的脸如太阳般明亮。

人类发出恐惧的叫喊,释放出自己的光:一束纯粹的能量。佐奥斯单手就抓住了能量束,好奇地轻轻一扯,人类的灵魂就被拉了出来。那道光消失了。肉体倒在地上。

真弱小……

还有其他人,那个声音说,强大得多的人。

吾也许会死。

不会的,汝强大至极。

也许汝会与吾同死……伊奥库斯。

什么东西——摇摆不定的虚空——在阿凯梅安头上盘旋……他实在应该醒来的。

然而那味道只是让谢斯瓦萨不由自主跪倒在地,不停呕吐。他连唾沫都吐光了,内脏仍在翻滚。纳乌-卡育提站在上方的阴影里注视着他,疲倦的脸上没有表情。

他们爬过无尽的黑暗,越爬越高,心知这片虚空迟早会化为纯粹的恐惧。

最初是大雨般降落的臭水,尿液和粪便自缝隙洒下,形成一道道水帘,他们不得不跳过去。他们走过曾是回廊的深井,蒸腾的泥浆流入无底黑暗。他们绕过一个个腐肉组成的巨坑——其中有些肉体属于胎儿或稚婴,有些属于成人——很难判断是从多高的地方扔下来的。他们甚至经过一个湖泊,湖水味道诡异,定是由几千年来的雨水积成。

但他们仍欣慰得落泪,用湖水洗了洗身子。在这样的地方没有别的东西用来清洁。

谢斯瓦萨当然听过这里的流言,甚至和尼尔·吉卡斯长谈过一次——几千年前后者在这里的厅堂中战斗过。但无论如何,谢斯瓦萨都无法克服因库-霍洛纳斯令人毛骨悚然的庞大感。据奇族国王说,方舟从天空坠落时,幸存的虚族百中无一,然而在与奇族数不胜数的战事之中,出现在战场上的虚族仍达十万之巨。尼尔·吉卡斯坚称方舟是一个不断生长的世界,一个迷宫组成的迷宫。"要小心,"他白色的嘴唇用吟诵的语调说,"不管邪恶之杯有多深,它总会满溢。"

纳乌-卡育提首先看到那束光,苍白的闪光悬在一条支路尽头。他们熄灭手中火把,沿斜坡爬去。沉默自然而然地降临,支撑着歪斜舱板的厚木头早就被某种土壤取代,谢斯瓦萨觉得那是碎石经年累月冲

终卷　最后的进军

积的结果。每往前走一步,臭味都变得更浓烈,咆哮的喧哗声在他们走到最后几步时猛然膨胀起来。

道路突然到了尽头,一束光化为几千束,穿透了广阔的空间。纳乌-卡育提喘着粗气,咒骂着,而谢斯瓦萨张大了嘴无法呼吸,过了好一会儿才跪倒在地继续呕吐。他闻到的臭味来自人类,而这仿佛是所有味道中最不可忍受的一种。

一座城市。他们注视着一座城市。戈尔格特拉斯沸腾的心脏。

他必须醒来!

巨大的洞穴在他们面前呈现,让谢斯瓦萨想起船的龙骨,但洞顶是那么高,四周是那么广阔,远非人类的作品所能比拟。陡峭的金色船壁向上升去,没入黑暗,被无数篝火升腾的烟尘遮蔽。榫接结构与杂乱的石堆自方舟底部胡乱堆砌而上,犹如无数层层叠叠的蜂巢,每一个肮脏的洞孔都朝外打开。若非其间的火光和密密麻麻如螨虫般的形影,这场景就像退潮后露出的纷乱沙滩。成群结队的巴拉格,大片大片的斯兰克,以及在他们中间不计其数的人类俘虏——有的人被铐在雪橇上,排成呻吟的长队,其他人分散于他们主人的露天寝宫中,在抽搐的阴影身下喘息。他们嘴唇翕动,眼睛在黑暗中转来转去,粉红的裸体沾满血液。数不胜数的男人、女人和孩子,他们破碎的身体塞满了下面的峡谷。

他必须醒来……

隆隆的吼声与一阵比一阵高亢的尖叫,扫过这片不属于人类的黄金高地,让骨头和心脏都为之颤抖。颤抖。颤抖……

纳乌-卡育提猛地跪倒在地。"这里是怎么回事?"他的声音更像喘息,而非低语。

他转过脸来面对老师,脸色惨白,眼神近乎疯狂。"这里——这里该怎么——"

话音像个失去一切的孩子。

醒来!

谢斯瓦萨感到自己被举起来,扔回到阴影之中。什么东西撞上头骨,黑暗笼罩了一切,他只看到自己心爱的学生那副痛苦的表情——如此疯狂的痛苦!

"她在哪儿?她到底在哪儿——"

醒来,蠢货!

阿凯梅安喘息着恢复了意识。希摩!他想到,希摩!一片阴影笼罩在头顶,他那些没有生效的隔绝咒仍然环绕在周围,勾勒出来人的身形。巨大的、压倒一切的空虚感悬挂在皮绳尽头,轻轻摇摆——一个饰物,就在距他胸口一指远的地方……

"南下途中,"塞尔文迪人声音嘶哑,"在空洞的反复思考中,我想明白了一件事:你和我一样是死人……"那只握皮绳的手颤抖了一下。

"我们都失去了自己的神。"

以利亚萨拉斯看到远处升天高地上西撒拉特礼拜堂中闪烁的微光。他和伊奥库斯一起坐在大帐南边的华盖之下,四周倒伏的草地中有鲜血画下的若干圆圈。明天他们终将面对赤塔的宿敌,尽管在他心中这场对决已不再有太多意义,但他仍想看到最后的结局。

这意味着他必须用上一切武器——不管有多邪恶。

"西斯林逃跑了,"伊奥库斯道,他的嘴在恶魔通讯咒的作用下发光,"正如我们猜测的那样,他们没在尤特鲁高地上部署丘莱尔。但他们正召来……召来……"

蛇头们别无选择,只能将饰品分配给卫兵,用来对抗西弗朗的下一次攻击。这意味着明天他的学士兄弟们进攻时会面对更少的抵抗。

以利亚萨拉斯朝前倾身。"我们不该动用上等品,下等品一样可以

终卷　最后的进军

达到目标。尤其不该派佐奥斯去！你亲口对我说过,他越来越危险了。"

"一切正常,以利。"

"你变得浮躁了……"

而我变得懦弱了吗?

伊奥库斯转身面对他,压在半透明脸颊上的绷带浸出了鲜血。

"必须让他们害怕我们。"他道,"像现在这样。"

<hr>

醒来时那异乎寻常的恐惧转变成致命的威胁,包裹着威胁的是漫不经心的怀疑,就像他心底最深处仍相信自己还在梦中。一切仿佛是用匕首在刺探羊毛。

"塞尔文迪人!"阿凯梅安吸了一口气,口中冒出的好像不是一个词,而是一块坚冰。这人身上的恶臭填满了他封闭的帐篷,介于马和狗之间的味道。

"那个人,"对方的声音在黑暗中轰鸣,"他在哪儿?"

阿凯梅安知道他指的是凯胡斯,但不知是因为野蛮人说出"他"这个字时的紧张,还是因为自己也只能想到那一个人。每个人都在找凯胡斯,哪怕是根本不了解凯胡斯的人。

"我不知——"

"撒谎!你一直和他在一起。你是他的保护者——我知道的!"

"请你……"他喘息着,尽力不让胸口在咳嗽时向上弹起。丘莱尔让他无法忍受,他的心脏仿佛要冲破胸腔,跳向不属于它的地方。他感到右边乳头周围的皮肤一片刺痛,这是盐化的先兆。他想起凯里苏萨尔,想起杰什鲁尼——那个早已死去的线人——曾在圣癞疤酒吧握着一枚饰物,悬在他手上。奇怪的是,眼前这枚饰物似乎带着不同的……

味道。

这似乎是我逃不过的命运。

阴影朝他愤怒地猛扑过来,仿佛马上要大声吠叫。虽然在黯淡的月光下他只能看到大致的身形,但灵魂之眼中却清楚地勾勒出对方的模样:皮带包裹的手臂、足以拧断人脖颈的双手、被杀戮的愤怒扭曲的脸庞。

"我不会重复问题。"

别惊慌,老傻瓜。

"你以为,"阿凯梅安强作镇定,"我会背叛他的信任吗,塞尔文迪人?你以为我会把自己的生命看得比他的更重要吗?"驱动这些话的是绝望而非坚定,因为他自己并不相信。然而,塞尔文迪人却停了下来。

野蛮人在黑暗中沉思片刻,然后道:"那么,让我们来做交易⋯⋯平等交换。"

为什么突然转变?那个人的声音⋯⋯在颤抖?野蛮人将丘莱尔收进掌中,就像孩子熟练地摆弄玩具。阿凯梅安欣慰地长出一口气,好长时间躺在床上没动,恐惧与麻木仍然支配着他。那个阴影中的身形望着他,同样一动不动。

"交易?"阿凯梅安喊道。他这才注意到野蛮人身后的两个人影,虽然周围一片昏暗,他还是认出那是一男一女。"用什么交易?"

"真相。"

对方说出这个词的语调带着疲惫,但还有深厚而粗野的率直,仿佛打在他身上的狠狠一拳。阿凯梅安用手臂撑起身,盯着眼前的野蛮人,对方的眼神中混杂着狂暴与困惑。

"如果我说我得到的真相足够了呢?"

"关于他的真相。"塞尔文迪人说。

阿凯梅安眯眼看着对方,仿佛在眺望远处,虽然对方的身影是那么接近。

终卷 最后的进军

"我知道他的真相。"他麻木地说,"他是来——"

"你一无所知!"野人怒骂,"一无所知!你只知道他想让你知道的东西。"他朝阿凯梅安的光脚边唾了一口,用攥着丘莱尔的那只手擦了擦嘴唇。"和他所有的奴隶一样。"

"我不是奴——"

"不,你是!在他面前所有人都是奴隶,巫师。"

塞尔文迪人将丘莱尔紧攥在手里,盘腿朝后坐倒。"他是个杜尼安僧侣。"

阿凯梅安从未在任何一个词中听过如此强烈的恨意。而全世界原本就被仇恨所充斥:塞尔文迪人、非神会、费恩教、西斯林、莫格-法鲁……有时会让人觉得,有多少名字,就有多少仇恨。

"那个词,"阿凯梅安小心翼翼地说,"'杜尼安'……不过是一个已经消逝的语言中的词,它的意思是'真实'。"

"那语言并未消逝,"奈育尔厉声道,"那个词的意思也不再是'真实'。"

阿凯梅安记起他们在摩门城外第一次见面:塞尔文迪人带着骄傲而野蛮的神情站在普罗雅斯面前,凯胡斯扶着西尔维站在辛奈摩斯手下的骑士们中间。他本不相信奈育尔,但凯胡斯和他的姓氏——安那苏里博——昭示的一切推翻了所有怀疑。凯胡斯是怎么说的?塞尔文迪人接受了他的赌注?是的,还有他在远方梦到圣战……

"你告诉我们的事,"阿凯梅安看到野蛮人的牙齿在闪光,"你们会见普罗雅斯那天……你撒了谎。"

"是的。"

"凯胡斯的真相是?"不知为何,问出这个问题令他的喉咙一阵刺痛。

停顿。"告诉我他去了哪里。"

"不,"阿凯梅安道,"你答应告诉我真相……我不会交易未经检验的货物。"

野蛮人哼了一声,但没用暴力来表达嘲弄或蔑视。他脸上浮现出忧伤,动作与姿态透露出与暴虐的外观不符的脆弱。不知为什么,阿凯梅安知道奈育尔想把这些事说出来,犹如倾诉黑暗的罪行或强烈的愤懑,它们已然成为他心头巨大的负担——意识到这一点甚至比任何饰物更让他恐惧。

"你觉得凯胡斯是被派来的,"塞尔文迪人用空洞的声音说,"事实上他是应召唤而来;你觉得他独一无二,事实上他不过是一个组织的一名成员;你觉得他是拯救者,事实上他不过是个奴隶主而已。"

这几句话夺走了阿凯梅安面孔上所有的血液与知觉。

"我不明白——"

"那就听我说!他们在群山中隐藏了几千年,与世隔绝。几千年来他们不断繁衍,只让每一代最聪明的孩子活下来。据说你比任何人都了解岁月,巫师,那你想想吧!几千年……直至我们这些真正由父母自然生下的孩子,与他们相比如同幼儿。"

他接下来的话听上去那么……赤裸,完全不像是真实。他说话时,身后坐着的两道阴影全无动弹。塞尔文迪人的声音很刺耳,混杂着母语里浓重的喉音,但他话语中的精妙修辞却不符合他们民族的严苛性情。他讲了一个漫长的故事:一个早熟的男孩如何越过脆弱的天真,被一个神秘奴隶的话语诱惑,走进了理智的行为与清白的人生之外无路可循的荒原。

一个弑父的故事。

"我是他的共犯。"塞尔文迪人说。故事即将讲完时,他在沉思中垂下头,仿佛在对自己的双手讲话,就像每个词都是难以负荷的重担。他突然双手抱头大喊:"我是他的共犯,但我不是自愿的!"

他垂下前臂,放在膝盖上,伸出两个拳头,像正紧抓着一根骨头。

"他们能通过我们的脸看到我们的思想——我们的痛苦、希望、愤

终卷　最后的进军

怒和激情！这些我们只能猜测的东西，他们都能确切了解，就像牧人可以就早上的天空看到下午的天气……通过这种了解，他们实行统治。"

他的声音如此痛苦，仿佛有一束光照亮了他的脸。阿凯梅安听得到他的泪水，还有他脸上扭曲的冷笑。

"他选择了我，培育了我，塑造了我，像女人打磨石头来清理兽皮那样。他利用我杀死我父亲，他利用我确保他的逃亡，他利用我……"

阴影捶打着公牛般的胸膛。

"耻辱！Wutrim kut mi'puru kamuir！我没办法不去想！没办法不去想！我亲眼见证了自己的堕落，我明白一切，而这撕碎了我的心！"

阿凯梅安下意识地绞动手指，每个指节互相缠绕。塞尔文迪人的阴影跟他的丘莱尔化作的深渊就是整个世界，其他一切都不复存在。

"他是智慧……他是战争！战争的本质是斗智！他们就是如此！你不明白吗？每次心跳他们都在与环境战斗，每次呼吸都是一场征服！他们走在我们中间，就像我们走在狗群中间。只要他们撒下碎肉，我们就会嗥叫不停；只要他们抬起手来，我们就要哀号呜咽……

"而最可怕的是，他们还要我们爱！还要我们爱！"

夜空广袤。大地辽阔。

但它们都向他伏首。向他投降。

跨步——跨步——跳跃。空间的咒语。交错的世界。

野兔在他的道路上横窜。画眉从他脚边飞出，猛地冲向星夜。豺狗在他身边奔跑，长长的舌头垂下来，修长的四爪看上去有些疲惫。

"你是谁？"它们个个上气不接下气地问。

"我是你们的主人！"神一样的男人超越了他们，大喊道。虽然他并不懂得幽默，但还是大笑起来。笑声中天空仿佛也在颤抖。

乌有王子 * 千回之念

我是你们的主人。

------❊------

一个人的心中怎能容下这么多愤怒?

巫师在烛光下辗转反侧,一遍遍地低声说着……

"回去……回去……必、必须从头开始……"

但他不能——现在不能。他没做过这样的交易,也不曾有什么话像今天这样搅乱了他心中的平衡。

他知道塞尔文迪人打算杀"他"——他最后的、最伟大的学生。他知道野蛮人身后的两团阴影是什么。它们离开帐篷时,他借着一道月光看到了她的脸,跟在他身上摇摆呻吟的那个夜晚一样完美。西尔维……

你背弃了他,你背弃了战士先知……你把他的去向告诉了野蛮人!

因为他说谎!他偷走了原本属于我们的东西!属于我的东西!

但想想这个世界!这个世界!

去他妈的世界!让它烧掉吧!

"从头开始!"他大喊。一定要。

在他面前、铺在丝绸床垫上的是一卷卷羊皮纸。他拿起羽毛笔,在墨角中蘸了蘸,低声念叨着、念叨着,迅速写下所有那些令他苦恼的名字,重新绘出那张已在萨略特图书馆中烧掉的图纸。

他在

埃因罗

这个名字上停了下来,搜寻悲哀的回忆,却惊觉这份回忆现在已经不重要了——至少看上去如此。他写到

终卷 最后的进军

非神会

时,浑身颤抖,不得不放下笔,双臂紧抱胸前。

你背弃了他!

不!不!

等他写完,手中这张纸和之前烧掉那张几无区别。他思索着事物的特性,思考如何从话语的重复中加以区分。事物的特性是不朽的。

他用粗黑的线条画掉了

皇帝

然后用笔在

孔法斯

下面画了一道,这是出于塞尔文迪人讲述的关于新皇帝的一切。现下,这位新皇帝正率军从西边杀向圣战军——或者从海上。"警告他们,"那个阴影说,"我不想普罗雅斯死。"他草草画出一道道新线条,描述自他被赤塔绑架以来一直未加重视的联系。然后,他用那双太过稳定、简直不像属于自己的手——因为他疯了,他明白——在

安那苏里博·凯胡斯

这个名字左边的空白处写下

杜尼安僧侣

他的羽毛笔在这个古老的名词上悬停片刻,轻轻的"滴答"两声,两滴墨水落在纸上。他看着它们像血一样朝外浸染,仿佛追逐着百万条毛细血管,让这个名词变得模糊。

不知什么原因促使他在上方写下了

安那苏里博·莫恩古斯

这不是指凯胡斯和西尔维的孩子,而是"他"的父亲——那个召唤"他"来三海诸国的人……

召唤!

他在墨角中又蘸了蘸笔尖,手像鬼魂一样轻。然后,如同被恐惧所推涌一般,他缓缓地在左上角的空白处写下:

艾斯梅娜

她的名字怎会变成他的祈祷?在这一切畸形的事件之中,她又落在什么位置上呢?

他自己的名字呢?

他看着完成的图纸,完全感觉不到时间流逝。圣战军在他周围醒来,叫喊声和沉重的马蹄声穿过了他的帐篷,穿过了他。他仿佛变作一个永远注视着羊皮纸的鬼魂,并没有真正在思考,仅仅是在注视,似乎那静止的墨迹下隐藏着秘密……

人类。学派。城市。国家。

先知。爱人。

所有这些呼吸着的东西本无范式可遁,没有一个包罗万象的思想

终卷　最后的进军

赋予它们意义。人与人之间只有彼此交锋的妄想……整个世界原本是一具尸体。

辛奈摩斯教会了他。

虽然不知为什么,他还是提起笔来,将所有名字连接到正下方的

希摩

线条。一条又一条,连接到这座即将吞噬无数人的城市,无论是无辜者还是罪人。这座嗜血的城市。

她的名字是他最后一个连接起来的,因为他知道她比任何人都需要希摩——也许除了他本人。画完那道黑色线条之后,他提起羽毛笔,又重画了一遍。又一遍。又一遍。又一遍。越来越快。越来越快。直到他开始疯狂刮擦那张上等羊皮纸。一条,一条,一条——

他的羽毛笔变成了匕首……

戳刺着饱经创伤的纸张下的血肉。

第十五章 希摩

> 战争如果无法杀掉我们心中的女人,就会转而杀掉男人。
>
> ——崔亚姆斯一世,《日记与对话》

> 和其他许多经历艰难旅程的人一样,我离开智者的国度,回到愚人的家园。无知犹如时间,永远不会回头。
>
> ——斯科维,《祖姆十季》

长牙纪4112年,春,希摩

光线在一串串露珠上无声散逸。黑暗的帆布迎风翻卷。战争机械的阴影被逐渐拉长,又慢慢缩短。灰暗的色调渐渐流逝,变作五彩缤纷。远方海面金光闪耀。

早晨。世界的开始。万物缓慢地向太阳鞠躬。

奴隶们搅动还在冒烟的火坑,用干草在埋藏一夜的木炭上引出火苗。整夜无眠的人撑起身,坐在凛冽晨风中,看着交织的烟柱,一脸茫然,仿佛不相信自己……

第一阵号角声在远处响起。

这一天终于来了。希摩在等待,在朝阳的光芒中显露出黑色身影。

"你父亲,"吉姆镇那个老头子用刺耳的声音说,"要我来告诉你……"

终卷　最后的进军

丘迪亚从远方草场上升起，仿佛一座零乱的大石冢。城市地基蛇一般匍匐在草丛中，历经风吹日晒的石头散落于草木丛生的土墩顶端，四下处处可见倒塌的石柱。这座废城就像一艘破船，搁浅在土壤的海洋之中。

战士先知在断瓦残垣中徘徊，每次呼吸都在勾勒未来的蓝图。他的灵魂不断分叉，融入可能性的黑暗，追随推论与归纳的计算结果。思维不断分出支流，越来越细密，直到填满整个世界，并继续延伸，深入过去那早已被穷尽的土壤，越过未来那永远模糊的界限。

一座座城市陷入火海。一个个国家败亡衰落。但有一阵旋风在其中穿行……

"在丘迪亚只有一棵树……"

虽然周围只有早已死去的破裂石料，但凯胡斯看得到这里的前事：宏伟的游行队伍，拥挤的大道，庄严肃穆的神庙。在森比斯河以南诸省还是独立国家的时代，丘迪亚曾是和希摩一样伟大的城市，甚至更加伟大。而今她变得如此寂寞荒凉，只有躲避风暴的牧羊人才会来此暂时为羊群寻找遮挡。

这里曾经无比荣耀，而今一切烟消云散，只余下被推倒的石头和风中摇摆的长草……

以及答案。

"……只有一棵树，"老人的声音不属于他本人，"我就住在那棵树下。"

凯胡斯挥剑劈下，一直劈到心脏。

他被利用、被欺骗了——一直如此，从最开始……塞尔文迪人是这样说的。

"但我与其他人不同!"阿凯梅安抗议,"我相信他并非为了自己!"

布满疤痕的强壮肩膀耸了一下。"这就是为什么他会向你的关注让步……他以你的想法为基础,寻求更深切的奉献。真实是他的刀刃,我们全是他留下的伤口!"

"你在说什么?"

———⊗———

阿凯梅安手握那张墨迹浸染的羊皮纸,在营地中徘徊。他穿过一群群已然披挂整齐或正在穿戴盔甲的因里教徒,有些士兵向他鞠躬,称他"圣导师",但他既没看到他们,也没听到他们的声音。他走过康里亚军营呈放射状散开的通路,走过泰丹人更为杂乱的营盘。他看到一个全身盔甲的人——一个中年玫格伊里骑士,那人有长长的灰胡须,跪在冒烟的火坑旁。

"跪下吧,"阿凯梅安听到那人颂唱,"抓住我的手,跪在……"

骑士毫无征兆地睁开眼,看到他,连忙擦去眼中的泪水。未唱完的后半句歌词"带来光明者面前"仿佛悬在两人之间的空气中。然后骑士转过身,愤愤不平地收拾起武器和装备。号角在远方响起。

"抓住我的手",这是战士先知的上百首圣歌之一,阿凯梅安几乎可以背下每一首。

他望向拥挤的通道,看到很多人也跪在地上,有些是单独一人,有些则三两成群。通道在视线尽头拐了个弯,一个法官正在那里训诫数十名忏悔者。不管望向哪里,他都能看到圆环徽记,有的画在塔盾上,有的被编成项链,有的镶饰在胸甲和飞扬的战旗上。整个世界都在虔诚地祷告。

这一切是怎么发生的?

凯胡斯在果园中说过:跪倒在真神面前的人,在堕落者眼中也会高

终卷　最后的进军

不可攀；身为永远不在场的国王的仆人，可以代替国王统治。"我所做的一切，"虔诚的人会说，"都是为了他。"古老而玄妙的借口，任何仇恨与自负都可以用它来解释。它似乎超越了尘世，超越了昏暗而邋遢的生命循环，而且它就隐藏在视野边缘，伸手就能触及……

跪倒！这不正是另一种暴虐的盛宴吗？血肉即将呈上，谁还会吝惜甜点？当整个世界被摆上餐桌，它的喧嚣变成音乐，它的浮华变成只为虔诚者而存在的事业——那么好吧，一切都是为他们而存在。

其他人呢？他们只需乞食就可以了。

"你在说什么？"他冲塞尔文迪人喊道。

"即使是你，你这个自大的怀疑论者，也是他的奴隶。他掌控着你每一个思想的源泉，把你像水一样困在他的酒杯里。"

"我的灵魂属于我自己！"

笑声。黑暗、低沉、恶毒的笑声，好像觉得经受的一切折磨到头来都蠢透了。

"这正是他希望你想的。"

阿凯梅安在凯胡斯身上找到了确信。尽管失去了艾斯梅娜，但他仍旧可以将自己遭受的折磨作为某种证明。他告诉自己，只要代价仍然痛苦，这份事业就一定是真的。他并未像其他许多人一样，为了虚荣而相信。谢斯瓦萨的梦境早就让他明白，他的使命将永远伴随着恐惧而非荣誉，而他得到的补偿将是那么的……抽象。

去爱一个待他如此不公的人——这是对他的考验！而他一直如此坚定，如此坚定地相信着……

但现在一切都倒塌了，伴随着渴望与仇恨如雪崩一样奔涌而去，匆匆地冲向……冲向……

乌有王子 * 千回之念

希摩。

他不知所措。

"真实是他的刀刃,我们全是他留下的伤口……"

到底发生了什么?

要了解一样东西,某种意义上讲就是要知道它所处的位置。所以他不由得抓紧胸口,仿佛害怕跌入深渊,虽然眼前是广阔的沙尔瑞佐平原,远处是希摩长长的影子。

"问问你自己,巫师……你还有什么是他不曾夺走的?"

他宁愿现在就面临巫术的诅咒。

———❦———

希摩城上的火把在晨光中显得那么昏暗,仿佛只是城墙上的一片片橙色污迹。费恩教徒惊奇地望向平原,看到了难以置信的情景:四座攻城塔,马苏斯之门和水渠附近各有两座。这让他们沮丧不已,因为每个人都相信偶像崇拜者需要几周时间才能准备好第一次攻击。他们只能眼睁睁看着那些古怪的异乡人在城门外聚拢阵形,而他们自身大多只是紧急应召而来,手握农具或早已被遗忘的战争中遗留的武器。城内仅有约两千名从蒙格达平原之战一直活下来的老兵,即便这些人也无法理解偶像崇拜者当下的作为——统领他们的哈姆吉拉尼被叫到塔楼上,仔细观察。他和其他较弱势的大公们争论了一阵,最终不欢而散。

异教徒的鼓手们在"升天之山"尤特鲁的山坡上排开阵势,敲响皮鼓。因里教徒的号角嘶鸣回应,悠长的号声仿佛在宣示吹号人强健的肺腑。

在费恩教徒称为普贾尔之门、因里教徒称为马苏斯之门的城门对面,一小队一小队的人踏上平原,朝城门走来。城墙沿线的士兵见状纷

终卷　最后的进军

纷朝军官叫喊，认为偶像崇拜者是要谈判求和，但贵族们盖过了他们的声音，命令弓箭手准备战斗。

这批因里教徒小队约有四十支，相互保持着十步距离。守城官兵渐渐看清每支小队由六人组成，五人并排在前，一人拖后。他们银色的胸甲下穿着赤红袍服，战盔伸出的角上各飘着一面小小的三角旗，每支小队旗帜的颜色和标志各不相同，但每个人脸上都涂着白粉，这是艾诺恩人的战妆。各小队最外侧的两人手握沉重的十字弩，单独拖后的那人也一样，弩手内侧两名穿着类似铠甲的士兵则手举巨型藤盾，几乎封住了所有角度。在两面盾牌的遮挡下，正中央的人完全被阴影笼罩，无法看清长相。

城墙上目睹这一幕的费恩教徒中，有些无知的新兵开始嘲笑敌人，但流言口耳相传，迅速地扩散了，直至所有人都僵住身体，四下一片寂静。连最愚蠢的安摩图人也知道这个简单的基安语词汇，知道它意味着怎样的恐惧。库拉吉……

巫师。

就像在回应沉默，不属于这个世界的低沉合唱在渐渐接近的军阵中响起。在这么远的距离外，那声音听起来像是被埋在烧焦的庄稼和推倒的建筑下，但仍让希摩坚实的外墙微微颤抖。

城上的投石机掷出第一批火罐，液态火焰喷射出来，勾勒出笼罩在每支小队头顶的隔绝术的弧形。升腾而起的云雾吞没了阳光，守城官兵们不约而同地看到了一座座幽灵般的塔楼。

真正的恐惧这时才攫住每个人的心。因达拉取水者在哪里？

试图转身逃跑的费恩教徒被自己的军官砍倒，邪恶的合唱声越来越响亮。前进的军阵在距城墙约五十步的地方停了下来，守城的弓手在恐慌中松弦射出的流矢在隔绝术上纷纷化作轻烟。随后，一队队步兵从这些分队之间鱼贯而上，而在阵形后方，弓箭的射程之外，许多单独的人影踏着步子升到空中。他们赤红的法袍翻滚着，眼睛和嘴中闪

乌有王子 * 千回之念

着明亮的光。

城墙上所有的人不约而同吸了口气……

强烈的光线旋即射来。

奴隶和公牛推着那座被普罗雅斯的士兵们称为"大脚趾"的巨大攻城塔穿过平原,那座塔"咯咯吱吱"一路呻吟。昨日黄昏,在它即将完工之际,伊吉亚班还担心原本为攻打捷罗萨而设计的机器是否高到足够"亲吻希摩"。盖德奇用一向的机智回答:"她只需踮起脚趾就够了。"这个名字就这样传开了。

巨大的机械下沉了一点,又稳定下来。普罗雅斯站在拥挤的塔顶,握栏杆的手捏到指节发白。他身边以及塔楼低层的士兵们都在大喊,鞭子呼啸声则从塔后传来。前方,攻城塔的行进路线已被工兵们标记出来,那仿佛是新翻的泥土中的水渠;而在路线尽头,希摩城白色与赭红色的城墙在等待他们,城头的异教徒和他们的长矛如鬃毛竖立。

"大脚趾"的同伴在左边,士兵们称它为"小姐妹",它同样也在缓缓前移,与"大脚趾"保持一致。她比世间绝大部分树木更高,裹有湿润的海草编成的席子,看上去仿如一只来自海底世界、没有四肢的怪兽。六层塔楼上的窗口均已打开,窗后有几十架弩炮,只要进入射程,它们就会将塔托卡之墙上的垛口射成刺猬。负责组装这两座塔楼的木匠主管发誓说它们是工程学上的奇迹——这也自然,毕竟它们是由战士先知亲自设计。

大脚趾摇晃前行,轮轴与关节都在尖叫,铺着白砖的城墙和城墙上的大眼睛越来越近了……

真神保佑,普罗雅斯不由自主地祷告,让我们成功吧!

第一拨石弹向他们飞来,那是城中隐藏的巨型投石车掷出的。石

终卷 最后的进军

弹的散落面很广,而且目前还够不到攻城塔,但望着它们飞来还是有种超现实的惊悚感,仿佛灵魂拒绝相信如此沉重的东西可以飞到那么高。士兵们发出警惕的叫喊,接着一颗石弹从他头顶飞过——近得几乎可以用手摸到!它虽然没击中塔楼,却在后面推动塔楼的长队中造成了致命杀伤。大脚趾原地摇晃了一阵子,让小姐妹走到了前边。普罗雅斯看到了小姐妹背后的根根横木,那实际上是部巨大的梯子。随后大脚趾又继续推进。

盖德奇总督突然出现在小姐妹顶端后部拥挤的士兵们中间,黝黑的脸放着光。

"荣耀属于我们!"他喊道,"我们会把城墙上的血擦干净,等你们赶到就不会滑倒了!"

虽然每个人仍然紧咬牙关,但也都笑了起来,有些人开始呼喊着要大脚趾加快速度。当另一颗石弹落在小姐妹附近,盖德奇及其手下士兵不得不俯身躲避时,笑声更响亮了。

马苏斯之门霎时有闪光亮起,人们转头看去,仿佛听到了惨叫……

虽然巫术已不再是会被革出教门的罪行,但这些虔诚的士兵——康里亚士兵——还是不乐意跟在赤塔后面,更不要说让其打头阵进攻圣城希摩了。普罗雅斯面无表情地看着大团烈火扫过城头的碉堡……

叫喊声隔着木板从他脚下传来,紧接着是断断续续的喀嚓声,就像有人用膝盖折断了十几根树枝。排列在窗后的弩炮射出铁头弩矢,扫射对面挤满敌人的垛口。不一会儿,小姐妹也加入进来。一些弩矢打在城墙的瓷砖上,撒下片片飞屑,其他的则仿佛消失在守军之中。

"举盾!"普罗雅斯喊道。盾牌并不能阻止异教徒的投石车,但他们已进入强弓的射程范围。

什么东西让朝阳变得黯淡……是云吗?

第一阵箭雨朝他们洒下,也落向推着攻城塔前进的人和牲口。

"射击!"普罗雅斯向身边的弓手喊道,"扫清城墙!"

乌有王子 * 千回之念

他用眼角余光看到,马苏斯之门正上演光与影的疯狂表演,但没时间观赏了。每个心跳的时间,希摩城墙上那些一眨不眨的眼睛都在逼近,空中的飞箭也更加密集。他鼓起勇气稍稍放低盾牌,在林立的守军之中认准一个异教徒,但只来得及看那裹头巾的老人一眼,一支弩矢就射中了那人的喉咙,将其撞进了城中。油罐在攻城塔四周碎裂,有两个罐子击中小姐妹的侧墙,燃烧的焦油在海草上蔓延开来。突然间,烟雾笼罩了一切,火焰的咆哮让所有声音变得扭曲。紧接着传来一次巨大的炸裂声,猛烈的冲击让每个人都跪在了地上———一块巨石命中目标,但大脚趾奇迹般地呻吟着继续前行。普罗雅斯脚下的地板起伏不定,变得像船上的甲板,他只能弓身躲在盾牌后面。他旁边的弓手仍在扯动弓弦、瞄准目标、奋力反击。据他目测,身边每两个人就有一个倒下,抓着出现在身体各处的箭杆。骑士们把他们拖走,朝塔楼两侧扔下去,给从塔楼低层冲上来递补的弓手腾出地方。又有一声惊天动地的巨响,那只可能来自马苏斯之门上那些古老的石头。另一阵惨叫把他的注意力吸引到了左边,只见一个油罐在小姐妹顶层爆炸,浑身着火的骑士们没头没脑地跳了下去,重重地砸中地上的同胞。

"盖德奇!"普罗雅斯朝另一座攻城塔隔空叫喊,"盖德奇!"

总督那张愁眉不展的脸出现在碎木头中间,虽然箭矢在两人之间呼啸而过,普罗雅斯还是露出微笑。接着盖德奇就倒下了。普罗雅斯滑倒在地,眨着眼睛,一次次回想着那幅景象———一颗势不可挡的石弹击碎了总督的脖子和肩膀。

天空变得黑暗,攻城塔越来越近,但小姐妹已化作一团熊熊燃烧的地狱之火。他们来到贴着白色瓷砖的城墙前,近得仿佛挥起衣袖就能碰到它,碰到城上拥挤的手臂与嚎叫的面孔。普罗雅斯看到一只巨眼就在脚下的白色墙面上朝外张望,他也能看到城中宽广的街道和建筑,一直延伸至升天高地。那里!那里!那里就是元初神庙!

希摩!他想着,希摩!

终卷　最后的进军

普罗雅斯放下白银铸成的战甲面具,他那些蹲伏的族人也在做同样的准备。吊桥落下,铁钩咬上城墙。事实最终证明,大脚趾还是足够亲吻到圣城。

康里亚的王储呼喊着先知和真神的名字,向举着剑的敌人跃去……

没人会错过那棵树。

它矗立在这片碎石荒野的中心,一座大山丘的边缘。从树围和高度看都与黑色的乌米亚齐不相上下,但粗壮的树干早已被剥去树皮,树枝如弯曲的獠牙伸向空中。

凯胡斯沿一条台阶的遗迹往上爬去,很快来到那棵树强健的肌体下。树后是平整过的山顶,随处可见翻开的砖块和一排排断裂石柱。环绕大树的是大块平石板,但朝向希摩的方向已然倒塌,巨大的树根露了出来。

他一手按在巍然不动的树干上,手指划过表面的刻痕,那是蛀虫留下的古老痕迹。他在陡坡前站定,盯着地平线上汇聚的乌云——就在希摩上空——仿佛听到远处的滚滚雷声。然后他朝悬崖下俯身,以暴露在外的树根作踏脚点。

他下坡时带下了片片砂石。

他挺直身子,看着头顶那棵树高高耸立,光滑的树干仿若健壮阳物,硕大的树枝有如咬向天空的巨型犬齿。在他身前,树根像乌贼的触手那样纠缠着。有人在其中——从砍伐的痕迹看是许多年前干的——砍开了一条通路,黑乎乎的洞中似乎有石头的轮廓,一道楼梯通往底下的黑暗……

他沿石梯向下走去,深入山丘之中。

奈育尔猛地勒住偷来的军马,抬起一只手向西尔维和她的兄弟示警。四只秃鹫悄无声息地飞上天空。旁边的山坡上,五匹配有马鞍的马抬起头来看了他们一眼,然后继续吃草——马上没有骑手。

他们三个骑上小丘,目睹了屠杀场景。灰色的拜特穆拉山脉在前方远处升起,但仍看不到丘迪亚的痕迹。西尔维坚持要沿杜尼安僧侣走过的路追踪,她说自己能闻到他的味道。

奈育尔翻身下马,大步走到横七竖八的尸体中间。他好几天没睡了,但肢体中流淌的疲惫仿佛只是种抽象概念,同哲人的辩词一样可以轻易忽略。自与那个天命派巫师对话后,诡异的紧张感攫住了他——这种冲动他只能定义为仇恨。

"他去了丘迪亚。"那个愚蠢的胖子最后吐露。

"丘迪亚?"

"是的。希摩曾经的姐妹城,在西南方向,接近杰什玛尔河的源头。"

"他告诉过你为什么吗?"

"没人知道……大多数人以为他要与真神交谈。"

"他们为什么会这么想?"

"因为他说要先访问父亲的房子。"

"希德鲁希骑兵。"奈育尔辨出死者的身份,朝身后的人喊道,"很可能是来搜捕我们的。"

他盯着杂乱的足迹看了一会儿,然后弯腰检查尸体。他用指节在一具尸体的脸颊上面按了按,估量温度。换皮密探毫无感情地直勾勾看着他,直到他回身上马。

"杜尼安僧侣突袭了他们。"他道。

终卷　最后的进军

为这一刻他等待了多少个春秋？在这期间他的心灵破碎了多少次？

我会把他们两个一起杀掉。

"你确定是他？"她的兄弟问，"我们闻到了其他味道……费恩教徒的味道。"

奈育尔点点头，啐了一口。"是他，"他带着疲惫的厌恶说，"只有他来得及抽出剑来。"

战争，她意识到，战争把世界交予了男人。

他们在她面前纷纷跪倒，那些长牙之民，他们恳求她的祝福。"希摩，"一个士兵喊道，"我愿为希摩而死！"虽然艾斯梅娜觉得这很蠢，觉得自己远非他们的偶像，她还是祝福了他们，说出那些他们渴求的话——去杀戮，去献身吧。她运用自己早已熟悉的声音，充满抚慰又带有极强煽动性的声音，重复着凯胡斯的教诲："人不畏死可得永生。"她捧着他们的脸颊微笑，虽然心中觉得腐败肮脏。

他们涌到她身边！武器和盔甲咔啦作响！他们个个伸出手，渴望她的触摸——这点倒是和她之前的生活一样。

他们离开时她觉得自己是个奴隶和病人。

苏拿的妓女，有人这样称呼她，语气却带着崇敬而非责难，就像她只有经过那样的堕落，才能达到今天的位置。她不由得想起自己名字的来历：《长牙纪年》中的艾斯梅娜是先知安吉释拉伊尔的妻子、萨梅特的女儿。这就是她的命运吗，成为经文典籍中埋藏的注解？后世会怎么称呼她呢？称她为艾斯梅娜再世，或者"另一个艾斯梅娜"，就像《圣典》中区别长牙上的重名者一样？再或简单地称她为先知伴侣……

苏拿的妓女。

天空变得阴暗,充满杀意的咆哮在晨风中愈加响亮。事情终于发生了……而她无法忍受。无法忍受。

许多人恳求她到营地边上去观看攻城,她没有理会,转身回到乌别里卡。偌大的营帐几乎空了,只留下几个奴隶在收拾早餐用的灶火。仅有一名百柱团成员——一个大腿绑着绷带的加里奥斯人——还在此地守卫。看到她从身边快步走过,他僵硬地深鞠一躬,目送她消失在帐篷私密的内部。她在挂着织锦的内室中喊了两声,无人应答。一切是那么安静、沉寂,战争的吵嚷无比遥远,就像在聆听另一个世界的响声。最后她发现自己来到了已故的帕迪拉贾那张巨大的镀金卧床前,她和凯胡斯就是在这里睡觉与做爱的。她把自己的书和卷轴堆到床上,爬上去,缩到它们中间。她没有打开书阅读,只是抚摸着它们,感受那些光滑而干燥的表面。她抱着几本书,直到它们变得像她的皮肤一样温暖。出于无法理解的原因,她开始清点书本的数目,像是孩子骄傲地整理玩具。

"二十七本。"她自言自语。巫术划破了遥远的天空,房间中的金器和玻璃随之发出低沉的共鸣。

二十七扇门,但没有出路。

"艾斯梅。"一个嘶哑的声音唤道。

一开始她不愿抬头——她知道那是谁,更知道他看上去是什么样:孤寂的眼神,憔悴的姿态,甚至用拇指梳理头发的动作……多神奇啊,这么多画面隐藏在声音中,更神奇的是只有她一个人能看到。

她的丈夫。杜萨斯·阿凯梅安。

"过来。"他边说边紧张地朝房里瞥了一眼。他不信任这个地方。"求你了……跟我来。"

她听到莫恩古斯的啼哭穿过层层帆布传来。她眨眨眼,忍住泪水,点了点头。

终卷　最后的进军

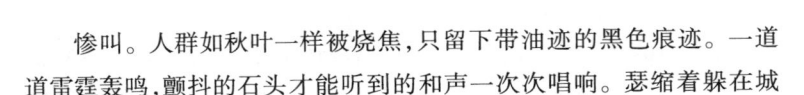

永远是她跟着走。

———❦———

惨叫。人群如秋叶一样被烧焦,只留下带油迹的黑色痕迹。一道道雷霆轰鸣,颤抖的石头才能听到的和声一次次唱响。瑟缩着躲在城墙内部的人看到城垛的影子在附近的房屋上摇曳不定。

赤塔巫师们身前浮现出幻影般的龙头,它们就像被主人扯动皮带的狗,倾前吐出燃烧的蒸汽。火焰涌上石墙,橙色与金色的光芒照亮了所有昏暗的角落,在雉堞之间腾跃过后,又旋转着冲下阶梯与斜道,包裹了士兵们,将他们变成摇摆的阴影。

仅仅几个心跳的时间,碉堡和附近城墙上的费恩教徒就不复存在了。石头碎裂炸开,城门顶上的堡楼像膝盖后弯的人一样扭曲变形,目睹此情此景的守军纷纷退避,仿佛大白天见了鬼。接着塔顶在浓烟中倾倒,落入阴影之中。巫师们仿佛用神秘的歌声召唤出了一个灰尘与碎石组成的巨大半球。

他们开始向前推进。

———❦———

凯胡斯朝废墟深处走去。

他在楼梯底部找到一盏用兽角和透明纸做成的灯笼,这不是基安人的手艺,也不是尼尔纳米什人的。点着之后,它扩散出一圈橙色光晕……

这里并不属于人类。

气流汇聚在他周围,低声诉说着秘密。他的灵魂向外延伸,计算种种可能性,将推论化为现实。无数回廊一直通向远方,没入沉郁的黑暗。

这里就像大千之厅……就像伊述亚。

凯胡斯稳住脚步继续前行,碎石在他脚下破裂。墙壁从冰冷的黑暗中浮现出来,他一路研究着墙上无数的细节——那上面不是普通浮雕,而是一个个和他膝盖几乎等高的人像,每个人的姿态都在讲述着什么,一直延伸向灯笼光照不到的地方。它们层层叠叠,甚至分布在拱形天花板上,令他仿佛走在石头格子中间。他停下脚步,将灯笼举到一排人像跟前,那是一些赤身裸体的小人,正朝狮子举起长矛。这时他又发现,在人像后面还有一层雕饰。透过细小的肢体,他往深处更为放肆大胆的雕饰望去,发现它们描绘了五花八门的交合姿势。

这些都是奇族的作品。

古老的灰尘间有一道足迹,凯胡斯注意到,足迹主人的步幅与步态都和他自己相仿。于是他沿这道足迹向被废弃的洞府深处走去,心知这正是父亲留下的脚步。朝下走了几百步后,他进入一座拱顶前厅,厅墙上的雕像已和真人大小相仿,但主题仍与之前一样,讲述着武力征服和阳物崇拜。墙上的石灰岩中镶嵌着铜线,犹如碧绿血痕,组成了古怪的楔形文字。但这些文字是祝福、说明,抑或某种神圣经文,凯胡斯就无从辨别了。他只知曾居住在此的人们是带着非常矛盾而复杂的情绪纪念这些行为,而非像人类常做的那样,仅仅复述让自己满意的表面文章。

凯胡斯没有理会其他通道,继续沿灰尘中的足迹走去。这道足迹一直向下,通往废弃的迷宫深处。除了一些凹痕累累的青铜兵器外,他没发现其他古物,这里只有一间又一间华丽的屋室,每一间都装饰着惟妙惟肖的雕像。他穿过一个巨大的图书馆,那里堆卷轴的架子高得灯笼光都照不到顶,而馆内的通道和螺旋梯——全是在岩石中凿刻出来的——仿如直通海底深渊。他没有停步,但每经过一个房间,都会把灯笼举起来朝里查看:医院、谷仓、兵营、个人居所,全挤在一起。他思索着目睹的一切,但除了这里的生物有着自然而单纯的灵魂之外,其他一

终卷　最后的进军

无所知。

他感受着长达四千年的完美黑暗。

他穿过一道宽阔的游行长廊，此处的雕像描绘的事件呼之欲出，记录了史诗般的战斗与激情：赤裸的忏悔者拜倒在奇族国王的宫廷，奇族武者与大群斯兰克或人类苦战。虽然莫恩古斯的足迹只是漠然地经过这些宏大场面，凯胡斯却每每停步凝望——虚空中仿佛传来了声音。此间梁柱高耸，每根柱子都刻满无数向上延伸、互相交缠的手臂，弯曲的手腕和张开的手掌洒下无数手指的阴影，天花板则完全笼罩在黑暗之中。寂静映衬出虚空的宏伟，脆弱而又沉重，仿佛一粒石子掉落都能化为雷鸣。

他每走一步，都能看到向上伸出的不同手掌。空洞的眼睛从各个方向审视着他。曾统治这里的奇族对自己生命形态的狂热简直达到了偏执的程度。他们将自己的形象刻到每一块石头上，把包裹四周的令人窒息的重量化作自我的延伸。凯胡斯意识到，这座洞府本身就代表着他们的信仰，本身就是他们的神殿。和人类不同，奇族并不限制信仰的程度，他们不会去区分祈祷与宣讲、神像与人像……

这也代表着他们的恐惧。

可能性随着脚步一点点崩塌，安那苏里博·凯胡斯跟随父亲的足迹深入黑暗，他的灯笼照亮了与人类迥异的远古工匠留下的作品。

你要带我去哪里？

无处可去……是的，无处可去。

他一言不发地带她穿过营地，远离希摩，来到西边青绿色的高地上。她也一言不发，一路上大多时间都盯着那双白丝便鞋前端露出的脚趾染上的绿渍。兴之所至，她故意踢踏一团团草叶，甚至自顾自朝右边拐了个弯,踩过一片未遭大部队践踏的草地。那一瞬间,他们仿佛又变回了阿凯梅安和艾斯梅娜,担负着诅咒与嘲弄,而非崇敬与膜拜。巫师和他的忧郁妓女。她甚至抓住了他冰冷的手。

这能有什么害处?

求你了……继续走下去,让我们逃离这个地方吧!

直到他们穿过最后一排帐篷,她才开始注意他,发现那双直视前方的眼睛被无法理解的思绪所笼罩,那强壮的下颌在层层褶皱的胡须下翕动。他们往山坡上爬去,一直走向昨晚她找到凯胡斯的那座废弃的陵墓。

但在白昼的阳光下它看上去完全不同。那些墙壁……

"你没来参加辛的葬礼。"他最后说。

她紧抓他的手。"我没办法去。"她支吾着回答,觉得其中充满可怕的残忍,虽然她明知自己在亚特雷普斯的镇守元帅去世那晚经受过怎样的折磨。

那是他唯一的朋友。

"火烧得亮堂吗?"她出于习惯问道。

他又往上爬了几步,穿凉鞋的脚蹚过苦艾草绽放的黄色花朵。几只蜜蜂愤怒地打着转,嗡嗡声夹杂在远处滚动的雷鸣中——那是战争的喧嚣,时而传来的怒吼在这片喧哗的微妙作用下显得如金铁交鸣般刺耳。

"是的,火烧得很亮堂。"

砖墙废墟出现在前方,地基被漆木和野草围绕,其中又长出了年轻而笔直的白杨树,树枝已经越过周围那些断裂的围墙。她四下张望,惊讶于昨晚来追凯胡斯时忽略了那么多鲜活的细节:毛虫织出的巢穴在微风中颤动,东墙上那些椭圆形应当曾是画在那里的人脸。

我来这里做什么?

有那么一刹那,她甚至担心起自己的性命。许多男人会为她犯下

终卷 最后的进军

的罪行杀她……阿凯梅安会吗？失去她会让他内心深处的暴戾觉醒吗？但话说回来，不知为什么，她开始为他放弃了自己而懊恼。你本该为我而战！

"我们来这里做什么，阿凯？"

和她疯狂的想法完全不同，他转身张开一只手臂，就像在吹嘘自己经过苦战赢得的土地。

"我想让你看看这个。"他说。

沿他手指的方向，她的目光穿过营地，穿过帐篷之间被车轮碾得如破碎海贝花纹一样的道路，穿过饱经践踏的小树林、田野和城市周围零星的建筑，看到了它——在道道烟柱的环绕下，在异常黑暗的天空下显得那么阴沉，那么宁静……希摩。

从他们所在的地方向海边望去，塔托卡之墙像白色的长排利齿，挡住了平原与尤特鲁高地之间那些拥挤的街道与房屋。战场与城垛上都闪着武器的寒光，由普罗雅斯指挥的两座攻城塔已搭上城墙，塔下是队伍齐整的士兵，但北边那座攻城塔正像纸做的烛台一样燃烧着。马苏斯之门业已变成一道巨大的烟柱，烟柱朝城市的方向偏倒，闪动着邪恶的巫术光芒。城门两边许多巨大的眼睛破碎了，看上去城墙上的塔楼也已被放弃。再往南，在废弃水渠的另一侧，两座交给岑约萨指挥的攻城塔也抵到了城墙上，黑压压的艾诺恩人聚集塔下，排队准备爬上塔后的梯子。

穿过层层烟雾，元初神庙仿佛触手可及。

她将手举到眉边。或许是距离和比例造成的错觉，一切看上去是那样缓慢，就像水中的情境一样——这或者是出于某种人类无法理解的恶毒缘由。

不管怎样，事情终于发生了……

"我们攻下了城墙，"她的低语很快变成叫喊，"城市是我们的了！"她转身面对阿凯梅安，巫师仿佛也和她一样在极度的恐惧与兴奋——

甚至敬畏——中变得麻木了。

"阿凯……你看不到吗？希摩被攻破了！希摩被攻破了！"

这句话蕴含了太多东西——远不止是狂热，也不止是她眼中涌上的泪水。爱。强暴与真相。疾病、饥馑与屠杀。他们所经历的一切。她所忍受的一切。

但他摇摇头，眼睛没有离开眼前的场面。

"一切都是谎言。"

号角声在低沉的云层下回响。

"什么？"

他转身面对她，眼神中是令人恐惧的空白。她认得这眼神，在他回到卡拉斯坎的那个夜晚，他的眼神中也是同样的空白。

"塞尔文迪人昨晚来找过我。"

费恩教徒的战鼓仍在悸动。云层越来越黑暗，仿佛回应着西斯林恶毒的意志。

在队长们的催促下，贾维莱武士的方阵冲下斜坡，攀过马苏斯之门的碎石残骸，冲进缓缓在城市中飘起的高耸烟幕。赤塔巫师的小队跟在后面，小心选择着落脚点，时刻注意掩护站在阵形核心的巫师。

透过雾霾，众人勉强可见断裂城墙的轮廓。军队鱼贯而入，喷泉般的火柱还在继续舐舐城垛。更多城墙倒塌了，整个世界仿佛都在低声诅咒。

萨罗内瑟是首位踏进希摩的赤塔学士，跟在他后面的是老普塔拉玛斯，还有阿提——其人虽已年迈不堪，仍在大声责骂手下那些贾维莱的懒散。他们面前是拥挤的房屋与街巷，一直延伸到尤特鲁高地脚下。负责警卫的几百名贾维莱四下散开，屠杀他们遇到的每一个倒霉的安

终卷 最后的进军

摩图人,一栋接一栋地筛查周围的建筑,尖叫声从一个个隐蔽的角落响起。

老普塔拉玛斯是第一个死去的巫师,在急着催促自己的分队向前推进时,他被一枚丘莱尔打中肩膀。他倒在街上,雕塑一样摔得粉碎。阿提发出神秘的怒吼,将一群燃烧的麻雀送进了旁边一栋房子黑洞洞的窗口,伴随着接连的爆炸声,血肉与碎石飞溅出来。然后城墙废墟边的因鲁米召唤出明亮的闪电,打向那栋房子的西墙。空气撕裂,燃烧的砖墙化为齑粉,一个着火的人影跌跌撞撞地从缺口跑出来,重重地跌进断瓦残垣之中。

在贾维莱和他们宽大盾牌的掩护下,以利亚萨拉斯来到马苏斯之门废墟的顶上,扫视眼前排布的各个赤塔分队。他靠在脚下碎石中伸出的一根铁杆上——那应是铁闸门的残骸——发现普塔拉玛斯不见踪影,心知对方已遭不测。

他们本希望引蛇出洞,在城门口与蛇头们一决胜负。但西奥提太狡猾了,看上去那个施吉克人想先放放他们的血,再一个一个地干掉他们。

以利亚萨拉斯望向眼前迷宫般的建筑群,混乱的墙壁和房檐一直延伸向尤特鲁高地和高地顶端大理石制的堡垒般的元初神庙。他可以感觉到丘莱尔的存在,藏在地下室,藏在每一个致命的角落,等待着……

到处都是隐藏的敌人。

太多了……太多了。

"火焰净化一切!"他喊道,"毁灭这座城市!把它烧成灰!"

众人久等的号角声终于响起,粗糙而嘹亮的长鸣盖过了异教徒颤

动的鼓点。高大的"斯兰克之锤"亚格罗塔站在他的盾牌兄弟们中间,将手中战斧举向黑暗的天空,号叫着向伟大的战神吉尔加里奥发出嗜血的誓言,他的族人用刺耳的呐喊回应。之后森耶里人沿着赤塔学士开出的道路朝马苏斯之门仍在冒烟的废墟冲去,破碎的瓷砖在他们的军靴下发出脆响。

在他们北边,普罗雅斯及其康里亚人还在城头奋战,两座攻城塔中的一座已被地狱般的烈焰吞没,但几百名士兵攀上另一座塔楼,用弓箭支援他们的王子;在他们南边,岑约萨及其艾诺恩人惊奇地发现,攻城塔隆隆靠近,费恩教守军便仓皇逃窜。好斗的乌兰扬卡和他麾下的摩瑟罗苏人在这批人中最早踏上塔托卡之墙。

黑盔黑甲的森耶里人涌进城市,没遇到什么抵抗。胡尔瓦嘉王子和高肯伯爵杀向南面,带领斯卡瓦人和长发飘扬的奥格利人冲入未被艾诺恩人毁掉的街区;甘布罗塔伯爵带着他的因加罗什人杀向北方,每个人的盾都以风干的人头作为装饰;至于东边,他们留给赤塔及其黑肤奴隶。

基安人和安摩图人在惊恐中逃散。

无论他们望向何处,看到的都是身披锁甲的人潮,就像饿狼在大街上行走。

灯笼熄灭了。凯胡斯抱着它,就像是想用体内的生命之火让它起死回生,然而随着"嗞"的一声响,最后一丝火星也消失无踪。

但光线并没有完全消失,他看到右边有模糊的闪光,就在传来隆隆水声的方向。他不想暴露自己,便没使用任何咒文,继续向黑暗中走去。

他在漆黑的走廊中前行,水声愈发震耳欲聋。他的皮肤感受到细

终卷　最后的进军

密的水雾，打湿了头发与长袍。光源愈发清晰了：橙黄的光反射在潮湿的黑石墙上。他先后两次弯腰用手指抚摸地面，确认自己仍在沿父亲的足迹前行。

走廊突然开阔起来，前方是一座俯瞰宽阔洞穴的露台。起初他只看到无尽的黑暗深渊中落下的巨大水幕，那瀑布如此巨大，甚至让他觉得脚下的地面在向前飘浮。然后他注意到下方的光点，有好几个，在瀑布触不到的平台上排成一排，在一个似乎有点油腻的水池中投下倒影。

他意识到那是一个个火盆，正在潮湿的空气中幽暗地燃烧。

父亲？

凯胡斯沿墙壁上雕出的宽大石阶向下走。和这座洞府中其他地方一样，每面墙都雕刻着英雄事迹和色情意象，但雕像的尺寸比外面要大得多。凯胡斯看到无数宏伟的景观，那些人像则被几千年来滴下的水中残余的矿物质所包裹。飞落的瀑布发出刺耳的水声，激起飞旋的泡沫，气势仿佛冰川从天而降，单是那无以复加的高度就让人有跪拜的冲动。

一系列斜槽——形状就像将森耶里人在战场上用来通讯的弧形长号切成两半——建在瀑布外围，共有几十个之多，它们向下弯曲，统一朝向地面上那个大水池。但只有三个还保持完整，其余均已破碎。斜槽边缘显露出青绿色，有水流冲刷的地方则泛着黄铜的光。

曲折的台阶远离瀑布，绕向这间巨大厅堂的前方。青铜的武器与盔甲散布在台阶上，说明远古时代这里曾有一场失败的战争。接近台阶底部时，他从咆哮的水声中辨出一些由较小的水流发出的声音，像是雨天屋檐下的汩汩响动，又像溪水流过石块的冲刷。空气中弥漫着洞穴特有的霉味。

"这里曾聚集着几百人，"一个声音从阴影中传来，虽然引起了隆隆回声，但仍无比清晰，"甚至几千人，早在子宫瘟疫到来之前……"

那个声音用的是库尼乌里语。

乌有王子 ✳ 千回之念

凯胡斯在台阶上停下脚步,朝黑暗中望去。

终于到了。

面前的厅堂跟摩门的西里库斯剧场一样宽阔,地面遍布碎石和小土堆,应是从高处掉下来的。厅堂中央的宽阔水池不断向外泛起波纹,犹如一面黑镜,映照出远端池边的火盆、高处那一张张青铜肥脸以及宏伟无比的瀑布。一排巨大的青铜人像矗立于斜槽终点,它们赤裸着肥胖的身躯跪在地上,后背切割出道道水沟,并经过中空的头颅,连通了下巴上宽大的面具。它们面朝水池排成半圆,表情在橙黄色光线下显得阴森可怖。水仅从三个人像的眼睛与嘴巴中流出,打在石板上。另有一个人像中空的头颅已彻底断裂,滚到了水池另一边,一只尚未被淹没的眼睛凝视着黑暗的水面。

"洗浴对他们来说是神圣的。"那声音续道。

凯胡斯走下最后几级巨大的石阶,又慢慢走过空地。他习惯听人说话,但这次的声音如瓷器一样光滑,毫无破绽,坚不可摧。而另一方面,他认识这个声音——人怎么会不认识自己的声音呢?

他绕过水池前行,只见一个苍白人影盘腿坐在一张肥大的青铜脸倾泻而出的水帘后面。那是一个白肤男子,隔着急速冲刷的水流看上去亦幻亦真。

"火是给你点的。"那人说,"我已在黑暗中生活了很长、很长时间。"

她的平静几乎与地平线尽头的喧嚣一样让阿凯梅安恐惧。风卷来巫术的恶臭。

"这么说他在利用每个人,"她最终道,"他的每句话都在操纵我们……"她紧盯着他,似乎忘记了眨眼。"你是说他在利用我吗?"

终卷 最后的进军

"我、我还没完全想通,但我认为他想得到……孩子……带有他的力量和智慧,还有你的——"

"也就是说他需要繁育后代。是这样吗?我是他选中的母马?"

"我知道这话听起来很可恨——"

"哪里可恨了?我的一生都在被人利用。"她顿了一下,注视他的眼神中不只有愤怒,还有懊悔。"我的一生,阿凯。不过现在我被更伟大的存在利用,比那些男人和他们腐烂的欲望更伟大——"

"但为什么?为什么你一定要被利用呢?"

"你说这话的意思是我们有选择喽?你,一个天命派学士!我们无处可去,你知道的。我们的每次呼吸都在被利用!"

"那么你干吗还烦心呢,艾斯梅?先知的器具不是应该欢欣——"

"因为你,阿凯!"她的声音带着惊人的狂怒,"你!你为什么就是不肯放过我?你知道我爱你,所以就紧抓不放,用你肮脏的指甲不停挖掘,不停拉扯,不停……你在抽打我的心,你就是不肯放过我!"

"艾斯梅……我求你来,而你是自愿来的。"

漫长的沉默。

"所有这一切,"她的话音在远处巫术的爆裂声中几不可闻,"奈育尔说的每一件事……你为什么会觉得凯胡斯之前没告诉过我?"

阿凯梅安咽了口唾沫,不去理会眼角余光所见的闪亮光线。

"因为你说你爱他。"

铙钹无情而急促地响起,标志着赤塔造就的炼狱的推进:他们将眼前的一切都化为废墟,无论那些异教徒集结起怎样的抵抗力量,在他们面前都像烛火一样被轻易扑灭。一队队骑兵,屋顶上一排排弓箭手,全都在类比法术的火焰中被烤焦。

乌有王子 * 千回之念

除开那些跟在大部队开辟的道路后面、凌空行走侦察周围的见习法师,赤塔剩下的七十四名正式巫师大多徒步朝火场走去,用隔绝术保护自己和周围持盾的贾维莱武士。各分队均沐浴在接连不断的咒术洒下的光辉中,在身后留下一团团摇曳的阴影。他们爬上焦黑的石块铺就的废墟,走过粉碎的砖头堆成的土丘,站稳脚步之后,又制造出更多轰鸣的毁灭。石块飞上天空,留下浓烟构成的尾迹。飞檐与石柱纷纷崩塌,被冲击力卷起的浓黑巨浪吞没。全世界仿佛都教横飞的鲜血与深渊般的黑暗所占满,唯有赤塔巫师在其中迈步跨过嘶嘶作响的肢体。

在升腾的烈焰与浓烟的掩映下,元初神庙与西撒拉特越来越近,直至占据整个视野。赤塔学士一次又一次地用毁灭的歌谣召唤对手,但无人应答。

费恩教徒在他们面前奔逃,如同被火焰吓疯的野兽。

———— ∞∞∞ ————

只有天空……

在这个世界,只有天空才能让它们停留,离开拥挤的、满是尖刺的土地,让它们获得片刻舒缓。透过火炉般的眼睛,它们凝视着世界黑暗而弯曲的表面。太阳散发出明亮而诡异的白光,雷云在身下翻腾,渐渐化作远方空无一物的虚无,犹如雪花落在冰层之上。它们看到苍白的海岸线,漂白的赭色与蓝色交织而成的宽阔线条。它们带着倦懒的骄傲伸展身形,在空中扑打翅膀。

佐奥斯。塞特马哈加。索霍拉特……

它们只乐意待在这里,待在这个被诅咒的世界的边缘。

但那个声音开始召唤它们,斥责与折磨接踵而至。它们不约而同地扭动粗壮的脖颈,向靛青色的深渊高声嗥叫,接着翻身向下俯冲,穿过混乱而愤怒的云层。风灼烧着它们无法流泪的眼睛。

终卷 最后的进军

它们像石头一样自云层中落下。

举目所见尽是希摩城,除了燃烧的火焰之外,其他地方一片黑暗。它们感觉到凡人像猴子一样在昏暗的街道上奔跑、掠夺、杀戮、交战……

它们多么渴望吞噬这一切。

但那个声音!那个声音像无数钢针扎进它们!比这个犹如百万颗牙齿不断咬啮的世界更加痛苦。

它们借着急速吹拂的东风飞向城市中心,一个接一个落在元初神庙的屋檐上。

那个声音赞许了它们。

它们像甲虫一样贴在石瓦上,感觉到那些无目之人就在里面等待。

落至彼等之间!那个声音尖叫,撕碎彼等!唯在彼等之间,汝才不会被丘莱尔所伤!

于是它们穿透屋顶的瓦片,冲破支柱,将巨大的石制横梁撞成碎片,然后伴着暴雨般的碎石一起落下。十几个穿藏红色长袍的男人跌跌撞撞向它们冲来,前额上闪着蓝色的光,能量汇聚成巨大的圆弧,罩在他们的皮肤外嗞嗞作响。

索霍拉特厉声咆哮,灰泥在石柱间如雨点落下,它喉中随即涌出无数飞虫,双掌间显露出狼群咆哮的幻象,撞破光线组成的屏障,吞噬着光幕之后蜷缩的躯体;佐奥斯用爪子攥住几条燃烧的光线,将灵魂从其寄居的血肉中扯了出来;塞特马哈加撕开了对手单薄的防御,让人类纷纷身首分离,鲜血在它的肢体周围化为烟雾,彰显着它的荣耀。它发出的尖叫声像有一千头猪猡在叫嚷,如此强烈的狂喜。

"恶魔!"一个声音如霹雳响起。

它们在浸满鲜血的大理石上转过身,看到神庙深处走出一位无目的老人。老人的前额上有什么在闪烁,仿佛从天上偷来的星辰。其余人也从两侧的石柱后面涌了出来。更多无目之人。

逃吧,那个声音在它们的灵魂中低语。

塞特马哈加第一个倒下,一根棍子顶端绑定的虚空击中了它的眼睛。燃烧的盐粒爆裂开来……

逃吧!

然后是索霍拉特,它丑陋的身形被光线的洪流锁住,尖叫声不绝于耳。

佐奥斯跃入云端。

放吾回去,人类!解开锁链!

但赤塔学士十分顽固。

汝还有最后一个任务……那一双冒犯吾的眼睛……

到处都是水,轰鸣的大瀑布,滴落的水滴,青铜像嘴边垂下的水帘。凯胡斯在一个闪烁的火盆前停下,朝被火光映成橙色的青铜人脸下望去,皱眉打量父亲。父亲向后靠进了绝对的黑暗之中。

"你来到这个世界,"看不到的嘴唇说,"发现人类就像孩童。"

一道道光在分割父子俩的水帘中跃动。

"人类的天性就是相信父辈相信的东西,"黑暗中的人续道,"继承父辈的欲望……人类就像被倒入模具的蜡,他们的灵魂被周围的环境所铸就。为什么因里教的父母不会生出费恩教的孩子?为什么费恩教徒养不出因里教徒?因为他们信仰的真实是被造就的,是在特定环境中形成的。把一个婴儿扔到费恩教徒身边,长大后他就会变成费恩教徒,把他扔到因里教徒身边,答案也显而易见……

"如果把他的生命分隔在两种环境中,他就会杀掉自己。"

那张脸又毫无征兆地出现了,水帘让它变得扭曲,除了眉毛下面两个黑漆漆的洞之外,整张脸是那么苍白。父亲的每个动作似乎都是随

终卷　最后的进军

意而为,好像只为了缓解身上无处不在的酸痛,但凯胡斯知道绝非如此。周围发生的一切都在父亲的预料之中。虽然三十年的流浪生活带来了很多变化,但父亲仍是一个杜尼安僧侣……

这意味着凯胡斯正站在被对方设置了条件的战场上。

"虽然这是显而易见的现实,"那张模糊的脸说,"他们却不曾注意。因为看不到前事,他们就认为在自己之前的一切都不存在。一切。他们感觉不到环境对自己的塑造,感觉不到自己所受的束缚。那些烙印在他们灵魂中的东西,在他们看来却是自由的选择。

"他们不假思索地固守直觉,诅咒每一个敢于质疑的人。他们将无知作为根基,将那些狭窄的、被限定的条件误认为是全部真相。"

父亲拾起一块布条,按在眼窝上,布条移开时那白色织布上留下了两块玫瑰色的污渍。那张脸又滑入密不透风的黑暗之中。

"但他们的灵魂中仍有一部分在害怕,哪怕无信者也会。无论在哪里,每个人都能看到自我欺骗的例证……'我!'人们同声叫喊,'我才是被选中的人!'他们怎能不害怕自己不过是踩在沙滩上的孩子呢? 所以他们一边用唯唯诺诺的奉迎将自己包裹,一边望向远方寻找肯定。他们永远在寻找某些终极证据,以兹证明自己确实是世界的中心,就像他们确信自己能主宰自己那样。"

父亲挥舞着一只手,将手掌按在裸露的胸膛上。"他们用来购买证据的钱币就是虔诚的信仰。"

"那么你呢,阿凯?"艾斯梅娜的声音变得严苛,"你不是已将你那宝贵的真知魔法献给他了吗,就像我献上自己的子宫一样?"为什么她就是没法恨他,没法恨这个枯燥乏味、精神崩溃的巫师? 如果她能恨他,一切会变得多么简单啊。

阿凯梅安清了清嗓子。"是的……是的,我确实……"

"那么告诉我原因吧,圣导师。为何一个天命派学士会做出这样无法想象的事?"

"因为第二次末世之劫……就要来了……"

"整个世界危在旦夕,你却在控诉他将一切当作武器?阿凯,你不应该高——"

"我没说他不是末日使者!我所掌握的情况,并未否认他可能真的是先知……"

"那你到底想说什么,阿凯?你真的知道吗?"

两行泪水流下他的脸颊。

"他把你从我身边偷走了!偷走了!"

"他捡了你的钱包,是吗?真有趣,我还以为我是块狗屎,而不是金子呢。"

"不是这样的。"

"不是吗?你爱我,没错阿凯,但对你来说我一直不过是——"

"你没有用心思考!你看到的只是你对他的爱,但你并没有想过当他凝视你时他看到的是什么。"

一阵沉寂的恐惧。

"但他骗了你!那个塞尔文迪人骗了你!我是纳述尔人,我知道——"

"告诉我,艾斯梅!告诉我他看到的是什么!"

她在颤抖。她为什么在颤抖?膝盖下的土地好像滚动的石头。

"真相,"她低声说,"他看到的是真相!"

不知何时,他的双臂环住了她,扶她站了起来。她紧抓着他,靠在他肩上号啕大哭。

他在她耳边低声说:"他没有看,艾斯梅……他只是在凝视。"

另外半句话就在那里,虽然没说出口,但足以震得她双耳发聋。

终卷　最后的进军

……但凝视并不是爱。

她抬头看着他,他也注视着她,眼神中带着紧张,带着绝望,她知道自己绝不会在凯胡斯那深不见底的蓝色眼瞳中看到这些。他的味道是那么温暖……那么苦涩。

他的嘴唇是那么湿润。

——∞——

以利亚萨拉斯凝视着这幅地狱的景象,听到自己嘶哑的大笑,却认不出自己的声音。他体会到了什么?喜悦,黑暗而贪婪的喜悦,好像看到自己憎恨的兄弟终于挨了打。还有懊悔和担心——甚至恐慌!他像在不停跌落,却永远不会撞上地面。

还有,是的……万能的力量。力量仿佛是他血管中燃烧的液体,或是他灵魂中萦绕的鸦片。

巨龙的头颅如同被斩断的幻影蛇头,高耸于各分队头顶,喷吐烈焰。就在他右手边——是内姆-潘尼帕尔吗?——召唤出翻滚的乌云,一道道闪电发出令人目眩的光。石头应声炸开,一座高塔沿对角线被劈开,砸在自己的地基上,如同一艘被翻了个底朝天的渔船。

尘土卷过大宗师,他咯咯直笑。希摩在燃烧!希摩烧起来了!

不知何时,萨罗内瑟——他连一个持盾卫士也没带——赶到了大宗师身边。这蠢货为何如此冒险——

"你太着急了!"那个枯瘦如柴的巫师大喊,他那张瘦削的脸上沾了一道道黑线,无疑都是烟尘,"你把我们的力量虚掷在女人、孩子和愚蠢的石头上!"

"把他们杀光!"以利亚萨拉斯啐道,"我不在乎!"

"但还有西斯林,以利!我们必须保存力量!"

不知为何,他想起了那些舔他阳具的奴隶,想起了紧握丝绸被单、释放出体内奔涌欲望时那份奢靡的痛苦。他意识到,眼前这一切给他的正是同样的体会。他看到那些人,那些长牙之民,带着一身血污从战场上退下。看到他们惊恐的眼睛,他露出了微笑……

就像要让萨罗内瑟看到那些眼睛一样,大宗师转身面对他,伸出一只手,指向眼前硫黄地狱般的场面。

"看啊!"他轻蔑地啐了口唾沫,"看看我们——我们!我们成就的一切!"

满身烟尘的巫师惊恐地看向他,光线在他布满污渍的脸颊上闪动。

以利亚萨拉斯转回身,欢欣鼓舞地望着他付出如此超乎想象的努力赢得的报偿。

希摩烧了起来……希摩。

"我们的力量,"他高呼,"我们的荣耀!"

———— ∞∞∞ ————

在密拉兹之门的胸墙上,普罗雅斯难以置信地凝视着眼前的一切。

一片浓厚而广阔的云层绕着城市缓缓旋转。它是那么黑暗,以完全不自然的方式翻滚着,仿佛在不断向内生长,哪怕只盯着它看上一会儿,也让人头晕目眩,而它旋转的轴心乃是升天高地。从他所在的地方看去,元初神庙似乎触手可及,他甚至能看到穿盔甲的士兵——一队队费恩教徒——从礼拜堂最外围的石柱间冒出来,跳下台阶,很快消失于荷特林之墙的城垛之后。但最让他沮丧的却是那道从马苏斯之门的废墟一直向高地延伸过去的烟火帷幕:白垩色轻烟有如旌旗,赭色灰尘化为迷雾,灰色面纱滚滚翻腾,浓黑烟柱犹如液化的玄武岩。在这一切之中是闪动的火光、道道闪电以及飞舞的金色瀑流。整片整片的城区被吞食、融化,化作一团团闷烧的废墟。

伊吉亚班发出疯狂的笑声:"你们见过这样的场景吗!"

终卷　最后的进军

普罗雅斯转过脸去，本想斥责他一番，却瞥见一个穿闪耀红袍的人影踏着他们身后铺满尸体的地面朝这边走来。那人步履蹒跚，脚步在血泊中打滑，他铁灰色的发辫在左肩上摇摆。

"你们在做什么？"普罗雅斯喊道。

赤塔学士没理会他，站到朝西的位置上，张开双臂面对天空。

"你们在毁灭圣城！"

老巫师转过身，他的动作是那样快，过了一个心跳的时间，那身华丽的法袍才跟着转过来。虽然他眼神迟钝，身形伛偻，声音却充满力量与怒火。"忘恩负义的康里亚人！西斯林遮蔽了天空，他们故意布下黑暗来隐藏丘莱尔！如果我们输掉这场战斗，那么一切都完了，你懂吗？什么圣希摩……去你妈的吧！"

老人话中的无礼和急迫让普罗雅斯震惊，他不由得无言地退了一步。那学士咒骂着，重新开始神秘的准备工作。普罗雅斯朝城墙上最近的塔楼望去，发现那里聚了一堆小小的人影，而他们当中有另一个白须学士张开双臂，面朝西方，身子从城垛上探出，随着咏唱的进行，双眼放射出亮光。乌云覆盖了头顶的天空，但远处的梅内亚诺海仍一片湛蓝，沐浴在阳光下的海面闪烁着白光。

普罗雅斯面前的巫师也开始咏唱起来，突然而至的狂风充满了他宽大的衣袖。

他心底有个声音低声说：不……不该是这样。

轰鸣的水帘分割了世界，将其遮挡的对面化为闪亮的线条与斑驳的阴影，凯胡斯不再费力尝试看穿它们了。

"权力，"安那苏里博·莫恩古斯说，"一切的根本在于权力。一个婴儿既可以成为因里教徒，也可以成为费恩牧民，那么二者之间的区别是什么？纳述尔人和塞尔文迪人呢？人类心中无限可塑的东西到底是什么，乃至于当他被剥离环境时，甚至会自己杀死自己？

"你很快学会了这一课。你扫视荒原，看到成千上万人类，他们面朝大地背朝天，嘴里念诵经文，手臂捶打钢铁……成千上万人类，每个人都是一个无限重复的小循环，每个人又都是国家这台巨大机器上的齿轮……

"你知道，当臣民不再向帝王鞠躬时，后者的统治就将终结；当鞭子被投进河中时，奴隶也就不再服侍。婴儿成长为皇帝、奴隶、商人、妓女还是将军，关键在于周围人如何对待他，而周围人的行为来源于信仰。

"你看着他们，成千上万人类，散布于这个世界，构成森严的阶层。每个人的行动都经过精巧调整，以符合他人的预期。你发现决定人类身份的是信仰，是他人的假想。正是这让他们成为国王或奴隶……不是他们的神灵，也不是他们的血脉。

"人类的行为组成了国家，"莫恩古斯续道，他的声音在奔流的水幕上折射着，"而人类的行为来自信仰。他们的信仰是被条件决定的，既然他们看不到这些条件，就不会怀疑自己的直觉……"

凯胡斯带着警惕的赞同点点头，"他们完全相信了我。"

他发觉自己紧握她的手，推她走进那座早已废弃的陵墓。他看到她脸上的泪水和笑容，她美得让人心碎。在她身后，就在她的左边脸颊旁，可以看到远处雀斑大小的元初神庙，正矗立在烟尘与燃烧的街巷之上。

陵墓东南角的墙壁早已彻底倒塌，他从上面踏过，穿凉鞋的脚踩过野草。他把她拉到墓室里面，年轻的树根穿透土层，在黑暗中洒下点点光斑。蚊虫盘旋着飞向最后一缕阳光。他们又开始接吻，用更加亲密

终卷　最后的进军

的姿势互相拥抱。他们躺到地上,地面冰冷而坚硬,覆盖着鲜活的植物。

不,他心底有个声音低声说,不该是这样……不该是这样!

他知道——他们都知道!——自己在做什么:用一项罪行遮掩另一项罪行……但他没有停下。虽然他明知在这之后她会恨他。虽然他知道这正是她想做的……

无法原谅的事情。

她在哭泣,说着听不清的话,阿凯梅安只听到轰鸣的渴望、需要及指控。我在做什么?

"我听不到你说话。"他低声说,摸索着解开她大腿间的长袍束带。为何如此急迫,如此恐慌?

瑟金斯在上!为何心跳得如此剧烈?

求你了。求你了。

在他身下,她的脸前后摇动,紧咬着大拇指的指节。

"我们死定了,"她喘息着说,"他是真的爱我……他会杀了……"

这时阿凯梅安已在她体内了。

安摩图人和他们的基安主人一起逃下城墙,朝越来越黑的街道抱头鼠窜。钢铁之民带着灼人的巫术与刺耳的号角杀进来了。该诅咒的偶像崇拜者。帕迪拉贾在哪里?他的水井卫士在哪里?他的大公和那些闪闪发亮的军马呢?还有取水者!他们都哪里去了?

飘荡的烟雾渐渐笼罩了希摩的西城区,灰烬如雪花落下。恐慌的人群撞上那些戴着毫无表情的银面具的康里亚人,每场遭遇战都短暂而血腥。有些逃跑的人和沿相反方向增援上来的族人迎头相撞。令人窒息的恐怖流言传播开来,描述着那些赤红色的库拉吉是怎样焚尽沿途的一切，那些穿黑锁甲的北方人又是怎样一边发出动物的嗥叫、一边挥舞砍下的人头。偶像崇拜者似乎无处不在。

但还是有很多人跌跌撞撞赶到艾沙萨集市：一位真正的大公，蒙格里亚的胡卡尔王子正高举三角战旗等待他们，与他在一起的还有四百名骑兵——他们是真正的沙漠之民，来自残酷的盐之平原。缺乏训练的安摩图新兵被安插进全新的军阵，在鹅卵石铺就的广场上列起队伍，一袭黑衣的王子高喊着费恩的训诫，赞美其不屈的勇气。他总计集结了约两千名虔诚的费恩教徒，他们挺起肩膀，面貌焕然一新。

他们并没等待太久。短兵相接的战斗迅速蔓延至周围街道，费恩教徒凭借匆匆搭建的街垒抵抗下马作战的康里亚骑士。许多在附近游荡的偶像崇拜者的队伍见状都赶了过来，稍作踌躇后，聚起几百人就立刻开始攻击。安莱佩的男爵和骑士们率先发动冲锋，本想为他们深爱的施雷萨·盖德奇总督报仇，但被迅速击退，胡卡尔和蒙格里亚人发动的反冲锋将他们逼了回来。直到涅尔塞·普罗雅斯王子带领伊吉亚班总督和甘雅提总督赶到，他们才组织起另一波坚决的进攻。这次他们轻而易举地冲破了安摩图人的阵地，对方逃向东边的街巷，不料康里亚人早已包抄占领了那里。只有蒙格里亚骑兵仍很顽强，他们的冲锋给敌人造成了惨重损失，即便失去坐骑，骑兵仍狂热地战斗。安基里奥斯的总督甘雅提大人与强大的胡卡尔王子交上了手。异教徒领主打偏总督的盾牌，挥动弯刀砍断了总督的锁骨。甘雅提大人仰天跌倒，被马蹄接连不断地踏过。

死亡盘旋降临。

愤怒的普罗雅斯最终率领康里亚人击溃异教徒骑兵，夺回了总督惨遭蹂躏的尸体。蒙格里亚人分散消失在周围街道，失去理智的安基里奥斯人一边发下毒誓，一边追了过去。

但王子将伊吉亚班拉到一旁。

"怎么了？"魁梧的总督问，他的声音让战甲面具发出了共鸣。

终卷 最后的进军

"他们在哪里?"普罗雅斯问,"费恩教徒的主力部队在哪里?"

"什么意思?"

"他们是在佯装保卫城市。"

凯胡斯只能看到父亲的两根手指,拇指松松地搭在赤裸的大腿上,指尖闪着光。

"作为杜尼安僧侣,"声音仿佛凭空传来,"你别无选择。为了指挥自己,你必须掌握环境,为了掌握环境,你必须让世人屈从你的意志。你需要让国家成为你的肢体,所以你毫不留情地审视他们的信仰——这是不证自明的过程。

"你意识到所有会伤害权势者的真相都会被称为谎言,而为其利益服务的谎言则会被叫作真相。你明白这是必然之事,因为是信仰所发挥的作用,而非真假是非保护了国家。皇帝的血脉为何神圣?奴隶为何要逆来顺受?信仰的作用就在于此,在于它允诺与禁止的行为。如果人们相信众生平等,贵族种姓就会被推翻;如果人们相信钱币代表压迫,商人种姓就会被消灭。

"国家只容忍那些能为它的体系增添凝聚力的信仰,也只有这样的信仰能让体系成为可能。你发现对于世人而言,真相如何其实不重要——否则他们为何全生活在幻觉之中?

"于是你做出了第一个重大决定,宣称自己属于贵族种姓,乃是一位王子。你知道,只需说服部分人,就可借助身份要求所有人给予你相应的待遇。通过这个简单的谎言,你保留了独立性。没人可以命令你,因为他们相信自己无权命令你。

"但与之相对的,你怎样向他们证明你的权力呢?既然一个谎言可以让你成为和他们平起平坐的存在,那什么样的谎言能让你成为他们的主人?"

他们的身体记得曾经的每一分情欲。只要他闭上眼睛,她就在那里,在他身下,在他周围,包裹着他每一次倦怠的冲刺,喘息着,低叫着。他感觉到自己在她体内像拳头一样团了起来,在她温暖而湿润的掌握中重新获得了生命。

她伸手抚摸他的脸,把他拉到自己火热的唇上。她边吻他边哭泣。

"你死了!"

"我是为了你回来的……"

我可以放弃所有,甚至包括这个世界。

"阿凯……"

"为了你。"

艾斯梅。艾斯梅娜。喘息着,低叫着……

好一个妓女的名字。

轰鸣的水帘在地下洞穴激起盘旋的薄雾,湿透了他的头发、袍子,直到皮肤。他一直静听父亲的话,水珠如泪痕从脸颊滚下。

"你明白,人类的信仰也分阶层。某些信仰能对其他信仰发号施令,其中统治一切的则是宗教。有什么比这支圣战军更能说明一切?那么多人的行为可以屈从于一个目的,可以对抗每个个体不同的弱点:恐惧、懒惰、怜悯……

"所以你阅读他们的经卷,仔细分析那些词句怎样支配人类。你看到了因里教最重要的功能:将信仰的根基扎在看不到的远方,确保周而复始的人类行为构成国家的形态。怀疑这种秩序、追问世事运转的方式,等于是质疑创造他们的真神。真神成了人类及其阶级地位存在的

终卷　最后的进军

理由，成了权势分配的依据，而让帝王与奴隶各居其位的真正根源不再为人所知。所有的问题不但成了危险的异端，还变得毫无意义，因为这些问题的答案并不存在于这个世界。这样一来，奴仆只会向天堂挥动他们的拳头，而不会反抗他们的主人。"

父亲的声音——和他自己的一模一样——占据了死去的奇族留下的整个空间。

"就这样，你找到了捷径之道……你明白，通过这样的手段，可将被压迫者的视线引向天空，不去注意执鞭子的手——由此便能驱使他们。为了掌握环境，你必须掌握人类的行动。为了掌握行动，你必须掌握信仰。为了掌握信仰，你需要利用天堂的声音。

"而在这方面，你是超越条件的杜尼安僧侣，智慧遭到阉割的他们不过是些孩子。"

最先发现异状的是站在废弃的艾泽拉亚神龛高处的泰丹号手，他们属于戈泰克身边的亲随。那起先只是一点闪光，紧随而来的则是雷霆般的咆哮。

圣战军的各位首领早已肃清周围平原，甚至派斥候前往拜特穆拉山脉脚下，但都没发现法纳亚及其麾下的异教徒大军。基安人既然不打算放弃希摩——因里教首领们不相信有这种可能——这只能意味着一件事……

于是他们派出很多人在沙尔瑞佐平原那些低矮的高地上侦察，做好迎战准备。戈泰克伯爵率领剩余的数千泰丹人担任预备队，尽管登上希摩城墙是他多年来最炽烈的梦想。他们预料到基安人会出兵反扑，靠速度与机动性在平原上获取优势。

然而让他们困惑的，是敌人反扑的方式。

乌有王子 ☆ 千回之念

伯爵和他手下的士兵在营地东边等待，很快收到了许多报告，得知异教徒在圣城东南城区的坦坦纳之门附近活动。他派信使给岑约萨的艾诺恩人送信，因为他们的侧翼最接近异教徒，然后他让自己的部队前进迎敌。若费恩教徒从东边某座城门开始迂回，他会遵照战士先知神圣的指示，将部队沿杰什玛尔河部署，保护河上的两座桥梁及一个十分湍急的渡口。穿链甲的泰丹骑士跟随黑底金线的圆环旗率先出发，催动着从异教徒那里掠来的战马。在他们左边，神圣的希摩正在燃烧爆炸，官兵们指着塔托卡之墙的塔楼上那些艾诺恩人的旗帜有说有笑。他们的步伐和训练时没什么区别，甚至有几分悠闲。久经战阵的老伯爵知道，时间对他们来说并不是问题，异教徒部队需要数个小时才能走出城门，更不用说结成战斗阵形了。

但那些城门一直没开。

原来在过去几周里，基安工兵们一直在辛苦劳作，在城墙地基下挖掘地道。颇有远见的帕迪拉贾告诉他们，当巫术学派踏上战场时，城墙将变得毫无意义。他们聘请南锡蓬来的算学家作为参谋，还请来伟大的建筑师古陶兰·阿布·苏拉齐，西斯林也被编入部队。

艾泽拉亚神龛上的号手惊恐地看着这一幕：光线闪动，白色光柱周围笼罩着蓝色与靛色的光晕，接着远方的坦坦纳之门和它周围的城墙便倒下了，崩解成一团巨大的尘灰之花。风缓缓地揭开遮挡视线的云雾，若干个心跳的时间里只见到缓缓移动的阴影，然后号手们看得真切了——足有好几十头巨大战象正拖动宽大的木筏穿过瓦砾堆，为后来者架设通道。等他们出声示警，第一拨基安骑兵已冲过了沙尔瑞佐平原。

异教徒的战鼓声突然翻了一倍。

※

"你只需让他们相信，他们与你在智慧上的差距正如现世与外域的

终卷　最后的进军

差距。做到这一点，他们就会赋予你无上权柄，献上最虔诚的崇拜。

"当然，这是一条险狭的道路，但很清晰。你需要培植他们的敬畏，给他们埋下暗示，告诉他们别人都说不出的事情。你需要点燃他们心中的逻各斯，为他们的信任绘出线路，让他们看到自己心中早已拥有信条。你需要让他们看到信仰是出于真理，而非出于利用。你需要让他们面对自己的恐惧与弱点，让他们知道自己是谁，同时还要利用这些弱点建立优势。

"只有你能在深不可测的大千世界里给予他们确凿的信念，只有你能在冷漠凉薄的人世间给予他们诚挚的认同，只有你能在这个混乱无序的社会中给予他们值得奋斗的目标。

"你让他们看到自己有多么无知。

"在这个过程中，你要始终对他们坚称，你只是一个普通人，与他人无异。当其他人质疑这一点时，你甚至要假装愤怒。你不能将影响强加于人，不能擅下断语。你要控制环境，超越条件。将轮子交给一个人，将轴杆交给另一个，再把马具或车箱交给第三个，你知道或迟或早，他们总会将这些零件拼起来，而那时他们会认为是自己得到了启示。你将推论过程交给他们，知道总有一天，他们会认定你是最终结论。"

刮得干干净净的脸出现在变幻无常的光束中，好像隔着水帘看到狞笑的头骨。

"他们会视你为先知……

"但这仍然是不够的。"那双嘴唇继续翕动。"对没有权力的人而言，在他们与他们的神明之间加入你并不会有所损失，毕竟他们本已将自己奉献给他人，奴性是人类的本能。但对那些手握大权的人……借由一个不在场的国王的名义进行统治意味着绝对权柄。或迟或早，那些贵族种姓一定会起来反抗你，危机无法避免……"

莫恩古斯站了起来，他浑身苍白而朦胧，就像地面上凝结的一团蒸汽。他从喷水的眼睛和嘴巴下走出，有那么一瞬间，水流裹住了他的身

乌有王子 * 千回之念

体,然后又变得清晰起来——他浑身滴水,没有眼珠的眼窝正对儿子,除了湿透的腰布外,全身上下一丝不挂。

亚麻腰布下透出阴毛的影子,沾满水珠的皮肤上腾起蒸汽。

"关于这点,"那张没有眼睛的脸说,"我无法在可能性的概率计算中找到确切答案……"

"你难道没预见到那些景象吗?"凯胡斯问。

父亲脸上没有一丝一毫表情。

"什么景象?"

——— ∞∞∞ ———

他的嗓子好像喊哑了,红袍巫师们的大合唱持续了好长时间,最后终于停止。巫术的闪光渐渐熄灭,没入空虚,噼啪作响的火焰下隐隐传来鼓声。

好红好红的火焰。

以利亚萨拉斯收起笑容。他位于向前推进的各巫师分队后方,他的学派在城中开辟出一片地狱般的大空地,而他就站在废墟中心。浓烟熏黑了房屋地基,缠绕的火焰如高塔耸立,碎砖堆成的土墩仿佛没刮净鳞片的鱼。这样的场景在浓烟的帷幕中若隐若现,一直延伸到宏伟的塔托卡之墙那片焦痕累累的残骸。尤特鲁高地的山坡就在火海之后,由荷特林之墙保护——城墙离得这么近!他不得不伸长脖子,才能在城垛上望见西撒拉特的穹顶与飞檐。

他们会在那里找到那些人……那些刺客。

西斯林发出了邀请,他们应邀前来,走过了无法计算的漫漫长路,经历了数不胜数的艰难困苦——以及所有的耻辱!——才终于来到这里。他们做到了这场交易中自己的部分,现在该和对方算算总账了。现在!就是现在!

终卷 最后的进军

但对方在玩怎样的把戏?

这不重要。不重要。如果有必要,他不惜将整个希摩夷为平地,翻遍每一寸泥土!

以利亚萨拉斯用赤红色衣袖蒙住脸,袖子很快沾上了烟尘与汗渍。他不顾他的贾维莱队长沙梅萨的反对,推开高耸的盾牌,大步踏上废墟中一块形如手指的巨石,阵阵热浪冲刷着他。

"战斗!"他向前方那些模糊的身影叫喊。黑暗的天空还在不停旋转。"战斗!"

不知谁拉了他一下。他将那双手挥开。

是萨罗内瑟。

"附近有丘莱尔,以利!非常多……你感觉不到吗?"

能洗个澡就好了,以利亚萨拉斯不由自主地想,可以将这些疯狂从身上洗去。

"当然感觉到了!"他厉声道,"都在废墟下面,被死人紧紧攥着。"

他周围的世界看上去那么黑暗空虚,同时又闪烁着光芒。凯胡斯举起手掌。"我的手……我看着它们的时候,可以看到金色光晕。"

审视。计算。

"我的眼睛不在我身边,"莫恩古斯说。凯胡斯马上明白他指的是其他西斯林兄弟用来代替眼睛的蛇。"在这座大厅里我靠记忆也能行走。"

从流露的所有迹象看,这个曾是他父亲的男人更像一尊石像,顶着一张没有灵魂的面孔。

"真神,"凯胡斯说,"没对你说过话么?"

审视。计算。

"没有。"

"有趣……"

"他的声音是从哪里来的?"莫恩古斯问,"来自哪里的黑暗?"

"我不知道……有些想法就那样出现了,我只知道它们不是我的。"

一次无比短暂的停顿。他进入了可能性的概率计算,和我一样……

"疯子也总说这样的话,"莫恩古斯说,"也许你经历的考验已让你精神错乱。"

"也许……"

审视。计算。

"欺骗我对你并没有好处,"石头般的面孔停顿了一下,"除非……"

"除非,"凯胡斯说,"我是真的领受了我们的杜尼安兄弟们的指示,前来刺杀你……你是这样考虑的吗?"

审视。计算。

"你并没有能战胜我的力量。"

"不,我有,父亲。"

略长一些的停顿,但仍极难觉察。

"那么,"父亲最后说,"你是怎么知道这点的?"

"因为我明白你为何不得不召唤我。"

审视。计算。

"也就是说你已经掌握了。"

"是的……千回之念。"

终卷 最后的进军

第十六章 希摩

怀疑产生理解,理解带来同情。真正会杀人的是信念。

——帕尔西斯,《新的解析》

长牙纪 4112 年,春,希摩

浸油的火炬。橙色的面孔充满焦急。橙色的砖墙脏兮兮的,沾满垃圾。天花板那么低矮,连最矮的弓箭手都不得不弯下腰来。每个人都在咳嗽,有人甚至咳个不停,但不是因为浸透靴子的脏水,而是头顶的火焰在吞食空气……

至少取水者是这么说的。

那个西斯林就站在出口下面,盘在他脖子上的那些蛇都朝上凝望,拇指大小的蛇头像染黑的银子。偶像崇拜者业已沉寂下来,拱顶天花板不再在冲击与爆炸声中颤抖,沙砾也不再敲打头盔。

他昂起剃得干干净净的头,好像在倾听……

"熄掉光源,"他下令,"蒙住眼睛。"

人们赶紧把火把扔进水坑。一时间,散逸的蓝光照亮了他们的小腿,一切陷入黑暗……

随后变得无比明亮,伴随着雷霆般的爆裂声。

"动起来!"取水者喊道,"快爬!快爬!"

突然间,一切都被蓝色笼罩,取水者额头上硬币形状的蓝色光斑炽烈地闪烁。人们推挤着前进,被尘埃笼罩的他们一个接一个从失明的西斯林身边挤过,挣扎着爬上碎石堆出的斜坡,惊觉周围乃是一片陷入

乌有王子 * 千回之念

火海的废墟。

<hr/>

"你听到的那个声音,"年老的杜尼安僧侣说,"并不属于千回之念。"

凯胡斯没理会他的话。"带我去见它们。"

"见谁?"

"那些被你俘获的东西。"

"如果我拒绝呢?"

"你为什么会拒绝?"

"因为我需要重新考虑我的假设,探索这些未曾见过的组合。我没有计算到这样的可能性。"

"什么样的可能性?"

"荒原可能毁灭而非启迪你,你来到我面前时已成了疯子。"

水不停滴落,捶打着空气与石头。必然性的雷声。

"如果你拒绝我所说的任何事,我就杀了你,父亲。"

<hr/>

基安人低伏在马鞍上,从坦坦纳之门的废墟冲向杰什玛尔河,五颜六色的卡哈拉拍打着锁甲链环。他们从起初的二三十人很快变为几百人的队伍,排出长长的箭头阵。他们的同胞也源源不断地从杰什玛尔之门冲出来,离艾诺恩人的侧翼只有咫尺之遥。

泰丹号手在神龛上看得一清二楚,他们不断吹号示警,年迈的阿甘萨诺伯爵却仍在缓步前进。虽然他能看到城市远端腾起的大片烟云,可近处半成废墟的斯基鲁拉水渠的桥拱挡住了视线,直至听到不断响起的号声,他才咒骂着朝前方派遣斥候。

终卷 最后的进军

但为时已晚。

第一批基安骑兵已冲到杰什玛尔河边,不顾口吐白沫的战马,开始抢占渡口。在艾泽拉亚神龛上观战的号手们眼中,好像有一双看不见的手在挤压希摩,让战火从城内渐渐流出。很快,沙尔瑞佐平原上飞奔的基安骑兵总数已超过泰丹人的预备队,最先越过城墙的战象跟在骑兵后面,拖曳着曾架设于城门瓦砾堆上的筏子。号手们比战场上的任何人都更清楚地看到了这一切,看到了帕迪拉贾狡诈的计划。

戈泰克伯爵不得不催促麾下骑士纵马飞驰,将大批步兵抛诸身后。他在水渠废墟中穿行时,发现自己进退两难——几百名异教徒已过了河,开始在被扫荡过的田野与树林中摆下阵势。他高举钉头锤,召唤亲随们集合,待看到同僚伊恩加尔伯爵、达蒙加尔伯爵和"大胆的"韦里昂伯爵也纷纷越过了水渠废墟,便振臂高呼,带头冲向杰什玛尔河喧闹的河岸。

瑟-泰丹的男爵与骑士们发出震耳的怒吼,紧跟其后。

他们行走在绝对黑暗之中,穿过一座座比长牙更古老的大厅。父亲带领着儿子。

瀑布的咆哮声渐渐模糊,变成一种毫无特点的噪声。他们的脚步在墙上发出沉闷的回声,仿若之前在此逝去的所有生灵那般低沉。凯胡斯边走边说,解释着自己由种种线索推论出的父亲的来龙去脉。他的话大多简明扼要,细节只能冒险猜测,尤其是关于莫恩古斯操纵奈育尔的方式。他小心翼翼地穷尽所有可能性。

"从乌特蒙部落逃脱后,你不再往东,而是折向南方。你靠着斯瓦宗在草原上活了下来,但也知道在纳述尔帝国这会让你送命。你最终来到费恩教的土地上。

"起初他们把你关押起来,虽然不像纳述尔人那样与塞尔文迪人仇深似海——当时泽克尔塔之战尚未发生——但他们对草原人也没什么好感。学会他们的语言之后,你公开表示对费恩的虔诚。凭借文字天赋,你很容易说服俘虏你的人把你当奴隶卖掉,由此你给他赚到相当多的一笔钱。

"不久后,你获得了自由,你在主人心中灌输的爱很快转变成敬畏。你对《费恩之书》的理解甚至超过了费恩教祭司,你读过的其他经典著述更不在话下。那些鞭打过你的人现在恳求你到希摩去……你在那里见到了西斯林,发现了杜尼安僧侣之前做梦都无法想象的力量。"

彼此相隔五步。凯胡斯闻到水珠在父亲裸露的皮肤上蒸发的味道。

"我的推论得到了证明。"莫恩古斯在他身前的黑暗中说。

"没错。我们远超世俗中人,对我们来说他们连孩童都不如。不管遇到什么,无论是他们的哲学、医术、诗歌,甚至信仰,我们都理解得更深,因此我们远比他们强大。

"你原以为水魂术也不会有什么区别,加入因达拉-基沙乌里部落会让你在他们中成为神。由于西斯林对自己的哲学体系懵懵懂懂,这更让你忽视了假设与现实的矛盾。你并不知道水魂术是关于心灵而非智慧的,它凭借的乃是情感……

"所以你贸然让他们刺瞎了你,之后才发现这份力量受制于情感,而你的情感早已残缺不全。你所认为的捷径之道其实是一条死路。"

空气随着鼓点锤击的节奏颤抖。

赤塔学士们派出的侦察员高悬在化为废墟的街道与建筑上空,俯视轰鸣的地面。羽毛般的粗大烟柱从他们中间升起,烈焰风暴在他们

终卷 最后的进军

穿便鞋的脚下咆哮,乌云于他们头顶不断旋转。他们颇费了番辛苦,才找到学派兄弟们的阵列,眼看那些巫师在一片狼藉的地面上散开到危险的界限。发现第一个塞斯吉弓箭手之前,他们已感觉到丘莱尔的存在:幽魂一样的虚空在破碎的土地间迂回。不断有人发出警告,但他们并不知道该做什么。自学派战争之后,赤塔还不曾经历这样的战斗。

一道白色的闪光,白光外环绕着黑珍珠。他们中的一员,里蒙,直直地坠向地面,化为一堆碎裂的盐块。

其他人赶紧在空中四散逃开。

惊惶的喊声将以利亚萨拉斯的注意力吸引到身后那片云海。他看见一道道烈焰从空中坠下,咆哮着扫过早已备受蹂躏的地面。他环视周围,发现属下纷纷陷入了恐慌与迷惑,但不知为何,他心中一点不怕——正相反,热泪在他脸颊上燃烧,无形的重担突然消失,他甚至觉得自己会直冲天宇,就像气泡从水底冒出。

来了……他们来了!

他抬头望向前方耸立的高地,西斯林的礼拜堂西撒拉特的镀金穹顶在热浪中摇晃。他又向两侧扫视,看到燃烧的建筑围出了这个决斗场。他们来了——这是等待已久的时刻!——那些西斯林垃圾包围了他和他的属下。

"他们来了!"他大笑着,巫术的声音在回响,"他们终于来了!"

赤塔学士们在杂乱的废墟中列成队伍,他们的阵列在自己点燃的火焰下看上去如此渺小。然而他们发出了欢欣鼓舞的叫喊,因为他们的大宗师终于恢复了当年风采。

随后周围的烈焰之墙中射出一道道炽热而灼目的蓝白光线。

"西奥提和其他人很尊敬你，"凯胡斯续道，"没错，马拉赫的威名传遍基安，甚至远至三海彼岸。你是第三视野中最闪耀的光。然而私下，他们却认为你被独一神诅咒了，否则为何不能施展水魂术？

"另一方面，没有了双眼之后，你分辨前事的能力也大大削弱。蛇的视觉对你来说不过是针眼而已。许多年间，你一直在与你的环境作战，但毫无成果。虽然你的智慧足以让周围人震惊，足以让你与他们中权位最高的人一起议事，但一旦你不在场，一旦脱离了你的慑服，低语声就会在他们心中再度响起：'他是个弱者。'

"然后，大约十二年前，你发现了非神会的换皮密探——也许是通过声音中的异常。这一发现肯定在西斯林中引起了大骚动，虽然没人知道这些生物到底是什么，但他们一致将矛头对准赤塔。在他们看来，只有最强大的学派才有胆量策划如此狂妄的阴谋，更不用说将其付诸行动了。他们竟敢渗透到西斯林之中！

"但你是杜尼安僧侣，虽然我们的兄弟并不了解神秘的巫术，对俗世的理解却是无与伦比的。你意识到这些东西并非巫术的造物，它们是以血肉之躯为动力。可你无法说服其他人，他们都希望给赤塔一个教训，如此猖狂的举动必须付出相应的代价。最后西斯林刺杀了赤塔的大宗师，引发了一场战争，一场恰将在今天画上句号的战争……"

凯胡斯不小心踢到地板上一个什么东西。空心的，像骨头。骷髅吗？

"但你没有放弃，"他毫不动摇地续道，"你将那些生物关押起来，经过多年拷问，终于让它们屈服了。你知道了戈尔格特拉斯的存在，它的堡垒环绕着远古遗物的尖角——那是一艘方舟，早在奇族统治伊尔瓦大陆的时代便从虚空中坠落至地面；你知道了虚族与早已离世的奇

终卷　最后的进军

族国王们旷日持久的战争；你知道了那个堕落种族最后的幸存者——奥拉格和奥朗斯——扭曲了俘获他们的奇族墨克特里格的心智，墨克特里格又腐化了肖里亚塔斯，玛迦卡学派的大维齐尔；你知道了那个邪恶团体破除了施加于戈尔格特拉斯的幻术，将可怕的力量据为己有……

"你知道了非神会。"

"你所说的那些词，"莫恩古斯在黑暗中说，"'邪恶'、'腐化'、'扭曲'……为什么你明知它们不过是操纵的手段，还要用之来形容呢？"

"在此之前，你当然也听说过非神会。"凯胡斯没理会父亲的问题，"但和三海诸国中的大多数人一样，你认为他们早已灭亡——至多不过是天命派心中的幻觉。但从俘虏那里榨出的故事……有太多坚实的细节，不可能是伪造。

"你探究得越深，故事就越令人迷惑。你读过《长诗》，对那些传说心存怀疑，觉得它们过于离奇。摧毁整个世界？再恶毒的阴谋也不会如此夸张，再堕落的灵魂也不至于如此荒唐。说到底，摧毁了世界又能得到什么？谁会义无反顾地走下悬崖？

"但换皮密探解释了一切。它们在尖声嗥叫中，告诉了你末世之劫的来龙去脉。你由此知道现世与外域之间的界限并非一成不变，如果有足够多的灵魂被清理出这个世界，那么它将被封闭。诸神无法触碰它，天堂、地狱与来生也无法管辖。不会再有救赎，更重要的是，也不会再有诅咒。

"你意识到，非神会的努力是为了拯救自己的灵魂。此外，如果俘虏的话可信，那么它们长达千年的任务马上就要完成了。"

虽然没有光，凯胡斯还是在通过各种感官观察着父亲：裸露的皮肤散发的气味，气流的涌动，赤脚在黑暗中的刮擦。

"第二次末世之劫。"莫恩古斯不动声色地说。

"只有你了解它们的秘密，只有你能找出它们的密探。"

"必须阻止它们，"莫恩古斯说，"毁灭它们。"

乌有王子 * 千回之念

"你反复思考那些换皮密探告诉你的话,用了许多年时间进行可能性的概率计算。"

从一开始,早在跟随冰川进入库尼乌里的荒原时,凯胡斯就在不停琢磨眼前这个引导他穿过一条条黑暗走廊的人。随着他走过的每一里路,一个接一个概率上的计算,一次又一次洞见与理解,一个再一个的可能性,都在起伏交织着。

如今我来到了这里,父亲,来到了你为我准备好的房子里。

"你开始领悟到,"凯胡斯说,"所谓的千回之念了。"

"是的。"莫恩古斯回答。简单的肯定。他说出这句话时,凯胡斯感到了变化——通过听觉、嗅觉,甚至周围的温度。沥青般黑暗的回廊豁然开朗,他们走进了某个房间。这里曾有生命存在,也有生命死去——许多许多生命。

"我们到了。"父亲道。

厚厚的云层边缘之下,瑟-泰丹的骑士们呼啸着冲过死去的田野和饱经践踏的果园,一面面旌旗迎着希摩城外的滚滚烟雾展开:拿格的三黑盾旗、努曼奈的白鹿旗、普莱多的红剑旗及其他北方人的古老徽记。黑底金线的圆环旗下,阿甘萨诺伯爵戈泰克大人一马当先,整个世界都在颤抖。

双方距离越来越近,费恩教徒不断爬上杰什玛尔河倾斜的河岸,匆匆加入前方的争夺。箭矢落入因里教徒阵中,但这些凌乱的射击要么无害地打在塔盾上,要么卡在厚厚的毛毡里。几匹马惊叫着倒下,连带抛弃了背上的骑手,但大部队跨过他们继续冲击。在马刺的催促下,战马越来越快,骑兵们放低长枪,长须武士高呼着强大的战神吉尔加里奥的名字。

终卷　最后的进军

异教徒也开始冲锋，起初还有些杂乱，像是茂盛树冠撒下的一把把种子，但随着人数增多，整个地平线似乎都颤动起来，纷繁的色彩汇聚成黑压压一片。在他们当中，泰丹人看到了著名的尤玛那猛虎——辛加捷霍的三角战旗。

长牙之民将身子压在长枪上，脸上带着扭曲的狞笑，他们的奔驰撼动着世界的根基。"为了希摩！"一个声音高喊，那是冲在最前面的须发灰白的伯爵。很快所有人都一起呐喊起来："为了希摩！为了希摩！为了希摩！"

紧接着，木头断裂声、战马嘶鸣声、长剑与钉锤的碰撞声响成一片，人们惨叫着死去。瑟育拉伯爵之子古斯拉斯是第一位倒下的贵族，他被银盔的辛加捷霍亲手斩下头颅。他麾下的沃努特人纷纷发出悲痛的高喊，但无人退却，所有泰丹人都在拼力奋战。钢铁之民用重锤抡开盾牌，击打敌人的脸，用刻有血槽的长剑劈碎敌人的弯刀，斩掉敌人嘶叫的战马的头颅。

然后，如同奇迹一般，他们冲到了蓝黑色的河流旁，夺回了河岸。

尤玛纳诸大公死的死，逃的逃，但长牙之民也没得到喘息的机会。被打散的费恩教徒像愤怒的蜂群一样在他们的侧翼乃至后方集结起来，骑马绕圈，释放出一拨拨箭矢。战场上的伤员被森林一般的腿脚踩踏着，发出阵阵哀号。既然夺回了桥头堡，因里教领主们便大声冲手下叫喊，责令坚守阵地。残酷的白刃战在桥面与湍急的渡口中展开，但费恩教徒已经解开战象通过被夷平的坦坦纳之门搬来的木筏，杰什玛尔河对岸的世界似乎被敌人挤满了。费恩教骑兵开始挤上第一批木筏，越来越多的箭落向因里教徒阵中。

戈泰克伯爵望向圣城的白砖城墙，发现摄政王岑约萨及其手下的艾诺恩人依然一片混乱，许多人仍挤在城头。

他咒骂着，下令吹号撤退。他们丢弃了杰什玛尔河。

乌有王子 ＊ 千回之念

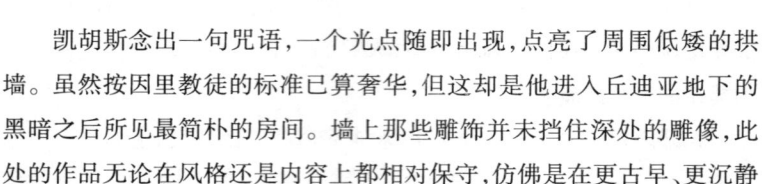

凯胡斯念出一句咒语，一个光点随即出现，点亮了周围低矮的拱墙。虽然按因里教徒的标准已算奢华，但这却是他进入丘迪亚地下的黑暗之后所见最简朴的房间。墙上那些雕饰并未挡住深处的雕像，此处的作品无论在风格还是内容上都相对保守，仿佛是在更古早、更沉静的年代所制作——凯胡斯觉得更可能是这个房间的功能决定的，这应该是这座古老洞府的下水道入口。

墙壁边点缀着工作台和一些奇怪的铁器、木器。在房间尽头——那里低垂的天花板肯定让人直不起腰来——的地板上，有一排斜道汇入下方的水池，但水池也和房间其他地方一样干燥而布满灰尘。水池附近有两个水井或深坑，井口的雕花外沿的四等分处雕刻了四只从黑暗中伸出的手，而今它们抓着四肢展开的形体。那些形体的头被强迫后仰，发出无声的嗥叫，四肢则被那些手牢牢抓紧，流露出凝固的绝望。

两名换皮密探就这样悬吊在井口之上，手足都绑着黑沉沉的铁链。

凯胡斯走向离他最近的密探，途经一个吊着的漏斗。那应是某种强制喂食机械的一部分，早已生了锈。这些东西被吊在这里的绝对黑暗之中，承受刑具的折磨，永无休止地倾听他父亲的柔声细语，像这样过了多少年？

他作个手势，让光点靠近。摇曳的阴影犹如又长又尖的手指。

它们脸上每一条肢体都被拉开，以锈迹斑斑的铁丝固定在铁环上，精巧设计的绳子与滑轮系统可以扯动它们内部的面孔。

"你是什么时候意识到自己力量不够的？"凯胡斯道，"意识到你需要更多力量以阻止非神的复生？"

"从一开始我就意识到了这种可能性，"莫恩古斯说，"但我用了几年时间来加以审视，汇聚知识。当我最初产生这个想法时，根本没做好准备。"

终卷　最后的进军

它们的脑颅已被锯开，露出脑叶和乳白色的沟回，上面插着几百枚银针。穿脑术。凯胡斯伸出一根指头，从密探后脑接近脑干的那根针上拂过。那个生物猛烈抽搐了一阵，身体变得僵硬，接着有粪便落进井里，浓烈的臭气充满了整个房间。

"我想，"凯胡斯道，"你对水魂术并非全无领会……所以你才能影响伊述亚，将梦境送给那些在你流亡之前结识的杜尼安僧侣。"

在交错的锁链之间，他看到父亲点了点头。莫恩古斯没有头发，跟砌造周遭雕像的古代奇族一样。他从俘虏身上了解到了什么秘密？他听到过怎样恐怖的低语？

"我从水魂术中获得了一些能力，一些更依赖精妙的把控，而非纯粹力量的能力。探知、呼唤、转译……然而为了召唤你，还是几乎耗尽我的气力。这里和伊述亚隔着整个世界。"

"我是你的捷径之道。"

"不。你是唯一的道。"

凯胡斯检查着井边地板上两块方形橡木板。它们似乎是门板，只是去除了绞链跟把手，四角安装了钩子，可以吊在换皮密探的正下方。一个小孩和一个女人被钉在上面，似乎是父亲用来煽动或满足那些怪物的欲望的。他们才死去没多久，血仍像蜡一样闪烁着。

这算是审问器械？又或是另一种喂食机制？

"我那个同父异母的兄弟呢？"凯胡斯问。他的灵魂之眼可以看到那个人壮丽的容貌与充满威权的伟岸——他听周围人描述那个人的次数已经太多了。凯胡斯绕过换皮密探身边，好更清楚地观察父亲。对方似乎有些萎缩，闪动的光线下赤裸的身体诡异地弯曲着……让人感到有些畸形。

他正利用每一秒钟重新估量形势。他认为儿子回到他身边时已是个疯子了。

莫恩古斯点点头。"你是说玛伊萨内。"

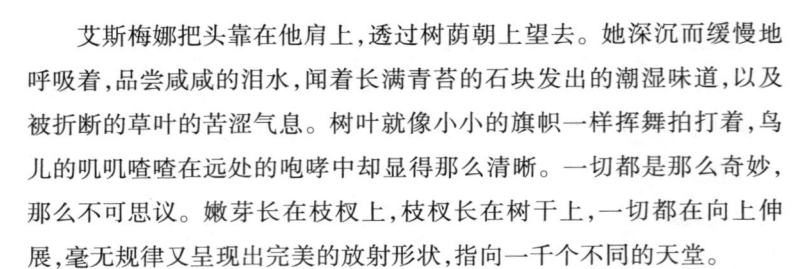

艾斯梅娜把头靠在他肩上,透过树荫朝上望去。她深沉而缓慢地呼吸着,品尝咸咸的泪水,闻着长满青苔的石块发出的潮湿味道,以及被折断的草叶的苦涩气息。树叶就像小小的旗帜一样挥舞拍打着,鸟儿的叽叽喳喳在远处的咆哮中却显得那么清晰。一切都是那么奇妙,那么不可思议。嫩芽长在枝杈上,枝杈长在树干上,一切都在向上伸展,毫无规律又呈现出完美的放射形状,指向一千个不同的天堂。

她叹口气。"我好像变年轻了。"

他的胸膛在她脸颊下面起伏,发出无声的大笑。

"你本来就很年轻……变老的是这个世界。"

"噢,阿凯,我们该怎么办?"

"做我们必须做的事。"

"不……我不是这个意思。"她焦急地望向他的侧脸,"他会发现的,阿凯,他只要朝我们的脸瞥上一眼,就会发现我们在这里做的事……他会知道的。"

他转身对着她,皱起眉头。往日的恐惧又浮现出来。

"艾斯梅——"

马匹的响鼻声打断了他,声音很大也很近。他们互相看了一眼,眼神中带着困惑与警惕。

阿凯梅安朝长草中他们留下的V形开口爬过去,蹲伏在长满苔藓的石块后面。她跟在他身后,越过他的肩膀,看到一排骑兵在高地顶上排成长长的阵列——显然是帝国的齐德鲁希骑兵。那些穿链甲的骑兵脸色阴沉,毫无表情,远远眺望着咆哮的城市。他们的马踩着蹄子,紧张地喷出鼻息,从聚拢的嘈杂声判断,还有更多人正从后面接近。许许多多人。

终卷　最后的进军

孔法斯？他在这里？他不是应该死了吗！

"你好像并不惊讶，"她恍然大悟，低声对阿凯梅安说，靠得更近了些，"塞尔文迪人告诉过你？他的反复无常竟到了这等地步？"

"他告诉过我，"阿凯梅安的声音是那样空洞，那样沮丧，让她恐惧得战栗起来，"他要我警告大贵族们……他、他不希望让圣战军受害，可能主要是为了保护普罗雅斯，我想是的……但、但是……他走之后，我能想到的只有……只有……"他声音低落下去，然后转过脸来看她，睁圆了眼睛。"你留在这里，躲起来！"

她朝后退缩。他的语调是那样紧张，她不由得把后背靠在一根单薄的树桩上。"你在说什么？阿凯……"

"我不能让这种事发生，艾斯梅。孔法斯手握重兵……想想会发生什么吧！"

"这正是我要说的，你这个蠢货！"

"拜托你，艾斯梅。你是他的妻子……想想西尔维的下场吧！"

她的灵魂之眼看到了那个女孩，正试着用手掌捂住喉咙间涌出的鲜血。"阿凯！"她啜泣着。

"我爱你，艾斯梅娜，这是一个蠢货对你的爱……"他停了停，眨眨眼睛，流下两行泪水。"却也是我唯一能给你的东西。"

然后他霍地起身，她还没来得及开口，他已走出破碎的陵墓。他的动作有一种噩梦般的气质，一种本不属于他的紧迫感。若非太过了解他，她可能会觉得很滑稽。

他走出陵墓，来到那些骑兵中间，呼喊着……

他的眼睛开始闪烁，他的声音化为雷鸣。

伊库雷·孔法斯一世皇帝难得如此愉快。

"圣城在燃烧,"他冲两侧那些严肃的面孔说,"大家都在战斗。"他转身面对年迈的大宗师,老巫师在马鞍上有些没精打采。"希默克提,你们学士不是总喜欢卖弄聪明么?那么告诉我,为何在人类眼中,这样的场景美妙至极?"

黑袍巫师眨眨眼睛,好像要挤出眼中的黏膜。"这说明我们是为战争而生的,人中之神。"

"不,"孔法斯回答的语调既带着气恼,又有些嬉戏意味,"战争乃是斗智,人类却十分愚蠢。我们是为暴力而生,不是为战争。"

皇帝迤迤然跨于马上,俯瞰因里教徒的营地和浓烟滚滚的希摩,无数光线在城市上空交织。他身边除了病恹恹的萨伊克大宗师,还有阿雷曼特拉斯将军及许多次级军官和信使。他们在山脊上排成一行,他的齐德鲁希骑兵在前方展开,沿山坡排成整齐的队列。附近有几处废墟,不过他懒得去操心。几个步兵军团正从远处走近,边走边排好红与金的作战阵线。时间恰到好处,他们是昨晚下船的,北方数里外的海岸边有个奇迹般的小港口。连风向都在祝福他们。现在……

眼前的情景让他不禁咯咯发笑。赤塔在尤特鲁高地的阴影中陷入苦战,一半的圣战军在燃烧的街道上胡乱烧杀掳掠。法纳亚率队迂回至城市南边,企图从顽固的泰丹人的侧翼发起攻击。一切都和斥候报告的一模一样。

长牙之民根本不知道他的到来。这意味着索帕斯肯定成功阻止了塞尔文迪人,虽然他仍下落不明。四个完整的军团!一支锐利的长矛已抵在圣战军薄弱的后背。

看看诸神更眷顾谁,嗯,先知?

从子宫中带出来的缺陷……别开玩笑了!

他哈哈大笑,全不顾军官们死灰般的神情。突然间,他仿佛看到了所有未来:战争不会在这里结束,天哪,绝不会!它会继续下去,先向南席卷塞鲁卡拉,接着征服内陆的南锡蓬,再向西前往因维什,直至奥瓦

终卷　最后的进军

谢,直逼传说中的祖姆的大门!他,伊库雷·孔法斯一世,将成为崔亚姆斯重生,三海诸国的下一个神皇帝!

他转过身,皱眉望向随员们。他们怎可能看不到这样的前景?它是那样清晰!不,他们的视野被凡人的世俗所遮蔽,只看到宝贵的圣城。但时间会告诉他们一切,在此期间,他们只需跟随——

"那是谁?"阿雷曼特拉斯将军突然道。

孔法斯看到那个人时马上认了出来。杜萨斯·阿凯梅安!此人正走过草地,面对他们,眼睛与嘴都在发光⋯⋯

他下意识地摸索自己的丘莱尔,高喊:"希默克——"

但热浪吸去了他肺中所有空气,他听到尖叫声像投进滚热肉汤中的盐粒一样融化了。他正在倒下。

"到我这里来,陛下!"一个年迈的声音叫道,"来我这里!"

他落到了地上,在化为黑色灰烬的草堆中翻滚。不知何时,皇家萨伊克的大宗师挡在了他身前,一头白发在气流中舞动,虽然老人的身体摇摇欲坠,但那巫术的吟唱非常坚定。有形无质的壁垒出现在他们与天命派巫师之间的空气中——天命派巫师此刻已在着手摧毁齐德鲁希骑兵的阵列了。一道道光线扫过,比任何尺子绘制出的都更完美,它们就那样扫过了最近的皇家重骑兵,然后⋯⋯那些骑兵崩溃了,并非整个身体倒下,而是化作血腥的碎片,在土丘和野草间飘动。

一道灼目的光驱走了所有阴影,孔法斯举手挡在眼前,从指间缝隙里看到一颗太阳从黑压压的云层中落下来,直坠向那个天命派学士。猛然喷出的火焰如缎带一样朝四面八方射出去,孔法斯听到自己发出了欣慰而得意的叫喊⋯⋯

但等眼睛适应光线之后,他看到所有的火焰都拐了个弯,绕开了一个看不见的球面。然后他瞥见了那个男人,跟在安迪亚敏高地下那个夜晚,或是在卡拉斯坎的帕夏宫殿之中时一样清晰:杜萨斯·阿凯梅安安然无恙,不可触碰,他一边吟唱一边发出狂热的笑声。

不知哪里传来一阵猛烈的震荡,空气噼噼啪啪。

希默克提单膝跪倒,发出奇怪的喘息。一道道光呈抛物线射来,消解着他支离破碎的隔绝术。孔法斯听到牙齿咬合声,仿佛钢针在啃噬世界最深处的骨头……那是希默克提年迈的嗓音在恐慌中颤抖,一句句咒语包裹着喘息。

又一阵震荡袭来,孔法斯脸朝下栽进灰烬之中。他耳中尖鸣不已,只能分辨出那个嘶哑而苍老的声音……

"快逃!"

皇帝尖叫着逃跑了。

萨伊克大宗师的血冰雹般从背上喷出。

丝绸与帆布搭建的乌别里卡的入口旁,一个孤零零的卫兵咒骂着,朝脚边吐了口口水。他眨眨眼望向接近的人影,那人影移动的方式很……古怪:它有时看上去像个人,有时又像其他什么东西,一只蛀虫的蛹或一捆失去支撑的破布,左摆右摇地倒塌着,大小却没发生改变。

空气似乎在……爆裂,仿佛视野之外的某处,一捆捆纸草在烧。

他僵直地站在原地,不敢呼吸,浑身上下的每个部位——甚至更深处的一切——都在吵嚷着要他逃走。

但他是百柱团的成员,被留在大部队后面已够耻辱了,怎能这样就败下阵来?于是他抽出长剑,大喊"站住!"但并非出于勇敢,而是迷惑。

那东西奇迹般地停止了移动。

至少不再向前移动了。它开始"向外"伸展开来,仿佛外壳下面有一层薄皮被撕掉了,里面的东西暴露在青天白日之下。

一张如同夏日阳光的脸,四肢冒着火焰。

终卷　最后的进军

那东西伸出手来,抓住他的头,像剥葡萄一样剥掉了上面的皮。

汝在何处,一个声音从那冒烟的头骨中传出,杜萨斯·阿凯梅安在何处?

火与光让翻滚的乌云底层变得锃亮,在变幻莫测的黑暗中,闪亮的电弧照亮了元初神庙外围的柱梁。

赤塔阵列的侧翼在连番袭来的光束前节节后退,大宗师雷鸣般的喝令也无济于事,他们最终在升天高地脚下自己刚烧出的废墟中结成巨大的环形阵形。人数远超他们的西斯林不断发起攻击,每人脖子上的蛇都朝前探伸。他们三人一组,较弱的组合伏低在地,于瓦砾间高速穿行,亮蓝色的能量从额头上涌出,就像水流溢过看不到的地面;能力更强大的组合凌空飞起,倾泄更为猛烈的能量洪流。起伏不平的街道间有许许多多亮点,那是纯净的光束射穿了破碎的石头。

在咏唱咒文、修补隔绝术的间隙,赤塔的正式巫师们大声指挥贾维莱持盾卫士,并且鼓励他们。一次又一次,每当那些奴隶武士在瓦砾间踉跄时,丘莱尔都会从火光与黑暗中呼啸着飞来。赫姆－阿基杜被击中了,炽烈的光芒闪现在他那渐渐消失的防卫咒语上,他仍保持着完美的平衡,在嗞嗞尖叫的废墟中化作了一根盐柱。

防御圈渐渐缩小,学士们放弃了统一的环形隔绝咒,开始在自己面前施放更牢固的定向隔绝咒:收放自如的气闸术,或是难度更大、力度也更强的"乌尔之壁"。

他们也做出了回击。

希摩的骨骼在邪恶的共鸣中颤抖:森严可怖的龙头术、炽烈灼人的"梅马克提之怒"、迅如疾风的"梅帕的洪流"。几十名较弱的西斯林消失在沸腾的金色洪流中,其他人拖着黑色的尾迹从空中坠下。胡卡射手——赤塔著名的丘莱尔弩手——放弃了阵列后方的位置,在瓦砾中朝前爬行,向那几个似乎能免疫巫术火焰的强大人影射出箭矢。他们的眼睛一眨不眨地关注着那些白色裹布上的黑色蛇头。

但忽然间,弩手们的注意力被吸引到了天上——西斯林借浓烟掩护落到他们中间,尘埃还未落定,已有十多名弩手被连续击毙。西斯林没有丝毫停顿或怜悯,他们是因达拉取水者,独一神的头生子,与邪恶的对手不同,他们早已将生死置之度外。

他们在敌人阵列的正中心泼洒水魂术。

屠杀愈演愈烈。

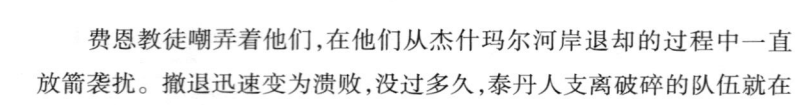

------⁂------

费恩教徒嘲弄着他们,在他们从杰什玛尔河岸退却的过程中一直放箭袭扰。撤退迅速变为溃败,没过多久,泰丹人支离破碎的队伍就在战场上奔逃起来,冲向塞内安时代的拱顶水渠的遗迹。有些骑士停下脚步想要搭救他们失去坐骑的封君,却被迅速追来的异教徒骑兵的潮流淹没。除了巫术的轰鸣,空中还充斥着基安教徒的战鼓与呐喊。

然而在戈泰克的长子戈瑟拉斯的带领下,顽强的泰丹步兵在水渠下完成了集结。每分每秒都有更多的长矛和五颜六色的盾牌填上阵线的缺口。在战线北边,水渠汇入塔托卡之墙前的一个土丘处,艾诺恩人也已布好防御架势。乌兰扬卡总督朝手下的摩瑟罗苏人叫嚷,要他们尽快接应上南边的泰丹部队,伊恩加尔伯爵的手下;索特尔大人则带领他群些嗜血的基什雅提人从北边发动起了决死的反冲锋。

瑟-泰丹的骑士们在身后留下高扬的烟尘,杂乱无章地汇入同乡的队伍。大多数骑士一路冲到了阵形最后面,争取片刻的喘息之机。但有些骑士,例如"大胆的"韦里昂,马上下令亲随们调头,他发出鼓舞人心的吼叫,号召大家迎接异教徒的冲击。

终卷 最后的进军

飞矢落在他们中间,就像冰雹敲打锡盆。

"坚守阵地!"阿甘萨诺伯爵戈泰克咆哮着,"坚守阵地!"

但费恩教徒的队伍在他们的阵地前分开,洒下一片片疾风暴雨般的箭矢后退却了。基什雅提骑兵们脸上涂着骇人的白色斑纹,胡须编成方形辫子,他们让费恩教徒的侧翼蒙受了惨重损失。辛加捷霍仍记得这些异教徒背水一战时有多顽强,而眼下费恩教的军队还只有很少一部分渡过了杰什玛尔河,他不想贸然出击。

因为法纳亚·阿布·卡萨曼德带着大军即将亲自上阵,他是得到净化之地的主人,圣基安的帕迪拉贾。

康里亚人穿过艾沙萨集市,在贫民窟与纠结的巷道中追击费恩教众,并与顽抗的敌人战斗,越来越多的士兵脱离部队从事掠夺。最终大部队赶到一片宽广的芦苇湿地,这里曾是希摩伟大的港口。普罗雅斯早就放弃了去约束士兵,他们已被战斗的疯狂占据,虽然他心中备感忧伤,但他明白这些士兵已将生命作为赌注,而今兽性的本能正驱使他们去收获战利品。

希摩也不例外。

不该是这样……

他离开追击的队伍,在昏暗的小街里游荡,来到一个小集市广场上。这里终于不再有密密麻麻的房屋与飞檐,让他可以看到尤特鲁高地:荷特林之墙被接连不断的闪光点亮,元初神庙的柱子被染成蓝色,从高地脚下直到西边远处,浓烟滚滚,汇作一片破烂不堪的幕布,犹如沙子落入净水般翻滚着汇入半空中那不自然的云层。整个天空看起来更像一块巨大的天花板,并渐渐被浓烟占满。

不该是……

他扫视附近建筑边一个个小摊,发现其中一栋房子有什么东西隐约呈现出长牙的形状。他皱起眉头,拉下战甲面具,跨过摊位,朝那房子走去。只见四周的绳子上吊着平凡的陶器,架子上堆放着木制碗碟。

就在这里……大小约与他小臂相当,涂抹在简陋的门板上。粗糙而简洁,但看到它时,他喉中一阵刺痛。这是种眩晕的感觉,不知出于恐惧还是期待,他的心和四肢都变得飘飘然,就和儿时母亲带他走进神庙时一样。

他举起一只手,透过指尖的锁甲铁环抚摸木头。当门突然打开时,他不由得屏住了呼吸。

除了睡眠用的垫子,房里没有任何家具,也许这只是债奴居住的窝棚。一个男人垂头丧气地坐在右边墙角,从外貌上看是个普通安摩图人,他的伤口流血不止,业已濒临死亡。一把匕首的刀柄就在离他紫色的手指不远的地方;另一个男人——大概是曾与他们争夺艾沙萨集市的基安人——脸朝下趴在地上,木板铺成的地面朝远离门口的墙壁倾斜,血也顺着木板朝那个方向流去,在板上坑洼之处渐渐凝固起来,并沿泥浆填充的缝隙蔓延,犹如伸出的爪子。远处阴暗的角落里几乎看不到的地方,一个妇人和一个年轻女孩蜷缩着,瞪圆了惊恐的眼睛望着他。

他想起自己脸上的银面具,赶紧把它掀了起来,凉意突然涌上面孔。女人的恐惧并没像他想象的那样消失。他低头望去,好像是第一次看到自己蓝白相间的卡哈拉上涂抹的血污。他将铁甲包裹的双手举到眼前,发现它们也滑溜溜的,沾满绯红。

他忆起一幕幕野蛮的景象,刀光剑影的死斗、惨叫、恐惧的咒骂。他忆起在苏拿,他的前额触碰着玛伊萨内的膝盖,像获得重生一般哭泣着。他怎会变成这副模样?

战鼓仍在隆隆敲响,远方还有号角长鸣,但他的脚步却似乎在寂静之中炸裂开来。轰。轰。看到他渐渐走近,那个母亲摇晃着发出悲叹,

终卷　最后的进军

模糊不清地说着……说着什么……

"...merutta k'al alkareeta! Merutta! Merutta!"

女人绝望地用手沾了上下唇和脸颊上的血,在他脚边涂抹。她是在画长牙吗?

"Merutta!"她哭喊着,但他并不知道她想说"长牙"还是"慈悲"。

他朝她们伸出手,她们一边缩着身子,一边尖叫。他扶那个女孩站起来,单薄的身体让他感到既害怕又兴奋。她挥动手臂想打他,但没有任何效果,被他的手抓紧之后,身躯就不动弹了,仿佛那双手是野兽的巨口。母亲放声大哭,乞求着,在布满砾石的地板上涂抹出一个个长牙徽记。

不,普罗沙……

他想的不是这样……不该是这样。

然而,事情从不会像他想的那样。

他可以在烟尘与血腥中闻到那个女孩的味道——不是香水,而是汗酸、麝香与充满无数可能的年轻气息混杂的味道。他把她的身体转过来,借着不知来自哪里的光线打量她:修剪过的黑发,泪光盈盈的眼睛,肿起的脸颊。诸神在上,这个敌人的女儿是那么可爱。苗条的髋部,修长的双腿……

如果拔剑朝她砍去,他是否会在手臂尽头感觉到死亡? 如果他在她身上变得火热……

巨大的爆裂声让空气颤抖,整个房子都在摇晃。

"快跑吧。"他低声说,虽然明知她听不懂。他又用一只肮脏的手扶起她的母亲。"你们得找个更好的地方躲起来。"

因为这里是希摩。

"在这个世界上,"莫恩古斯说,"没有什么比我们的血脉更宝贵——这点你无疑已经推测出了。但我们与世俗女子生下的孩子并没有与我们同等的能力。玛伊萨内不是杜尼安僧侣,他能做的只是为你铺平道路。"

她的名字仿佛从黑暗之中给了他重重一击:艾斯梅娜。

"只有伊述亚真正的孩子方能成功。"父亲续道,"千回之念代表无穷无尽的演绎,优雅而微妙,但仍有无数变量是它所难以预测的。每一个变量展开之后都会产生灾难的可能性组成的云雾,其中大多离我们非常遥远,但有的后果却十分肯定。若非毫无作为必将引来毁灭,我在许多年前就放弃它了。

"只有超越条件的人才能走通这条道路。只有你,我的儿子。"

这可能吗,父亲的声音中居然有一丝悲伤的迹象?凯胡斯把目光从吊在空中的换皮密探身上转回来,又一次用审视包裹了父亲。

"你把千回之念说得像是有生命的东西。"

那张没有眼睛的脸仍旧毫无表情。

"它确实是。"莫恩古斯走到两个悬吊的密探之间。虽然瞎了,他还是准确地伸出一根手指,拂过空中的诸多链条之一。"你知道尼尔纳米什南部的人玩的一种叫 Viramsata 的游戏吗?意为'众人的呼吸'。"

"没有。"

"在因维什城周围的平原上,贵族种姓的统治力量非常薄弱,必须依靠种植的麻药来保证人民服从。若干世纪以来,他们不断完善与强调礼仪规范,最后甚至超过了其古老的信仰。他们将一生都用在我们所谓的繁文缛节上。但 Viramsata 不仅仅是宫廷的流言或后宫与宦官的笑话,它远比那重要得多。参与游戏的人需要做的是制造真相,编出

终卷　最后的进军

各种谎言：谁对谁说了什么，谁和谁上了床，诸如此类，这样循环下去。更重要的是，他们还要努力按照别人编造出的谎言去行动，尤其是那些编造得雅致而考究的谎言，这样就有可能让它们成为现实。于是谎言被不断地口耳相传，直到它们与真相之间再无区别。

"最后，在盛大典礼上，最有说服力的故事将被宣布为Pirvirsuit，这个词在古瓦帕西语中意为'大地般的呼吸'。脆弱的、不够风雅的传言会消亡，留下的将越发强壮，最后只余下Pirvirsuit，大地般的呼吸。

"你懂了吗？Viramsata，它们会变成有生命的东西，而我们人类就是它们的战场。"

凯胡斯点点头。"就像因里教与费恩教。"

"正是。你说的那两个宗教堪称是谎言中的征服者，并在无数个世纪里不断复制。虚幻的世界观瓜分了现实世界，两种信仰犹如双生的Viramsata游戏，从古至今都在用活人的呐喊与肢体彼此交战。两头毫无思想的巨兽将人类的灵魂当作它们的战场。"

"那么千回之念呢？"

莫恩古斯转身面对他，方向非常准确，像是能看到他一样。"那是人类背后的教唆者，此时此刻，它正让他们流血牺牲；那是一系列的事件，目的在于改写历史进程；那是决定性的规则转变，可以将因里教与费恩教统一起来。这一切的集合便是千回之念。

"信仰催生行为，凯胡斯。如果人类想在即将到来的黑暗年代中幸存下来，他们必须团结如一，而只要因里教与费恩教继续存在，这就不可能实现。必须让他们屈从于一个新的幻觉，一个统一的大地般的呼吸。所有灵魂都必须重写……没有别的办法。"

"那么真相呢？"凯胡斯问，"真相又该如何？"

"俗世中人没有真相可言。他们进食、交配，用虚假的奉迎哄骗自己的心，用可悲的简化适应自己的智慧。对他们来说，逻各斯不过是满足欲望的工具……每个人都在原谅自己、责怪他人，每个人都认定自己的民族与国家比其他的民族与国家拥有更多荣耀。当然,他们也恐惧着天真与无知,当他们听到这样的解剖话语时,也会表示赞同——只不过会把这些话所揭露的当作是其他人独有的弱点。他们只是群孩子,只学会了对妻子与追随者掩饰——以及,更重要的,对自己掩饰……

"没有人会说'他们是被选中的人,而我们是被诅咒的。'俗世中人绝不会这样说。他们心中没有真相的位置。"

莫恩古斯从两个无面的俘虏之间走出来,来到凯胡斯面前,表情仿佛是石头刻成的面具。他伸出手,像是要握住凯胡斯的手腕或手掌,一发觉凯胡斯朝后退缩,马上停了下来。

"但为什么呢,我的儿子?为什么要问我这些你已经知道的事?"

她扶着摇摇欲坠的残墙,弯腰越过漆木枝叶张望。

有什么东西在搅动圣城上空的大片乌云,也许是高空的气流,也许是别的东西。云层边缘可见金色的日冕,阳光洒遍圣战军营地上方的山坡,照亮了古代安摩图君王的废弃陵墓。即便在阳光之中,巫师那耀眼得可怕的身形仍在闪烁。他的眼睛变成了熊熊燃烧的圆珠,他的嘴唇翕动时有白光闪耀。

在艾斯梅娜看来,阿凯梅安不再是阿凯梅安,他完全不同了,如神祇般不可战胜。许多光球环绕着他,每一个都被盾形光盘等分为二。明亮的光线在他周围的山坡上结织成网,闪动的几何线条切割一切,唯有最厚实的肉体和最坚硬的钢铁能稍微抵抗。真知魔法的抽象巫术。远古北方的战争咒语。

他的声音——不管听起来多么不属于这个世界,终究是他的声音——变成了咏唱般的低语,从所有方向同时倾泻下来,令她的指尖触到石头都感到刺痛。虽然心头不断涌起恐惧和困惑,但她知道自己终

终卷　最后的进军

于看到了他的真面目:那个心头的希望永远被古老的阴影所折磨、让他们的爱情沦入黑暗的男人。

那个天命派学士。

她看到纳述尔人一片混乱。齐德鲁希骑兵的阵形崩溃了,正朝远方逃散,然而真知巫术的光线仍在追击他们,狂乱的示警声在空中回响。

她并不蠢,她知道纳述尔军中肯定有丘莱尔,他们迟早会从混乱中恢复过来,派出弩手部队或采取其他应对措施。但到底要花多久?他到底能活多久?

她突然发现,自己是在等着看他死去。唯一一个真正爱过她的男人。

不知从何而来的金色火焰扫过他身边,将隔绝术外的土地烧成玻璃,紧接着一道晴空霹雳,闪电猛烈地打中隔绝术发光的弧面。她瘫坐在残墙里侧,过了好一会儿才努力找到一个支撑点,爬起来朝西边望去。

看到帝国步兵时,她的心抽紧了——帝国军正在远处集结。她还看到了他们:土丘顶上,离地一棵树的高度有四个黑袍巫师,身体周围包裹着幻影般的石墙。他们吟唱着,召唤出巨龙、闪电、熔岩和太阳,强大的冲击力两次将她掀倒在地。

但那个天命派学士将他们一个个从天上拉下来,每道灼人的光束都不曾落空。

因达拉-基沙乌里的圣水在堆积着残骸的地面上肆意泼洒,从灵魂的缝隙中喷涌而出。几十名赤塔学士有的过于专注前方的争斗,有的被突袭吓得失魂落魄,还没来得及吟唱出新的环绕隔绝术,就在滚烫

的光线中尖叫出声。

一支支巫师分队被泛滥的闪光吞没。纳瑟巴。因鲁米……

死亡盘旋降临。

有的西斯林被丘莱尔击中——无声的闪光一瞬即逝,犹如薄纱落入烈焰——但赤塔学士也在遭受同样的打击,因为塞斯吉弓箭手同样在浓烟笼罩的废墟中穿梭。几个心跳之间,赤塔的环形阵形已被彻底击破,组织严谨的战争变成巫术的混战,每个学士都只能和身边那些不知所措的护卫们一起为生存——也为杀戮——而战。他们的叫喊被他们毁灭时的轰响所掩盖,成群结队的西斯林冲到他们中间,躲在破碎的墙壁后,或是站在瓦砾堆上,仿佛蓝色灯塔。水魂术从砖墙里涌出,在墙上留下沙尘与砾石横飞的千疮百孔,砖块像灰泥粉末一样簌簌落下。只需一个简单的龙头术,赤塔巫师就能消灭许多第二层和第三层的西斯林,但尽管他们反复捶打第一层的西斯林——无论是单独的还是几人结群的——却仍落得跪倒在地,绝望地尖叫着施展一个接一个隔绝术的下场。

赤塔知道九尊者的存在,那是背负最多水魂的第一层西斯林,但没人了解其真正力量。现在攻击他们的正是那些最伟大的水魂术尊者:西奥提、因科罗特、哈布哈拉、范法罗塔、萨特曼德里……他们无法应对。

与因科罗特交手后不过片刻,萨罗内瑟就只能吟唱隔绝术了。刺目的光在他周身撞击,冲击力强大到仿佛世界的支柱都在碎裂。他的贾维莱持盾卫士在他身边哀号,挣扎着想要站直,接着幽灵般的石墙破碎了,薄纱一样被纷纷撕开,萨罗内瑟的吟唱也到了尽头,一切都变成明亮的痛苦。

以利亚萨拉斯离西斯林从天而降发动突袭的位置很近,但在面对范法罗塔与教首西奥提的联手进攻时,他除了接连不断施放隔绝术之外也束手无策。教首悬在他正前方那排半窗前,颈上弯曲的蛇头注视

终卷　最后的进军

着周围废墟,周身白光昭示出无法想象的力量;范法罗塔则以一栋被摧毁的礼拜堂为掩护,站在齐腰高的残墙,后从右侧不断攻击。巫咒。运用巫咒! 大宗师运用了所有能耐与智巧来加强有声与无声的咒术,防御咒语之外的世界都在震耳欲聋的光线中爆炸摇晃。他不停地吟唱,苦苦支撑越来越窄的安全区域。

他没有闲暇去感受绝望。

忽然,压力奇迹般地缓解了,除了一簇簇巫术的火焰,整个世界如此黑暗。在光线的嘶嘶声与石块的碎裂声之间,以利亚萨拉斯听到一声孤寂而粗犷的号角回响在废墟之上。所有人——无论西斯林还是赤塔学士——都眨着眼睛,迷惑地张望着。以利亚萨拉斯看到了他们,一片昏暗中,恶魔般的红色在破碎的土地上排作长长一列:森耶里人。他们的黑甲被鲜血浸透,玉米色的胡须被四围大火带来的热风搅得四下翻飞。他看到胡尔瓦嘉王子的红色战旗上绣着黑色的圆环徽记。

长牙之民来解救他们了。

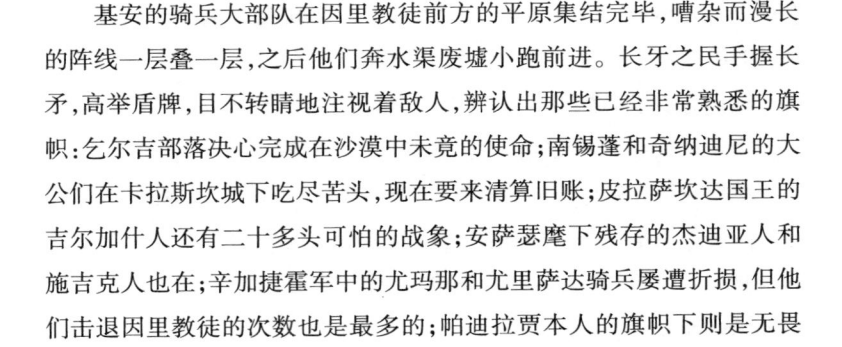

基安的骑兵大部队在因里教徒前方的平原集结完毕,嘈杂而漫长的阵线一层叠一层,之后他们奔水渠废墟小跑前进。长牙之民手握长矛,高举盾牌,目不转睛地注视着敌人,辨认出那些已经非常熟悉的旗帜:乞尔吉部落决心完成在沙漠中未竟的使命;南锡蓬和奇纳迪尼的大公们在卡拉斯坎城下吃尽苦头,现在要来清算旧账;皮拉萨坎达国王的吉尔加什人还有二十多头可怕的战象;安萨瑟麾下残存的杰迪亚人和施吉克人也在;辛加捷霍军中的尤玛那和尤里萨达骑兵屡遭折损,但他们击退因里教徒的次数也是最多的;帕迪拉贾本人的旗帜下则是无畏的夸约里重骑兵,从云层缝隙中落下的阳光照得他们的锁甲圆环金光闪闪。

这些是一个骄傲而勇猛的民族留下的全部力量。现在终于到了清算的时刻。

在因里教徒的左边,浓烟像水中的薄纱一样飘荡在城市正中心,遮挡了元初神庙与升天高地。无数光线在浓烟中闪烁跳动,偶尔会有无比明亮的闪光穿透黑烟。爆炸声和轰鸣声接连不断,比异教徒永不止息的战鼓更令人心寒。

梳辫子的拿格人首先唱起战士先知超凡脱俗的圣歌,然后是努曼奈人。很快,整个因里教的阵线都响起了士兵们低沉的歌声。他们唱道:

> 我们是悠悠岁月的子嗣,
> 我们是古老信仰的传人,
> 明天,荣耀将会觉醒,
> 真神的愤怒就要降临……

急促的铜钹催促基安人加快速度,一排又一排骑兵在田野与草场上留下密密麻麻的黑色足印。突然间,他们不约而同地发起冲锋。诸位帕夏冲在最前,高举弯刀大喊着,他们的大公及勇悍的亲族作出了回应,很快,所有人都发出愤怒与痛苦的嚎叫。

他们忍受了那么多不公,有那么多同伴白白死去。

大地从他们脚下飞速掠过。不够快。还不够快。

费恩教徒在敬畏与仇恨中哭泣,仿佛独一神可以听到他们……

斯基鲁兰水渠在他们面前展开,从城市向远处的地平线画出一条完美直线。大部分渠道保留着完整的结构,一道道拱顶彼此堆叠,有些区域则已完全坍塌。

因里教徒的阵列挤在水渠拱柱的废墟之间,将建筑地基作为掩体,林立的盾牌与杀气腾腾的士兵组成了坚实的壁垒。敌我双方的距离迅

终卷　最后的进军

速缩短。时间流逝的速度快得难以想象。仿佛只过了一个心跳的时间,歌声与口齿不清的叫嚣就混成一片……

明天,荣耀将归于我们!

整个世界炸裂开来。

长枪断裂。盾牌破碎。有些受惊的战马直立起来,但其余坐骑仍在向前猛冲。士兵们不断突刺着,挥舞着兵器。歌声与哭喊此起彼伏,惨叫直冲云霄。因里教弓箭手站在水渠的制高点上,不停洒下毁灭的箭雨,水渠上还有人举起砖块与石头往下方海潮一样的人群砸去。有些异教徒冲到了水渠另一边,早已等待在那里的泰丹骑士与艾诺恩骑士立即向他们冲锋,整条阵线到处都在展开血腥的肉搏战。

✦

"就连杜尼安僧侣,"莫恩古斯说,"身上也残存着这样那样的弱点。包括我,甚至包括你,我的儿子。"

言下之意非常明白:你经历的考验让你崩溃了。

乌米亚齐巨树之下真的发生了这样的事吗?凯胡斯仍然记得自己从西尔维的尸身上站起来,记得几双手把白色亚麻长袍披在他身上,记得穿透茂密树荫的阳光。本该死去的自己行走着,望向数以千计的长牙之民,听到他们的叫喊,那喊声中包含着震惊、解脱、狂喜——以及敬畏……

"事情不单单只是你说的那些层面,父亲。你是西斯林,你一定知道。"

他还记得那个声音。

你看到了什么?

虽然没有眼睛,父亲还是露出审视的表情。"你提及你看到的幻象,还有来自虚空的声音。但告诉我,你的证据何在?是什么让你确定自己有别于那些疯子?"

告诉我。

确定?他怎能确定?真相在惩罚他,灵魂在拒绝他。他在那么多人眼中看到了那么多次……但又如何能够确定?

"在蒙格达平原上,"他说,"那些沙里亚骑士……我所预言的一切成为了现实。"对世人来说这些话听上去可能太过苍白,既无法引起关注,也没有说服力。但对杜尼安僧侣而言……

让他以为我动摇了。

"因缘际会的巧合,"莫恩古斯回答,"仅此而已。前事仍然决定着后事,这是最基本的准则,否则你如何能成就你至今所成就的一切?你如何能做到?"

他是对的。预言不可能成真。如果后事决定着前事,他如何能掌握这么多人的灵魂?千回之念如何能统治三海诸国?前事与后事的准则必须正确,只有这样他才能获得力量……

父亲一定是对的。

但他心中为何怀着如此强烈的确信、如此不可动摇的信心,认定父亲是错的?

我真的疯了吗?

"杜尼安修会认为,"莫恩古斯续道,"世界是封闭的,俗世的一切即是所有,这是他们最大的错误所在。世界是开放的,我们的灵魂存在于现实与外域的交点。但是凯胡斯,外域的东西不过是现实世界片面而扭曲的投影。我用了将近你整个生命的时间来研究,但不曾发现任何有违基本准则的东西。

"人类看不到这些,是因为先天的缺陷。他们只愿接受那些能证明他们的恐惧或欲望的东西,对与此相反的则视而不见或不予采信。他

终卷 最后的进军

们屈从于各种主张,正如祭司会为种种巧合欢呼雀跃,对余下平凡的一切保持缄默。我一直在观察,我的儿子,我观察世界这么多年来,它从未有过任何偏袒,它对人类的情绪全然漠不关心。

"真神在沉睡……从世界之初就是如此,只有通过对完满的追求才能唤醒他。意义。目的。这些词代表的不是给予我们的东西……不,它们代表的是我们的使命。"

凯胡斯站在那里一动不动。

"抛下你的自信,"莫恩古斯道,"因为对自我的确凿感并不意味着真实,就像所谓的自由意志并不代表自由一样。被欺骗的人类总是自我确信,就像他们总认为自己是自由的——但这种感觉只能意味着他们被欺骗了。"

凯胡斯望向自己手边的光晕,它们是光,却不会发出光芒,也不会投下阴影……这光是虚幻的。

"我们——我的儿子,我们没有犯错的余地。虚空……虚空曾降临这个世界。几千年前它从天而降,之后又有两次从坠落的灰烬中重生。天命派将第一次称为'库诺—虚族战争',第二次则是'第一次末世之劫'。现在它要第三次重生了。"

"是的,"凯胡斯低声说,"它也跟我说话了。"

我是谁?

"非神?"莫恩古斯问。他短暂地停顿了一下。如果父亲有眼睛的话,凯胡斯肯定自己会看到目光的焦点在不断移动,透露出其后隐含的意识活动。"那么你是真的疯了。"

到处都是叫喊,伴随着夺目耀眼的阳光。

"皇帝陛下!人中之神!"

他的士兵……他光荣的军团士兵赶来拯救他了。

"他死了！不！不！不！！"

"瑟金斯在上，我们的祈祷应验了！"

"你在蛊惑军心！我要把你——"

"什么？你觉得我更在乎皮肉而不是灵——"

"他是对的！我们都知道！我们都这样想过——"

"那么你们都犯了叛国罪！"

"真的吗？那这个疯子呢？什么样的傻瓜会用自己的灵魂去交换纸上的荣誉——"

"没错！我宁可被吊死，也不给费恩猪猡卖命！怎么着？难道要我冒着生命危险为自己争取诅咒？"

"他说得对！他说——"

"看啊！"他头顶正上方有个声音喊道，"他还在动！"

有那么一段时间，孔法斯只听到耳边的嗡鸣，之后一双双手扶住他，把他从马鞍上拽了下来。他的脚跟软绵绵地在地上扭来扭去，脑海中唯一的念头是握紧丘莱尔。怎么回事？发生了什么？

他将双手举到脸前瞥了一眼，看到沾满滑腻血污的饰物。他不由得尖叫起来，像是突然发现自己的末日已临。他的心脏像一只麻雀一样在胸口撞击。

我死了！我被杀死了！

然后他想起了一切，他开始挣扎，挥开别人伸出的手。

杜萨斯·阿凯梅安。

"杀了他！"他高呼着，努力挺直身子。

官兵们围在他身边，张口瞠目地望着他，既害怕又惊奇。塞尔莱军团。孔法斯抓住一个人的斗篷，用它擦去脸和脖子上的血。希默克提的血——那个蠢货！无能、脆弱的蠢货！

"杀了他！"

终卷　最后的进军

但没几个士兵敢迎上他的目光,其他人都朝他身后看去,望向对面。他注意到人们脚下的影子在奇怪地舞动。待耳边的嗡鸣渐渐退却,孔法斯听到了那些声音——那些不属于这个世界的歌声。他转过身,目睹萨伊克学士们在空中行走,朝起伏不定的草场对面播撒巫术。他亲眼看见一个黑袍巫师倒下,那人的隔绝术被一道道笔挺的光束撕得粉碎,整个人燃烧着坠落在地。

其他人也不是天命派巫师的对手,四名类比法术的学士不足以与真知法术抗衡。孔法斯不禁诅咒自己将皇家萨伊克分配给各军团的决定。他料到赤塔会与西斯林死磕,所以……所以……

这不可能……不可能发生在我身上!

"丘莱尔,"他麻木地问,"我的弓手在哪里?"

没人回答。这是自然,所有人都陷入了混乱。天命派的邪术让他的计划化为泡影,连皇帝的战旗都被烈火吞没殆尽。神圣的战旗被摧毁了!他回头扫视周围的农田和草场。齐德鲁希骑兵正向南边逃窜——逃窜!他的其他三个步兵军团也停下脚步,最远那个方阵——纳述雷特军团——似乎正打算撤退。

他们以为他死了。

他大笑着,在周围的士兵中挤出一条路,朝远处的帝国大军张开沾满血污的双臂。看到出现在远方山丘顶上的白袍骑兵时,他略略犹豫了一下,但只有一个心跳的时间。

"你们的皇帝还活着!"他高喊,"基育斯河的雄狮还活着!"

———✥———

烈焰,金色火舌互相纠缠,向天空喷吐出浓烟的飞羽。

森耶里人没有发出明显的信号就向前推进了,数百名步兵分散开来,钻进沟渠,爬过满是碎石的土坡,跳过残墙上的窗口。他们没有发出战吼,而是如狼群一般默默前行。

西斯林重新集合起来,一束束光线扫过支离破碎的战场,落在朝他们迅速逼近的诺斯莱战士中间。尖厉的惨叫。沸腾的光束下扭动的阴影。大宗师完全看呆了,只见一个须发都被点燃的蛮族战士跌跌撞撞地在坍塌的墙壁之间奔跑,手中仍然高举着圆环战旗。

翻涌的巫术毫无预兆地又一次袭向以利亚萨拉斯,原始的能量划出弧线,撕扯着他的隔绝术。他大声唱出巫术之歌,努力维持隔绝术,但他很清楚自己力量不足。敌人为何如此强大?

就在这时,恐怖的光束一分为二,再分为四。以利亚萨拉斯喘息着,看到了魁梧的亚格罗塔,浑身沾满煤烟与污血的他扼住范法罗塔的喉咙,将其举到半空。西斯林颈间的蛇扭动着,森耶里巨人挥起握紧丘莱尔的拳头,将巫师那张刮得干干净净的脸砸得血肉模糊。以利亚萨拉斯飞速转身,在聚集的黑暗中寻找其他威胁,他看到西奥提为躲避飞速靠近的黑影朝后方飘去,飘向升天高地脚下熊熊燃烧的火场;他还看到残存的其他兄弟学士们的分队——剩下的那么少!于是又一次鼓起狂热的斗志。

"战斗!"他用巫术的声音高喊,"战斗,学士们,起来战斗!"

他身边只剩下一个瑟缩在他脚边的持盾卫士,其余卫士下落不明。赤塔大宗师诅咒着那个蠢货,重新踏上浓烟滚滚的天空。

战斗陷入白热化。

被异教徒射中的士兵们从水渠高处跌下,砸向地面混战的人群。长剑与弯刀起起落落,热血洒入乌黑的天空。骑兵们的盾牌支在发狂战马的脖颈上。有人震惊地用铁手套按住致命的伤口,有人愤怒地乱砍乱劈,有人哭着拖回已无生气的领主尸体。

终卷　最后的进军

费恩教徒终于不支退却，将蜷曲着横七竖八倒在地上的同胞们留在身后，如同海浪被防波堤挡住了一般。斯基鲁兰水渠下的因里教众大声欢呼，一个努曼奈人往前冲了好几步，挥舞着长剑高喊："等等！你们把血忘在这里了！"

千百人放声大笑。

死尸从阵地上被清理出去，信使在阵线后奔走。过去的七个季节，长牙之民生息在战场上，这些例行公事的程序已然融进他们的骨与血。更多因里教众爬上水渠高处，那儿仿佛已变成他们的城墙。然而看到无数费恩教徒在战场对面重整阵形，他们不由得屏住了呼吸。

号角齐鸣。不知在哪里，也不知是谁，又唱起了圣歌：

明天，荣耀将会觉醒，
真神的愤怒就要降临。

弓箭射程外，费恩教徒又一次集结在鲜艳的旗帜下。在这短暂的间隙，只剩南边还有战斗，安萨瑟帕夏率领手下那些与偶像崇拜者同样久经沙场的老兵，登上山坡上的草场，进攻艾泽拉亚神龛。虽然人数处于绝对劣势，高提安大人和他的沙里亚骑士仍然凭借地势向下发起反冲锋。"这是，"战士僧侣们高喊，"真神的意志！"他们与异教徒展开肉搏。看到安萨瑟的队伍节节败退，水渠上的长牙之民齐声欢呼。

战鼓的节奏放缓了。随着一阵铜钹声，异教徒大军又开始缓步推进。因里教众的第一拨箭矢飞上天空，那是阿格蒙人的紫杉强弓射出的，其他地区的弓箭手很快也开始齐射，虽然他们的箭雨对那缓缓推进的潮水而言杯水车薪。

虽然军队规模过大无法做到整齐划一，但费恩教众大致都在距水渠仅一百步的地方停了下来。费恩教的交错弯刀徽记无处不在：飘扬的旗帜上，步兵手中的圆盾上，骑兵身穿的盔甲上。骑兵们的战马覆有精钢打造的环甲,跺着蹄子喷出鼻息,但骑兵们在头盔下的表情却无比肃杀。长牙之民看得呆了,歌声渐渐低落下去,连弓手们也放下了弓。

费恩与瑟金斯的子嗣们互相对视,中间隔着无数死尸与狭窄的空地。

阳光洒在战场上,被满是血污的金属盔甲反射。长牙之民眨眼望向异教徒,秃鹫在空中盘旋。

吉尔加什人的战象发出嘶鸣,无论异教徒还是偶像崇拜者的战线都紧张地骚动起来。

水渠顶上的士兵高声警告:在那些停下脚步的异教徒身后,敌人的骑兵正在调整阵形。随后所有人都发现了缓缓接近的夸约里重骑兵,帕迪拉贾本人的旗帜在阵列之中前行——鬃毛雄伟的银色沙漠之虎,被绣在黑丝三角旗上。前方队列分开来,身着金色锁甲的法纳亚催动黑马,来到两军之间的空地。

"你们好好看着,"他朝震惊不已的围观者高喊,用的是谢伊克语,"看看谁才是神的声音!"

他的声音年轻高亢,却也是进攻的信号。他身边的数千骑兵立即端起长枪,怒吼着催动战马。

因里教士兵似乎被惊呆了,迟迟没有做出反应,阳光的热量让他们有些昏昏沉沉。

法纳亚带领飞驰的夸约里骑兵,楔子般扎进杰斯达人及其他加里奥斯部队——这些都是选择脱离卡拉斯坎的梭本国王、继续向圣城进军的加里奥斯人——的阵形之中。安菲里格伯爵向刺有蓝色文身的同胞们大声发号施令,但攻击来得太突然,长牙之民陷入了混乱。前排战线被冲垮,异教徒骑兵在他们当中横冲直撞,帕迪拉贾本人一路杀到拱桥的阴影下,他手下的弓箭手在集中射击水渠高处。

异教徒中间又爆发出一阵欢呼,原来辛加捷霍冲破了最北端艾诺恩人的防线,只是被索特尔总督及其麾下无情的基什雅提骑士拼死勉

终卷　最后的进军

强拖住。听到帕迪拉贾的鼓励,夸约里骑兵的怒火燃烧得更加炽烈了,他们突破了水渠地带,来到另一边的阳光之下,忽然间就在开阔的草地上疾驰起来,砍倒连滚带爬的敌人。南锡蓬和齐安纳迪尼那些光辉耀眼的大公们紧跟其后。

但瑟一泰丹的男爵与骑士们作为预备队正严阵以待,他们用一波接一波的反冲锋迎接突破阵地的异教徒。长枪击碎盔甲,将骑手从马鞍上掀下,战马的脖子和蹄子纠缠交错,长剑与弯刀交击。戈泰克伯爵亲吻过脖子上的黄金长牙后,直扑帕迪拉贾的战旗。他的亲随击杀了数十名夸约里骑兵,掩护他一路向前。被士兵们亲切地称为"老锤头"的伯爵击倒了沿途每一名敢于阻挡他的敌人,最终却倒在金甲的法纳亚脚下。

据见证这一幕的人事后回忆,两人的交手并未持续太久,伯爵久负盛名的钉头锤无法抵御帕迪拉贾迅捷的长剑。转瞬之间,霍加·戈泰克,这位满面红光的阿甘萨诺伯爵、泰丹远征军的首领便滚落马鞍。

死亡盘旋降临。

巫术之光并未照亮太多东西,它如此苍白,几乎无法区分奇族的石雕与父亲的面孔及四肢。

"告诉我,父亲……非神是什么?"

莫恩古斯站在他身前,一动不动。"考验摧毁了你。"

凯胡斯知道自己的时间不多了,他不能再让父亲这样分散自己的注意力。"如果它已被消灭,如果它已不复存在,为什么还能给我那样的梦境?"

"你将心中的疯狂与外在的黑暗混淆了——就像俗世中人一样。"

"那些换皮密探——它们告诉了你什么?非神是什么?"

莫恩古斯似乎在透过他脸上血肉筑就的壁垒审视他。"它们并不知道。世上也没有谁真正了解它们所崇拜的东西。"

"你想到了怎样的可能性？"

父亲不愿就此放过他。"来自你生前的、前度的黑暗，凯胡斯——它支配了你。你是超越条件的杜尼安僧侣，你肯定已经——"他突然停下，没有眼睛的脸转向一旁，"你还带来了其他人……是谁？"

凯胡斯也听到了声音，在黑暗中向这里的光亮与话音悄悄靠近。三个家伙。他从心跳中分辨出了塞尔文迪人……但和他一起的是谁？

"我是被选中的人，父亲，我是末日的使者。"

寂静中只有呼吸的气流，砂石在手掌与脚跟下发出摩擦声。

"那些声音，"莫恩古斯用慎重的口气缓缓道，"他们是怎么说我的？"

凯胡斯认为，父亲终于发觉了这场对峙的根本问题。莫恩古斯一直以为儿子是需要指引的那个人，但他根本没预料到，千回之念在他的灵魂中度过孵化期之后，业已将他抛弃——他不仅没预料到这样的可能性，更不知道这是无从避免的。

"他们警告我，"凯胡斯说，"说你仍是个杜尼安僧侣。"

一个被俘的换皮密探抽搐着，在锁链中挣扎，朝下方的深渊呕吐出一连串污秽。

"我明白了，这就是我必须死的原因？"

凯胡斯望向手边的光晕。"你所犯下的罪行，父亲……你的罪孽……当你得知诅咒等待着你时，当你确信这一点时，你与虚族之间就没有区别了。身为杜尼安僧侣，你一定会尝试操控你的罪行带来的后果，于是和非神会一样，你将把神圣的事物变为暴虐的统治……你将和他们一起战斗。"

凯胡斯的意识回到了自己身上，延伸开灵魂的深层，以感受父亲那近乎赤裸的身体的每个细节，评判并鉴定肢体的力量、反应的速度。

终卷　最后的进军

必须迅速行动。

"为了把这个世界向外域封闭，"苍白的嘴唇开合着，"通过灭绝人类来将其封闭……"

"就如将伊述亚封闭在荒原之中。"凯胡斯说。

对杜尼安僧侣来说这是不言自明的道理：被应允者理应保护起来，与那些蛮横顽劣的生灵隔绝。

之前，在可能性的迷宫——千回之念——中徘徊时，凯胡斯已多次想到这种可能：战士先知遇害，安那苏里博·莫恩古斯取代他的位置。与末世之劫的抗争演变成阴谋。向戈尔格特拉斯发动的讨伐化作闹剧。预料之中的灾难接连降临。一个个国家被奉献给贪虐的斯兰克。三海诸国化为焦土与废墟。

而被关在沉默大门外的诸神只能像狼一般狂吠。

也许父亲尚未领会这一切，也许他看不到儿子到来后的未来，又或这一切——对他陷入疯狂的指责，对他出乎意料的转变的关注——不过是父亲的诡计。不管怎样，都无关紧要了。

"你仍是个杜尼安僧侣，父亲。"

"你也——"

那张没有眼睛、深不可测、无法读出任何东西的脸突然抽搐起来，微微露出痛苦。凯胡斯将匕首从父亲的胸口拔出，往后退了几步。他看着父亲用手指摸索伤口，肋骨下的穿孔血如泉涌。

"我不止如此。"战士先知道。

------✧------

他身边是广阔的冒烟焦土。

阿凯梅安转了个半圆，看到最后一批逃窜的齐德鲁希骑兵，以及因里教徒那一直延伸到平原尽头的拥挤营帐，还有仍然处于乌云笼罩下、流血般冒出黑烟的希摩。他回头望向山丘顶都,四名阵亡的萨伊克学士中的两名还在燃烧。他知道,帝国大军正爬上山丘另一边,无数旌旗随时可能飘扬在草场与花海之上。

他回忆起天命派的训练课程……

躲到高地下面。

他必须奔跑,跑到能看清丘莱尔弓手的地方,借助地形掩护。但他怀疑这样做是否必要。他之所以能活到现在,完全出于攻敌不备。但这种情况不会持续太久,只要孔法斯还活着就不可能。

我死定了。

随后他想起艾斯梅娜。他怎能忘记她?他望向废弃的陵墓,发现它居然这么近,不禁吓了一跳。然后他看到了她,那张娇小的、有几分男孩子气的脸,正在围绕陵墓地基的漆木丛的阴影里向外张望。他知道,她目睹了一切……

不知为什么,他感到一丝羞愧。

"艾斯梅,不!"他喊道,但太晚了。她跳出陵墓,穿过黑褐色交织的土地,朝他奔来。

然后是一瞬即逝的光,在眼角余光中闪现。他觉察到深深的巫术印记,几欲作呕。

他抬起头……

"不——!"他吼道,声音像是玻璃猛然碎裂。

修长的双翼,外覆黑色鳞片的熔岩状肢体,弯刀般的利爪,无数眼睛环绕的巨口……

一只从外域的地狱深渊中召来的西弗朗,一头浑身燃烧着硫黄的魔神。

强风卷过她的长裙,让她跪倒在地。艾斯梅娜也抬头望向空中……

恶魔从天而降。

终卷　最后的进军

伊奥库斯……

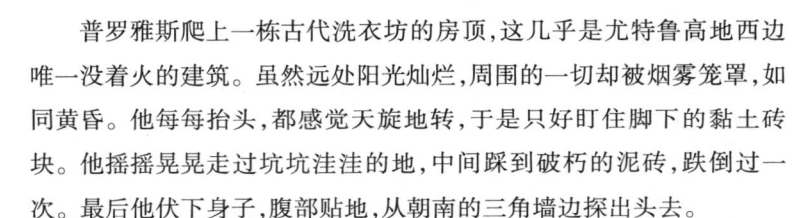

普罗雅斯爬上一栋古代洗衣坊的房顶，这几乎是尤特鲁高地西边唯一没着火的建筑。虽然远处阳光灿烂，周围的一切却被烟雾笼罩，如同黄昏。他每每抬头，都感觉天旋地转，于是只好盯住脚下的黏土砖块。他摇摇晃晃走过坑坑洼洼的地，中间踩到破朽的泥砖，跌倒过一次。最后他伏下身子，腹部贴地，从朝南的三角墙边探出头去。

他凝望着脚下的希摩。

天空中的蒸汽与烟雾勾勒出城市街道的所在，让他更容易分辨出浮在空中的巫师与他们彼此交战的光线之远近。他们脚下的一切都化作焦黑的废墟和闷烧的火场，依旧矗立的墙壁也如羊皮纸般被撕得千疮百孔。房屋的地基七零八落，受伤的人呼喊着，挥舞苍白的手。尸体如木炭堆积。

但所有这些都没触碰到高地顶上的元初神庙，它安详地注视着脚下的一切。

一声惊天动地的爆裂，差点让普罗雅斯从墙上跌下。他趴在墙头，喘不过气，不住眨着被晃得看不清东西的双眼。

两名红袍学士就在他的正下方，年迈衰老的那个藏在一座已被摧毁的神庙那些断了头的廊柱间，另一个肥胖的中年学士努力在碎石顶上保持平衡。他们的隔绝术还在闪烁，像是月光下的白银，或黑暗街巷中的钢铁。他们的唇间也依然有光芒，这说明他们仍在吟唱，不时召唤出飞掠的火焰与震雷。霎时间，大约五十步外的地面爆裂开来，仿若被松树大的木棍猛烈捶打，冒着黑烟的石块雨点般落下。

但出乎他意料的是，一个穿藏红色法衣的人影从废墟中飞了出来。来人的前额上涌出的炽烈蓝光重重地扫过地面，扫开那些石柱，将它们像木棍一样折断,最后穿过了年迈的赤塔学士的隔绝术。咒语碰撞时发出炫目的光线,普罗雅斯不得不抬前臂挡住眼睛。

西斯林腾空而起,飘至与普罗雅斯等同的高度,四下盘旋,继续用一团团水珠般的蓝色能量攻击年迈的巫师。黑色云层在那个西斯林的身后汇聚,不时放射出一道道闪电,发出玻璃破裂的声音,但那人丝毫没有理会,坚定地攻击着下方的赤塔学士。空气在共振中嗡鸣,仿佛一场势不可挡的山崩正在发生。在这样的喧闹中,人的尖叫声就像幼鼠的哀号一般细不可闻。

雷声渐渐低沉,闪光消失了。飘浮在空中的人影停下手,将脸和颈中的蛇群转向另一名仍在疯狂吟唱的学士。他的法衣在风中舞动,盘在脖子上的毒蛇如铁钩一样朝四周伸出。

普罗雅斯无需探头就知道老巫师已死,或者说很快就会死。他在山墙上站起身,不顾掠过的狂风来到墙壁边缘。化为废墟的街道和亵渎神明的火焰从他脚下蔓延向远方。

"诸神之神!"他甩掉手套,将丘莱尔从颈间的项链上扯下,对着燃烧的烈风呼喊。

"在我们中行走……"他弯起用剑的手臂,站稳脚跟。

"您的名字数不胜数……"他投出自己的神之泪,那是七岁生日时母亲送他的礼物。

它仿佛消失在远方铁灰色的地平线上……

然后是一道闪光,光芒外环绕着黑珍珠,那个穿藏红法衣的人影直直地坠落下去,像是一面湿透的旗帜。

普罗雅斯跪在屋顶边缘,朝下望去。他的圣城向他张开臂膀,但不知为什么,他哭了起来。

终卷　最后的进军

瑟—泰丹的男爵与骑士们发起一次又一次反冲锋，却始终堵不住缺口，很快他们自己也被嗥叫着的沙漠骑兵包围了，不得不承受四面八方的攻击。穿丝绸长袍的基安人如永不停息的水流自水渠拱顶下涌出，直奔因里教徒的营地。另有数以百计的基安人沿摇摇欲坠的支柱爬到水渠顶上，与那里的弓箭手们展开搏杀，他们那些骑马射箭的同胞则在下面提供支援。更有些人沿石头水渠伸展的方向发动冲锋，令达蒙加尔伯爵和他那些顽强的夸维斯人无法从侧面封堵缺口。甚至有些骑兵催动战马长驱直入，追逐营地边缘惊呆的围观群众。

拿格人阵中爆发出一阵高喊，他们的长矛击倒了皮拉斯坎达国王，国王手下的吉尔加什人在混乱中向后逃窜。战象在撤退过程中陷入恐慌，开始践踏自己人。辛加捷霍被索特尔及其基什雅提人击退后，在仓皇的退却中又教摩瑟罗苏人包围了。乌兰扬卡总督取下他项上人头，高举着在艾诺恩人的阵列前奔驰，接受他们的齐声欢呼。

然而法纳亚·阿布·卡萨曼德给因里教徒带来了绵绵不绝的厄运，他带领身边盔甲鲜亮的大公们远远切入到偶像崇拜者的阵线后方。在南北两端，基安军队布满了沙尔瑞佐平原，在摆脱冲上来堵截的骑士之后，他们扭头冲回东方，涌向古老的水渠。达蒙加尔伯爵被拱顶上扔下的石头砸中身亡，伊恩加尔伯爵及其亲随与他手下的拿格人之间被隔开了。伯爵怒吼着发下毒誓，眼看身边的亲随被敌人的洪流吞没。一位蒙格里亚大公一箭射穿了他的喉咙，让他永远沉默下来。

死亡盘旋降临。

费恩教众砍倒一个又一个因里教入侵者，肆意宣泄怒火与愤慨。他们泪流满面，高声赞美费恩与独一神的荣光，却不免惊讶于长牙之民仍未放弃。

思考——思考——必须思考！

他用一个奥丹尼冲击术将她从怪物撞击地面的位置远远推开，送回废弃的陵墓。

它像沉重的铅块砸上地面，浑如被抛甩出的扭曲铁锚。然而它的四肢行动极为灵活，仿佛飘浮在看不到的真空之中。它转身面对他，弓起脊背，流着口水。

"那个声音……"它呼哧呼哧地说，踏出恐怖的一步，触及的一切生命都化为褐色的灰尘。

"彼说，只有以眼还眼……"

一波波热浪翻涌而出，吸干了周边的水分，仿如骨头化作灰烬。

"方能结束痛苦……"

阿凯梅安知道这不是普通恶魔。它的印记是那么明亮，汇聚成一个点，仿佛要将世界这张羊皮纸熏黑、卷起、点燃。这是恶魔术的最高成就……

伊奥库斯释放了什么东西？

"艾斯梅！"他喊道，"逃吧！拜托了！我求求你！快逃吧！"

那东西朝他跃来。

阿凯梅安开始吟唱最为深奥的瑟罗伊降临术，令人目眩的几何形在他面前和周围的空气中交织，光线翻滚，恶魔的狂笑与尖叫混杂在一起。

父亲蹒跚着靠在镶进墙壁的嵌板上，脖子上的几条蛇垂下了头，黑色蛇身闪烁着。它们盘在他颈间，仿佛要扼死人一样。

凯胡斯后退一步，眼睛紧盯在一臂之外指甲大小的一个点上。一

终卷　最后的进军

变成了多。灵魂化作地点。

是的，这里。

万物的骨髓在呼喊。

他开始用三个声音同时吟唱：一个向这个世界发出声音，另外两段无声的咒文则直接连通大地。古老的传声咒发生了变化，变成远比已知咒术更强大的……传送咒。

破碎的蓝色光束在他外围的空气中组成各种形状，将他包裹于闪亮的耀光之中。在飞舞的光线之间，他看到父亲努力起身，颈间蛇群转向走廊。安那苏里博·莫恩古斯……在儿子的光芒中是那样苍白！

现实在他的声音中缩小了。空间破裂了。此处与彼处连接在一起。在父亲身后，他看到了西尔维，她的金色长发束了起来，绾成武士的发型。他看到她从黑暗中跳将出来……

而他坠向远方。

杜萨斯·阿凯梅安发出毁灭一切的呼喊。光束切割怪物，利刃般的白光画出完美的弧线，熔岩般的污血洒上草地，火热的骨肉碎块如被踢散的煤渣一样散落。

一波波热浪灼烧着艾斯梅娜的脸颊。虽然明知自己承受不了将要看到的一切，但她就是没法移开目光。他在光幕之后挺立，身边全是枯萎燃烧的野草，他是那样光耀夺目，又显得那样脆弱恐慌。怪物来到他头顶，这怒吼的梦魇捶打抓挠着他，冲击力令她鼻孔流出鲜血，身边石块纷纷破碎。隔绝术扭曲碎裂，阿凯梅安呐喊着释放出强大的冲击波，打破了恶魔的头，折断了恶魔的角，令恶魔蜘蛛般的眼睛里光芒四溢。

它的攻击变得愈发猛烈，愈发缭乱，仿佛是地狱在试图撕开封闭它的大门。

阿凯梅安摇晃了一下,燃烧着白色火焰的眼睛不停眨动,他声嘶力竭地呼喊起来——

可在一片狂喜的咆哮中,那仿佛只是老鼠的吱吱声。

阿凯梅安倒下了,他的嘴仍动个不停,但巨龙般的爪子捏紧了……

阿凯梅安倒下了。

她喊不出声。

怪物跃向空中,用满是破洞的翅膀拍打空气。

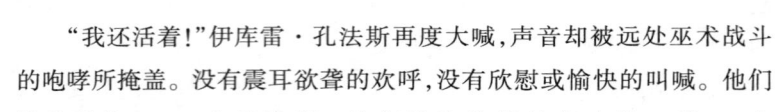

她喊不出声。

"我还活着!"伊库雷·孔法斯再度大喊,声音却被远处巫术战斗的咆哮所掩盖。没有震耳欲聋的欢呼,没有欣慰或愉快的叫喊。他们没看到他——一定是这样! 他们以为他是他们中的一员,一个凡人……

他冲身边目瞪口呆的官兵们大叫大嚷。

"你!"他向一个呆立的塞尔莱军团队长喊道,"去找巴夏塔斯将军,要他立刻来和我会合!"

那人犹豫了一下,只不过是眨眼工夫,却让孔法斯腹中燃起一团冰冷的火。之后那个蠢货滚开了,踩着野草与苜蓿,向远方的军阵奔去。

"你!"孔法斯朝另一个四下乱转的军团步兵打个响指,"去找些骑兵来,越快越好! 让他们传令全军继续前进!"

"还有你——"他的话被风中传来的呐喊声打断。当然了! 他们只是需要一点时间恢复信心与理智。这帮可怜的蠢货……

他们以为我死了。

他狞笑着,转身回望自己的军队——

但他看到的却是之前瞥见的骑兵,好几百骑兵,毫无阻拦地扑向塞

终卷　最后的进军

尔莱军团的侧翼。"天下归心！"飞驰的骑兵呼喊，"天下归心！"

孔法斯好一阵子无法相信自己的眼睛——还有耳朵。虽然他们穿着蓝白相间的卡哈拉，但显然是因里教徒。最前面的骑兵高举圆环旗，金色流苏迎风飘扬，在那后面的，则是……红色雄狮的徽章。

"杀了他们！"孔法斯号叫，"进攻！进攻！进攻！"

仿佛没人听到他的话，什么事都没发生。他的军队仍然愚蠢地在原地转圈，闯入者在他们中间横行无阻。

"天下归心！"

白袍骑士们突然转变方向，朝他扑来。

孔法斯转向身边的部下，不知自己在笑还是在吼。他记起了祖母，那时她仍像传说中那般美艳不可方物。她把他抱在膝上，看着他扭动踢腿的样子哈哈大笑。

"脚踏实地是非常好的！这是皇帝必须学会的第一件事……"

"那第二件事是什么呢？"

清泉一样的笑声。"哈哈……第二件事是你必须不断评判。"

"评判什么，奶奶？"

他记得自己用手指触碰她的脸颊，那么稚嫩的手指……

"评判那些侍奉你的人，我的小神灵。一旦你发现谁已经空空如也……"

十多个望向他的纳述尔步兵中，有两个跪下来大声哭泣，有三个丢弃了佩剑，有五个像疯子一样来回奔跑，还有二人静静地转身走开。他听到身后直冲天宇的吵闹喧哗。

"我打败了塞尔文迪人，"他对唯一保持镇定的士兵说，"你当时也在……"

马蹄践踏草地，凉鞋下的地面阵阵颤抖。

"没有人能做到这样的事。"他说。

"没有人！"跪拜的两人中有一个哭道。那士兵抓住他的手，亲吻

445

玺戒。

因里教徒冲锋的响动如此低沉。战马喷吐鼻息，盔甲互相碰撞，原来，这就是异教徒们听到的声音。

纳述尔皇帝半梦半醒地转身……

他看到梭本国王从马鞍上俯下身，涨红的脸写满杀意，湛蓝色的眼睛中反射出的绝不仅是阳光。

他看到了那柄砍下他头颅的阔剑。

以利亚萨拉斯穿过浓浓的烟柱与高耸的火焰，逼向西斯林的教首。西奥提踩蹿着眼前的地表，带起大片大片的冒烟碎石，将那些朝他冲来的黑甲森耶里人砸成碎片，抛到一旁。

以利亚萨拉斯的嗓子在流血，但他坚持高喊着释放出最强大的类比巫术。他是近古以来最伟大的学派赤塔的大宗师，他是"火歌手"桑皮莱斯和黑衣阿墨雷泽的传人。他要为他亲爱的老师复仇！为他的学派复仇！

"为了萨什卡！"他在吟唱咒术的间隙中大喊。

巨龙的火焰朝下喷吐，一时间教首被金色洪流包裹，但闪闪发光的黄色法袍外泛着泡沫的蓝光又将他保护起来。以利亚萨拉斯一次又一次地重击他，岩浆从他脚下的地面喷薄而出，太阳自天空中落下，燃烧的巨手挥打着蓝色的防护罩……以利亚萨拉斯的吟唱灌注了越来越强大的力量，直到他看到那张没有眼睛的脸开始惨叫。以利亚萨拉斯踩着烟雾悬浮在空中，一边吟唱一边狂笑，复仇让恨意变得充满欢欣与荣耀。

但蓝光也从另一个方向射来，因达拉-基沙乌里的圣水如雨般洒在他的隔绝术上，撼动着它们，最后偏转汇入头顶的云层，消失于闪烁

终卷 最后的进军

的蓝色污迹之中。肉眼看不到的石壁出现了裂缝,一块块虚幻的石头正在剥落……

九尊者中的又一位从废墟中升起,喷吐出让世界破碎的能量……以利亚萨拉斯不得不把注意力放回隔绝术上,吟唱起更深厚的壁垒、更牢固的护盾。他朝西奥提瞥了一眼,瞎眼巫师已重新回到天空中,闪光的洪流从他瞎盲的双目之间某个不可知的点内涌出……

他的兄弟学士们呢?普塔拉玛斯呢?阿提呢?

他周围的世界被明亮的蓝白两色光线吞没,它们如同汹涌的海潮,撕扯猛击着。那光线没有印记,如同神最初创造的世界一样纯粹无瑕。

撕扯猛击着。

赤塔大宗师发出痛苦的闷哼,他咒骂着,白热的光线在隔绝术上爆裂。他还没来得及尖叫着加固防御,左臂就烧了起来。一道裂隙在他面前展开,光线随之穿了他的额头和头骨,令他玩偶一般朝后倒下。

他的尸体落向脚底燃烧的地面。

在斯基鲁兰水渠沿线,费恩教徒把绝望的长牙之民彻底包围。骑兵们在石柱间来回冲杀,从极近的距离放箭射击。其他人冲向临时搭起的盾墙,自枪矛中杀出血路。艾沙加纳的总督加尔格塔大人被乞尔吉人无情的冲锋所击倒。

高提安大人带领残余的沙里亚骑士冲进战团,试图挽救败局。起初他们凭借信念与勇气无往不利,但骑士们的人数实在是太少了。异教徒蜂拥向侧翼,朝他们身下的战马射出箭矢。长牙骑士奋力苦战,战场上的喧嚣无法中断他们高昂的圣歌。高提安倒下了——在他举起长剑的刹那,一支箭射中了他的腋窝。但这位战士僧侣仍然高歌不休。

直到死亡盘旋降临。

西方有号声传来。顷刻间，沙尔瑞佐平原上的所有人，无论是异教徒还是偶像崇拜者，都朝古代安摩图诸王埋骨的山陵望去。他们发现帝国军已在长牙之民营地上的丘陵排出长长的阵线。

长牙之民爆发出欢呼。一开始异教徒也发出杂乱的欢呼，还嘲弄那些挥舞手臂的因里教徒，因为他们的大公曾告诉他们不用害怕纳述尔人的到来。但毁灭的预感很快在他们之间扩散开来，感染着一支又一支队伍。在纳述尔军团的旗帜之间，不少人看见了圆环旗与红色雄狮旗。

这不是那个叛徒皇帝，不是来践行与他们的帕迪拉贾所订契约的伊库雷。他们所痛恨的大统领的战旗，那标志性的、镶嵌有凯兰尼亚至高王遗物的战旗，一直没出现。

不。这不是伊库雷·孔法斯。这是那头金发野兽……

梭本国王。

基安骑兵不再冲击那些已被冲散但仍在垂死挣扎的因里教部队，他们在战场上迷惑地打转，就连金甲的帕迪拉贾也犹豫不决。

水渠阴影下，"大胆的"韦里昂向普莱多的泰丹人大吼着下达命令。于是金色胡须的武士们齐声呐喊，再度冲过尸横遍野的草地，挥舞兵器杀入敌阵。其余人紧紧跟在他们后面，不顾身上的伤口与人数的劣势，发动又一波冲锋。

黑袍学士们在天空中行走——"太阳巫师"皇家萨伊克正向他们自古以来痛恨的敌人散布怒火。

无数马与人被从天而降的火焰烧作焦炭。

塞尔文迪人几乎喘不过气。他就在这里，萎靡不振地靠着这些疯狂的墙壁，就在走廊尽头那间散发着白光的房间。他是如此苍白，全身

终卷　最后的进军

上下除腰布外一丝不挂。他就在这里……

奈育尔在这些疯狂而淫秽的墙壁中已穿行了几个小时,西尔维和她的兄弟追随着凯胡斯的气味给他带路。除了巨穴瀑布下的那个火盆,一切都笼罩在黑暗之中。这是深渊之中的深渊,黑暗之中的黑暗。他们穿过幻影憧憧的地下世界,走在废墟深处——西尔维告诉他,这是很久之前被远古人类灭绝的库诺族的矿井,但奈育尔知道,没有任何一条道路会把他领得离草原更远了。他听到心在跳动,他瞥见了父亲齐约萨在黑暗中召唤他。现在……

他就在这里——莫恩古斯!

西尔维首先向他冲去,四肢和剑刃化作一道飞旋的幻影。但他用闪动蓝光的双手阻住了她,只一挥手就将她苗条的身影扫到一旁……

她的兄弟也冲了出去,挥剑砍向那双奇异的手掌,它不但手上剑术高超,脚上还施以佯攻——但同样在眨眼间就被盲眼男人扼住喉咙,双脚离地举至半空。闪耀的蓝光燃烧起来,吞没了西尔维的兄弟的脑袋,又将其身躯化作一株蜡烛。它的脸痉挛着打开了,盲眼男人将尸体掷到地上。

这期间,奈育尔顺着走廊进了房间。他脚步沉稳,麻木的姿态却显得摇摇欲坠。他还记得自己曾以同样的方式接近凯胡斯,那天他在父亲的墓丘顶上发现半死不活的杜尼安僧侣时,周围全是斯兰克的尸体。那仿佛是场能蒸发掉所有力量的噩梦,令呼吸也如针刺般痛。但这次不一样!那次是起点,令他背井离乡,离开人民,离开曾以为神圣而强大的一切。而这里是终点。

他就在这里……

他就在这里!

三条黑蛇盘在他脖子周围,两边肩膀各趴着一条,另一条滑到了他闪光的头顶上。奈育尔看到他腹部的伤口,血把腰布浸成了粉色,却不知他是何时中的剑。

"小奈,"没有眼睛的脸认出了他。凯胡斯的声音!凯胡斯的容貌!儿子几时变成了父亲的模样?

"小奈……你回到我身边了……"

蛇吐着信子看着他。虽然失去了眼睛,那张脸仍在恳求他,显露出悠远的懊悔与真挚的惊喜。

"我知道你会回来的。"

奈育尔停下脚步,离那个蹂躏了他的心的男人仅数步之遥。他紧张地朝周围望去,看到西尔维一动不动斜躺在右边,长长的金发于血泊中散开,而两个被俘的换皮密探被一系列滑轮与锁链束缚悬吊着,墙上依旧是那些绝非人类能够想象出的雕像。天花板下悬着一点极不自然的光,让他不禁眯起眼睛。

"小奈……放下剑,求你了。"

奈育尔眨眨眼,发现自己正将满是缺口的长剑举在面前,虽然完全想不起是什么时候拔出来的了。光线在剑刃上像水一样流动。

"我是奈育尔·厄·齐约萨,"他喊道,"草原上最强大的男人!"

"不,"莫恩古斯柔声说,"这不过是你用来向其他人掩饰弱点的谎言,你和他们一样脆弱。"

"撒谎的是你。"

"我在你心中看到了……我看到了……你的真实。我看到了你的爱。"

"我恨你!"他的声音如此之尖锐,在厅堂间回荡不休,化作一千次低语。

虽然目不能视,莫恩古斯仍然望向地面,露出忧伤而怜悯的神情。"这么多年过去了,"他说,"这么多个季节……我展示给你的一切在你心头留下了伤痕,让你变得与草原人格格不入。现在你却因为我教导你的一切怪罪于我。"

"亵渎!谎言!"唾沫在奈育尔久未修剪的脸颊上燃烧。

终卷 最后的进军

"那你为何如此痛苦?被揭破的谎言不该烟消云散吗?只有真相会燃烧,小奈——这你是知道的……你已经燃烧了无数个季节。"

突然间,奈育尔感觉到了:头顶厚厚的土层,身边倒转的大地。他已经走了这么远,朝地下爬了这么深。

剑从毫无知觉的手指中掉下,在地板上发出悲哀的响声。他的脸扭曲着,仿佛包裹在一只扭动的虫子之外,抽泣声在坑坑洼洼的石壁间回响。

莫恩古斯走过来拥抱他,治愈了他身上无数的疤痕。

"小奈……"

他……他爱着这个人……这个将世界展示给他的人,这个将他领到无路可循的大草原上的人。

"我要死了,小奈。"热腾腾的低语钻进他的耳朵,"我需要你的力量……"

抛下他。放弃他。

他只爱这一个人。在整个世界上……

流眼泪的鸡奸者!

这个吻是那么深,这份气味是那么浓烈。他的心如铁锤一般敲打着,羞耻像血一样从浑身每个毛孔渗出,漫过他颤抖的肢体,不知为什么,却引燃了内心最深处的欲望。

他战栗着将气息呼进莫恩古斯炙热的嘴中。蛇在他的头发中缠绕,坚硬如阳物,压上了他的太阳穴。奈育尔发出呻吟。

莫恩古斯的拥抱与西尔维或安妮丝的都不同,如摔跤手一般牢固而坚实,诱惑着他放弃挣扎,去更强壮的肢体中寻求庇护。

他不由得将手伸到腰带之下,探进裤子里……

他的眼神在情欲中变得呆滞,他低低地唤道:"我在无路可循的大地上徘徊。"

莫恩古斯突然深吸一口气,浑身猛地一晃,抽搐起来,闪避着奈育尔举到他脸颊边的那枚丘莱尔。白光在那对凹陷的眼窝里闪动,有那么一瞬间,奈育尔觉得死去的神正透过对方的头骨凝望着他。

你看到了什么?

然后他的爱人就这样倒下了,燃烧起来。那是巫术的诅咒。

"不!"奈育尔朝那具坍塌下去的身体号叫。他跪下来,哭泣着,咒骂着。"为什么你又要离开我?"

他的尖叫在古老的大厅中回响,填满了每一寸空旷。

他大笑起来,想象着将在自己喉咙上刻下的最后一道斯瓦宗。这最后一个念头是如此强烈……看啊!看啊!

他在悲痛中放声大笑。

他跪在爱人的尸体前,至于过了多久,他永远无法知道了。最后,当巫术之光开始消退时,一只冰冷的手落在他脸上。他回头看到了西尔维……起初的一瞬间,她的脸裂开了,就像是在努力呼吸空气,接着又变得平整光滑,完美无瑕。

是的,西尔维……他心中的第一个妻子。

他的证明,他的战利品。

绝对的黑暗吞没了他们。

烈焰之墙标记着赤塔制造的毁灭之路的边界,它还在缓缓向外扩张,留下更多冒烟的躯壳。然而这座古老洗衣坊,及其连着的一道敞开回廊和一排排水盆却奇迹般毫发无伤。普罗雅斯跪在朝南的三角墙边,仿佛在悬崖绝壁上俯瞰山谷般一览无余。

他见证了赤塔的毁灭。

异教徒的鼓声已经取代了那些不属于人世的咒语,然而还有几个西斯林——他看到五个——悬浮在焦土和瓦砾堆上,脖子上的蛇低垂

终卷　最后的进军

头颅,寻找着幸存者。每过几个心跳的时间,就会有明亮的光束从他们中间落下,隆隆的轰鸣在黑压压的云层底下回响。

他不知道这一幕意味着什么。他什么都不知道……

他麻木地想,这里是希摩。

他抬起脸来望向天空,透过薄雾看到一线湛蓝色的痕迹,羊毛般的乌云周围也出现了金色的边缘。

就在这时,他的眼角瞥到一道火花一样的闪光。他望向升天高地,发现一个光点高悬在元初神庙的屋檐下,久久没有散去。光点将神庙的穹顶染作白色,接着喷发出更强烈的光,乃至乌云也因之泛起层层涟漪——像是船帆从桅杆上脱落那样,一大团烟雾如幕布般展开,扫过悬在空中的西斯林,扩散向整个废墟。

普罗雅斯看到一个人出现在那个光点的位置。离得这么远,他辨不出对方的面容,只看到金发和翻卷的白色法衣。

凯胡斯!

战士先知!

普罗雅斯眨眨眼睛,浑身不自禁地颤抖起来。

那个人影冲下神庙,从守卫荷特林之墙的费恩教众头顶呼啸飞过,又冲下山坡,穿过燃烧的建筑群。哪怕离得这么远,普罗雅斯也能听到他那让世界颤抖的歌声。

分散四处的西斯林齐齐转过头来。战士先知的双眼像天堂之指一样闪亮,他凌空大步朝他们走去,每走一步似乎都能吸起地上的碎石,那些石头环绕在他身边,形成一个又一个小小的圆环,等分了更大的圆环,最后整个瓦砾堆仿佛都环绕着他,将他的身体完全遮蔽。

万丈阳光喷薄洒下,好似一场遮天蔽日的风暴刚刚过去。宏伟如山峦的白色光柱立在街角,四下零落的尸体仿若珍珠,仍飘在空中的黑云和灰云在光芒照映下好似鸿毛般轻薄无力。普罗雅斯知道那些石环存在的理由了:异教徒弓手们正在废墟中搜寻丘莱尔,试图反击。战士先知一声暴喝,接连不断的爆炸便覆盖了他脚下的地面,令碎石与砖屑化作无数飞弹。然而普罗雅斯仍看到一支支飞箭朝他射去。有些射偏了,有些打在圆环上,击碎了束缚它们的巫术,碎片落向四面八方。

一次又一次爆炸震撼着大地。尸体被炸向半空,房屋地基碎裂了,惊天动地的巨响让永不停息的战鼓也沉寂下来。

五个西斯林浮到薄雾上方,向凯胡斯围拢过去,他们藏红色的法袍在阳光下闪烁。炫目的能量犹如瀑布,冲击着战士先知的球形隔绝术,巫术的碰撞如此明亮,逼得普罗雅斯不得不举起一只手来遮眼。然而完美的直线仍从漩涡中射出,折成尖锐的几何图形,击中了最近的西斯林。盲眼巫师伸出双手,像是在前方空气中抓挠,之后化作一团血肉碎渣洒向地面。

但凯胡斯的隔绝术开始失效,碎裂在邪恶光束暴雨般的打击之下,也不再有真知巫术的光线攻击飘在空中的西斯林。普罗雅斯意识到,凯胡斯无法赢得这场对决,他只能不断施放隔绝术以延缓失败的到来。失败只是时间问题。

一切就这么结束了。西斯林突然停手,他们咆哮的攻势像远处的惊雷一样乍起乍没。普罗雅斯什么都看不到……只剩浓烟、废墟和阳光。

他发现自己大口喘着气——或是在无声地号叫?

真神啊……众神之神!

一个攻击者背后闪起一道白光,凯胡斯突然出现在那里,单手抓住那个西斯林的下颌,恩朔雅的剑刃闪过寒光,穿透了西斯林胸前的法袍。普罗雅斯摇晃着站起来,险些从高处跌下去。他扶住身子,一边流泪,一边大笑着呼喊。

然后凯胡斯又消失了,尸体从空中落下。剩下的三个西斯林目瞪口呆地悬在空中。普罗雅斯知道,如果他们有眼睛的话,一定也会眨个不停。

终卷　最后的进军

战士先知闪现在另一个西斯林身后,一次呼吸间便挥剑砍下那人的头,连带脖子上的蛇也被劈成两半。尸体倒下时,普罗雅斯看到凯胡斯猛地晃了一下,然后才意识到他是抓住了身后射来的一支弩矢。接着他用行云流水的动作将弩矢像匕首一样扎进了离他最近的异教徒巫术祭司。白光裹着黑珍珠向外炸开,那人也倒下了。

普罗雅斯欢呼雀跃。他从未感觉精神如此充沛!身体如此年轻!

安那苏里博·凯胡斯又一次吟唱起抽象咒语,白色法袍在洁净的阳光下翻腾,平面与弧线在他身体周围噼啪作响。整个大地以他为核心颤抖着。还活着的那个西斯林浮到空中,小心翼翼绕着大圈。普罗雅斯明白,巫师知道自己必须不断移动,以免再遭兄弟们的厄运,但已经太晚了……

在战士先知的圣光面前,世间无可遁逃。

太阳滑入西边铁锈般的天空,云层被南风吹散,化作梅内亚诺海上的紫色彩带。黑暗从大破坏造成的无数沟渠中涌出,鲜血让滚烫的石头冷却下来。

消逝的阳光下,阴暗处噼啪作响的余火间,在没被撼动的房屋地基周围的瓦砾堆里,一个小男孩在一尊碎裂的白色人像前弯下腰,用一块石头把盐刮入他那小小的手掌。战争已经结束,但他还是满心害怕,不停回头查看。捏了满满一手盐粒之后,他才带着奇妙的单调表情看向那个死巫师的面孔——这样的表情,成年人或许会误认为是悲伤,但如果男孩的母亲还活着的话,会知道它代表着希冀。

他站起来,弯腰查看膝盖上的伤口。他用拇指将伤口渗出的血抹去,却发现又一滴血涌了出来。这时他听到什么声音,吓得立刻转身,只见一只长着人头的怪鸟儿正盯着他。

"你想知道秘密吗?"一个尖细的声音柔声说。那张小小的人脸咧嘴笑了,就像在这场半真半假的游戏中发现了意料之外的乐趣。

小男孩怕极了,他麻木地点点头,手中紧握着代表幸运的盐粒。

"到我身边来。"

终卷　最后的进军

第十七章　希摩

> 他们说,信仰只是一种希望,却总与知识相混淆。然而难道希望本身还不够吗?
>
> ——克拉提亚纳斯,《尼尔纳米什风土》

阿金西斯最终认定,无知才是唯一的绝对。据帕尔西斯记载,他曾告诉学生们,自己唯一知道的是比婴儿时代知道的东西多一点。他说这种比较是人类仅有的钉子,仅可用它来悬挂木工制品般的知识。到了我们的时代,这变成了尽人皆知的比喻——"阿金西斯的钉子"。正是出于这样的哲学,这位凯兰尼亚伟人才没像尼索尔发一样堕入无限的怀疑论,也没跟随几乎所有著书立说的哲学家或神学家,到头来沦为耻辱的教条主义。

其实"钉子"这个比喻本身也有缺陷,因为我们往往会把自己留下的记号与标注的对象混为一谈。但就像尼尔纳米什数学家用"零"这个数字创造了奇迹一样,无知为所有结论提供了闭合结构,为我们每一场争辩画下看不到的边界。人类一直在寻找一个点,一个支点,让他们可以从中出发,排除一切争议。无知给予我们的并不是这样的支点,它所提供的只是比较的可能性,只是让我们确认,并非所有论题都是平等。在阿金西斯看来,这正是我们所需要的全部:只要我们承认自己的无知,就有希望改进我们的观点;只要我们不断改进观点,就能期待某一天能达到真实,哪怕只是接近真实。

这就是我为什么如此热爱这位凯兰尼亚伟人,却又感到自己远不能及。因为尽管我钦佩他的智慧,却仍觉得世间有若干绝对的事,正是

乌有王子 * 千回之念

那些事引发了我心中的怨恨,驱使我写下这部历史。

——杜萨斯·阿凯梅安,《第一次圣战简史》

长牙纪4112年,春,希摩

西弗朗摇摇晃晃飞过天空,在这个满是尖针的世界里尖声嗥叫。吊在它爪下的阿凯梅安看到地上无数的线条与斑点——那是交战的士兵——还有一块块烟熏般的污迹,那是燃烧的城市。恶魔的血不断洒向地面,像石脑油一样熊熊燃烧。

地面旋转着越来越近……

他醒来时半死不活,喘息着从已经感觉不到的牙齿间吐出灰尘。他用还能睁开的那只眼睛,看到周围摇曳的芦苇根部兜着沙土。他听到大海的声音,梅内亚诺海正在拍打附近的海滩。

弟弟们在哪里?很快,他心想,网子很快就要晒干了,父亲的叫喊会在风中传来,招呼他用那双灵巧的手干活。但他起不了身。想到父亲马上要过来痛打自己,他就想哭,但这似乎又仅仅是一件无关紧要的事。

什么东西将他拖过沙地,他看到自己的血在身后留下黑色的痕迹。

拖曳他的影子在阳光下弯着腰,把他拖进远古战争的黑暗,拖到戈尔格特拉斯……

拖入一座黄金铸就、比任何奇族洞府更广阔的恐怖迷宫。他的学生——还是儿子?——正用恐惧与怀疑的眼神凝视着他。一位库尼乌里王子,刚开始明白自己被视若亲父的老师骗了。

"她已经死了!"谢斯瓦萨叫喊,不知是为了表达心中无法再忍受的压抑,还是仅仅想冲脸前这个人发泄,"她已经离开你了!就算她还活着,你也保不住你找到的东西,无论你认为自己的感情有多深!"

"但你说过的,"纳乌-卡育提哭了起来,那张勇敢的脸因悲伤而

终卷　最后的进军

崩溃,"你说过的!"

"我骗了你。"

"为什么?你怎么能骗我?你是我唯一信任的人!唯一信任的人!"

"因为我做不到我们做的这件事,"阿凯梅安说,"至少没法一个人做到。因为我们来这里的目的比真相或爱情更重要。"

纳乌-卡育提眼神闪烁,犹如黑暗中闪光的獠牙。谢斯瓦萨知道,很多人类和斯兰克就是在这样的眼神下咽了气。

"我们来这里究竟是要做什么,老师?求你告诉我。"

"我们来寻找,"阿凯梅安低声说,"苍鹭之矛。"

水流开始冲刷他的身体——干净的水,虽然空气依旧带着盐味。有许多低沉的声音,关切而同情,但又有所保留。柔软的东西在他脸上抹过。他瞥见一抹云彩,云下有一个小女孩,棕色皮肤上长着雀斑,和艾斯梅娜一样。他看着她把风吹到唇边的一缕长发拂开。

"Memest ka hoterapi."一个声音从附近传来。太端庄了,不可能是小女孩。"嘘……嘘……"

大海在看不到的防波堤上化作白色飞沫。他想到咽下最后一口气后,连蛊虫也将离他而去。

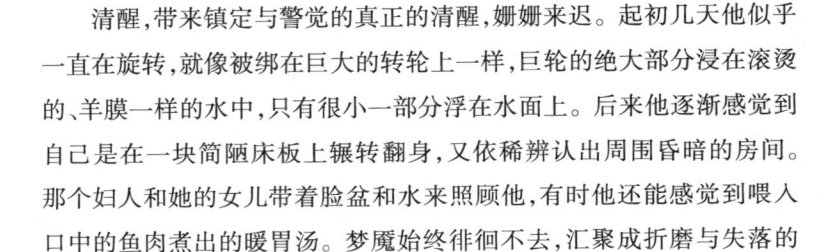

清醒,带来镇定与警觉的真正的清醒,姗姗来迟。起初几天他似乎一直在旋转,就像被绑在巨大的转轮上一样,巨轮的绝大部分浸在滚烫的、羊膜一样的水中,只有很小一部分浮在水面上。后来他逐渐感觉到自己是在一块简陋床板上辗转翻身,又依稀辨认出周围昏暗的房间。那个妇人和她的女儿带着脸盆和水来照顾他,有时他还能感觉到喂入口中的鱼肉煮出的暖胃汤。梦魇始终徘徊不去,汇聚成折磨与失落的龙卷风。古老的世界一次次走向终结,像永不愈合的伤口般层层叠加,

一刻不停地发出尖叫。

他在经受高烧的折磨,和很久之前那次一样。他记得清清楚楚。

病势缓和后,他发现自己孤身一人呆望着棕榈叶搭成的屋顶。一捆捆春草药挂在充作房檐的木杆上,墙上则挂有陈旧的渔网。一张桌子堆着干鱼,像一堆晾干的沙鞋。他看到这里天天杀鱼留下的污迹,闻到不曾散去的刺鼻腥味。在海潮拍岸的涛声中,他听到墙壁在风中吱咯作响。麻绳摆动,角落里的谷糠也被吹了起来……

家,他心想,我回家了。

然后,他终于沉沉睡去。

梦中的他目瞪口呆地站在凯兰尼亚至高王的战车上。

多少年来,一种难以解释的毁灭感高悬在地平线上。那是没有形体,只有方向的恐惧……每个人类都能感受到它的存在。每个人类都知道,就是它让他们的子孙后代夭折在子宫里,就是它断绝了灵魂的轮回。

现在他们终于看到了它——那根呛住造物主的骨头。

巴拉格用巨大的战锤敲打地面,斯兰克聚成密密麻麻的集团。它们占据了周围的平原,披着用硝制人皮制成的盔甲大步跳跃,发出猿猴般的怪叫,冲向凯兰尼亚人在蒙格达的废墟上建起的堡垒。在他们身后的那团旋风……像一根弯弯曲曲的巨绳,将褐色泥土卷上乌云笼罩的天空。它原始而冷漠,咆哮着渐渐逼近,将要熄灭人类最后的光芒。

它要封闭这个世界。

翻滚的云层紧紧攫住了阳光,一切都笼罩在暮色与雷霆之下。斯兰克紧抓着自己的下阴跪倒在地,完全不顾人类挥来的剑锋。这时,通过它的子嗣们那些吠叫的嘴,谢斯瓦萨听到了它的声音,一百万个喉咙共同发出的,*Tsuramah*,非神的声音……

你看到了什么?

"你,"安纳克索法斯问,"看到了什么?"

终卷 最后的进军

谢斯瓦萨张口结舌地望着至高王。虽然此人的音调与表情与之前没有变化,但他说的话与非神完全相同。

"至高王陛下……"阿凯梅安不知该怎么回答。

周围的平原在战火中翻腾,而令人战栗的旋风仿若直立起来的地平线,不断接近。非神正步步走来。那旋风是如此宏伟,蒙格达的废墟在它前面就像是颗石子,人类则如同尘埃。

我要知道你看到了什么。

"我要知道你看到了什么……"

那双化了妆的眼睛盯着他,真诚又紧迫,就像在要求尚未确定的恩典。

"安纳克索法斯!"谢斯瓦萨在嘈杂声中高喊,"长矛!你必须拿起长矛!"

事情不是这样的……

齐声咆哮。他们身边的人纷纷朝旋风的方向跪了下去,大声呼唤众神。沙粒拍打着青铜铠甲。非神在行走,占据了整个空间,超越了人类的视野,颠覆了静与动的区别,让人感觉旋风才是静止的,而一切造物都在围绕它飞旋。

告诉我。

"告诉我……"

"以圣名之名,安纳克索法斯!安纳克索法斯!拿起苍鹭之矛!"

不……这不可能……

非神在蒙格达平原上前进,卷起无数斯兰克,将它们朝天上的雷暴云扔去,只当它们是随意编织的廉价人偶。在漩涡的中心,谢斯瓦萨看到了它,闪烁的巨大甲壳,黑珍珠般悬在半空……他回身看向凯兰尼亚至高王。

我是什么?

"我是什么?"那张威严而阴沉的脸皱着眉头问,国王涂过油的辫

乌有王子 * 千回之念

子现在像蛇一样在肩上扭动,最后一道阳光在他青铜胸甲上的狮群中一闪而没。

"这个世界,安纳克索法斯!这个世界危在旦夕!"

事情不是这样的!

旋风已经笼罩在他们头顶,那是一座如世界屋脊般的愤怒之柱,必须跪下仰望才能看到它在云中的柱头。盘旋的风在他们身边咆哮,战马嘶吼着四下乱踢,战车在他们脚下颤抖。一切都变成了赭石色的影子。风越来越猛,如同湍急的波涛冲击着他们,仿若深不可测、吞噬一切的大海,沙砾将皮肤从他的指节和脸颊上扯落。

非神还在前进。

太迟了……

奇怪……热情消失得比生命还快。

战马在尖叫。战车在颠簸。

告诉我,阿凯梅——

他猛地坐起,大声尖叫。

那个女人正好站在门口,见状扔下手中脸盆,朝他跑来。他本能地抓住她的双臂,像一个发怒的丈夫那样。她想推开他,他却把她抓得更紧,以她为支撑摇摇晃晃站起来。她大声哭喊,但他一直没松手。他感觉自己的手指紧紧钳着她的胳膊,钳得连自己都痛——但他不能松手!

门轰的一声打开。一个男人冲进来,挥舞着拳头。

阿凯梅安想不起那一拳是什么滋味了,当他再度挣扎起身时,发现男人把妻子拖到了一旁。他的脸仍在抽痛。男人用某种语言大声抱怨,蛮横地比着手势,女人似乎在恳求丈夫,努力抓住丈夫的左臂,虽然他每次都把她挥开。

阿凯梅安几乎是赤身裸体站了起来,他知道自己的右腿一定出了什么状况。他从床板上抓起粗糙的毯子裹上,慌乱地绕开那个男人和他的妻子,跌跌撞撞退出了门,来到阳光底下。他的脚跟踩到温暖的沙

终卷　最后的进军

地,他不得不抬手遮挡明亮的阳光、沙滩及起伏的海面。他看到那个长雀斑的小女孩缩着身子躲在后墙边,而在远方,越过白色沙滩上的黑色岩石,他看到其他渔民驾着小船穿过海上钻石般的泡沫。

他转过身,用所能达到的最快速度逃跑。

求求你别杀我! 他想大喊,虽然明知自己可以轻易将他们全烧成灰。

他向东跑去,走向希摩。那仿佛是他所知的唯一方向。

———— ∞∞∞ ————

时值上午,太阳却似乎逃离了他急于到达的那片土地,像是担心被他抓住一样。只要脚下的沙子仍然坚实平坦,他便沿海岸线前进,感受着梅内亚诺海温暖的碎浪冲刷脚踝。红脖子的海鸥在空中高悬,像是静止不动。所有的事物移动得既快又慢,毕竟这是天海交界处常见的情景。以安如磐石的地平线为参照,辽阔的水面笨重地起伏,光线于缓缓翻涌的水波上闪耀,万物的边缘仿佛都在永不停息的风中颤抖。

他一共停下了四次。第一次用一根泡在海里的木头做了一柄手杖;第二次捡起一段腐烂的绳子,将它缠在黑色的毯子外面,把毯子折成纳述尔人所谓"隐士袍"的样式;第三次他查看了右腿,一道长长的伤口从胫骨延伸到脚踝。他不知这道伤口是怎么留下的,不过他清楚地记得在恶魔撕开他防御的瞬间,他施放出一个贴肤隔绝术。或许是他念咒的速度不够快吧。

在石块堆成的防波堤迫使他不得不离开海岸线之前,他第四次停住脚步,来到一个潮汐留下的水坑前。这里无风,水面宛如玻璃。他跪在水坑边,仔细查看自己的倒影。他看到前额有煤烟或灯灰画出的交错弯刀徽记,应是照顾他的女人给他画上的。不知是祝福的咒符,还是某种形式的祈祷。

他莫名其妙地不愿洗掉这徽记，于是只清洗了一下黏成一团的胡须。

水面静下来时，他再度观察自己的倒影——那双深色的、细狭的眼睛，那些高高爬上双颊的胡须，还有那五根白丝。他伸出手指抚摸倒影，看着它在扰动下扭曲破碎。仅仅存在于表面的事物，为何能让人感慨万千？

他下定决心朝内陆走去，在草海中小心翼翼地穿行，避开地上的蓟草。虽然风仍在吹，越过浪花滚滚的海面可以看到它在遥远的海上追逐云的阴影，但它似乎离他越来越远了。远离海岸总有这样的感觉。茂密的绿草上的热气包裹着他，昆虫漫无目的地四下飞舞。他曾惊起一只画眉，看到它从脚下倏地冲出，奋力朝另一个草堆冲去，他吓得险些叫出声来。

地面愈发宽广，他来到一条被无数双脚踩出的宽敞道路，这里有千军万马留下的足迹。看来他离城市并未太远。

他穿过土丘顶端，古代安摩图诸王的陵墓暴露在阳光下，灼烧过的土壤凝结出的结晶划破了他的赤脚。

他穿过圣战军扎营的宽广平原。

他穿过两军厮杀的战场，废弃水渠边的阵阵腥臭与枯萎野草昭示着无数人马曾在这里倒下。

他穿过马苏斯之门的废墟，在一段倒塌城墙被熏黑的瓷砖上发现了一只白色的眼眸。

他穿过被炸得七零八落的街道，中间曾有一次停下脚步，看向瓦砾堆中露出的一名赤塔学士——此人凝固在临死前一瞬的姿势中，全身都已化成盐块。

他穿过尤特鲁高地的巨大台阶，一路上经过许多朝圣者的驻地，但没有停留。

这路上他一个人都没看到，直至来到荷特林之墙的西门前，才发现

终卷　最后的进军

两个他似乎认识的康里亚人站在门口守卫。他们高喊"真理闪耀!"在他面前跪下,期待他的祝福。

他只啐了他们一口。

朝元初神庙攀登的过程中,他见到了西撒拉特仍在冒烟的地基。那是西斯林至高的礼拜堂,但对他而言毫无意义。

元初神庙矗立在不远处,神庙正面白色的圆形轮廓高悬于数千名聚集在其脚下的因里教徒头顶。阳光如暴雨洒下,每道影子的边缘都那么锐利。空中没有一朵云,仿佛青松石做成的酒碗,只有天堂之指在上面留下了痕迹,像是落进深渊的宝石泛出最后的光。

阿凯梅安紧握手杖,爬上最后一段山坡。长牙之民纷纷给他让路。毕竟他比他们重要得多。他站在世界的中心,他是战士先知的圣导师。他匆匆掠过他们,没有理会他们的恳求。最后,他在最末一级台阶停下,回头看着他们,笑了起来。

他转过身,跛脚走进凉爽的阴影之中,从悬在门楣上那些受过祝福的石板下走过。这里和苏拿的神庙真是大不一样啊,他想道,那里的一切都过分铺张艳俗了。光滑的大理石轻抚着他滴血的双脚。

他穿过最外圈的柱子,遇到的每个人都跪了下来,窃窃私语,他却发觉自己在想着奇怪的事——关于心中出现的空洞。他还活着,呼吸着,这意味他的心还在胸腔里跳动,但他感觉不到它,反而想起了垂死之际见到的蛊虫。

然后他听到一个洪亮的声音正在宣讲,是那种可让无数人在敬畏中颤抖的声音。他知道那个声音属于谁:玛伊萨内,千庙教会的圣沙里亚。呈圆轴分布、森林般的柱子之间,他瞥不见那人的身影。

"起来吧,安那苏里博·凯胡斯,世间的权柄已授予了你……"

庄严的沉默,只有轻声的低语与啜泣。

"我赐予你战士先知之名!"被人群挡住的沙里亚高呼,"我赐予你库尼乌里至高王之名!

乌有王子 ★ 千回之念

"我赐予你三海诸国的神皇帝之名!"

这句话像父亲的拳头一样打在阿凯梅安身上。当长牙之民都跳起来,发出狂喜而谄媚的吼声时,他踉跄着退开几步,靠上一根白色的柱子,感受着柱子上的雕刻人像在他脸颊留下的凉意。

这吞噬他心灵的空虚是什么?这如同哀悼般的渴望又是什么?

他们还要我们爱!还要我们爱!

过了一阵,他才发觉说话的已是凯胡斯本人了。阿凯梅安不由自主、情难自禁地向他走去。穿着敌人的卡哈拉绸衣的封臣与骑士们给他让出一条路,用看麻风病人的眼神看着他。

"我的到来将重写一切,"凯胡斯宣称,"你们的书籍,你们的寓言,你们的祈祷——你们所熟悉的一切,都被蒙蔽得太久太久,以至于像是孩童的玩物。人类粗鄙的心灵远离了真理,你们口中的传统不过是些做作的把戏,是你们的虚荣、欲望、恐惧与憎恨的产物。

"我的到来将让每一个灵魂更加脚踏实地,我的到来将让整个世界获得新生!"

新纪元元年。

阿凯梅安继续一瘸一拐地向前走,每走一步拐杖都吱吱作响,手掌刺痛。它正在破裂……就像这个悲惨世界中所有的事物一样。"旧世界已死!"他喊道,"这就是你要说的吗,先知?"

寂静中只听见吸气声和丝绸窸窣的响动。

最后一个挡在他前面的人也让开了——他们更多是出于震惊而非愤慨。阿凯梅安终于看到……他眨眨眼,努力在这片金碧辉煌中分辨自己熟悉的一切。

神皇帝的神圣宫廷。

他看到了玛伊萨内,身披符合他身份的金色法衣;他看到了普罗雅斯、梭本和其他幸存的圣战军首领,他们是全新的贵族种姓,比原先的人数要少,但更光彩夺目;他看到了纳森蒂和其他高阶教化音,他们按

终卷　最后的进军

自我鉴定的荣誉排成行列；他看到了诺策拉和仲裁团的其他成员，他们身穿天命派最华丽的礼服，衣饰闪动着红金色的流光；他甚至看到了伊奥库斯，那个苍白如玻璃的人披着以利亚萨拉斯庄严的长袍。

他看到了艾斯梅娜，她嘴唇微启，涂过眼影的双目闪着泪光……又一位尼尔纳米什的皇后。

他看不到西尔维，他看不到奈育尔，他看不到孔法斯。

他看不到辛奈摩斯。

但他看到了凯胡斯，如雄狮般坐在高挂的白底金色的圆环大旗下，披肩长发闪耀，亚麻色胡须编成辫子。这个人已经收紧了未来的网，就像塞尔文迪人说的那样，丈量、推理、分析、看穿了一切……

他看到了杜尼安僧侣。

凯胡斯朝他点点头，不悦的神色中仍然流露出和蔼，还夹杂着几分困惑。"这的确是我的敕令，阿凯，旧世界已死。"

阿凯梅安拄着手杖，望向周围惊讶的人群。"你的意思是，"他的语气并没有紧迫或怨恨，"这就是末世之劫。"

"这话不能光从字面意义上理解，你明白的……"他的声音，他的表情——他的一切——都散发出纵容和幽默的态度。他举起一只手做出欢迎姿势，朝自己右边比画了一下。"来吧……你的位置在我身边。"

就在这时，艾斯梅娜喊出了声来，从高台上朝阿凯梅安冲来，但脚下一绊，跌倒在地……她哭泣着，双手扶住地面，抬起脸来看她，脸上满是绝望与恳求。

"不，"阿凯梅安对凯胡斯说，"我已经献上自己的妻子，不会给你更多了。"

一瞬间，所有人彻底沉默了下来。

"荒谬！"诺策拉喊道，"你必须按他的命令做！"

虽然阿凯梅安听到了老巫师威严的声音，但并未在意，他和自己的学派兄弟们已经多年没有共鸣了。他伸出一只手。"艾斯梅?"

他看着她站起来,看到了她微微隆起的腹部。她怀孕了……他之前为什么没看出来?

凯胡斯只是……凝视着他俩。

"你是天命派学士,"诺策拉的语调流露出恰到好处的威胁,"天命派学士!"

"艾斯梅,"阿凯梅安道,眼睛和伸出的手都正对着她,"求你……"

这是唯一还可能有意义的事。

"阿凯,"她抽泣着,向四周望了一圈,仿佛在周围人群全神贯注的凝视下瑟缩着,"我的孩子是……是……"

那片空洞永远不会填上了。阿凯梅安点点头,擦去眼角的泪水。他知道那是自己最后一滴泪水,从今往后他会变成一个没有心的人。一个完美的人。

她走到他身边——她心怀渴望,没错,但同时还有警惕与恐惧。她抓住他伸出的手,那只没有握紧手杖的手。"这个世界,阿凯,你看不到吗?这个世界危在旦夕!"

下一次我死的时候你会怎样呢?

他心中涌起一阵野蛮的狂怒,让他既兴奋又害怕。他抓住她的左手手腕,把手背扭过去朝着她,好让她看到上面那片模糊的文身。接着他把她猛地推开。

人们愤怒地大叫大嚷,但奇怪的是,没有人上来抓他。

"不!"艾斯梅娜坐在地上尖叫,"别碰他!别碰他!你们不了解他!你们不——"

"我否认!"阿凯梅安大吼,视线扫过众人,仿佛是具有实体的利刃,"我否认我的圣导师身份,否认我在安那苏里博·凯胡斯的宫廷中的维齐尔官职!"他看了诺策拉一眼,不管那个老人是否在嘲笑他,他都不在意。

终卷　最后的进军

"我否认我的学派!"他又道,"他们是一群伪君子和杀人凶手!"

"你这是找死!"诺策拉喊道,"学派之外不会有任何巫师存在!不会有——"

"我否认我的先知!"

吸气声和气急败坏的话语声充斥着元初神庙的回廊。他等待震天价响的喧闹渐渐平息,一边凝望着安那苏里博·凯胡斯那仿佛亘古不变、不属于这个世界的面容。他最后的学生。

他们之间一句话也没有。

不知为什么,他的视线落在普罗雅斯身上。把胡子修成方形之后的王子看上去那么……衰老。那双英俊的褐眼在祈祷,在请求他回来,但已经太迟了。

"最后,我否认……"他的声音低落下来,他在与心中激荡的感情斗争,"我否认我的妻子。"

他的眼睛落在艾斯梅娜身上,她瘫倒在地。我的妻子!

"不——!"她抽泣着,低声说,"求求你求求你,阿凯……"

"她与人通奸,"他的声音变得尖锐而破碎,"还……还……"

他脸上仿佛戴着真银面具,不待说完便转身朝来路走去。长牙之民目瞪口呆,他们眼中燃烧着明亮的怒火,但看到他走近,却都不由自主地向后退却。他们在退却。

这时,在艾斯梅娜响亮的哭声之中……

"阿凯梅安!"

凯胡斯发话了。阿凯梅安并没有谦卑地转身,但还是停下了。无法预测的未来仿佛在他背后俯下身,给他的脖子套上了轭,以矛尖顶住他的脊骨……

"下次来到我面前时,"神皇帝的声音仿佛来自巨大的洞穴,带着绝非人类所能拥有的回声,"你将向我跪拜,杜萨斯·阿凯梅安。"

无家可归的野巫师踩着自己留下的血迹,摇摇晃晃向前走去。

附 录

乌有王子 * 千回之念

世界设定与名词大百科[①]

作者：斯科特·巴克　整理者：屈畅

作者的话

浸淫于典籍的因里教学者通常会将名词写成谢伊克语形式，只有在古谢伊克语中没有对应形式时，才考虑采用原有词汇。如柯伊苏斯这个姓（在卡西达斯的《塞内安帝国编年史》中提到过两次）事实上是加里奥语中"Koütha"的谢伊克语版本，在此也采用这样的翻译。又如"霍加"这一姓氏没有对应的谢伊克语形式，因此保留了原本的泰丹语。某些凯拉尼亚古地名（亚斯吉罗奇、格尔吉罗斯或丘迪亚等）是少数不受上述规则影响的例外。

下文中的大多数专有名词都是根据谢伊克语音译而来（有些则根据库尼乌里语），只有在原有词汇与谢伊克语（或库尼乌里语）拥有相同含义时，才考虑采用意译。例如艾诺恩语中的"Ratharutar"一词，在谢伊克语中写作"Retorum Ratas"，在此译为"赤塔"，乃是借取了 ratas（"红色"）和 retorum（塔楼）的含义。地名的语源学来源和译名出处都标记在相应的词条之后。

以下译文也是杜萨斯·阿凯梅安所了解的词义。

整理者按

喜爱这套小说的读者们都很清楚，斯科特·巴克（以下简称作者）的"末世之劫"大系不仅气势宏大、内容丰富，更以其设定的独特原创

[①] 本附录原文按首字母列出设定名词，为切合中文阅读习惯，经屈畅整理修订，顺序有所调整。——编者注

性而著称。也正因如此,如何深入理解并把握全套书系的世界观及种种细节从来是一个颇具考验性的课题。作者在《千回之念》书末撰写了超长附录,为适应中国读者,整理者经多番尝试后作出几大调整。

一、对原文本的结构和顺序进行了重大调整。原文本采用英语首字母排列的形式,这在汉语译文中难以对应,不仅无助于加强读者对小说和设定的理解,反而由于随机性太强,容易让人产生云里雾里的畏难情绪。有鉴于此,整理者在保留原文本所有内容的基础上,将之重新整理为以下六部分:

1. 历史与传说
2. 国家与地理
3. 神灵与信仰
4. 巫术与魔法
5. "乌有王子"小说三部曲中的人物、事件与俗语等
6. 语言

每一部分均根据其内容作进一步的有机分类与排列。其中在第五部分,整理者仿照原文本的方式,按照汉语音标顺序对内容作了排序,以求最大限度地方便读者。

二、根据作者历年来接受的大量采访及对小说所作的补充说明等等,对原文本进行了增补和说明。"末世之劫"的设定在作者的脑海中已经演化了三十多年,作者也在不断地对之作出说明与补充,这份世界设定与名词大百科充分吸收了近年来这方面的成果。

三、订正了原文本中存在的种种错谬与疏漏。如上所述,由于"末世之劫"设定的演进,也由于作者的加拿大出版社编辑力量方面的缘故(作者对此曾有微词),原文本存在着程度不等、数量不少的错漏之处,从时间记载的笔误到人物设定自相矛盾等等不一而足,整理者根据最新的解释对之作出了改正及润色。

乌有王子 * 千回之念

一、历史与传说

奇族

即库诺族,曾是伊尔瓦大陆最强大的种族,现在力量已大为衰退。奇族自称金恩·库诺,意为"黎明之民",但具体原因连他们自己也不记得了(他们称人类为金恩·哈拉洛里,意为"盛夏之民",因为人类燃烧得如此炽烈,生命又如此短暂)。记载人类来到伊尔瓦大陆过程的《长牙纪年》通常称他们为 Oserukki,意为"非我族类"。在《部族书》中,先知安吉释拉伊尔说他们是"被诅咒者"或"伊尔瓦的鸡奸者国王"——安吉释拉伊尔煽动人类的四大部落,发动了一场灭绝奇族的圣战,而即便到四千年之后的因里教信条中,仍然保有灭绝奇族的指示。据长牙所载,奇族乃是受诅咒的渎神者:

听啊,真神如是说:
"这些伪人冒犯了我,
清除他们留下的所有痕迹。"

但库诺族的文明早在这些文字被铭刻于长牙之前就已存在。当哈拉洛里——也就是人类——还穿着兽皮、挥舞着石制武器在世界上游荡时,库诺族已经发明了书写、数学、天文学、几何学和哲学,并最早使用巫术。他们挖空山体修筑宏伟的洞府,彼此间进行交易与战争。他们征服了整个伊尔瓦大陆,将早期居住在伊尔瓦的人类——软弱的、披着兽皮的伊姆瓦玛人——收为奴隶。

奇族的繁殖远不及人类迅速,他们的野心也不在于从地理上扩张领土,而在于对同胞兄弟的统治——事实上,其他所有类型的统治都被他们轻视。正因如此，除开寻找挖掘矿脉和开垦土地的劳工，他们很少在乎伊尔瓦大陆的哈拉洛里，对伊尔纳大陆的人类更是从不关心。

奇族的衰退是三桩不同灾难的共同结果。首先也最重要的是所谓的"子宫瘟疫"。为获得不朽，奇族（严格意义上指伟大的库亚拉-辛莫伊）允许虚族作为医生在他们中间生活。奇族确实因之获得了不朽的生命，虚族则声称自己完成了任务，退回到因库-霍洛纳斯。但很快瘟疫在奇族中蔓延开来，所有奇族女性都难逃一死。奇族称这一悲剧性事件为纳萨摩加斯，"生育的死亡"。

接下来的库诺-虚族战争进一步削弱了他们的力量。据说当第一批人类部落入侵时，奇族已没有足够的人数和意志去抵抗了，于是只过了短短几代人时间，奇族就几乎被屠杀殆尽。只有伊绍里尔和西尔-奥古阿斯的洞府存留下来。

此外，奇族虽然拥有了不朽的生命，但其意识只能容纳大约四五个人类生命时期的记忆，之后随着岁月流逝，生活中遭受过的创伤和痛苦会逐渐占据他们，时至今日，几乎所有奇族都已慢慢陷入疯狂，只回忆得起生命中的痛苦与失落。有的奇族在北方和三海游荡，故意制造创伤般的记忆来刺激自己，甚至有几百个奇族甘愿为戈尔格特拉斯效命，这种奇族被称为"残忆者"。

参见"库诺—虚族战争"。

库诺族
即奇族。

洞府
人类对奇族宏伟的地下城市的称呼。

乌有王子 * 千回之念

高等洞府

奇族各洞府中最强大者,一共有九座,其中包括:塞厄尔,位于北卡雅苏斯大山脉的峰峦之下,它在诸洞府中人口最多、力量最强;尼赫里索尔,位于伊玛莱提山的东南山脚,它在诸洞府中最为自傲、最珍视独立地位;西尔-奥古阿斯,位于欧斯瓦伊山脉最南端的山峰脚下;伊绍里尔,位于德玛山脉彼端,靠近大海;维里,位于俯瞰奈勒奥斯特海的乌卡斯山脉的安塔格峰脚下;伊萨露,位于南方的拜特穆拉山脉脚下[①]。此外三座高等洞府分别位于东方的阿拉西斯山脉脚下、南方的辛纳雅提山脉脚下以及极西方的多摩约特附近的丘陵地带。

库亚拉-辛莫伊(？—？)

最伟大的奇族国王,也是虚族的第一个劲敌。参见"库诺—虚族战争"。

奇族大王

上诺斯莱的吟游诗人对库亚拉-辛莫伊的尊称。

武者

因里姆语中意为"高贵者"(Ishroi),奇族武士的名称。

奎雅

奇族法师的统称,由于使用和感知巫术的能力可随血脉传承(尤其在奇族中间),因此奎雅几乎都是世袭的。

[①] 此即《千回之念》中凯胡斯与父亲见面之地。——整理者注

附录

瑟奎

广义上指所有为人类服务的奇族，通常作为佣兵或顾问。特指长牙纪555年至825年参与奇族训政、辅佐远古诺斯莱君王的奇族成员。参见"奇族训政时期"。

墨克特里格（？—　）

库尼乌里语中意为"人类背叛者"，人类对塞－因奇拉的称呼。他是一位奇族瑟奎，曾在库诺—虚族战争末期被派往明－乌洛卡斯，他在那里发现了仅存的两名虚族，并与之勾结。长牙纪777年，他将明－乌洛卡斯的位置告知玛迦卡学派，在末世之劫中成为非神会的高阶成员。参见"玛迦卡学派"与"末世之劫"。①

人类背叛者

参见"墨克特里格"。

塞－因奇拉（？—　）

参见"墨克特里格"。

虚族

因里姆语中意为"虚空之民"，乃是一个神秘而淫秽的种族。根据传说，它们乘坐因库－霍洛纳斯自虚空中坠落。关于它们的信息人类所知甚少，只知道其残忍程度似乎无穷无尽，并且对交配行为有着异样的执着。

虚族来到伊尔瓦大陆时并不懂得魔法，它们掌握的是泰克奈技术。

---

① 《前度的黑暗》序章中与凯胡斯遭遇的奇族即为墨克特里格。——整理者注

所有虚族都是世代相继的"嫁接"产物,所谓嫁接是指在种族层面上改写基因遗传,目的在于增强各种能力,例如引起对象强烈的性反应(通过信息素),或者"操纵感官",进而探索各种奇妙而诡异的肉欲。来到伊尔瓦大陆后,它们最广为人知的嫁接应是拟人化的语言能力。

虚族在与奇族的长期战争中不断进行各种嫁接,包括在奥拉格和奥朗斯身上进行的对看穿昂塔的能力的嫁接,那项嫁接鲜有成功案例——那是虚族在生物层面上改造自己,以求战胜奇族的无数次失败尝试之一。在战争中,它们逐渐变得更为堕落,失去了对泰克奈技术的通盘掌握,嫁接因此逐渐变成盲目尝试,经常会害死了本身而非增强能力。在那段日子里,虚族的"流产之井"中堆满了族人的尸体。

参见"库诺—虚族战争"。

泰克奈

也称"古代科技",虚族的技术。它不同于巫术,乃是使用活物的血肉塑造变异体。根据奇族的多项记载,泰克奈技术的根本前提是万物(包括生命)的本质都是机械。这种说法看似荒谬,但没人能置疑泰克奈的效用,因为虚族(及其后的非神会)一次又一次地展示了"操控血肉"的能力。天命派学士声称,泰克奈的核心原理早已失传,非神会只能根据残缺不全的知识,通过试误法进行尝试,盲目运用各种无法理解的古老工具。他们说,非神会知识上的欠缺,是非神尚未回归世界的唯一理由。

古代科技

参见"泰克奈"。

斯兰克

暴虐的非人生物,最初由虚族创造,用作对抗奇族的战争工具。据

附录

《伊苏菲里亚斯纪》记载，斯兰克是虚族创造的"武器种族"之一，专门进行灭绝奇族及他们的伊姆瓦玛奴隶的战争。

斯兰克的行为动机或许是源于最本能的生物渴望——它们似乎可以在暴力行为中达到性满足。无数记载描述了它们无差别地强奸男人、女人、儿童甚至尸体的劣行。它们完全不知仁慈或荣誉为何物，虽然也会留下俘虏，但几乎从未听说有谁能最终活着离开——据说所有俘虏都遭到过无法想象的暴行。

斯兰克的繁殖非常迅速，它们在外表上很难区分性别，但雌性斯兰克的角色似乎与雄性迥然不同。末世之劫期间，人类在战场上目睹过很多明显处于不同怀孕阶段的斯兰克。尽管在一对一战斗中不是人类的对手，但从后勤补给的角度来看它们是理想的士兵，因为它们只靠蛆虫就可以活上相当长时间。根据幸存者的讲述，斯兰克大军所过之处，土地都被翻了过来，所有植物都被连根拔起。在非神的号令下，它们全无畏惧，攻击时纪律森严，有着良好的协同性。

一般来说，斯兰克直立的身高不会超过人类劳动种姓平均的肩膀高度。它们的皮肤缺乏色泽，面孔精致（甚至到令人反感的地步），但面部表情却和野兽相似（只是没有长毛）。它们双肩狭窄，下陷的胸部呈桃仁状，无论在开阔地还是崎岖的地形上，它们都可以极高的速度行动，战斗中的凶狠残暴也足以弥补体形的单薄。

天命派学士总是对伊尔瓦大陆的斯兰克数量表现出过度关注，这是有原因的——古代的诺斯莱人曾使斯兰克的数量大幅度减少，将它们逼至大陆边缘，但非神仍可以召集起大批斯兰克军团，据说将整条地平线都变成了黑色。而今，几乎半个大陆在斯兰克的统治之下。

安雅西人

因里姆语中意为"无舌的嗥叫者"，库诺族早期对斯兰克的称呼。

瓦拉库
即巨龙,虚族在古代的库诺—虚族战争中为毁灭奇族奎雅而制造出的爬虫怪兽,体形巨大,生有双翼,口中喷火。巨龙在之后的末世之劫中供非神驱使,据信现存数量已极为稀有。

巨龙
参见"瓦拉库"。

黑龙武轶戾
"巨龙之父",所有巨龙的原型和基因模板,曾随虚族在虚空中旅行,后来虚族根据它在库诺—虚族战争中制造了瓦拉库。

斯卡弗拉
末世之劫中最强大的瓦拉库之一,长牙纪2155年被谢斯瓦萨在蒙格达击杀。

斯科玛
古代的瓦拉库,据传已被杀。

戈塞特
古代的瓦拉库,诞生于库诺—虚族战争期间。

黑龙斯库苏拉
古代瓦拉库,诞生在库诺—虚族战争期间,少数在末世之劫中存活下来的巨龙之一,但没人知道它现在在什么地方。

附录

刑鸟

虚族的泰克奈制品，专为容纳非神会资深成员的灵魂而制的活动"躯壳"。

因库－霍洛纳斯

在因里姆语中意为"天空方舟"，承载着虚族从天而降的巨大载具，后成为戈尔格特拉斯的黄金之心。

天空方舟

见"因库－霍洛纳斯"。

戈尔格特拉斯

非神会坚不可摧的要塞，坐落于奈勒奥斯特海以北、伊玛莱提山的阴影下，在库诺—虚族战争期间被奇族称为明－乌洛卡斯。但直到玛迦卡学派于长牙纪777年将其占据，戈尔格特拉斯才开始在人类历史中占据重要地位。该学派发掘出了因库－霍洛纳斯，并在其周围兴建起巨大的要塞。参见"末世之劫"。

明－乌卡洛斯

因里姆语中意为"淫秽深渊"，奇族对戈尔格特拉斯的称谓。参见"库诺—虚族战争"。

阿诺奇尔瓦

库尼乌里语中意为"战号之触"，人类对戈尔格特拉斯的早期称呼。

乌有王子 * 千回之念

苍鹭之矛

虚族运用泰克奈技术研制成的威力无比的神器,以其独一无二的外形得名。苍鹭之矛最初在《伊苏菲里亚斯纪》中出现时被称为"Suörgil"(因里姆语中意为"闪耀的死亡")。这杆伟大的"光明之枪"是库亚拉-辛莫伊在派尔派拉平原之战中从虚族国王蜥尔的尸体上获得的。上千年来,苍鹭之矛一直保管在伊绍里尔的奇族手中,直到长牙纪750年前后被塞-因奇拉(参见"墨克特里格")偷走,带往戈尔格特拉斯。长牙纪2140年,谢斯瓦萨又将它偷了回来(参见"末世之劫"),他相信这是唯一能摧毁非神的武器。有一段短暂的时间,人们认为它在灾难性的埃伦奥特平原之战中被毁了,但长牙纪2154年它出现在凯兰尼亚至高王安纳克索法斯五世手中,至高王用它在蒙格达平原之战中杀死非神。此后塞内安人保管了它许多个世纪,把它当作神皇帝的私人宝藏,然而当塞尔文迪人于长牙纪3351年洗劫塞内安城时它再次丢失,从此下落不明。

库诺—虚族战争

虚族于远古到达这个世界之后,奇族与虚族之间旷日持久的战争。根据《伊苏菲里亚斯纪》记载,某天夜里,天空中最明亮的星星imburil——即人类口中的"天堂之指",繁星均围绕它旋转——忽然爆发出奇特的光亮,持续一段时间后亮度才降低。库诺族对此无法理解。三年后,因库-霍洛纳斯(即"天空方舟")猛烈地坠毁在奈勒奥斯特海以西、维里的奇族国王尼恩·扬金统治的土地上,导致矿井坍塌、森林全毁,数以万计的奇族身亡,二千里外均有强烈震感。尼恩·扬金写给塞厄尔的奇族国王库亚拉-辛莫伊的信件被记录了下来:

天空如陶罐碎裂,
烈火横扫天穹,

附录

> 万兽奔逃，其心疯狂，
> 巨木颓倒，其脊断折，
> 灰烬掩蔽阳光，所有的种子都已窒息。
> 哈拉洛里在城门下哀怨地哭号，
> 可怕的饥荒于洞府间横行——
> 塞厄尔的兄弟，维里乞求你们伸出援手

库亚拉·辛莫伊非但没去支援尼恩·扬金，反而集结军队入侵维里——维里素来遭到其他奇族国度的轻视，因为他们雇佣而非奴役人类，对后者较为尊重，这里生活的人类也较南方为多。尼恩·扬金和他麾下的奇族武者们不战而降，塞厄尔兵不血刃地将维里变成附庸国，维里也因此避免了灭绝的命运。然而，维里西边的土地仍笼罩在灰尘与烟雾之中，那里的幸存者说有一条燃烧的舰船从天而降。库亚拉-辛莫伊命令塞厄尔的英雄因加利亚带领远征队去寻找方舟，因加利亚在这次远征中的遭遇并没被记录下来，但三个月后他回到塞厄尔，将两个非人种族的俘虏进献给库亚拉-辛莫伊。因加利亚将这些俘虏称为虚族，即"虚空之民"，既因它们发出的声音没有任何意义，也因它们从空无一物的天空中降落。他谈到森林被夷为平地，平原留下深沟，"巨环山脉"或称"闭环山脉"因此形成，熔岩中矗立起两只金色长角，直刺入云。

由于厌恶虚族污秽的外表，库亚拉-辛莫伊将它们全部处死，并派部下守望因库-霍洛纳斯，"天空方舟"。此后，在维里武者的协助下，库亚拉-辛莫伊与高等洞府塞厄尔着力于征服同胞，其权力日渐增长。尼赫里索尔洞府在战争中失败，只能屈膝，他们的国王辛·尼罗哈（意为"第一人"）被迫为库亚拉-辛莫伊洗剑。接下来，塞厄尔还征服了南方的西尔-奥古阿斯，库亚拉-辛莫伊遂成为从伊玛莱提山到梅内亚诺海的广阔疆域的至高王。

在此期间，对方舟的守望并未停止。大地冷却下来，天空又变得洁净。

接下来的事件的发生顺序，现存的不同抄本的《伊苏菲里亚斯纪》的记载各不相符，不知是原本就相互矛盾，还是在流传过程中存在误抄。总之，虚族的密使躲开守望者，来到维里秘密拜访尼恩·扬金，和之前被因加利亚带去见库亚拉－辛莫伊的虚族俘虏不同，这些虚族能说因里姆语。它们辩称方舟的坠毁及给维里带来的不幸乃是无法控制的无心之举，同时它们提醒尼恩·扬金，库亚拉－辛莫伊在他最需要的时刻背叛了他。虚族提出与维里结盟，推翻塞厄尔的压迫，它们声称希望弥补自己的到来给维里的库诺族带来的不幸。

不顾手下武者们的警告，尼恩·扬金接受了虚族的条件，于是维里发动叛乱，在维里的塞厄尔武者不是被杀就是被贬为奴隶。与此同时，虚族从方舟中蜂拥而出，以压倒性优势屠杀了周围的守望者。只有奥里纳斯和他的孪生兄弟奥鲁纳斯幸存下来，一路飞驰回国向库亚拉－辛莫伊示警。

虚族之王蜥尔与尼恩·扬金各自召集部队，在派尔派拉平原上面对库亚拉－辛莫伊——这里又被后世的人类称作埃伦奥特平原。据《伊苏菲里亚斯纪》记载，维里奇族看到自己的盟军后，士气大受影响，因为它们将丑陋腐溃的肉体披挂在身。维里奇族中最伟大的英雄金恩·古里玛指着尼恩·扬金大喊："仇恨使他盲目！"大部分维里武者起而响应，最后汇成震雷般的合唱。尼恩·扬金逃跑了，想要蜥尔为他提供保护，虚族则开始向他们的盟军发动进攻，希望赶在库亚拉－辛莫伊和塞厄尔的大军到来之前摧毁维里的军团。

维里奇族无法与虚族及其横扫千军的光束武器抗衡，付出惨痛代价之后开始退却，只靠着库亚拉－辛莫伊及其战车部队才免于全军覆没。书写《伊苏菲里亚斯纪》的史官们声称，这场大战彻夜未休，直至次日天亮。虚族最终被塞厄尔军团的勇气、战技、巫术和数量优势所击败，只剩一些最强大的个体逃脱。库亚拉-辛莫伊亲自打倒蜥尔，并缴获了它的武器Suörgil，"闪耀的死亡"，即后世人类所称的"苍鹭之矛"。

虚族兵力大减，它们不得不挟裹尼恩·扬金撤回方舟之中。库亚拉-辛莫伊一路掩杀，直到巨环山脉。但此时灾难性的消息传来，他不得不放弃追击——趁塞尔厄无暇他顾，尼赫里索尔和西尔-奥古阿斯统统叛变了。

库亚拉-辛莫伊的力量在派尔派拉平原之战中大为削弱，不得不努力重振帝国。他让奥里纳斯和奥鲁纳斯组织第二批守望者看守霍洛纳斯，自己带着大部队南下平叛。经过数年艰苦战斗，库亚拉-辛莫伊终令西尔-奥古阿斯的武者俯首称臣，但席恩·尼罗哈国王和尼赫里索尔的武者继续顽强抵抗。《伊苏菲里亚斯纪》记载了两位国王之间数十次血腥但毫无结果的冲突：希法拉之战、西尔塞里之战、阿萨古依围城战等。出于超乎理性的骄傲，库亚拉-辛莫伊拒绝和解，处死了席恩·尼罗哈派来的所有使节，直到席恩·尼罗哈通过联姻成为伊绍里尔的国王之后，塞厄尔的至高王才承认其地位。据说他对人这样宣称："两府之王方可为三府之王的兄弟。"

在这段时期，《伊苏菲里亚斯纪》只提到虚族一次。库亚拉-辛莫伊急需武者们的效劳，不愿派出他们，奥林纳斯和奥鲁纳斯——第一代守望者中仅有的幸存者——只能征募原始人类来执行这一任务。在这些哈拉洛里中，有一个名为瑟维塔的"罪犯"，他犯的罪是引诱一位高阶武者的妻子，并与她生下一个名为西摩伊拉的女儿——这是有案可查的人类与奇族的第一次血脉融合。武者的法官陷入困局：这是前所未有过的事件。结果西摩伊拉的真实身份被掩盖起来，虽然有人类血统，她还是被当作库诺族接受了。瑟维塔则被流放，派去与第二代守望者共同看守天空方舟。

瑟维塔不知找到什么办法（《伊苏菲里亚斯纪》未记述详情）进入了因库-霍洛纳斯。一个月过去，所有人都认为他已迷失在方舟中，他却重新出现,精神错乱,尖声喊叫着各种警告,于是奥林纳斯和奥鲁纳斯带他直接面见库亚拉-辛莫伊。瑟维塔和塞厄尔的至高王之间的对话并没被记录下来,史官们只说库亚拉-辛莫伊听完瑟维塔的话后,下令将他处死。但那之后的一条记录却称瑟维塔只是"被拔掉舌头,关进牢里"。显然,至高王出于未知原因撤回了命令。

之后是一段和平岁月,塞厄尔的武者在巨环山脉中的要塞里守望方舟。虚族是依旧苟延残喘,还是早已灭亡?无人知晓。库亚拉-辛莫伊渐渐老去,当时的奇族尚未获得永生,仅仅享有数个世纪的生命。奇族大王的目光变得黯淡,曾经强壮的肢体开始不听使唤,死亡在向他低语。

这时尼恩·扬金回来了,他来到库亚拉-辛莫伊面前,依据古老的法典,要求慈悲与宽恕。为了看清古老的对手,塞厄尔的至高王命尼恩·扬金来到近前,却惊觉其人并未老去。于是尼恩·扬金说出了自己来到塞厄尔的真正理由。他说自己的身体得益于虚族的科技,而虚族十分惧怕库亚拉-辛莫伊的力量,不敢离开方舟半步,只能蜗居在那狭小而悲惨的空间里。他声称,它们派他前来和平谈判,它们想知道怎样才能抚平至高王的怒火。

库亚拉-辛莫伊的回答是:"我要我的心房、面孔和身躯都恢复青春,我要死亡不再出现在我的人民的厅堂之中。"顾问们对此极力反对,但库亚拉-辛莫伊嫉妒尼恩·扬金健壮的身躯,心中燃起了熊熊贪欲,执意要与虚族达成协议。

对方舟的第二次守望就这样被撤销了,虚族可以自由行走在塞厄尔的奇族中,充当他们的医师。他们为所有奇族服务,他们的医术让奇族变得不朽,同时给奇族带来了末日。很快,整个伊尔瓦大陆的奇族,甚至包括那些最初质疑库亚拉-辛莫伊的决定的奇族,都被虚族和它们的秘方魅惑了。

据《伊苏菲里亚斯纪》记载,子宫瘟疫的首位受害者是哈娜琳可,库亚拉-辛莫伊传奇的妻子。史官对至高王的虚族医师展现的勤勉与技巧大加赞赏，但随着越来越多的女性奇族死于子宫瘟疫，赞赏渐渐变成非难。短短数年之内，所有的库诺族女性，无论人妇还是少女，全都一个个死去。虚族则逃离了洞府，返回它们损毁的飞船。

悲愤难抑的库亚拉-辛莫伊发出战争的召唤，全伊尔瓦的武者起而响应，包括许多认定至高王应当为他们爱人的死负责的奇族。这是前所未见的大军，在近乎疯狂的悲痛驱使下，至高王带领他们穿过巨环山脉，在Inniür-Shigogli，即"黑色熔炉平原"摆下阵势。他将哈娜琳可的尸体摆在不洁的方舟之前，要求虚族来面对他的怒火。

但自派尔派拉平原一战之后，虚族一直在为这一日的到来而准备。他们向大地深处挖掘，从平原地下穿过，一直挖到巨环山脉之外。在这些坑道中，他们制造并集结了大批库诺族前所未见的扭曲生物：斯兰克、巴拉格，还有强大的巨龙。伊尔瓦九大高等洞府的武者们本以为此行是要歼灭派尔派拉平原之战的幸存者，不料却腹背受敌。

斯兰克无法抵挡武者的力量与法术，可它们的数量仿佛无穷无尽。巴拉格和巨龙则让奇族付出了惨重代价。但最恐怖的是少数投身战场的虚族，它们悬浮在混乱的战场上空，用光束武器扫荡地面，武者们的巫术显然对它们毫无作用。原来在派尔派拉平原那场灾难之后，虚族诱惑了一批"穷卑术"的研习者，这些人被明令禁止继续研习自己的法术流派，但被知识诱惑的他们研制出第一批丘莱尔，让他们现在的主人免疫奇族魔法。

于是奇族只能用兵器来决定胜负，伊尔瓦大陆的所有英雄都来到黑色熔炉平原。"大山"赛洛戈——最强壮的奇族武者——赤手空拳折断了"巨龙之父"黑龙武鞑庚的脖颈。奥林纳斯和奥鲁纳斯并肩作战，将斯兰克和巴拉格杀得血流成河。塞厄尔的英雄因加利亚扼死了虚族中最强有力的维什克鲁，将它燃烧的尸体扔进大群斯兰克之中。

强者与强者捉对厮杀，爆发了无数战斗。无论虚族发动多么猛烈的攻势,库诺族都寸步不让,那是失去妻子与女儿者所迸发的滔天怒火。

这时尼恩·扬金击倒了库亚拉-辛莫伊,并将这位至高王的脑袋割了下来。

塞厄尔的青铜之树倒在黑压压的斯兰克之中,库诺族军心涣散。尼赫里索尔和伊绍里尔的至高王席恩·尼罗哈一路杀到库亚拉-辛莫伊倒下的位置,但只找到他的无头尸。随后英雄金恩·古里玛倒下了,他被巨龙咬死。紧随其后的是因加利亚,第一位亲眼见到虚族的人。接着是奥林纳斯,他的身体被虚族的光枪撕碎。

席恩·尼罗哈意识到战况已陷入绝境,于是召集士兵一路杀回巨环山脉,大部分幸存的库诺族跟在他身后。刚刚扫清阻挡退路的敌人,伊尔瓦大陆光荣的奇族武者们就开始逃亡,疯狂的恐惧占据了他们的心。不知是过于虚弱,还是怀疑这是个陷阱,虚族并未追击。

之后五百年间,库诺族与虚族之间一直进行着你死我活的战争。库诺族退回各个洞府,整军备战,誓要为被谋害的妻儿与注定终结的种族复仇,虚族战斗的理由则无人能知。库诺族已经不再谈论因库-霍洛纳斯或"天空方舟",转而称之为明-乌洛卡斯,即"淫秽深渊",后来的人类则称之为戈尔格特拉斯。头几个世纪怪物占据上风,诗人在《伊苏菲里亚斯纪》中记载了一次又一次失败。然而渐渐地,随着虚族邪恶的武器消耗殆尽,它们繁殖那些邪恶奴隶的技术逐渐失灵——有报告声称这些武器和繁殖技术似乎依赖于方舟,而方舟早已出了问题——它们越来越依赖于奴隶们的自我繁殖这种速度较慢的方式,而奇族和他们的哈拉洛里仆从开始扭转局势。

终有一天,伊尔瓦大陆仅存的奇族武者将最后一批敌人再度围困在因库-霍洛纳斯,在方舟迷宫般的大厅中进行的灭族战争又长达二十年之久,直至最后一个虚族也死于地底深处。由于无法摧毁方舟本身,伊绍里尔的奇族国王尼尔·吉卡斯命令剩余的奎雅在这个被憎恨的地点布下重重幻术,他及九大高等洞府剩余的其他国王禁止子民再提及虚族和它们梦魇般的遗产。

在付出数以百万计的牺牲、承受了全族女性灭绝的惨祸之后,伊尔瓦大陆最后的奇族回到了他们的洞府,等待无可避免的末日到来。

人类

伊尔瓦大陆目前(长牙纪第四十二世纪)的统治种族,除了斯兰克肆虐的疆域之外几乎占据了整片大陆。

伊尔纳之子
《长牙纪年》中人类的别称。他们中产生了最早的先知与萨满(萨满即是人类早期的巫师)。

伊姆瓦玛人
伊尔瓦大陆的土著人类,作为奇族的奴隶,在破门之年后被五大部落大肆屠杀。现在的人们对他们知之甚少。

五大部落
第二纪元中入侵伊尔瓦大陆,来自伊尔纳大陆的五个原始文明与种族群体。这五大部落曾在伊尔纳大陆的荒野中存续了数个世纪,彼此互相争斗,但逐渐产生了统一信仰,即崇拜百神的多神教。五大部落分别是:诺斯莱人、克泰人、萨提奥斯人、塞尔文迪人和休希安人。

诺斯莱人
金发、蓝眼、白肤的民族,主要生活在三海以北,曾统治伊玛莱提山以南的所有土地。人类的五大部落之一。

克泰人

黑发、棕眼、深色皮肤的民族，大多聚居在三海周边。人类的五大部落之一。

萨提奥斯人

黑发、绿眼、黑肤的民族，大多生活在祖姆及三海地区的最南端。人类的五大部落之一。

塞尔文迪人

黑发、浅蓝眼睛、浅色皮肤的民族，大多生活在君纳帝草原及其周边地带。人类的五大部落之一。

休希安人

黑发、棕眼、橄榄色皮肤的民族，如今仍居住在卡雅苏斯大山脉中，人类的五大部落之一。据《长牙纪年》记载，他们拒绝与其他四大部落一道迁入伊尔瓦大陆。

长牙

因里教与传统的多神教信仰中最神圣的圣物，也是费恩教传统中最邪恶的象征（费恩教称其为 Rouk Spara，"被诅咒的荆棘"）。长牙上刻有现存最古老的《长牙纪年》文本，这也成为了人类最古老的文字。它的来源至今是谜，不过大多数学者相信其存在可上溯至人类各部落来到伊尔瓦大陆之前的年代。有历史记载以来的大多数时间里，它都被安放在圣城苏拿。

《长牙纪年》

伊尔瓦大陆现存最古老的人类文本，也是除费恩教之外所有人类

附录

宗教信仰的文字基础。作为最古老的文学作品，无人知晓其来源。许多因里教研究者认为，《长牙纪年》是历时多年，通过对多种来源的作品（多数为口头流传）整理结集而成。和许多经卷一样，其最广泛流传的诠释乃是经过精心挑选而理想化的。《长牙纪年》由以下六部分组成：

颂歌书

古老的"长牙律法"，涉及个人与公众生活的方方面面，后来《圣典》对因里教律条进行了改革，废除了其中许多条款。

诸神书

各大教派的首要经文，列出了所有神祇，并详细描述向每位神祇悔罪敬献的基本仪式。

辛塔雷书

辛塔雷的故事，讲述一位正直者遭遇各种不幸的人生。

歌谣书

一系列祷文和寓言，颂扬了虔诚、勇气、男子气概及对部落的忠诚。

部族书

详细记述了人类五个部落最初的先知及酋长国王们在入侵伊尔瓦大陆之前的故事。

证见书

具体规定了各种姓之间交往时所应遵循的细则。

长牙先知

《长牙纪年》中提到的先知们的统称。

安吉释拉伊尔（？—？）

最著名的古代长牙先知，带领人类进入伊尔瓦大陆，也称"被焚的先知",因为在艾什奇山脚下与赫斯耶尔特神相会时他俯身跪拜,将脸埋进火堆之中,以示虔敬。他的妻子名为艾斯梅娜。

长牙律法

《长牙纪年:颂歌书》中书写的传统律法。虽然大部分条文被《圣典》取代,但在因里·瑟金斯没有提及的情况下,仍会以此律法为准进行审判。

长牙纪

大多数人类国家所用的主要纪年方法,以传奇的破门之年为纪元元年。

艾什奇山

传说中的"启示之山"。《长牙纪年》记载,先知安吉释拉伊尔曾在此接受诸神的启示,要他带领人类部落前往伊尔瓦大陆。

金苏里山

传说中的"召唤之山"。《长牙纪年》记载,先知安吉释拉伊尔接受启示后,宣称在西方的大山脉彼端有一片被应许的富饶大陆,而那里由被诅咒的"伪人"占据着。他召唤五大部落前往金苏里山集合,并在会上发出呼告。经过漫长的辩论,五大部落之一——休希安人——拒绝前往伊尔瓦大陆,但其他四个部落达成了一致。同样是在这里,安吉释拉伊尔献祭了他和艾斯梅娜最年轻的孩子欧莱什,以展示他对人类部落的忠诚。

破门之年

在这一年,伊尔纳大陆的人类大举进攻伊尔瓦大陆的门扉——卡雅苏斯大山脉中的一系列要塞隘口。由于《长牙纪年》以人类决心入侵伊尔瓦大陆(或称"日落之地")而告终,而抵抗人类诸部落的奇族洞府又均被摧毁,因此关于破门之年及其后的移民活动,没有任何详细记载流传下来。

库诺–哈拉洛里战争
破门之年后人类与奇族持续数代的战争,很少有记载存留下来,奇族的塞厄尔、尼赫里索尔、维里和极南方的伊萨露等高等洞府均在战争中被毁。参见"破门之年"。

远古时代

从破门之年至长牙纪2155年末世之劫结束为止的历史时期,参见"近古时代"。

第二纪元
破门之年后,人类五大部落来到伊尔瓦大陆的时代。

青铜时代
远古时代的另一种称呼,在此时代青铜是人类的主要技术。

远古北方诸国
在末世之劫中被摧毁的诺斯莱文明。

奥姆里斯河(奥姆里斯文明)
奥姆里斯河是伊尔瓦大陆西北地区的主要水系,发源于伊斯久利大盆地,注入奈勒奥斯特海,这里是诺斯莱文明的摇篮。"破门之年"

乌有王子 * 千回之念

及与奇族的战争之后，在很短一段时间里，定居于奥姆里斯河下游肥沃的冲积平原的上诺斯莱诸部落便纷纷脱离了蛮荒状态，建立起人类最早的城邦——包括特雷瑟、索利什、伊崔斯和乌莫鲁等。在与因乔-尼亚斯的奇族交易的过程中，奥姆里斯河文明的力量与文化迅速成长，并于长牙纪第四世纪特雷瑟的神王库威里肖统治下达到顶点。

诸城之母
参见"特雷瑟"。

特雷瑟
古库尼乌里的行政中心，长牙纪2147年毁于末世之劫。许多人认为她是远古北方诸国最伟大的城市，除索利什、乌莫鲁和伊崔斯之外，也是最古老的城市。

索利什
奥姆里斯河谷四大古城之一，长牙纪2147年毁于末世之劫。从奇族训政早期开始，索利什就是远古北方诸国的文化中心，是最初的真知学派的创始地，也是大图书馆的所在地。参见"索利什大图书馆"及"末世之劫"。

索利什大图书馆
约长牙纪560年由乌莫鲁第三代神王卡鲁-昂戈尼安在古城索利什兴建的著名神庙区和档案馆，宁卡鲁-特拉斯二世（长牙纪574—668年）将其拓展为远古北方的文化中心。传说当它于长牙纪2147年被毁时，已发展到城中之城的规模。当时巨龙斯卡弗拉率领龙群将索霍克学派巫师从天空中赶走，然后斯兰克与巴拉格一拥而入，场面极为可怖。

附录

乌莫鲁帝国

人类第一个伟大国家，于长牙纪 430 年推翻特雷瑟的神王政权而崛起，到长牙纪 500 年前后统治了整个奥姆里斯河河谷地带。参见"库尼乌里"。

宁卡鲁 – 特拉斯一世（约长牙纪 549—642 年）

乌莫鲁帝国第四代神王，古代真知学派著名的庇护者。

奇族训政时期

诺斯莱人与库诺族在贸易、教育及战略上展开合作的伟大时代，始于长牙纪 555 年，以长牙纪 825 年大放逐事件为结束标志（紧随著名的"欧敏达莉娅被强暴事件"），诺斯莱文明在这段时期获得了大发展。训政结束后，诺斯莱人在长牙纪 835 年间废除了奇族的楔形文字和音节表，改换为自创的辅音字母表。

欧敏达莉娅（长牙纪 808—825 年）

安那苏里博·欧敏达莉娅是安那苏里博·山纳 – 尼奥加（长牙纪 772—858 年）的第一个女儿。长牙纪 824 年，她被乌莫鲁神王身边的奇族瑟奎吉乃奇强暴，之后这名奇族逃回了伊斯坦宾斯。尼尔·吉卡斯拒绝将吉乃奇交还给乌莫鲁帝国处置，于是神王驱逐了所有奇族，由此结束了"奇族训政时期"。欧敏达莉娅因强暴而怀孕，产下儿子安那苏里博·山纳 – 杰瑞拉（长牙纪 825—1032 年，外号"双心"）时，因难产而死。后来山纳 – 杰瑞拉让一名家族奴隶怀孕，山纳 – 尼奥加认养他为自己和安那苏里博家族的继承人。

阿克瑟西亚

远古北方诸国失落的白诺斯莱人国家。白诺斯莱人起初在西里什海北岸活动,与上诺斯莱人相比,他们与奇族之间没有持续联系,也长时间没能摆脱游牧状态,但最终依然成为了诺斯莱文明中第二强大的支脉。萨拉维恩一世于长牙纪811年建立阿克瑟西亚,最早领土仅限麦克莱城(阿克瑟西亚的政治与经济中心)。随后其统治范围日益扩张,先沿泰温莱河发展,然后横跨加尔平原,遍及西里什海以北。到长牙纪1251年第一次斯兰克大战时,它已成为诺斯莱人国家中最强大的一个,除伊斯久利平原上的部落之外,合并了其他所有白诺斯莱部落。阿克瑟西亚后来在经历三场惨败后,于长牙纪2149年被非神所灭。阿克瑟西亚殖民者曾渡过西里什海,在南岸茂密的丛林中定居,后演变成莫恩帝国的核心力量。

麦克莱

阿克瑟西亚古老的行政与经济中心,长牙纪2149年毁于末世之劫。

莫恩帝国

远古北方诸国中失落的国家。阿克瑟西亚殖民者约于长牙纪850年建立了凯梅约,最早是作为贸易要塞,之后迅速发展,那里的人民(被称为"莫恩人")一步步地在周围的白诺斯莱部落中建立了权威。长牙纪1021年,博斯韦尔卡一世加冕为王,此地开始发展为一个侵略性军事城邦,至长牙纪1104年其孙博斯韦尔卡二世逝世前,已征服几乎整个沃萨河盆地,并通过温玛河上的一系列据点,与南方的什拉迪建立商业往来。由于采取了稳健的发展战略,领土周围又没有强大的竞争对手,莫恩帝国成为了繁荣的商业国家。但随着长牙纪2150年凯梅约毁于末世之劫,帝国随之分崩离析。

附录

凯梅约

莫恩帝国的古都,长牙纪 2150 年毁于末世之劫。

伊莫尔

远古北方诸国中失落的白诺斯莱人国家。伊莫尔的起源可上溯至"征服者"奥莱亚努与康德部落联盟的时代。长牙纪 927 年,奥莱亚努征服新伊崔斯要塞后,震惊于安库拉凯山的无秘之地,遂将多个康德部落安置在附近。这些部落繁荣发展,在附近奥姆里斯河诸城影响下迅速放弃了游牧生活。事实上,康德人如此彻底地被奥姆里斯文化同化,以至他们的白诺斯莱人表亲——赛恩特雅人——在赛恩特雅部落联盟(长牙纪 1228—1381 年)时代认为他们是上诺斯莱人。

长牙纪 1381 年,伊莫尔自赛恩特雅部落联盟统治下独立,并逐渐发展为远古北方诸国中最强盛的国家之一。虽然在长牙纪 2148 年遭遇浩劫,但伊莫尔可以说是末世之劫中唯一存活下来的远古北方国家,不过也只有首都亚特里索城幸免。由于附近密集出没的斯兰克,亚特里索一直没能恢复往日荣耀,只保留了往日伊莫尔领土的一小部分。

库尼乌里

远古北方诸国中失落的国家,是远古的奥姆里斯诸帝国中最强大的一个。远古时代的上诺斯莱城邦沿奥姆里斯河流域逐渐兴盛发展,约长牙纪 300 年被特雷瑟的神王库威里肖统一。长牙纪 500 年前后,乌莫鲁城迅速崛起,并演变为乌莫鲁帝国,其文化也在卡鲁-昂戈尼安倡导的奇族训政时期变得更加先进。古乌莫鲁的繁荣持续到长牙纪 917 年被"征服者"奥莱亚努率领的康德部落联盟打败为止。此后随着康德部落联盟的迅速衰落,特雷瑟再次统治了奥姆里斯河河谷地区,直到长牙纪 1228 年,白诺斯莱人的一系列迁徙入侵最终形成赛恩特雅部落联盟。

乌有王子 * 千回之念

库尼乌里时代到长牙纪 1408 年才真正开始，安纳苏里博·纳诺－乌克加一世利用赛恩特雅部落联盟崩溃后的混乱，夺取了特雷瑟的乌尔王座，自封为首位库尼乌里至高王。在漫长的人生中（他活到 178 岁，人们认为这是他具有奇族血统的缘故），纳诺－乌克加一世大大扩展了库尼乌里的疆界，北至伊玛莱提山脉，东达西里什海西岸，南抵萨卡普斯，西至德玛山脉，令库尼乌里一举成为当时面积最大、力量最强的国家。他去世时将帝国分封给几个儿子，除库尼乌里之外，又创建了阿约西和申内尔（该国位于奈勒奥斯特海与西里什海之间）两个国家。

很大程度上得益于文化遗产，库尼乌里成为了整片伊尔瓦大陆学术与技术的中心。特雷瑟的宫廷接待了所谓"天下千子"——人类国王们的后嗣，连古代的施吉克和什拉迪的王室都将后代派来，远至安卡与尼尔纳米什的学者也不远千里前来圣城索利什进行朝圣般的游学。全伊尔瓦的人类都在效仿上诺斯莱人的风俗习惯。

末世之劫的到来及安纳苏里博·塞摩玛斯二世于长牙纪 2146 年在埃伦奥特平原的惨败，标志着库尼乌里黄金时代的落幕。接下来一年中，奥姆里斯河谷所有的古城都被毁灭，幸存的库尼乌里人不是沦为奴隶，就是被迫背井离乡。

参见"末世之劫"。

安那苏里博王朝
长牙纪 1408 年至 2147 年统治库尼乌里的王朝，参见"末世之劫"。

特雷瑟的白领主
库尼乌里至高王的敬称。

特雷瑟骑士
也被称为乌尔王座的骑士。远古的骑士团，誓言保卫安纳苏里博王朝,于长牙纪2147年随特雷瑟的沦陷被消灭。

安那苏里博·纳诺-乌克加一世(长牙纪1378—1556年)

库尼乌里语中意为"天堂之锤",乌莫里特语写作"Nanar Hukisha",安纳苏里博王朝第一位至高王。他于长牙纪1408年击败赛恩特雅部落联盟,将游牧民族一劳永逸地赶出奥姆里斯河谷,随后建立库尼乌里王国。许多学士认为,他所建立的安纳苏里博王朝是有记载的历史上延续时间最长久的王朝。

安那苏里博·塞摩玛斯二世(长牙纪2089—2146年)

戈尔格特拉斯在末世之劫早期遭遇的最强大对手,亦是末代库尼乌里至高王。参见"末世之劫"。

安纳苏里博·纳乌-卡育提(长牙纪2119—2140年)

乌莫里特语中意为"受祝福的孩子",塞摩玛斯二世的幼子,著名的"戈尔格特拉斯的克星"。长牙纪2136年阿约西陷落之后最黑暗的时代里,纳乌-卡育提的英勇气概与杰出的军事才华支撑着库尼乌里独力对抗戈尔格特拉斯。《长诗》记载了他的许多功绩,例如斩杀红龙坦哈夫特、盗取苍鹭之矛。

金斯尔(长牙纪2115—约2147年)

《长诗》中因-考贾劳将军的妻子,假扮成丈夫骗过了前来刺杀将军的刺客。

伊斯尔卡

《长诗》中萨格-玛尔莫将军的妻子,她的名字在三海诸国常作为"通奸女子"的委婉说法。

乌有王子 ∗ 千回之念

安纳苏里博·甘雷尔卡二世

塞摩玛斯二世的继承人。民间普遍认为他战死于埃伦奥特平原，实际上他被五位勇敢的特雷瑟骑士救出，向西逃到库尼乌里至高王们的隐秘要塞伊述亚。他及其家族在当地很快因瘟疫死去，但留下一个私生子，安那苏里博的血脉得以传承。

伊述亚

因里姆语中意为"高贵的岩穴"，库尼乌里至高王们的隐秘要塞，位于德玛山脉，后来成为杜尼安僧侣的定居地。

阿约西

远古北方诸国中失落的国家。长牙纪1556年安那苏里博·纳诺-乌克加一世死后，大库尼乌里在其诸子间进行了分封，阿约西自此立国。即便在同时代人看来，阿约西也是北方诺斯莱人国家中最善战的，然而其战争目的奇特地仅限于自卫，而非扩张。除开首都席亚鲁周围，整个国家人口分布非常稀疏，加上长年受北方伊玛莱提山中斯兰克和巴什格部落的袭扰，乃至苏尔萨河西岸戈尔格特拉斯的非神会军团的威胁。在这样的环境下，他们仍建起达里亚什——那个时代最宏伟的要塞，"苏尔萨"这个词在远古北方意为"前线"也绝非偶然。

阿约西在历史上面对接连不断的危机时，一直表现出机智与决心。或许可以说，长牙纪2136年的灭国（参见"末世之劫"）不能真正归咎于末代国王安那苏里博·奈摩里，而是由于南方库尼乌里表亲的背叛。

安纳苏里博·麦格拉（长牙纪2065—2111年）

阿约西著名的英雄王，《长诗》记载了他的事迹。

附录

安纳苏里博·奈摩里（长牙纪2092—2135年）

阿约西的至高王，见证了阿约西在末世之劫中的毁灭。参见"末世之劫"。

达里亚什

俯瞰苏尔萨河与阿冈戈里亚平原的古代阿约西要塞，在末世之劫前的数次战争中曾多次易手。参见"末世之劫"。

什拉迪

马乌拉特河畔的古代城邦，最终发展成什拉迪帝国。参见"什拉迪帝国"。

什拉迪帝国

三海诸国东部崛起的第一个伟大国家，在远古时代的大多数时间里，统治着现在的森格米斯、康里亚及上艾诺恩的领土。长牙纪500年左右，一批哈莫里克泰部落沿萨育特河与塞查里平原定居下来，在当地肥沃土壤和丰厚农产品的养育下，开始演化出固定的社会阶层。然而和早期的施吉克神王很快统一了森比斯河谷不同，塞托－安纳里亚（以两个最强大的部落命名）的城邦们一直在彼此征讨。最终的力量平衡偏向北方，马乌拉特河畔的什拉迪城邦在争斗中占据上风，约在长牙纪第十三世纪压服了塞托－安纳里亚的其他所有城市，虽然其统治者还要花上几代人时间才能平定各地的叛乱（塞托－安纳里亚人显然认为他们比北方那些粗俗的表亲更为优越）。到长牙纪第十五世纪，来自杰希亚的休希安入侵者洗劫了帝国，什拉迪城也被夷为平地，幸存者将都城迁到古代的奥克尼苏斯（现为康里亚的首都），二十年后才将那些来自伊尔纳大陆的入侵者扫清。接下来是数个世纪的稳定时期，直到长牙纪2153年，非神的大军在努鲁巴尔之战中给予了什拉迪人毁灭性的打击。那之后的两百年中,混乱与内战彻底摧毁了帝国残留的威望与组织。

至今三海东部的几个克泰人国家仍可以清楚地看到古什拉迪帝国留下的影响:什拉迪贵族崇尚蓄须,这最初是贵族种姓为了将自己与传说中无法长出胡子的休希安人区别开来而传承的习惯。此外,上艾诺恩一直沿用什拉迪象形文字经文。

凯兰尼亚

古代三海失落的国家,位于法御斯河沿岸,起初定都帕尼纳斯,后迁至蒙特松。它长期作为施吉克的属国存在,在文化上与其有着深远联系,崛起之后亦将前主人的大部分疆域收归己有。它在末世之劫到来时达到力量顶峰,但随着长牙纪2154年摩萨鲁纳斯之战的失败及随后蒙特松的毁灭,这个古国就此走到尽头。虽然凯兰尼亚至高王安纳克索法斯五世于次年奋力击杀了非神,但对王国衰亡的命运于事无补。

参见"末世之劫"。

凯兰尼亚时代

凯兰尼亚人统治三海西北地区的时代。

安那克索法斯五世(长牙纪2109—2156年)

凯兰尼亚至高王,在长牙纪2155年蒙格达平原之战中持苍鹭之矛与非神作战。

蒙特松

凯兰尼亚古老的政治与经济中心,长牙纪2154年毁于末世之劫。

附录

末世之劫

一系列旷日持久的战争与暴行,最终毁灭了远古北方诸国。末世之劫的肇始复杂而深远,天命派甚至认为其源头要上溯到有文字可载的历史之前(大众的普遍观点并不认为他们是这方面的权威)。比较清楚的记录可追溯至所谓"奇族训政时期",奇族训政最终导致玛迦卡真知学派找到了因库-霍洛纳斯,"天空方舟"。方舟位于伊玛莱提群山西部的阴影下,被奇族的幻术隐藏保护着。关于此事的记载并不完整,不过很明显,玛迦卡学派占据后来被称为戈尔格特拉斯的要塞后,引发了所谓的"斯兰克大战"。

长久以来,学者们普遍认为,安那苏里博·塞摩玛斯向戈尔格特拉斯发动圣战、召集所谓"救世军",标志着末世之劫的开端。《长诗》是这场灾难最主要的第一手历史文献。根据传说,奇族"瑟奎"告诉索霍克学派(索利什当地最强大的学派)的大宗师:玛迦卡学派(他们开始将之称为"非神会")发现了虚族失落的秘密,可能导致世界毁灭。谢斯瓦萨据此说服塞摩玛斯,于长牙纪2123年向戈尔格特拉斯宣战。

接下来二十年中发生的一切,史学界一直争论不休,许多人严厉抨击导致救世军覆灭的内斗与自负。但他们大都没意识到,当时库尼乌里与阿约西的上诺斯莱人面临的威胁仅仅存在于假设,事实上,塞摩玛斯能如此长久地维持联军,其中还包括伊绍里尔的奇族武者与奎雅和少数具有象征意义的凯兰尼亚军队,这本身就是令人惊讶的成就了。

第一场大战发生在长牙纪2124年的阿冈戈里亚平原,但未取得决定性成果。塞摩玛斯与盟军在达里亚什过冬,次年开春时渡过苏尔萨河,出其不意发动突袭。非神会一路撤退到戈尔格特拉斯,大围攻就此开始。那之后的六年,救世军试图用饥饿迫使非神会屈服,但没有成功,他们的每次攻击(包括奇族奎雅和索霍克学派的联手)也都以灾难收场。长牙纪2131年,塞摩玛斯与阿约西国王奈摩里发生激烈争执后,索性抛弃了自己发起的圣战。接下来的一年厄运接踵而至,非神会的军团利用巨环山脉地下四通八达的隧道,出现在救世军后方。联军在奇袭下土崩瓦解,伊斯坦宾斯的奇族国王尼尔·吉卡斯无法承受丧失数子的悲痛,离开了联军,只留下阿约西独自与非神会战斗。

接下来数年里,灾难愈发深重。长牙纪2133年,阿约西在安那罗特隘口被击败,达里亚什随即陷落。奈摩里国王撤退至首都席亚鲁,阿约西西部全部沦陷。长牙纪2134年,塞摩玛斯终于意识到自己的愚蠢,整军来援,但已太迟。长牙纪2135年,奈摩里在哈穆尔之战中身负致命伤并很快去世。次年春,席亚鲁被非神会攻占,安那苏里博家族在阿约西的血脉从此断绝。

现在只剩下库尼乌里孤军奋战。信誉破灭的塞摩玛斯无法召集联军,局面一时显得无比绝望。然而在长牙纪2137年,他最年轻的儿子纳乌-卡育提却在欧斯里什之战中打败非神会,并于此役击杀红龙坦哈夫特,赢得"Murswagga"即"屠龙者"的名号——这是库诺—虚族战争以来空前的成就。紧接着,纳乌-卡育提在席亚鲁的遗址附近又大获全胜,非神会残余的斯兰克和巴拉格于长牙纪2138年底狼狈逃过苏尔萨河。长牙纪2139年,年轻的王子围攻达里亚什,夺回这座要塞,之后又向阿冈戈里亚平原发动多次大规模突袭,意在削减非神会的兵力。

长牙纪2140年,纳乌-卡育提的宠妾奥莉丝被斯兰克散兵劫持,并带去戈尔格特拉斯。《长诗》记载,谢斯瓦萨说服曾是他学生的王子前往因库-霍洛纳斯营救她,于是两人长途跋涉,但此行结果疑云重重。《长诗》声称他们成功救出了奥莉丝,还带回苍鹭之矛,天命派则认为他们没能找到奥莉丝。无论如何,至少有两件事是确定的:他们确实找到了苍鹭之矛,纳乌-卡育提也不久于人世(显然是被他的第一个妻子艾伊娃毒死的,有种说法认为伊娃嫉妒纳乌-卡育提对奥莉丝的宠爱)。

长牙纪2141年,非神会错误地认为库尼乌里会因他们最伟大、最

附录

受敬爱的王子逝世而一蹶不振,于是转入攻势。但纳乌－卡育提的蜜酒兄弟们证明了自己是称职、甚至称得上优秀的指挥官。在斯科瑟拉之战中,各斯兰克部落被因－考贾劳将军粉碎,然而将军在获胜后几周内也离奇死去(《长诗》说他也是艾伊娃及其毒药的受害者,但天命派学士拒绝接受这说法)。长牙纪2142年,萨格－玛尔莫将军再次大败奥拉格及其非神会军团,那年秋天他追赶残敌,兵临戈尔格特拉斯城下。

但第二次大围攻却比第一次短暂得多。正如谢斯瓦萨害怕的那样,非神会的唯一目的是争取时间。长牙纪2143年春,非神被他们用未知手段召唤了出来,全世界的斯兰克、巴拉格和瓦拉库——虚族所有的淫亵造物——都无条件服从于它的指令,而萨格－玛尔莫与库尼乌里的光荣历史就此结束。

非神降临造成的后果怎么评价都不算过分。无数互相独立的记载显示,所有人类都能感受到它在北方地平线边缘的恐怖存在,那段时间出生的所有孩子都是死婴。安那苏里博·塞摩玛斯二世毫不费力地为第二救世军争取到支持,连尼尔·吉卡斯也和塞摩玛斯言归于好,整个伊尔瓦大陆的人类军团都向库尼乌里开进。

但一切依旧太迟了。

非神摧毁萨格－玛尔莫的大军后并没有即刻推进,而是利用这段时间集结斯兰克,并让它们大量繁殖。长牙纪2146年,塞摩玛斯和他的第二救世军在埃伦奥特平原之战中被彻底摧毁。非神并未驾临战场,苍鹭之矛没有用武之地,反倒在混乱中遗失。长牙纪2147年底,库尼乌里灭国,奥姆里斯河沿岸的各大古城尽数被毁。因乔－尼亚斯的奇族撤退到伊斯坦宾斯。长牙纪2148年,伊莫尔化为荒原,只有建在"无秘之地"上的都城亚特里索勉强存留。亡国的名单持续增加:长牙纪2149年,阿克瑟西亚和哈曼特灭亡;长牙纪2150年,莫恩帝国顽强抵抗后崩溃;长牙纪2151年,印维拉灭亡,只有萨卡普斯城得以幸免。

乌有王子 * 千回之念

长牙纪2151年秋，主要由莫恩帝国的残余与西尔-奥古阿斯的奇族组成的联军在通向三海中部的要害卡索尔隘口的战斗中获胜，这也是那段黑暗历史中人类取得的唯一一场胜利，并给三海地区争取了一年宝贵的喘息时间。但可怕的是，来年春天莫恩人背叛了他们的奇族恩人，掠夺了奇族洞府，杀死了奇族国王金恩·育西斯（由这些莫恩难民的后代建立的新国家加里奥斯一直无法摆脱背叛与凶蛮的形象，这便是源头）。

长牙纪2153年，非神的大军消灭了三海东部的什拉迪帝国，随后重新转向西方。

虽然在长牙纪2154年的摩萨鲁纳斯之战中遭遇塞尔文迪人（他们为非神而战）的夹击而失败，但凯兰尼亚至高王安那克索法斯五世保全了核心部队，向南撤退，将蒙特松与苏拿都丢弃给塞尔文迪人。他们撤离时带走了长牙，将它安放在尼尔纳米什的古城因维什。虽然没有明确史料记载，但天命派学士坚称，正是在此期间，至高王向谢斯瓦萨承认，他的骑士们八年前在埃伦奥特平原上救出了苍鹭之矛。

关于黑暗时代的历史中，也许没有哪个事件能在三海诸国的学界引起如此激烈和辛辣的争辩。有些历史学家，包括伟大的卡西达斯，称这是最骇人听闻的胡说。大半个世界危在旦夕，安那克索法斯怎么会藏匿唯一可以打败非神的武器呢？但其他学者，尤其是天命派学士，认为情况恰恰相反。他们承认安那克索法斯的所谓动机——仅仅只挽救凯兰尼亚一国——值得存疑，但同时又指出，假使他没有藏匿苍鹭之矛，那在埃伦奥特平原之战和第二救世军败亡后的大混乱中，这圣物必定会遗失。况且根据现存记载，非神在这些战役中都没有露面，直到人类通过战斗接连消耗它的军队，它才被迫亲临蒙格达平原。

无论真相为何，非神——或按凯兰尼亚人的称呼，"TSURA-MAH"——在长牙纪2155年被安那克索法斯五世摧毁。摆脱了非神可怕意志的奴役后，斯兰克、巴拉格和瓦库库纷纷溃散。末世之劫宣告结束，人类开始努力在化作废墟的世界上恢复文明。

摇篮之年

历史术语，指第一次末世之劫中非神出现的十二年，所有婴儿都在出生前死去，所有女性也不再能够怀孕。参见"末世之劫"。

救世军

长牙纪2123年安纳苏里博·塞摩玛斯召集的、向戈尔格特拉斯发动悲剧性圣战的大军。参见"末世之劫"。

火烧白船

末世之劫中最广为人知的背叛行径之一。长牙纪2134年，被非神会击退的安那苏里博·奈摩里将阿约西舰队送往库尼乌里的爱索雷亚港躲避。舰队到港后没过几天就被未知来历的间谍焚毁，这一事件使两国间的仇恨变得更加不可调和，导致了悲剧性后果。参见"末世之劫"。

阿冈戈里亚平原之战

参见"末世之劫"。

埃伦奥特平原之战

长牙纪2146年非神的大军与第二救世军在库尼乌里东北边境的大战。虽然安那苏里博·塞摩玛斯及其盟友集结了那个时代最庞大的军团，却仍远不及非神及其非神会奴仆所派出的潮水般的斯兰克、巴拉格和瓦拉库。此战是一场彻头彻尾的灾难，并导致诺斯莱文明的最终毁灭。

泰温莱河滩之战

长牙纪2149年,阿克瑟西亚及其盟友在与非神的大军作战中遭遇的惨败(这是三场惨痛失利之一,也是最后的一次)。天命派学士经常以此为例,证明在战斗中仅仅使用丘莱尔无法制衡敌军中的巫师。

摩萨鲁纳斯之战

长牙纪2154年凯兰尼亚联军与非神的军团在阿通高原发生的第一场大战。尽管非神的部族大将奥拉格获得胜利,但凯兰尼亚至高王安纳克索法斯五世带领大多数部队成功撤离了战争,为次年更具决定意义的蒙格达平原之战保存了力量。

第二次蒙格达平原之战

长牙纪2155年,安纳克索法斯五世连同其南方的属国与盟友背水一战,击败了非神的大军。许多人认为这是历史上最重要的一场战役。

大瘟疫

也称靛青瘟疫,非神殒命后于长牙纪2157年席卷整个伊尔瓦大陆的灾难性疫病。参见"靛青瘟疫"。

靛青瘟疫

根据传说,长牙纪2155年非神死在安纳克索法斯五世手下后,由它的灰烬带来的瘟疫席卷世界。天命派学士对此存有异议,他们声称非神的遗体已被非神会收回,并埋葬于戈尔格特拉斯。无论原因如何,靛青瘟疫是有史记载以来最严重的疫情之一。

非神会

长牙纪2155年非神死后,其麾下的法师与将军组成的阴谋集团,一直致力于将非神带回这个世界。

塞摩玛斯预言

长牙纪2146年埃伦奥特平原之战中，安那苏里博·塞摩玛斯二世临终前对谢斯瓦萨说的话。他预言一个安那苏里博家的人将在"世界末日的时候"归来。由于天命派存在的意义就在于阻止所谓第二次末世之劫发生，所以他们将塞摩玛斯预言奉为真理不足为怪，但三海诸国中很少有人相信他们。

近古时代

有时被称为塞内安时代，泛指从长牙纪2155年末世之劫结束起，到塞内安城于长牙纪3351年被洗劫为止的历史时期，参见"远古时代"。

城邦战争时代

从凯兰尼亚解体（长牙纪2158年）到塞内安崛起的时期，最具代表性的事件是凯兰尼亚平原上各城邦之间永无休止的战争。

塞内安时代

塞内安帝国统治三海地区的时代，起自长牙纪2483年征服尼尔纳米什，终于长牙纪3351年塞内安城的陷落。

塞内安

凯兰尼亚平原上的城市，在城邦战争时代崛起并征服整个三海。长牙纪3351年，霍利奥萨率领塞尔文迪人毁灭了这座城市。

塞内安帝国

历史上最伟大的克泰人帝国，疆域最大时涵盖三海全土，从西南方的安孔达山脉至北部的霍西湖，东南方直抵卡雅苏斯大山脉。建立并维持帝国运转的首要力量是塞内安帝国军团，那也许是历史上最训练有素、组织最严密的军队。

凯兰尼亚时代的塞内安不过是一座河运贸易市镇，到城邦战争时代，它吸收了大批末世之劫中逃亡的难民，方才逐步成为凯兰尼亚平原上的强盛城市。长牙纪2349年对沙乌尔河口的吉尔拉斯的征服，标志着塞内安在凯兰尼亚平原南部建立起区域性统治。接下来数十年中，谢卡拉斯二世领导塞内安人逐渐将势力范围扩张至整片凯兰尼亚平原，他的继承者们延续了他极富侵略性的扩张政策，首先用绥靖手段安抚瑟帕罗平原的诺斯莱诸部落，然后接连对施吉克发动三次战争，终于在长牙纪2397年将其吞并。长牙纪2414年，相继征服安那斯潘尼亚、谢拉什和安摩图之后，纳山塔斯将军发动政变，自封为塞内安皇帝，虽然他在次年遇刺身亡，但他的继承者继承了他所开创的帝业。

长牙纪2478年，崔亚姆斯一世继位，这是绝大多数学者心目中塞内安帝国黄金时代的开端。他于长牙纪2483年征服尼尔纳米什，次年他越过大海，征服辛古拉，后年又在阿玛拉打败祖姆大军。若非士兵思乡心切发动兵变阻止了他，他也许还会入侵萨提奥斯人的国度。他利用接下来的十年时间巩固征服的疆域，并努力制止传统的多神教与人数不断增长的因里教之间致命的对抗。通过协商和谈判，皇帝与千庙教会的沙里亚伊克雅努斯三世达成谅解，最终在长牙纪2505年宣布因里教为塞内安帝国国教。此后十年他扑灭了多起宗教叛乱，同时出兵占领辛罗恩（长牙纪2508年）和诺里（长牙纪2511年）。那之后他又花了十年与三海东部什拉迪帝国的继承者们作战，首先征服艾诺恩（长牙纪2518年），接着是森格米斯（长牙纪2519年），最后是安纳德（长牙纪2525年）。

虽然后继的神皇帝们也进行过少量扩张,但在接下来近八个世纪中,帝国边境大体处于稳定状态。在此期间,塞内安帝国的语言和权力结构以及千庙教会的组织逐渐融合渗透进三海诸国社会生活的方方面面。除了与祖姆周期性的战事,以及在北方边境应付塞尔文迪人和诺斯莱部落长年不断的侵袭之外,和平、繁荣与商贸发展遍及帝国全境。对盛世最大的威胁来自帝国内部的战乱,那往往与继承权争夺有关。

虽然塞内安城于长牙纪3351年被霍利奥萨率领的塞尔文迪人摧毁,但历史学家一般认为,塞内安帝国灭亡于长牙纪3372年,以毛里尔塔将军在艾诺恩向萨罗斯一世投降为标志。

狂热者之战

早期因里教与多神教之间旷日持久的宗教战争(约长牙纪2390—2478年),最终结果是千庙教会在三海诸国的崛起。

皮拉斯·博克萨里亚斯(长牙纪2395—2437年)

塞内安皇帝,设立了帝国内部的标准交易条款,并在各大城市中建立繁荣的市场。

崔亚姆斯大帝(长牙纪2456—2577年)

塞内安帝国第一位神皇帝,留下赫赫战功。长牙纪2505年,他宣布因里教为帝国国教。参见"塞内安帝国"。

神皇帝

崔亚姆斯大帝即位二十三年后为自己加封的名号(当时的沙里亚伊克雅努斯三世正式承认了所谓"皇帝教派"),并被其后代继承。

种姓

世袭的社会阶层。虽然在所谓中北地区和远古北方诸国较为松散——受上古时代自由游牧生活的传承影响——但如今因里教徒的种姓系统确是三海诸国社会的核心结构之一。理论上说,有多少个职业就有多少个种姓,但实际上种姓可大致划分为数类,包括苏森提(仆奴种姓)、默姆莱(商人种姓)、那哈特(祭司种姓)、吉内塔(武士种姓)等。关于种姓内部及种姓之间如何交往,有着详细而繁杂的规定,以保证各种权利与义务,同时尽可能避免玷污神圣的制度。但事实上,除非为保障个人利益,否则这些规定很少被严格坚持。

  官员种姓

  世袭种姓,多在三海诸国的官僚系统中担任公职。

  下等种姓

  又称苏森提,世袭的劳动种姓。

  贵族种姓

  又称吉内塔,世袭的武士种姓。

  祭司种姓

  又称那哈特,世袭的祭司种姓。

  礼仪规范

  关于仪态与用语的非正式规定,在许多人看来是一场"言辞与风度的战争"。在三海诸国较有教养的人群中,掌握礼仪规范的熟练程度可以区分同等地位与种姓的不同个体的高下。由于因里教徒相信真神存在于历史轨迹之中,而历史是由不同地位的人所决定,所以很多人认为礼仪规范是神圣的,不仅仅是工具性的仪式。然而也有其他很多人——尤其是三海诸国的诺斯莱人——轻视礼仪规范,认为它"不过是儿戏"。

  礼仪规范上的交锋通常表现为隐藏的敌意、对讽刺与话语机锋的偏好以及伪装的漠不关心。

二、国家与地理

伊尔纳大陆

索蒂-伊尔诺里安语中的"日升（之地）"，自古以来对卡雅苏斯大山脉以东所有土地的统称。这里亦有山脉、沙漠和平原，但人口极为稀少。

伊尔瓦大陆

索蒂-伊尔诺里安语中的"日落（之地）"，自古以来对卡雅苏斯大山脉以西所有土地的统称。①

库纳米大陆

伊尔瓦大陆以南未经探索的大陆的统称，据说布满辽阔的沙漠和无法通行的荒原。

浩瀚洋

伊尔瓦大陆以西的海洋，海岸线以外的地方大多没在地图上标注，不过有人声称祖姆人拥有海洋的详细地图。

三海（三海诸国）

指梅内亚诺海、昂西斯海和奈兰尼萨斯海，位于伊尔瓦大陆中南部；在更广泛意义上又指自末世之劫结束以来，在这一区域发展起来的文明（以克泰人为主）。

---

① 作者认为，伊尔瓦大陆的大小约等于四五个欧洲；在《前度的黑暗》开篇时，整片伊尔瓦大陆约有七千五百万人类。——整理者注

梅内亚诺海
三海之中最北的海洋。

奈兰尼萨斯海
三海之中最东的海洋。

昂西斯海
三海之中最西的海洋。

西里什海
伊尔瓦大陆最大的内陆海。

约露亚海
伊尔瓦大陆中西部巨大的内陆海。

奈勒奥斯特海
伊尔瓦大陆西北部巨大的内陆海,是沿奥姆里斯河谷崛起的诸国传统上的北方边界。

中北地区
伊尔瓦大陆的中北部,有时用来指代三海诸国中的诺斯莱国家,它们几乎都是莫恩帝国难民的后代。

加尔平原
西里什海以北的大片草原。

附录

阿冈戈里亚平原

库尼乌里语中意为"悲痛平原",指苏尔萨河以西、奈勒奥斯特海以北被诅咒的土地,最初毁于"天空方舟"的坠落。这里长不出什么作物,人类或奇族无法在此生存。

瑟帕罗平原

气候温和的半森林平原,从纳述尔帝国西部边境的赫桑塔山脉一直延伸到加里奥斯的西南边境。自凯兰尼亚灭亡后,瑟帕罗平原一直是诺斯莱游牧民族瑟帕罗兰人的活动区域,而他们长期充当纳述尔帝国的附庸。

塞查里平原

上艾诺恩境内、萨育特河北岸广阔的冲积台地,以土地肥沃、人口稠密而闻名,平原上六到七成的面积都是农田。

凯兰尼亚平原

法御斯河周围丰饶的地区,从赫桑塔山脉以南延伸至梅内亚诺海。这一地区诞生了三个伟大的帝国:古凯兰尼亚帝国、塞内安帝国及现今的纳述尔帝国。

伊斯久利平原

广阔的高原,北起伊玛莱提山脉,南至赫桑塔山脉,其中大部分区域为半干旱气候。

迦罕平原

广阔而干燥的台地,组成了尤玛那的西部边境。

蒙格达平原
杰迪亚与纳述尔帝国之间的地理边界，位于云纳拉山脉以南、杰迪亚高原以北。由于这里爆发过数不尽的战斗，广泛传言有怨灵作祟。

战争平原
参见"蒙格达平原"。

帕尔哈平原
加里奥斯西北部丰沃的台地。

特尔塔平原
卡拉斯坎东北方的冲积平原，农业发达。

君纳帝草原
辽阔、半干旱的平原区域，从卡拉塞沙漠以北延伸到伊斯久利平原，从第二纪元早期开始就有塞尔文迪游牧民在此生息。

大草原
参见"君纳帝草原"。

苏斯卡拉高原
亚特里索与君纳帝草原之间辽阔而破碎的平原与高原，诸多斯兰克部落在此出没，其中一些臣属于所谓的"斯兰克之王"乌尔斯库格。

达默里荒原
广阔的原始森林地带，从南方的泰丹边境转东北方越过欧斯瓦伊山脉一直延伸到西里什海，这里有大批斯兰克出没。

附录

因纳拉高原
云纳拉山脉的东北部山脚下的丘陵地带。

阿楚席安高地
杰迪亚内陆的干燥山地。

阿通高原
凯兰尼亚语中写作"Att Anoch",意为"缺失之塔",又称阿通大裂隙。赫桑塔山脉里最广为人知的隘口,也是塞尔文迪人一直以来入侵帝国的通道。

卡雅苏斯大山脉
庞大的山系,形成伊尔瓦大陆的东部边境。

伊玛莱提山
伊尔瓦大陆西北边境延绵的大山脉。

欧斯瓦伊山脉
伊尔瓦大陆中部的大山脉。

赫桑塔山脉
伊尔瓦大陆中部的大山脉。

拜特穆拉山脉
谢拉什和安摩图西南边境较小的山脉。

乌有王子 * 千回之念

安孔达山脉
也许是卡雅苏斯山脉以西最大的山脉,从约露亚海延伸到浩瀚洋,有效地将祖姆与伊尔瓦大陆的其他区域分隔开来。

辛纳雅提山脉
伊尔瓦大陆西南部的庞大山脉,有时被称为"尼尔纳米什之脊"。

巨环山脉
环绕戈尔格特拉斯的山脉。

德玛山脉
伊尔瓦大陆西北部绵延的山脉,形成了因乔-尼亚斯和曾经的库尼乌里之间的边界。

云纳拉山脉
从赫桑塔山脉南端延伸至梅内亚诺海岸的低矮山系,是凯兰尼亚平原与杰迪亚的地理分界线。

阿拉西斯山脉
瑟—泰丹和康里亚东部边境的山脉。

泰温莱河
伊尔瓦大陆中北部地区的主要河系,发源自加尔盆地,注入西里什海。

森比斯河
伊尔瓦大陆的主要河系之一,发源自君纳帝草原的诸多支流,汇入梅内亚诺海。

基育斯河
森比斯河支流，流经君纳帝草原深处。

黄森比斯河
森比斯河支流。

温玛河
伊尔瓦大陆中东部地区延绵不绝的河系，发源自达默里荒原的众多支流，汇入梅内亚诺海。

萨育特河
伊尔瓦大陆最大的河流之一，发源自卡雅苏斯大山脉南部，汇入奈兰尼萨斯海。

杰什玛尔河
安摩图的主要水系，源自拜特穆拉山脉，在希摩汇入梅内亚诺海。

萨斯克里河
尤玛那的主要河系，发源于艾沙加纳，流经迦罕平原。

法御斯河
凯兰尼亚平原的主要河系，从赫桑塔山脉中南部发源，注入梅内亚诺海。

沙乌尔河
纳述尔帝国境内仅次于法御斯河的第二重要河系。

纳雷斯河
尼尔纳米什东部重要的河系。

苏尔萨河
在末世之劫前划分阿冈戈里亚和阿约西的河流。

斯瓦河
构成瑟泰丹北方边境的河流。

斯威基河
基安语中意为"神圣之河"、"奇迹之河",是基安人膜拜的对象,他们声称这条河的河水是独一神无中生有制造出来的——在杰哈迪圣战前,纳述尔地图学家多次尝试在大沙漠中寻找它的源头,但从未成功。

霍西湖
大型淡水湖,有维道迦河、斯库尔帕河等三道水系注入,自身又是乌特摩河的源头。

鲁西尔河
汇入霍西湖的三条主要河流中最东面的一条。

斯库尔帕河
汇入霍西湖的三条主要河流之一。

附录

维道迦河
汇入霍西湖的三道主要河流中最西边的一支,也是加里奥斯与瑟帕罗平原之间的主要地理分界线。

乌特摩河
从霍西湖流向梅内亚诺海的大河。

巴杰达海峡
将诺里的西南端与辛罗恩的东北端分隔开的海峡。

失落的北方

亚特里索
灭亡已久的伊莫尔的政治与经济中心,也是末世之劫中仅存的两座诺斯莱城市。亚特里索的特别之处在于,它坐落在安库拉凯山脚下所谓"无秘之地",巫术在此不起作用。这座城市是著名的乌莫鲁神王卡鲁–昂戈尼安于长牙纪570年前后作为"新伊崔斯"(Ara–Etrith)要塞兴建的。

索贝尔
亚特里索已被荒弃的北方省份。

萨卡普
远古北方的城市,位于伊斯久利平原中心,除亚特里索之外,它是古代战争中唯一存留下来的城市。

纳述尔帝国

三海诸国之一,以塞内安帝国的继承者自居,势力顶峰时疆域一度从加里奥斯延伸至尼尔纳米什,但经过与信仰费恩教的基安人数个世纪的战争,领土面积已大幅缩小。

纳述尔帝国在它数百年的历史中,虽然经历了若干篡权、宫廷政变及短命的军事独裁,但保持着相当程度的稳定性。在崔里姆王朝(长牙纪 3411—3508 年)的努力下,"纳述尔"(摩门周围地区的传统称谓)从塞内安帝国毁灭后的混乱中脱颖而出,统一了凯兰尼亚平原。泽尔塞王朝(长牙纪 3511—3619 年)开始真正的扩张,在接连几位短命皇帝的带领下,他们征服了施吉克(长牙纪 3539 年)、安那斯潘尼亚(长牙纪 3569 年)和圣地(长牙纪 3574 年)。

苏尔曼提克王朝时期(长牙纪 3619—3941 年),纳述尔人迎来了最繁荣时代,军事力量也达到顶峰。苏尔曼提克·沙坦提安一世(长牙纪 3644—3693 年)在位期间是王朝的顶点,他向北征服瑟帕罗兰诸部落,将帝国疆土扩张到维道迦河岸,向南甚至占领了尼尔纳米什人的古都因维什——这几乎恢复了塞内人所谓"西部帝国"的全部版图。然而无休止的战事需要强大的财力支持,为筹措军费,他强行贬值货币,使得帝国经济遭到毁灭性打击。到长牙纪 3743 年梵·欧卡吉一世发动白色杰哈迪圣战时,帝国仍未从沙坦提安的穷兵黩武中恢复过来。苏尔曼提克王朝的继位者被迫卷入一系列战事,却连军队都无法支撑,根本难以取胜。由于缺乏资源,又不愿改革塞内安时代的军制,帝国面对基安人种种诡诈的战术完全无计可施,衰落便也无法避免了。

现今身披御氅的是伊库雷家族。长牙纪 3933 年,基安人在梵·欧卡吉三世带领下发动"匕首杰哈迪圣战",将施吉克和杰迪亚从帝国手中夺去。随之而来的混乱中,伊库雷家族政变夺权。作为曾经的大统领,伊库雷·索流斯一世对帝国军队和帝国政府进行了改革,这让他和他的后代抵抗住了费恩教徒连续三次大规模入侵。自那之后，纳述尔帝国获得了一段相对稳定的喘息之机，但时刻担心着北方的塞尔文迪部落再次团结在一起发动侵略。

崔亚玛留斯一世（长牙纪3470—3517年）

纳述尔帝国泽尔塞王朝的第一位皇帝，长牙纪3508年崔里姆·蒙尼法斯一世被刺之后，由帝国军拥立。参见"纳述尔帝国"。

崔亚玛留斯三世（长牙纪3588—3619年）

纳述尔帝国泽尔塞王朝末代皇帝，被宫廷中的宦官们杀害。参见"纳述尔帝国"。

斯基鲁拉二世（长牙纪3619—3668年）

绰号"疯王"，纳述尔帝国苏尔曼提克王朝最残忍的皇帝，精神错乱般的暴政导致长牙纪3668年的粮仓起义，使得苏尔曼提克·沙坦提安一世继承了御玺。

沙坦提安一世（长牙纪3644—3693年）

纳述尔帝国苏尔曼提克王朝最好战的皇帝，他将纳述尔帝国的版图扩张到极致，向北平定了瑟帕罗草原的诺斯莱诸部落，向南不断深入，甚至短暂占领了因维什（然而无法完全征服尼尔纳米什的乡村）。虽然在军事上取得巨大成功，但连续不断的战事使得纳述尔国民疲惫不堪，帝国财政近乎枯竭，最终为他死后帝国与基安的战事一连串灾难性失利埋下了伏笔。参见"纳述尔帝国"。

卡菲里那斯一世（长牙纪3722—3785年）

为与塞内安时期的同名皇帝区分，又称"小卡菲里那斯"。纳述尔帝国苏尔曼提克王朝皇帝，因其睿智的外交手段和对纳述尔律法影响深远的改革而闻名。

伊库雷王朝

伊库雷家族一直是元老院中的强势家族之一，长牙纪3941年，帝国在此前的匕首杰哈迪圣战中先后被基安夺走施吉克和杰迪亚，陷入混乱，伊库雷家庭趁机夺得御玺。伊库雷·索流斯一世成为这个多疑而敏锐的家族的第一代皇帝。参见"纳述尔帝国"。

近卫军

纳述尔皇帝的私人重装步兵护卫，主要由来自瑟帕罗草原的诺斯莱佣兵组成。

齐德鲁希骑兵

三海诸国最负盛名的重骑兵部队，主要由有资格参加元老院的纳述尔贵族家族的成员组成。

元老院

纳述尔帝国的首要有产贵族家族组成的准立法机构。

泽尔塞家族

曾是纳述尔帝国的元老院家族之一，长牙纪3511—3619年为统治帝国的皇族，直到泽尔塞·崔亚玛留斯三世被宫廷中的宦官们杀害。

苏尔曼提克家族

曾是纳述尔帝国的元老院家族之一，长牙纪3619年至3941年为统治帝国的皇族。

附录

伊库雷家族

纳述尔帝国的元老院家族之一,地产多集中在摩门城及其附近,长牙纪3941年后成为统治帝国的皇族。

比亚希家族

纳述尔帝国的元老院家族之一,伊库雷家族的宿敌。

崔里姆家族

纳述尔帝国的元老院家族之一。

达卡斯家族

纳述尔帝国的元老院家族之一。

高纳姆家族

纳述尔帝国的元老院家族之一,其产业分布在凯兰尼亚平原西部。

齐凯家族

纳述尔帝国的元老院家族之一。

里格瑟拉斯家族

纳述尔帝国的元老院家族之一。

摩门

凯兰尼亚语中意为"赞美摩玛斯",纳述尔帝国的政治和经济中心。它防御牢固,历来是纳述尔皇帝的居所,也是三海地区最繁忙的港口之一。历史学家很容易注意到,凯兰尼亚平原上崛起的三个伟大帝国的首都(蒙特松、塞内安和摩门)都在法御斯河沿岸,而且一座比一

乌有王子 ★ 千回之念

座离梅内亚诺海更近,有人称位于河流入海口的摩门将是这些伟大城市中的最后一座——这同时也产生了"河流到头"这个俗语,指命运的转变。

安迪亚敏高地
纳述尔皇帝的主要居所和办公地点,位于摩门城内面海的城墙边。

苏拿
长牙所在地(除了第一次末世之劫时期),因里教最重要的圣城,位于纳述尔帝国境内。

居利尤玛
被称为"长牙之厅",是安置长牙的远古要塞神庙,位于苏拿城哈格纳区的中心。

玛森提亚
纳述尔帝国的中部行省,由于拥有无边无际的麦田,也被称为"黄金行省"。

苏迪卡
纳述尔帝国的行省,长牙纪 4111 年时人口已大为减少,但在凯兰尼亚和塞内安帝国时期是凯兰尼亚平原上最富庶的地区。

安塞尔卡
纳述尔帝国最南端的行省。

附录

复兴帝国

对某些纳述尔人来说是振奋人心的目标——收复纳述尔帝国所有"失去的省份",也就是被基安人夺去的领地。

基安

三海地区最强大的国家,疆域从纳述尔帝国的南境延伸到尼尔纳米什。基安人最早是盐之平原边缘地带的沙漠民族,许多塞内安和尼尔纳米什的文献都将他们描绘成狡诈而无畏的劫掠者,当时的统治者曾对他们发动多次讨伐和惩罚性远征。卡西达斯在巨著《塞内安帝国编年史》中把他们描绘为"怀有宫廷气质的野蛮人,既有着令人消除敌意的优雅,同时也极端嗜血"。虽然名声在外,人口也不少(纳述尔人的记载中提到行省政府多次对此表示不安,反复尝试统计他们的人数),基安人却将大多数时间花费在为争夺沙漠中宝贵的资源而进行的内斗上。直到他们集体皈依费恩教(约长牙纪3704—3724年),局面才发生变化,并引发戏剧性后果。

基安各部落被费恩统一之后,其长子梵·欧卡吉一世成为基安的第一任帕迪拉贾。他带领同胞们发动所谓"白色杰哈迪圣战",在与纳述尔帝国军的战争中赢得一系列辉煌胜利。至长牙纪3771年去世前,梵·欧卡吉一世已征服整个蒙格里亚,并多次入侵尤玛那,且于斯维基河边建立了都城南锡蓬。

接下来几次圣战中,尤玛那(长牙纪3801年)、安那斯潘尼亚(长牙纪3842年)、谢拉什和安摩图(长牙纪3845年)相继被基安人占领,最后是施吉克和杰迪亚(长牙纪3933年)。虽然尼尔纳米什人成功阻止了基安人的多次入侵,但在长牙纪第三十八世纪,费恩教传教士成功地让吉尔加什人皈依了费恩教。到长牙纪第四个千年结束时,基安已摇身一变成为三海地区最强大的军事与经济实体,不光让业已衰落的

乌有王子 * 千回之念

纳述尔帝国一夕数惊,也令每个因里教国家备感惊恐。

梵·欧卡吉一世(长牙纪3716—3771年)
基安语中意为"费恩无与伦比的儿子"。先知费恩之子,基安的第一位帕迪拉贾。梵·欧卡吉最伟大的功绩在于对纳述尔帝国发动了极为成功的白色杰哈迪圣战。

费罗卡一世(长牙纪3766—3821年)
基安早期的,也是最残暴的帕迪拉贾之一。

帕迪拉贾
基安统治者的传统头衔。

帕夏
基安的各个半自治行政区的统治者头衔。

交错弯刀
费恩教最神圣的标志,代表着费恩"舍弃双目"的事迹。

得到净化之地
基安人对费恩教支配区域的统称。

夸约里骑兵
基安的帕迪拉贾帐下久负盛名的精英重骑兵,最初由哈巴尔-阿布-萨罗克于长牙纪3892年组建,以对抗纳述尔帝国的齐德鲁希骑兵。其旗帜为黄底白马。

附录

杰哈迪圣战
费恩教的圣战。自费恩教创始以来,基安人至少发动了七次杰哈迪圣战,每次都是针对纳述尔帝国。

白色杰哈迪圣战
长牙纪3743年到3771年梵·欧卡吉一世带领基安人对纳述尔帝国发动的圣战。参见"基安"。

南锡蓬
基安的政治中心,三海诸国最大的城市之一,长牙纪3752年由梵·欧卡吉一世兴建。

科拉沙
又称"白日宫",南锡蓬宏伟辽阔的宫殿区,基安的帕迪拉贾的传统宫邸及政府所在地。

白日宫
参见"科拉沙"。

塞鲁卡拉
基安的经济中心,三海诸国最大的城市之一。

圣地
谢拉什和安摩图的别称,《圣典》的故事就发生在这两地。

安摩图
基安的行政区之一,位于梅内亚诺海南端。

乌有王子 * 千回之念

和其他坐落于拜特穆拉山脉脚下的国度一样,安摩图(有时也称"圣安摩图")是在古代施吉克王朝的影响下发展起来的。根据现存碑志,施吉克人将谢拉什和安摩图统称为"胡特–嘉尔萨",意为"嘉尔塔人之地",或称胡提–帕罗塔,意为"中土"。被施吉克征服前,嘉尔塔人是本地区占统治地位的克泰部落,安摩图人和其他许多民族都是他们的附庸。然而随着沙尔瑞佐平原农耕文明的发展以及杰什玛尔河沿岸希摩与丘迪亚两大城市的缓慢崛起,实力平衡发生了缓慢转变。数个世纪里,中土是施吉克与南方各族——越过拜特穆拉山脉而来的尤玛那人、古尼尔纳米什人或曰"瓦帕西人"——的战场。长牙纪 1322 年,因维什的尼尔纳米什国王安苏玛拉帕塔二世大败施吉克人,为确保征服,他将数十万贫困的尼尔纳米什人迁徙到海什尔平原,这一举动造成的影响比他那短暂的帝国久远得多(施吉克人于长牙纪 1349 年重新征服了中土)。长牙纪 1591 年,随着施吉克对本地统治的崩溃,嘉尔塔人尝试恢复祖先的基业,结果却一败涂地。接下来的一系列战争诞生了短暂的安摩图帝国,其领土范围横跨拜特穆拉山脉,直抵卡拉塞沙漠边缘。但到长牙纪 1703 年,整个中土又被凯兰尼亚人征服。

凯兰尼亚解体后,约在长牙纪 2158 年,安摩图迎来第二段,也是最后一段独立时期。这一次,谢拉什人,安苏玛拉帕塔的移民的后裔,成为了他们的首要竞争者。因里·瑟金斯于安摩图的第二段"黄金时期"降生于此,由其而生的信仰最终缓慢成为三海诸国的主要宗教。安摩图被谢拉什人短暂占领一段时间后,又被各种外来势力相继统治:首先是塞内安人于长牙纪 2414 年征服中土,此后纳述尔人于长牙纪 3574 年吞并此地,最后是基安人于长牙纪 3845 年到来。虽然各被征服城市大多享有和平与繁荣,但在塞内安时代早期,安摩图的历史却尤为血腥。长牙纪 2458 年,也即崔535姆斯大帝的幼儿时代,狂热的因里教徒煽动安摩图省发起叛乱,给予塞内安人重创。作为惩罚,皇帝希亚克萨斯二世大举屠杀丘迪亚的居民,并将城市夷为平地。

希摩

因里教徒心目中第二神圣的城市，位于安摩图，乃是因里·瑟金斯向天堂之指飞升之地。

尤特鲁高地

希摩的神圣高地，根据经文记载，是因里·瑟金斯向天堂之指飞升的所在。

谢拉什

基安的行政区之一，曾是纳述尔帝国的行省，位于尤玛那以北、梅内亚诺海岸边。谢拉什最为世人所知的是《圣典》中的描述，在因里·瑟金斯时代，它是安摩图暴虐而放荡的邻国。参见"安摩图"。

捷罗萨

谢拉什的政治与经济中心。

蒙格里亚

基安的行政区之一，曾是纳述尔帝国的行省，包括斯威基河左右两岸的沿海区域。它长期以来都作为强国的附庸存在，历史上曾多次易主。梵·欧卡吉一世最早的征服地（长牙纪3759年）就是这里，这里随后成为基安人的"绿色家园"，以盛产战马闻名。

奇纳迪尼

基安的行政区之一，曾是纳述尔帝国的附庸国，位于尤玛那以西、尼尔纳米什以东。奇纳迪尼是基安人传统的故乡，在基安各行政区当中，其财富和人口仅次于尤玛那。

乌有王子 ★ 千回之念

尤玛那
基安人口最多的行政区,曾是纳述尔帝国的行省,位于拜特穆拉山脉以南,是一大片肥沃丰饶的土地,盛产美酒与马匹。

尤里萨达
基安的行政区之一,曾是纳述尔帝国的行省,位于尤玛那半岛的东南端,乃是一个富饶的农业地区,人口密集,但被许多基安人认为"精神倦怠"。

奈鲁姆
小型港口城市,尤里萨达的行政中心,位于安摩图南方的海岸线上。

安那斯潘尼亚
基安的行政区之一,曾是纳述尔帝国的行省,位于海墨恩和谢拉什之间,一半是山地,一半是荒漠。此处的财富主要来源于途经其政治与经济中心卡拉斯坎的商队。

卡拉斯坎
三海西南地区的重要城市及贸易集散地,安那斯潘尼亚的政治与经济中心。

海墨恩
基安的行政区之一,曾是纳述尔帝国的行省,位于施吉克以南,是卡拉塞大沙漠与梅内亚诺海交界之地。这里散布着沙漠部落(参见"乞尔吉人"),唯一的财源是定期在施吉克与卡拉斯坎之间通行的商队。

附录

卡拉塞沙漠

伊尔瓦大陆西南部广阔的干旱地带,地形以沙丘与砾石平原为主。沙漠东部有大型绿洲存在,但内陆河极少。

乞尔吉人

卡拉塞沙漠东部的部落,是基安人的属民,但人种与之并不相同。

盐之平原

卡拉塞沙漠与奇纳迪尼的交界处一片环境极为恶劣的地区。

施吉克

基安的行政区之一,曾是纳述尔帝国的行省,位于森比斯河肥沃的三角洲和冲积平原,古时曾是凯兰尼亚的竞争者,也是三海地区第一个文明国家。

在所谓古王朝时代,施吉克的国力达到巅峰,连续几代神王为国家开疆扩土,向北吞并了整片凯兰尼亚平原,向南到达古代的尤玛那。他们沿森比斯河兴建了许多伟大的城市(至今只有爱荷西亚保留下来)和纪念性建筑(包括著名的金字塔)。约在长牙纪第十二世纪,凯兰尼亚平原上的诸多克泰部落开始宣告独立,神王们被迫卷入接连不断的战争。长牙纪1591年,神王米索瑟尔二世在纳拉齐的决定性战役中败给凯兰尼亚人,从此施吉克长期沦为强国的附庸。最近一次征服施吉克的是梵·欧卡吉三世率领的费恩教军团(长牙纪3933年),让千庙教会惊慌的是,基安人的统治手段是向不信教的人征税,而非对之进行迫害,这导致在短短几代人时间里,绝大多数施吉克人转而皈依费恩教。

西约瑟(约长牙纪670—720年)

施吉克古王朝的神王,因以其名字命名的金字塔而为世人所知。

格尔吉罗斯

森比斯河南岸的废墟城市,曾是凯兰尼亚占领下的施吉克的首府,但在末世之劫中凯兰尼亚沦亡后被毁。

杰迪亚

基安的行政区之一,曾是纳述尔帝国的行省,位于施吉克和云纳拉山脉之间。杰迪亚是一片半干旱土地,内陆有高原,海岸多山,它在历史上的主要闻名之处是作为古代施吉克与凯兰尼亚的一系列战争争夺之地。

辛内雷斯

杰迪亚的政治与经济中心,位于梅内亚诺海岸边。

吉尔加什

三海诸国之一,位于尼尔纳米什北部边境的山地,是基安人外唯一的费恩教国家。

阿霍瓦

辛纳雅提山脉北部的一座山地要塞,是吉尔加什的政治中心。

加里奥斯

三海诸国中的诺斯莱人国家。末世之劫后,数以千计的莫恩难民在霍西湖以北地区定居下来。虽然名义上是塞内安帝国的附庸,但现存史料中表明"加洛特人"——塞内安人对他们的称呼——是个易怒而好战的民族。到长牙纪第三十五世纪,维道迦河和斯库尔帕河沿岸的游牧部落开始组成一个个定居耕种的王国,但直到长牙纪3683年诺万一世国王继位,加里奥斯王国才开始繁荣兴盛。那位国王用了二十年时间四处征战讨伐,其最后结束战争的著名成就是将所有俘虏赶到莫拉王宫——加里奥斯历代国王的宏伟宫殿——的接待厅,集体处死。

奥斯文塔
加里奥斯的政治与经济中心,位于霍西湖北岸。

杰斯达
加里奥斯的封地,毗邻奥斯文塔,位于该城西北方。许多杰斯达人信仰吉尔加里奥神的所谓文身教派——该教派在加里奥斯人和瑟帕罗兰人中流行——相信于皮肤文上神圣的战神印记可在战场上免受伤害。

库里嘉德
加里奥斯的封地,位于霍西湖东岸。

奈尔加约塔
加里奥斯西北部的半山地封地,以羊毛的品质闻名。

加恩里
加里奥斯的封地,位于加里奥斯西北部,靠近赫桑塔山脉。

乌斯加德
加里奥内陆的封地。

阿格蒙
加里奥斯东北部行省,位于欧斯瓦伊山脉脚下。

柯伊苏斯家族
加里奥斯目前的王朝统治者。

森耶里

三海诸国的诺斯莱人国家,位于梅内亚诺海东北海岸。根据森耶里人的传说,在几乎统治整片达默里荒原里辽阔森林的诸多斯兰克部落追逐下,他们一直沿温玛河迁徙。两百多年间,森耶里人是为祸三海的海盗与劫掠者。长牙纪3987年,经过三代因里教传教士的不懈努力,大多数森耶里人抛弃了多神教传统,转而皈依因里教,各部落选举出首位国王——林加·乎尔劳奇,并开始沿用邻国的制度。

斯卡瓦
森耶里的封地,位于斯兰克边疆。

因加罗什
森耶里的封地,位于斯兰克边疆。

瑟恩·奥格莱
森耶里海岸线上的城堡,也是海盗港口。

瑟-泰丹

三海诸国中的诺斯莱人国家,位于康里亚以北,梅内亚诺海东岸,伴随森格米斯的灭亡于长牙纪3742年建立。最早关于泰丹人的记载出现在卡西达斯的《塞内安帝国编年史》,书中提到他们沿斯瓦河劫掠的事。人们推测,作为末世之劫中白诺斯兰难民的后代,泰丹人在达默里荒原南部生活了数百年,由于生性易怒内斗频发,他们并未对南方的克泰人造成多少威胁。然而在长牙纪第三十八世纪,他们不知如何团结了起来,并于长牙纪3722年在玛斯瓦之战中毫不费力地战胜了森格米斯人。但直到长牙纪3741年,哈尔-纳梅尔克国王才终于成功地将各部落统一在其绝对权威之下,建立瑟-泰丹国。

泰丹人独一无二的风俗与爱好应归结于其民族信仰。"泰丹"一词在他们的语言中的含义为"锻打过的钢",他们相信在达默里荒原上的长久游荡,使得他们的民族变得更加纯粹,并给了他们"高贵的血",令他们在道德、智力及体格上都超越了其他民族。这种信仰也导致泰丹人对森格米斯的统治十分残酷,当地居民不堪压迫,经常发动暴乱。

玫格伊里
瑟-泰丹的政治中心与精神意义上的首都,长牙纪3739年于塞内安人在玫格拉的要塞基础上兴建。

森格米斯
曾为东塞内安帝国最北端的省份,在东部帝国于长牙纪3372年灭亡后一直处于独立状态,直到长牙纪3742年被泰丹部落征服。

玛萨达
森格米斯曾经的首都,位于瑟-泰丹的海岸上。

格图尼
瑟-泰丹的封地,位于该国西南部海岸。

卡努特
瑟-泰丹的行省,斯瓦河上游所谓"内疆领地"之一。

沃努特
瑟-泰丹的封地,斯瓦河上游所谓"内疆领地"之一。

普莱多
瑟-泰丹的封地,斯瓦河源头东部所谓"内疆领地"之一。普莱多人在战场上的凶猛众所周知,他们终身不剃的大胡子也非常醒目。

卡维里
瑟-泰丹内陆省份,位于玫格伊里以北。

阿甘萨诺
瑟-泰丹中南部省份,以其人民对武艺的狂热而著称。

拿格
瑟-泰丹的封地,位于斯瓦河边疆。凭面颊上的刺青可以清楚地分辨出拿格武士。

努曼奈
瑟-泰丹内地人口富庶、土地肥沃的封地,位于玫格伊里以西。努曼奈武士认定自己会在战场上遭遇末日时总要将脸涂成红色。

康里亚

三海东部强盛的克泰人国家,位于瑟-泰丹以南,上艾诺恩以北,建立于长牙纪3374年(在东塞内安帝国灭亡之后),最初的领土仅包括什拉迪帝国的古都奥克尼苏斯及其周边地带。作为什拉迪帝国的四大继承者之一(森格米斯、康里亚、艾诺恩和桑索),康里亚人在恢复与保

附录

留古代传统上付出了最多努力。这里有最严格的种姓划分及最坚定的贵族管理法令。虽然很多人——尤其是艾诺恩人——有时会嘲笑他们,认为他们食古不化,但很显然,这样的坚守带来的社会秩序令康里亚受益良多。自独立以来,康里亚成功应对了一次次冲突、侵略、封锁及禁运,其中大多数是出于上艾诺恩人的阴谋。

奥克尼苏斯
康里亚的政治与经济中心,曾是灭亡已久的什拉迪帝国的首都,除苏拿和爱荷西亚以外,或许也是三海诸国中最古老的大城市。

安佩莱
康里亚第二大城市,仅次于奥克尼苏斯。

亚特雷普斯
凯兰尼亚语中意为"休憩之塔",阿提尔苏斯的姊妹要塞,由谢斯瓦萨和第一代天命派成员于长牙纪2158年兴建,自长牙纪3921年起成为康里亚的涅尔塞家族的产业。

卡纳普雷
康里亚的内陆辖区,以农产品著称,一般由康里亚国王的弟弟管辖。

克桑泰
康里亚中部的行政区,盛产鲜果和葡萄酒。

安基里奥斯
康里亚中南部省份。

安那德

康里亚中北部省份,其铁矿与银矿天下闻名。"安那德所有的银子"是三海诸国通用的表述,意为"无价之宝"。

涅尔塞家族

长牙纪3842年奥克尼苏斯人起义以来统治康里亚的家族,涅金塔·梅德奇的整个家族都在那场起义中被杀。涅尔塞家族的标志是白底黑鹰。

涅尔塞·欧诺亚斯二世(长牙纪3823—3878年)

康里亚国王,最早达成天命派与涅尔塞家族的联盟。

上艾诺恩

三海东部的克泰人国家,也是唯一一个被学派——赤塔——统治的国家。长牙纪3372年,萨罗斯一世在查拉贾特之战中击败毛里尔塔将军,上艾诺恩就此建立。它是三海诸国中人口最多、国力最强的国家之一,塞查里平原丰富的农产品加上萨育特三角洲和河谷地带的产出,孕育了人数众多的贵族种姓(以其占有的财富和对礼仪规范的执着广为人知)和浓厚的重商主义氛围。三海诸国的每个港口都停泊着艾诺恩商船。在学派战争(长牙纪3796—3818年)期间,以上艾诺恩的首都凯里苏萨尔为根据地的赤塔学派摧毁了霍齐亚三世国王的军队,由此间接掌控了国家的权力机构,该国名义上的元首摄政王直接听命于赤塔大宗师。

萨罗斯一世(长牙纪3317—3402年)

上艾诺恩的建立者,于长牙纪3372年挣脱塞内安帝国的统治,登上阿苏尔凯普王座,成为第一位艾诺恩之王。

凯里苏萨尔
绰号"苍蝇之城",三海诸国人口最多的城市,上艾诺恩的政治与经济中心。

科拉菲亚
上艾诺恩仅次于凯里苏萨尔的大城市,位于萨育特河三角洲北岸。

摩瑟罗苏
艾诺恩城市,位于人口稠密的塞查里平原的中心。

基什雅提
上艾诺恩的总督辖区,位于萨育特河南岸,桑索的边界上。

吉卡斯
上艾诺恩的总督辖区,位于萨育特河上游。

库约提
上艾诺恩的总督辖区,位于萨育特河上游,与杰希亚人的领地接壤。

辛纳特
上艾诺恩的总督辖区,位于塞查里平原中心。

库塔皮勒斯
上艾诺恩东部的总督辖区,以铁矿与银矿而闻名。

艾沙加纳
上艾诺恩的省份,位于塞查里平原北部。

艾什克拉斯
上艾诺恩的省份,盛产优质棉花,位于塞查里平原西部边缘。

安塔纳梅拉
上艾诺恩的省份,位于与杰希亚人接壤的高原边境。

杰希亚
上艾诺恩的附庸国,位于卡雅苏斯大山脉中萨育特河的源头附近,乃是神秘的参孚的著名产地。杰希亚人是唯一展现出休希安人种族特点的民族。

桑索
三海诸国之一,上艾诺恩的附庸国。

三海地区的其他国家

辛罗恩
三海诸国中的克泰人岛国,位于三海交汇之处,有悠久的通商与航海传统。

辛古拉
三海诸国中的克泰人国家,位于库纳米大陆的西北海岸,尼尔纳米什的正南方。

附录

诺里
三海诸国中的小岛国，名义上保持独立，实际被阿尔提苏斯的天命学派统治。

大草原的塞尔文迪人

"破门之年"后的四千年来，塞尔文迪人始终维持着游牧状态。

阿尔库希部落
大草原中部的塞尔文迪部落。

阿昆尼霍部落
大草原中部的塞尔文迪部落，由于与帝国边境最为接近，一直以来都是塞尔文迪人在帝国方面的情报与知识的来源。

恩努迪部落
大草原西北部的塞尔文迪部落。

库约提部落
大草原西北部的塞尔文迪部落。

蒙努亚第部落
大草原中部强大的塞尔文迪部落。

普利特部落
大草原南部边缘沙漠地带的塞尔文迪部落。

乌特蒙部落
大草原西北部边界地带的塞尔文迪部落。每个塞尔文迪人都知道,塞尔文迪人历史上最伟大的两位征服者乌特加和霍利奥萨都来自这个部落。

乌特加(约长牙纪2100—2170年)
歌谣中的英雄、末世之劫期间的塞尔文迪部族之王,曾带领塞尔文迪人加入非神的大军。塞尔文迪人的口头传说中经常提到他的事迹。

塞尔文迪帐篷
塞尔文迪人的锥形帐篷,由浸油的皮革制成,白羊木树枝支撑。

白帐
塞尔文迪人的部落酋长传统上居住的帐篷。

部族之王
由塞尔文迪人各部落的酋长选出,并在战争中带领部落联军的统帅之头衔。

斯瓦宗
塞尔文迪武士在身上刻下的仪式性疤痕,用来表示自己在战斗中杀死的敌人,许多人相信这样的印记代表着从敌人身上窃取的力量。

忆者
塞尔文迪部落的成员,通常年老虚弱,负责以记忆保存塞尔文迪人的传统,并代代口耳相传。

附录

塞尔文迪的战争之道

虽然塞尔文迪人没有文字（以下均为谢伊克语音译），但他们对战争及战争中的心理动态有着深刻理解，从中诞生了一系列专门术语。他们称战争为 Otgai Wutmaga，"宏大的争吵"，双方都要说服敌人接受失败。塞尔文迪人对战争的理解包括下列核心概念：

Unswaza——包围

Malk Unswaza——防御性的包围

Yetrut——突破

Gaiwut——突袭

Utmurzu——凝聚力

Fira——速度

Angotma——意志

Utgirkoy——损耗

Cnamturu——警觉

Gobozkoy——时机

Mayutafiüri——战争纽带

Trutu Garothut——凝聚力波动较大的单位集群（字面意义为"长锁链的人"）

Trutu Hirthut——凝聚力波动较小的单位集群（字面意义为"短锁链的人"）

尼尔纳米什

人口众多的克泰人国家，位于三海地区的西南边陲，盛产陶器和香料。尼尔纳米什人固守独特的多神教传统，拒绝皈依因里教或费恩教。辛纳雅提山脉以南的肥沃平原长久以来能在文化与政治上保持独立，不受三海其他地方的影响，很大程度上是由于地理原因。卡西达斯最

乌有王子 ∗ **千回之念**

早指出尼尔纳米什人是"内向的民族",这一方面指他们更关注自己灵魂的状态,另一方面意味着他们对外界事务缺乏兴趣。历史上他们只有两段时期中断过这样的状态:第一段时期是古因维什时代(长牙纪1023—1572年),接连数代扩张成性的国王以因维什为中心——此地后成为尼尔纳米什传统上的精神首都——统一了尼尔纳米什,并向外征讨。在长牙纪1322年和1326年,安苏玛拉帕塔二世两次大败施吉克人,以致近三十年间那个骄傲的河间王国都被迫向他贡纳岁币;第二段时期在塞内安帝国扩张时代,结果萨纳吉里五世与诸尼尔纳米什亲王组成的联军于长牙纪2483年被崔亚姆斯大帝击败,之后一千多年中尼尔纳米什成了塞内安帝国的一个行省(虽然是最不服从帝国统治的地区)。

塞内安帝国崩溃后的时代往往被称为新因维什时期,但这座古城中的国王再也无法维持尼尔纳米什的统一超过一代人。

因维什
尼尔纳米什的经济中心与精神首都,三海诸国最古老的城市之一。

曼哈普
尼尔纳米什的主要港口城市。

萨帕苏莱
尼尔纳米什一座强大的商业城市。

卡恩沙伊瓦
尼尔纳米什的一片地区。

摩海瓦

尼尔纳米什的一片地区。

达克亚斯

尼尔纳米什的一片半山地地区。

奥瓦谢

著名的塞内安要塞,位于尼尔纳米什极西的边境,通常被当作已知世界——即三海诸国——尽头的标志。

祖姆

尼尔纳米什以西神秘而强大的萨提奥斯人国家,出产三海最好的丝绸与钢铁。

安卡

古诺斯莱人对祖姆的称呼,亦是该地古国的名称。

多摩约特

谢伊克语中的"托摩约恩",号称"黑铁之城",祖姆的政治中心,因其统治者的残忍与铁板包裹的城墙而闻名。对三海诸国的大多数人而言,多摩约特是和戈尔格特拉斯一样传奇的存在。

奇族的国度

因乔－尼亚斯

最后一个幸存的奇族国家,位于德玛山脉彼端。参见"伊绍里尔"。

伊斯坦宾斯

因里姆语中意为"高贵的要塞",最后的奇族高等洞府,位于德玛山脉以西,在《伊苏菲里亚斯纪》中被称为伊绍里尔。伊绍里尔被认为是塞厄尔与西尔-奥古阿斯之外奇族最重要的城市。参见"库诺—虚族战争"。

伊绍里尔

因里姆语中意为"高贵的大厅",参见"伊斯坦宾斯"。

尼尔·吉卡斯(?—)

伊绍里尔的奇族国王,亦是最后一位幸存的奇族国王。又名尼恩·席尔吉拉斯。

尼恩·席尔吉拉斯(?—)

参见"尼尔·吉卡斯"。

西尔-奥古阿斯

失落的奇族城市,位于欧斯瓦伊山脉的阴影下。

三、神灵与信仰

真神

在因里教信仰中,他是唯一、全知、全能和内在于万物之中的存在,其他所有神祇(某种意义上也包括人类)都不过是他的"化身";在多神教的传统观念中,真神更多是代表一个抽象概念;在费恩教信仰中,则是唯一、全知、全能和超然于万物之外的存在(因此叫做"独一神"),其他诸神都在与真神争夺人类的心。

独一神

基安语中写作"Allonara Yulah"。费恩教徒坚称,他们信仰的神是唯一的、至高无上的。根据费恩教信仰,真神并不像因里教所说的是内在固有的存在,也不像后先知所描述的那样有着无数分身。

阿尼玛斯

一切存在的"推动力",通常称作"神的呼吸"。许多著作大费周章地探讨阿尼玛斯(主要是作为一种神学概念)与巫术学派所谓"昂塔"之间的联系,大多数学者认为后者是前者的世俗版本。

诸神

居住于外域的超自然存在,具有人类的性格特点和外形,是仪式和崇拜的对象。参见"百神"。

外域

世界之外的空间。许多评论家提及世界与外域的关系时都会沿用阿金西斯的并元理论。在《元分析》中,阿金西斯认为二者的关系就像主观与客观、欲望与现实一样,体现了存在的结构。他声称,世界是最大化的客体，在这个层面上，个体灵魂的欲望不足以改变现实环境（因为后者被诸神之神所掌控）；但在外域的许多地方，客观性的程度消退，环境让位于欲望。阿金西斯说，这使得诸神与恶魔产生了各自的"势力范围"，并且"更强大的意志会成为主宰"——更强大的外域个体能生活在满足它们欲望的"次现实"之中。也正因如此，虔诚与奉献才变得重要：每个个体在外域得到的青睐越多（主要通过对众神的崇拜及对先祖的敬重来获得），意味着在死后世界里越有机会获得赐福而非忍受折磨。

势

痛苦与创伤在特定地点累积起来，撕裂了世界与外域的边界。

百神

《长牙纪年》中提到的神祇的统称，其崇拜者或组成千庙教会管辖下的各种教派，或仍按古代多神教的方式进行祭拜。在因里教传统中，百神被认为是真神的化身（因里-瑟金斯的著名论断是将真神称为"万千之魂"），就像一个人身上可能有多种人格特质一样。在更古早的多神教传统中，百神被认为是各自独立的精神体，倾向于对信徒的生活进行间接干预。这两大传统都承认"回报神"与"索求神"之间的区别，回报神承诺对信徒的信仰与奉献进行奖励，索求神则通过威胁施加苦难来获得信徒的牺牲。更为罕见的是"好斗神"，他们鄙视流于形式的阿谀，更青睐敢于与他们抗争的个体。无论因里教还是多神教的传统，都将诸神视作外域的永生中不可或缺的一部分。

神秘学的辩护者赞拉辛尼乌斯在《为神圣的艺术辩护》中声称，被崇拜的神明的那些荒谬举动说明神们跟人类一样是不完美且反复无常的；费恩教则相信百神都是背叛独一神的奴隶，即恶魔。

附录

吉耶拉

肉欲之神。所谓"回报神"之一,宣扬现世中的虔诚信徒将可以进入天堂。吉耶拉在三海诸国中广受崇拜,尤其是那些被教派秘传的壮阳药物"Aphrodisica"吸引的年长男性。在各大教派的核心经文与收录若干古文献的著作《西加拉塔》中,对吉耶拉神的描述彼此矛盾之处甚多,她经常被描绘成恶语中伤的荡妇,用奢华的床榻引诱男人,最终产生致命后果。

阿娜克

幸运女神,又名"命运的妓女"。所谓"回报神"之一,宣扬现世中的虔诚信徒将可以进入天堂。她的教派在三海诸国非常风行,尤其在上层种姓和权力阶层中间。

命运的妓女

阿娜克女神广为人知的名字。参见"阿娜克"。

吉尔加里奥

战争与冲突之神。所谓"回报神"之一,宣扬现世中的虔诚信徒将可以进入天堂。吉尔加里奥可能是百神之中最受欢迎的一位。在各大教派的核心经文与收录了许多古文献的著作《西加拉塔》中,吉尔加里奥被描述成性格暴躁、怀疑人类、不断要求追随者证明自身价值的神。虽然隶属于千庙教会,但吉尔加里奥教派的祭司数量几乎不亚于千庙教会,收到的牺牲与捐献可能比千庙教会还丰厚。

破盾者

战神吉尔加里奥的称呼之一。

赫斯耶尔特

狩猎之神。所谓"回报神"之一,宣扬现世中的虔诚信徒将可以进入天堂。赫斯耶尔特教派的流行程度仅次于雅特维教派和吉尔加里奥教派,在中北地区尤其盛行。在各大教派的核心经文与收录了许多古文献的著作《西加拉塔》中,赫斯耶尔特是百神之中最在乎人类的,他通过授予信徒以力量来换取他们的顺从与虔诚。据称赫斯耶尔特教派极为富有,高阶赫斯耶尔特祭司有与沙里亚官员同等的政治影响力。

追猎者

狩猎之神赫斯耶尔特的绰号。

黑暗猎手

狩猎之神赫斯耶尔特的绰号。

朱坎

天空与四季之神。所谓"回报神"之一,宣扬现世中的虔诚信徒将可以进入天堂。在以农业为生的人群中朱坎神的受欢迎程度可与雅特维神媲美,但在大城市则无人问津。朱坎神的祭司会用蓝色染料涂染皮肤,非常容易分辨。

朱坎教派里一个极端的苦修派分支玛育卡里的祭司在山间过着苦修生活。

居鲁神

生殖与丰产之神。所谓"回报神"之一,崇尚现世中的虔诚信徒将可以进入天堂。居鲁神在贵族种姓的男子中很受欢迎,但祭拜她的神庙只有为数不多的几座,且大多在大城市中,经常有人戏称其为"女王教派"。

附录

雅特维

丰饶女神。所谓"回报神"之一,宣扬现世中的虔诚信徒将可以进入天堂。雅特维在劳动种姓中是最受欢迎的神祇(好比吉尔加里奥在贵族种姓中的受欢迎程度)。在各大教派的核心经文与收录了许多古文献的著作《西加拉塔》中,雅特维被描述成和善而宽容的妇女,只需一挥手就能为整个国家播种、耕耘。但有些评论家注意到,无论《西加拉塔》还是《长牙纪年》对雅特维都没有什么尊崇言辞,"土地操劳者"经常是作为蔑称提起。也许这是为什么雅特维的信徒在礼拜和仪式上通常使用自己独立的经文《辛雅塔瓦》。虽然拥有大批信徒,但雅特维教派仍是各教派中最贫穷的一支,因此也产生了许多极端狂热者。

摩玛斯

风暴、海洋及机运之神。所谓"回报神"之一,宣扬现世中的虔诚信徒将可以进入天堂。摩玛斯主要是海员与商人崇拜的神祇,也是辛罗恩(包括部分诺里人)的守护神。在《西加拉塔》中,他被描绘得残忍乃至恶毒,对细节的周全非常在意,这让很多人认为他事实上是个好斗神,而非回报神。他的首要标志为黑底上的白色三角(摩玛斯信徒以佩戴鲨鱼牙齿作为表示)。

欧吉斯

希望与志向之女神,绰号"暗夜歌手"。所谓"回报神"之一,宣扬现世中的虔诚信徒将可以进入天堂。欧吉斯的信徒来自各个阶层,但人数都不算多。《西加拉塔》中只提到她两次,在(疑似伪造的)《帕尼施塔斯》中则被描述为一位女先知,但代表的不是未来,而是人类的动机。欧吉斯教派最极端的分支由所谓"摇摆者"组成,信徒会在仪式上努力被女神"占据"。她的标志是青铜树(与传说中的奇族洞府塞厄尔的标志相同,但没人考证出二者之间的联系)。

暗夜歌手

参见"欧吉斯"。

布克里斯

饥荒之神。所谓"索求神"之一，通过加诸威胁和折磨来要求信徒供奉牺牲。布里克斯神并没有真正的教派与祭司，根据多神教传统，布里克斯乃是阿娜克的兄长，正因如此，阿娜克的祭司往往会在饥馑时期主持劝解布里克斯的仪式。

阿乔里

盗窃与欺骗之神。虽然在《长牙纪年》中被列为主神之一，但并没有真正属于他的教派，其崇拜者只在三海诸国各大城市里私下结成非正式组织。各教派的次要经文中经常提到阿乔里，有时是诸神顽劣的同伴，有时则是残忍而邪恶的竞争者。在《马埃达特》中，他是吉耶拉不忠的丈夫。

阿克雅尼

疾病之神，亦称千手之神。学者们经常提到一个极为讽刺的事实，疾病之神的祭司反而是三海诸国最主要的医师资源。他们为何一边崇拜疾病，一边又与之斗争呢？原因在于其教派经文《皮拉那瓦斯》：阿克雅尼是一位"好斗神"，相比崇拜或奉迎他的人，他对敢于同自己抗争的人反而更为眷顾。

教派

多神教传统中膜拜各位神祇的不同教派之统称。在三海诸国，自长牙纪2505年塞内安帝国第一位神皇帝崔亚姆斯一世将因里教立为国教之后，各教派在管理与精神上都要遵从千庙教会的领导。

教派祭司
通常为世袭的祭司职位,致力于服侍与崇拜百神中的一位。

预兆文书
各教派的传统索引文卷,通常不同教派的版本亦有不同,其中详细记述了种种预兆及其意义。

非神

也称莫格-法鲁、Tsurumah 或穆瑟里斯,它被非神会召唤出来,引发末世之劫。关于非神人类所知甚少,只知它毫无同情或慈悲心,同时拥有令人恐惧的力量,包括操控斯兰克、巴什格和瓦拉库执行自己意志的能力。它有坚不可摧的装甲(所谓的"甲壳"),目击者称那好比是包裹在山一般高的旋风中的一只钢棺,甚至无人知晓它到底是有血有肉的生物还是幽灵。天命派学士声称虚族崇拜它并将它当作救主,有人说塞尔文迪人也有同样的信念。

不知什么原因,它的存在让人类无法获得生命:在整个末世之劫期间,所有初生婴儿都立即死去。它不受任何巫术影响(传说甲壳上镶嵌着十一枚丘莱尔)。苍鹭之矛是唯一已知可对它造成伤害的武器。

参见"末世之劫"。

罗孔神
塞尔文迪人口中"死去的神",即"非神"。

死去的神
参见"罗孔神"。

世界毁灭者
非神的外号之一,参见"非神"。

大毁灭者
北方幸存的人类部落的民谣中对非神的称呼。

莫格－法鲁
古代库里乌里人对非神的称呼。参见"非神"。

穆瑟里斯
汉－凯雷莫语中意为"邪恶的北方",古代什拉迪人对非神的称呼,因为很长一段时间非神的存在只是北方地平线上若隐若现的末日威胁。

Tsuramah
凯兰尼亚语中意为"被仇恨者",是古凯兰尼亚人对非神的称呼。参见"非神"。

Cara－Sincurimoi
因里姆语中意为"无尽饥渴的天使",古代奇族对非神的称呼。参见"非神"。

因里教

根据"后先知"因里－瑟金斯的启示创立的宗教,综合了一神教与多神教的元素。因里教的核心信条包括真神在历史事件中无所不在,诸神都是真神在某一方面的化身。千庙教会是真神在俗世的代表。

附录

因里-瑟金斯"升天"之后,因里教在塞内安帝国各地缓慢成型,形成了独立于国家机构的森严组织——人们称之为"千庙教会"。一开始,传统的多神教派对新兴的因里教几乎视而不见,但随着后者不断发展壮大,多神教开始尝试限制因里教的势力及传播速度,但这些尝试没有一次真正成功。逐渐加剧的紧张对峙最终导致"狂热者之战"(约长牙纪 2390—2478 年),从技术角度讲这是场内战,但战火远远波及塞内安帝国当时的疆域以外。

长牙纪 2469 年,苏拿向沙里亚的军队投降,但帝国与教会双方的敌意仍存,直到长牙纪 2478 年崔亚姆斯成为第一位受洗的皇帝。尽管崔亚姆斯是因里教徒(由伊克雅努斯三世改宗),并颁布了区分帝国政府与千庙教会职权的宪章,但晚至长牙纪 2505 年才敢于将因里教正式立为帝国国教。千庙教会的地位就此得以确立,接下来几个世纪,三海诸国残存的多神教"异端"要么销声匿迹,要么被强制镇压。

因里-瑟金斯(约长牙纪 2159—2202 年)

后先知,千庙教会精神上的创始人(虽然历史上并非由他创建),据称是绝对圣灵("真神的构成")的纯粹化身,被派来人间校正长牙的教诲(主要是指修订《长牙纪年》上的教条,从而与多神教之间达成"调解")。他起初被多神教祭司当作无足轻重的哲学家,后来信徒却越来越多,直到长牙纪 2198 年被谢拉什国王什科尔判处死刑。长牙纪 2202 年因里-瑟金斯的死刑得以执行,但据说他死后飞升到了天堂之指,其信徒随后将他的生平事迹与教诲勒成《圣典》。如今的因里教徒相信,《圣典》和《长牙纪年》有着同样的神圣地位。

后先知

参见"因里-瑟金斯"。

乌有王子 * 千回之念

什科尔（长牙纪2118—2202年）
古代谢拉什的国王，最著名的事迹是在长牙纪2198年判处因里-瑟金斯死刑，此事被记载在《圣典》。出于显而易见的原因，他的名字在因里教徒中代表道德败坏。

因里教徒
"后先知"因里-瑟金斯的追随者，认可他对长牙的修订。

永恒的真言
通常用来指代因里-瑟金斯的话语。

升天
在《圣典·节典书》的描述中，因里-瑟金斯直接进入了外域。根据因里教传说，瑟金斯是在希摩的尤特鲁高地（又称"升天高地"）飞升的，但《圣典》里的升天地点却在丘迪亚，而非希摩。元初神庙据称就建在升天的地点。

《圣典》
因里-瑟金斯及其门徒的作品，因里教核心经文的第二部分。因里教认为《圣典》代表《长牙纪年》所预示的人类文明的新高峰，是新的纪元里诸神与人类契约的修正案。《圣典》共分十七篇，通过不同角度记述了后先知的生平，其中许多是道德训诫的寓言。因里-瑟金斯对自己所代表的"调解"的解释是：随着人类心智的成熟，他们能够理解并崇拜真神的"单一多重性"。考虑到《圣典》的主要意义在于证明因里-瑟金斯的观点的神圣性，而非严格意义上的史书，评估这部典籍的文字真实性是不可能的任务。赞拉辛尼乌斯还有近代许多费恩教评论家都指出《圣典》的文本存在许多前后矛盾的细节，但在因里教卫道士看来，这些都不值一提。

真神之殿的祷词

也称神殿祷词。《圣典》中记载了这段以"诸神之神/在我们中行走"为开头的祷词，据称是因里-瑟金斯亲笔所作，后来这段祷词成为了因里教徒的标准祈祷程序。

历史（因里教的视角）

时间长河中的人类活动。因里教徒认为，历史的重要性在于它展示了真神存在于所有历史线索之中，某些事件的发生证明了真神的真理，另一些事件的发生则是故意对抗真神的真理。

千庙教会

因里教的神职及行政机构，总部设于苏拿，影响遍及三海的大部分地区。千庙教会最早成为具有统治力的社会和政治机构是在第一位神皇帝崔亚姆斯大帝在位期间。长牙纪2505年，大帝宣布因里教为塞内安帝国国教。作为后先知在人间的代表，沙里亚集千庙教会的最高权力于一身，但教会庞大的规模及组织的复杂程度往往使这权力流于形式化。除开管理教会本身外，沙里亚还要应付教会法庭、各国使节、各学院势力及诸神教派之间错综复杂的关系。正因如此，千庙教会的领导往往会变软弱无力，进而在三海诸国中引起许多冷嘲热讽的声音。

沙里亚

后先知的使徒的头衔，他是千庙教会的管理者，因里教的精神领袖。

教座
对沙里亚地位的尊称。

伊克雅努斯一世（长牙纪2304—2372年）
千庙教会第一位经由正式制度任命的沙里亚，广为传颂的《四十四封书信集》的作者。

伊克雅努斯三世，"黄金沙里亚"（长牙纪2432—2516年）
千庙教会的沙里亚，长牙纪2505年使崔亚姆斯大帝皈依因里教，保证了因里教在三海诸国的绝对统治地位。

普塞拉斯二世（长牙纪4009—4086年）
千庙教会的沙里亚，长牙纪4072年至4086年在位。

沙里亚官员
千庙教会中世代相传的官员阶级。

沙里亚责罚令
千庙教会发出的将因里教徒逐出教会的谕令。由于受责罚的人失去的不仅是信仰，还包括财产与封地的合法性，沙里亚责罚令在世俗世界产生的后果与在精神方面产生的同样严重——长牙纪4072年，加里奥斯国王萨莱特二世被沙里亚普塞拉斯二世下达责罚令后，几乎半数封臣起而叛乱，萨莱特不得不赤足从奥斯文塔步行到苏拿，以示忏悔。

沙里亚骑士团
又称长牙骑士，由"黄金沙里亚"伊克雅努斯三世于长牙纪2511年创建的军事修道士组织，肩负着践行沙里亚意志的任务。

附录

长牙骑士
参见"沙里亚骑士团"。

沙里亚律法
千庙教会的教会法律,三海诸国的所有习惯法都是这套法律错综复杂的变体,尤其在那些世俗政权缺乏足够力量的国家。

沙里亚祭司
因里教祭司,与诸神教派祭司不同的是,他们是千庙教会神职系统的组成部分,主持礼拜的对象是真神与后先知,而非其他神祇。

沙里亚大赦令
千庙教会发布的特许状,可以赦免罪行。大赦令通常用来奖励那些完成苦修赎罪的人,比如加入朝圣之旅,抑或参与千庙教会发动的针对异教徒的战争。但从历史上看,大赦令多数被用于售卖。

沙里亚逮捕令
千庙教会发布的特许状,授权对个人进行逮捕,以交付教会法庭审判。

学院
祭司组织,直接受千庙教会管辖,各学院的职责从照顾穷人与病患到收集情报,不尽相同。

路西麦尔学院
千庙教会的学院之一,负责间谍与情报工作。

马鲁斯学院

千庙教会的学院之一，长牙纪 3845 年希摩陷落时被毁灭。

萨略特学院

千庙教会的学院之一，致力于保存知识，长牙纪 3933 年施吉克陷落时被毁灭。

普斯塔-安育文书

千庙教会的高阶神职人员在安育会议（长牙纪 3386 年）上发布的公告，限制了沙里亚的权力。前任沙里亚迪亚高尔暴虐无度的行为促使了文书的诞生——迪亚高尔于长牙纪 3371 年接任教座，长牙纪 3383 年遇刺身亡。

学派战争

长牙纪 3796 年至 3818 年，由沙里亚伊克雅努斯十四世发动的一系列针对巫术学派的圣战。战争令数个学派几近灭亡，但也促成了赤塔在上艾诺恩的专政。

费恩教

建立在先知费恩的启示基础上的一神论信仰，费恩教的核心教义包括真神独立而超然的特性、诸神的虚伪本质（费恩教徒认为他们都是恶魔）、将长牙斥为不洁之物以及对真神一切具体形象的禁绝。

费恩（长牙纪 3669—3742 年）

独一神的先知，费恩教创始人。他起初是纳述尔帝国尤玛那省的沙里亚祭司，于长牙纪 3703 年被千庙教会的教会法庭宣布为异端，放逐到卡拉塞沙漠中受死。根据费恩教典籍记载,先知并未死在沙漠中,只是丧失视力后经历了一系列由《费恩之书》叙述的启示,从而获得了奇迹般的能力。他将这种力量称为因达拉之水,这便是西斯林的力量。费恩用余生来传教,并统一了沙漠中各个基安部落。他死之后,基安人在他儿子梵·欧卡吉一世的领导下,发起白色杰哈迪圣战。历次杰哈迪圣战的终极目标均是摧毁长牙。

《费恩之书》

基安语(Kipfa'Aifan)中意为"费恩的见证",乃是费恩教最神圣的经文,记载着先知费恩从长牙纪3703年被放逐到沙漠之中,失去双眼,到长牙纪3742年逝世为止的生平及他获得的启示。参见"费恩教"。

偶像崇拜者

费恩教徒对因里教徒的称呼。

杜尼安修会

一个严苛的隐修学派,为控制所有的欲望与环境以获得启示,摒弃了人类历史与动物本能。杜尼安修会的起源无人知晓(许多人认为他们是末世之劫前在远古北方兴起的某个神秘苦修教派的传人,那个教派主要在索利什活动,虽然当时还十分年轻,但已开始遭到零星迫害。幸好上诺斯莱人的多神教传统并不森严,因之对无神论也持有一定的包容),他们的信仰体系也完全与众不同,这导致有些人认为他们的信仰来源应是哲学,而非普通意义上的宗教。

杜尼安修会的信仰体系大致跟随他们对所谓"根本准则"的解读而生:经验第一准则(有时被称为"前事决定后事"准则)断言,在世界的循环中,前事永远决定后事,无一例外;理性第一准则声称逻各斯——即理性或"道"——独立于世界的循环之外（然而仅仅是形式上而非存在论意义上的）；认识论准则宣布了解前事（通过作为工具的"道"）就可以"控制"后事。

基于这样的根本准则，他们认为思想是因果循环中的一部分，同样由前事决定；思想本身也是幻觉，是由于灵魂无法感知前事而自我构建出来的。在杜尼安僧侣的世界观中，灵魂是世界的一部分，因此也和万物一样由前事支配（这与三海诸国和远古北方诸国的主流思想背道而驰，那里的人们相信，正如阿金西斯所说，灵魂应是"先于万物的存在"）。

换言之，人类并不拥有"自主的灵魂"。对杜尼安僧侣来说，灵魂并不是固定的存在，而是一种技艺。他们声称，所有灵魂都包含着"康图斯"，即期待自在自为、跳出前事决定后事之规律的自然倾向，所有灵魂都追求了解周围世界、超越因果循环。但一系列因素使得完全的解脱成为不可能：灵魂所属的个体生来迟钝，被动物本能的激情遮蔽而别无选择，只能成为前事的奴隶。杜尼安修会信仰体系的全部精髓便在于超越这些限制，成为自在自为的灵魂，达到所谓"完满"，或"超越条件的灵魂"。

但和那些虔诚地投身于各种"启蒙"的奇异的尼尔纳米什教派不同，杜尼安僧侣并没有幼稚到相信这是可以在一辈子的时间中完成的修业。与此相反，他们认为这是需要历经无数世代的过程。很早之前，他们就意识到自己所利用的器具——也就是灵魂——是不完美的，所以开创了一项工程，选择性地培育有智慧而无激情的孩子。从某种意义上说，整个修会本身就是一项实验，他们遗世独立，以求对实验对象实现完全控制，每一代都会对下一代进行训练，限制其感情。他们相信这样过上一千年，就可以产生足以翻越前事决定后事的循环的灵魂，最终诞生的那个灵魂将可以做到对逻各斯完全透明，领悟所有前度的黑暗。

附录

后事
杜尼安僧侣认为"后事"意味着被无法控制的事物所控制。参见"杜尼安僧侣"。

前事
杜尼安僧侣认为"前事"意味着控制事物的发展进程。参见"杜尼安僧侣"。

超越条件的
杜尼安僧侣用来自指的称谓。

超越条件
原指杜尼安僧侣所经历的,涉及身体、感情与心智的特别训练,此后更为通用化,包含了更多含义。杜尼安僧侣认为一切都是有条件的,但他们对世间万物的客观条件与人类的主观理性做出了严格划分。他们认为,在逻各斯的指引下,人类可以掌握更多条件,并对其进行操控。在他们的理念中,这样的有效循环最终会达到充满神性的状态:"完满"。杜尼安僧侣相信,通过理性可以让自身超脱于因果与条件之外,成为完美的、自在自为的灵魂。参见"杜尼安僧侣"。

"前度的黑暗"
杜尼安僧侣所用的表达方式,用来描述个体先天对驱动自己行为的世俗源头的盲目,无论那源头是历史还是欲望。参见"杜尼安僧侣"。

完满
在杜尼安僧人的观念中,这个词用来描述"不受环境控制"的状态，指纯粹自在自为的灵魂，完全独立于"前事"的影响。参见"杜尼安僧侣"及"超越条件"。

历史（杜尼安僧侣的视角）
时间长河中的人类活动。杜尼安僧侣认为，历史的重要性在于它证明过去的环境决定并统治了人们当前的行动，每个个体的行为都是"后事"，换言之，全部取决于他们所无法控制的事件。杜尼安僧侣相信，完全超然于历史是"完满"的先决条件。

军团
杜尼安修会的词汇，用来指代作为意识源头的无意识思绪。

逻各斯
也即"道"，杜尼安僧侣对作为手段的理性的称呼，指通过最有效率的手段利用周围环境，以便"成为前事"，从而超越并掌握事物的发展进程。

"道既无始亦无终"
杜尼安僧侣的词汇，描述了他们的"理性第一准则"。参见"杜尼安僧侣"。

捷径之道
参见"逻各斯"。

前事决定后事准则
也称"经验第一准则"。参见"杜尼安僧侣"。

附录

可能性的概率计算

杜尼安僧侣的冥想技巧,用来评估假想行为的后果,以决定采用何种最有效的行动方案来控制周围环境。

人类的困境

杜尼安修会一直试图解决的问题,以求证明人类虽是动物,但可以悟道(逻各斯)。

浸没

杜尼安僧侣梳理环境时所用的催眠状态,也是加入佐顿亚尼时举行的净化仪式。

长老

杜尼安修会最资深成员的称呼。

大千之厅

杜尼安僧侣在伊述亚地下兴建的迷宫,简称"迷宫",用于对初学者进行试炼。那些迷失在大千之厅中的初学者难逃一死,这样就保证了只有最聪慧的学徒才能存活下来。

迷宫

参见"大千之厅"。

揭露之室

伊述亚地下迷宫中的密室,杜尼安僧侣在这里教导孩子们理解面部肌肉与感情表达之间的联系。

穿脑术

杜尼安僧侣的技术,通过用精致的针尖刺探暴露的大脑来让手术对象产生不同的行为举动。

四、巫术与魔法

昂塔

巫术学派对万物本质的称谓。

巫术

与哲学相对的一门学问,哲学是让语言描述切合世界,巫术是令世界服从语言描述。尽管围绕巫术还有着海量的悬而未决的争议,但人们可以总结出其若干显著特点:首先,施展巫术的人必须能领悟"昂塔",也就是说,他们必须天生具备看穿"造物的本质"(普罗塔西斯语)的能力;其次,施展巫术对戈塔迦所谓"语义洁净"有极高要求——它要求绝对精确的语义表达。正因如此,咒语通常不能用日常用语咏唱,以免关键词汇的含义在日常使用过程中产生不可预知的变化。这导致了巫术中独一无二的"双重思考"结构,每当施放咒术时,巫师心中所想与口中所说必然不同,并且口中所说的部分(通常称为"有声咒文")与同时心中默念的部分(所谓"无声咒文")的意义要互相联系。显然,思想中的咒文会让说出的咒文变得更加精准,就像一个人的话可用来澄清另一个人的话(但这样的对比也引出了著名的"语义退化问题":为什么承认事物有多种解释的无声咒文可用来确定有声咒文的确切含义呢?)。虽然各巫术学派从形而上学角度对这样的结构有着不同理解,但结果是相同的——通常对人类的言辞完全无动于衷的世界,在巫术施展中会聆听人类的语言,并让现实产生奇迹般的变化。

形而上学

通常指对万物本质的研究。更准确地说,形而上学指对不同巫术分支背后运作原理的研究。参见"巫术"。

印记

另一种说法是"昂塔的伤痕"。除水魂术外(水魂术究竟是不是真正的巫术仍有争议),所有巫术施展时都会在现场及施放者身上留下所谓"印记"。历史上对印记的描述有很多种,但各种描述之间很少保持一致,唯一共同点是它们存在的时间很短暂。在信仰虔诚的人眼中,印记就像是罪行记录,是真神向正派人士揭露亵渎者的方式,它通常被比作文字,就像古老的文献上那些被画去改写的字迹一样。但赞拉辛尼乌斯这样的辩护者指出,如果真是这样,那只有亵渎者才能看到印记就非常讽刺了。

就巫术而言,由于修正现实的人类本身亦有缺陷,所以修正的结果存在缺陷似乎是理所应当的。

异民
生而具有感知昂塔之力、可习得巫术能力的人。参见"巫术"。

"只有异民可以认出异民"
俗语,用来描述巫师独有的能力,他们能"看到"施放巫术的人及巫术产生的印记。

"巫师的咏唱一出口,准有人丧命"
俗语,说明巫术是毁灭性而非建设性的。

战争咒语
索利什的真知巫师们研究出的咒术(多由白袍诺施因罗发明),专用于战争和制服敌方巫师。

附录

隔绝术

与攻击性巫术或咒语不同,这是专用于防御的巫术。最常用的隔绝术(无论类比学派还是真知学派都使用它们)包括揭露术,可预先探知入侵者或即将到来的攻击;护盾术,对进攻性巫术提供直接防护;贴肤隔绝术,可对任何形式的威胁提供"最后一层保护"。参见"巫术"。

传声术

用于远距离交流的咒语类型。虽然很少有人了解这种咒术的根本原理,但所有传声咒都是建立在"此处假说"上的。巫师只能呼唤沉睡的灵魂(因为这样的灵魂对外域处于开放状态),同时呼唤对象必须在传声者本人去过的地方,其理论依据是传声者所在的"此处"只能到达一个过去曾是"此处"的"彼处"。由于类比与真知咒术中的传声术非常相似,因此有人认为这是阐释真知巫术的关键所在。

传音

所有传声术交流时使用的"声音"。

强迫术

用于控制施咒对象灵魂的咒语类型。通常情况下包括所谓"折磨术",但并非一定如此。这种法术的险恶之处在于,施咒对象往往无法准确地将巫术强迫下产生的想法与自己的思想准确区分开来,由此引发了一系列关于"意志"的争论。如果被逼迫的灵魂的自我感觉与自由的灵魂完全相同,人又怎能知道自己是否自由呢?

萨瓦之绳

真知学派使用的折磨术,玛迦卡学派著名的专长。

恶魔术
又称恶灵巫术,从外域召唤并奴役仆从的咒语类型。出于政治和现实方面的考虑,许多学派将此类巫术视为禁忌。有些从事研究的学士声称恶魔术巫师是自甘堕落,死后会在他们曾经召唤的仆从手中受到永恒的折磨。

指示咒
真知巫术中的"初等"咒术,用于让学生练习"将语言区分开来",也就是口中所说与心中所想不一。

巫术学派
由于长牙上将巫术定为有罪,无论在远古北方还是三海诸国,巫术学派的源起都是为了抵御迫害。如今,三海诸国所谓的"大学派"包括尼贝尔同盟、皇家萨伊克、天命派、弥逊塞学派和赤塔。巫术学派是三海地区最古老的组织机构之一,它们之所以能存活下来,一方面是由于其在人们心中激起的恐惧,另一方面是与三海地区的世俗与宗教势力都保持着距离。除弥逊塞学派之外,所有主要学派的起源都可上溯至塞内安帝国衰亡之前。

大宗师
各学派首脑的头衔。

学士
隶属于各巫术学派的巫师。

正式巫师
虽然各巫术学派的制度不同,但一般来讲,只有有资格传授巫术的巫师才会得到正式巫师的头衔。

女巫
使用巫术的女性,同时遭到千庙教会与巫术学派的迫害。

瓦希人偶
桑索的女巫常用的巫术道具,又称"杀人人偶",这一方面是因为制造人偶时需要牺牲一个人类(其原理就是将一个灵魂囚禁在人偶中),另一方面是因为它常被用来进行远距离刺杀。

野巫师
不属于任何巫术学派而使用巫术的人,同时遭到千庙教会与巫术学派的迫害。

不洁者
《长牙纪年》中,因里教徒对巫师的蔑称。

戈塔迦(约长牙纪687—735年)
伟大的乌莫鲁巫师,被认为是第一位将哲学从纯粹的神学猜想中独立出来的人。阿金西斯说,戈塔迦之前的人类是用人物与故事来阐释世界,而在他之后则是用法则与观察。

丘莱尔

远古北方的遗物,在各大学派中又称"饰品",因里教徒则将其称作"神之泪"。外表只是小铁球,直径约一寸,镌刻着吉库亚语(奇族奎雅使用的神圣语言)符文,符文内容是各种各样的形而上学的困境、解不开的哲学命题等等,足以否认并破解所有咒词的语义。

丘莱尔的不凡之处在于它可让携带者不受任何巫术咒语影响,并在一瞬间杀死自身触碰到的巫师。它的制造方法源自巫术的"穷卑术"分支,该分支现已失传,不为世人所知,但据估计,仅仅在三海诸国便仍有数千乃至上万枚丘莱尔存在。丘莱尔在三海诸国的政治天平上是非常重要的砝码,靠着它们,各大势力才能与各巫术学派抗衡。

虚族得到第一批丘莱尔之后,曾将它们交给斯兰克,却失望地发现后者过于浮躁,根本不曾好好利用。斯兰克对装饰品的病态偏好早在创造它们时已然固定,因此它们对丘莱尔不感兴趣,甚至经常丢失。

因此虚族开始把丘莱尔给予伊尔瓦大陆的人类,希望煽动他们起来叛乱,但哈拉洛里不愿反抗那些令他们恐惧而且大多数时间并不太约束他们的主人,反而将这份致命的礼物上缴给奇族主人。虚族只好把目光又放到伊尔纳大陆,那里的人类更凶猛也更原始。它们将丘莱尔作为礼物送给五大部落,并给予其中人口最多的部落——黑发克泰人——一份特殊礼品:一只镌刻着人类最神圣的律法和最敬畏的故事的巨大长牙。

虚族只在上面做了一样添加,即通过神启号召人类入侵"日落之地",猎捕并消灭"伪人"。

丘莱尔弓箭手

特种作战单位,使用尖端带有丘莱尔的箭支或弩矢,任务是击杀敌方巫师。丘莱尔弓箭手是伊尔瓦大陆上几乎所有军队的必备编制。

神之泪

参见"丘莱尔"。

饰品

参见"丘莱尔"。

乌博里安之环

所谓"手工咒术",用于制止巫师念动咒语,有人认为其根本原理与制造丘莱尔的穷卑术有相似之处。

痛苦项圈

远古北方诸国的巫术制品,据说由密楚里克真知学派制成。天命派学士声称,痛苦项圈的作用与三海诸国的类比学派所用的乌博里安之环相似,也就是说,佩戴者一旦试图使用任何巫术咒语,都会造成极大的痛苦。

真知巫术

巫术的分支,被远古北方诸国各真知学派所广泛使用,如今被人所知的真知学派只剩下天命派和玛迦卡学派。与类比巫术不同,真知巫术运作的基础是抽象概念,这也是为什么真知巫师经常被称为哲学巫师。真知巫术最早由奇族奎雅发明,后在奇族训政时期(长牙纪555—825年)被传授给早期的诺斯莱类比学派的巫师。

真知巫术包括:天堂之光、米尔索等分位面术、瑟罗伊降临术、索萨兰齐椭圆术、奥丹尼冲击术、奎雅第七术、维埃拉光束咒等。

参见"巫术"。

抽象法术

对真知巫术的一种称呼。

乌有王子 * 千回之念

真知学派

研习真知法术的学派。末世之劫以前有十余个真知学派存在,其中最强大的是索霍克学派,然而存留至今的真知学派只有两个:天命派和玛迦卡学派。

索霍克学派

早期的真知学派,长牙纪668年由伟大的奇族奎雅金恩·育西斯创立。

白袍诺施因罗（约长牙纪1005—1072年）

索霍克学派的大宗师,《拷问录》作者,该书是人类第一次对真知魔法进行系统阐述。

玛迦卡学派

索霍克学派古老的对手,也是最初的四个真知学派中唯一幸存的一支,长牙纪684年金恩·育西斯最伟大的弟子索斯-普兰纽拉创立。玛迦卡学派一直具有掠夺者气质,知识对他们来说不过是权力的体现,虽然这样的风格为学派带来了一些不好的名声,但他们努力不与宁卡玛·特拉斯颁布的限制巫师活动范围的《高等真知巫术谕令》产生正面冲突。长牙纪777年,在奇族残忆者塞—因奇拉的带领下,他们发现了因库-霍洛纳斯,虚族的恐怖方舟。接下来几个世纪,他们对方舟进行了彻底探索,研究了泰克奈技术。长牙纪1123年,流言声称玛迦卡学派的大宗师肖恩纳拉发现了一种恐怖手段,可解除经文中对巫师的诅咒。玛迦卡学派很快被宣布为非法,学派剩下的成员逃往戈尔格特拉斯,永远离开了索利什。到末世之劫时,他们已演变成所谓"非神会"。参见"末世之劫"。

附录

肖恩纳拉（约长牙纪1086—　）

乌莫里特语中意为"光明之赐"，玛迦卡学派的大维齐尔，父亲只是一名司库。传说他在墨克特里格的帮助下，逐步摧毁了奇族在因库-霍洛纳斯周围布下的幻术，并与仅存的两名虚族取得联系。他在邪恶的研究过程中失去了理智，其行为最终使得自己于长牙纪1123年被定为渎神罪，玛迦卡学派也遭放逐。作为同龄人中最伟大的天才，肖恩纳拉声称自己发现了一种方法，能够拯救那些被巫术诅咒的灵魂。据说他花费毕生精力研究各种能困住灵魂的巫术，希望能避免灵魂前往外域——从他似乎长达三千年的寿命来看，其努力应当取得了巨大成功，但势必运用了污秽而非自然的手段。自长牙纪第十四世纪起，特雷瑟的编年史中开始称他为肖里亚塔斯，意为"欺骗众神的人"。

肖里亚塔斯（约长牙纪1086—　）

乌莫里特语中意为"欺骗诸神的人"，参见"肖恩纳拉"。

天命派

谢斯瓦萨于长牙纪2156年创建的真知学派，目的在于继续与非神会斗争，保卫三海诸国，避免非神复活。天命派以阿提尔苏斯为根据地，在三海的许多城市进行活动，并在各大势力的宫廷中均驻有使节。除了不断呼告末世之劫随时可能到来，并到处猎捕非神会余孽之外，天命派与其他巫术学派还有许多区别，其中最重要的便是他们拥有的真知巫术——将近两千年间，他们一直保持着对真知巫术的垄断。天命派的另一个突出特点是其成员的狂热程度，每位天命派正式巫师每晚都会在梦中不断重复谢斯瓦萨在末世之劫中的经历，这是一种被称为"捕心仪式"的巫术仪式所产生的后果——据说天命派学徒须在仪式上握住谢斯瓦萨干枯的心脏，同时接受咒术之力。此外，天命派的行动由其成员选出的执行委员会（称为"仲裁团"）决定，而非由一位大宗师主宰，这也更好地避免了学派偏离终极任务的可能。

一般情况下，天命派只有五十到六十名正式巫师，以及大约两倍于此的学徒。虽然从人数上只相当于较小的类比巫术学派，但真知巫术的威力使其实力甚至超越了赤塔这等规模的大学派。正由于其强大的力量，天命派一直以来都得到康里亚国王的礼遇。

谢斯瓦萨（长牙纪2089—2168年）

天命派创始人，末世之劫中非神会不可动摇的敌人。他是一位特雷瑟铜匠之子，小时候就被鉴定为异民并带往索利什的索霍克学派学习。凭借超凡的天赋，他在十五岁成为索霍克学派历史上最年轻的正式巫师。在这段时期，他与当时在索霍克学派充当"质子"（学派对暂居其驻地，学习俗世知识的贵族子弟的称呼）的安纳苏里博·塞摩玛斯结下深厚友谊，这份具有战略意义的友谊表明，谢斯瓦萨是一位灵巧的政治家——他三十多岁接任大宗师前后还与其他头面人物结下了交情，包括伊绍里尔的奇族国王尼尔·吉卡斯和后来成为凯兰尼亚至高王的安纳克索法斯。灵活的政治手腕加上对真知巫术无以伦比的领悟，令他成为末世之劫以前与非神会数次战争的实质性领袖。然而在这段期间，他与塞摩玛斯产生了罅隙，明面上的原因是塞摩玛斯不满谢斯瓦萨对自己的幼子纳乌-卡育提施加的诸多影响，但一直有传言称纳乌-卡育提事实上是谢斯瓦萨的儿子，是他与塞摩玛斯最宠爱的妻子莎拉尔通奸所生。直到末世之劫来临前夕二人才达成和解，但为时已晚。参见"末世之劫"。

谢斯瓦萨之心

谢斯瓦萨死前被取出并包裹保存下来的干枯心脏，放置在阿提尔苏斯，是所谓"捕心仪式"的关键道具，通过这一巫术仪式，可将谢斯瓦萨关于末世之劫的记忆传承给天命派学士。参见"天命派"。

附录

封印的梦境

天命派学士经历的梦魇,通过谢斯瓦萨的眼睛重新见证末世之劫。

天命派教义问答

根据天命派的教条进行的问答仪式,师徒间在每天的学习开始前都会进行,也是每个天命派学士所学到的第一件东西。

阿提尔苏斯

凯兰尼亚语中意为"警戒之塔",亚特雷普斯的姊妹要塞,位于诺里岛,由谢斯瓦萨和自末世之劫幸存的其他真知学士于长牙纪2157年兴建,是天命派最主要的基地。

仲裁团

治理天命派的委员会。

第二次末世之劫

假想的灾难,一旦非神再次降临,灭顶之灾会无可避免地席卷伊尔瓦大陆。根据天命派的传承,安纳苏里博·塞摩玛斯——末世之劫期间的库尼乌里至高王——预言非神必将再次降临。阻止第二次末世之劫是天命派的终极目标。

类比巫术

巫术的分支,其侧重点在于寻找意义与实体之间的相似点。它相对于真知巫术更为原始,人类在得到奇族奎雅点拨之前就已经在使用这种巫术。

萨伊克

又称"太阳巫师",总部位于摩门的类比巫术学派,依照《皇室协议》服侍纳述尔皇帝。这个常被称为"皇家萨伊克"的学派在组织上传承了臭名远扬的由国家扶持的萨卡学派,该学派在塞内安帝国神皇帝们的庇护下,在三海诸国占据统治地位长达一千年。如今的萨伊克学派虽仍被归为大学派,但力量已大为削弱,由于纳述尔帝国军事上的失败,他们不仅资源受到极大限制,人数也在与西斯林的不断冲突中迅速削减。

太阳巫师

皇家萨伊克的俗称。参见"萨伊克"。

赤塔

三海地区最强大的巫术学派,上艾诺恩的实际统治者。赤塔的起源可上溯到古代的什拉迪(直到今天学派中的传统主义者还自称"什拉迪人")。从很多方面讲,赤塔的发展历程是三海地区每一个巫术学派的缩影:最初只是巫术研习者松散的群队,逐渐演变成更具组织化的独立团体,以面对出于习俗与宗教信仰的迫害。赤塔最初被称为苏拉图(汉-凯雷莫语中意为"戴兜帽的歌者"),他们在长牙纪1800年前后占据了凯里苏萨尔的河畔要塞基兹,后来从末世之劫、什拉迪帝国的崩溃及随之而来的大瘟疫引发的混乱中崛起,成为古艾诺恩最强大的势力之一。长牙纪2350年前后,基兹在地震中严重受损,重建后的要塞外壁覆上了赤红瓷砖,学派的绰号因此而来。

贾维莱

赤塔的奴隶武士,因在战争中的凶猛闻名,该组织最早于长牙纪3801年学派战争最激烈时由大宗师辛努塔创建。

附录

弥逊塞学派

瓦帕西语中意为"三派联盟",自称"雇佣学派",在三海诸国提供付费的巫术服务。它也许是最大的类比学派,但势力远称不上最强。长牙纪3804年学派战争期间,三个小学派:辛罗恩的米卡议会、尼尔纳米什的奥兰纳禾及瑟—泰丹(森格米斯)的尼利塔秘会出于自保和商业目的联合在一起,弥逊塞学派就此诞生。根据学派战争中颁发的臭名昭著的普塞拉斯特许状,弥逊塞学派曾在艾诺恩帮助因里教徒攻打学士,赤塔永远不会原谅他们这一行为——然而他们的举动也只是为了向客户保证,学派只为客户的利益服务。

西斯林

臭名昭著的费恩教巫术祭司,其大本营位于希摩。根据费恩教传统,先知费恩在沙漠中失明后成为了第一个西斯林。费恩声称,能看到俗世的人无法施行独一神的真正力量,因此每个西斯林在修行过程中总会在某个时间点上自愿弄瞎双眼,以获得西斯林所谓"水魂术"的"圣水"。关于水魂术的运转机制,三海诸国其他地区的人们知之甚少,但能确定的是异民无法感知到它,并且它在许多方面跟类比学派的巫术一样强大。

赤塔根据实力将西斯林进行分类:第三层西斯林只有一些基本力量;第二层西斯林的力量与赤塔的见习巫师相差无几;但第一层西斯林的力量远远超过初学者(然而赤塔法师们坚称,他们的力量仍比真正的类比巫师弱)。

第三视野的传人

西斯林的别称,因为他们虽然没有眼睛,却可以看到东西。

水巫师
施展水魂术的人,他们并未像普通巫师那样遭到诅咒。

因达拉-基沙乌里
西斯林"部落"。在基安传统中,"因达拉"意味着"取水者的部落",那是一支在沙丘间游荡,为虔诚的信民带去水与慈悲的传奇队伍。考虑到基安沙漠社会的部落关系,这个称号具有极其崇高的地位(根据《费恩之书》,该部落拯救了费恩的生命)。

水魂术
西斯林使用的神秘力量,和巫术很相似,但实践上更为粗糙,最大特点是无法被异民发现。在费恩之前,作为巫术的水魂术很少为人所知,但传说与神话暗示了某些盲人在极端痛苦的时刻会突然获得无法解释的强大力量。

伊尔瓦大陆的一切最终都归结于"意义"。在巫术方面,真知巫术试图通过逻辑形式,类比巫术则试图通过物质形式将意义转化为现实,但水魂术的核心在于"感情冲动"。水魂术的修习者自瞎双眼,以求超越事物外表,把握其内在感知,也就是意义本身最纯粹的表现——音乐、激情,或按西斯林的说法,"圣水"。其他巫术需要无声或有声的咒文,水魂术则依靠"思想"。同时代的哲学家评论说,水魂术是非认知性的,它与互相冲突的各种现实不发生关联,因此其修习者才能没有印记,无法被异民感知。

这也是为什么水魂术不为各种远古巫术学派所了解——俗话说,拿锤子的人认为每个问题都是钉子,而水魂术存在于间世。在伊尔瓦大陆历史上的大部分时间里,水魂术都不为人知。

间世
存在于我们的感知"之间"的世界,"本质的"世界。

教首
西斯林首领的头衔。

蛇头
因里教徒对西斯林的称呼。

五、"乌有王子"三部曲中的人物、事件与俗语等

A

阿戈里安公牛

古代凯兰尼亚人象征生殖与财富的标志,最著名的雕像位于长牙之厅对面的哈格纳。

阿加里(长牙纪 4041—4111 年)

涅尔塞·普罗雅斯王子的贴身奴隶。

阿金西斯(约长牙纪 1896—2000 年)

三段论逻辑与代数学之父,被许多人视为史上最伟大的哲学家。阿金西斯生于凯兰尼亚首都蒙特松,据称从未离开这座城市,甚至包括长牙纪 1991 年恐怖的瘟疫期。当时他年事已高,几乎注定会在疫病中丧命(据多方记载,阿金西斯坚持每天洗澡,并拒绝饮用城中水井的水,他声称这样的实践,加上厌恶饮酒和节制饮食,乃是保持健康的关键)。古往今来许多评论者公认:"有多少读者,就有多少个阿金西斯。"对他那些更具思辨性的作品,如《理论之论》《人类的解析·第一卷》而言,这种说法当然成立,但他的作品同样具有风格明确而统一的怀疑论思想核心,最好的例子便是《人类的解析·第三卷》,那也恰恰是他最具讽刺性的作品。在阿金西斯看来,人类基本上是"用他们自身的弱点,而非理性或客观世界作为衡量所谓真相的首要标准"。事实上,他观察得出的结论是,大多数个体对自身信仰并没有清晰的准则。身为所谓批判主义哲学家,时人认为他最终将落得其他批判主义哲学家的下场,

比如波尔萨(著名的特雷瑟"哲学婊子")或库姆拉特,但他靠着名声与凯兰尼亚的社会结构在一次次动荡与变迁中幸存下来。孩童时代他就有神童之名,连至高王都有耳闻,史无前例地在他八岁时为他颁发"免死令"。免死令是凯兰尼亚人古老而神圣的制度,被授予者可以畅所欲言,无需担心报复,甚至至高王本人都不能论罪。阿金西斯一直立言著说,直到103岁高龄才因中风去世。

阿卡尔
基安人最小的货币单位。

阿克里·库默雷泽(长牙纪4071—4110年)
艾诺恩的库塔皮勒斯大区总督,乡民圣战军的领袖之一。

阿罗西安礼坛
安迪亚敏高地脚下最大的公共回廊。

阿米卡
塞尔文迪战士出征时携带的口粮,是用野生草药和莓果炖过的风干牛肉条。

阿摩塔尼亚号
将阿凯梅安和辛奈摩斯带往约克萨的商船。

阿皮酒
三海诸国的传统饮品,用桃子发酵酿出的甜酒。

阿威尔（长牙纪 4077—4111 年）
纳森蒂之一，曾是韦里昂麾下的扈从男爵，在卡拉斯坎染病身亡。

埃格拉斯（长牙纪 4087—4112 年）
韦里达武士。

埃科斯市场
苏拿城主要的"商品市场"，位于哈格纳以南。

埃克索雷塔神庙
凯里苏萨尔声名狼藉的神庙。

埃丽迦（长牙纪 4092—4111 年）
萨瑟鲁斯的加里奥斯女奴，在海墨恩的沙漠中被杀。

爱荷西亚
古王朝的伟大城市，位于森比斯河三角洲。

安戈特玛市场
爱荷西亚城主要的集市，历史可上溯至塞内安时代。

安克哈鲁斯
著名的库尼乌里评论家，吉尔加里奥神的高阶祭司。

安库拉凯山
德玛山脉最南边的山峰，亚特里索城的发源地。

附录

安摩诺提斯
森比斯河南岸的城市,建于凯兰尼亚新王朝时期。

安姆–安密戴
阿楚席安高地上的大型基安要塞,兴建于长牙纪4054年。

安姆雷·甘雅提(长牙纪4064年—)
康里亚的安基里奥斯总督。

安那苏里博·甘雷尔卡二世(长牙纪2104—2147年)
塞摩玛斯二世的继承者,库尼乌里最后一位至高王。

安妮丝(约长牙纪4089年—)
奈育尔·厄·齐约萨最宠爱的妻子。

安萨瑟–阿布–萨拉吉卡(长牙纪4072年—)
杰迪亚的帕夏,其图腾为黑色羚羊。

安塞拉留斯四世(长牙纪4062年—)(谢伊克语中写作Athullara)
亚特里索的国王,莫古德家族最后的传人。

安乌拉特要塞
森比斯河三角洲南方的大型基安要塞,建于长牙纪3905年。

安乌拉特要塞之战
第一次圣战中的关键战役,长牙纪4111年夏在森比斯河三角洲南部的安乌拉特要塞爆发。在奈育尔·厄·齐约萨的指挥下,因里教徒

乌有王子 * 千回之念

虽在战役初期受挫,但最终打败萨考拉斯·阿布·纳拉扬麾下的基安大军,为征服南施吉克、进军卡拉斯坎铺平了道路。

安西林门
摩门较小的城门之一,位于吉尔加里克门正南。

昂塔之血
赞拉辛尼乌斯的作品中使用的词汇,用来称呼巫术的"印记"。

昂提拉斯(长牙纪2875—2933年)
近古的塞内安讽刺作家,代表作《论人类的愚蠢》。

奥克牙提·厄·奥克尤尔(长牙纪4038—4082年)
奈育尔·厄·齐约萨的表亲,长牙纪4080年将安纳苏里博·莫恩古斯当作奴隶带到乌特蒙部族。

奥拉格(？—)
虚族幸存的王子,非神在末世之劫中的部族大将。关于奥拉格人们所知不多,只知他是非神会的高级成员,也是奥朗斯的孪生兄弟。
奥拉格和奥朗斯的身体接受过看穿昂塔之能力的嫁接,参加这项嫁接的虚族只有六个存活下来。

奥朗斯(？—)
虚族幸存的王子。关于奥朗斯人们所知不多,只知他是非神会的高级成员,也是奥拉格的孪生兄弟。天命派学士怀疑正是他最早将泰克奈技术传授给玛迦卡学派的。
接受过看穿昂塔之能力的嫁接。

附录

奥塞别斯
从远古到近古至今一直在运作的玄武岩采石场,位于蒙特松的废墟附近。

B

巴加拉塔
塞尔文迪人斗剑时的"挥剑术"。

巴莱特·厄·库图萨(长牙纪4072—4110年)
乌特蒙部落的塞尔文迪武士,奈育尔·厄·齐约萨的内兄。

巴特森
凯兰尼亚早期的神庙要塞,现已化作废墟,长牙纪3351年塞内安城陷落后不久,它也被塞尔文迪人摧毁。

百柱团
战士先知的私人护卫,据说是因在骷髅之路上有整整一百人将自己的水——自己的生命——献给战士先知而得名。

班努特·厄·哈努特(长牙纪4059—4110年)
乌特蒙部落的塞尔文迪武士,奈育尔·厄·齐约萨的叔叔。

本古拉(长牙纪4103—4112年)
埃格拉斯与瓦利莎的儿子。

拜扬塔斯
近古时代塞内安帝国的作家。

本约卡棋
精妙而古老的战略游戏,在三海诸国的贵族种姓中广为流传。这种棋由奇族更为深奥的"Mirqu"游戏演化而来,最早提及本约卡棋的文献可上溯到所谓"奇族训政时期"(长牙纪555—825年)。

彼萨苏拉斯
伊库雷·伊斯特里雅的私人宦仆。

比亚希·斯考拉萨(长牙纪4075—4111年)
沙里亚骑士团的次席骑士队长,死于蒙格达平原之战。

比亚希·索帕斯(长牙纪4068年—)
努摩玛留斯将军在纳格里斯的混战中丧命后,索帕斯接掌了齐德鲁希骑兵,他是比亚西家族族长比亚西·科隆萨斯的长子。

博卡伊要塞
安那斯潘尼亚西部边境上古老的塞内安要塞。

波尔齐亚斯·席玛斯(长牙纪4052年—)
阿凯梅安的老师,仲裁团(治理天命派的委员会)成员。

波里法乌斯
古代塞内安哲学家,崔亚姆斯大帝的顾问,以执笔《崔亚姆斯法典》而闻名,三海诸国大多数国家实行的法律都是以它为基础编写的

（基安例外）。

波玛瑞乌斯·萨索提安（长牙纪4058—4111年）
第一次圣战军的帝国舰队司令，在特兰提斯湾之战中被杀。

波森提乌斯·卡萨拉（长牙纪4062年— ）
纳森蒂的成员，曾是帝国军的军官。

布露兰（长牙纪4084年— ）
艾斯梅娜的一位基安贴身女奴。

《布道录》
汇集了战士先知早期的布道与格言的集子，作者不详。

布拉尔万·塞内耶（长牙纪4059—4111年）
加里奥斯的阿格蒙伯爵，在卡拉斯坎死于瘟疫。

C

参孚
一种成瘾性麻醉剂，在艾诺恩贵族中流行，不过由于其来源不明，也有很多人避之唯恐不及。一般认为，服用参孚能让人思维敏锐，延年益寿，但同时也会吸收人体内所有的色素。

岑卡帕（长牙纪4068—4111年）
亚特雷普斯的卫戍部队队长，从前是克里加特斯·辛奈摩斯身边的尼尔纳米什奴隶，在爱荷西亚被杀。

Chemrat
古代凯兰尼亚人对施吉克的称呼,意思是"红色大地"。

查吉多
谢拉什与安摩图边境的大型要塞,坐落在拜特穆拉山脉脚下。

查拉摩玛斯(长牙纪4036—4108年)
著名的沙里亚研究者,《十圣记》作者,长牙纪4093年取代阿凯梅安成为普罗雅斯的俗世知识教师。

长枪座
塞尔文迪人的星座,位于北方天空。

《长诗》
系列史诗,详细描述了末世之劫的经过。主要包括:
《塞摩玛亚德》,安纳苏里博·塞摩玛斯和他悲剧性的救世军的故事;
《卡育提亚德》,塞摩玛斯的儿子纳乌-卡育提及其英雄事迹;
《将军篇》,纳乌-卡育提死后一系列扑朔迷离的事件;
《特雷瑟亚德》,记载着这座伟大城市的毁灭;
《伊莫尔亚德》,谢斯瓦萨在古城亚特里索遭到放逐,以及在那之后奋力求生的故事;
《阿克瑟西亚纪》,阿克瑟西亚的陷落;
《卡普年代纪》,或称《流亡者之歌》,描述了末世之劫中萨卡普斯城的奇异遭遇。此外还有《安纳克亚德》等。
《长诗》虽遭天命派学士唾弃,然而也许正因如此,在三海诸国有着极高声望,被奉为经典史籍。

附录

长牙之民
第一次圣战军的战士。

长牙之厅
见"居利尤玛"。

《沉思录》
塞内安"哲人皇帝"斯塔贾纳斯二世的代表作,三海诸国文学传统中的重要作品。

"赤红"高肯(长牙纪4058年—)
声名狼藉的海盗,也是森耶里的瑟恩·奥格莱伯爵。

春季猎狼大会
塞尔文迪男孩的成年祭礼。

崔里姆·恰察留斯(长牙纪4052年—)
崔里姆家族族长。

"崔亚姆斯的双手、阿金西斯的智慧和瑟金斯的心灵。"
诗人普罗塔西斯的著名格言,代表了凡人的理想境界。

崔亚姆斯之墙
卡拉斯坎最外围的防御工事,由崔亚姆斯大帝在长牙纪2568年兴建。

《崔亚姆斯皇帝》
索罗森尼斯著名的戏剧作品,根据崔亚姆斯大帝的生平事迹改编。

D

"大胆的"莱尔丁·韦里昂(长牙纪4063年—)
泰丹的普莱多伯爵。

大统领
纳述尔帝国军最高统帅的传统头衔。

戴鲁特
杰迪亚内地的一座小要塞,长牙纪3933年施吉克落入费恩教手中,后由纳述尔人兴建。

《道德经》
哈塔提安仅存的作品,参见"哈塔提安"。

《第四次关于行星及其……运动的对话录》
阿金西斯著名的"失传著作"之一。

帝国军
纳述尔常备军的统称。

帝国的太阳
纳述尔帝国的首要徽章。

附录

帝国军总战旗

纳述尔大统领神圣的军旗,上面装饰着最后一位凯兰尼亚至高王库索法斯二世的碟形胸甲。帝国军士兵经常称它为"情妇"。

第四次蒙格达平原之战

长牙纪4110年涅尔塞·卡摩缪尼斯带领的"乡民圣战军"惨败给萨考拉斯·阿布·纳拉扬的基安人,全军覆没。

第五次蒙格达平原之战

长牙纪4111年圣战军与基安人之间的首次决定性战役。圣战军在名义上的指挥官柯伊苏斯·梭本王子的带领下,组织混乱,领导人之间意见不合,只得以半数部队在蒙格达平原迎战萨考拉斯·阿布·纳拉扬的基安军团。战斗从早上持续到傍晚,因里教徒奋力击退了基安人的一次次冲锋,而后当圣战军其他部队抵达费恩教徒的侧翼时,基安人的战意彻底崩溃,迅速溃败。

丁察塞斯(长牙纪4074—4111年)

亚特雷普斯的一名队长,一生辅佐克里加特斯·辛奈摩斯,在爱荷西亚被害。绰号"血腥丁察"。

杜恩·赫尔萨(长牙纪4078年—)

百柱团持盾卫士队长,曾经的加里奥斯男爵。

杜诺沙(长牙纪4055年—)

圣安摩图的帕夏。

乌有王子 ＊ 千回之念

"独眼"奥克奈（长牙纪4053—4110年）
蒙努亚第部落（最强大的塞尔文迪部落之一）嗜杀成性的酋长。

E

Ej'ulkiyah
乞尔吉语中对卡拉塞沙漠的称呼，意为"无穷的干渴"。

Elju
因里姆语中的"书"，指陪伴奇族，用来补充他们不断失去的记忆的生物，无论是人还是斯兰克。

恩加罗（长牙纪4062年— ）
伊库雷·瑟留斯三世的大总管。

恩雷萨·巴里苏拉斯（长牙纪4053年— ）
辛罗恩国王，其商业上的精明在三海诸国受到广泛崇敬，但也因此声名狼藉。他最广为人知的劣迹是遭受并迫使沙里亚收回了三次沙里亚责罚令。

恩朔雅
谢伊克语中意为"必然"。佐顿亚尼用来称呼战士先知长剑的名字。

恩索拉里
上艾诺恩的基本货币单位。

F

法官
人们对佐顿亚尼传教士的称呼。

法里夏斯
梅内亚诺海中的小岛要塞,归属有争议。

法玛宫
战士先知在第一次圣战中于卡拉斯坎逗留时的府邸及行政中心,坐落在公牛高地。

法娜席拉(长牙纪4092年—)
艾斯梅娜的贴身基安女奴之一。

法纳亚·阿布·卡萨曼德(长牙纪4075年—)
帕迪拉贾的头生子,也是其手下著名的精英重骑兵夸约里骑兵的头领。

福斯塔拉斯(长牙纪4061—4111年)
塞尔莱军团中一名正统派的煽动者。

G

Gandoki
加里奥语中的"影子",传统的加里奥斯体育项目——两个男人的手腕用两根长杆绑在一起,各自试图将对方击倒。

乌有王子 * 千回之念

Gishrut
传统塞尔文迪饮品,由发酵马奶制成。

冈克尔提(长牙纪4068—4111年)
纳述尔皇帝的近卫军司令。

高尔萨
第二名假扮成库提亚斯·萨瑟鲁斯的换皮密探的真名。

《告白录》
欧列卡罗斯的经典文本,被称作"精神之旅",事实上却是来自不同国家的思想家只言片语的集合,其谢伊克语译本在三海诸国的贵族种姓中广为流传。

割喉鸟
红喉的海鸥,常见于三海南部,以脾气暴躁闻名。

戈尔兰索·乌索尔卡(长牙纪4079年—)
泰丹人,努曼奈的哈格米尔男爵。

格莉娅莎(长牙纪4049—4111年)
高纳姆家族的奴隶,西尔维的朋友。

各大阵营
通常用来形容三海诸国中最强大的军事与政治集团。

公牛高地
卡拉斯坎的九大高地之一。

狗城
长牙之民对卡拉斯坎巨大的多面堡的称呼。这座城堡是沙坦提安于长牙纪3684年兴建的,最早名为"Insarum",长牙纪3839年落入费恩教徒之手后,他们称其为"Il'Huda",意为"屏障"。

狗奴才
诺斯莱人对克泰人的蔑称,来源于泰丹语"皮卡",意为"奴隶",但有着更广泛的、种族上的贬义。

古纳塞
杰迪亚海岸线上早已被放弃的塞内安要塞。

跪拜高地
卡拉斯坎城中九座高地之一,也是帕夏行宫的所在。

国王之火
加里奥斯人为彰显国王的权威燃起的仪式性的火焰。

H

Hustwarra
加里奥人对随营妻子的称呼。

哈格拉姆·科斯瓦（长牙纪 4070—4111 年）
泰丹的格图尼伯爵，在蒙格达平原之战中被杀。

哈格姆·帕索玛斯（长牙纪 4078 年— ）
纳森蒂的成员，曾是纳述尔铁匠。

哈格纳
苏拿城中广大的神庙区，包含居利尤玛、数座学院以及千庙教会的行政机构。

哈鲁斯·普罗非拉斯（长牙纪 4064 年— ）
亚斯吉罗奇的卫戍部队司令。

哈鲁特·厄·玛布（长牙纪 4000—4082 年）
奈育尔儿时乌特蒙部落的忆者。

哈米沙扎（长牙纪 3711—3783 年）
著名的艾诺恩剧作家，因作品《特姆皮拉斯王》和对礼仪规范的熟稔广为人知——据称很少有人能在这方面与他媲美。

哈纳玛努·以利亚萨拉斯（长牙纪 4060 年— ）
赤塔大宗师。

哈南·库默尔（长牙纪 4043—4111 年）
圣战军中的吉尔加里奥神高阶祭司，在卡拉斯坎死于瘟疫。

哈佩丁花园
安迪亚敏高地上许多田园建筑之一。

哈斯金内·阿布·萨考拉斯（长牙纪4067—4103年）
萨考拉斯·阿布·纳拉扬的长子，长牙纪4103年在泽克尔塔之战中死于奈育尔·厄·齐约萨之手。

哈塔提安（长牙纪3174—3211年）
臭名昭著的《道德经》的作者，这部作品有悖于传统的因里教价值观，提倡无条件的自我重视。虽然长期以来被千庙教会禁绝，哈塔提安的作品仍在三海诸国的贵族种姓中广泛流行。

海普玛·卡莱拉（长牙纪4056—4111年）
第一次圣战军中的阿克亚格尼神高阶祭司，在卡拉斯坎死于瘟疫。

汉佩·提亚席拉斯（长牙纪4072年— ）
伊库雷·孔法斯的侍卫队长。

汉莎
库提亚斯·萨瑟鲁斯的女奴。

号角之门
卡拉斯坎的主城门之一。

"和萨罗斯一起欢笑"
艾诺恩习语，他们相信临死时的笑声代表胜利。这一传统可追溯到上艾诺恩的创立者萨罗斯一世，传说他曾在临死时放声大笑。

乌有王子 ＊ 千回之念

赫安纳尔·萨齐尔卡（长牙纪 4068—4110 年）
加里奥斯的奈尔加约塔伯爵，乡民圣战军的三位领袖之一。

赫拉玛里·伊奥库斯（长牙纪 4014 年— ）
赤塔学派中一位修习恶魔术的正式巫师，虽然吸食参孚上瘾，但仍是哈纳玛努·以利亚萨拉斯的间谍总管。

呼特拉
森比斯河三角洲的城市，长牙纪 4111 年被圣战军摧毁。

宦奴
青春期前后被阉割的男人，大多在青春期到来之前。宦奴在三海诸国已成为一个非正式种姓，用来管理后宫，有时也担任高级行政职务。许多人相信，由于无法生育，宦奴较不容易产生野心或受到他人影响。

皇宫区
对安迪亚敏高地的称呼。

霍加家族
阿甘萨诺的统治家族，传统族徽为绿底的黑色雄鹿。

霍加·戈泰克（长牙纪 4052 年— ）
阿甘萨诺的伯爵，圣战军中泰丹军团的首领。

霍加·戈瑟拉斯（长牙纪 4081 年— ）
戈泰克伯爵的长子。

霍加·贡里安(长牙纪4088—　)
戈泰克伯爵的次子。

霍加·戈尔宇(长牙纪4091—4111年)
戈泰克伯爵的幼子,在卡拉斯坎被杀。

霍加的兔崽子
康里亚宫廷对霍加·戈泰克的孩子们的蔑称。

坏血病
军中常见疾病,特点是持续发烧、呕吐、皮肤刺痒,重度腹泻,最严重时可能导致昏迷与死亡。也被称为"空心病"或"血之手"。

J

基米什(长牙纪4058年—　)
伊库雷·瑟留斯三世的审问长。

基鲁西
森比斯河北岸巨大的基安要塞。

基斯马
马拉赫的养父。

基育斯河之战
长牙纪4110年纳述尔帝国军与塞尔文迪人于基育斯河畔(基育斯河是森比斯河的支流)的一场重要战役。过于自信的塞尔文迪部族之

乌有王子 ＊ 千回之念

王带领他的人民踏入了纳述尔大统领伊库雷·孔法斯设下的陷阱。这是有史以来塞尔文迪人在君纳帝大草原上遭受的最惨重失败。

吉尔加里克门
摩门城墙最西边的巨大城门。

吉尔拉斯
重要的纳述尔城市，位于梅内亚诺海沿岸。

吉内塔
参见"种姓"。

吉什塔里·塞里舒（长牙纪4067—4111年）
来自艾诺恩边境的康里亚贵族，被不明身份的人谋杀。

吉耶拉的印记
双蛇文身，苏拿的妓女必须将这样的印记文在左手手背上，似乎是为了模仿吉耶拉的女祭司。

加尔特留斯（长牙纪2981—3045年）
塞内安的奴隶学者，以对《长牙纪年》的评注而闻名，这些评注以《被约束的灵魂的沉思》为名收录成辑。

加里奥斯战争
加里奥斯与纳述尔帝国之间的一系列战争。第一次战争从长牙纪4103年持续到次年，长牙纪4106年又爆发了第二次战争。两次战争中，加里奥斯人在柯伊苏斯·梭本的带领下都取得了前期的胜利，但都在接下来更关键的战役中失败。最后一次战役是普罗科鲁斯之战,伊库雷·孔法斯指挥帝国军获胜。

家园之城
纳述尔人对摩门的俗称。

贾鲁沙镇
摩门西南方二十里处一个小型农业城镇。

教化者
佐顿亚尼组织,致力于使正统派改宗。

杰什鲁尼(长牙纪4069—4110年)
一名贾维莱持盾卫士队长,在凯里苏萨尔被杀。

近卫军兵营
皇帝私人护卫的主要要塞与兵营,坐落在摩门北部。

禁路
一条秘密军事通道,连接着纳述尔帝国与塞尔文迪人及基安人两个前线的边境。

九大城门
苏拿城的九道主要城门的俗称。

酒碗区
卡拉斯坎的中心区域,被城市九座高地中的五座包围。

《军图之书》
塞尔文迪人使用并经常校订的军事手册,描述了他们古老的敌人纳述尔人使用的军旗与图案。

军卫
纳述尔人对帝国军中分配给高阶军官做贴身侍卫的士兵的称呼。

K

卡拉瑟恩斯(长牙纪4055—4111年)
赤塔的正式巫师,在安乌拉特要塞之战中被丘莱尔杀死。

卡拉斯坎之战
又称特尔塔平原之战,长牙纪4112年基安的帕迪拉贾、卡萨曼德·阿布·特菲尔罗卡的大军与安那苏里博·凯胡斯的圣战军之间进行的一场殊死决战。虽然费恩教徒的人数多于饱受疫病与饥馑折磨的因里教徒,却无法减缓和阻止圣战军的攻势。许多人将因里教徒的胜利归功于真神介入,不过从战役爆发之前那些非同寻常的事件中应该可以找到更合理的解释。涅尔塞·普罗雅斯详细描述了战士先知如何受到圆环审判,又如何被证明无罪,这极大地鼓舞了因里教徒的士气。另一方面,基安人过于自信,帕迪拉贾甚至任由圣战军结成阵形,并未加以干扰。

卡里安大道
古老的塞内安道路,横穿马森提亚省,在神皇帝时代曾经连接着苏拿与塞内安。

附录

卡鲁尔
卡拉斯坎的索基斯神庙群中的大广场。

卡努
塞尔文迪人对仲夏时节君纳帝草原上从西南方吹来的季风的称呼。

卡萨曼德·阿布·特菲尔罗卡(长牙纪4062—4112年)
基安的帕迪拉贾,在特尔塔平原之战中被战士先知杀死。

卡西达斯(长牙纪3081—3142年)
近古时代著名的哲人与历史学家,最著名的作品是权威著作《塞内安帝国编年史》。

卡希特
因里教传统中所谓"世界之魂"。根据因里教信仰,真神的存在昭示于历史事件之中,因而成为卡希特,或者说世界历史中的伟大人物,这是一件非常神圣的事。

卡约提
外域的恶魔,赤塔巫师所能掌握的强大"上等品"之一。

凯里奥斯
尤玛那南部海岸的一座大型港口城市。

凯默蒂·山比斯(长牙纪4076年—)
康里亚男爵,来自安莱佩边境。

凯莫拉特斯·山尼帕尔（长牙纪4066年— ）
康里亚中南部地区希拉姆特的男爵。

坎伯希市场
摩门西米拉神庙区附近的大型集市。

柯伊苏斯·阿斯贾亚里（长牙纪4089年— ）
加里奥斯的加恩里伯爵，柯伊苏斯·梭本的外甥。

柯伊苏斯·厄耶特（长牙纪4038年— ）
加里奥斯国王，柯伊苏斯·梭本的父亲。

柯伊苏斯·梭本（长牙纪4069年— ）
加里奥斯的柯伊苏斯·厄耶特国王的第七个儿子，也是圣战军中加里奥斯军团名义上的首领。

科吉兰尼·阿布·浩克（长牙纪4078—4112年）
密兹莱大公，以巨大的体格与力量闻名，在卡拉斯坎之战中被涅尔塞·普罗雅斯王子斩杀。

克菲特·阿布·塔纳吉（长牙纪4061—4112年）
基安军官，长牙纪4111年将卡拉斯坎献给柯伊苏斯·梭本及第一次圣战军。

克拉索提人
施吉克本地信仰因里教的少数族群。

附录

克里加特斯·辛奈摩斯（长牙纪4066年— ）
康里亚的亚特雷普斯镇守元帅。

克里加特斯·伊里萨斯（长牙纪4089年— ）
克里加特斯家族年轻而轻率的总管，克里加特斯·辛奈摩斯的侄子。

空心病
参见"坏血病"。

库拉西奇（长牙纪4069年— ）
海墨恩的帕夏。

库鲁特
杰迪亚内地的要塞，由纳述尔人兴建。

库摩鲁斯·西拉萨斯（长牙纪4045— ）
伊库雷家族的坚定支持者，伊库雷·孔法斯前任的大统领。

库萨波卡里节
因里教的传统节日，标志着夏至来临。

库萨特（长牙纪4054—4111年）
柯伊苏斯·梭本王子的男仆，在蒙格达平原之战中被杀。

库斯杰特（长牙纪4077—4111年）
艾诺恩的吉卡斯总督，在安乌拉特之战中被杀。

库什加斯(长牙纪4070—4111年)
康里亚的安纳德省总督,在安乌拉特之战中被杀。

库提亚(长牙纪4063—4111年)
赤塔在千庙教会的间谍。

库提亚斯·萨瑟鲁斯(长牙纪4072—4099年)
沙里亚骑士队长,被非神会的换皮密探杀害并取代。

库特玛
本约卡棋中所谓"隐藏的棋步"(Kut'Ma),看上去无关紧要,但往往会决定比赛结果。

L

拉姆-萨索尔·加萨哈度沙(长牙纪4076—4111年)
艾诺恩的附庸国桑索的王子,在圣战军中带领艾诺恩的桑索军团,于安乌拉特要塞之战中被杀。

莱哈斯·哈迦隆(长牙纪4059—4111年)
加里奥斯的奥斯加德伯爵,在蒙格达平原之战中被杀。

莱维斯(长牙纪4061—4109年)
亚特里索的索贝尔省的一位猎户。

老父
换皮密探对创造它们的非神会成员的尊称。

附录

老魔物
专指非神会最初的成员。

"狼心"乌瑟凯尔特(？—？)
长牙上提到的一位酋长国王。

雷尔加拉(长牙纪1798—1841年)
古代库尼乌里诗人,以《索利什史诗》闻名。

黎明
阿凯梅安的骡子。

连枷座
北方天空中的星座。

林加·劳尚(长牙纪4054年—)
森耶里国王,斯凯耶尔特和胡尔瓦嘉的父亲。

林加·斯凯耶尔特(长牙纪4073—4111年)
森耶里的劳尚国王的长子,圣战军中森耶里军团的首领,于卡拉斯坎死于瘟疫。

林加·胡尔瓦嘉(长牙纪4086—)
森耶里的林加·劳尚国王的次子,第一次圣战中,在长兄林加·斯凯耶尔特王子死于卡拉斯坎后,接替带领森耶里军团。由于跛足,被称为"跛子"。

林加·纳拉达（长牙纪4093—4111年）
森耶里的林加·劳尚国王的幼子，死于蒙格达平原之战。

林加·玛嘉（长牙纪4080—4111年）
森耶里的林加·斯凯耶尔特王子的堂亲，死于蒙格达平原之战。

《灵魂的贸易》
阿金西斯关于政治哲学的经典著作。

《论千庙教会及其公正性》
半异端的萨略特学院书籍。

《论肉体》
欧帕里萨最有名的劝诫作品，在普通读者中非常受欢迎，但遭到三海地区知识阶层的广泛嘲笑。

《论人类的愚蠢》
著名讽刺作家昂提拉斯的代表作。

洛墨堡
亚斯吉罗奇的中心城堡，被称为"亚斯吉罗奇的圣牛"，长牙纪4111年毁于地震。

M

马昂吉
第一名假扮作库提亚斯·萨瑟鲁斯的换皮密探的真名。

附录

马达雷泽尔·乌克鲁姆（长牙纪4045—4111年）
赤塔的正式巫师，在安乌拉特之战中被丘莱尔杀死。

马拉赫
西斯林最臭名昭著的成员之一。

马特姆斯（长牙纪4061—4111年）
纳述尔将军，伊库雷·孔法斯的副将。

玛安之战
长牙纪4082年康里亚与瑟-泰丹之间的一场小冲突。

玛麦玛（？—？）
《长牙纪年》中提到的一位酋长国王。

玛摩特
已成废墟的塞内安城市，位于斯威基河河口附近。

玛伊萨内
千庙教会的沙里亚，第一次圣战的主要煽动者。

"卖桃子……"
性交易的委婉说法，在三海诸国通用。

毛皮之门
苏拿著名的九大城门之一，城外是卡里安大道。

梅贡（长牙纪4002年— ）
杜尼安修会的长老。

梅魇提
谢伊克语中意为"巧合的转折"。在礼仪规范中这代表可以揭示目的的幸运时刻。

梅亚吉（长牙纪4074— ）
加里奥斯男爵，柯伊苏斯·梭本的亲随。

蒙格达城
蒙格达平原中心的废城，曾是施吉克与凯兰尼亚平原之间的贸易据点，著名的古战场。长牙纪2155年安纳克索法斯五世在此以苍鹭之矛击倒了非神。

弥玛拉（长牙纪4095— ）
艾斯梅娜的第一个女儿。

弥玛里帕（长牙纪4067— ）
岑约萨的扈从男爵。

弥萨拉夫
宏伟的基安要塞，位于尤玛那的西北边界。

摩格瓦（长牙纪2466—2506年）
近古时代祖姆著名的贤者与哲学家，在三海诸国最具名望的作品是《神谕集》与《圣行录》。

摩马拉德（长牙纪4071—4111年）
贾维莱的持盾队长，被安排去处死杜萨斯·阿凯梅安。

摩施雷萨·卡索齐（长牙纪4072年—）
纳森蒂的成员，曾是康里亚骑士。

莫古德家族
自长牙纪3817年起统治亚特里索的王朝。

莫拉宫
古莫恩语中意为"诸王之殿"，加里奥斯统治者著名的宫殿群，位于奥斯文塔。

穆玛拉斯（长牙纪4058年—）
阿摩塔尼亚号的船长。

穆雷特里斯（长牙纪2789—2864年）
古代塞内安奴隶学者，著名作品为《公理与定理》，是三海诸国几何学的奠基之作。

穆萨姆·岑约萨（长牙纪4078年—）
艾诺恩的安塔纳梅拉总督，长牙纪4111年冬天切菲拉姆尼死后被迅速指定为上艾诺恩摄政王。

穆沃格·甘布罗塔（长牙纪4064年—）
森耶里的因加罗什伯爵。

N

Noschi
库尼乌里语中意为"光源",通常被用来形容"天才"。

那巴拉
安塞尔卡省一座中等大小的市镇,这里的市场决定着周围地区羊毛的供销——羊毛是安塞尔卡省主要的商品产出。

那哈特
参见"种姓"。

纳格里斯
新王朝时期森比斯河上游的大城,因红色沙石堡垒而闻名。

纳森蒂
安那苏里博·凯胡斯最首要的九位信徒,又称"战士先知的扈从"。

纳述雷特军团
又称"第九军团",纳述尔帝国军的军团之一,长期驻守在基安边境,标志是雄鹰的翅膀将帝国的黑太阳一分为二。

奈特比·普萨马图斯(长牙纪4059年—)
苏拿的沙里亚祭司,拥有施吉克血统,是艾斯梅娜的常客。

附录

奈布里坎部落
诺斯莱游牧部落,主要在瑟帕罗草原南部活动。

奈因(长牙纪4071—4111年)
赤塔的正式巫师,在安乌拉特之战中被丘莱尔杀死。

南方军团
部署在基安边境的纳述尔帝国军。

内尔班努·索特尔(长牙纪4069年—)
艾诺恩的基什雅提总督。

尼什特·加尔格塔(长牙纪4062年—)
艾诺恩的艾沙加纳总督。

涅尔塞·卡摩缪尼斯(长牙纪4069—4110年)
康里亚的卡纳普雷总督,"乡民圣战军"名义上的总领袖。

涅尔塞·索霍拉斯(长牙纪4072—4111年)
康里亚男爵,涅尔塞·普罗雅斯的堂亲。

涅尔塞·提鲁玛斯(长牙纪4075—4100年)
涅尔塞·普罗雅斯的长兄,长牙纪4100年死于海上之前,一直是康里亚的王太子。

宁静之境
根据塞尔文迪习俗,这是武士最为理想的精神状态,失去了所有个

乌有王子 * 千回之念

人激情与欲望,纯粹表达大地的意愿。

诺姆尔(？—？)
长牙上提到的一位酋长国王。

O

欧库·奥斯莱恩(长牙纪4060—4111年)
泰丹的努曼奈伯爵,在蒙格达平原之战中被杀。

欧列卡罗斯(长牙纪2881—2956年)
具有辛罗恩血统的塞内安奴隶学者,著有《告白录》。

欧米莉·厄·森努瑞特(长牙纪4089—4111年)
森努瑞特的跛足女儿,约萨卡的妻子。

欧帕里萨(长牙纪3211—3299年)
近古的森格米斯道德学家,最有名的作品是《论肉体》。

欧普萨拉(长牙纪4074年—)
基安奴隶,婴儿莫恩古斯的保姆。

P

Pembeditari
对营妓的蔑称,意为"扒手"。

Peneditari
对营妓的正式称呼,意为"走远路的"。

爬虫区
当地人对凯里苏萨尔庞大的贫民窟的称呼。

爬虫之口
凯里苏萨尔的一座雅特维神庙,由于靠近被称作爬虫区的贫民窟而得名。

帕尔波西斯
施吉克的一座著名金字塔,以古王朝时兴建该金字塔的神王帕尔波西斯三世(长牙纪622—678年)的名字命名。

帕雷米蒂之战
长牙纪4109年康里亚与瑟-泰丹之间的一场小冲突,也是涅尔塞·普罗雅斯王子取得的第一次军事胜利。具有历史意义的是,普罗雅斯在此役中以不敬神的罪名对堂亲卡摩缪尼斯处以鞭刑。许多历史学家认为,正是这一行为导致卡摩缪尼斯后来仓促作出决定,让所谓"乡民圣战军"贸然出征。

帕罗·埃因罗(长牙纪4088—4110年)
杜萨斯·阿凯梅安曾经的学生,在苏拿被杀。

帕斯拿
法御斯河边的一座市镇,以橄榄油的品质闻名。

乌有王子 * 千回之念

帕夏宫
长牙之民对伊伯扬在卡拉斯坎的宫殿的称呼,它位于跪拜高地上。

帕亚塔(长牙纪4062—4111年)
克里加特斯·辛奈摩斯的贴身奴隶,在海墨恩被杀。

潘特鲁斯·厄·穆齐乌斯(长牙纪4075—4111年)
蒙努亚第部落的塞尔文迪人。

庞恩大道
古老的塞内安道路,从摩门出发通往西北方,与法御斯河平行,是纳述尔人的商业干道之一。

佩比斯
一种野生灌木,会开出芳香的蓝色花朵。

佩拉皮塔
康里亚的传统饮料,通常在宴会之前饮用。

皮拉萨坎达(长牙纪4060年—)
吉尔加什国王,基安帕迪拉贾的附庸。

皮拉夏
苏拿的老妓女,艾斯梅娜的朋友。

"皮疹"(长牙纪4073—4112年)
佐顿亚尼积极成员胡尔塔的外号,劳动种姓出身,在卡拉斯坎之战中身亡。

"苹果"
加里奥斯人对当作战利品砍下的人头的俗称。

普拉西姆·博格拉斯（长牙纪4059—4111年）
塞尔莱军团的将军，在安乌拉特要塞之战中阵亡。

普罗塔西斯（长牙纪2870—2922年）
近古时代著名诗人，拥有塞内安血统，他的著名作品包括《山羊之心》《百重天》及气势恢弘的《壮志》。许多人认为普罗塔西斯是最伟大的克泰诗人。

Q

《棋经》
本约卡棋的经典专著，近古时代所著，作者不详。作品强调了本约卡棋与智慧之间的关系，因此也被视为经典哲学文本之一。

奇格拉
阿古佐语中意为"杀戮之光"，古代斯兰克对谢斯瓦萨的称呼。

齐格克里纳奇部落
加尔平原的斯兰克部落。

齐亚玛
森比斯河边一座有围墙的城镇，长牙纪4111年被圣战军摧毁。

齐约萨·厄·哈努特（长牙纪 4038—4080 年）

奈育尔·厄·齐约萨的父亲，乌特蒙部落的前任酋长。

骑士队长

沙里亚骑士团中直属大宗师的军官。

切菲拉姆尼（长牙纪 4068—4111 年）

上艾诺恩摄政王，第一次圣战军中艾诺恩人名义上的首领，在卡拉斯坎死于疫病。

R

热病

各种疟疾的统称。

《人类的解析·第三卷》

许多人认为这是阿金西斯的代表作。《第三卷》分析了人类的本性如何使知识成为可能，同时也指出人类的弱点导致其很难获取知识。阿金西斯注意到，"如果所有人类在所有事上都无法达成共识，那么其中的大多数会将诡骗误认为是真实"。他不仅仔细研究了人类进行欺骗的理由，还探讨了支撑欺骗的虚假信念，并由此发展出所谓"自我中心认识者"理论，即大众的信念主要是出于方便、条件反射或外部诉求，而非出于证据与理性思考。

《人类的解析·第四卷》

亦称《格言之书》，阿金西斯的著名作品之一，包括数百条用语颇为尖刻的"对人类的观察"及相应的格言，那些格言描绘了对待被观察对象的实用主义方式。

《认识论》

经常被认为是阿金西斯的原创作品,但更像是其他人从他的作品中编辑摘录而成。许多人认为这是他对知识本质的决定性哲学阐述,但也有人声称这部作品歪曲了他的立场,因为其中表述的诸多一元论观点在他的一生中已然发生剧烈转变。

《日记与对话》

塞内安帝国最伟大的神皇帝崔亚姆斯一世的作品集。

"汝不应容忍娼妓的存在……"
《长牙纪年·颂歌书》19:9,对卖淫行为的谴责。

"汝要割彼之舌……"
《长牙纪年》中宣称巫师与巫术有罪的著名段落。

S

Saka'Ilrait

乞尔吉语中意为"骷髅之路"。乞尔吉人对圣战军穿过海墨恩所走路途的称呼。

Skafadi

基安人对塞尔文迪人的称呼。

Sutis Sutadra
见"萨考拉斯·阿布·纳拉扬"。

Syurtpiütha
塞尔文迪人对生命的一种说法,意为"移动的烟雾"。

萨尔雷·努摩玛留斯(长牙纪4069—4111年)

萨尔雷家族族长,齐德鲁希骑兵的将军,死于纳格里斯的混战。

萨菲里格·特洛达(长牙纪4076年—)

加里奥斯男爵,为杰斯达伯爵安菲里格的扈从。

萨加伊

诺斯莱人称呼乌特加的名字。乌特加是乌特蒙部落的酋长,传说中的塞尔文迪部族之王,带领人民在末世之劫中投靠非神。

萨考拉斯·阿布·纳拉扬(长牙纪4052—4111年)

施吉克帕夏,圣战军的第一个主要对手,在安乌拉特要塞被杀。作为久经战阵的老将,无论盟友还是敌人都对他非常尊重。纳述尔人称他为 Sutis Sutadra,"南方的豺狼",因为他的战旗上绘着一头黑色豺狼。

萨克苏塔

赫桑塔山脉中的一座山峰,俯瞰着基育斯河。

萨略特图书馆

塞内安帝国时代已知世界中最大的图书馆之一,位于爱荷西亚。爱荷西亚所谓的"文卷法"强制规定入城的外乡人必须将书籍献给图书馆抄写收藏,违者判处死刑。虽然施吉克于长牙纪3933年落入费恩教之手,当地的萨略特学院惨遭屠杀,但基安的帕迪拉贾梵·欧卡吉三世却没有毁掉图书馆,他认为这是独一神的意志。

萨玛茂·乌安(长牙纪4001年—)
杜尼安修会的长老之一。

萨姆·祖索达(长牙纪4064—4111年)
艾诺恩的科拉菲亚城总督,在卡拉斯坎死于疫病。

萨图斯哈尔·加亚玛克里(长牙纪4070年—)
纳森蒂的成员,曾是艾诺恩男爵。

萨沃尔·因斯卡拉(长牙纪4061—4111年)
森耶里的斯卡瓦伯爵,在安乌拉特之战被杀。

塞尔克塔
摩门的一所监狱,纳述尔皇帝用来关押政敌。

塞尔莱军团
纳述尔帝国军的一个军团,传统上驻守基安边境。

塞弗拉辛多(长牙纪4065—4111年)
艾诺恩的辛纳特总督,在卡拉斯坎死于疫病。

塞海尔·韦尔乔(长牙纪4070年—)
纳森蒂的成员,曾是加里奥斯男爵。

《塞内安帝国编年史》
卡西达斯的经典著作,叙述了塞内安人和塞内安帝国的历史——起自长牙纪809年帝国都城传奇般的始建,止于卡西达斯长牙纪3142年的去世。

塞潘纳雷(长牙纪4059—4111年)
第一次圣战军中指挥艾诺恩军团的将军,在安乌拉特之战中被辛加捷霍所杀。

塞斯吉弓手
基安的精英丘莱尔弓箭手。

三期老兵
纳述尔帝国军中签订了第三份为期十四年的服役协议的老兵。

三头蛇
赤塔的标记。

桑海尔·赫尔萨(长牙纪4064年—)
加里奥斯骑士,柯伊苏斯·梭本王子的扈从。

桑克拉(长牙纪4064—4083年)
阿凯梅安青年时在阿提尔苏斯的室友和爱人。

桑娜西(长牙纪4100年—)
奈育尔和安妮丝的女儿。

附录

森努瑞特（长牙纪 4068 年— ）
塞尔文迪的阿昆尼霍部落酋长，由于带领塞尔文迪人在基育斯河之战中惨败而声名扫地。

沙坦提安拱门
通往斯库亚利广场的仪式性凯旋拱门，拱门上描绘着苏尔曼提克·沙坦提安皇帝的赫赫战绩。参见"沙坦提安一世"。

沙施雷萨·伊姆罗萨（长牙纪 4054—4111 年）
康里亚行省阿德罗特的总督，在卡拉斯坎死于疫病。

山后的帝国
塞尔文迪人对纳述尔帝国的称呼。

山坡之战
指基安人与艾诺恩人在安乌拉特之战中的反复争夺。

《山羊之心》
普罗塔西斯的著名寓言书。

绍特海耶神庙
西米拉神庙区中最大的神庙，以巨大的三重穹顶闻名于世。

《神谕集》
摩格瓦最著名的作品。

乌有王子 ＊ 千回之念

圣殿区
参见"哈格纳"。

《圣行录》
祖姆著名贤者、哲学家摩格瓦的代表作。虽然不如他的《神谕集》那样被大众广泛阅读传抄,但绝大多数学者认为这部作品的质量更高。

圣战军
又称第一次圣战军,玛伊萨内召集的因里教军团于长牙纪4111年向基安进军,旨在再次征服希摩。

施吉克金字塔群
巨大的阶梯形金字塔群,位于森比斯河三角洲以北,由施吉克的神王们兴建,以作自己的陵墓。

施雷萨·盖德奇(长牙纪4062年—)
康里亚的安佩莱总督。

施里斯泰·伊吉亚班(长牙纪4059年—)
康里亚的克桑泰总督。

"失去灵魂,赢得世界。"
天命派教义问答中倒数第二个问题。与其他学派不同,天命派学士受到诅咒是为了更崇高的目的。

十夫长
纳述尔帝国军中合约士兵所能升到的最高军衔。

附录

世界之号

仪式性的巫术造物,被安那苏里博家族在阿约西的王族分支所拥有,长牙纪2136年随席亚鲁的毁灭而遗失。

《水魂学》

皇家萨吉克巫师、形而上学家因帕拉斯的代表作,主要探讨了西斯林的水魂术原理。

萨什卡(长牙纪4049—4100年)

赤塔大宗师,4100年由于不明原因被西斯林刺杀,以利亚萨拉斯接替了他的位置。

水之奇迹

战士先知三次所谓"奇迹"中的第一次,指他在海墨恩的荒原中发现了水源。

斯金奈德·安摩加尔(长牙纪4078—4112年)

泰丹男爵,死于特尔塔平原之战。

斯卡拉提斯(长牙纪4069—4111年)

弥逊塞学派的成员,在安塞尔卡的郊外被赤塔杀害。

斯库亚利广场

摩门的皇宫区的主游行广场。

斯兰克深坑

凯里苏萨尔著名的角斗场,人类奴隶经常在这里与斯兰克决斗。

"斯兰克之锤"亚格罗塔(长牙纪4071年—)
林加·斯凯耶尔特王子的森耶里仆从,以魁梧的体格和战争中的无比凶猛而闻名。

斯瓦洪·万海尔(长牙纪4055—4111年)
加里奥斯的库里嘉德伯爵,在蒙格达平原之战中被杀。

斯瓦宗战旗
安乌拉特要塞之战中奈育尔的战旗。

《四十四封书信集》
沙里亚伊克雅努斯一世的巨著,包括四十四封写给真神的"书信",其中既有诠释与忏悔,也有哲学上的质询与批评。

苏比斯
曾是海墨恩荒原中筑垒驻守的绿洲,施吉克和尤玛那之间往返的商队常在此落脚。

苏尔曼提克城门
凯里苏萨尔宏伟的北门,由苏尔曼提克·沙坦提安一世出资兴建,以纪念命运多舛的《库塔皮勒斯条约》,那是纳述尔帝国与上艾诺恩之间短暂的军事同盟协议。

苏森提
仆从种姓。见"种姓"。

附录

算筹

用来产生随机数字结果的方法,多用于赌博。最早提到算筹的记载可上溯至古施吉克。最常见的使用方法需要用到两根棍子,一根称为"胖子",一根则是"瘦子"。"胖子"刻有一道从上至下的凹槽,"瘦子"可以沿它上下滑动,"瘦子"的两端较大,以防自身从凹槽中掉出。"胖子"的侧面刻有数值。投出算筹后,"瘦子"会指示出相应的结果。

索尔姆·希尔德拉斯(长牙纪4072—)
纳森蒂的成员,曾是泰丹子爵。

索基斯神庙群
卡拉斯坎荒弃的因里教庙宇建筑群。

索吉安大道
纳述尔的海滨大道,始建于凯兰尼亚时代。

索拉吉部落
加尔平原的斯兰克部落。

索兰纳斯(长牙纪3808—3895年)
著名的纳述尔经学家,《圆与螺旋》的作者。

索罗森尼斯(长牙纪3256—3317年)
晚期塞内安剧作家,最著名的作品是《崔亚姆斯皇帝》——根据塞内安帝国最伟大的神皇帝崔亚姆斯一世的生平改编的戏剧作品。

"所有遇到它的灵魂都会停止前行。"

《长诗》中的诗句,指那些死于战争平原的灵魂将永远被困在此地。

T

塔加温·安菲里格（长牙纪4057— ）
加里奥斯的杰斯达伯爵。

塔兰
纳述尔帝国的基本货币单位。

塔米奈
筑垒驻守的绿洲,距森比斯河南岸两天路程,商队常用的落脚点。

特当·赫拉斯
尼尔纳米什与吉尔加什及基安的边境上的一座大要塞。

特兰提斯湾之战
长牙纪4111年,基安舰队利用西斯林的协助,全歼萨索提安将军的纳述尔帝国舰队,阻绝了圣战军通过海墨恩时的主要水源。

特雷斯·安桑修斯（约长牙纪2300—2351年）
千庙教会早期最著名的神学家,其作品《人之城》《跛行的朝圣之旅》《致所有人的五封信》被沙里亚学者们广为推崇。

附录

《特姆皮拉斯王》
公认的哈米沙扎最伟大的讽刺悲剧。

"天堂之光不会仅仅从一点缝隙透出来……"
著名诗句,据信出自诗人普罗塔西斯,意思是没有任何凡人可以承担神谕。

天堂之指
北方夜空中最亮的星星(往往在白天也能看到),同时也是星空的轴心,所有星星都围绕它旋转。

《条约》
伊库雷·瑟留斯三世企图迫使圣战军签订的臭名昭著的文件,意在将第一次圣战所征服的土地收归己有。

图玛(长牙纪4073年—)
纳森蒂中的成员,曾经是库纳米佣兵。

《图西安戏剧》
近古时期的诗人及剧作家希尤斯的代表作。

土桑
因纳拉高原上的村庄,长牙纪4111年被费恩教袭击者摧毁。

退伍船长
纳述尔人对从海军退役后指挥商船之船主的称呼。

托库什（长牙纪4068—4111年）
伊库雷·瑟留斯三世的间谍总管。

"脱下鞋子，把土倒出来吧……"
俗语，告诫人们不要将失败迁怒于人。

U

Umresthei om Aumreton
凯兰尼亚语中意为"在失落中拥有"。阿金西斯用它来描述灵魂在理解其他事物的过程中理解自身的行为，通过这样的过程来领悟"存在的奇迹"。

W

Wutrim
塞尔文迪语词汇，意为"耻辱"。

瓦胡卡（长牙纪4061年— ）
尤里萨达的帕夏。

瓦利萨（长牙纪4086—4112年）
韦里达部落的女人，埃格拉斯的妻子。

瓦舒特·甘里卡（长牙纪4070年— ）
戈泰克手下的男爵。

附录

威尔福塔·芬纳尔（长牙纪4066—4111年）
泰丹的卡努特伯爵,在安乌拉特要塞之战中被杀。

维里加（长牙纪4073年— ）
佐顿亚尼积极成员,劳动种姓出身。

维萨尔·奥特玛（长牙纪4073年— ）
纳森蒂的成员,曾是泰丹男爵。

韦里达人
加尔平原的一个诺斯莱部落。

《为神秘的艺术辩护》
赞拉辛尼乌斯为巫术所作的著名辩解书,不但被巫师看重,也广泛被哲学家引用。由于它不仅简洁有力地批判了因里教对巫术的禁锢,也批判了因里教信仰本身,因此早已被千庙教会列为禁书。

文尼塔节
晚春时因里教徒的节日,纪念因里·瑟金斯的第一次启示。

乌罗里斯星座
北方天空中的星座。

乌米亚奇
卡拉斯坎城中心卡鲁尔广场上一棵古老的桉树,战士先知曾被绑于圆环、挂在这棵树上,这棵树也因此名扬天下。

乌特嘉兰吉·阿布·贺拉希吉（长牙纪4059—）
谢拉什的帕夏。

"毋望回报，你们终将得到长久的荣光……"
《圣典·祭司之书》，8：31。因里·瑟金斯著名的"毋望回报"训导，敦促信徒们不要抱有以牺牲交换利益的希望。然而其中包含着这样的悖论：遵从先知教导的人，希望得到永恒的天堂作为回报。

X

希鲁尔·德纳米（长牙纪4081—4111年）
艾诺恩的艾什克拉斯总督，在苏比斯不名誉地死去。

希默克提（长牙纪4046年—）
皇家萨伊克的大宗师。

希尤斯（长牙纪2847—2914年）
伟大的塞内安诗人与剧作家，著有《图西安戏剧》。

西奥提（长牙纪4051年—）
西斯林的教首。

西德鲁·诺策拉（长牙纪4038年—）
天命派仲裁团的资深成员。参见"天命派"。

西尔帕·乌兰扬卡（长牙纪4062年—）
艾诺恩的摩瑟罗苏城总督。

附录

西罗尔·阿布·卡萨曼德（长牙纪4104— ）

卡萨曼德·阿布·特菲尔罗卡最小的女儿。

西米拉神庙区

摩门城广阔的神庙区，位于城市中心附近，毗邻坎伯希市场。

西内尔塞斯（长牙纪4076— ）

贾维莱的持盾队长，也是哈纳玛努·以利亚萨拉斯最喜爱的卫兵。

西约瑟大金字塔

施吉克的诸多金字塔中最大的一座，由古王朝的神王西约瑟兴建于约长牙纪670年。

席法纳特·阿布·库努克里（长牙纪4084—4111年）

西斯林巫术祭司，安那苏里博·莫恩古斯的追随者，在卡拉斯坎被杀。

席加尔（？—？）

长牙上提到的一位酋长国王。

席罗格·瑟育拉（长牙纪4069—4111年）

泰丹的沃努特伯爵，在卡拉斯坎死于疫病。

乡民圣战军

第一批出动讨伐费恩教的圣战军。

象牙之门
卡拉斯坎最北方的城门,由于整座城门都用白色石灰石筑成而得名,也称"号角之门"。

肖加尔·乌那塔(长牙纪4071年—)
纳森蒂的成员,曾是泰丹男爵。

蝎辫子
一种戏法,表演者用浸满毒药的绳子来勾引蝎子,绳子上的毒药使得蝎子自己的嘴与钳子无法松开。

辛迪亚
赫桑塔山脉西侧被塞尔文迪人统治的地区。

辛加捷霍-阿布-萨卡加(长牙纪4076—)
尤玛那著名的基安帕夏,被他的人民称为"尤玛那猛虎"。

辛诺斯
传说中古代特雷瑟的主城门。

休耕门
伊述亚最北边的城门。

Y

雅瑟拉
艾斯梅娜认识的一名妓女。

附录

亚里梅阿斯
伊库雷·瑟留斯三世的首席占卜师。

亚杜尼安
意为"小杜尼安僧侣"(库尼乌里语中写作 Ûmeritic ar' Tûnya,意为"小小的真实"),在亚特里索追随凯胡斯的人为自己起的称呼。

亚斯吉罗奇
凯兰尼亚语中意为"亚斯吉之门"(源自克莫卡语中的 Geloch),为纳述尔人的巨大要塞,其历史可追溯到远古时期。它保卫着云纳拉山脉的南大门,三海诸国中,也许没有任何一座要塞有它那样丰富的历史(包括近代以来至少三次阻挡住了费恩教徒的大举入侵)。纳述尔人多年来为这座著名的要塞起了很多绰号,其中包括"胡巴拉",意为"破军关"。

"言辞与观点的战争"
拜扬塔斯的《翻译》一书中对礼仪规范的定义。

摇摆者
欧吉斯最虔诚的信徒,声称他们抖动的身体是被神明占据的结果。

耶尔(长牙纪4079—)
艾斯梅娜的基安贴身女奴之一。

《一百一十一条警句》
沙里亚伊克雅努斯八世的一篇次要作品,包括整整一百一十一条警句,大多是关于信仰与正直的问题。

乌有王子 * 千回之念

"一只羔羊抵十头公牛"
俗语,指有意识的牺牲与无意识的受害者在价值上的极大偏差。

伊巴拉
杰迪亚内陆的一座小要塞,自长牙纪3933年施吉克落入费恩教之手后由纳述尔人兴建。

伊伯扬·阿布·伊巴兰(长牙纪4067—4111年)
安那斯潘尼亚的帕夏,也是帕迪拉贾的女婿,在卡拉斯坎被杀。

伊库雷·安法拉斯一世(长牙纪4022—4081年)
纳述尔皇帝,长牙纪4066—4081年在位,伊库雷·瑟留斯三世的祖父,被未明身份的刺客杀死。

伊库雷·孔法斯(长牙纪4084年—)
皇帝伊库雷·瑟留斯三世的外甥,御氅继承人。

伊库雷·瑟留斯三世(长牙纪4059年—)
纳述尔帝国当今皇帝。

伊库雷·伊斯特里雅(长牙纪4045年—)
皇帝瑟留斯三世的母亲,曾以传奇般的美貌闻名。

《伊苏菲里亚斯纪》
因里姆语中意为"岁月的深渊",记载着破门之年以前奇族历史的巨著,很可能是现存最古老的文本。约长牙纪四世纪时,伊绍里尔的奇族国王尼尔·吉卡斯将一份《伊苏菲里亚斯纪》的副本交给神王库威里肖,作为两大种族——人类与奇族——之间古老条约的一部分。在神王卡鲁-昂戈尼安统治期间,《伊苏菲里亚斯纪》的五份乌莫里特语译本被收入索利什图书馆,其中四份在末世之劫中被毁,第五份被谢斯瓦萨保存下来,后交三海诸国传抄。

依瑞尔玛
所谓"诸神之庙",位于哈格纳的行政区,尽管其建筑属于凯兰尼亚古典风格,但无人知晓其起源。

因杜兰兵营
卡拉斯坎的兵营,纳述尔帝国占据这座城市时兴建。

因格斯威图(长牙纪1966—2050年)
远古的库尼乌里哲学家,在其时代因作品《谈话录》闻名,但在如今的三海诸国为人所知主要是因阿金西斯在《人类的解析·第三卷》中对他的《成神论》作出了批判。

因切里·高提安(长牙纪4065年—)
沙里亚骑士团的大宗师,也是玛伊萨内在圣战军中的代表。

《因塞鲁第对话录》
远古时代最著名的"失传著作"之一,经常被阿金西斯引用。

因舒尔(?—?)
长牙中提到的酋长国王之一。

英古沙罗泰二世（约长牙纪1000—1080年）
古王朝的施吉克国王，征服了凯兰尼亚平原。

尤尔萨
加里奥斯的烈酒，由土豆发酵而成。

游吟祭司
远古北方诸国传统信仰中的祭司，四处流浪，靠吟诵经文中的抒情诗、主持各种神祇的仪式维生。

育提拉摩斯
赤塔的正式巫师，在索吉克图书馆被阿凯梅安杀死。

圆环奇迹
战士先知三次所谓"奇迹"中的第二次，指他在卡拉斯坎的圆环审判中幸存。

《圆与螺旋》
索兰纳斯的代表作，将哲学评论和宗教格言包含于趣味性的表达中。

约克萨
安那斯潘尼亚海岸边的港口城市。

约萨卡（约长牙纪4065—4110年）
乌特蒙部落的塞尔文迪战士。

约舍亚

所谓"怀疑之日",在谢伊克语中意为"不确定"。因里教的神圣节日,时间在夏末,用以纪念因里·瑟金斯在谢拉什被囚期间从精神混乱状态中恢复的事迹。在不那么虔诚的人眼中,约舍亚是纵情欢饮的节日。

Z

造主

换皮密探对他们的非神会塑造者的称呼。

赞拉辛尼乌斯(长牙纪3688—3745年)

著名的《为神圣的艺术辩护》的作者。

泽克尔塔之战

长牙纪4103年,哈斯金内·阿布·萨考拉斯的基安军团与约苏特·厄·木克奈带领的塞尔文迪人在君纳帝草原上的大战。虽然基安骑兵无法与塞尔文迪人抗衡,哈斯金内本人也在战斗中殒命,但他们还是很快从打击中恢复。这支命运多舛的远征军中的大多数人活了下来。

战神使者

荣誉称号,由吉尔加里奥神的祭司授予对战争获胜贡献最大的人。

战争之主

因里教徒授予指挥联军的将军的头衔。

召集号角
青铜大号角,用来为因里教信民提示"祈祷的时刻"。

真神的三条心脉
指苏拿、千庙教会与长牙。

真神王子
长牙之民对战士先知的诸多尊称之一。

真相之室
安迪亚敏高地地下深处的审讯室。

真银
奇族在伊绍里尔的巫术熔炉中打造的金属,极为坚硬,甚至超越了三海地区最好的塞鲁卡拉钢。

镇南关
云纳拉山脉中亚斯吉罗奇保护下的一系列通道。

正统派
在卡拉斯坎围城战中反对佐顿亚尼的因里教徒的自称。

《至秘之典》
戈塔迦的代表作,这是人类第一次对巫术的形而上学进行大检验。

族卷
最虔诚的因里教徒保留的卷轴,包括所有闻名的祖先的名字。由于因里教徒相信生前的荣誉与光荣决定死后的威势,他们会为美名远扬的祖先感到自豪,也会为卑劣歹毒的恶人感到羞耻。

祖姆剑舞者

一个神秘的祖姆教派的成员,该教派崇拜刀剑,并将剑术发展到超凡脱俗的水平。

佐顿亚尼

库尼乌里语中意为"真理部落",第一次圣战中凯胡斯的追随者们的自称。

六、伊尔瓦大陆各主要种族的语言及方言

人类的语言

"破门之年"以后,来自伊尔纳大陆的四大民族开始向伊尔瓦大陆移民。在那之前,伊尔瓦大陆上的土著人类——也就是《长牙纪年》中所称的"伊姆瓦玛人",一直处于奇族的奴役之下——实用主人们的语言的缩减版本。这些语言现在已经完全无从考证了,而他们在被奴役前的原始语言也没有存留下来。奇族的伟大史书《伊苏菲里亚斯纪》(意为"岁月的深渊")中称,伊姆瓦玛人的原始语言与他们在卡雅苏斯大山脉彼端的远亲的语言是相同的,这让许多人相信,索蒂-伊尔诺里安语(即《长牙纪年》的语言)确实是人类语言的共同起源。

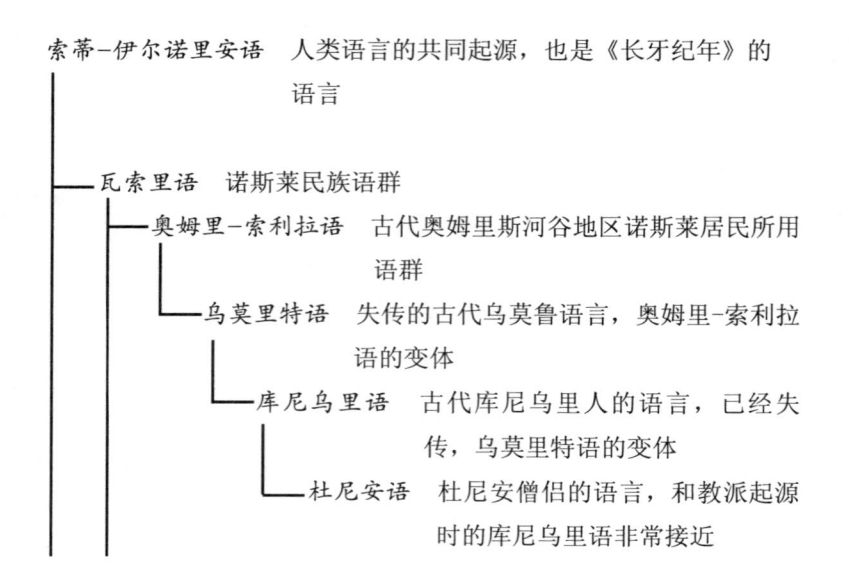

索蒂-伊尔诺里安语　人类语言的共同起源,也是《长牙纪年》的语言

├─ 瓦索里语　诺斯莱民族语群
　├─ 奥姆里-索利拉语　古代奥姆里斯河谷地区诺斯莱居民所用语群
　　├─ 乌莫里特语　失传的古代乌莫鲁语言,奥姆里-索利拉语的变体
　　　├─ 库尼乌里语　古代库尼乌里人的语言,已经失传,乌莫里特语的变体
　　　　└─ 杜尼安语　杜尼安僧侣的语言,和教派起源时的库尼乌里语非常接近

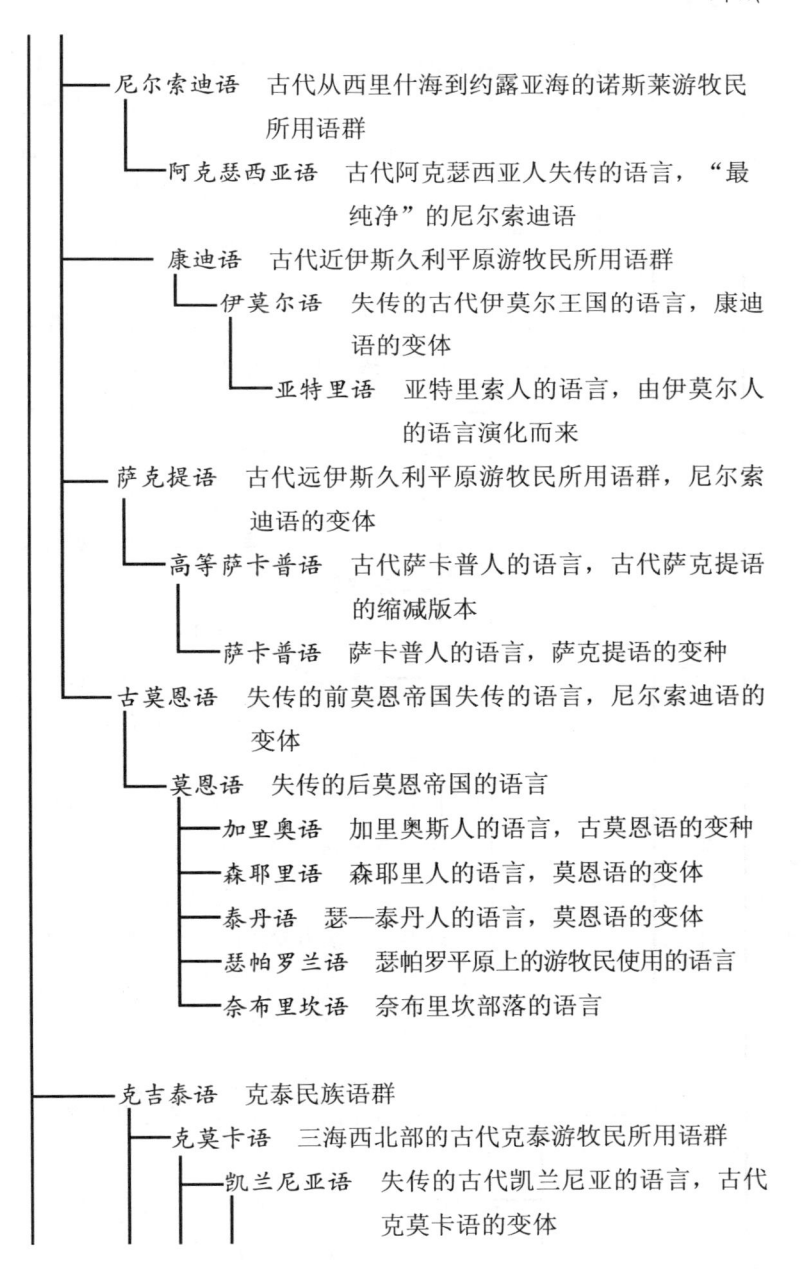

附录

- 尼尔索迪语　古代从西里什海到约露亚海的诺斯莱游牧民所用语群
  - 阿克瑟西亚语　古代阿克瑟西亚人失传的语言，"最纯净"的尼尔索迪语
  - 康迪语　古代近伊斯久利平原游牧民所用语群
    - 伊莫尔语　失传的古代伊莫尔王国的语言，康迪语的变体
      - 亚特里语　亚特里索人的语言，由伊莫尔人的语言演化而来
- 萨克提语　古代远伊斯久利平原游牧民所用语群，尼尔索迪语的变体
  - 高等萨卡普语　古代萨卡普人的语言，古代萨克提语的缩减版本
  - 萨卡普语　萨卡普人的语言，萨克提语的变种
- 古莫恩语　失传的前莫恩帝国失传的语言，尼尔索迪语的变体
  - 莫恩语　失传的后莫恩帝国的语言
    - 加里奥语　加里奥斯人的语言，古莫恩语的变种
    - 森耶里语　森耶里人的语言，莫恩语的变体
    - 泰丹语　瑟—泰丹人的语言，莫恩语的变体
    - 瑟帕罗兰语　瑟帕罗平原上的游牧民使用的语言
    - 奈布里坎语　奈布里坎部落的语言

- 克吉泰语　克泰民族语群
  - 克莫卡语　三海西北部的古代克泰游牧民所用语群
    - 凯兰尼亚语　失传的古代凯兰尼亚的语言，古代克莫卡语的变体

乌有王子 * 千回之念

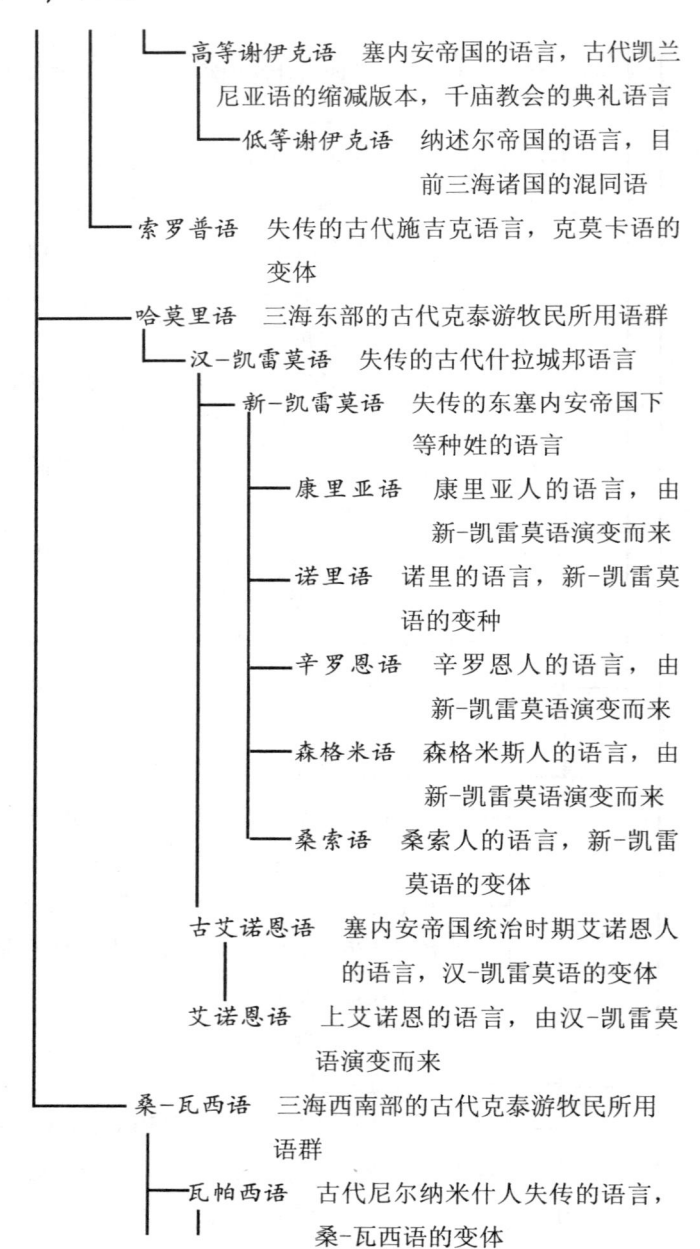

- 高等谢伊克语　塞内安帝国的语言，古代凯兰尼亚语的缩减版本，千庙教会的典礼语言
  - 低等谢伊克语　纳述尔帝国的语言，目前三海诸国的混同语
- 索罗普语　失传的古代施吉克语言，克莫卡语的变体
- 哈莫里语　三海东部的古代克泰游牧民所用语群
  - 汉-凯雷莫语　失传的古代什拉城邦语言
    - 新-凯雷莫语　失传的东塞内安帝国下等种姓的语言
      - 康里亚语　康里亚人的语言，由新-凯雷莫语演变而来
      - 诺里语　诺里的语言，新-凯雷莫语的变种
      - 辛罗恩语　辛罗恩人的语言，由新-凯雷莫语演变而来
      - 森格米语　森格米斯人的语言，由新-凯雷莫语演变而来
      - 桑索语　桑索人的语言，新-凯雷莫语的变体
    - 古艾诺恩语　塞内安帝国统治时期艾诺恩人的语言，汉-凯雷莫语的变体
    - 艾诺恩语　上艾诺恩的语言，由汉-凯雷莫语演变而来
- 桑-瓦西语　三海西南部的古代克泰游牧民所用语群
  - 瓦帕西语　古代尼尔纳米什人失传的语言，桑-瓦西语的变体

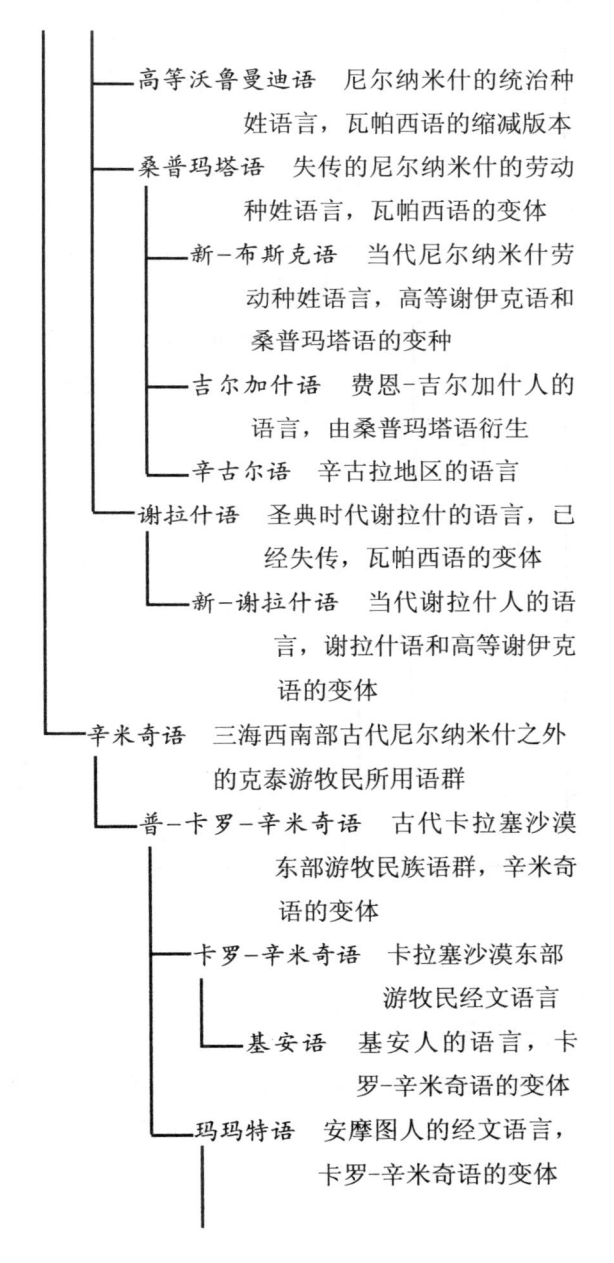

附录

- 高等沃鲁曼迪语　尼尔纳米什的统治种姓语言，瓦帕西语的缩减版本
- 桑普玛塔语　失传的尼尔纳米什的劳动种姓语言，瓦帕西语的变体
  - 新-布斯克语　当代尼尔纳米什劳动种姓语言，高等谢伊克语和桑普玛塔语的变种
  - 吉尔加什语　费恩-吉尔加什人的语言，由桑普玛塔语衍生
  - 辛古尔语　辛古拉地区的语言
- 谢拉什语　圣典时代谢拉什的语言，已经失传，瓦帕西语的变体
  - 新-谢拉什语　当代谢拉什人的语言，谢拉什语和高等谢伊克语的变体

辛米奇语　三海西南部古代尼尔纳米什之外的克泰游牧民所用语群
- 普-卡罗-辛米奇语　古代卡拉塞沙漠东部游牧民族语群，辛米奇语的变体
  - 卡罗-辛米奇语　卡拉塞沙漠东部游牧民经文语言
    - 基安语　基安人的语言，卡罗-辛米奇语的变体
  - 玛玛特语　安摩图人的经文语言，卡罗-辛米奇语的变体

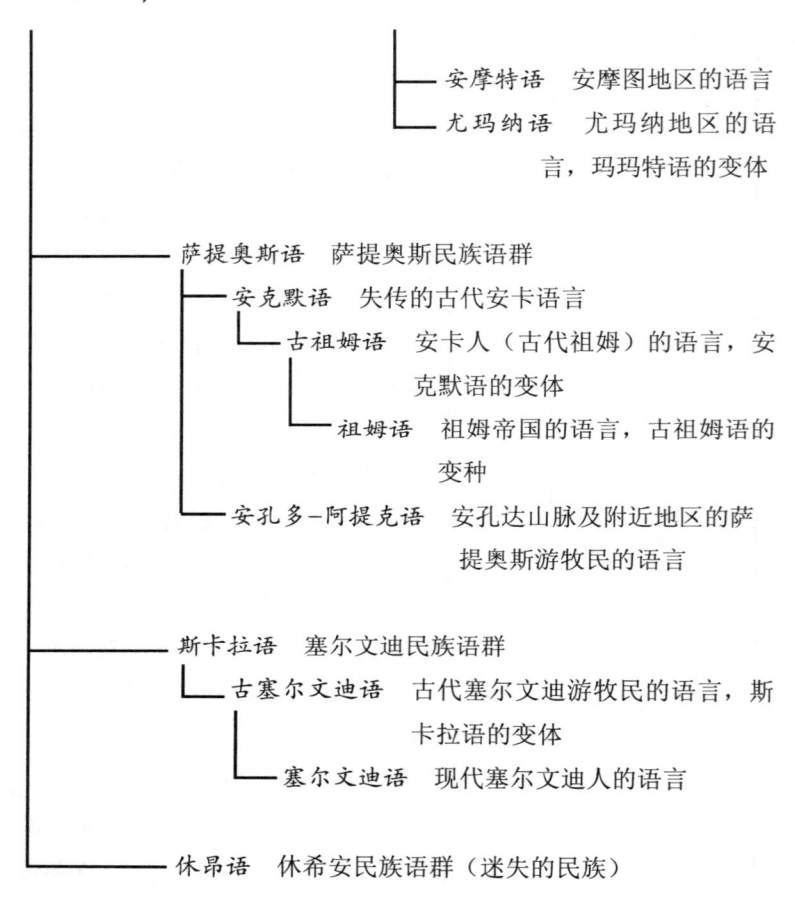

```
            ┌─ 安摩特语  安摩图地区的语言
            └─ 尤玛纳语  尤玛纳地区的语
                        言，玛玛特语的变体

  ├─ 萨提奥斯语  萨提奥斯民族语群
  │   ├─ 安克默语  失传的古代安卡语言
  │   │   └─ 古祖姆语  安卡人（古代祖姆）的语言，安
  │   │              克默语的变体
  │   │       └─ 祖姆语  祖姆帝国的语言，古祖姆语的
  │   │                变种
  │   └─ 安孔多-阿提克语  安孔达山脉及附近地区的萨
  │                     提奥斯游牧民的语言
  │
  ├─ 斯卡拉语  塞尔文迪民族语群
  │   ├─ 古塞尔文迪语  古代塞尔文迪游牧民的语言，斯
  │   │               卡拉语的变体
  │   └─ 塞尔文迪语  现代塞尔文迪人的语言
  │
  └─ 休昂语  休希安民族语群（迷失的民族）
```

奇族的语言

毫无疑问，奇族（或称"库诺族"）的语言属于伊尔瓦大陆最古老的语言之一。许多奥吉语碑铭比现存最早的索蒂-伊尔诺里安语文本（则《长牙纪年》）还要早至少五千年。显然，至今无人能解读的奥吉-吉尔昆语的历史比之还要更为久远。

附录

奥吉-吉尔昆语　奇族失传的"族群语言"。见"奇族的语言"
- 奥吉语　失传的奥吉诸洞府所用语言
- 因里姆语　因乔-尼亚斯地区的语言
- 吉库亚语　奇族的奎雅和各个真知学派使用的语言，被认为是奥古-吉尔昆语（奇族的"基础"或最初的语言）的简化版本
  - 高等库纳语　经过缩减的吉库亚语，三海诸国各个类比学派使用的语言

斯兰克

《伊苏菲里亚斯纪》里最早提到斯兰克时，将它们称为"安雅西人"，意为"无舌的嗥叫者"。虽然在最早记载库诺-虚族战争的书籍中，奇族编年史家们似乎已经很不情愿地承认了斯兰克有讲话的能力，但等到有奇族学者去研究和记录他们的口头语言时，斯兰克的语言已经分裂成无数种不同的方言了。

阿古佐语　又名佐霍语，因里姆语中的"割舌语言"，斯兰克的语言

虚族

奇族将虚族的语言称为"辛库尔-席萨"，意为"众多芦苇的喘息"。许多人试图译解这种语言，但都失败了。根据《伊苏菲里亚斯纪》，直到后来虚族中出现"天赋之口"，开始使用库诺人的语言，库诺人与虚族之间才能够互相交流。

辛库尔语 无法解读的虚族语言，奇族称之为"辛库尔—席萨"，意为"众多芦苇的喘息"。根据《伊苏菲里亚斯纪》记载，直到后来虚族中出现"天赋之口"，开始使用库诺族的语言，库诺族与虚族之间才能互相交流

地　图

伊尔瓦大陆
长牙纪4109年

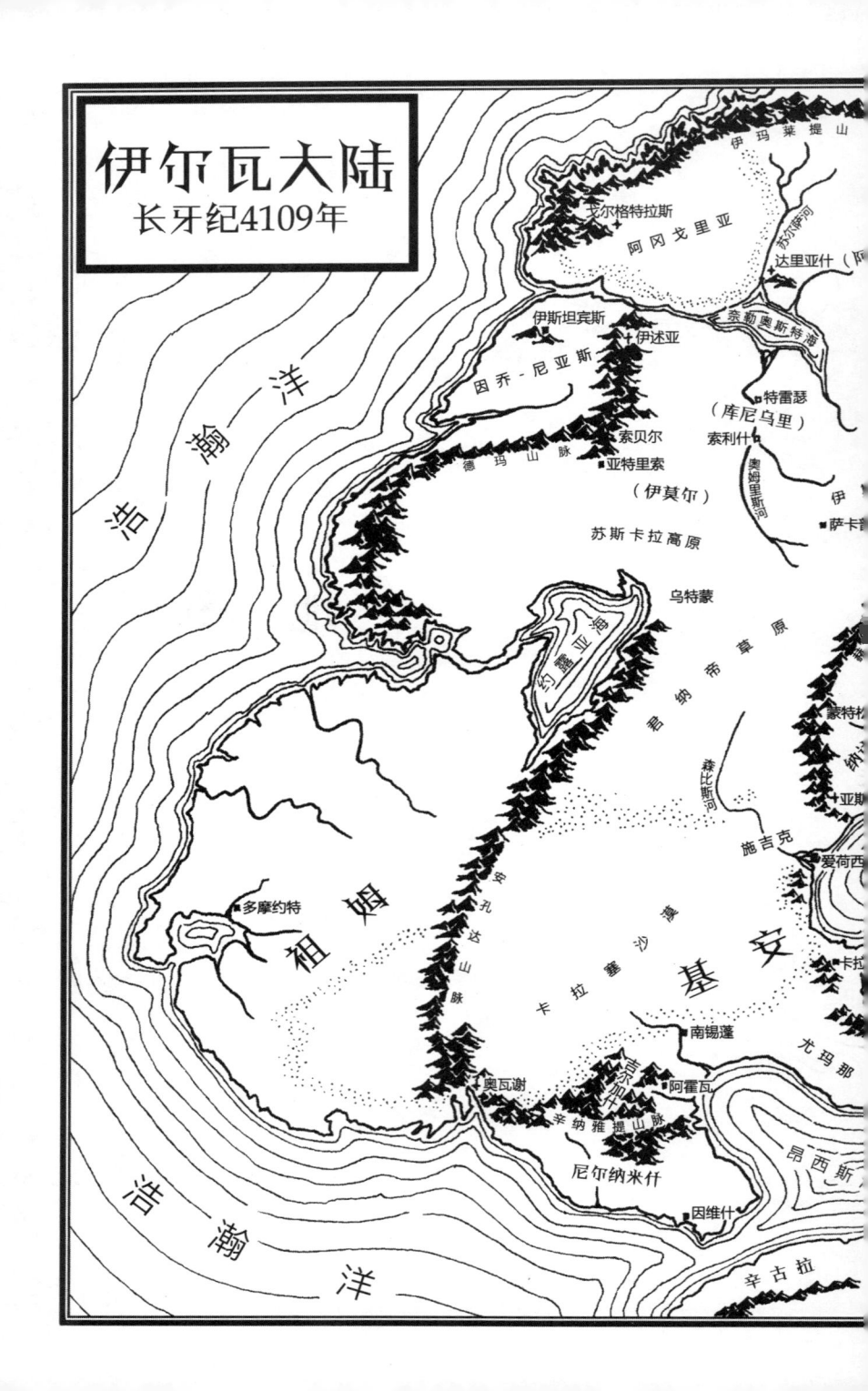

南卡雅苏斯大山脉
伊尔纳
泰温莱河
（阿克瑟西亚）
麦克莱
西里什海
欧斯瓦伊山脉
奥斯
奥斯文塔
西尔-奥古阿斯
温玛河
森耶里
阿拉西斯山脉
萨育特河
杰希亚
玫格伊里
瑟-泰丹
森格米斯
亚特雷普斯
上艾诺恩
康里亚
奥克尼苏斯
凯里苏萨尔
诺里
阿提尔苏斯
桑索
南卡雅苏斯大山脉
奈兰尼萨斯海
库纳米
R. Scott Bakker, 2002

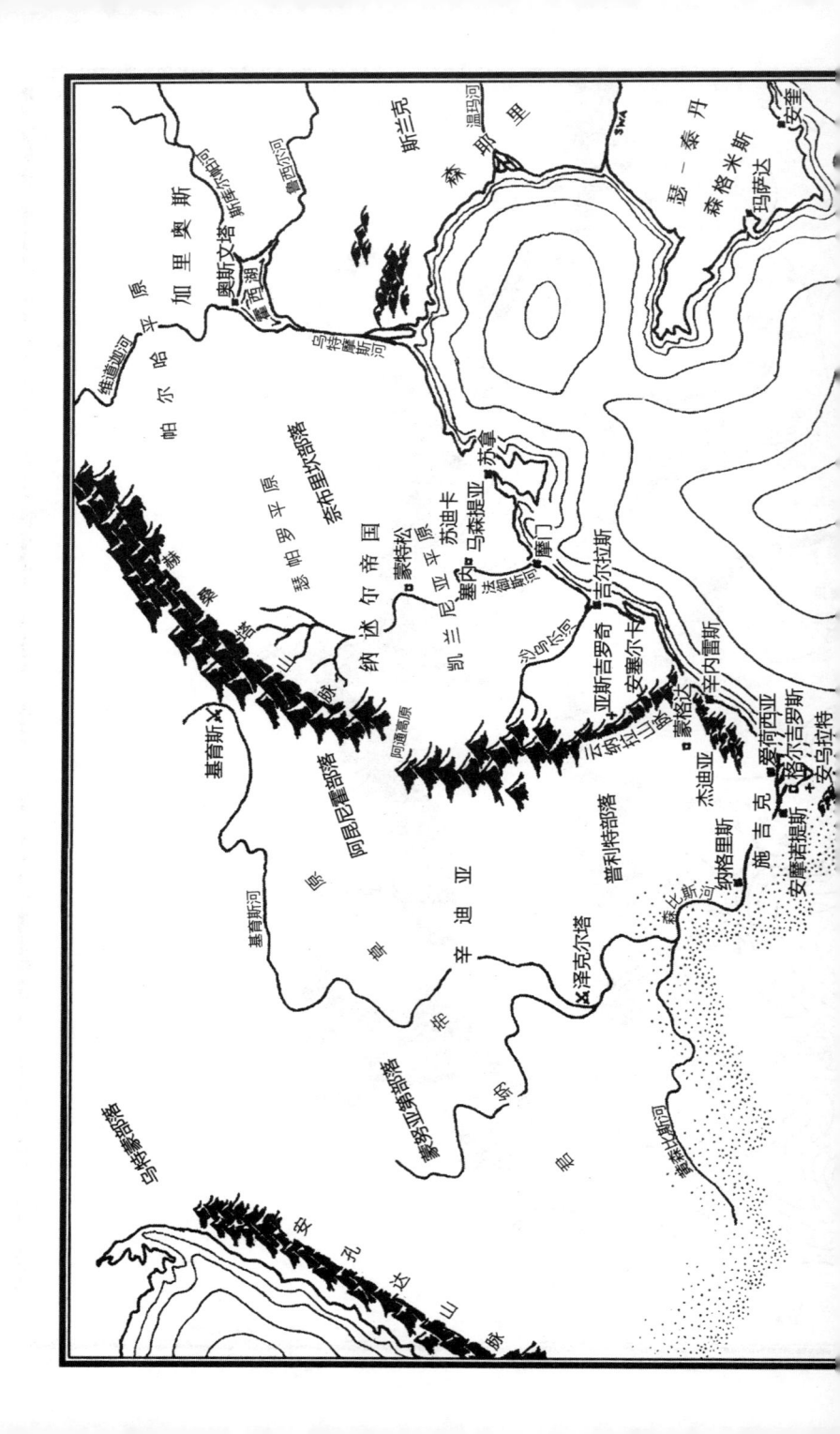

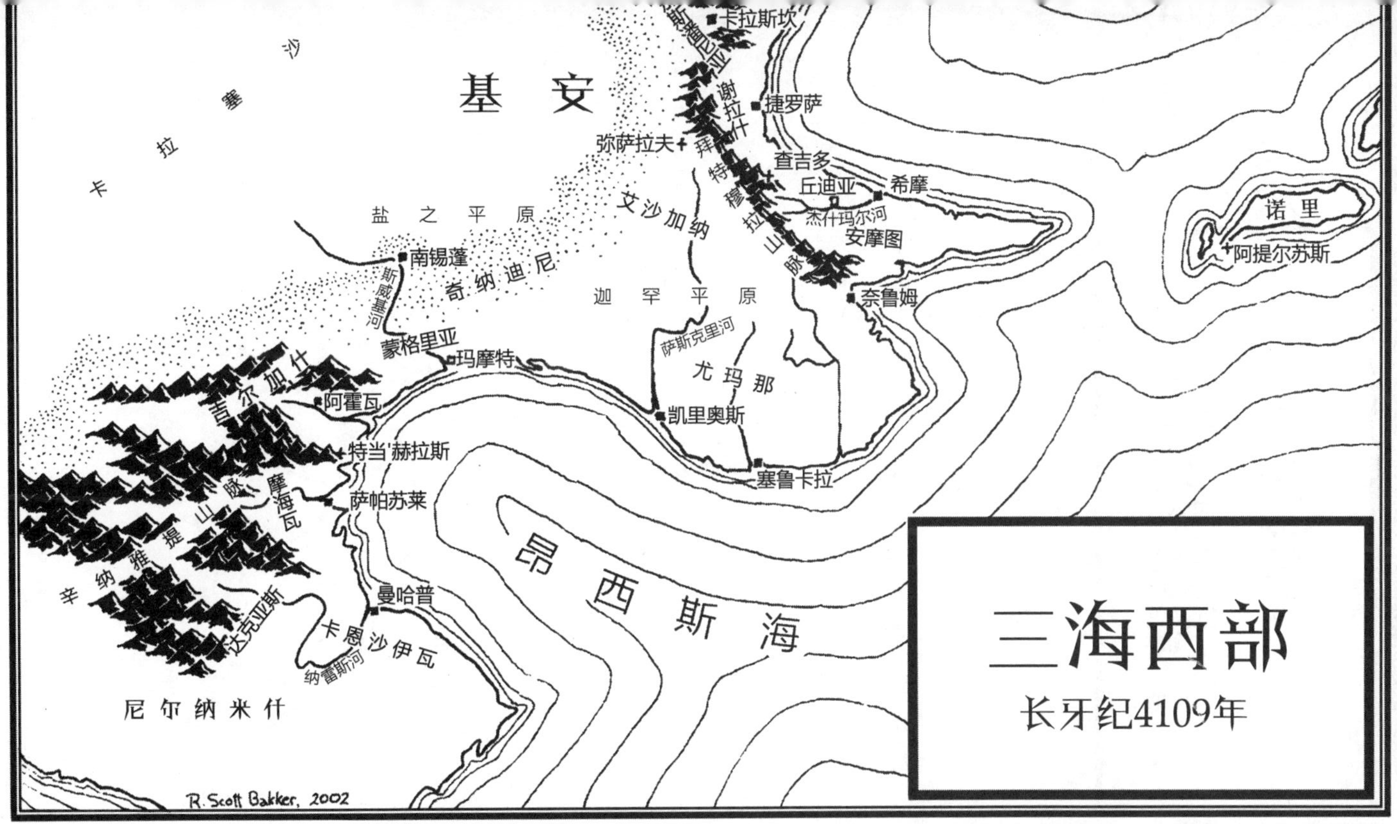
三海西部
长牙纪4109年
基安
卡拉塞沙
盐之平原
艾沙加纳
奇纳迪尼
迦罕平原
尤玛那
昂西斯海
诺里
阿提尔苏斯
卡拉斯坎
捷罗萨
谢拉什
拜特穆拉山脉
弥萨拉夫
查吉多
丘迪亚
希摩
杰什玛尔河
安摩图
奈鲁姆
南锡蓬
斯威基河
蒙格里亚
玛摩特
萨斯克里河
凯里奥斯
塞鲁卡拉
吉尔加什
阿霍瓦
特当'赫拉斯
萨帕苏莱
摩海瓦
辛纳雅提山脉
达克亚斯
曼哈普
卡恩沙伊瓦
纳雷斯河
尼尔纳米什
R. Scott Bakker, 2002

圣城希摩

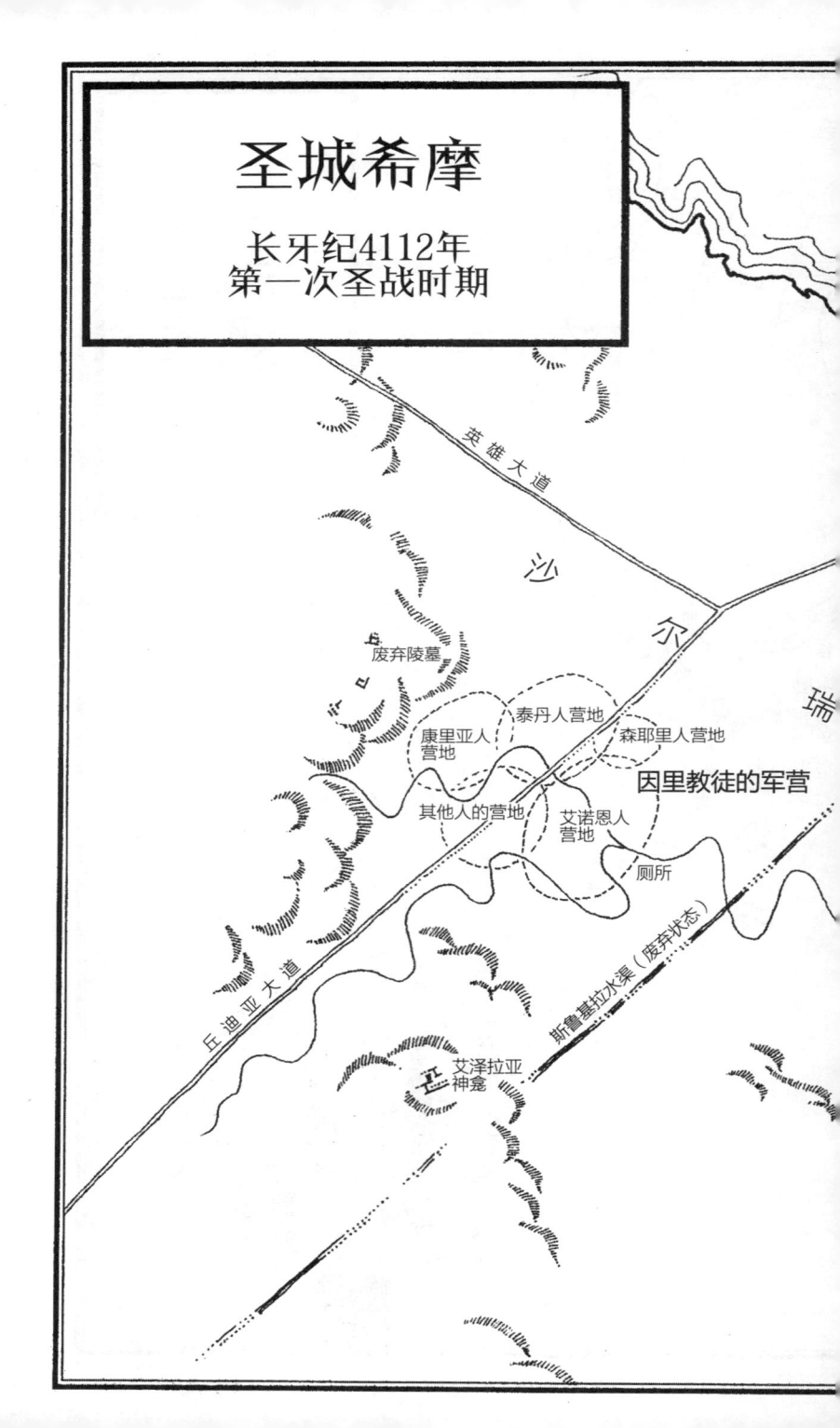

**长牙纪4112年
第一次圣战时期**

英雄大道

沙尔瑞

废弃陵墓

泰丹人营地

康里亚人营地

森耶里人营地

因里教徒的军营

其他人的营地

艾诺恩人营地

厕所

丘迪亚大道

斯鲁基拉水渠（废弃状态）

艾泽拉亚神龛

海内亚诺海

至高堡
上城
莫克汗宫
艾沙萨集市
元初神庙
盐沼
尤特鲁高地
崔亚姆斯港
辛米奇亚门
西撒拉特礼拜堂
希摩旧城
者居住区

下城

杰什玛尔门　坦坦纳之门

平原

尔河

图摩

萨萨苏提大道

R. Scott Bakker 2005

乌有王子

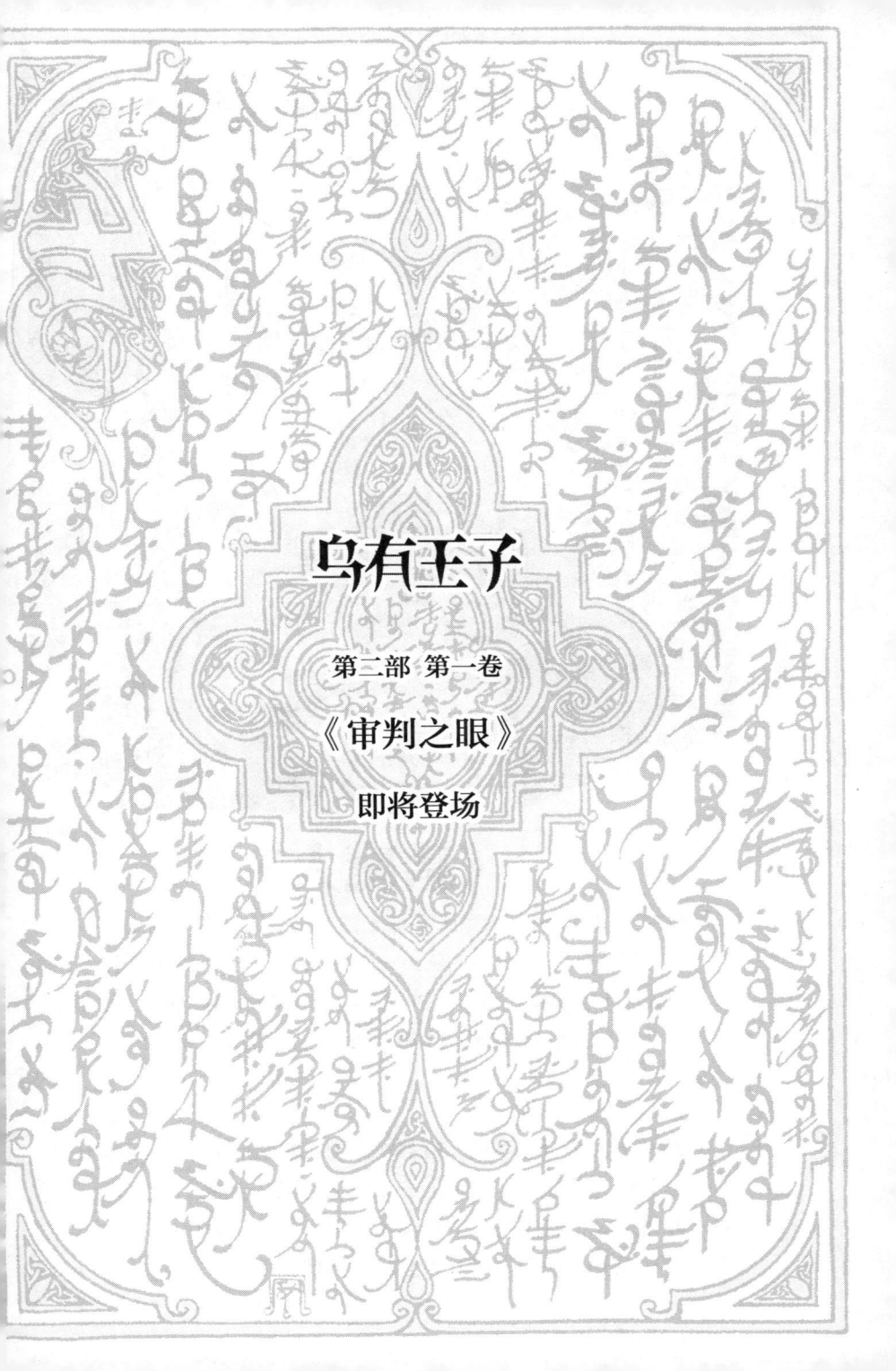

第二部 第一卷

《审判之眼》

即将登场

经典游戏大作《巫师》系列原著小说

《猎魔人》

[波兰] 安德烈·斯帕克沃斯基 / 著　乌兰、小龙、赵琳 等 / 译

他骑马从北方来，一头白发，满面风霜；
他是异乡客，也是猎魔人，以斩妖除魔为己任，
行走在现实与传说的迷雾之间！

· 波兰国宝级奇幻系列，曾被作为国礼赠送给美国总统奥巴马！
· 一切魅力的原点，猎魔人的故事从这里真正展开！
· 附地图及怪物图鉴，资料翔实，极具收藏价值！
· 卷一至卷六现已上市，完结篇即将登场！

美国亚马逊畅销魔幻小说
《出版人周刊》《幻想批评》等重点推荐图书

渡鸦之影 系列（全三卷）

信仰与现实之间，天平因残酷的真相倾斜

[英] 安东尼·瑞恩／著
露可小溪／译

自幼年被送入战士修道会以来，
维林牢记"忠于信仰，忠于国王"之训诫，从未动摇。
然而历经数次生死劫难后，
他开始听到一支持续不断的歌曲。

歌曲引导他寻得昔日同袍，封疆拓土，预警未来……
但这令他成为英雄的神秘力量，
却是信仰之禁忌。

为解心头之惑，维林追溯过去，以求明了未来。
紧握手中之剑，
他已无限接近真相诞生的瞬间……

《迷雾之子》外传系列

[美] 布兰登·桑德森 / 著　　刘媛 / 译

以惊人之法破除超常谜局！
虏获你感官的西部风味奇幻侦探剧！

- 既是和《迷雾之子》系列共享世界观的外传小说，
  又是可以独立阅读的全新风格奇幻侦探故事。
  老读者可以在故事中找到大量彩蛋，进一步解锁布兰登庞大的奇幻设定；
  新读者也可以轻松入门，体验到作者标志性的瑰丽想象及热血展开！
- 地图与美国最新修订版同步，
  并赠送大幅《The Elendel Daily》报纸，值得珍藏！
- 卷一好评热卖，卷二、卷三即将同时上市！